U0603021

傅璇琮　陳尚君　徐　俊　編

唐人選唐詩新編

（增訂本）

中華書局

增訂本序

上世紀九十年代初，我與陳尚君先生、徐俊先生兩位學者合作，共同編纂的《唐人選唐詩新編》，一九九三年完成，一九九六年七月由陜西人民教育出版社出版。此書出版後，學術界頗爲關注，有肯定評價。近數年來，我們再次商議，確定在原有基礎上加以增補、覆校，作爲增訂本，由中華書局出版。我自信，這將爲研究者提供更加完整、更有質量的唐人選唐詩新版本。

九十年代《新編》本，共收書十三種，這次新增三種，即陳尚君先生校點的《元和三舍人集》、《竇氏聯珠集》，徐俊先生輯校的《瑤池新詠集》。我於一九九三年七月所寫的序中，曾提及《竇氏聯珠集》、《元和三舍人集》有合集的性質，有些則是酬唱集，與選集的含義稍遠，故未列入。實則所謂合集、酬唱集，從廣義上説，可屬於選集的範圍；特别是唐代，唐人選唐詩，可考者雖有一百三十多種，但唐後存世者甚少，從唐詩傳世研究與文獻考索來説，這樣的書是應該輯集的。現將此次增補的三者，概述如下：

《元和三舍人集》，爲王涯、令狐楚、張仲素三人於憲宗元和十一年八月至十二月同任翰林學士時，用當時流行或新製詩題，相互酬和之作。唐代翰林學士多作詩唱和，但未有如王涯等三人同時共作一百多首詩者。不僅在唐代，就是在翰林學士更爲增多的宋代，也未曾再有。這確爲我們今天了解唐代翰林學士生活和創作提供了極爲親切的資料。不過，王涯等三人未曾同時任舍人，此書之所以題名爲「三舍人」，當因唐宋間對中書舍人的重視。據陳尚君先生於該集「前記」中考述，此書編者可能爲三人中之一人，或三人合編。可以注意的是，此書未見唐宋兩代公私書目著録，南宋計有功《唐詩紀事》卷四二有記，云：「右王涯、令狐楚、張仲素五言絶句共作一集，號《三舍人集》，今盡録於此。」後世未見有傳本，陳尚君先生發現復旦大學圖書館所藏明抄本《唐人詩集八種》，其中有《元和三舍人集》。據該書目録，共有一百六十九首詩，正文所録則爲一百十九首，已較《唐詩紀事》所載多三十餘首。《唐詩紀事》云「今盡録於此」，可見計有功所見已爲殘本。考慮到此集已屬國内孤本，且尚存唐詩原貌，又多可訂正宋代以來各書所收詩之訛誤，故此次特予校訂整理，以復旦大學圖書館所藏明抄本爲底本，主要參校《樂府詩集》、《唐詩紀事》、《萬首唐人絶句》等書，多有校異、訂正者。

《竇氏聯珠集》，褚藏言編選。褚藏言爲唐宣宗大中時人，編録竇叔向之子竇常等兄弟五人之詩。竇叔向，代宗大曆初登進士第，有詩名。其子竇常等五人，兩《唐書》有記載，不詳，但可知爲德宗、憲宗時人。褚藏言於五竇各編選二十首詩，爲今能得見的唐代唯一接近家集的選本，是唐人選唐詩中特殊的一種。此次據《四部叢刊》三編影印南宋淳熙間刊本點校。

《瑶池新詠集》，唐蔡省風編。此書是見諸文獻著録的唐人選唐詩中唯一一部女詩人選集，也是中國古代保存至今的最早一部女詩人詩歌專集。《新唐書·藝文志》著録爲二卷，但宋以後失傳，徐俊先生據俄藏敦煌寫本綴合整理。所選五位女詩人，李季蘭爲唐代宗至德宗間人，張夫人爲大曆十才子吉中孚之妻，其他三位生平世次不詳，其作品曾收入韋莊《又玄集》，當爲唐昭宗前人，則蔡省風生活時代爲晚唐五代之際，其編選當在唐代末年。俄藏敦煌寫本也爲殘卷，此次整理儘可能保留殘卷原貌，一般音形訛字於其下用圓括號括注正字，用方括號括注據其他文獻所擬補之字。校記據有關文獻典籍並參考今人成果，有詳細辨析。

除增補外，此次對上世紀九十年代版中有些選集還有所調整、補正。如《翰林學士集》，原以貴陽陳氏光緒間影寫刊本爲底本，此次改用日本櫻楓社出版藏中進《〈翰林學士集〉二種影印和翻刻》所附原卷影印本爲底本，參校陳氏光緒間影寫刊本等，並新補校記。陳尚君先生於此集後撰有《〈翰林學士集〉考釋》，對此次調整、新校作具體説明。

又，《玉臺後集》，唐李康成編選，乃繼《玉臺新詠》之作，所録爲自梁至初盛唐之際詩作。此書於明初以後即佚，陳尚君先生於上世紀九十年代初，主要據宋郭茂倩《樂府詩集》、劉克莊《後村詩話》、明《永樂大典》殘本、清《全唐詩》等輯録，並引他書參校，輯入上版《唐人選唐詩新編》。此次又有新補，如沈君攸，上版未收其作，此次據《九家集注杜詩》所引，並參《樂府詩集》，補《採蓮詩》一首（八句）。又如張正見，原僅録詩二句，此次補七古詩一首。

此次在文字上也有改正。如《翰林學士集》之「前記」，原有云「唐設翰林學士在玄宗以後」（頁四）。按玄宗開元二十六年設置翰林學士，即在玄宗時，未能説「在玄宗以後」，故此次改爲：「唐設翰林學士在玄宗開元後期。」又《國秀集》之「前記」，首云「《國秀集》二卷」，今將「二」改正爲「三」。

「前記」後又云「而詩贈一篇」（頁二一五，行二），「贈」改正爲「增」。又《又玄集》之「前記」第一段「光化二年爲公元九○○年，此年天復元年（九○一）」（頁五七三），「此年」改正爲「次年」。類似文字改正，此處不具述。

再次説明，本書按各集編選時間先後排列，以有助於對唐人選唐詩進程的了解。查核上世紀九十年代版，現有所調整。如《搜玉小集》，當時考慮因未知其編者姓名，故排列於最後，但「前記」中已考述此集所收詩人爲初唐至開元前期，又《直齋書録解題》著録，將其列於《河岳英靈集》前，《國秀集》後，則其編纂當在開元後期、天寶前期，現移列於殷璠《丹陽集》、《河岳英靈集》前。又《中興間氣集》原列於《御覽詩》後，實則《中興間氣集》編於德宗貞元初，而令狐楚《御覽詩》編於憲宗元和後期，則《御覽詩》應在《中興間氣集》後，今調整。

又，本書所收十六種選集，每集前都有「前記」，概括記述編選者生平，考索成書時間、版本流傳，評議各集價值及存在的問題，介紹整理情況。特別是此次增補的三種，「前記」更爲深切，學術性更强。我自信，本書的編纂，其古籍文獻整理與文學研究相結合，確充分體現於「前記」中，這也是目録提要學研究的新成果。

這裏再鄭重一提，此次審稿時，在我所存的書中發現一封學術前輩顧廷龍先生於一九九五年二月二十日給我的信，及「唐人選唐詩新編」題字。當時我配合顧先生，共同主編《續修四庫全書》，接觸較多，故特請顧先生爲《唐人選唐詩新編》題寫書名。顧先生復信云：「璇琮同志：久未晤叙，爲念。

上周得手書，敬悉一一。承囑題寫書簽兩種，兹已涂就，敬呈教正。如不合式，可重寫。此請撰安。顧廷龍上。二月二十日。」重閱此信，真有學術知音的緬懷之情。顧先生題寫的書名，上世紀九十年代版已用於封面上，但顧先生原於書名旁自簽其名，而上一版封面未用顧先生之簽名，恐有些讀者不知書名爲顧先生所題，今特補上。

傅璇琮

二〇一二年六月

翰林學士集

〔唐〕佚名 編
陳尚君 校點

前記

日本尾張國真福寺存唐寫卷子本《翰林學士集》一卷，清季由陳矩影寫攜歸，後曾印行，又收入《靈峰草堂叢書》。因此集保存了大量唐初佚詩，現在已受到唐詩研究界較廣泛的注意。

此卷原藏日本奈良東大寺東南大院，十四世紀轉藏於岐阜羽島的真福寺。一六一二年，真福寺遷入尾張國（今屬愛知）。一九四五年，寺毁於戰火，此卷幸得保存。今存於名古屋真福寺。一九五四年，被確定爲日本國寶。

此卷爲紙本，長七〇一釐米，寬二七釐米。卷背鈔德宗貞元間圓照編《代宗朝贈司空大辨正廣智三藏和上表制集》卷第五。據日本學者研究，此卷書寫的時間，當在唐德宗以前。

此集共收太宗時君臣唱和詩五十一首，分屬十三題，其中許敬宗最多，凡十二首（另序一首），其次爲唐太宗九首，其餘上官儀、楊師道、褚遂良、長孫無忌等十五人，各存四五首或一二首不等。這些詩的寫作時間，從各詩詩題和所署官銜可以考知，大致在太宗貞觀八年（六三四）至二十三年（六四九）太宗逝世前。《全唐詩》收入僅十二首（其中一首殘），其餘皆爲中土久已不傳的佚詩。這些詩歌對研究唐初宫廷唱和的盛況，具有十分重要的意義。

原卷首缺，書名佚去，所存自目録後半起，卷末有「集卷第二，詩一」字樣。舊題《翰林學士集》，不知何人所題。唐設翰林學士在玄宗開元後期，唐初無此稱，絕非原集名。此卷究爲何書，由何人所編，日本學者頗多猜測。森立之《經籍訪古志》謂「書中所載，許敬宗詩居多，而目録每題下稱同作幾首，似對敬宗言」，因疑爲「敬宗所撰」。服部宇之吉《佚存書目》則另擬題爲《貞觀中君臣唱和詩集》。福本雅一認爲可稱《弘文館學士詩集》，或稱《唐太宗御製及應詔詩集》更爲妥當（見日本大阪市立美術館編《唐鈔本》附解説）。今人甚或認爲係許敬宗所編幾種大型總集之一的殘卷。當然還有另一種可能，即此集爲許敬宗别集的殘卷。森立之已注意到此卷的一些特殊情況，但他的推測却尚可商。此集每一題下皆有許敬宗詩，且目録亦皆以許詩列目。其中詩多爲太宗首唱，諸臣奉和，而目録則均作「同上某首并御詩」，即御詩在此集中僅處於附收的位置。如爲敬宗所編總集，自應尊君抑己，斷不至如此。對此種處理較恰當的解釋是，以此卷爲許敬宗子孫爲其所編别集，敬宗自然即處於集子的中心位置。唐人别集中多有附收唱和詩作之例，如《張説之文集》、《會昌一品集》皆如此。當然此僅屬推測，還有待其他材料的證佐。森立之云日本尚存此集墓誌一卷，如亦敬宗撰，則此點或可證定。詳見本集末附拙文《〈翰林學士集〉考釋》。

此次整理，以日本櫻楓社出版藏中進《〈翰林學士集〉二種影印和翻刻》所附原卷影印本爲底本，并參校貴陽陳氏光緒間影寫刊本（簡稱陳刊本）、日本大阪市立美術館編《唐鈔本》中影印原卷卷首部分和日本和泉書院一九九二年出版的村田正博編《翰林學士集本文和索引》的録文。村田本録自真福寺所存原卷，且據諸書作了校記。以原卷影本、村田本録文與陳刊本比對後，可知陳氏影寫傳刻此本時，未盡忠實於原卷，有原卷不缺而影寫缺漏者，有原卷筆誤而影寫時改正者，也有原卷不誤而影寫時誤改者。整理時，儘可能地保存了原集的次第。可認定之字，皆改爲規範字，不能確定者，仍存原形。原卷鈔誤而陳氏所改可確定者，即從陳本，不復出校。不能確定者，仍予出校。中國文獻中曾收録之詩，儘可能援據較早典籍以互校。明清著作僅引《全唐詩》，不復廣徵。爲便於讀者查閲，新編了全卷的目録，前半據該集正文列題，後半則按原卷目録殘葉列題，各題下僅記作者姓名，官銜從略。原卷目録及貴陽陳氏刊本卷首陳田序，及較早考及此卷的森立之、傅雲龍的兩段解説，併附於後，以供參考。

翰林學士集目録

附録

四言奉陪皇太子釋奠詩一首應令

銀青光祿大夫中書侍郎行太子右庶子弘文館學士高陽縣開國男臣許敬宗上

天鈞初播，流形肇分〔一〕。應圖作極，執契爲君。經邦測景，命秩頒雲。功弘海謐，□洽風薰。其一。彝典潛敷，至淳冥歎。六位斯辨，九疇爰設。叔世時訛，滔天作孽。雅誥咸蕩，微言殆絶。其二。皇靈啓統〔二〕，帝宅遐光。馳威日域，浹化乾綱。網羅千代，并吞百王。禎凝國太〔三〕，慶襲元良。其三。前星降彩，猗蘭挺秀。少海揚清，若華騰茂。仙簧妙響，長琴雅奏。具體生知，尅昌宸構。其四。天庭朗玉，睿掌暉珠。問安昏定，奉禮晨趍。照宣離景，幾亞神樞〔四〕。承綸太極，肄業鴻都。其五。望苑方春，震宮將旦。吟笳順動，連旗遠焕。册府開扃，儒庠引泮。迴輪馳道，增華甲觀。其六。尊師上德，齒學崇年。登歌暢美，啐爵思虔。雩童鼓篋，碩老重筵。辭雕辯囿，矢激言泉。其七。九官率職，六聯咸事。濟濟飛纓，昂昂踐位。栝箭成德，瑑瑜爲器。仰仞齊高，昇堂窮秘。其八。初芳候律，新吹諧音〔五〕。磬喧浮泗，絃静淄林〔六〕。珪碑炫目，璧水澄心。蘂飄蹊靄，葉滿帷深。其九。縟禮光備，文思可紀。日馭輪斜，雲門祝止。景福垂裕，受釐延祉。嚴訓一遵〔七〕，澄瀍萬祀〔八〕。其十。

〔一〕肇　陳刊本作「肁」，村田本從之。

〔二〕啓　陳刊本作「拓」。

〔三〕國太　當作「國泰」。

〔四〕樞　原卷作「摳」。

〔五〕「吓」字待校。村田改作「咔」，謂即「咞」字。

〔六〕淄　原作「湽」。村田録作「溜」。

〔七〕遵　陳刊本作「尊」。

〔八〕灑　陳刊本作「湮」。村田謂原卷作「漽」，即「灑」字，今據改。

四言曲池酺飲座銘并同作七首

沛公鄭元璹

離酺將促，遠就池臺。酒隨歡至，花逐風來。鶴歸波動，魚躍萍開。人生所盛，何過樂哉。

兵部侍郎于志寧

徑抽冠箏〔一〕，源開綬花。水隨灣曲，樹逐風斜。始攀幽桂，更折疎麻。再歡難遇，聊賞山家。

〔一〕箏　村田改作「笄」。

武康公沈叔安

天地開泰，日月貞明。政教弘闡，至治隆平。三陽應節，百卉舒榮。憓流方外，酺飲上京。

燕王友張後胤

公侯盛集，酺醼梁園。鶯多谷響，樹密花繁。波流東逝，落照西奔。人生行樂，此外何論。

鄷王友張文琮

和風習習，落景沉沉。俯映緑水，仰睎翠林。友朋好合，如□瑟琴〔一〕。勉矣君子，俱奉堯心。

〔一〕□　村田補「鼓」字。

著作郎許敬宗

日月揚彩，爟烽撤候。賜飲平郊，列筵春岫。露鮮芳薄，影華清溜。倒載言旋，驪歌式奏。

越王文學陸搢

群公酺飲，迾坐水湄〔一〕。花飄翠蓋，葉覆丹帷。俱傾聖酒，争摛雅詩。下國賤隸，含豪無辭〔二〕。

〔一〕迾坐　當作「列坐」。

〔二〕豪　通「毫」。

五言奉和侍宴儀鸞殿早秋應詔并同應詔〔一〕四首并御詩〔二〕

賦得早秋〔三〕

太宗文皇帝

寒驚薊門葉，秋發小山枝。松陰背日轉，竹影避風移。提壺菊花岸，高興芙蓉池。欲知涼氣早，巢空燕不窺〔四〕。

〔一〕并同應詔　陳刊本作「同上」。

〔二〕《文苑英華》卷一七五、《全唐詩》卷一收太宗此詩，題作《儀鑾殿早秋》。

〔三〕「賦得早秋」四字，陳刊本缺。

〔四〕窺　《文苑英華》作「歸」。

五言早秋侍宴應詔

司空趙國公臣長孫無忌上

金飈扇徂暑，玉露下層臺。接綬芳筵合，臨池紫殿開。日斜林影去，風度荷香來。既承百味酒，願上萬年杯。

五言早秋侍宴應詔

中書令駙馬都尉安德郡開國公臣楊師道上

秋氣洒雲景，商絃韻早風。雕梁尚飛燕，洛浦未驚鴻。水泛芙蕖影，橋臨芳桂叢。稱觴奉高興，長願比華嵩。

五言早秋侍宴應詔

國子司業臣朱子奢上

殿閣炎光盡，池臺爽氣歸。荷香風裏歇，樹影日中衰。蟬聲出林散，鳥路入雲飛。承恩方未極，無由駐落暉。

五言早秋侍宴應詔〔一〕

給事中高陽縣開國男臣許敬宗上

睿想追嘉豫，臨軒御早秋。斜暉麗粉壁，清吹肅朱樓〔二〕。高殿凝陰滿〔三〕，雕窗艷曲流。小臣忝廣宴〔四〕，大造諒難酬。

〔一〕《文苑英華》卷一七五、《全唐詩》卷三五題作《奉和儀鑾殿早秋應制》。

〔二〕清吹肅朱樓　《文苑英華》作「清簫吹朱樓」。

〔三〕滿　《文苑英華》作「晚」。

〔四〕忝　陳刊本作「參」。

五言侍宴中山詩序一首

敬宗奉敕撰序

皇帝廓清遼海，息駕中山，引上罇而廣宴，奏夷歌而昭武。於時綺窗流吹，帶薰風而入襟；雕梁起塵，雜飛煙而承宇。更深露湛，聖懷興豫。爰詔在列，咸可賦詩。各探一字，四韻云爾。

五言中山宴詩〔一〕

太宗文皇帝

驅馬出遼陽，萬里轉旗常。對敵六奇舉，臨戎八陣張。斬鯨澄碧海，卷霧掃扶桑。昔去蘭縈翠，今來桂染芳。雲枝浮碎葉，冰鏡上朝光。迴首長安道，方歡宴柏梁。

〔一〕《文苑英華》卷一六八、《全唐詩》卷一作《宴中山》。《文苑英華》并收許敬宗《奉和宴中山應制》一首，録如次：「飛雲旋碧海，解網宥青丘。養更停八駿，觀風駐五牛。張樂臨堯野，揚麾歷舜州。中山獻仙酤（《英華》作「酷」，從《全唐詩》改），趙媛發清謳。塞門朱雁入，郊藪紫麟遊。一舉氛霓静，千齡德化流。」

五言塞外同賦山夜臨秋以臨爲韻〔一〕

太宗文皇帝

邊城炎氣沉，塞外涼風侵。三韓駐旌節，九野暫登臨。水淨霞中色，山高雨裏心〔二〕。浪帷舒百丈，松蓋偃千尋。毁橋猶帶石，目闕尚横金。煙生遥岸隱，月落半峰陰〔三〕。連洲驚鳥亂〔四〕，隔岫斷猿吟。早花初密菊，晚葉未疎林。憑軾望寰宇，流眺極高深。河山非所恃，於焉鑑古今。

〔一〕《初學記》卷三、《文苑英華》卷一七二、《全唐詩》卷一題作《遼東山夜臨秋》，僅存「陰」、「吟」二韻。

〔二〕雨　僅存上半，下半缺，疑爲「雲」字。村田録作「霞」，與上句重，似非。

〔三〕峰　《初學記》、《文苑英華》、《全唐詩》均作「崖」。

〔四〕連洲　《初學記》、《文苑英華》、《全唐詩》作「連山」。

五言遼東侍宴山夜臨秋同賦臨韻應詔

黄門侍郎弘文館學士臣褚遂良上

涿野軒皇陣，丹浦帝堯心。彎弧射封豕，解網縱前禽。憑高御爽節，流月揚清陰。霧匝長城險，雲歸渤澥深。翻鴻入層漢，落雁警遥岑。露條疎更響，涼蟬寂不吟。三韓初静亂，八桂始披襟。商飈泛輕武，仙澗引衣簪，酒漾投川醁，歌傳芳樹音。邊烽良永□，靡旆竦成林。

五言遼東侍宴山夜臨秋同賦臨韻應詔〔一〕

太子右庶子高陽縣開國男弘文館學士臣許敬宗上

稽山騰禹計，姑射蕩堯心。豈如臨碣石，軒衛警摐金。轅門縈浿水〔二〕，大旆掩長岑。復屬高秋夜，澄空素景臨。層巖多麗色，幽澗有清音。含星光淺瀨，褰霧靜疎林。高明興睿賞，仁知輔沖襟。湛露浮仙爵，淒風韻雅琴。秋令生威遠，寒光被物深。方懷草封禪，陪禮介山陰〔三〕。

〔一〕「同賦臨韻」之「臨」字，原卷缺，據前後詩補。

〔二〕浿　陳刊本缺，村田謂原卷作「俱」，意改作「浿」，今從之。

〔三〕介　陳刊本作「泰」。

五言遼東侍宴山夜臨秋同賦臨韻應詔〔一〕

秘書郎弘文館直學士臣上官儀上

秦駕凌稽阜，同御掩豈岑〔二〕。肆賞乖濡足，窮覽悖乾心〔三〕。一德光神武，萬象鏡沖襟。御辯遼山夕〔四〕，凝麾溟海潯。帷殿清炎氣，輦道含秋陰。淒風移漢筑〔五〕，流水入虞琴。雲飛送斷雁，月上净疎林。滴瀝露枝響，空濛煙壑深。撫躬謝仁智，泉石忝登臨。信美陪仙蹕，長歌尉陸沉〔六〕。

〔一〕《初學記》卷三、《文苑英華》卷一七二、《唐詩紀事》卷六、《全唐詩》卷四〇題作《奉和山夜臨秋》，僅存「陰」、「琴」、「林」、「深」四韻。

〔二〕豈　陳刊本缺。

〔三〕悖　陳刊本僅殘存「忄」旁。

〔四〕辯　陳刊本缺。

〔五〕漢筑　《文苑英華》作「漢苑」，誤。

〔六〕尉　當作「慰」。

五言春日侍宴望海同賦光韻應詔并同上九首

春日望海以光爲韻〔一〕

太宗文皇帝

披襟眺滄海，憑軾翫春芳。積流橫地紀〔二〕，疏派引天潢。仙氣凝三嶺，和風扇八荒〔三〕。拂潮雲卷色〔四〕，穿浪日舒光。照岸花分彩，迷煙雁斷行〔五〕。懷卑運深廣，持滿守靈長。有形非易測，無源詎可量。洪濤經變野，翠島屢成桑。之罘思漢帝，碣石想秦皇。霓裳不乖意〔六〕，端拱且圖王〔七〕。

〔一〕《初學記》卷六、《文苑英華》卷一七〇、《唐詩紀事》卷一、《全唐詩》卷一題作《春日望海》。
〔二〕地紀　《唐詩紀事》作「地軸」。
〔三〕扇　《唐詩紀事》作「散」。
〔四〕卷　《初學記》、《文苑英華》、《全唐詩》作「布」。
〔五〕煙　《初學記》、《文苑英華》、《全唐詩》作「雲」。
〔六〕不乖意　《初學記》、《文苑英華》、《唐詩紀事》、《全唐詩》作「非本意」。
〔七〕且　《初學記》作「是」。

五言春日侍宴望海應詔

司徒趙國公臣長孫無忌上〔一〕

靈夔振窮髮，淑景麗青陽。千乘隱雷轉，萬騎儼騰驤。目極三山峻，流睇百川長。仙湖遥藹藹，蜃氣遠蒼蒼。下物深愈廣，引濁清詎傷。帶霧含天碧，浮霞映日光。樓臺自接影，雲島間相望。春波飛碣石，曉浪拂扶桑。喧聲騁游泳〔二〕，旅浴恣翾翔。群鷗心久狎，如何谷稻粱〔三〕。

〔一〕「趙」字原缺，據長孫無忌另二詩題銜補。
〔二〕泳　陳刊本缺。
〔三〕谷　陳刊本下半殘存「合」形。

五言春日侍宴次望海應詔

開府儀同三司中國公臣高士廉上

玉律應青陽，鑾駕幸春方。簪雲陳罕罼，亘野列旗常。雕弓連月彩，雄劍聚星光。觀兵遼碣上，停驂渤澥傍。浮天既淼淼，浴日復滄滄。水映紅桃色，風飄丹桂香〔一〕。蜃結疑樓峙，濤驚似蓋張。三韓沐醇化，四郡竚唯良。深仁苞動植，神武讋遐荒。願草登封禮，簪紱奉周行。

〔一〕桂　陳刊本僅殘存「木」旁。

五言春日侍宴望海應詔〔一〕

吏部尚書駙馬都尉安德郡開國公臣楊師道上〔二〕

春山臨渤澥〔三〕，征旅輟晨裝。迴瞰盧龍塞，斜瞻肅慎鄉。連圻迴地軸〔四〕，孤嶼映雲光。浴日驚濤上〔五〕，浮天駭浪長。仙臺隱螭駕，水府泛黿梁。碣石朝煙滅，之罘歸雁翔。北巡非漢后，東幸異秦皇。搴旗羽林客〔六〕，跋距少年場。電擊驅遼隧〔七〕，鵬飛出帶方。將舉青丘繳，安訪白霓裳。

〔一〕《初學記》卷六作《奉和春日望海詩》，《全唐詩》卷三四作《奉和聖制春日望海》。

〔二〕「楊」字原缺，據師道另二詩署銜補。

〔三〕渤澥　《初學記》、《文苑英華》卷一七〇、《全唐詩》作「渤海」。

〔四〕連圻迴地軸　《初學記》、《全唐詩》作「洪波迴地軸」，《文苑英華》作「洪波迴地軸」。「軸」，陳刊本作「岫」。

〔五〕浴日　《初學記》、《文苑英華》、《全唐詩》作「落日」。

〔六〕搴旗　《文苑英華》作「搴旌」。

〔七〕電擊　《文苑英華》、《全唐詩》作「龍擊」。「遼隧」，《初學記》、《文苑英華》、《全唐詩》作「遼水」。

五言春日侍宴望海應詔

侍中清苑縣開國男臣劉洎上〔一〕

巨壑觀無際，靈異蘊難詳。尋真遊漢武，架石駐秦皇。方丈神仙夐，蓬萊道路長。俱由肆情慾，非爲恤封疆。何如應順動，鳴鑾事省方。徘徊臨委輸，迢遞極扶桑。滔滔四瀆府，浩浩百川王。浮天還納漢，浴日乍飜光。夷洲曖淑景，鬱島麗時芳。幸屬滄波謐，欣逢寶化昌。

〔一〕劉洎　原作「劉泊」。按《舊唐書》卷七四《劉洎傳》云：「貞觀七年，累拜給事中，封清苑縣男。」「十八年，遷侍中。」今據改。

五言春日侍宴望海應詔

中書令江陵縣開國子弘文館學士臣岑文本上

五材□水德，千流會谷王。委輸綿厚載，朝宗極大荒。浮天納星漢，浴日吐扶桑。奔濤疑疊島，驚浪似浮航。雲撤青丘見，霧卷碧流長。金臺焕霞景，銀闕藻春光。九夷驕巨壑，五輅出遼陽。朝神汎弘舸，鞭石濟飛梁。曜戈威海若〔一〕，振楫落星芒。幸厠歌旅□〔二〕，極望忝成章。

〔一〕若　陳刊本缺，村田謂原卷作「苦」，爲「若」之誤，今據補。

〔二〕歌　原卷作「哥」。原卷缺一字，空框意補。

五言春日侍宴望海應詔

黄門侍郎弘文館學士臣褚遂良上

從軍渡蓬海，萬里正蒼蒼。縈波迴地軸，激浪上天潢。夕雲類鵬徙〔一〕，春濤疑蓋張。天吴静無際，金駕儼成行。戈船凌白日，鞭石耿虹梁。電擧朝宗外，風驅韓貊鄉。之罘初播雨，遼碣始分光。麾城湛盧劍，舞戟少年場〔二〕。降壑浮天遠，稜威征旆揚〔三〕。同文漸邊服，入塞佇歌倡。

〔一〕徙　原作「從」，據《武林往哲遺著》本《褚遂良集》校改。

〔二〕「麾城」二句，陳刊本僅存首三字，餘缺。

〔三〕「降壑」二句，陳刊本缺。「遠」，原卷作「袁」。

五言春日侍宴望海應詔〔一〕

太子右庶子高陽縣開國男弘文館學士臣許敬宗上

島夷乖奉賮〔二〕，憑險亂天常。乃神弘廟略，橫海翦吞航。雷野清玄菟〔三〕，騰笳振白狼。連雲飛巨艦，鞭石架浮梁〔四〕。周遊臨大壑，降望極遐荒。桃門湧山抃〔五〕，蓬渚降霓裳。驚濤凌五嶽〔六〕，駭浪掩三光〔七〕。青丘絢春組，丹谷耀晨桑〔八〕。長驅七萃卒，成功百戰場。俄且旋戎路，飲至肅巖廊。

〔一〕「望」字原缺，據前後詩題補。《全唐詩》卷三五作《奉和春日望海》。

〔二〕島夷乖奉賮　《文苑英華》卷一七〇、《全唐詩》作「韓夷愆奉賮」。

〔三〕雷野　《文苑英華》、《全唐詩》作「電野」。

〔四〕鞭石　《文苑英華》、《全唐詩》作「編石」。

〔五〕湧　《文苑英華》、《全唐詩》作「通」。

〔六〕凌五嶽　《文苑英華》、《全唐詩》作「含蜃闕」。

〔七〕三光　《文苑英華》、《全唐詩》作「晨光」。

〔八〕晨桑　《文苑英華》、《全唐詩》作「華桑」。

五言春日侍宴望海應詔

秘書郎弘文館直學士臣上官儀上

青丘横日域，碧海貫乾綱。奇怪儲神府，朝宗擅谷王。靈官耀三嶽，仙槎泛五潢〔一〕。蜃樓朝氣上，鶏樹早花芳。別島春潮駃，連汀宿霧長。驚湍蕩雲色，沓浪倒霞光。宸行肅遼隧，降望臨歸塘。夾林朱鷺澈，分空翠鳳翔。憑深體嫣后，徒御叶周王〔二〕。遊聖霑玄澤，詎假濯滄浪。

〔一〕五潢　陳刊本缺。

〔二〕徒　村田録文作「徙」。

五言春日侍宴望海應詔

左宗衛率府長史弘文館直學士臣鄭仁軌上

御龍稱櫜載，仙駕紀前皇。直謂窮遊覽，非爲務省方。大君弘覆燾，禁暴撫遐荒。觀兵臨碣石，極目眺扶桑。周區廓靈府，接漢委歸塘。淼淼經綸闊，悠悠控注長。標空映絶島〔一〕，跨日起飛梁。銀闕浮朝氣，金臺映晚光。蕩穢符神略，安流表會昌。徒欣奉奇觀，傾蠡詎可量。

〔一〕映　陳刊本缺。

五言行經破薛舉戰地〔一〕

太宗文皇帝

昔年懷壯氣，提戈初仗節。心隨朗日高，志與秋霜潔。移鋒驚電起，轉戰長河决。營碎落星沉，陣卷横雲裂。一撝氛沴静〔二〕，再舉鯨鯢滅。於兹俯舊原，屬目駐華軒。沉沙無故跡，減竈有殘痕。浪霞穿水浄，峰霧抱蓮昏〔三〕。世途亟流易，人事殊今昔。長想眺前蹤，撫躬聊自適。

〔一〕《文苑英華》卷一七〇、《全唐詩》卷一作《經破薛舉戰地》。

〔二〕一撝　《文苑英華》、《全唐詩》作「一揮」。「撝」、「揮」二字通。

〔三〕抱　《文苑英華》作「拖」。

五言奉和行經破薛舉戰地應詔

司徒趙國公臣長孫無忌上

天步昔未平，隴上駐神兵。戈迴曦御轉，弓滿桂輪明。屏塵安地軸，卷霧静乾扃。往振雷霆氣，今垂雨露情。高垣起新邑，長楊布故營〔一〕。山川澄素景，林薄動秋聲。風野征翼駃，霜渚寒流清。朝煙澹雲罕，夕吹繞霓旌。鳴鑾出雁塞，疊鼓入龍城。方陪東覲禮，奉璧侍雲亭〔二〕。

〔一〕布　村田謂原卷作「布」，應爲「帀」字。

〔二〕雲　陳刊本僅存下半「云」形。

五言奉和行經破薛舉戰地應詔

太常卿駙馬都尉安德郡開國公臣楊師道上

鳳紀初膺籙，龍顔昔在田。鳴祠憑隴嶂，召雨竊涇川〔一〕。受律威丹浦，揚兵震阪泉。止戈基此地，握契肆斯年。六轡乘秋景，三驅被廣壥。凝笳入曉囀，析羽雜風懸。塞雲銜落日，關城帶斷煙。迴輿登故壘，駐蹕想荒阡。歲月方悠夐，神功逾赫然。微臣願奉職〔二〕，導禮翠華前〔三〕。

〔一〕雨　原卷作「兩」，村田意改作「巫」。今從陳刊本。

〔二〕微　原卷字不識，村田録文作「伊」，今從陳刊本。

〔三〕禮　原卷作「禮」，陳刊本作「體」，從村田録文改。

五言奉和行經破薛舉戰地應詔

兼黄門侍郎弘文館學士臣褚遂良上

王功先美化，帝略藴戎昭。魚驪入丹浦〔一〕，龍戰起鳴條。長劍星光落，高旗月影飄〔二〕。昔往摧勍寇，今巡奏短簫。旌門麗霜景，帳殿含秋飇。呼沲冰未結〔三〕，官渡柳初凋。邊烽夕霧卷，關陣曉雲銷。鴻名兼轍跡，至聖俯唐堯。睿藻烟霞煥，天聲宫羽調。平分共飲德，率土更聞詔。

〔一〕魚驪　《全唐詩補逸》卷一引蔣禮鴻語以爲當作「魚麗」，本《左傳》。

〔二〕飄　陳刊本缺。《武林往哲遺著》本《褚遂良集》作「摇」，恐出臆補。

〔三〕呼沲　陳刊本作「□沲」，《武林往哲遺著》本《褚遂良集》作「□池」。據村田録作「呼沲」。

五言奉和行經破薛舉戰地應詔

太子右庶子高陽縣開國男弘文館學士臣許敬宗上

混元分大象，長策挫脩鯨。於斯建宸極，由此創鴻名。一戎乾宇泰，千祀德流清。垂衣凝庶績，端拱鑄群生。復整瑶池駕，還臨官渡營。周遊尋曩迹，曠望動天情。帷宫面丹浦，帳殿矚宛城。虜場栖九穟〔一〕，前歌被六英〔二〕。戰地甘泉涌，陣處景雲生。普天沾凱澤，相攜欣頌平。

〔一〕栖　原作「挏」，據《文苑英華》卷一七〇、《全唐詩》卷三五改。

〔二〕歌　原卷僅存左半「哥」形，據《文苑英華》、《全唐詩》補。

五言奉和行經破薛舉戰地應詔

秘書郎弘文館直學士臣上官儀上

策星映霄極，飛鴻浹地區。鮪水騰周駕，涿鹿警軒弧。滎河開秋篆，柳谷薦靈符。天遊御長策，侮食被來蘇。秋原懷八陣，武校燭三驅。投石堙舊壘，削樹委荒途。極野驚霄燐〔一〕，頹墉噪晚烏。毒涇晦涼雨，塞井蔽寒蕪〔二〕。沖情朗金鏡，睿藻邃玄珠。沐恩奉御什〔三〕，撫己濫齊竽。

〔一〕極　陳刊本缺。「霄燐」，當作「宵燐」。

〔二〕寒　陳刊本作「荒」。

〔三〕沐　原作「泓」。陳刊本左半存「氵」旁。

五言侍宴延慶殿同賦別題得阿閣鳳應詔并同上三首并御詩

賦得殘花菊

太宗文皇帝

堦蘭凝曙霜，岸菊照晨光。露濃稀晚笑〔一〕，風勁淺殘香〔二〕。細葉凋輕翠，圓花飛碎黃。還將今歲影〔三〕，復結後年芳。

〔一〕稀　《初學記》卷二七、《文苑英華》卷三二三、《分門纂類唐歌詩》卷九三、《全唐詩》卷一作「晞」。「晚」，《文苑英華》作「曉」。

〔二〕淺　《文苑英華》作「摇」。

〔三〕將　《文苑英華》作「待」，《全唐詩》作「持」。「影」，《初學記》、《文苑英華》、《分門纂類唐歌詩》、《全唐詩》作「色」。

賦得寒叢桂應詔

司徒趙國公臣長孫無忌上

根連八樹裏，枝拂九華端。風急小山外，葉下大江干。霜中花轉馥，露上色逾丹。自負淩夆性〔一〕，巖幽待歲寒。

〔一〕夆　疑當作「舉」。村田録文意改作「羣」。

賦得阿閣鳳應詔

銀青光禄大夫行右庶子高陽縣開國男弘文館學士許敬宗上

帝臺淩紫霧，仙鳳下丹霄。層巢依綺閣，清歌入洞簫。逸綵桐間艷〔一〕，浮聲竹外嬌。自欣棲大厦，率儛爲聞韶。

〔一〕間　原卷及陳刊本此字殘損，據村田録文寫定。

賦得淩霜雁應詔

秘書郎弘文館直學士臣上官儀上

涼沙起關塞，候雁下江干。流聲度迥月，浮影入長瀾。繫書天路遠，避繳曉風寒。□□□□曲，先驚霜翮殘。

五言七夕侍宴賦得歸衣飛機一首應詔〔一〕

中書舍人臣許敬宗上

一年銜別怨，七夕始言歸。破涕開星靨〔二〕，微步動雲衣。天迴兔漸落〔三〕，河曠鵲停飛。那堪盡今夜〔四〕，復往弄殘機。

〔一〕《古今歲時雜詠》卷二五收敬宗七言詩《七夕賦詠成篇》，與此詩頗多相似處，録如次：「一年愁緒嗟長别，七夕含態始言歸。飄飄羅襪光天步，灼灼新裝鑒月輝。情催巧笑開星靨，不惜呈露解雲衣。所歎却隨更漏盡，掩泣還弄昨宵機。」另《唐詩紀事》卷四、《全唐詩》卷三五亦收此詩。又《古今歲時雜詠》卷二六收杜審言《七夕侍宴應制》，與此詩幾全同。《杜審言詩集》卷上及《全唐詩》卷六二（題作《奉和七夕侍宴兩儀殿應制》），亦皆收歸杜審言。據《翰林學士集》，似以許作爲是。

〔二〕破涕　《古今歲時雜詠》作「斂涕」，《杜審言詩集》、《全唐詩》作「斂淚」。

〔三〕迴　《杜審言詩集》作「迥」。「漸」，《古今歲時雜詠》、《杜審言詩集》、《全唐詩》作「欲」。「落」，陳刊本作「没」，從村田録文改。

〔四〕今　《杜審言詩集》、《全唐詩》作「此」。

五言延慶殿集同賦花間鳥

太宗文皇帝

露園芳蘂散，風樹□鶯新。啼笑非憂樂，嬌莊復對人。色映枝中錦，歌飛葉裏塵。所嗟非久質，共視歇餘春。

五言侍宴延慶殿賦得花間鳥一首應詔

中書侍郎臣許敬宗上

落花飛禁藥，時鳥咔芳晨〔一〕。飄香入綺殿，流響度天津。千笑千嬌切，一囀一驚新。方知物華處，偏在上林春。

〔一〕咔　村田疑即「啈」字。

五言侍宴莎栅宫賦得情一首應詔〔一〕

給事中臣許敬宗上

三星希曙景，萬騎翊天行。葆羽翻風隧〔二〕，騰吹掩山楹。暖日晨光淺〔三〕，飛煙旦彩輕。塞寒桃變色，冰斷箭流聲。漸奏長安道，神皋動睿情。

〔一〕《文苑英華》卷一六九、《全唐詩》卷三五題作《侍宴莎册宫應制得情字》。

〔二〕風隧　疑應作「風檖」。《文苑英華》、《全唐詩》作「風隊」，亦未允。

〔三〕暖　村田録文作「暧」。

五言後池侍宴迴文詩一首應詔

中書侍郎臣許敬宗上

涼氣澄佳序，碧沚澹遥空。篁林下儀鳳，彩鷁間賓鴻。蒼山帶落日，麗苑扇薰風。長筵列廣醮，慶洽載恩隆。

五言詠棋

太宗文皇帝

手談標昔美，坐隱逸前良。參差分兩勢，玄素引雙行。捨生非假命，帶死不關傷。方知仙嶺側，爛斧幾寒芳。

治兵期制勝，裂地不要勳。半死圍中斷，全生節外分。雁行非假翼，陣氣本無雲。翫此孫吴意，怡神静俗氛。

五言奉和詠棋應詔

銀青光禄大夫行太子右庶子高陽縣開國男弘文館學士臣許敬宗上

魚麗先整陣，鶴死忽争先〔一〕。入圍規破眼，略野務開邊。分行漸雲布，亂點遂星連〔二〕。勝是精神得，非關品格懸。

〔一〕鶴死　村田録文下字意改作「列」字，「鶴列」、「魚麗」皆戰陣名。

〔二〕遂　陳刊本作「逐」。

拂局初料敵，陰謀比用師。觀形已決勝，怯下復徐思。搏戰頻相劫〔一〕，圖全且自持。宸襟協堯智，遊藝發如絲。

〔一〕搏　村田録作「轉」。「頻」，陳刊本作「顰」。

五言奉和詠棋應詔

承議郎守著作郎弘文館學士劉子翼上

一枰位纔設，兩敵智俱申。勢危翻效古，行險乍爲新〔一〕。稱征非禦寇，言劫詎侵人。欲知情慮審，鴻雁不留神。

〔一〕險　陳刊本僅存右半「僉」形。

鋭心争决勝，運功谷圖全〔二〕。眼均須執後，氣等欲乘先。引行遥下雁，徇地遠侵邊。借問逢仙日，何如偶聖年〔三〕。

〔二〕谷　陳刊本此字下半殘存「合」形。村田録文意改作「各」字。

〔三〕何　陳刊本僅存右半「可」形。

五言奉和詠棋應詔

起居郎弘文館直學士臣□□□上〔一〕

寶局光仙岫，瑶棋掩帝臺。圖雲雙陣起，雁寫兩行開。固節脩常道，侵邊慎禍胎。□□□儲妙，空挹季長才。

定位資裨將，制變佇中權。重關舍宿并〔二〕，六出帶花圓。引寇踈疑絶，窺彊怯未前。金枰自韞粹，玉帳豈能傳。

〔一〕此二詩作者署銜處姓名適殘缺。據官銜，知應爲上官儀作。此前存上官儀諸詩，皆署爲「秘書郎弘文館直學士」，此則作「起居郎弘文館直學士」。檢《舊唐書》卷八〇《上官儀傳》云：「太宗聞其名，召授弘文館直學士，累遷秘書郎。時太宗雅好屬文，每遣儀視草，又多令繼和，凡有宴集，儀嘗預爲。俄又預撰《晉書》成，轉起居郎，加級賜帛。」此二詩當即上官儀遷起居郎後作。

〔二〕舍　陳刊本缺。

集卷第二　詩一

翰林學士集原目

（前缺）

翰林學士集序

日本尾張國真福寺舊藏唐卷子，《翰林學士集》一卷，太宗詩九首，長孫無忌詩四首，上官儀詩五首，楊師道、褚遂良詩各三首，劉子翼詩二首，許敬宗詩二十二首，序一首，岑文本、劉洎、朱子奢、于志寧、沈叔安、張文琮、鄭元璹、張後胤、陸搢、高士廉、鄭仁軌詩各一首，失名詩二首。考翰林學士，開元時始置，集皆初唐人詩，無緣得加此名。集有御詩，而題「翰林學士」，亦殊不典。此集著録於森立之《經籍訪古志》尚有墓志下一卷。此卷卷尾題「集卷第二」，旁注「詩一」，此必唐初詩文總集殘卷，流傳殊域，後人見集中多應制詩，遂妄以「翰林學士」題之耳。森立之云：「舊題翰林學士，未詳其誰，姑從舊題録之。」頗爲有識。檢《唐書·藝文志》，《太宗集》四十卷、《楊師道集》十卷、《許敬宗集》八十卷、《于志寧集》四十卷、《上官儀集》二十卷、《岑文本集》六十卷、《劉子翼集》二十卷、《沈叔安集》二十卷、《褚遂良集》二十卷、《劉洎集》十卷、《張文琮集》二十卷。《崇文總目》、《郡齋讀書志》、《直齋書録解題》均未著録，則當宋時，各集完本早已失傳。明胡震亨輯《唐音統籤》，搜羅最富，我朝御定《全唐詩》，以震亨書爲藁本，益以内府所藏唐人詩集，旁搜殘碑斷碣，稗史雜書，補苴所遺，號爲大備。此集所存詩，凡六十，其見於《全唐詩》者十二而已。太宗經武右文，是集所録，皆投戈之餘事，弄翰之先驅。長孫元勳碩德，世所傳者，特其豔曲短章。登善鯁亮博學，僅見一詩，流覽往籍，爲之憮然。

儒學如張後胤，峭直如劉子翼，文藝如鄭元璹，警悟如高士廉，新舊《唐書》備列歷官名蹟，而單詞隻字，舊簡缺如。斯集或增至三四，或存其一二，尋覽雒誦，得其覃思敷藻之趣，斯足珍已。自餘諸人，惟敬宗存詩多至二十餘篇，森立之疑此集爲其所輯。考《唐書》所列總集，《文館詞林》一千卷、《芳林要覽》三百卷，皆當時詞臣所輯，敬宗爲之領袖。此集《延慶殿同賦別題得阿閣鳳》專舉敬宗，疑出其手，良非臆決。敬宗詩序一篇，爲《全唐文》所未録，亦足補闕。集中詩見於他本者，字句時有異同。敬宗《七夕》一篇，別本衍爲七言。上官儀《遼東》一篇，別本僅存六韻。太宗《望海》詩，「雲卷」作「雲布」，「迷煙」作「迷雲」，「不乖」作「非本」，楊師道《望海》詩，「連圻」作「洪波」，「浴日」作「落日」，「遼隧」作「遼水」，敬宗《望海》詩，「島夷」作「韓夷」，「鞭石」作「編石」，「涌山」作「通山」，「凌五嶽」作「含蜃闕」，「三光」作「晨光」，「晨桑」作「華桑」，《莎栅宫》詩「風隧」作「風隊」。太宗《延慶殿同賦》四詩，題爲《殘花菊》、《寒叢桂》、《阿閣鳳》、《凌霜雁》相偶，別本但作《殘菊》，良由未見古本，傳鈔譌缺。細繹詞句，皆以此集爲勝。集中諸詩，皆列進上官銜，猶可見初唐矩式。《舊唐書·儒學傳》，朱子奢由弘文館學士遷國子司業，《新書》無此文。此集繫銜正與《舊書》合，亦足資史家考證。卷中劉洎作「劉泊」，當由筆誤。目録自《侍宴中山詩序》以上缺，均仍其舊。昔毛子晉刻唐詩八種，不及初唐。此集爲一代開先，詞藻綺錯，風骨遒上，洵爲藝苑之鴻津，驚人之秘笈。閲千餘年而復歸中國，可云幸矣。家弟衡山往歲奉使東國，獲奇書數十種，日本金石數千宗，藏之篋笥。既刊者有影宋本《孝經》、《文中子》、《二李唱和詩》，借刊於饗喜廬者有唐鈔本《論語》、《本草》。今復刊此本，以饜海内好事者之望。流覽數四，不勝慶幸。爰識此於簡端。光緒癸巳元日，貴陽陳田。

——貴陽陳氏影刊本卷首

翰林學士集解題

《翰林學士集》零本一卷舊鈔卷子本，尾張國真福寺藏

現存第二卷一軸，簡端缺，撰人名氏不可攷。前有目録，首載《四言奉陪皇太子釋奠詩一首應令》，銀青光禄大夫、中書侍郎、行太子右庶子、弘文館學士、高陽縣開國男臣許敬宗上，所載詩凡六十首，詩序一首，皆係侍宴應詔同賦并御詩。同作諸臣，如許敬宗及鄭元璹、于志寧、沈叔安、張後胤、張文琮、陸搢、長孫無忌、楊師道、朱子奢、褚遂良、上官儀、高士廉、劉洎、岑文本、鄭仁軌、劉子翼等，皆列書當時官銜，而御製題云「太宗文皇帝」，其撰當在永徽以後矣。卷末隔一行題「集卷第二」，側注「詩一」二字。每行字數不整，界長七寸，幅六分半，筆力遒勁，審其字體，當是延喜以前人所謄寫者。是書諸家書目絶不載之，知逸亡已久。但憾僅存一卷，全書卷數與編人名氏，皆不可知。舊題「翰林學士」，亦未詳其誰。今撿書中所載，許敬宗詩居多，而目録每題下稱同作幾首，似對敬宗言，則或疑敬宗所撰歟。卷末記單稱，猶古本白集之例，不可從攷覈其名氏。要之，是書洵爲初唐舊帙，近日詩家罕併其目知者，真天壤間僅存之秘笈，零圭碎璧，尤可寶惜，不必問其作者而可也。今姑從舊題録之云。淺井正翼云：是集所載多是《全唐詩》中所

佚者，市河世寧不得覯之，是亦可憾耳。

小島學古云：「壬寅冬月，泊熱田，淺井正翼攜真福寺經藏典籍見訪。狂喜展觀，中有是集，背書『《代宗朝贈司空大□正廣智三藏和上表制集》卷第五，上都長安西明寺沙門釋圓照□』云云。古香襲人，殆千年前本也。」近歲塙忠寶詣真福寺，亦觀是書，首捺「尾張國府點撿」朱印，然所存纔簡首數行耳。訪之其他，無在云，知其逸在壬寅學古閲過之後。名山古刹所藏遺編墜軸，近日漸就散佚，深爲可歎。忠寶云：攝津國人喜平治家又藏是書殘本一卷，墓誌下。卷端數行摸入於《聆濤閣帖》中者，是也。憾未得覯其全軸，仍附識於斯，以俟他日續録耳。

——日本森立之等《經籍訪古志》卷六

翰林學士集跋

《翰林學士集》零本一卷，尾張真福寺舊寫卷子本傳鈔本

雲龍跋：陳君衡山所獲傳鈔本，蓋依舊鈔爲之者也。存第二卷。其目載「《四言奉陪皇太子釋奠詩一首應令》，銀青光禄大夫中書侍郎行太子右庶子弘文館學士高陽郡開國男臣許敬宗上」。其詩序一，其詩六十，大率侍宴應詔并唐太宗詩。其作詩人許敬宗、鄭元璹、于志寧、沈叔安、張後胤、張文琮、陸搢、長孫無忌、楊師道、朱子奢、褚遂良、上官儀、高士廉、劉洎、岑文本、鄭仁軌、劉子翼等，皆列書當時官銜，而御製題云「太宗文皇帝」，則編是書在永徽後矣。據目録下稱同作幾首，參之結銜，其爲許敬宗編上無疑。《翰林學士集》，非其自題也。目録家罕載及此，而其詩多可補《全唐詩》之逸。尾張國真福寺所藏卷子本，今存首葉數行耳。然則賴此鈔以傳，其亦不絶如綫者歟。

——傅雲龍《游歷日本圖經》卷二二《中國逸藝文志》

《翰林學士集》考釋

陳尚君

日本尾張國真福寺藏唐卷子本《翰林學士集》一卷，存唐初詩六十首，多《全唐詩》未收之作。清季由貴陽陳田影刊，始爲國人所知。然陳氏採影寫方式，多失原卷真貌。近年日本學者據名古屋真福寺藏原卷多次影印、校録及爲此集作索引，研究更爲精詳。據森立之《經籍訪古志》卷六引小島學古云，此集爲壬寅年（一八四二）發現，「背書『《代宗朝贈司空大□正廣智三藏和上表制集》卷第五，上都長安西明寺沙門釋圓照□』云云，古香襲人，殆千年前物」。森立之斷爲延喜（九〇一—九二二）以前人所寫。陳田影刊本序謂「考翰林學士開元時始置，集皆初唐人詩，無緣得加此名」。所云甚是。然此集究爲何書，日人多有推測。森立之以爲「舊題《翰林學士》，亦未詳爲誰。今檢書中所載許敬宗詩居多，而目録每題下稱同作幾首，似對敬宗言，則或疑敬宗所撰歟」，推測「此必唐初詩文總集殘卷」爲許敬宗所編，與《文館詞林》、《芳林要覽》相類。服部宇之吉《佚存書目》則另擬題爲《貞觀君臣唱和詩集》。福本雅一認爲可稱《弘文館學士詩集》，或稱《唐太宗御制及應詔詩集》（見日本大阪市立美術館編《唐鈔本》附解説）。筆者以爲此集應即《舊唐書·經籍志》著録之《許敬宗集》六十卷之殘帙，述所據如次。

首先，該集凡收初唐十八人詩六十首，分十三題，其中十二題均有許敬宗詩，三題僅有其一人之詩，另《五言侍宴中山詩序》，敬宗作，詩則爲太宗作。可知此集收詩以敬宗爲中心，其他人作品均屬附收。

其次，原集前尚存目録一紙，凡十行，全録如下：

五言侍宴中山詩序一首奉敕製并御詩
五言遼東侍宴臨秋同賦臨韻應詔并同作三首并御詩
五言春日侍宴望海同賦光韻應詔令同上九首并御詩
五言奉和淺水源觀平薛舉舊迹應詔令同上五首并御詩
五言侍筵延慶殿同賦別題得阿閣鳳應詔并同上三首并御詩
五言七夕侍宴賦韻得歸衣飛機一首應詔
五言侍宴延慶殿集同賦得花間鳥一首應詔
五言侍宴莎栅宫賦得情一首應詔
五言後池侍宴迴文一首應詔
五言奉和詠棊應詔并同上六首并御詩

目録缺去的三題，據本集正文所録也可補出如下：

四言奉陪皇太子釋奠詩一首應令
四言曲池酺飲座銘并同作七首

五言奉和儀鸞殿早秋應詔同上四首并御詩

本集所收各題詩，凡有太宗所作者，皆首列太宗之作，次爲群臣所作，敬宗詩也厠于諸臣間。目録則不同。如《五言春日侍宴望海同賦光韻應詔合同上九首并御詩》，御詩列後，與「同上九首」皆爲附收之作。尤可注意者，一爲《五言侍宴中山詩序一首奉敕製并御詩》，集中序下署「敬宗奉敕撰序」，是太宗先有詩而敬宗爲作序，但目録則以序列目而以「御製」爲附；二是《五言侍宴延慶殿同賦別題得阿閣鳳應詔并同上三首并御詩》，同作者四人，太宗賦《殘花菊》，長孫無忌賦《寒叢桂》，敬宗賦《阿閣鳳》，上官儀賦《凌霜雁》，但目録卻作如上表述。據此可知此集目録均以許敬宗爲此集的主位以編列目録，即此集只可能是後人編録的許敬宗本人的文集，才會作出如上的表述。如果是總集，則所有作者的地位均是並列的，不能以一人爲中心；如果是許敬宗編次的總集，無論編成於何時，都會尊崇君主而深自貶抑，更不會張揚如此。

再次，該集卷末有「集第二，詩一」一行。前引小島學古又云：「攝津國人喜平治家又藏是書殘本一卷」，爲「墓誌下」。唐人別集次第，一般是先賦，次詩，再爲各體文章。此集稱「集第二，詩一」，即爲全集之第二卷，詩之第一卷，均爲侍宴應詔之作，列前以示尊崇。「墓誌下」一卷未知存亡，如皆許敬宗之作，於此可以證定。

質疑者必云：「別集收一人之作，總集收多人之作，此爲歷來之通規。《翰林學士集》收十八人詩，顯爲總集而非別集，閣下考此爲《許敬宗集》之殘帙，似有强立新説之嫌。」今按唐人別集原編，向有附收酬唱同作之通例。今存唐集如《張説之文集》、《曲江張先生文集》、《晝上人集》、《權載之文集》等，均有數量可觀的同唱諸人詩收入，北宋人重編之《杜工部集》、《韋蘇州集》、《柳河東集》等，仍稍存此遺意。如《張説之文集》（龍池草堂本、結一廬刊本），前三卷附收唐玄宗詩多達三十三首，第四卷《扈從南出雀鼠谷》附詩十首，《將赴朔方軍》附送別詩十七首，《送集賢上學士》附詩十五首，另二題也各有六首、八首的附詩。可以説《翰林學士集》的這一面貌，正可看出唐初別集的這一特點。

《舊唐書·經籍志》著録開元間所存初唐別集五六十種，今存原書者僅《王績集》五卷一種，及《王勃集》的一些殘卷。《許敬宗集》六十卷，宋以後久佚，今所存者雖僅一卷，除保存遺詩外，尚可窺見初唐名臣文集原編的大致面貌，彌足珍貴。

珠英集

〔唐〕崔融　編

徐俊　輯校

前記

《珠英集》又稱《珠英學士集》，五卷，唐崔融「集武后時修《三教珠英》學士李嶠、張説等詩」（《新唐書·藝文志》）而成。《珠英集》自宋以後散佚，直到二十世紀初敦煌莫高窟石室洞開，方重見於世。

有關《珠英集》的最早記載，現在可以考見的是高仲武的《中興間氣集序》，序稱：「《英華》失於浮游，《玉臺》陷於淫靡，《珠英》但紀朝士，《丹陽》止録吴人。」〔一〕著録較爲具體的是宋晁公武的《郡齋讀書志》卷二〇：「《珠英學士集》五卷，右唐武后朝詔武三思等修《三教珠英》一千三百卷，預修書者四十七人，崔融編集其所賦詩，各題爵里，以官班爲次，融爲之序。」宋元公私書目也有所著録。

《珠英集》的作者應該就是《三教珠英》的預修者，據宋王應麟《玉海》卷五四載，《三教珠英》卷末原列有預修學士姓名，但《三教珠英》久已佚失，有關預修者除散見於兩《唐書》志、傳外，《唐會要》卷三六所記爲最詳：「大足元年（七〇一）十一月十二日，麟臺監張昌宗撰《三教珠英》一千三百卷成，上之。初，聖曆（六九八—七〇〇）中，上以《御覽》及《文思博要》等書，聚事多未周備，遂令張昌宗召李嶠、閻朝隱、徐彦伯、薛曜、員半千、魏知古、于季子、王無競、沈佺期、王適、徐堅、尹元凱、張説、馬吉甫、元希聲、李處正〔二〕、高備、劉知幾、房元陽、宋之問、崔湜、常元旦、楊齊哲、富嘉謩、蔣鳳等二十六人同撰。」

上舉二十六人中，高備爲喬備之誤（高、喬形近），喬備預修《三教珠英》，見《舊唐書》卷一九〇中《喬知之傳》。常元旦爲韋元旦之誤（常、韋形近），初唐無常元旦其人，韋元旦傳見《新唐書》卷二〇二，與張易之有姻屬，《玉海》卷五四引《會要》正作「韋元旦」不誤。另王適，兩《唐書》本傳等均未言其預修《三教珠英》事，當爲李適之誤。《新唐書·李適傳》云：「武后修《三教珠英》書，以李嶠、張昌宗爲使，取文學士綴集，于是適與王無競、尹元凱、富嘉謩、宋之問、沈佺期、閻朝隱、劉允濟在選。」斯二七一七卷《珠英集》卷四即收有李適詩三首。蓋因二人同名而致誤。

稱《三教珠英》預修者爲二十六人的還有《新唐書》卷一〇四《張昌宗傳》，傳云：「后知醜聲甚，思有以掩覆之，乃詔昌宗即禁中論著，引李嶠、張説、宋之問、富嘉謩、徐彦伯等二十六人（《玉海》引作三十六人，似爲誤植）譔《三教珠英》。」與前引《郡齋讀書志》謂「預修者四十七人」，相差甚大。考《新唐書·藝文志》云：「《珠英學士集》五卷，崔融集武后時修《三教珠英》學士李嶠、張説等詩。」《玉海》卷五四所引作「崔融集學士李嶠、張説等四十七人詩，總二百七十六首」，人數亦作四十七人外，並詳言《珠英集》收詩首數。現存兩《珠英集》寫卷共存作者十三人，存詩五十五首，單從存詩首數看，僅佔全集的五分之一，約合五卷中的一卷。如果依二十六人計，則二分之一作者的詩作，僅佔全集詩作的五分之一。這就是説，佚去的二分之一作者的詩作，應該佔全集詩的五分之四，這顯然懸殊過大，不太可能。另外，現存《珠英集》殘卷中，尚有胡皓一人不見於《唐會要》所舉二十六人中，再從

《會要》敍述語氣推測，二十六人似是聖曆中《三教珠英》編纂之初的預修者，在以後三四年的修纂過程中，當有陸續加入者。所以關於《三教珠英》的預修者，亦即《珠英集》的作者，《郡齋讀書志》所説四十七人之數，當更準確。

王應麟《玉海》卷五四在上引《唐會要》文之後，注云：「無喬偘。《劉禹錫集》云《珠英》卷後列學士姓名，蔣鳳白衣在選〔三〕。一本吴少微亦預修。」這裏涉及喬侃（偘同侃）與吴少微二人是否預修《三教珠英》的問題。喬侃預修《三教珠英》的記載見於《新唐書·藝文志》，於《三教珠英》一千三百卷目十三卷下列預修者十二人，其中有喬侃，不見於前引諸書。《唐詩紀事》卷六喬侃下亦云：「侃，武后時學士，預修《三教珠英》，知之之弟也。開元初爲兖州都督，長安中卒於襄陽。以文詞知名。」考此兩處所言均誤，《舊唐書》卷一九〇《喬知之傳》云：「侃，開元初爲兖州都督。備，預修《三教珠英》，長安中卒於襄陽令。」《紀事》明顯爲誤合喬侃、喬備二人之事於喬侃一人，因疑《新唐書·藝文志》之喬侃亦爲喬備之誤。伯三七七一《珠英集》即載有喬備詩四首。吴少微預修《三教珠英》的記載見《新唐書》卷二〇二《富嘉謩吴少微傳》：「嘉謩，武功人，舉進士，長安中累轉晉陽尉；少微，新安人，亦尉晉陽，尤相友善。……天下文章尚徐、庾，浮俚不競，獨嘉謩、少微本經術，雅厚雄邁，人争慕之，號『吴富體』。豫修《三教珠英》。韋嗣立薦嘉謩、少微並爲左臺監察御史。」傳中將吴、富二人事迹交叉穿插敍述，「豫修《三教珠英》」云云似就吴、富二人而言，然《舊唐書》卷一九〇中《文苑傳》吴、富二傳單立，富傳中稱「嘉謩後爲肅安尉，預修《三教珠英》」，吴傳中則隻字未及此事，可見「一本吴少微亦預修」的説法，似是出於對《新唐書》吴富傳模糊認識的訛傳。

《珠英集》宋以後的著録，僅見於《宋史·藝文志》和元馬端臨《文獻通考》卷二四八《經籍考》。《宋史·藝文志》著録簡略，《文獻通考》則徑引晁公武《郡齋讀書志》，似均未及親見此書，《珠英集》當在宋元之際散佚。

敦煌遺書中現存《珠英集》兩個寫本殘卷，分藏於巴黎（伯三七七一）和倫敦（斯二七一七）。最早注意到《珠英集》寫本的是董康。一九二六至一九二七年間，董康客居東瀛，與内藤虎、狩野直喜等交游，獲讀英法所藏敦煌遺書影片。内藤虎《航歐集》載《與董授金司農（甲子十月在巴黎作）》略云：

法國伯希和、英國適爾士二君，弟皆已見之，見託各書皆遞交。訖勾留倫敦五禮拜，英博物館所藏石室遺書，除内典未染指外，已覩一百四十餘種，其尤奇者有《群書治要》斷簡二種，……又有《珠英集》（《唐·藝文志》、《日本國見在書目》所録），中存劉子玄詩數首。（《書船庸譚》卷一上）

董康《書舶庸譚》卷四民國十六年四月下，記載了關於他整理《珠英集》的情況：

七日，晴，午間微雨。……録燉煌影片《珠英集》。按《新唐書·藝文志》類書類，收張昌宗等《三教珠英》一千三百卷（《舊志》合目計之）。又總集類收《珠英學士集》五卷，注云：崔融集武后時修《三教珠英》學士李嶠、張説等詩（《日本國見在書目》卷第同）。此卷據標目，知爲卷四後之强半、卷五之首六行，其爲崔融所集無疑。晁氏《讀書志》作三卷，云所存祇此，是宋時已經殘缺。内劉知幾詩尤爲罕覯，餘亦當有同異。惟行款混淆，間有訛奪，姑爲迻寫，俟旋滬時，當與《全唐詩》暨各專集互勘。余嘗影巴黎圖書館燉煌寫本唐詩卷子，擬彙訂爲《唐人選唐詩》，今獲是集，殊爲快愉。

八日，晴。……清繕《珠英集》五葉。

九日，晴。……録《珠英集》竟，存其家數如下。〔四〕

據這段敍説，董康所見寫本爲英藏斯二七一七卷。但他彙訂敦煌本《唐人選唐詩》的計劃未能實現，連有關《珠英集》的整理本也因未及時刊佈，而讓今人無從得見了。關於英法所藏二寫本，王重民《伯希和劫經録》、劉銘恕《斯坦因劫經録》以及向達《倫敦所藏敦煌卷子經眼目録》等都有著録，王重民先生並作有較詳的敍録（見《敦煌古籍敍録》卷五），其中的佚詩也已收入《補全唐詩》之中，從而引起了學術界的廣泛重視。但由于《補全唐詩》所録僅限于佚詩，加之敦煌遺書閲讀上的不便，人們對兩個《珠英集》寫卷的具體情況並没有足够的了解，前人的整理、研究仍存在一些懸疑之處，需作進一步的清理。

在有關《珠英集》的著録中，對我們考察兩《珠英集》寫本最富價值的是《郡齋讀書志》所云「以官班爲次」這句話。所謂「官班」即官職的等級位次。核之現存兩卷中有題名作者十一人，均按官位高下依次排列，無不相合。但斯卷中，卷四以王無競（從七品下）殿末，卷五却以馬吉甫（正六品下）起首，可見所謂「以官班爲次」並非全集五卷統排，而似是只限於各卷之内。當然，從卷四、卷五作者皆品位較低者看，全集卷次排列上似乎也是大致遵守了官班爲次的原則的。斯卷於馬吉甫前有「《珠英集》第五」的標識，伯卷中没有卷次標識，卷末胡皓官從九品下，爲唐二十九等官位中的末位，應該已接近《珠英集》全集之末（符鳳以「白衣在選」，當在胡皓之後）。伯卷卷首喬備（正六品下），與斯卷《珠英集》卷五所存作者馬吉甫（正六品下）官階相等，因疑伯卷當爲《珠英集》第五卷的部分内容。

斯卷在鈔寫次序上較爲單純，伯卷因連鈔兩遍，重出詩人四人、詩十二首，而相對複雜，造成了一些詩的歸屬不清問題。如王重民《補全唐詩》將《春悲行》、《渝州逢故人》、《感春》詩三首收歸胡皓名下，校記云：「右三首，載於伯三七七一《珠英集》殘卷的開端。原共五首，不著撰人。第四首《奉天田明府席餞别》、第五首《答徐四蕭關别醉後見投》與後重出。已據重出部分的題名載入胡皓詩内。因疑前三首亦胡皓所作，故附於此。即非皓所作，亦必爲其他珠英學士的作品。」王先生對這三首詩的歸屬是表示疑問的，可惜未及詳考。這裏我們按伯卷所存作者及詩的原來次序，稍作整理，列目及各人官班如左：

一、闕名五首

（1）春悲行

（2）渝州逢故人

（3）感春（以上三詩鈔兩遍，《感春》第二遍僅鈔詩題）

（4）奉天田明府席餞别

（5）答徐四蕭關别醉後見投

二、安邑縣令喬備四首（正六品下）

三、太子文學元希聲二首（正六品下）

四、司禮寺博士房元陽二首（從七品上）

五、洛陽縣尉楊齊哲二首（從八品下）

六、恭陵丞胡皓七首（從九品下）

（1）奉使松府

（2）夜行黄花川

（3）登灰坂（此詩僅存題，詩缺）

七、闕名二首（原卷另行接鈔以下二詩，當爲所鈔第二遍之起點）

（1）奉天田明府席餞别

（2）答徐四蕭關别醉後見投

八、安邑縣令喬備四首（正六品下）

九、太子文學元希聲二首（正六品下）

十、司禮寺博士房元陽二首（從七品上，僅鈔一首未完）

從上面有題名五人的官班高低看，喬備之前顯然不可能是胡皓。那麼卷首五詩當然也不是胡皓所作，而應是一位佚名珠英學士的作品。胡皓詩，此卷實存三首，其中《登灰坂》一首僅鈔詩題，下即未鈔〔五〕。王重民先生將此詩忽略不提，隱去了此卷重複鈔寫的起訖點這一關鍵所在，致使將《奉天田明府席餞别》、《答徐四蕭關别醉後見投》二詩亦誤歸胡皓名下。

關於兩卷詩的存佚情況，王重民先生所作敍録中言之甚詳：「伯氏本：載元希聲詩二首，《贈皇甫侍御赴都》第二律與第三首，並不見《全唐詩》。房元陽二首、楊齊悊二首，房、楊詩《全唐詩》不載。胡皓七首、喬備四首，胡四詩、喬二詩，《全唐詩》失載。斯氏本：沈佺期十首、李適三首、崔湜九首、劉知幾三首、王無競八首（實僅七首）、馬吉甫三首。沈詩今存，劉、馬二家全佚，李詩佚一首，崔、王二家各佚四首。合得佚詩二十七首。」現經與原卷整理核實，發現王先生所説與原卷出入較多。伯卷元希聲《贈皇甫侍御赴都》第二律《全唐詩》僅缺末二句，可據該卷補足，并非全佚。楊齊悊二首，其中《曉過古函谷關》一首已見《全唐詩》，謂「房、楊詩《全唐詩》不載」，誤。胡皓詩實爲三首（其中一首詩缺）。喬備詩四首，佚詩僅一首，稱「喬二詩，《全唐詩》失載」，亦誤。又卷首尚有闕名詩五首，已見前考。斯卷沈佺期《古鏡》，《全唐詩》僅存三聯，可據該卷補五聯。王無競詩原題八首，存詩七首又存題一首，詩闕。又卷首尚有闕名《帝京篇》一首。合言之，伯卷除去重複，共有作者六人詩十八首（其中一首詩缺）。斯卷共有作者七人詩三十七首（其中殘詩一首、存題一首）。兩卷合得佚詩三十首（其中存題二首、殘詩一首）。

《珠英集》的編纂與《三教珠英》成書大致同時而略晚，《珠英集》收沈佺期《辛丑歲十月上幸長安時雲卿從在西嶽作》詩，「辛丑」即長安元年（七〇一），早《三教珠英》撰成時間（同年十一月十二日）僅月餘。又《珠英集》署元希聲銜爲太子文學，崔湜《故吏部侍郎元公碑》謂《三教珠英》「書成，克厭帝旨，遷太子文學」。知元希聲太子文學爲書成遷任之職。可見《珠英集》的編纂時間當略晚於《三教珠英》的成書時間，或在崔融長安二年（七〇二）鳳閣舍人任上。

伯卷鈔於佛經論釋卷背。斯卷鈔於《十地疏》卷背，卷背《珠英集》前尚有發願文、鎮宅文四十七行，與《珠英集》筆迹不同。《珠英集》後還有《押衙爲亡考百日設齋祈福文》等雜寫文書數十行，筆迹與鎮宅文、《珠英集》也不同。原卷行款格式紊亂，書法草率，應是讀者爲個人誦讀而鈔〔六〕。王重民先生認爲二卷「筆迹相同」，但我們從字形與用筆熟練程度看，二者之間還是存在着不少差别的。因未目驗原卷，不敢確斷。

爲保留《珠英集》原貌，本書校録一依原卷，一般涉音同、形近致誤的字，用圓括號注出正字，不再出校；方括號中則是擬補之字。參校範圍限定在有關的唐宋典籍和通行的《全唐詩》，詩下詳舉異文，以見寫本之優劣。今人校訂成果可備一説者，亦出校以供參考。王重民《補全唐詩》中的校録錯訛不再出校，以免繁複。

〔一〕《珠英集》唐時即被傳鈔到日本，日人藤原佐世於寬平年間（八八九—八九七）奉敕編纂的《日本國見在書目録》四十「總集家」下著録「珠英學士集五」。

〔二〕《唐會要》所載二十六人中，李處正事跡文獻缺載，吴其昱疑爲「李處直」之誤。

〔三〕《劉禹錫集》卷一七《薦處士嚴毖狀》：「每覽《珠英》卷後列學士姓名，有常州人符鳳，白衣在選，取其藝業，不棄遠人。」民國徐鴻定影印宋紹興八年本、董康影印日本崇蘭館藏宋刻大字本劉集均作「符鳳」，又《舊唐書》卷一八三《武延秀傳》、《新唐書》卷二〇五《符鳳妻傳》及《太平廣記》卷二七〇（出《朝野僉載》）亦作「符鳳」（中華書局版《廣記》此條爲談愷據《新唐書·列女傳》所補，非《廣記》原文。臺北中研院史語所藏談刻本存原文，參見《唐人軼事彙編》卷一〇）。《通鑑》卷二〇九引《舊傳》作「苻鳳」。作「蔣鳳」者唯《唐會要》卷三六及《玉海》所引二例。另《新唐書》卷二〇六《武承嗣傳》又作「何鳳」，《唐會要》卷七六、《登科記考》卷四（據《册府元龜》、《唐會要》）並載何鳳神功元年（六九七）應絶倫科及第。「苻」、「蔣」、「何」三字與「符」均相近，當爲傳訛。池田温《中國古代寫本識語集録》參七七七號，據「高野山藏宋元祐五年版經」，録唐開元十三年（七二五）四月「一切有部苾蒭尼毘奈耶卷一譯場列位」，其中有「翻經學士修文館學士臣符鳳」。

〔四〕董康所録篇題多有誤處，兹從略。《書船庸譚》，一九三九年誦芬室重校訂本。

〔五〕原卷此詩題下接寫「錯書」二字，但「錯書」是否指《登灰坂》詩題而言，因原卷鈔寫草率，情況複雜，尚難以確定。即使《登灰坂》爲誤鈔，其下《奉天田明府席餞别》等二詩，卷首鈔於喬備前，仍難以確定爲胡皓詩。

〔六〕吴其昱《敦煌本〈珠英集〉兩殘卷考》對兩寫本的紙張、行款有詳細描述，並考證斯卷爲後梁（九〇七—九二三）時鈔本。《法國學者敦煌學論文選萃》，中華書局，一九九二年。

珠英集卷四、卷五（斯二七一七）

闕名一首

帝京篇一首五言〔一〕

神皋唯帝里，壯麗擬仙居。珠闕臨清渭，銀臺人（入）翠虚。新豐喬樹蜜（密），長樂遠鐘踈。三市年華泛，千門麗日初。浮雲驌〔驦〕馬〔二〕，流水鳳皇車。薄晚章臺路，繽紛軒冕度。緹綺（騎）〔□〕鳴鑾〔三〕，仙管吟芳樹。花鳥曲江前，風光昭綺筵。迴〔□〕冶神袖〔四〕，飛鶴繞驕弦。獨有揚雄宅，簫（蕭）然草太玄。

〔一〕原卷卷首殘，失作者名。此詩《全唐詩》、王重民《補全唐詩》失收。

〔二〕原卷「驌」字下空格，闕一字。《文選》卷三五張景陽《七命》：「駕紅陽之飛燕，驂唐公之驌驦。」因據補「驦」字。

〔三〕原卷「綺」下空格，闕一字。

〔四〕原卷「迴」下空格，闕一字。

通事舍人吴興沈佺期十首

駕幸香山寺應制一首七言〔一〕

南山奕奕通丹禁，北闕峨峨連翠雲。嶺上樓臺十地起，城中鍾鼓四天聞。旃檀曉閣金與（輿）度，鸚鵡晴林抹（綵）眊分。長願醍醐參聖酒〔二〕，身身（聲聲）歌賦幸金（□）〔三〕。

〔一〕《英華》卷一七八收此詩，題作《從幸香山寺應制》，作者名下注「集無」二字。《全唐詩》卷九六據《英華》收録。

〔二〕長願 《英華》作「願以」。

〔三〕原脱一字。《英華》末句作「還將祇苑當秋汾」。

古鏡〔一〕

鑿井遘古墳，古墳襯淪没。誰家青銅鏡，送此長彼（波）月。長夜何冥冥，千歲光不教〔二〕。玉匣歷窮泉，金龍潛幽窟。鞶組已銷散，錦衣亦虧闕〔三〕。苺苔翳清池，蝦蟇蝕明月。埋落今如此，烟心未當歇〔四〕。願垂拂拭恩，爲君鑑雲髮〔五〕。

〔一〕原卷無題，接書於前詩末行。《全唐詩》卷九五載此詩末三聯，題《古鏡》。

〔二〕「教」字出韻，於意亦不通，似誤。俟校。

〔三〕以上五聯《全唐詩》等失載。

〔四〕烟　《全唐詩》作「照」。「烟」爲避武后諱改。

〔五〕雲　《全唐詩》作「玄」。

朝鏡一首〔一〕

靡靡日摇蕙〔二〕，騷騷風灑蓮。時芳固相奪，俗態豈恒堅。恍惚夜川里，蹉跎朝鏡前。紅顔與壯志，太息此流年。

〔一〕《全唐詩》卷九六收此詩，題作《覽鏡》。

〔二〕靡靡　《全唐詩》作「霏霏」。

辛丑歲十月上幸長安時雲卿從在西岳作一首五言〔一〕

西鎮何穹崇，壯裁（哉）信靈造。諸嶺皆峻秀，中峰持（特）美好。傍見巨掌存，勢如拓東倒〔二〕。頗聞首陽去，闓坼此何（河）道〔三〕。磅薄（礴）壓洪源，巍峩戴清昊〔四〕。雲泉紛亂暴（瀑），天磴（磴）屺横抱〔五〕。子先呼其巔，宫女世〔不〕老〔六〕。下有府君廟，歷載傳灑掃。皇明應天遊〔七〕，十月戒鄷鎬。微末忝閑從，兼得事蘋藻。宿心愛此山〔八〕，意欲拾靈草。陰壑已水閉〔九〕，雲竇絶探討。芬月期再來〔一〇〕，迴策思方浩。

〔一〕《英華》卷一五九收此詩，題《扈從出西岳作》，《全唐詩》卷九五題作《辛丑歲十月上幸長安時扈從出西岳作》。

〔二〕拓　《英華》同，《全唐詩》作「石」。

〔三〕闓坼　《英華》作「開拆」，《全唐詩》作「開坼」。

〔四〕巍　《英華》作「嵬」。　戴　《英華》、《全唐詩》作「壯」，《英華》注云：「《初學記》作載。」

〔五〕鏺　當作「磴」。「磴」音訛成「鐙」，復形訛成「鏺」。《英華》作「鐙」，《全唐詩》作「磴」。　屺　《英華》作「矻」，《全唐詩》作「屹」。

〔六〕不　原脱，據《英華》補。

〔七〕皇　《全唐詩》注云：「一作星。」

〔八〕此　《英華》、《全唐詩》作「兹」。

〔九〕水　《英華》作「承」，注云：「集作水，《初學記》作永。」《全唐詩》作「永」。　閉　《全唐詩》作「閟」。

〔一〇〕芬　《英華》、《全唐詩》作「芳」，《英華》注云：「集作芬。」　再來　《英華》同，《全唐詩》作「來過」。

古新（離）别一首〔一〕

白水東悠悠，中有西行舟。舟行有返棹，水去無還流。秦（奈）何生别者，戚戚懷遠遊。遠遊誰當惜，所悲會難收。自君間芳躧〔二〕，青陽四五遒。皓月抽（掩）蘭室，光風虚蕙樓。相思無明晦，長歎累冬秋。離居久遲暮，高駕何淹留。

〔一〕《英華》卷二〇二、《樂府詩集》卷七一收此詩，題《古别離》，《全唐詩》卷九五題《擬古别離》。

〔二〕間　《英華》同，《樂府詩集》作「聞」，《全唐詩》作「闃」，注云：「一作聞。」　躧　《英華》作「麗」，注云：「一作自君聞芳躧。」《全唐詩》「躧」下注云：「一作屣。」「屣」通「躧」。作「麗」誤。

古意一首七言〔一〕

盧家小婦鬱金堂〔二〕，海鷰雙棲〔玳〕瑁梁〔三〕。九月寒砧催下葉〔四〕，十年征戍憶遼陽。白狼何（河）北軍書斷〔五〕，丹鳳城南秋夜長。誰忍含愁獨不見〔六〕，使妾明月對流黄〔七〕。

〔一〕《才調集》卷三收此詩，題作《古意呈喬補闕知之》，《搜玉小集》、《英華》卷二〇五、《唐詩紀事》卷六題作《古意》，《樂府詩集》卷七五題作《獨不見》。《全唐詩》卷九六則題《古意呈補闕喬知之》。

〔二〕盧家　諸本同，唯《才調》作「纖錦」，注云：「一作盧家。」　小　《紀事》、《樂府》同，其餘諸本作「少」，《英華》注云：「一作小。」　「堂」下《全唐詩》注云：「一作香。」

〔三〕玳　原卷脱。

〔四〕下　《英華》、《紀事》、《樂府》同，《才調》、《搜玉》、《全唐詩》作「木」。

〔五〕狼　《才調》作「駒」。　軍　《才調》、《英華》同，《搜玉》、《紀事》、《樂府》、《全唐詩》作「音」。《英華》注云：「一作音。」

〔六〕忍　《才調》、《英華》、《紀事》、《樂府》作「知」，《搜玉》作「爲」，《全唐詩》作「謂」。　愁　《英華》作「情」，注云：「一作愁。」　見　《英華》作「語」，注云：「一作見。」

〔七〕使妾　《搜玉》、《全唐詩》作「更教」。　對　《才調》、《英華》同，《英華》注：「一作照。」《搜玉》、《紀事》、《樂府》、《全唐詩》作「照」。《全唐詩》注云：「一作使妾明月對流黃。」

古意一首雜言〔一〕

八月涼風動高閣〔二〕，千金麗人卷綃幕〔三〕。已憐池上歇芳菲，今願君恩復摇落〔四〕。世〔上〕榮枯如轉蓬〔五〕，旦時阡陌暮雲中〔六〕。飛鷁侍寵昭陽殿〔七〕，班姬飲恨長信宮。長信宮，昭陽殿，春來歌舞妾自知，秋至簾櫳君不見〔八〕。古時嬴（羸）女厭世（紛）〔九〕，學鳳吹簫乘綵雲〔一〇〕。含情轉睞向仙史〔一一〕，千歲童顔持贈君〔一二〕。

〔一〕此詩兩見於《英華》，卷一九三題《鳳簫曲雜言》（簡稱甲本），卷二〇五與前詩連稱《古意二首》，此其二（簡稱乙本）。《全唐詩》卷九五據此兩本收録，題作《鳳簫曲》，注「一作《古意》」。

〔二〕動　乙本同，甲本作「下」。

〔三〕千金　甲本同，乙本作「三千」，注云：「一作千金。」

〔四〕今願　甲本作「不念」，乙本作「不願」。「不念」義似較長。　復　乙本同，甲本作「坐」。

〔五〕上　原脱，據二本補。　枯　乙本同，甲本作「華」。

〔六〕旦時　甲本作「朝隨」，乙本作「是時」。

〔七〕恃寵　乙本同，甲本作「侍寢」。

〔八〕簾櫳　乙本同，甲本作「容華」。

〔九〕古　乙本同，甲本作「昔」。　紛　原脱，據乙本補，甲本作「氛」。

〔一〇〕學鳳吹簫　甲本同，乙本作「學吹鳳簫」。

〔一一〕睞　乙本同，甲木作「眄」。　仙　二本併作「蕭」。

〔一二〕千歲童顔　乙本同，甲本作「千載紅顔」。

邙山一首七言〔一〕

北邙山上列墳塋，萬古千〔秋〕對洛城〔二〕。城中日夕歌鐘起，山上唯聞松柏聲。

〔一〕《英華》卷三〇六收此詩，題作《邙山》，無異文。《全唐詩》卷九七收録。

〔二〕秋　原脱，據《英華》補。

長門怨一首〔一〕

月皎風泠泠（泠泠），長門次掖庭。玉階聞墜葉，羅幌見飛螢。君恩若流水，妾怨似繁星。黄金盡詞賦，自（白）髮空帷屏〔二〕。

〔一〕此詩又見《英華》卷二〇四、《樂府》卷四二、《全唐詩》卷九六。

〔二〕以上四句各本作：「清露凝珠綴，流塵下翠屏。妾心君未察，愁歎劇繁星。」

鳳笙曲〔一〕

憶昔王子晉，鳳笙遊雲空。揮手弄白日，安能戀青宮。豈舞（無）嬋娟子，結念羅帷中〔二〕。憐壽不貴色，身世兩無窮。

〔一〕原無題，據《英華》卷一九三、《樂府》卷五〇、《全唐詩》卷九五補。

〔二〕帷　《英華》注：「一作帳。」《樂府》作「帳」。

前通事舍〔人〕李適三首

汾陰后土祠作一首五言〔一〕

昔予讀書史〔二〕，遍覩漢世君〔三〕。武皇實稽古，建茲百代勛。號令垂懋典，舊經備闕文。南巡歷九疑（嶷），〔舳〕艫被江濆〔四〕。勒兵十八萬，旌騎何紛紛〔五〕。朅來茂陵下，英威不復聞〔六〕。我〔行〕歲方晏〔七〕，極望山河分。神光終宜（冥）漠〔八〕，鼎氣獨氛氳。攬涕涉脽上〔九〕，登高見彼汾。雄圖今安在，飛飛有白雲。

〔一〕此詩見《英華》卷三二〇、《全唐詩》卷七〇，題同。

〔二〕書　二本併作「舊」。

〔三〕覩　《英華》此下注云「一作觀」。

〔四〕舳　原脱，據《英華》補。　瀆　二本併作「濆」。
〔五〕騎　二本併作「旗」。
〔六〕威　二本併作「聲」。
〔七〕行　原脱，據《英華》補。
〔八〕冥漠　《全唐詩》同，《英華》作「冥寞」。
〔九〕涉　《英華》同，《全唐詩》作「步」。

答宋之問入崖口五渡一首五言〔一〕

聞君訪遠山，躋險造幽絶。眇然青雲意〔二〕，觀奇彌年月。登嶺亦坼（泝）溪，孤舟事沿越。崿嶂傳綵翠，崖磴生欹軮〔三〕。石林上攢叢〔四〕，金澗下明滅。捫壁窺丹井，梯苔瞰乳穴。忽枉巖中贈，對翫未嘗輟。殷勤獨往事，委曲練藥説〔五〕。迨予名山期〔六〕，從爾泛海澨。歲晏秉宿心，期（斯）言非徒設。

〔一〕此詩見《唐文粹》卷一六、《英華》卷二四九、《紀事》卷九及《全唐詩》卷七〇，題作《答宋十一崖口五渡見贈》。
〔二〕意　各本併作「境」。
〔三〕生　各本併作「互」。
〔四〕叢　《文粹》、《紀事》併同，《英華》作「聚」。
〔五〕練　《英華》同，《文粹》、《紀事》作「鍊」。

〔六〕迨 《英華》同，《文粹》、《紀事》作「邀」。

送友人向恬(括)州一首五言〔一〕

委(逶)迤吴山雲，演漾洞庭水。青佩(楓)既愁人，白頻(蘋)亦靡靡。送君出京國，孤舟眇江汜。浮陽怨芳歲，況乃别行子。括蒼漲海壖，斯路天台〔□〕〔二〕。我有巖中念，遥寄四明裏。

〔一〕此詩《全唐詩》失收，王重民《補全唐詩》據本卷收録。

〔二〕原卷脱一字。

左補闕清河崔湜九首

責躬詩一首五言〔一〕

嘗聞古人説，正直神不欺。忠義恒獨守，堅貞每自持。效官已十載，理劇獨未朞。獄聽除苛慘，形(刑)章息滯疑。豈得保世業，諒以答明時。顧無白玉玷，忽負蒼蠅詩。扃固(錮)非所耻，幽冤誰爲辭。楚囚應積〔□〕〔二〕，秦繫亦銜悲。永夜振衣坐，故人不在兹。流靈自蕪漫，芳草獨葳蕤。日月行無舍，平生志莫追。山林如道喪，州縣豈心期。助思紛何在，清神悵不怡。自憐暗成事，感歎興此詞。

〔一〕此詩《全唐詩》失收，王重民《補全唐詩》據本卷收録。

〔二〕原脱一字，似應作「憒」。

登總持寺浮圖一首五言〔一〕

宿雨清龍界，晨暉滿鳳城。升攀重閣迥，憑覽四郊明。井邑周秦地，河山今古情〔二〕。紆餘二水合，寥落五陵平。處處風煙起，欣欣草樹榮。故人不可見，冠蓋滿東京。

〔一〕此詩見《全唐詩》卷五四，題作《登總持寺閣》。

〔二〕河山　《全唐詩》作「山河」。

暮秋書懷一首五言〔一〕

首夏别京輔，杪秋滯三河。沉沉蓬萊閣，日夕鄉思多。霜剪涼墀蕙〔二〕，風捎幽渚荷。歲芳坐淪歌（歇），感此式微歌。

〔一〕王重民《補全唐詩》云：「《全唐詩》一函八册（卷三一）作爲魏徵的詩，而《珠英集》作崔湜；《珠英集》應可據，故仍補入崔湜名下。」王説可從。《全唐詩》作魏徵詩乃據《搜玉小集》，毛晉於《搜玉小集》此詩下注云：「上二首（另首爲《述懷》）向誤宋之問。」

〔二〕墀　《搜玉》作「地」，《全唐詩》作「階」。

雜詩一首〔一〕

鵲巢惡木巔，常窘一枝息。寧知椅梧鳳，亦欲此棲宿。喈喈多好音，矯矯奮輕翼。上林豈不茂，胡爲戀幽仄。處陋仍莫保，居華固陵偪。下流不可居，斯言可佩服。

〔一〕此詩《全唐詩》失收，王重民《補全唐詩》據本卷收録。

九龍潭作一首五言〔一〕

弱齡聞兹山，夢寐嘗所適。迨〔□〕此躋覽〔二〕，依然是疇昔。結侣尋絶徑，周流觀奇迹。兹蓬（逢）世所希，環令佨（合抱）穹壁。上有龍泉湧，百丈〔□〕潨射〔三〕。伏溜轉陰溝，盤渴（渦）沸嵌石。逶迤環汀嶼，熠熻（爚）洞金碧〔四〕。石蔓下離縷，雲蘿上綿羃。翫極不云厭，俳佪忽惡夕〔五〕。清籟充絲篁，茂草代茵席。冷（泠）然聞鳳吹，髣髴覯雲藉（籍）〔六〕。顧謂攜手人，誰爲掛冠客？

〔一〕此詩《全唐詩》失收，王重民《補全唐詩》據本卷收録。

〔二〕此句原脱一字。

〔三〕此句原脱一字。

〔四〕洞　項楚云：「『洞』則『泂』字形譌，《説文》：『泂，滄泂也。』」

〔五〕惡　蔣禮鴻云：「『惡』字不可通，疑爲『恖』字之誤，即『志』字，見《集韻》去聲七志韻，『志』以音近借作

「至」。」

〔六〕藉　王重民校作「際」，俞平伯云：「『雲藉』疑當作『雲籍』，仙籍之意。如改『際』字，失叶。」今從俞説作「籍」。蔣禮鴻云：「『藉』以音近借作『舄』。……『雲舄』者，雲中之舄，即仙人之舄也。」

酬杜麟臺春思一首五言〔一〕

春還上林苑，花滿洛陽城〔二〕。鴛衾夜凝思，龍鏡曉含情。憶夢殘燈落，離魂暗鳥驚〔三〕。可憐朝與暮，樓上獨盈盈。

〔一〕此詩見《搜玉小集》及《全唐詩》卷五四，題同。

〔二〕《唐詩紀事》卷九《崔湜》下引以上二句，云：「湜執政時年三十六，嘗暮出端門，下天津橋，馬上賦詩曰（略）。張説見之，嘆曰：文與位固可致，其年不可及也。」

〔三〕鳥　二本併作「馬」。

同李員外春怨一首〔一〕

落日啼連夜，孤燈坐着明〔二〕。卷簾雙鷰出〔三〕，披幌百花驚。隴外寒應晚〔四〕，機中織未成〔五〕。管弦愁不記〔六〕，粧梳嬾無情。去歲聞西伐，今年首北征〔七〕。容顏離别盡，流恨滿長城。

〔一〕此詩見《英華》卷二一七、《全唐詩》卷五四。怨，《英華》作「園」，《全唐詩》作「閨」。

〔二〕着 二本併作「徹」。
〔三〕出 二本併作「入」。
〔四〕外 《英華》作「水」，《全唐詩》作「上」。
〔五〕機 二本併作「闈」。
〔六〕記 二本併作「意」，注云：「一作記。」
〔七〕首 二本併作「送」。

斑(班)婕好(妤)一首五言〔一〕

不分君恩斷〔二〕，新粧視鏡中。容華尚春日〔三〕，嬌愛已秋風〔四〕。枕席臨燈曉〔五〕，帷屏向月空。年年後庭樹，榮落在深宮。

〔一〕此詩見《英華》卷二〇四、《紀事》卷九、《樂府》卷四三及《全唐詩》卷五四。《英華》題《班婕妤怨》，《樂府》題《班婕妤》，餘二本題《婕妤怨》。
〔二〕分 《英華》作「忿」。
〔三〕尚 《紀事》作「向」。
〔四〕已 《紀事》作「似」。
〔五〕燈 《英華》注云：「一作窗。」《樂府》作「窗」。

塞垣行一首五言〔一〕

疾風度溟海〔二〕，萬里揚沙礫。仰望不見天，昏昏竟朝夕。是時軍兩進，東拒復西敵〔三〕。蔽山張旗鼓，聞道潛(潛)鋒鏑。精騎突曉圍，奇兵襲暗壁。十月塞寒惣〔四〕，四山汧(沍)陰積〔五〕。雨雪應(雁)南飛，風塵景西迫。昔我事論詩〔六〕，未嘗怠經籍。一朝棄筆硯，十載操矛戟〔七〕。客邀黄河誓〔八〕，須勒燕山石〔九〕。可嗟牧羊臣，海上久爲客。

〔一〕此詩見《搜玉小集》，又《全唐詩》於卷五四(簡稱甲本)崔湜名下、卷六八(簡稱乙本)崔融名下互見，據此卷，則作崔融詩爲傳誤。

〔二〕度　各本併作「捲」。

〔三〕甲本「敵」下注云：「一作摘。」

〔四〕塞寒惣　各本併作「邊塞寒」。「塞寒惣」與下聯「汧陰積」相對，意較勝。

〔五〕汧　「沍」字形訛。甲、乙二本併作「沍」，同「沍」。《搜玉》作「江」，當爲「沍」字形訛。

〔六〕論詩　各本併作「討論」。「論詩」較勝。

〔七〕操　《搜玉》作「揉」，形訛。

〔八〕客邀　各本併作「豈要」。此用漢高祖誓功事，「豈要」較勝。

〔九〕燕山　乙本同，《搜玉》、甲本併作「燕然」。此用後漢竇憲破單于，於燕然山刻石勒功事，作「燕然」較勝。

右補闕彭城劉知幾三首〔一〕

〔一〕王重民《補全唐詩》云：「《徐堅傳》也説：『堅與給事中徐彦伯、定王倉曹劉知幾同修《三教珠英》。』兹按原題：『右補闕彭城劉知幾。』知幾陞右補闕當在修《三教珠英》的時候稍前，此事不見他書記載。」案：右補闕從七品上，定王倉曹正六品上，知定王倉曹乃知幾後任之職，「陞右補闕」云云當誤。

次河神廟虞參軍船先發余阻風不進寒夜旅泊一首〔一〕

朝謁馮夷詞（祠），夕投孟津渚。風長川淼漫，河闊舟容與。迴首望歸途，連山曖相拒。落帆遵迴岸，輟榜依孤嶼。復值驚彼（波）息，戒徒候前侣。川路雖未遥，心期頓爲阻。沉沉落日暮，切切涼飈舉。白露濕寒葭，蒼烟晦平楚。啼猨嚮巖谷，唳鶴聞河溆。此時懷故人，依然愴行旅。何當欣既覯，鬱陶共君敍。

〔一〕此詩《全唐詩》失收，王重民《補全唐詩》據本卷收録。

讀漢書作一首〔一〕

漢王有天下，欻起布衣中。奮飛出草澤，嘯吒馭群雄。淮陰既附鳳，黥彭亦攀龍。一朝逢運會，南面皆王公。魚得自忘筌，鳥盡必藏弓。咄嗟罹鼎俎，赤族無遺蹤。智裁（哉）張子房，處世獨爲工。功成薄愛（受）賞，高舉追赤松。知正（止）信無辱，身安道亦隆。悠悠〔千〕載後，擊朴（抃）仰遺風。

〔一〕此詩《全唐詩》失收，王重民《補全唐詩》據本卷收録。

詠史一首〔一〕

汎汎水中荓（萍），離離岸傍草。逐浪高復下，從風起還倒。人生不若兹，處世安可保？蘧瑗仕衛國，屈伸隨世道。方朔隱漢朝，易農以爲寶。飲啄得其性，從容成壽考。南國有狂生，形容獨枯槁。作賦刺椒蘭，投江溺流潦。達人無不可，委軍（運）推蒼昊。何爲明白（自）銷，取譏於楚老。

〔一〕此詩《全唐詩》失收，王重民《補全唐詩》據本卷收録。

右臺殿中侍御史内供奉瑯琊王無競八首

詠漢武帝一首五言〔一〕

漢家中葉盛，六世有雄才。廐馬三十萬，國容何壯裁（哉）。東歷琅邪郡，北上單于臺。好仙復寵戰，莫救茂陵隈。

〔一〕此詩《全唐詩》失收，王重民《補全唐詩》據本卷收録。

別潤州李司馬一首五言〔一〕

〔一〕詩闕。原卷此題下接鈔後詩「秦世築長城」一首，但此詩顯非送別内容，《英華》卷三〇九收録題作《北使長城》，原卷王無競下原題八首，實存七首。似是鈔寫者在鈔完《別潤州李司馬一首》題後，漏鈔詩正文，而誤鈔《北使長城》詩，因亦遺漏《北使長城》之題。《別潤州李司馬一首》不見於《全唐詩》等，可補王無競詩存目。

北使長城〔一〕

秦世築長城，長城無極已。暴師四十萬，興功九千里。死人如亂麻，白骨相撐委。殫弊未云語〔二〕，窮毒豈知止。胡塵未北滅，楚兵逐東起。六國復囂（囂）〔三〕，兩龍鬭觺觺。卯金竟握讖，反壁（璧）俄淪祀（圯）。仁義寢邦國，狙暴行終始。一旦咸陽宫，翻爲漢朝市。

〔一〕此題原脱，據《英華》卷三〇九、《全唐詩》卷六七補。

〔二〕語　二本併作「悟」。

〔三〕復　《英華》作「遂」，注云：「一作復。」　又此句原脱一「囂」字。

駕幸長安奉使先往檢察一首五言〔一〕

奉使至京邑，戒塗歷險夷。首旬發定鼎，再信過灞池。何（河）山壯關輔，金火遰雄雌。文物淪霸運，靈符啟聖期。宸扆闢臨御，巡幸順謳思。城闕生光彩，草樹含榮滋。緹綺（騎）紛沓襲，翠旗曳葳蕤。童幼問明主，耆老感盛儀。輪袂交隱隱，廛陌滿熙熙。微臣昧所識，觀俗書此詞。

〔一〕此詩《全唐詩》失收，王重民《補全唐詩》據本卷收録。

滅胡一首五言〔一〕

漢軍屢北喪，胡馬遂南駈。羽書夜驚（警）急，邊柝亂傳呼。鬪軍却不進，關城勢已孤。黄雲塞沙落，白刃斷交衢。朔霧圍未解，鑿山泉尚枯。伏波塞後援，都尉失前途。亭障多墮毁，金鏃無金（全）軀。獨有山東客，上書圖滅胡。

〔一〕此詩《全唐詩》失收，王重民《補全唐詩》據本卷收録。

君子有所思行一首五言〔一〕

北上登渭原，南下望咸陽。秦帝昔所據，按劍朝侯王。踐山劃郊郭，濬流固墉隍。左右羅將相，甲館臨康莊。曲臺連閣道，錦幕接洞房。荆國徵艷色，邯鄲選名倡。一彈人（入）雲漢，再歌斷君腸。自矜青春日，王（玉）顔恡容光。安知緑苔滿，羅袖坐霑霜。聲侈遽衰歇，盛愛且離傷。豈唯毒身世，朝國亦淪亡。物盈道先忌，履謙福允臧。獨有東陵子，種瓜青門旁。

〔三〕此詩《全唐詩》失收，王重民《補全唐詩》據本卷收録。

銅爵妓一首五言〔一〕

北登銅（銅）爵上，西望青松郭。繐帷空蒼蒼，陵田紛漠漠。平生事已變，歌吹宛猶昨。長袖拂玉塵（塵），遺情結羅幕。妾怨在朝露，君恩豈中薄。高臺奏曲終，潺湲淚横落〔二〕。

〔一〕此詩見《樂府詩集》卷三一、《全唐詩》卷六七，題作《銅雀臺》。

〔二〕潺湲　二本併作「曲終」。

鳳臺曲一首五言〔一〕

鳳臺何逶迤，嬴（嬴）女管參差。一旦綵雲至，身去還無時〔二〕。遺曲此臺上，世人多學吹。〔一吹〕一落淚〔三〕，至今憐玉姿。

〔一〕此詩見《樂府詩集》卷五一、《全唐詩》卷六七，題同。

〔二〕還無時　二本併作「無還期」。

〔三〕一吹　二字原脱。原卷此詩後尚有兩行爲：「一吹一落淚，至今憐玉姿。」因據補。

珠英集第五

太子文學扶風馬吉甫三首〔一〕

〔一〕《全唐詩》無馬吉甫詩，王重民《補全唐詩》據本卷收録。

秋晴過李三山池五言

山遊〔□〕未狎〔一〕，朝隱遂爲群。地僻烟霞異，心閑出處分。褰開弄晴景，披拂喜朝聞。野興浮黄菊，林棲卧白雲。窺臨苔壁古，歌嘯竹亭曛。迴想幽巖路，知予復解紛。

〔一〕原卷脱一字。

秋夜懷友一首

故人在天末，空庭明月時。白雲勞悟（寤）寐，芳樹歇華滋。蟋蟀鳴秋草，蜘蛛弄曉絲。菊花應可汎，留興待〔□□〕〔一〕。

〔一〕原卷末二字脱。

同獨孤九秋閨一首

閨樹紅滋變，庭蕪白〔一〕

〔一〕原卷「庭蕪白」以下未鈔。

珠英集卷五（伯三七七一）

闕名五首〔一〕

〔一〕闕名五首，王重民《補全唐詩》均收於胡皓名下，誤。詳前所考。

春悲行一首五言〔二〕

夜鵲南飛倦，鳴鷄屢送晨。忽聞芳歲道〔二〕，今日故園春。試上高臺望，菭菭江樹新。的的韶陽蘂（蘂），迢迢佳麗人。音容曠不接，景物徒相因。别怨如流水，移恩念積新（薪）。垂淚三危露，心斷二京塵。遠役鴻爲伴，荒亭鬼作隣。吾生殊卉木，顛顇此江濱〔三〕。

〔一〕原卷此題前仍有一行，爲「春悲行一首五言」，殘去右側。又此卷後又重鈔此詩一遍（以下簡稱重出詩）。

〔二〕道　王重民校作「到」，項楚校作「首」。

〔三〕江　原脱，據重出詩補。

渝州逢故人一首五言〔一〕

共是他鄉客，俱爲失路人。自憐蓬髮改，不掩柳條春。

〔一〕此卷後重抄此詩一遍，題脱「逢」字。

感春一首〔一〕

試登高臺春，伏檻弄陽旭。紆寂融密思，韶和洗紛矚。林暖花意紅，墀薰草情緑。感物深自負，萋萋楊〔花〕白〔二〕。

〔一〕原卷僅鈔此詩題，下空約十數行復鈔《春悲行》、《渝州逢故人》、《感春》三詩。

〔二〕原卷脱一字，據文意當是「花」字。

奉天田明府席餞別一首

屬城富才雄，文園餞席同。此席何所餞，傜役五原中。疾沙亂飛雪，連車雜轉蓬。雁歸寒塞近，客散祖亭空。日夕不遑次，簫（蕭）條鳴朔風。

答徐四簫（蕭）關別醉後見投一首七言

簫（蕭）關城南隴入雲〔一〕，簫（蕭）關城北海生荒〔二〕。咄嗟塞外同爲客，滿酌杯中一送君。

〔一〕城　原脱，據重出詩補。

〔二〕荒　重出詩作「氣」。「荒」、「氣」二字均出韻，疑誤。俟校。

蒲州安邑縣令宋國喬備四首

雜詩一首〔一〕

蹔借金鎚秤，銜涕訴恩波。君情將妾怨，稱取謂誰多。秋吹淩紈索（紈素），空閨生網羅。不期流水引，翻作斷腸歌。

〔一〕此詩《全唐詩》失收，王重民《補全唐詩》據本卷收録。

出塞一首五言〔一〕

砂場三萬里，獨將五千兵。旌斷冰谿戍，葭思鐵關城〔二〕。陰雲暮成雪〔三〕，寒日晝無晶。直爲懷恩苦，誰知邊塞情。

〔一〕此詩見《英華》卷一九七，《全唐詩》卷八一據以收録，題同。

〔二〕葭思　《英華》作「笳吹」。

〔三〕成　《英華》作「下」。　雪　重出詩作「雲」，涉上誤。

秋夜巫山一首五言〔一〕

巫硤徘徊雨，陽臺潭（澹）蕩雲。江山空窈窕，朝暮自氛氳〔二〕。螢色寒秋露，猿啼清夜聞。唯憐夢魂遠〔三〕，腸斷思紛紛〔四〕。

〔一〕此詩《全唐詩》卷八八二（補遺一）已收於喬備名下，王重民《補全唐詩》作佚詩收録，失察。

〔二〕氛　原作「氣」，據重出詩校改。《全唐詩》作「紛」。

〔三〕唯　《全唐詩》作「誰」。

〔四〕思紛紛　原作「思思」，脱一字，據重出詩校改。

長門怨一首〔一〕

秋入長門殿〔二〕，木落洞房虚。妾思霄（宵）逾静〔三〕，君恩日更疎。墜露清金閣，流營（螢）點玉除〔四〕。還將閨裏恨，遥問馬如相（相如）〔五〕。

〔一〕此詩見《英華》卷二〇四，《全唐詩》卷八一據以收録，題同。

〔二〕入　原作「人」，據重出詩改。

〔三〕逾　《英華》作「徒」。

〔四〕營　重出詩作「熒」，均爲「螢」字之訛。

〔五〕問　原脱，據重出詩補。

太子文學河南元希聲二首

贈皇甫侍御赴都一首四言〔一〕

東南之美，生於會稽。牛斗之氣，蓄於昆溪。有浯（瑶）者玉，連城是齊。有威者鳳，非梧不棲。其一。

〔一〕此詩見《初學記》卷一二，題同。《全唐詩》卷一〇一據以收録。

猗嗟衆珍，以況君子。公侯之冑，必復其始〔一〕。利器長材〔二〕，温儀峻跱〔三〕。顯此元明，於斯備矣〔四〕。其二。

〔一〕復　原卷作「湯」，據重出詩改。「湯」爲「復」形訛。必復，《初學記》作「心腹」。

〔二〕材　重出詩作「神」，音訛。

〔三〕跱　《初學記》作「峙」。「跱」同「峙」。

〔四〕此聯《初學記》闕。

道心唯微，厥用允塞。德輝不光〔一〕，而�邦國。靜以存神〔二〕，動而作則。九皋千里，其聲不忒。其三。

〔一〕輝　《初學記》作「暉」。　光　《初學記》作「泯」。

〔二〕存　《初學記》作「有」。

粤在古者(昔)〔一〕，分官厥初。刺邪矯枉，非賢勿居。稜稜直指，烈烈方書。蒼玉鳴珮〔二〕，繡衣登車。其四。

〔一〕者　《初學記》作「昔」，作「昔」是。

〔二〕珮　《初學記》作「佩」。

綽綽夫君，是膺柱下。准繩有望〔一〕，名器無假。寵蓋白山〔二〕，氣雄公雅。立朝正色，俟我能者。其五。

〔一〕原衍一「有」字，已删。

〔二〕白　重出詩、《初學記》作「伯」。

載懷朋情，嘗接閑宴。好洽昆弟，官驂州懸（縣）〔一〕。如彼松竹，春榮冬蒨。柯葉藹然，不渝霜霰。其六。

〔一〕驂　重出詩作「驄」，《初學記》作「聯」。原卷「驂」下衍一「懸」字，已删。

會合非我，關山坐違。離鳴曉引〔一〕，别葉秋飛。騑驂徐動，樽餞相依。遠情超忽，岐路光暉〔二〕。其七。

〔一〕鳴　《初學記》作「鴻」。

〔二〕暉　《初學記》作「輝」。

金石其心，芝蘭其室。譙語方間〔一〕，音微（徽）自溢〔二〕。肅子風威，嚴子霜質。贈言歲暮，以保貞吉〔三〕。其八。

〔一〕譙　《初學記》作「言」。

〔二〕微　《初學記》作「徽」。按作「徽」是。

〔三〕貞　原卷作「直」，據重出詩改。《初學記》作「貞」。

宴盧十四南園得園韻一首五言〔一〕

超遥乘遐景〔二〕，灑散絶浮喧。寫望峰雲出，開䙘（襟）夏木繁。野人憐狎鳥，遊子愛芳蓀。卧條低臨席，驚流注滿園〔三〕。澹然林下意，琴酌坐忘言。

〔一〕此詩《全唐詩》失收，王重民《補全唐詩》據本卷收録。

〔二〕遐　重出詩作「暇」。

〔三〕注　重出詩作「住」，誤。

司禮寺博士清河房元陽二首

送薛大入洛一首五言〔一〕

驚年嗟未極，别緒復相依。雁隨春北度，人共水東歸。夜月臨軒盡，殘釵（燈）入曉微。哀綺一罷曲，幽桂徒芳菲。

〔一〕此詩《全唐詩》失收，王重民《補全唐詩》據本卷收録。入　原作「人」，據重出詩改。

秋夜彈碁鼓琴哥（歌）〔一〕

流月泛艶兮露色圓（團）〔二〕，拂孤□兮弄清絲〔三〕。幽態窈窕兮斷復連，驚風中路兮迢流年〔四〕。浮榮轉薄兮欲何賢，流商激楚兮不能宣。

〔一〕此詩《全唐詩》失收，王重民《補全唐詩》據本卷收録。

〔二〕團　從項楚校，「團」通作「漙」。

〔三〕闕字原卷不可識。案詩題「彈碁鼓琴歌」，此句「弄清絲」指鼓琴，「拂孤□」宜指彈碁。蔣禮鴻校作「桐」字，然與字型明顯不合。俟校。又此詩各句均八言，此句似脱一字。

〔四〕迢　俞平伯疑爲「送」字之誤。

洛陽懸（縣）尉弘農楊齊悊二首

秋夜讌徐四山亭一首五言〔一〕

若言北山岑〔二〕，非謂靡遠尋。庭際有幽石，自然飫遐心。月池下涼彩〔三〕，風竹來清音。樽酒故人意，蒼蒼寒露深。

〔一〕此詩《全唐詩》失收，王重民《補全唐詩》據本卷收録。

〔二〕若　原卷作「巻」，王重民校作「卷」，項楚校作「眷」。

〔三〕此句原作「月下池涼彩」，王重民云「池涼」二字當互倒，劉盼遂云「池」當作「遲」，待也。此從項楚校，「下池」二字互乙。

曉過古函谷關一首五言〔一〕

地險崤陵北〔二〕，途經分陝東。邐迤衆山盡〔三〕，荒涼古塞空〔四〕。川光流曉月〔五〕，葑（樹）影散晴風〔六〕。聖德令無外〔七〕，何處是關中。

〔一〕此詩見《初學記》卷七、《紀事》卷一三，題《過函谷關》。《全唐詩》卷七六九收作無世次爵里可考類，誤。
〔二〕陵　《初學記》同，《紀事》、《全唐詩》作「函」。
〔三〕衆山　《初學記》作「泉石」。
〔四〕原卷衍一「塞」字，已删。
〔五〕川　《初學記》同，《紀事》、《全唐詩》作「河」。　月　各本併作「日」，作「月」是。
〔六〕晴　各本併作「朝」，作「晴」義勝。
〔七〕令　各本併作「今」。

恭陵丞安定胡皓七首〔一〕

〔一〕原卷存三首，其中一首詩缺。又《全唐詩》無胡皓詩，王重民《補全唐詩》據本卷收録。

奉使松府一首五言〔一〕

蜀山固地險〔二〕，漢水接天平。波濤去東别，林嶂隱西傾。露白蓬根斷，風秋草葉鳴。孤舟忽不見，垂淚坐盈盈。

〔一〕松　原卷不清難辨，《補全唐詩》空闕。按松府即松州，見《元和郡縣圖志》卷三二，貞觀三年置都督府。

〔二〕固　項楚校作「匝」。

夜行黄花川一首五言

的的夜綿綿，劍斗歷高天。露浩空山月，風秋洞壑泉。饑鼯啼遠樹，暗鳥宿長川。借問邛關道，遥遥復幾年。

登灰坂一首五言〔一〕

〔一〕此詩王重民《補全唐詩》失收。　原卷題下接寫「錯書」二字。空白處又有「奉天田」、「錯書盡盡」、「毬人」等雜寫，與詩鈔筆跡相同，當即鈔寫者後來添寫。雜寫後另行鈔闕名《奉天田明府席餞别》、《答徐四蕭關别醉後見投》二詩，下接喬備、元希聲、房元陽三人詩，皆與前重出，異文已詳各詩校記，不贅録。

搜玉小集

〔唐〕佚名 編
傅璇琮 校點

[illegible][illegible]小集

[illegible]

前記

《新唐書·藝文志》四總集類及《崇文總目》均著録《搜玉集》十卷，未載編者姓名。《通志·藝文略》亦云「《搜玉集》十卷。唐人集當時詩」。但《搜玉集》約北宋中葉以後即已亡佚，南北宋之際從未有人記述，鄭樵所載只是根據前人的著録，並非親見其書。南宋時大藏書家晁公武於其《郡齋讀書志》中未載，陳振孫於《直齋書録解題》（卷十五）只著録《搜玉小集》一卷，謂「自崔湜至崔融三十七人，詩六十一首」。此一卷之《搜玉小集》即流傳下來，今存各本，第一人爲崔湜，最末爲崔融，詩人人數及詩篇數也與《直齋書録解題》所載近似，當即爲陳振孫所見之本。至於《搜玉小集》與《搜玉集》的關係如何，尚未能確知。今本《搜玉小集》所載，如裴漼（《新唐書》卷一三〇）、許景先（同上書卷一二八）、韓休（同上書卷一二六），及王諲、余（徐）延壽等均生活至開元中。《直齋書録解題》列《搜玉小集》於《國秀集》之後，《竇氏聯珠集》、《河岳英靈集》之前，則其編成，當在開元後期至天寶前期。

此書所收爲初唐至開元前期詩人，排列次序似先爲應制詩，次爲邊塞歌行、古詩，又次爲閨情懷人之什，又次爲歲時應景，又次爲行旅述懷，但具體排列上都頗爲混雜，看不出編選意圖和選詩標準，也可能從十卷本的《搜玉集》節取而成。《直齋書録解題》記詩六十一首，而明高儒《百川書志》著録則爲三十七人，詩六十三首。此書北京圖書館善本部藏有鄭振鐸收藏之明刊本《唐人選唐詩六種》本及馮舒校跋之明刊本（與《篋中集》、《中興間氣集》合一册），與汲古閣刻之《唐人選唐詩八種》，在文字上僅有極少差異。鄭藏之《唐人選唐詩六種》本，書前目録有記云：「内崔湜、宋之問、張謂、李嶠、崔融並多一首，而胡皓、崔顥、陳子昂之詩皆缺，尚當考之。」又據毛晉汲古閣本總目録注文，毛氏所見之本，崔顥詩誤入崔湜，魏徵、陳子昂詩誤入宋之問，則此本爲三十四人，詩六十一首（詩篇數與陳振孫所記合）。毛晉重加釐定，將誤入者分出，恢復原三十七人目次。但因胡皓、王翰、李澄之三人之詩已佚，故在刊行時，删去三人姓名，成今之三十四人，詩六十一首。毛晉於此書有考訂之工，功不可没，故此次整理，即以汲古閣刊本（國家圖書館藏臨何焯批校本）爲底本，以鄭振鐸藏之明刊本相校，同時又校以《文苑英華》、《唐詩紀事》諸書。

但毛晉之整理本，亦尚留有不少問題。就篇目言，原爲三十七人，詩六十三首，毛晉删去名存詩缺者三人，但詩尚有六十一首。正如《四庫總目提要》所説：「一人缺其三而詩僅闕其二，不足分配三人，必有一人之詩溷於他人名下矣。」這確是毛晉的疏忽處。今本《搜玉小集》中有崔湜之《大漠行》，《文苑英華》卷三三三載此詩（題作《大漢行》，漢字顯誤），署爲胡皓作，《全唐詩》卷一〇八胡皓下即有《大漠行》，卷五四崔湜下雖也列此詩，却於題下注云「一作胡皓詩」。《搜玉小集》中此《大漠行》當原署胡皓作，如此則不會有「人闕其三而詩僅缺其二」，《四庫總目提要》之所謂必有一人之詩混雜於他人名下，即胡皓之《大漠行》誤作崔湜詩。

詩篇歸屬有問題者，尚有徐璧之《催粧》詩。此詩《唐詩紀事》卷一三載爲徐安期作，又見於《全唐詩》卷七六九之徐安期名下。《全唐詩》卷七六九屬世次爵里無考類，徐安期名下僅此一首，很可能計有功即採自《搜玉小集》，而他所見之《搜玉小集》，《催粧》詩署爲徐安期作，《全唐詩》編者採自此二書，而又無事迹可考，即列入世次爵里無考一類。可以注意的是，《全唐詩》於同卷中又載徐璧《失題》一詩：「雙燕今朝至，何時發海濱。窺簷向人語，如道故鄉春。」頗具情意。徐璧也只此一首。《催粧》詩究竟屬誰，徐璧與徐安期究係一人還是二人，限於材料，還未能下斷語。

今本《搜玉小集》篇名之誤者，如杜審言之《贈蘇管記》，此詩又見於《文苑英華》卷二四九、《唐詩紀事》卷六，詩題作《贈蘇味道》，《全唐詩》卷六二同。《文苑英華》與《全唐詩》並載有杜審言之《贈蘇綰書記》詩：「知君書記本翩翩，爲許從戎赴朔邊。紅粉樓中應計日，燕支山下莫經年。」詩意與詩題正合。由此可知，所謂之《贈蘇管記》詩，詩題應作《贈蘇味道》，而「贈蘇管記」四字又抄自《贈蘇綰書記》，抄時脱「書」字，又訛「綰」爲「管」，遂成此文義不通之詩題。又如李嶠之《太平公主山亭侍宴應制》，《唐詩紀事》卷一〇載作《安樂公主山莊》。按《文苑英華》卷一七六載《侍宴安樂公主山莊應制》，以此題作詩者有宗楚客、趙彦昭、盧藏用、蘇頲、蕭至忠、岑羲、李乂、馬懷素、韋元旦、李迥秀、李適、薛稷、沈佺期、劉憲，李嶠此詩即其中之一，如此，則《搜玉小集》中李嶠詩題之「太平公主」應爲「安樂公主」。

二十世紀五十年代排印之中華書局上海編輯所版《唐人選唐詩（十種）》，《搜玉小集》係用汲古閣刻本，其中空缺字亦未及改正。如宋之問《温泉莊卧疾寄楊七炯》，詩末録毛晉校語，云：「考『反景』句下有『冪冪□□□，青青山下木，此意方無窮，環顧□□□』四句宜補。」其實國家圖書館善本部藏汲古閣刻《唐人選唐詩八種》本，即有所空缺之六字，分别爲「澗畔草」、「悵林麓」。《全唐詩》卷五一所載，文字亦全。其他字句異同處俱見校記，不一一列舉。

搜玉小集目録

搜玉小集

奉和御製白鹿觀[一]或作鄭愔　崔湜

御旗探紫籙，仙仗闢丹丘。捧藥芝童下，焚香桂女留。鸞歌無歲月，鶴語記春秋。臣朔何其幸[二]，常陪漢武遊。

奉和御製平胡　裴漼

玄漠聖恩通，由來書軌同。忽聞窺月滿，相聚寇雲中。廟略占黄氣，神兵出絳宫。將軍行逐虜，使者亦和戎。一舉轒轀滅，再麾沙朔空。直將威禁暴，非用武爲雄。飲至明軍禮，疇勳錫武功。干戈還載戢，文德在唐風。

奉和御製平胡　韓休

南牧正紛紛，長河起塞氛。玉兵徵選士[三]，金鉞拜將軍。疊鼓摇邊吹，連旌暗朔雲。妖星乘夜落，害氣入朝分[四]。始見幽烽警，俄看烈火焚。功成奏凱樂，戰罷策歸勳。盛德陳清廟，神謨屬大君。叨榮逢偃伯，率舞詠時文。

西征軍行遇風　　崔融

北風捲塵沙，左右不相識。颯颯吹萬里，昏昏同一色。馬煩莫敢進，人急未遑食。草木春更悲，天景晝相匿。夙齡慕忠義，雅尚存孤直。覽史懷浸驕，讀詩歎孔棘。及茲戎旅地，忝從書記職。兵氣騰北荒，軍聲振西極。坐覺威靈遠，行看祲氛息。愚臣何以報，倚馬申微力。

塞垣行〔五〕　　崔湜

疾風捲溟海，萬里揚沙礫。仰望不見天，昏昏竟朝夕。是時軍兩進，東拒復西敵。蔽山張旗鼓，間道潛鋒鏑。精騎突曉圍，奇兵襲暗壁。十月邊塞寒，四山江陰積。雨雪雁南飛，風塵景西迫。昔我事討論，未嘗怠經籍。一朝棄筆硯，十年揉矛戟。豈要黄河誓，須勒燕然石。可嗟牧羊臣，海上久爲客。

大漠行〔六〕　　崔湜

單于犯薊壖，驃騎略蕭邊。南山木葉飛下地，北海蓬根亂上天。科斗連營太原道，魚麗合陣武威川。三軍遥倚仗，萬里相馳逐。旌旆悠悠静瀚源，鼙鼓喧喧動盧谷。窮徼出幽陵，吁嗟倦寢興。馬蹄凍溜石，胡毳暖生冰。雲沙泱漭天光閉，河塞陰沈海色凝。崆峒異國誰能託，蕭索邊心常不樂。近見行人畏白龍，遥聞公主愁黄鶴。陽春半，岐路間。瑶臺苑，玉門關。百花芳樹紅將歇，二月蘭皋緑未還。陣雲不散魚龍水，雨雪猶飛鴻雁山。山障連綿不可極，路遠辛勤夢顔色。北堂萱草不寄來，東園桃李長相憶。漢將紛紜攻戰盈，胡寇蕭條幽朔寧。韓君拜節偏知遠，鄭吉驅旌坐見迎。火絶煙沈右西極，谷静山空左北平。但使將軍能百戰，不須天子築長城。

將軍行

劉希夷

將軍闢轅門，耿介當風立。諸將欲言事，逡巡不敢入。劍氣射雲天，鼓聲破原隰。黄塵塞路起，走馬追兵急。彎弓從此去，飛箭如雨集。截圍一百重，斬首五千級。代馬流血死，胡兵抱鞍泣。古來養甲兵，有事常討襲。乘我廟堂運，坐使干戈戢。獻凱還帝京，軍容何翕習。

從軍行

賀　朝

朔胡乘月寇邊城，軍書插羽刺中京。天子金壇拜飛將，單于玉塞振佳兵。騎射先鳴推任俠，龍韜決勝佇時英。聞有河湟客，愔愔理帷帟。常山啓霸圖，汜水先天策。銜珠浴鐵向桑乾，釁旗膏鼓指烏丸。鳴雞已報關山曉，來雁遥傳沙塞寒。直爲寸心從苦節，隴頭無水長嗚咽。邊樹蕭蕭不覺春，天山漠漠長飛雪。魚麗陣接塞雲平，雁翼營通海月明。始看晉幙飛鶴入，旋聞齊壘啼烏聲。自從一戍燕支山，春光幾度晉陽關。金河未轉青絲騎，玉筯應啼紅粉顔。鴻歸燕相逐，池邊芳草緑。已見氛清細柳營，莫更春歌落梅曲。烽沈竈滅静邊亭，海晏山空肅已寧。行望鳳京旋凱捷，重來麟閣畫丹青。

燕歌行　　屈　同〔七〕

漁陽八月塞草腓，征人相對併思歸。雲和朔氣連天暗，蓬雜驚沙散野飛。此時天地陰埃徧，瀚海龍城皆血戰。兩軍鼓角暗相聞，四面旌旗看不見。昭君遠嫁已年多，戎狄無厭尚不和。漢兵候月秋防塞，胡騎乘冰夜渡河。河塞東西萬餘里，地與京華不相似。燕支山上少光輝，黄沙磧裏無流水。金戈玉劍十年征，紅粉青樓多怨情。厭得殊方久爲别，秋來但聽擣衣聲。

塞外　　鄭　愔

荒壘三秋夕，窮郊萬里平。海陰凝獨樹，日氣下連營。戍旆霜疑重，邊裘寒更輕〔八〕。將軍猶轉戰，都尉不成名。折柳悲春曲，吹笳斷夜聲。明年漢使返，須築受降城。

紫騮

楊炯

俠客重周遊，金鞭控紫騮。蛇弓白羽箭，鶴轡赤茸鞦。發跡來南海，長鳴向北州。匈奴今未滅，畫地取封侯。

胡無人行

徐彦伯

十月繁霜下，征人遠鑿空。雲摇錦車節，海照角端弓。暗雪埋沙樹，衝飈卷塞蓬。方隨膜拜人，歌舞玉門中。

王昭君〔九〕

盧照隣

合殿恩中絶，交河使漸稀。肝腸隨玉輦，形影向金徽。漢宫草應緑，胡庭沙正飛。願逐三秋雁，年年一度歸。

王昭君

東方虬

漢道方全盛，朝廷足武臣。何須薄命妾，辛苦事和親。

王昭君　郭元振

聞有南河信，傳言殺畫師。始知君念重，更肯惜蛾眉。

晚度天山有懷京邑　駱賓王

忽上天山望，依然想物華。雲疑上苑葉，雪似御溝花。行歎戎麾遠，坐令衣帶賒。交河浮絶塞，弱水浸流沙。旅思徒漂梗，歸期未及瓜。寧知心斷絶，夜夜泣胡笳。

送公主和戎〔一〇〕　徐彦伯

鳳扆憐簫曲，鸞帷念掌珍。虜庭遥築館，漢使遠和親〔一一〕。星去銀河夕，花移玉樹春。聖情凄割愛〔一二〕，駐驛望征塵。

古意向誤崔湜　崔　顥

十五嫁王昌，盈盈出畫堂。自矜年正少，復倚壻爲郎。舞愛前溪緑，歌憐《子夜》長。閑時鬭百草，度日不成粧。

酬杜麟臺春思

崔湜

春還上林苑，花滿洛陽城。鴛衾夜凝思，龍鏡曉含情。憶夢殘燈落，離魂暗馬驚。可憐朝與暮，樓上獨盈盈。

春閨

徐彦伯

戍客戍清波，幽閨幽思多。暗梁聞語燕，夜燭見飛蛾。寶匣藏脂粉，金屏綴綺羅。裁衣卷紋素，織錦度鳴梭。有使通西極，緘書寄北河。年光祇恐盡，征戰莫蹉跎。

怨情

劉允濟

玉關芳信斷，蘭閨錦字新。愁來不自抑，念切已含嚬。虚牖風驚夢，空床月厭人。歸期倘可促，勿度柳園春。

春怨

鄭愔

春朝物候妍，愁婦鏡臺前。風吹數蝶亂，露洗百花鮮。試出褰羅幌，還來著錦筵。曲中愁夜夜，樓上別年年。不及隨蕭史，高飛向紫煙。

春閨　沈佺期

汗馬三軍去，流鶯二月還。邊愁行上國，春夢度陽關。池水琉璃浄，園花玳瑁斑。歲華空自擲，憂思不勝顔。

秋閨　鄭愔

征客向輪臺，幽閨寂不開。音書秋雁斷，機杼夜蛩催。虚幌風吹葉，閒階露溼苔〔一三〕。自憐愁思影，共作月徘徊〔一四〕。

古意　沈佺期

盧家少婦鬱金堂，海燕雙棲玳瑁梁。九月寒砧催木葉，十年征戍憶遼陽。白狼河北音書斷〔一五〕，丹鳳城南秋夜長。誰爲含愁獨不見，更教明月照流黄。

閨怨《國秀集》作孤獨歎　徐彦伯

切切夜閨冷，微微孤燭燃。玉盤紅淚滴，金燼彩光圓。暖手縫輕素，嚬蛾續斷絃。相思咽不語，回向錦屏眠。

怨辭〔一六〕向誤張炫。或刻張絃。

張　汯〔一七〕

去年離別雁初歸，今日裁縫螢已飛。征客未來音信斷〔一八〕，不知何處寄邊衣〔一九〕。

秋閨

喬知之

南庭結白露，北風掃黄葉。此時鴻雁來，驚鳴催思妾。曲房理針線，平砧擣紋練。鴛綺裁已成，龍鄉信難見。窈窕九重閨，寂寞十年啼。紗窗白雲宿，羅幌月光栖。雲月隱微微，夜上流黄機。玉霜涷珠履，金吹薄羅衣。漢家已得地，君去將安事〔二〇〕。宛轉結蠶書，寂寥無雁使。平生荷恩信，本爲容華進。况復落紅顔，蟬聲催白鬢。

擣衣篇

劉希夷

秋天瑟瑟夜漫漫，夜白風清玉露團。燕山遊子衣裳薄，秦地佳人閨閣寒。欲向樓中縈楚練，還來機上裂齊紈。攬紅袖兮愁徙倚，眄青砧兮悵盤桓。盤桓徙倚夜已久，螢火雙飛入簾牖。西北風來吹細腰，東南月映浮纖手。此時秋月可憐明，此時秋風别有情。君看月下參差影，爲聽莎間斷續聲。絳河轉兮青雲曉，飛鳥鳴兮行人少。攢眉緝縷思紛紛，對影穿針魂悄悄。聞道還家未有期，誰憐登隴不勝悲。夢見形容亦舊日，爲許裁縫改昔時。緘書遠寄交河曲，須及明年春草緑。莫嫌衣上有斑斑，只爲思君淚相續。

題河邊枯柳〔三〕

王泠然

隋家天子憶揚州，厭坐深宫傍海陬〔三〕。穿地鑿山開御路，鳴笳疊鼓泛春流。流從鞏北河分口，直到淮南種官柳。功成力盡人旋亡，運謝年移樹空有。當時綵女侍君王，帳殿旌門對柳行。青葉交垂連幔色，白花飛散染衣香。今日摧殘何用道，數里曾無一株好。驛騎江帆損更多，山精野鬼藏應老。深秋九月露爲霜，日夜孤舟入帝鄉。河畔時時聞落葉，客中無箇不霑裳。

折柳篇

許景先

春色東來渡灞橋，青門垂柳百千條。垂柳西連建章路，漢家禁苑紛無數。縈花始徧合歡枝，遊絲半罥相思樹。秦樓初日照南隅，柔條垂緑映金鋪。寶釵新梳髮鬢髻，錦帶交垂連理繻。自憐柳塞淹戎幕，銀燭長啼愁夢著。芳樹朝催玉管新，春風夜染羅衣薄。城頭楊柳已如絲，今年花落去年時。折芳遠寄相思曲，爲惜容華難再持。

長信宮樹

喬知之

阿娜當軒樹，葦茸倚蘭殿。葉映九春華，香摇五明扇。餘花鳥啅盡，新葉蟲書徧。零落容自知，芬芳君不見。

同蔡孚五亭詠

徐　晶

章奏中京罷，雲容别業歸〔二三〕。拂琴鋪野席，牽柳掛朝衣。翡翠巢書幌，鴛鴦立釣磯。幽棲可憐處，春事滿林扉。

阮公體

徐　晶

秦王按劍怒，發卒戍龍沙。雄圖尚未畢，海内已紛拏。黄塵暗天起，白日斂精華。唯見長城外，僵屍如亂麻。

贈蘇管記〔二四〕

杜審言

北地寒應苦，南庭戍不歸。邊聲亂羌笛，朔氣卷戎衣。雨雪關山暗，風霜草木稀。胡兵戰欲盡，虜騎獵猶肥〔二五〕。雁塞何時入，龍城幾度圍。據鞍雄劍動，摇筆羽書飛。輿駕還京邑，朋游滿帝畿。方期乘獻凱，歌舞共春暉。

温泉莊卧疾寄楊七炯

宋之問

移疾卧兹嶺，寥寥倦幽獨。賴有嵩高山，高枕長在目。兹山棲靈異，朝夕翳雲族。是日濛雨晴，反景入岩谷。伊洛何悠漫，川原信重複。夏餘鳥獸蕃，秋末禾黍熟。秉願守樊圃，歸閒欣藝牧。惜無載酒人，徒把涼潭菊。考反景句下有冪冪□□□，青青山下木，此意方無窮，環顧□□□四句宜補〔二六〕。

述懷

魏徵

中原初逐鹿，投筆事戎軒。縱横計不就，慷慨志猶存。杖策謁天子，驅馬出關門。請纓繫南越，憑軾下東藩。鬱紆陟高岫，出没望平原。古木吟寒雁，空山啼夜猿。既傷千里目，還驚九死魂。豈不憚艱險，深懷國士恩。季布無二諾，侯嬴重一言。人生感意氣，功名誰復論。

暮秋言懷上二首向誤宋之問。

魏徵

首夏别京輔，杪秋滯三河。沈沈蓬萊閣，日久鄉思多。霜剪涼地蕙，風捎幽渚荷。歲芳坐淪歇，感此式微歌。

白帝懷古向誤宋之問

陳子昂

日落滄江晚，停橈問土風。城臨巴子國，臺没漢王宫。荒服仍周甸，深山尚禹功。巖懸青壁斷，地險碧流通。古木生雲際，歸帆出霧中。川途去無限，客思坐何窮。

書懷

劉幽求

心爲明時盡，君門尚不容。田園迷徑路，歸去路何從。

桂陽三日述懷〔二七〕

宋之問

代業京華裏，遠投魑魅鄉。登高望不極，雲海四茫茫。伊昔乘休旸，常爲人所羨。兩朝賜顔色，二紀陪歡宴。昆明宿昔遇龍媒，伊闕天泉復幾回。西夏黄河水心劍，東周清洛羽觴杯。苑中落花掃還合，河畔垂楊撥不開。千春萬壽多行樂，柏梁和歌攀睿作。賜金分帛奉恩輝，風舉雲摇入紫微。晨趨北闕朝天去〔二八〕，夜出南宫把燭歸。載筆儒林多歲月，襆被文昌事吴越。越中山海高且深，興來無處不登臨。永和九年佐海郡，暮春三月醉山陰。愚謂嬉遊長似昔，不言流寓欻成今。始安繁華舊風俗，帳飲傾城沸江曲。主人管絃清且悲，客子肝腸斷還續。荔蒲蘅皋萬里餘，洛陽音信絶能疎。故園今日應愁思，春水何人更祓除。逐伴誰憐合蒲葉，思歸不食桂江魚。不求漢吏金囊贈〔二九〕，願得家人錦字書。

九日升高　王　勃

九月九日望鄉臺，他席他鄉送客盃。人今已厭南中苦，鴻雁那從北地來。

觀燈〔三〇〕　蘇味道

火樹銀花合，星橋鐵鎖開。暗塵隨馬去，明月逐人來。遊伎皆穠李，行歌盡落梅。金吾不禁夜，玉漏莫相催。

夜遊　沈佺期

今夕重門啓，遊春得夜芳。月華連晝色，燈影雜星光。南陌青絲騎，東鄰紅粉粧。管絃遥辨曲，羅綺暗聞香。人擁行歌路，車攢鬬舞場。經過猶未已，鐘鼓出長楊。

觀燈　王　諲

暫得金吾夜，通看火樹春。停車傍明月，走馬入紅塵。妓雜歌偏勝，場移舞更新。應須盡記取，說向不來人。

夜光篇

王泠然

遊人夜到汝陽間，夜色冥濛不解顔。誰家暗起寒山燒，因此明中得見山。山頭山下須臾滿，歷險緣深無暫斷。焦聲散着群樹鳴，炎氣傍臨一川暖。是時西北多海風，吹上連天光更雄。濁煙熏月黑，高燄爇雲紅。初謂鍊丹仙竈裏，還疑鑄劍神溪中。劃爲飛電來照物，乍作流星併上空。西山無草光已滅，東頂熒熒猶未絶。沸湯穹呑數道水，融蓋陰崖幾年雪〔三一〕。兩京貧病若爲居，四壁皆成鑿照餘。未得貴遊同秉燭，唯將半景借披書。

催粧〔三二〕

徐　璧

傳聞燭下調紅粉，明鏡臺前別作春。不須滿面渾粧却，留著雙眉待畫人。

翦綵

沈佺期

宮女憐芳樹，裁花競早榮。寒依刀尺盡，春向綺羅生。弱蔕盤絲發，香蕤結素成。纖枝幸不棄，長就玉階傾。

人日翦綵

余延壽〔三三〕

閨婦持刀坐，自憐裁翦新。葉催情綴色，花寄手成春。帖燕留粧户，黏雞待餉人。擎來問夫壻，何處不如真。

三日岐王宅　張諤

玉女貴妃生，嬰娩始發聲。金盆浴未了，綳子繡初成。翡翠雕芳褥，真珠帖小纓。何時學健步，鬭取落花輕。

滿月　張諤

社金流茂祉，庭玉表奇才。竹似因談植，蘭疑入夢栽。烏將八子去，鳳逐九雛來。今夜明珠色，當隨滿月開。

太平公主山亭侍宴應制〔三四〕　李嶠

黄金瑞牓絳河隈，白玉仙輿紫禁來〔三五〕。碧樹青岑雲外聳，朱樓畫閣水中開〔三六〕。龍舟下瞰鮫人室，羽節高臨鳳女臺。遽惜歡娱歌吹晚，揮戈更却曜靈回。

岐王席上詠美人　張諤

半額畫雙蛾，盈盈燭下歌。玉盃寒意少，金屋夜情多。香豔王分帖，裙嬌勑賜羅。平陽莫相妬，唤出不如他。

汾陰行

李嶠

君不見昔日西京全盛時，汾陰后土親祭祠。齋宫宿寢設儲供〔三七〕，撞鐘鳴鼓樹羽旗。漢家四葉才且雄，賓延萬靈服九戎。柏梁賦詩高宴罷，詔書法駕幸河東。河東太守親掃除，奉迎至尊導鑾輿。五營夾道列容衛，三河縱觀空里閭。回旌駐蹕降靈場，懷椒奠桂邀百祥。金鼎發色正焜煌，明祇燁燁摛景光。埋玉陳牲禮神畢，舉麾上帝乘輿出。彼汾之曲佳可遊，木蘭爲楫桂爲舟。棹歌微吟彩鷁浮，簫鼓哀鳴白雲秋。歡娱宴賜洽群后，家家復除户牛酒。聲明動天樂無有，千秋萬歲南山壽。自從天子向南關，玉輦金車不復還。珠簾翠羽長寂寞，鼎湖龍髯何處攀。千年人事一朝空，四海爲家此路窮。雄豪意氣今何在，壇場宫觀盡蒿蓬。道傍古老長歎息，世事回環不可識。昔時青樓對歌舞，今日黄埃聚荆棘。山川滿目淚霑衣，富貴榮華能幾時。不見即今汾上水〔三八〕，唯有年年秋雁飛。

代白頭吟〔三九〕或刻宋之問集

劉希夷

洛陽城東桃李花，飛來飛去落誰家？洛陽女兒惜顔色，行逢落花長歎息。今年花落顔色改，明年花開復誰在。已見松柏摧爲薪，更聞桑田變成海。古人無復洛城東，今人還對落花風。

年年歲歲花相似，歲歲年年人不同。寄言全盛紅顔子，須憐半死白頭翁。此翁白頭真可憐，伊昔紅顔美少年。公子王孫芳樹下，清歌妙舞落花前。光禄池臺文錦繡，將軍樓閣畫神仙。一朝卧病無知己，三春行樂在誰邊。宛轉蛾眉能幾時，須臾鶴髮亂如絲。但看古來歌舞處，唯有黄昏鳥雀悲。

明河篇　宋之問

八月涼風天氣晶，萬里無雲河漢明。昏見南樓清且淺，曉落西山縱復横。洛陽城闕天中起，長河夜夜千門裏。複道連甍共蔽虧，畫堂瓊户特相宜。雲母帳前初汎濫，水精簾外轉逶迤。倬彼昭回如練白，復出東城接南陌。南陌征人去不歸，誰家今夜擣寒衣。鴛鴦機上踈螢度，烏鵲橋邊一雁飛。雁飛螢度愁難歇，坐見天河傾漸没。已能舒卷任浮雲，不惜光輝讓流月。明河可望不可親，願得乘槎一問津。更將織女支機石，還訪成都賣卜人。

韋長史挽歌　崔融

日暮桑榆下〔四〇〕，寒生松柏中。冥冥多苦霧，切切有悲風。京兆新阡合〔四一〕，扶陽甲第空。郭門從此去〔四二〕，荆棘漸蒙籠。

度大庾嶺

宋之問

度嶺方辭國，停軺一望家。魂隨南翥鳥，淚盡北枝花。山雨初含霽，江雲欲變霞。但令歸有日，不敢恨長沙。

過蠻洞

宋之問

越嶺千重合，蠻溪十里斜。竹迷樵子徑，萍匝釣人家。林暗交楓葉，園香覆橘花。誰憐在荒外，孤賞足雲霞。

登越王臺

宋之問

江上越王臺，登高望幾回。南溟天外合，北户日邊開。地溼煙常起，山晴雨半來。冬花掃盧橘，夏果摘楊梅。跡類虞翻枉，人非賈誼才。歸心不可度，白髮重相催。

詠寶劍向誤宋之問

崔　融

寶劍出昆吾，龜龍夾彩珠。五精初獻術，千户競淪都〔四三〕。匣氣衝牛斗，山形轉轆轤。欲知天下貴，持此問風胡。

〔一〕奉和御製白鹿觀　《文苑英華》卷一七八、《唐詩紀事》卷九均題作《白鹿觀應制》。

〔二〕何其　《英華》、《紀事》作「其何」。

〔三〕玉兵　《英華》卷二九九作「王兵」。《全唐詩》卷一一一作「玉符」，「符」下校「一作兵」。

〔四〕害　《英華》卷二九九作「吉」。《全唐詩》卷一一一作「害」，校云「一作吉」。

〔五〕塞垣行　《全唐詩》卷六八以《塞垣行》列崔融名下，而卷五四崔湜下亦列此詩，於題下校云「一作崔融詩」。

〔六〕大漠行　《英華》卷三三三以此詩爲胡皓作。《全唐詩》卷一〇八胡皓名下即列此詩，卷五四崔湜下亦列此詩，題下校云「一作胡皓詩」。按此詩當屬胡皓，詳見前記。

〔七〕屈同　《英華》卷一九六載《燕歌行》，作屈同詩。而《國秀集》卷下、《元和姓纂》卷十皆作「屈同仙」，《全唐詩》卷二〇三亦作「屈同仙」，校云「一作屈同」。似作「屈同仙」是。

〔八〕寒　《英華》卷二九九、《紀事》卷一一均作「夜」。

〔九〕王昭君　《英華》卷二〇四題作《昭君怨》，下東方虬之《王昭君》同。

〔一〇〕送公主和戎　《英華》卷一七六題作《奉和送金城公主適西蕃應制》，《紀事》卷九題作《送金城公主》。

〔一一〕漢使　《英華》卷一七六作「漢策」，「漢」下校云「一作廟」。《紀事》卷九作「廟策」。

〔一二〕割愛　《英華》卷一七六作「遠近」，校云「一作送遠」。《紀事》卷九作「遠送」。

〔一三〕涇　《紀事》卷一一作「染」。

〔一四〕共作　《紀事》卷一一作「常共」。

〔一五〕音　鄭振鐸藏明刊《唐人選唐詩六種》本作「軍」，《英華》卷二〇五同，並校云「一作音」。

〔一六〕怨辭　《紀事》卷一三題作《閨怨》，《全唐詩》卷一〇〇同。

〔一七〕張汯　《紀事》卷一三、《全唐詩》卷一〇〇均作「張紘」，《全唐詩》校云「一作汯」，所載《閨怨》詩題下注云「《搜玉集》作張炫詩」。

〔一八〕未　《紀事》卷一三、《全唐詩》卷一〇〇作「近」，《全唐詩》校云「一作未，一作去」。

〔一九〕邊　《紀事》、《全唐詩》均作「寒」，《全唐詩》校云「一作邊」。

〔二〇〕安　鄭振鐸藏明刊《唐人選唐詩六種》本作「何」，《英華》卷一九九同。

〔二一〕題河邊枯柳　《英華》卷三二三同。《紀事》卷二〇題作《汴堤柳》。

〔二二〕陬　明刊《唐人選唐詩六種》本作「遊」，《英華》、《紀事》同。

〔二三〕容　《英華》卷三一五作「泉」，《全唐詩》卷七五同。

〔二四〕贈蘇管記　《英華》卷二四九、《紀事》卷六載此詩，均題爲《贈蘇味道》，《全唐詩》卷六二同。《英華》卷二四九並載杜之《贈蘇綰書記》：「知君書記本翩翩，爲許從戎赴朔邊。紅粉樓中應計日，燕支山下莫經年。」詩與題意正合，《全唐詩》亦同。則《搜玉小集》所載此詩，題應作《贈蘇味道》，而所謂「贈蘇管記」，則當誤襲《贈蘇綰書記》一題，即「綰」誤爲「管」，又脱「書」字也。

〔二五〕虜騎獵猶肥　按此下三句，《文苑英華》卷二四九作「漢卒尚重圍，雲静妖星落，秋深塞馬肥」。

〔二六〕四句宜補　按國家圖書館善本部所藏汲古閣刊本《唐人選唐詩八種》，此處空格並不缺字，分别爲「澗畔草」、「帳林麓」六字。《英華》卷二四九、《紀事》卷六、《全唐詩》卷五一皆不缺字。

〔二七〕桂陽三日述懷　《英華》卷一五七題作《桂州三月三日》。

〔二八〕朝天去　《英華》作「鳴珂玉」，《全唐詩》卷五一同。

〔二九〕漢吏　《英華》、《全唐詩》均作「漢使」，似是。

〔三〇〕觀燈　《英華》卷一五七題作《正月十五夜》，《全唐詩》卷六五同。

〔三一〕蓋　汲古閣刊《唐人選唐詩八種》何焯校：「蓋疑盡」。《全唐詩》卷一一五於「蓋」字下校云「一作盡」。

〔三二〕催粧　《紀事》卷一三以此詩爲徐安期詩，《全唐詩》卷七六九亦録徐安期此詩，同卷又載徐璧《失題》五絶一首，此卷皆屬世次爵里無考。

〔三三〕余延壽　《紀事》卷一七載《人日剪綵》詩，作徐延壽。按《新唐書·藝文志》四於包融詩下記殷璠《丹陽集》詩人，有「江寧處士徐延壽」，又《嘉定鎮江志》卷一八、《至順鎮江志》卷一九皆作「徐延壽」。但《英華》卷二九三載《南州行》，作余延壽詩。

〔三四〕太平公主山亭侍宴應制　《紀事》卷一〇題作《安樂公主山莊》。按《英華》卷一七六於《侍宴安樂公主山莊應制》題下列宗楚客、趙彦昭、李嶠、盧藏用、蘇頲、蕭至忠、岑羲、李乂、馬懷素、韋元旦、李迥秀、李適、薛稷、沈佺期、劉憲諸人同題詩。如此則此處「太平公主」當作「安樂公主」。

〔三五〕禁　《英華》卷一七六作「府」。

〔三六〕中　《英華》作「前」。

〔三七〕齋　原作「齊」，據《英華》卷三四八、《紀事》卷一〇改。

〔三八〕上水　《英華》、《紀事》均作「水上」，是。

〔三九〕代白頭吟　《英華》卷二〇七作《白頭吟》。

〔四〇〕暮　《英華》卷三一〇、《紀事》卷八作「落」。

〔四一〕合　《英華》作「濶」，《紀事》作「闊」。

〔四二〕去　《英華》、《紀事》作「送」。

〔四三〕淪　《紀事》卷八作「論」。《全唐詩》卷六八作「淪」，校云「一作論」。

按《通志》、《通考》，猥云《搜玉》一集，迺唐人選當時名士詩，俱不載何人部署，共計三十七人，詩六十三首。第其中先後不倫，彼此相混，如玄成諸君子互虚一二，而延清輩又各浮二三，甚者名存詩逸，胡皓三人，更可訝也。間閱《唐紀事》諸書，洎宋元舊册，因考其世次，稍及章句，如「十五嫁王昌」一首，北海叱爲小兒無禮，至今咄咄逼人，久混崔澄瀾，司勳氏寧不叫屈。洵如此類，未及悉舉。若迺張汯誤張炫，徐晶誤徐皛，其諸姓氏隨點次釐正，謹列目次於首，以竢覽古者再加詳焉。戊辰上巳日，湖南毛晉記。

丹陽集

〔唐〕殷璠 編

陳尚君 輯校

前記

盛唐著名詩選家殷璠，今知曾編有三部詩選，即《河岳英靈集》、《荆揚挺秀集》和《丹陽集》。《河岳英靈集》二卷，爲研究盛唐詩歌最重要的著作之一，受到學術界廣泛的重視。《荆揚挺秀集》二卷久佚，僅見《日本國見在書目録》著録，其内容可考知者僅《河岳英靈集》卷下「儲光羲」條評語謂曾收儲詩數百句一則而已。《丹陽集》一卷雖亦早已失傳，但其所收作者均可考知，且存有部分殘文。

高仲武《中興間氣集》序云：「《丹陽》止録吴人。」爲《丹陽集》最早的記載。記其内容較完整的，則爲《新唐書·藝文志》四《包融詩》下之長注：「融與儲光羲皆延陵人，曲阿有餘杭尉丁仙芝、緱氏主簿蔡隱丘、監察御史蔡希周、渭南尉蔡希寂、處士張彦雄、張潮、校書郎張暈、吏部常選周瑀、長洲尉談戭，句容有忠王府倉曹參軍殷遥、硤石主簿樊光、横陽主簿沈如筠，江寧有右拾遺孫處玄、處士徐延壽，丹徒有江都主簿馬挺、武進尉申堂構，十八人皆有詩名。殷璠彙次其詩，爲《丹陽集》者。」由此可知《丹陽集》共收潤州五縣十八人詩作。就十八人今可考知事迹來説，包融、孫處玄、沈如筠年歲較長，於武后末至中宗時已成名；申堂構至代宗永泰間尚在世，爲卒年最遲者。據《新唐書·地理志》，曲阿縣於天寶元年改丹陽縣，而《藝文志》仍稱曲阿，知此集編成當在天寶元年（七四二）前。今知談戭、申堂構、張暈分别爲開元二十年、二十二年、二十三年登進士第，長洲尉、武進尉、校書郎均應爲登

第後所除。是此集成編當在開元二十三年(七三五)以後。(詳《唐代文學論叢》第八輯拙文《殷璠〈丹陽集〉輯考》)

宋代公私書目多曾著録該集,但自南宋中葉以後,似即亡佚。此後如《增修詩話總龜》後集多引《丹陽集》,但實爲葛立方《韻語陽秋》之别稱;明高棅《唐詩品彙》、張之象《唐詩類苑》引用書目中,均有《丹陽集》,但通檢二書,却並無直接引用此集之痕迹。胡震亨《唐音癸籤》卷三〇云此集爲「開元中」編次,「前各有評」,皆前人所未言,但也只是據他書材料推知,未曾親見。清季鎮江人宗廷輔有感於此集之久亡,乃採《全唐詩》中諸人詩,輯爲《丹陽集》一卷,後刊入《宗月鋤先生遺著》。但宗輯本與殷璠原編之間,實無内在的聯繫。

今知曾親見《丹陽集》,并自該集中鈔撮大量佚文而得以保存至今者,爲宋代《吟窗雜録》一書的作者。此書五十卷,今存明刻本,全稱爲《陳學士吟窗雜録》,卷首題「狀元陳應行編」,有紹興五年(一一三五)浩然子序,收録唐五代詩格約三十種及《歷代吟譜》等。《四庫全書總目》以陳應行生平無考,謂諸詩格「率出依託」,定爲僞書,僅列入存目。近人羅根澤據《直齋書録解題》卷二二之記載,考定此書爲北宋末蔡傳原編,南宋時由書賈重編刊行,足可徵信(見《中國文學批評史》第二册)。蔡傳(一〇六六——?),字永翁,泉州仙游人,書法家蔡襄之孫,累官通判南京留守司,大觀二年(一一〇八)年四十三致仕,事迹見《莆陽比事》卷六、《仙溪志》卷四、《莆陽文獻傳》卷九。《吟窗雜録》當即編録於其致仕前後。蔡傳生於文獻之家,又勤於採擷,時去唐未久,故是書保存資料甚豐。

《吟窗雜録》摘引《丹陽集》，分收兩處。一見卷四一《雜序》，注云爲「殷璠《〈丹陽集〉序》」。另一段見卷二四至卷二六《歷代吟譜》，《新唐書·藝文志》所載《丹陽集》十八人中，十七人列有專條（缺馬挺），其中十六人有殷璠評語（孫處玄無評），各人下又分别有摘句。這部分雖不注所出，但除儲光羲下有二聯（「山開洪蒙色，天轉招摇星」、「山門入松柏，無路極虚空」）係摘自《河岳英靈集》外，其餘均可斷定爲自《丹陽集》中摘出。殷璠評語多爲對諸人詩風之評價，除少數幾則較詳外，一般均僅存一、二句，此殆因蔡傳僅摘片斷而致。

從現存序、評看，殷璠在此集中推尊建安詩「氣骨彌高」，對晉宋詩仍許以「體調尤峻」、「觔骨仍在」，認爲永明後詩「規矩已失」、「厥道全喪」，故而稱許蔡隱丘「殊多骨氣」、張潮「頗多悲凉」，而對丁仙芝「文多質少」，則有所不滿。他雖也稱殷遥「善用聲」，但總的説來，此時論詩尚是以氣骨爲主，不甚重聲律，與《河岳英靈集》稍有出入。

另明萬曆間吴琯編《唐詩紀》，也録有十二條殷璠評語，雖皆見於《吟窗雜録》，但文字上稍有出入，可資比勘。

今據上海圖書館藏明刻本《吟窗雜録》和復旦大學圖書館藏明萬曆刻本《唐詩紀》，將《丹陽集》殘文彙輯成編。《吟窗雜録》所引詩句而全篇尚存者，即援據較早出處，補足全詩，并校録異文。全詩不存者，皆以「句」列目。編次以《新唐書·藝文志》所載爲序，分縣繫人，并各存官守身份。共存詩二十首，殘句十二則。

附記：本次閲校時，所引《吟窗雜録》據《續修四庫全書》影印北京大學圖書館藏明嘉靖十七年崇文書堂刻本（簡稱崇文本）和中華書局一九九七年影印臺灣「中央圖書館」藏明鈔本（簡稱明鈔本）覆核一過，補充校記。

丹陽集序〔一〕

李都尉没後九百餘載，其間詞人，不可勝數。建安末，氣骨彌高，太康中體調尤峻〔二〕，元嘉觔骨仍在，永明規矩已失，梁、陳、周、隋，厥道全喪。蓋時遷推變，俗異風革，信乎人文化成天下。

〔一〕見《吟窗雜録》卷四一。

〔二〕「太」原作「大」。

丹陽集目録

延陵二人

包融

殷璠曰：融詩情幽語奇，頗多剪刻。〔一〕

〔一〕見《吟窗雜録》卷二四。「情」原作「青」，據《唐詩紀·盛唐》卷三改。

送國子張主簿〔一〕

河岸纜初解，鶯啼别離處。遥見舟中人，時時一迴顧。坐悲芳歲晚，花落青軒樹〔二〕。春夢隨我心，摇揚逐君去〔三〕。

〔一〕《吟窗雜録》卷二四引「春夢隨我心，摇揚逐君去」二句，詩題及全詩據《文苑英華》卷二四三補足。

〔二〕青　《唐詩紀事》卷二四作「清」。

〔三〕摇　《全唐詩》卷一一四作「悠」。

阮公嘯臺〔一〕

荒臺森荆杞，蒙蘢無上路〔二〕。傳是古人跡，阮公長嘯處。至今清風在〔三〕，時時動林樹。逝者昔已遠〔四〕，升攀想遺趣。静然荒榛間〔五〕，久之若有悟。靈光未歇滅，千載知仰慕。

〔二〕《吟窗雜録》卷二四引「荒臺森荆杞，朦朧無上語」二句。全詩録自《文苑英華》卷三一三。

〔三〕蒙蘢無上路 《吟窗雜録》作「朦朧無上語」。

〔三〕清風在 《詩式》卷四作「來清風」，《全唐詩》卷一一四作「清風來」。

〔四〕昔 《全唐詩》作「共」。

〔五〕間 《全唐詩》作「門」。

儲光羲

殷璠曰：光羲詩宏贍縱逸，務在直置。〔一〕

〔一〕見《吟窗雜録》卷二六、《唐詩紀·盛唐》卷五。

田家雜興〔一〕

種桑百餘樹，種黍三十畝。衣食既有餘，時時會親友。夏來菰米飯，秋至菊花酒。孺人喜逢迎，稚子解趨走。日暮閑園裏，團團蔭榆柳。酩酊乘夜歸，涼風吹户牖。清淺望河漢，低昂看北斗。數甕猶未開，明朝能飲否。

〔一〕《吟窗雜録》卷二六引「日暮閑園裏，團團蔭榆柳」二句。全詩及詩題據明銅活字本《儲光羲集》卷三補足。此組詩共八首，此爲其八。

行次田家澳梁作〔一〕

田家俯長道，邀我避炎氛。當暑日方晝，高天無片雲。桑間禾黍氣，柳下牛羊群。野雀棲空屋，晨昏不復聞〔二〕。前登澳梁坂，極望温泉分〔三〕。逆旅方三舍，西山猶未曛〔四〕。

〔一〕《吟窗雜録》卷二六引「當暑日方晝」以下四句，全詩及詩題據明銅活字本《儲光羲集》卷二補足。「澳梁」，《文苑英華》卷二九二作「溴梁」，下同。

〔二〕昏　《文苑英華》作「風」。

〔三〕温泉分　《文苑英華》作「温原曛」。

〔四〕曛　《文苑英華》作「分」。

夜到洛口入黄河〔一〕

河洲多青草，朝暮滋客愁〔二〕。客愁惜朝暮，枉渚暫停舟。中宵大川静，解纜逐歸流。浦溆既清曠，沿洄非阻修。登艫望落月，擊汰悲新秋。倘遇乘槎客，永言星漢遊。

〔一〕《吟窗雜録》卷二六引「河洲多青草，朝暮滋客愁」二句，詩題及全詩據明銅活字本《儲光羲集》卷一補足。

〔二〕滋　《儲光羲集》及《全唐詩》卷一三六作「增」。

曲阿九人

餘杭尉丁仙芝

殷璠曰：仙芝詩婉麗清新，迥出凡俗，恨其文多質少。〔一〕

〔一〕見《吟窗雜録》卷二六、《唐詩紀・盛唐》卷四八。

長寧公主舊山池〔一〕

平陽舊池館，寂寞使人愁。座卷黄流簟〔二〕，簾垂白玉鉤。庭閑花自落，門閉水空流。追想吹簫處，應隨仙騎遊〔三〕。

〔一〕《吟窗雜録》卷二六引「庭閑花自落，門閉水空流」二句，詩題及全詩據《唐詩紀事》卷二四補足。

〔二〕黄流　《四部叢刊》本《唐詩紀事》作「留黄」，此從汲古閣本。《全唐詩》卷一一四作「流黄」。

〔三〕騎　《全唐詩》作「鶴」。

剡谿館聞笛〔一〕

夜久聞羌笛，寥寥虚客堂〔二〕。山空響不散，谿静曲宜長。草木生邊氣，城池逗夕涼〔三〕。虚然異風出，髣髴宿平陽。

〔一〕《吟窗雜録》卷二六引「山空響不散，谿静曲宜長」二句，全詩及詩據《文苑英華》卷二九八補足。

〔二〕虚 《剡録》卷六作「應」。

〔三〕逗 《全唐詩》卷一一四作「泛」。

句〔一〕

窮巷常閉户，秋城聞擣衣。

樹迥早秋色〔二〕，川長遲落暉。

〔一〕二聯皆見《吟窗雜録》卷二六，全詩不存。

〔二〕早 崇文本、明鈔本作「草」。

緱氏主簿蔡隱丘

殷璠曰：隱丘詩體調高險，往往驚奇，雖乏綿密，殊多骨氣。〔一〕

〔一〕見《吟窗雜録》卷二六。「高險」上原衍一「高」字，今删。

石橋琪樹〔一〕

山上天將近，人間路漸遥。誰當雲裏見，知欲渡仙橋。

〔一〕《吟窗雜録》卷二六引「山上天將近，人間路漸遥」二句，據《文苑英華》卷三二六補録全詩及詩題。

句〔一〕

整巾千嶂聳，曳履百泉鳴。

草徑不聞金馬詔，松門唯見石人看。

〔一〕以下二聯皆見《吟窗雜録》卷二六，全詩均不存。

監察御史蔡希周

殷璠曰：希周詞彩明媚，殊得風規。〔一〕

〔一〕見《吟窗雜録》卷二六、《唐詩紀・盛唐》卷三。

奉和扈從温泉宫承恩賜浴〔一〕

天行雲從指驪宫，浴日餘波賜詔同。綵殿氛氲擁香溜〔二〕，紗窗宛轉閉春風〔三〕。來將蘭氣衝皇澤，去别星文捧碧空〔四〕。自憐遇坎便能止，願托仙楂路未通。

〔一〕《吟窗雜録》卷二六引「綵殿氛氲擁香溜，紗窗宛轉閉春風」二句，全詩及詩題據《文苑英華》卷一七一補。

〔二〕氛　《全唐詩》卷一一四作「氤」。

〔三〕春　《全唐詩》作「和」。

〔四〕别　《全唐詩》作「引」。

渭南尉蔡希寂

殷璠曰：希寂詞句清迥，情理綿密。〔一〕

〔一〕見《吟窗雜録》卷二六、《唐詩紀・盛唐》卷三。

陜中作〔一〕

西别秦關近，東行陜服長。川原餘讓畔，歌吹憶遺棠。河水流城下，山雲起路傍。更憐棲泊處，池館繞林篁。

〔一〕《吟窗雜録》卷二六引「河水流城下，山雲起路傍」二句。據《文苑英華》卷二九一補録全詩及詩題。

句〔一〕

象筵列虛白，幽偈清心胸。

〔一〕見《吟窗雜録》卷二六，全詩不存。

處士張彦雄

殷璠曰：彦雄詩但責瀟灑，不尚綺密。至如「雲壑凝寒陰，巖泉激幽響」，亦非凡俗之所能至也。〔一〕

〔二〕見《吟窗雜録》卷二六。彦雄詩僅存殷璠所引二句。「責」疑當作「貴」。

處士張潮

殷璠曰：潮詩委曲怨切，頗多悲涼。〔一〕

〔一〕見《吟窗雜録》卷二六、《唐詩紀·盛唐》卷四八。

江風行〔一〕

壻貧如珠玉，壻富如埃塵。貧時不忘舊，富貴多寵新〔二〕。妾本富家女，與君爲偶匹。惠好一何深〔三〕，中門不曾出。妾有繡衣裳，葳蕤金縷光。念君貧與賤〔四〕，易此從遠方。三千路役思，發盡悔不已〔五〕。日暮情更來，空望去時水。孟夏麥始秀，江上多南風。商賈歸欲盡，君今尚巴東。巴東有巫山，窈窕神女顔。常恐遊此方〔六〕，果然不知還。

〔一〕《吟窗雜録》卷二六録「日暮情更來」以下四句。據《文苑英華》卷二一一補録全詩及詩題。《樂府詩集》卷七二題作《長干行》。

〔二〕貴　《唐詩紀事》卷二七作「日」。

〔三〕惠好　《唐詩紀事》作「念汝」。

〔四〕與　《樂府詩集》、《唐詩紀事》作「且」。

〔五〕「三千」二句，《唐詩紀事》作「遠方三千里，發盡悔不已」。《樂府詩集》「盡」作「去」，餘同《唐詩紀事》。

〔六〕方《樂府詩集》作「山」。

校書郎張暈

殷璠曰：暈詩巧用文字，務在規矩。〔一〕

〔一〕見《吟窗雜録》卷二六、《唐詩紀·盛唐》卷一〇二。

絶句〔一〕

茫茫煙水上，日暮陰雲飛。孤坐正愁緒，湖南誰擣衣？

〔一〕見《吟窗雜録》卷二六。題從《全唐詩》卷一一四。

吏部常選周瑀

殷璠曰：瑀詩窈窕鮮潔，務爲奇巧。〔一〕

「孤山日暮清」，亦爲清唱。

〔一〕見《吟窗雜録》卷二六、《唐詩紀·盛唐》卷一〇二。

潘司馬別業〔一〕

門對青山近，汀牽緑草長。寒深色晚橘〔二〕，風緊落垂楊。湖畔聞漁唱，天邊數雁行。蕭然有高士，清思滿書堂。

〔一〕《吟窗雜録》卷二六録「寒深色晚橘，風緊落垂楊」二句。據《文苑英華》卷三一七補足全詩及詩題。

〔二〕色　《文苑英華》作「抱」。

送潘三入京〔一〕

故人嗟此別，相送出煙坰。柳色分官路，荷香入水亭。離歌未盡曲，酌酒共忘形。把手河橋上，孤山日暮青。

〔一〕《吟窗雜録》卷二六引「孤山日暮青」一句，云「亦爲清唱」。據《文苑英華》卷二七三補録全詩及詩題。

長洲尉談戭

殷璠曰：戭詩精典古雅。〔一〕

〔一〕見《吟窗雜録》卷二六、《唐詩紀・盛唐》卷一〇二。

清谿館作〔一〕

指途清谿裏，左右惟深林。雲蔽望鄉處，雨愁爲客心。遇人多物役，聽鳥時幽音。何必滄浪水，庶茲浣塵襟。

〔一〕《吟窗雜録》卷二六引「雲蔽望鄉處，雨愁爲客心」二句，全詩及詩題據《文苑英華》卷二九八補。

句〔一〕

清清江潭樹，日夕增所思。

〔一〕見《吟窗雜録》卷二六，全詩不存。

句容三人

忠王府倉曹參軍殷遥

殷璠曰：遥詩閑雅，善用聲。〔一〕

〔一〕見《吟窗雜録》卷二六。「遥」原作「瑶」，從《唐詩紀・盛唐》卷一〇二改。

山行〔一〕

寂歷青山曉〔二〕，山行趣不稀。野花成子落，江燕引雛飛。暗草薰苔徑，晴楊掃石磯。俗人猶語此，余亦轉忘歸。

〔一〕《吟窗雜録》卷二六引「野花成子落，江燕引雛飛」二句，據《唐百家詩選》卷六補録詩題及全詩。《全唐詩》卷一一四題作《春晚山行》。

〔二〕曉　《全唐詩》作「晚」。

友人山亭〔一〕

故人雖薄宦，往往涉青溪〔二〕。鑿牖對山月，褰裳拂澗霓。游魚逐水上〔三〕，宿鳥向風棲。一見桃花發，能令秦漢迷。

〔一〕《吟窗雜録》卷二六引「游魚逐水上，宿鳥向風棲」二句。詩題及全詩據《唐百家詩選》卷六補足。

〔二〕青　《唐詩紀事》卷一七、《全唐詩》卷一一四作「清」。

〔三〕逐　《唐百家詩選》、《唐詩紀事》、《全唐詩》作「逆」。

硤石主簿樊光

殷璠曰：光詩理周旋，詞句妥貼。〔一〕

〔一〕見《吟窗雜録》卷二六。

句〔一〕

巧裁蟬鬢畏風吹，盡作蛾眉恐人妒。

〔一〕見《吟窗雜録》卷二六，全詩不存。

橫陽主簿沈如筠

殷璠云：如筠早歲馳聲，白首一尉。〔一〕

〔一〕見《吟窗雜録》卷二五、《唐詩紀・盛唐》卷一〇二。

寄張徵古〔一〕

寂歷遠山意，微冥半空碧。緑蘿無冬春，彩雲竟朝夕〔二〕。張子海内奇，久爲巖中客。聖君當夢想，安得老松石。

〔一〕《吟窗雜録》卷二五引「緑蘿無冬春，彩雲竟朝夕」二句。據《文苑英華》卷二五六補録全詩。

〔二〕彩雲 《文苑英華》作「綵煙」。

句

思酸寒鴈斷，淅瀝秋樹空。〔一〕

〔一〕見《吟窗雜録》卷二五。

漁陽燕舊都，美女花不如。〔一〕

〔一〕見《吟窗雜録》卷二五。「漁陽」原作「洹陽」，據崇文本、明鈔本、《嘉泰吴興志》卷一六、《全唐詩》卷一一四改。《嘉泰吴興志》卷一六云：「又有沈如筠，有《正聲集》詩三百首。有曰『漁陽燕舊都，美人花不如』，吏部侍郎盧藏用常諷誦之。」

江寧二人

右拾遺孫處玄〔一〕

〔一〕殷璠評語不存。《吟窗雜録》卷二五謂其「善屬文」，係録《舊唐書·隱逸傳》中語。

失題〔一〕

漢家輕壯士，無狀殺彭王。一遇風塵起，令誰守四方。

〔一〕見《吟窗雜録》卷二五。從《全唐詩》卷一一四以「失題」列目。

句〔一〕

殘花與露落，墮葉隨風翻。
日側南澗幽，風凝北林暮。

〔一〕以上二聯均見《吟窗雜録》卷二五，全詩不存。

處士余延壽〔一〕

殷璠曰：延壽詩婉孌艷美。〔二〕

〔一〕延壽之姓，《新唐書·藝文志》、《四部叢刊》影明洪楩本《唐詩紀事》卷一七、《嘉定鎮江志》卷一八、《至順鎮江志》卷一九、《全唐詩》卷一一四作「徐」，《搜玉小集》、《文苑英華》卷二九三、《樂府詩集》卷二二、《古今歲時雜詠》卷五、汲古閣本《唐詩紀事》卷一七、《吟窗雜録》卷二六、《唐詩紀·盛唐》卷一〇二作「余」。今檢儲光羲有《貽余處士》詩，作「余」諸書又皆淵源有自，似以「余」爲是，今據之立目。

〔三〕見《吟窗雜録》卷二六、《唐詩紀·盛唐》卷一〇二。

折楊柳〔一〕

大道連國門，東西種楊柳。葳蕤君不見，裊娜垂來久。緑枝棲暝禽，雄去雌獨吟。餘花苑春盡〔二〕，微月起愁陰〔三〕。坐望窗中蝶，起攀枝上葉。好風吹長條，婀娜何如妾。妾見柳園新，高樓四五春。莫吹胡塞曲〔四〕，吹殺隴頭人〔五〕。

〔一〕《吟窗雜録》卷二六引「餘花」、「莫吹」二聯，全詩及詩題據《樂府詩集》卷二二補足。

〔二〕苑　《樂府詩集》作「怨」。

〔三〕愁　《樂府詩集》作「秋」。

〔四〕塞　《樂府詩集》原校：「一作笳」。

〔五〕吹　《樂府詩集》作「愁」。

丹徒二人

江都主簿馬挺〔一〕

〔一〕殷璠評語不存。馬挺無詩存世。

武進尉申堂構

殷璠曰：堂構善敍事狀物〔一〕，長於情理。〔二〕

〔一〕狀　崇文本、明鈔本作「詠」。

〔二〕見《吟窗雜録》卷二六。

句〔一〕

霜添柏樹冷，氣拂桂林寒。

〔一〕見《吟窗雜録》卷二六。全詩已佚。今存堂構詩僅此二句。

河岳英靈集

〔唐〕殷璠 編
傅璇琮 校點

前記

《河岳英靈集》二卷，殷璠編選。殷璠生平已不得其詳。南宋時《嘉定鎮江志》卷一八載：「殷璠，丹陽人，處士，有詩名。」《至順鎮江志》卷一九同。宋刻本《河岳英靈集》首頁首行「河岳英靈集」五字下署「唐丹陽進士殷璠」。按《新唐書·藝文志》四詩集類著録《包融詩》一卷，稱融與儲光羲均爲潤州延陵人，並提到同時曲阿丁仙芝等，共十八人，都有詩名，「殷璠彙次其詩，爲《丹陽集》者」。包融、儲光羲及丁仙芝等，都是潤州（治所在今江蘇鎮江）人，殷璠當與他們生同時，居同里，故能就近編纂其詩。

據現在所知，唐人較早提及殷璠者，乃晚唐詩人吴融，他有《過丹陽》一詩：「雲陽縣郭半郊坰，風雨蕭條萬古情。山帶梁朝陵路斷，水連劉尹宅基平。桂枝自折思前代（自注：李考功於此知貢舉），藻鑑難逢耻後生（自注：殷文學於此集《英靈》）。遺事滿懷兼滿目，不堪孤棹艤荒城。」（《全唐詩》卷六八四）此處之李考功係指李希言，李希言曾於肅宗至德二載自禮部侍郎兼蘇州刺史充節度採訪使，於江東考選進士，顧況即於此時在蘇州應試及第。此詩稱殷璠爲文學，是記述其仕歷的唯一材料。據《新唐書·百官志》，唐時於上州設文學一人，從八品下。潤州在唐爲上州，則殷璠當即在潤州曾任文學之職，也就在潤州或丹陽編選《河岳英靈集》。

殷璠在敍中説:「璠不揆,竊嘗好事,願删略群才,贊聖朝之美,爰因退跡,得遂宿心。」據此,則他可能很快即辭去文學這一品位極低的官職,長期退隱,而專心於他所喜好的詩選工作,《嘉定鎮江志》因稱爲處士。

《河岳英靈集》所選皆爲開元、天寶時詩人。現存各本《河岳英靈集》的敍及《文鏡秘府論》南卷《定位》所引,其記述選詩的起迄年限,謂「起甲寅,終癸巳」。甲寅當爲開元二年(公元七一四),癸巳當爲天寶十二載(七五三)。但《文苑英華》卷七一二所載殷璠敍,作「終乙酉」,則應是天寶四載(七四五)。又《國秀集》後宋徽宗大觀年間曾彦和跋,謂「殷璠所撰《河岳英靈集》作於天寶十一載(七五二)」,則所選當在此年之前。據研究者考定,乙酉之説不可信。如書中所選李頎《聽董大彈胡笳聲兼語弄寄房給事》,高適《封丘作》,李白《夢遊天姥山别東魯諸公》、《憶舊遊寄譙郡元參軍》等詩,皆作於天寶四載以後,而評語中敍及的王昌齡、賀蘭進明後期的事迹,也只能在天寶四載以後,不能在此之前。至於宋人曾彦和之説,别無所據,他可能因「終癸巳」句而錯算了一年。根據現有的材料,應以癸巳説爲是。

殷璠敍中説此書所收,計詩人二十四,詩二百三十四首,分爲上下卷。《文苑英華》卷七一二所載敍,作三十五人,一百七十首。以今存各本統計,及《文鏡秘府論》南卷《定位》所載,詩人之數都是二十四,較爲一致;《文苑英華》作三十五人,出入太大,恐不足信。詩篇則各本及《文鏡秘府論·定位》所載,都爲二百三十四,但以今存各本統計,僅二百三十首。清《四庫全書總目提要》稱殷璠在張謂評語中曾舉出《代北州老翁答》與《湖上對酒行》的篇名，而所選詩則只有《湖上對酒行》而無《代北州老翁答》，因此「疑傳寫有所脱佚」，所言有一定道理。可惜具體脱漏哪些詩篇，現已無從考知。

殷璠自敍謂全書「分爲上下卷」。《新唐書·藝文志》、《直齋書録解題》以及《中興館閣書目》都作二卷，可見北宋前期至南宋中期，《河岳英靈集》流傳於世的，都爲二卷本。

今所見二卷本《河岳英靈集》，國家圖書館善本部藏有兩種，一爲季振宜藏，一册，首尾有缺頁，鈔配，又缺《敍》、《集論》、目録。每頁十行，每行十八字。另一爲清末莫友芝所藏據毛扆過録者，二册，卷末有「丙寅初冬邵亭校讀一過」十字。丙寅當爲同治五年（一八六六）。此書亦爲每頁十行，每行十八字。此次經通校，可以確定係出於同一刻本，即宋刻。兩書中，崔署的署字缺末筆，詩中如敬、恒、貞、廓等字，亦皆缺末筆。此皆避宋帝諱。廓字避宋寧宗擴（一一九五——一二二四）嫌名，則其書之刻不會在此之前，這時距南宋之亡（一二七九），已經不遠。

在此之後，即不見有兩卷本著録。明人書目，如高儒《百川書志》，著録《河岳英靈集》，作三卷。則明代中期，流傳於世者，已爲三卷本。明末毛晉汲古閣刻亦爲三卷本。莫友芝《邵亭知見傳本書目》卷十六稱其所藏南宋本，「字句與毛本小有異同」，其實二者差異甚多。較大的如宋本孟浩然《欲渡湘江》、《渡湘江問舟中人》二詩，毛晉刻本皆移作崔署詩；王昌齡《詠懷》、《觀江淮名山圖》，毛晉刻本與莫氏藏本，文字不同者十有八九。傅增湘《藏園群書題記》謂：「宋本序後有《集論》一首，孟浩然詩有《送張子容》一首，均爲汲古閣本所無。諸家評語中，如崔顥、孟浩然文頗有異，綦毋潛小序尤迥然不合。其他單詞隻字，更難以僂指計，蓋自明代翻刻以後，沿訛襲謬，已匪一日矣。」（卷十九）毛晉之後，其子扆又曾翻刻過一次，亦爲三卷本，毛扆又從一舊鈔本相校。此本後爲黄丕烈所得，今藏國家圖書館善本部。書末有毛扆題字，云「壬戌五月廿一日從舊鈔本校一過」。毛扆生於一六四〇年（明崇禎十三年），壬戌當是一六八二年（清康熙二十一年）。從黄丕烈跋，可知毛扆所謂舊鈔本，即爲兩卷本，這是毛晉未得見而爲毛扆所得者。但毛扆並未據此舊鈔本翻刻，而僅用以校汲古閣刻本，且所校又頗爲疎略。

與毛扆大略同時而稍晚的何焯（義門），也曾見過兩卷本，並作過認真的批校。國家圖書館善本部藏明崇禎元年毛氏汲古閣刻《唐人選唐詩八種》，其中《河岳英靈集》有傅增湘臨何焯的批校。經校核，發現何焯所據以與汲本相校的，亦即兩卷本的宋刻本，但未知何焯所據校的宋本，後歸向何處。《四部叢刊》初編所收《河岳英靈集》，係據近人沈曾植所藏影印。沈氏云，此雖明刻，實覆宋本。經細加核對，發現凡宋本與汲、毛兩本異者，沈氏藏本多同於汲、毛本而異於宋本。至於同爲三卷，則更屬明本系統。

關於《河岳英靈集》的版本系統，大致可概括爲以下幾點：一，殷璠自編的本子原爲二卷，此種二卷本一直流傳到南宋。二，宋元之際或元明之際，二卷本已極少流傳，幾至失傳。而自明代前期開始，有三卷本出現。三卷本在流傳過程中亦幾經翻刻，各本之間也頗有不同。三卷本與二卷本，分卷不同，字句有不少差異，但詩人、詩篇的總數是相同的。三，二卷本屬宋本系統，三卷本屬明本系統。

三卷本有可能據宋時某一刻本翻刻，因此在文字上保留了某些合理部分，不能因其明本而忽略之。

此次整理，以二卷本作底本，因爲這是較早的，也是較接近於殷璠自編的本子。同時用汲古閣本（簡稱汲本）、毛扆校本（簡稱毛本）、沈氏藏本（因已爲涵芬樓影印，收入《四部叢刊》初編，因簡稱叢刊本）通校。何焯是曾據某一宋本相校的，可以概見清初版本流傳之一例，故亦注出，以備參核。《唐詩紀事》中有引殷璠評語的，當是計有功在當時曾見到《河岳英靈集》的一種本子，他所引述的，可以作爲版本看待，因亦取校。

河岳英靈集

唐丹陽進士殷璠

敍曰：梁昭明太子撰《文選》，〔一〕後相效著述者十餘家，咸自稱盡善，高聽之士，或未全許。且大同至於天寶，把筆者近千人，除勢要及賄賂者，中間灼然可尚者，五分無二，豈得逢詩輯纂〔二〕，往往盈帙。蓋身後立節，當無詭隨，其應詮揀不精，玉石相混，致令衆口銷鑠〔三〕，爲知音所痛。

夫文有神來、氣來、情來，有雅體、野體〔四〕、鄙體、俗體。編紀者能審鑑諸體，委詳所來，方可定其優劣，論其取捨。至如曹、劉詩多直語〔五〕，少切對，或五字並側，或十字俱平，而逸駕終存。然挈瓶庸受之流〔六〕，責古人不辨宫商徵羽，詞句質素，恥相師範。於是攻異端，妄穿鑿，理則不足，言常有餘，都無興象，但貴輕艷。雖滿篋笥，將何用之？自蕭氏以還，尤增矯飾。武德初，微波尚在。貞觀末，標格漸高。景雲中，頗通遠調。開元十五年後，聲律風骨始備矣。實由主上惡華好朴，去僞從真，使海内詞場，翕然尊古，南風周雅，稱闡今日。璠不揆，竊嘗好事，願删略群才，贊聖朝之美，爰因退跡，得遂宿心。粤若王維、昌齡、儲光羲等二十四人〔七〕，皆河岳英靈也，此集便以《河岳英靈》爲號。詩二百三十四首〔八〕，分爲上下卷，起甲寅，終癸巳〔九〕。倫次於敍，品藻各冠篇額。如名不副實，才不合道，縱權壓梁、竇，終無取焉。

〔一〕按，自此句至後「爲知音所痛」，各本皆無，今據《文苑英華》卷七一二所載殷璠序補。又見《文鏡秘府論》南卷《定位》。

〔二〕纂　原作贊，據《文鏡秘府論》所載改。

〔三〕銷　《文鏡秘府論》所載作謗。

〔四〕野體　《文鏡秘府論》所載無此二字。

〔五〕直語　《文苑英華》作「直致語」。

〔六〕庸　汲本、毛本作「膚」，何校作「庸」。按《文苑英華》、《文鏡秘府論》皆作「膚」。

〔七〕二十四人　《文苑英華》作「三十五人」。按書中所載，實爲二十四人。

〔八〕詩二百三十四首　各本及《文鏡秘府論》均同，《文苑英華》作「一百七十首」。按書中所載，實爲二百三十首。又《宋中興館閣書目》所載《河岳英靈集》亦作二百三十首。

〔九〕癸巳　各本及《文鏡秘府論》均同，《文苑英華》作「乙酉」。

論曰：〔一〕昔伶倫造律，蓋爲文章之本也。是以氣因律而生，節假律而明，才得律而清焉。寧預於詞場，不可不知音律焉。孔聖刪《詩》，非代議所及。自漢魏至於晉宋，高唱者十有餘人，然觀其樂府，猶有小失。齊梁陳隋，下品實繁，專事拘忌，彌損厥道。夫能文者匪謂四聲盡要流美，八病咸須避之，縱不拈二〔二〕，未爲深缺。即「羅衣何飄飄，長裾隨風還」，雅調仍在，況其他句乎？故詞有剛柔，調有高下，但令詞與調合，首末相稱，中間不敗，便是知音。而沈生雖怪，曹王曾無先覺，隱侯言之更遠。璠今所集，頗異諸家，既閑新聲，復曉古體，文質半取，風騷兩挾，言氣骨則建安爲傳，論宫商則太康不逮。將來秀士，無致深憾。

〔一〕按《論》二百餘字，汲本、毛本皆不載，何校鈔補。

〔二〕拈二　原作「拈綴」，各本均同。《文鏡秘府論》南卷《定位》引殷璠《集論》作「拈二」，今據改。詳參李珍華、傅璇琮《河岳英靈集研究》中《河岳英靈集聲律説探索》（中華書局一九九二年九月出版）。

河岳英靈集目録

卷上

卷下

卷上

常建

高才而無貴仕〔一〕，誠哉是言。曩劉楨死於文學，左思終於記室，鮑昭卒於參軍，今常建亦淪於一尉。悲夫！建詩似初發通莊，却尋野徑，百里之外，方歸大道。所以其旨遠，其興僻，佳句輒來，唯論意表。至如「松際露微月，清光猶爲君」，又「山光悦鳥性，潭影空人心」，此例十數句〔二〕，並可稱警策。然一篇盡善者，「戰餘落日黄，軍敗鼓聲死」，「今與山鬼鄰，殘兵哭遼水」，屬思既苦〔三〕，詞亦警絶。潘岳雖云能敍悲怨，未見如此章〔四〕。

〔一〕高才而無貴仕　汲本、毛本、叢刊本皆無「而」字。「仕」，汲本、毛本作「士」，當誤；《唐詩紀事》卷三一常建條引殷璠語，此句作「高才而無貴位」，位、仕意近，何校亦作「仕」。

〔二〕此例十數句　「十數」，《唐詩紀事》卷三一常建條引殷璠語作「數十」，似以「十數」爲是。

〔三〕屬思既苦　《唐詩紀事》卷三一常建條引殷璠語作「思既邈苦」。

〔四〕未見如此章　《唐詩紀事》卷三一常建條引殷璠語，「章」下有「句也」二字。

夢太白西峰

夢寐昇九崖，杳藹逢元君。遺我太白岑，寥寥辭垢氛。結宇在星漢，宴林閑氤氲〔一〕。簷楹覆餘翠，巾舄生片雲。時往青溪間〔二〕，孤亭晝仍曛。松峰引天影，石瀨清霞文。恬目緩舟趣，霽心投鳥群。春風有搖櫂，潭島花紛紛。

〔一〕閑　汲本、毛本、叢刊本作「閉」，何校作「閑」。

〔二〕青溪　汲本、毛本作「谿谷」，何校作「青溪」。

吊王將軍墓

嫖姚北伐時，深入强千里。戰餘落日黄，軍敗鼓聲死。嘗聞漢飛將，可奪單于壘。今與山鬼鄰，殘兵哭遼水。

昭君墓

漢宮豈不死，異域傷獨歿。萬里駝黄金，蛾眉爲枯骨。迴車夜出塞，立馬皆不發。共恨丹青人，墳上哭明月。

江上琴興

江上調玉琴，一絃清一心。泠泠七絃遍，萬木澄幽陰一作音〔一〕。能使江月白，又令江水深。始知梧桐枝〔二〕，可以徽黄金。

〔一〕陰一作音　叢刊本同。汲本、毛本「陰」作「音」，無小注。何校仍作「陰」，並加小注「一作音」。

〔二〕梧　叢刊本作「枯」。

宿王昌齡隱處

清溪深不極，隱處惟孤雲。松際露微月，清光猶爲君。茆亭宿花影〔一〕，藥院滋苔紋。予亦謝時去，西山鸞鶴群。

〔一〕茆　汲本、毛本作「茅」，何校作「茆」。

送李十一尉臨溪

泠泠花下琴，君唱渡江吟。天際一帆影，預懸離別心。以言神仙尉，因致瑶華音。軫起宫商調〔一〕，越聲澄碧林〔二〕。

〔一〕軫起宫　汲本、毛本作「回軫撫」，何校作「軫起宫」。

〔二〕聲　汲本、毛本作「溪」，何校作「聲」。

閑齋卧疾行藥至山館稍次湖亭二首〔一〕

旬時結陰霖〔二〕，簷外初白日。齋沐清病容，心魂畏靈室〔三〕。閑梅照前户，明鏡悲舊質。同袍四五人，何不來問疾。

行藥至石壁，東風變萌芽。主人門外緑，小隱湖中花。時物堪獨往，春帆宜别家。辭君爲滄海〔四〕，爛漫從天涯。

〔一〕閑齋卧疾行藥至山館稍次湖亭二首　叢刊本「亭」下有「作」字，下無「二首」字，亦不分篇，通爲一詩。汲本、毛本題同叢刊本，但仍分列二首。按此二詩韻不同，應以作二首爲是。何校亦謂「合之則『同袍四五人』一聯文義終覺隔礙，不若仍作二篇爲是，古人作詩章法，大抵數篇自爲首尾，非必一篇即將題目説盡也。宋本《常建詩集》亦作二篇。」

〔二〕霖　叢刊本作「林」。

〔三〕靈　汲本、毛本作「虚」，何校作「靈」。

〔四〕爲　汲本、毛本、叢刊本作「向」，何校作「爲」。

題破山寺後禪院

清晨入古寺，初日照高林。竹徑通幽處，禪房花木深。山光悦鳥性，潭影空人心。萬籟此都寂〔一〕，但餘鐘磬音。

〔一〕都　汲本、毛本作「俱」，何校作「俱」。

鄂渚招王昌齡張僨

刈蘆曠野中，沙上飛黄雲。天晦無精光〔一〕，茫茫悲遠君。楚山隔湘水，湖畔落日曛。春鴈又北飛，音書固難聞。謫君未爲歎〔二〕，讒枉何由分。五日逐蛟龍，宜爲吊冤文。翻覆古共然，官宦安足云〔三〕。貧士任枯槁〔四〕，捕魚清江濆。有時荷鋤犂，曠野自耕耘。不然春山隱，溪澗花氛氲。山鹿自有場，賢達亦顧君〔五〕。二賢歸去來，世上徒紛紛。

〔一〕晦　汲本、毛本、叢刊本作「海」，何校作「晦」。莫友芝校謂毛本作「晦」，非，實則毛本作「海」。

〔二〕君　汲本、毛本、叢刊本作「居」，何校作「君」。按似以作「居」爲是。

〔三〕官　汲本、毛本作「名」，何校仍作「官」。

〔四〕枯槁　叢刊本作「祜槁」。

〔五〕君　汲本、毛本、叢刊本皆作「群」，何校作「君」。按上句謂「山鹿自有場」，則此句似應作「群」爲是。

春詞二首

宛宛黄柳絲〔一〕，濛濛雜花垂。日高紅粧卧，倚對春光遲〔二〕。寧知傍淇水，驟褱黄金羈。翳翳陌上桑，南枝交北堂。美人金梯出，手自提竹筐。非但畏蠶飢，盈盈嬌路傍。

〔一〕宛宛　汲本、毛本作「菀菀」，何校作「宛宛」。

〔二〕對　叢刊本作「樹」。

古意張公子〔一〕

日出乘釣舟，嫋嫋持釣竿。涉淇傍荷花，驄馬閑金鞍〔二〕。使客白雲中〔三〕，腰間懸鹿盧。出門事嫖姚，爲君西擊胡。胡兵漢騎相馳逐，轉戰孤軍海西北〔四〕。百尺旌竿沉黑雲〔五〕，邊笳落日不堪聞。

〔一〕古意張公子　汲本、毛本詩題作「古意」二字，下注云「集作張公子行」。何校仍作「古意張公子」。

〔二〕鞍　毛本作「鞭」。

〔三〕使　汲本、毛本作「俠」，何校作「使」。

〔四〕北　汲本、毛本作「曲」，何校作「北」。

〔五〕黑　叢刊本作「墨」。

仙谷遇毛女意知是秦時宫人

溪口水石淺，泠泠明藥叢。入溪雙峰峻，松栝疎幽風。垂嶺枝嫋嫋，翳泉花濛濛。夤緣霽人目〔一〕，路盡心彌通。盤石横陽崖，前臨殊未窮。迴潭清雲影，瀰漫長天空。水邊一神女，千歲爲玉童。羽毛經漢代，珠翠逃秦宮。目覿神已寓，鶴飛言未終。祈君青雲祕，願謁黃仙翁。嘗以耕玉田，龍鳴西頃中。金梯與天接，幾日來相逢。

〔一〕夤　叢刊本作「寅」。

晦日馬鐙曲稍次中流作

夜來宿蘆葦〔一〕，曉色明西林。初日在川上〔二〕，便澄遊子心。晴天無纖翳，郊野浮春陰。波静隨釣魚，舟小緑水深。出浦見千里，曠然諧遠尋。扣船應漁父〔三〕，因唱滄海吟〔四〕。

〔一〕來　汲本、毛本、叢刊本作「寒」，何校作「來」。

〔二〕川　叢刊本作「江」。

〔三〕船　汲本、毛本、叢刊本作「舷」，何校作「船」。

〔四〕海　毛本、叢刊本作「浪」，似是。

李白

白性嗜酒，志不拘檢，常林棲十數載，故其爲文章，率皆縱逸。至如《蜀道難》等篇，可謂奇之又奇。然自騷人以還，鮮有此體調也。

戰城南

去年戰，桑乾源；今年戰，葱河道。洗兵滌戈海上波〔一〕，放馬天山雪中草。萬里長征戰，三軍盡衰老。胡人以殺戮爲耕作，古來惟見白骨黄沙田。秦家築城備胡處〔二〕，漢家還有烽火燃。烽火燃不息，征戰無已時〔三〕。野戰格鬬死，敗馬號鳴向天悲。烏鳶啄人腸，銜飛上掛枯樹枝〔四〕。士卒塗草莽，將軍空爾爲。乃知兵者是凶器，聖人不得已而用之。

〔一〕滌戈　汲本、毛本、叢刊本作「條支」，何校作「滌戈」。

〔二〕備　汲本、叢刊本作「避」，何校「一作備」。

〔三〕征戰　汲本、毛本、叢刊本作「長征」，何校作「征戰」。

〔四〕樹　汲本、毛本、叢刊本作「桑」，何校作「樹」。

遠别離

古有皇英之二女，乃在洞庭之南，瀟湘之浦。海水直下萬里深，人言不深此離苦〔一〕。日慘慘兮雲冥冥，猩猩啼煙兮鬼嘯雨，我縱言之將何補。皇穹竊恐不照予之忠誠〔二〕，雷憑憑兮欲吼怒，堯舜當之亦禪禹。君失臣兮龍爲魚，權歸臣兮鼠變虎〔三〕。堯幽囚，舜野死，九疑聯綿皆相似，重瞳孤憤竟誰是。帝子降兮緑雲間，隨風波兮去無還。慟哭兮遠望，見蒼梧之深山。

蒼梧崩，湘水絶，竹上之淚乃可滅。

〔一〕人言不深　汲本、毛本作「誰人不言」，何校作「人言不深」。

〔二〕竊　叢刊本作「切」。

〔三〕鼠變虎　汲本作「虎變鼠」，何校仍作「鼠變虎」。又毛本於虎下注云「集有或言二字」。

野田黄雀行

遊莫逐炎洲翠，棲莫近吴宫燕。炎洲逐翠遭網羅，吴宫火起焚爾窠。瀟條兩翅蓬蒿下〔一〕，縱有鷹鸇奈爾何〔二〕。

〔一〕瀟　汲本、毛本、叢刊本作「蕭」，何校作「瀟」。

〔二〕爾　汲本、毛本作「若」，何校作「爾」。

蜀道難

噫吁嚱，危乎高哉！蜀道之難，難於上青天。蠶叢及魚鳧，開國何茫然。爾來四萬八千歲，不與秦塞通人煙。西當太白有鳥道，可以横絶峨眉巔。地崩山摧壯士死，然後天梯石棧方鉤連〔一〕。上有六龍回日之高標〔二〕，下有衝波逆折之回川。黄鶴之飛尚不得過，猿猱欲度愁攀緣。青泥何盤盤，百步九折縈巖巒。捫參歷井仰脅息，以手撫膺坐長歎。問君西遊何時還〔三〕，畏途巉巖不可攀。但見悲鳥號古木〔四〕，雄飛雌從遶林間。又聞子規啼夜月，愁空山。蜀道之難，難於上青天，使人聽此凋朱顔。連峰去天不盈尺，枯松倒掛倚絶壁。飛湍暴流争喧豗〔五〕，砯崖轉石萬壑雷。其嶮也若此〔六〕，嗟爾遠道之人，胡爲乎來哉？劍閣峥嶸而崔嵬，一夫當關，萬人莫開。所守或匪親〔七〕，化爲狼與豺。朝避猛虎，夕避長蛇。磨牙吮血，殺人如麻。錦城雖云樂，不如早還家。蜀道之難，難於上青天，側身西望長咨嗟。

〔一〕方　汲本、毛本作「相」，何校作「方」。

〔二〕六龍回日之高標　叢刊本作「横河斷海之浮雲」。

〔三〕時　叢刊本作「當」。

〔四〕但見悲鳥號古木　叢刊本「鳥」作「鳥」，「古」作「枯」。

〔五〕暴　汲本、毛本、叢刊本作「瀑」，何校作「暴」。

〔六〕嶮　汲本、毛本、叢刊本作「險」，何校作「嶮」。

〔七〕親　汲本、毛本、叢刊本作「人」，何校作「親」。

行路難

金罍清酒價十千，玉盤珍羞直萬錢。停杯投筯不能食，拔劍四顧心茫然。欲渡黄河冰塞川，將登太行雲暗天。閑來垂鈞坐溪上，忽復乘舟落日邊〔一〕。行路難，道安在。〔二〕長風破浪會有時，直掛雲帆濟蒼海〔三〕。

〔一〕落　汲本、毛本作「夢」，何校作「落」。

〔二〕行路難道安在　汲本此處有小注云：「本集：行路難，行路難，多歧路，今安在。」

〔三〕蒼　汲本、叢刊本作「滄」，何校作「蒼」。

夢遊天姥山别東魯諸公

海客談瀛洲，煙波微茫不易求〔一〕。越人話天姥〔二〕，雲霓明滅如何覩。天姥連天向天横，勢拔五岳掩赤城。天姥四萬八千丈〔三〕，對此絶倒東南傾。我欲冥搜夢吴越〔四〕，一夜飛度鏡湖月。湖月照我影，送我到剡溪。謝公宿處今尚在，緑水蕩漾青猿啼。脚穿謝公屐，明登青雲梯〔五〕。半壁見海月〔六〕，空中聞天雞。千巖萬轉路不定，迷花倚石忽以暝〔七〕。熊咆龍吟殷巖泉，慄深林兮驚層巔。楓青青兮欲雨，水澹澹兮生煙。列缺霹靂，丘巒崩摧。洞天石扉，訇然而中開〔八〕。青冥濛鴻不見底〔九〕，日月照耀金銀臺。霓爲裳兮鳳爲馬〔一〇〕，雲中君兮紛紛而來下。虎鼓琴兮鸞迴車，仙之人兮列如麻。忽魂悸兮目覆，恍驚起而長嗟〔一一〕，惟覺時之枕席，失向來之煙霞。世間行樂皆如是〔一二〕，古來萬事東流水。别君去兮何時還，且放白鹿青崖間，欲行即騎向名山。何能摧眉折腰事權貴，使我不得開心顔〔一三〕。

〔一〕煙波微茫不易求　「波」，汲本、毛本作「濤」，何校作「波」。「不易」，汲本、毛本作「信難」，何校作「不易」。

〔二〕話　汲本、毛本、叢刊本作「語」，何校作「話」。

〔三〕姥　汲本、毛本作「台」，何校作「姥」。

〔四〕冥搜　汲本、毛本作「因之」，何校作「冥搜」。

〔五〕明　汲本、毛本作「身」，何校作「明」。

〔六〕月　汲本、毛本、叢刊本作「日」，何校仍作「月」。

〔七〕以　汲本、毛本作「已」，何校作「以」。

〔八〕鞫　汲本、毛本作「訇」，何校仍作「鞫」。

〔九〕濛鴻　汲本、毛本作「浩蕩」，何校作「濛鴻」。

〔一〇〕鳳　叢刊本作「風」。

〔一一〕恍驚起而長嗟　「恍」，叢刊本作「怳」。「而」，汲本、毛本、叢刊本作「兮」。

〔一二〕是　汲本、毛本作「此」，何校作「是」。

〔一三〕使我不得開心顔　汲本、毛本、叢刊本皆作「暫樂酒色彫朱顔」，而於其下注云：「一作使我不得開心顔。」

憶舊遊寄譙郡元參軍

憶昔洛陽董糟丘，爲余天津橋南造酒樓。黄金白璧買歌笑，一醉累月輕王侯。海内賢豪青雲客〔一〕，就中與君心莫逆〔二〕。迴山轉海不作難，傾情倒意無所惜。我向淮南攀桂枝，君留洛北愁夢思。不忍別，還相隨，相隨迢迢訪仙城，三十六曲水迴縈。一溪初入千花明，萬壑度盡松風聲。銀鞍金絡到平地，漢東太守來相迎。紫陽之真人，邀我吹玉笙。飡霞樓上動仙樂，嘈然宛似鸞鳳鳴，袖長管催欲輕舉。漢東太守醉起舞〔三〕，手持錦袍覆我身。我醉横眠枕其股，當筵意氣凌九霄。星離雨散不終朝，分飛楚關山水遥。余既還山尋故巢，君亦歸家度渭橋〔四〕。君家嚴君勇貔虎，作尹并州遏戎虜。五月相呼度太行，摧輪不道羊腸苦〔五〕。行來北京歲月深〔六〕，感君貴義輕黄金。瓊杯綺食青玉案，使我醉飽無歸心。時時出向城西曲，晉祠流水如碧玉。浮舟弄水簫鼓鳴，微波龍鱗莎草緑。興來攜妓恣經過，其若楊花似雪何。紅粧欲醉宜斜日，百尺清潭寫翠蛾。翠蛾嬋娟初月輝〔七〕，美人更唱舞羅衣。清風吹歌入空去，歌曲自繞行雲飛。此時行樂難再遇〔八〕，西遊因獻長楊賦。北闕青雲不可期，東山白首還歸去。渭橋南頭一遇君，酇臺之北又離群。問余别恨今多少〔九〕，落花春暮争紛紛。言亦不可盡，情亦不可極，呼兒長跪緘此辭，寄君千里遥相憶。

〔一〕海内　汲本、毛本、叢刊本作「四海」，何校作「海内」。

〔二〕就中與君　汲本、毛本、叢刊本作「與君一遇」，何校作「就中與君」。

〔三〕漢東太守醉起舞　「東」，原作「中」。按前有「漢東太守來相迎」句，此處承前而言，亦應作「東」，今據叢刊本改。

〔四〕歸家　汲本、叢刊本作「西歸」，何校作「歸家」。

〔五〕摧　叢刊本作「推」。

〔六〕行來北京歲月深　「京」，原作「涼」。按王琦《李白集注》謂上文言并州太行，下文言晉祠，中間忽言北涼不合，北涼即張掖郡，唐時在甘州。朱金城《李白集校注》亦謂今所見宋本李白集亦皆作「涼」，《文苑英華》作京北，注云「一作北京」。今參王、朱説，並據汲本、毛本、叢刊本改。

〔七〕翠蛾嬋娟初月輝　汲本、毛本、叢刊本皆無「翠蛾」二字，何校補之。

〔八〕行　汲本、毛本、叢刊本作「歡」，何校作「行」。

〔九〕別恨　汲本、毛本、叢刊本作「恨別」，何校作「別恨」。

詠懷〔一〕

莊周夢蝴蝶，蝴蝶爲莊周。一體更變易，萬事良悠悠。乃知蓬萊水，復作清淺流。青門種瓜人，舊日東陵侯〔二〕。富貴固如此〔三〕，營營何所求。

〔一〕詠懷　毛本題下校注云「集作古風」。

〔二〕舊　汲本、毛本、叢刊本作「昔」，何校作「舊」。

〔三〕固　叢刊本作「苟」。

酬東都小吏以斗酒雙鱗見贈〔一〕

魯酒琥珀色，汶魚紫錦鱗。山東豪吏有俊氣，手攜此物贈遠人。意氣相傾兩相顧，斗酒雙魚表情素。雙鰓呀呷鰭鬣張〔二〕，跋刺銀盤欲飛去〔三〕。呼兒拂机霜刃揮〔四〕，紅肥花落白雪霏〔五〕。爲君下筯一餐飽〔六〕，醉著金鞍上馬歸。

〔一〕鱗　汲本、毛本、叢刊本皆作「魚」，何校仍作「鱗」。

〔二〕鰭　汲本、毛本、叢刊本作「鬐」，何校仍作「鰭」。

〔三〕跋　汲本、毛本作「蹳」，何校仍作「跋」。

〔四〕机　叢刊本作「几」。

〔五〕肥　汲本、毛本作「腮」，何校仍作「肥」。

〔六〕飽　汲本、毛本、叢刊本作「罷」，何校仍作「飽」。

答俗人問

問予何事棲碧山，笑而不答心自閑。桃花流水杳然去，别有天地非人間。

古意

白酒初熟山中歸，黄雞啄黍秋正肥。呼兒烹雞酌白酒〔一〕，兒女歡笑牽人衣〔二〕。高歌取醉欲自慰，起舞落日争光輝。遊説萬乘苦不早，著鞭跨馬涉長道〔三〕。會稽愚婦輕買臣，余亦辭家西入秦。仰天大笑出門去，我輩豈是蓬蒿人。

〔一〕兒　汲本、毛本、叢刊本作「童」，何校作「兒」。

〔二〕歡　汲本、叢刊本作「嬉」，何校作「歡」。

〔三〕長　汲本、毛本、叢刊本作「遠」，何校作「長」。

將進酒

君不見黄河之水天上來，奔流到海不復回。君不見高堂明鏡悲白髮，朝如青絲暮成雪。人生得意須盡歡，莫使金樽空對月。天生我材必有用〔一〕，千金散盡還復來。烹羊宰牛且爲樂，會須一飲三百杯。岑夫子，丹丘生〔二〕，與君歌一曲，請君爲我聽〔三〕。鍾鼎玉帛不足貴〔四〕，但願長醉不願醒。古來聖賢皆寂寞，唯有飲者留其名。陳王昔時宴平樂〔五〕，斗酒十千恣歡謔。主人何爲言少錢，徑須沽取對君酌〔六〕。五花馬，千金裘，呼兒將出换美酒，與爾同銷萬古愁。

〔一〕材　叢刊本作「才」。

〔二〕丹丘生　汲本、毛本於此句下有「將進酒，君莫停」六字。

〔三〕聽　汲本、毛本於「聽」字上有「傾耳」二字。

〔四〕貴　叢刊本作「悦」。

〔五〕時　汲本、毛本、叢刊本作「日」，何校作「時」。

〔六〕徑須沽取　汲本、毛本、叢刊本作「且須酤酒」，何校仍作「徑須沽取」。

烏棲曲

姑蘇臺上烏棲時，吴王宫裏醉西施。吴歌楚舞歡未畢，青山猶銜半邊日。金壺丁丁漏水多〔一〕，起看秋月墜江波，東方漸高奈爾何。

〔一〕金壺丁丁　汲本、毛本作「銀箭金壺」，何校仍作「金壺丁丁」。

王維

維詩詞秀調雅，意新理愜，在泉爲珠〔一〕，著壁成繪，一句一字，皆出常境。至如「落日山水好，漾舟信歸風」，又「澗芳襲人衣，山月映石壁」，「天寒遠山浄，日暮長河急」，「日暮沙漠陲，戰聲煙塵裏」〔二〕。

〔一〕爲　汲本、毛本作「成」，何校作「爲」。

〔二〕戰聲煙塵裏　《唐詩紀事》卷一六王維條引殷璠語，此句下有「詎肯慚于古人也」七字。汲本、毛本亦有此，莫友芝臨毛校，謂此「七字又不似殷氏語」，莫氏當未查考《唐詩紀事》，以爲是毛氏父子所加。又《唐詩紀事》於「日暮長河急」下又引有「賤日豈殊衆，貴來方悟稀」二句。

西施篇

艶色天下重，西施寧久微。朝仍越溪女〔一〕，暮作吴宫妃。賤日豈殊衆，貴來方悟稀。要人傅香粉，不自着羅衣。君寵益嬌態，君憐無是非。常時浣紗伴，莫得同車歸。寄謝鄰家女〔二〕，效顰安可希。

〔一〕仍　汲本作「爲」。

〔二〕謝　毛本作「言」。

偶然作

陶潛任天真，其性頗耽酒〔一〕。自從棄官來，家貧不能有。九月九日時，菊花空滿手。心中竊自思，儻有人送否。白衣攜觴來，果不違老叟。且喜得斟酌，安問升與斗。奮衣野田中，今日嗟無負。兀傲迷東西，簑笠不能守。傾倒强行行，酣歌歸五柳。生事不曾問，肯愧家中婦。

〔一〕頗耽　叢刊本作「躭嗜」。

贈劉藍田〔一〕

籬間犬迎吠，出屋候荆扉。歲晏輸井税，山村人夜歸。晚田始家食，餘布成我衣。詎肯無公事，煩君問是非。

〔一〕贈劉藍田　何校於題下注云：「或刻百家選作盧象。」又見《全唐詩》卷八八二補遺盧象詩，題下注「一作王維詩」。《王右丞集箋注》卷二趙殿成注「此詩亦載盧象集中」。

入山寄城中故人〔一〕

中歲頗好道，晚家南山陲。興來每獨往，勝事空自知。行到水窮處，坐看雲起時。偶然值林叟，談笑滯還期〔二〕。

〔一〕入山寄城中故人　何校於題下注云：「一作終南別業。」

〔二〕滯　汲本、毛本、叢刊本作「無」，何校作「滯」。

淇上別趙仙舟〔一〕

相逢方一笑，相送還成泣。祖席已傷離，荒城復愁入。天寒遠山净，日暮長河急。解纜君已遥，望君猶佇立。

〔一〕淇上別趙仙舟　何校於題下注云：「一作齊州送祖三。」《國秀集》作《河上送趙仙舟》。

春閨〔一〕

新粧可憐色，落日捲簾帷。鑪氣清珍簟〔二〕，牆陰上玉墀。春蟲飛網户，暮雀隱花枝。向晚多愁思，閑窗桃李時。

〔一〕春閨　何校於題下注云：「一作晚春歸思。」又眉批云：「此篇集中不載。」

〔二〕鑪　叢刊本作「淑」。

寄崔鄭二山人〔一〕

翩翩京華子，多出金張門。幸有先人業〔二〕，早蒙明主恩〔三〕。童年且未學，肉食騖華軒。豈知中林士，無人薦至尊。鄭生老泉石，崔子老丘樊〔四〕。賣藥不二價，著書仍萬言〔五〕。息陰無惡木，飲水必清源。余賤不及議，斯人竟誰論。

〔一〕寄崔鄭二山人　何校於題下注云：「本集崔皆作霍，題中無寄字。此乃《濟上四賢詠》之一。」

〔二〕先　汲本作「仙」，何校作「先」。

〔三〕早蒙　汲本、毛本、叢刊本作「思逢」，何校作「早蒙」。

〔四〕老　汲本、毛本、叢刊本作「安」，似是。

〔五〕仍　汲本、毛本作「盈」，何校作「仍」。

息夫人怨〔一〕

莫以今時寵，能忘舊日恩。看花滿眼淚，不共楚王言。

〔一〕息夫人怨　汲本於題下注云：「《國秀集》題《息嬀怨》，小異。」

婕妤怨

宮殿生秋草，君王恩幸疎。那堪聞風吹，門外度金輿。

漁山神女瓊智祠二首

迎神

坎坎擊鼓，漁山之下。吹洞簫，望極浦。女巫進，紛屢舞。陳瑶席，湛清酤。風凄凄而夜雨，不知神之來不來，使我心苦。

送神

紛進拜兮堂前，目眷眷兮瓊筵。來不語兮意不傳，作暮雨兮愁空山。悲急筦，思繁絃，神之駕兮儼欲旋。倏雲消兮雨歇，山青青兮水潺湲。

隴頭吟

長安少年遊俠客，夜上戍樓看太白。隴頭明月迥臨關，隴上行人夜吹笛。關西老將不勝愁，駐馬聽之雙淚流。身經大小百餘戰，麾下偏裨萬户侯。蘇武纔爲典屬國，節旄落盡海西頭。

少年行

一身能擘兩彫弧，虜騎千重只似無。偏坐金鞍調白羽，紛紛射殺五單于。

初出濟州別城中故人

微官易得罪，謫去濟川陰。執政方持法，明君無此心。閭閻河潤上，井邑海雲深。縱有歸來日，多愁年鬢侵。

送綦毋潛落第還鄉

聖代無隱者，英靈盡未歸〔一〕。遂令東山客，不得顧採薇。既至君門遠，孰云吾道非。江淮度寒食，京兆縫春衣。置酒臨長道，同心與我違。行當浮桂棹，未幾拂荆扉。遠樹帶行客，孤村當落暉。吾謀適不用，勿謂知音稀。

〔一〕未　汲本、毛本、叢刊本作「來」，何校作「未」。

劉昚虚

昚虚詩，情幽興遠，思苦詞奇〔一〕，忽有所得，便驚衆聽。頃東南高唱者十數人〔二〕，然聲律婉態〔三〕，無出其右。唯氣骨不逮諸公。自永明已還，可傑立江表。至如「松色空照水，經聲時有人」，又「滄溟千萬里，日夜一孤舟」，又「歸夢如春水，悠悠繞故鄉」，又「駐馬渡江處，望鄉待歸舟」，又「道由白雲盡，春與清溪長。時有落花至，遠隨流水香。開門向溪路，深柳讀書堂。幽映每白日，清暉照衣裳」，並方外之言也。惜其不永，天碎國寶〔四〕。

〔一〕詞　汲本、毛本、叢刊本作「語」，何校本作「詞」。

〔二〕十數人　汲本、叢刊本無「十」字，何校有「十」。

〔三〕婉　汲本、叢刊本作「宛」，何校作「婉」。

〔四〕天碎國寶　汲本、毛本於「天」下有「年隕」二字，《唐詩紀事》卷二五同，則此二句作「惜其不永天年，隕碎國寶」。莫友芝臨毛校，謂增「年隕」二字非。

海上詩送薛文學歸海東〔一〕

日處歸且遠，送君東悠悠。滄溟千萬里，日夜一孤舟。曠望絶國所，微茫天際愁。有時近仙境，不定若夢遊。或見青色石〔二〕，孤山百丈秋〔三〕。前心方杳眇，此路勞夷猶。離别惜吾道，風波敬皇休。春浮花氣遠，思逐海水流。日暮驪歌後，永懷空滄洲。

〔一〕海東　汲本作「東海」，何校作「海東」。

〔二〕石　汲本、毛本、叢刊本作「古」，何校作「石」。

〔三〕丈　汲本、毛本、叢刊本作「里」，何校作「丈」。

送東林廉上人還廬山〔一〕

石溪流已亂，苔徑入漸微。日暮東林下，山僧還獨歸。常爲鑪峰意，況與遠公違。道性深寂寞，世時多是非〔二〕。會尋名山去，豈復無清機。

〔一〕按此詩《全唐詩》未列劉昚虛名下，作王昌齡詩（卷一四〇），題同，文字有小異。《文苑英華》卷二一九亦作昌齡詩。

〔二〕時　汲本、毛本作「情」，何校作「時」。

送韓平兼寄郭微

上客夜相過，小童能酤酒。即爲臨水處，正值雁歸後。前路望鄉山，近家見門柳。到時春未暮，風景自應有。余憶東州人，經年別來久。慇懃爲傳語，日夕念攜手。兼問前寄書，書中復達否。

寄閻防 防時在終南豐德寺讀書

青暝南山口，君與緇錫鄰。深路入古寺，亂花隨暮春。紛紛對寂寞，往往落衣巾。松色空照水，經聲時有人。晚心復南望，山遠情獨親。應以修往一作德業〔一〕，亦惟此立身〔二〕。深林度空夜，煙月鎖清真。莫歎文明日，彌年從隱淪。

〔一〕往一作德　汲本、毛本、叢刊本作「德」，無小注。何校仍作「往」，並有小注與此同。

〔二〕此立　汲本、毛本作「立此」，何校作「此立」。

暮秋揚子江寄孟浩然

木葉紛紛下，東南日煙霜。林山相晚暮，天海空青蒼。暝色空復久〔一〕，秋聲亦何長。孤舟兼微月，獨夜仍越鄉。寒笛對京口，故人在襄陽。詠思勞今夕，漢江遥相望。

〔一〕空　汲本、毛本作「況」，何校作「空」。

寄江滔求孟六遺文

南望襄陽路，思君情轉親。偏知漢水廣，應與孟家鄰。〔一〕在日貪爲善，昨來聞更貧。相如有遺草，爲一問家人。

〔一〕按此句又見《全唐詩》卷七〇二張蠙《别後寄文生》（題下注一作崔魯詩）。

潯陽陶氏别業

陶家習先隱，種柳長江邊。朝夕潯陽縣〔一〕，白衣來幾年。霽雲明孤嶺，秋水澄寒天。物象自清曠，野荷何綿聯〔二〕。蕭蕭丘中賞，明宰非徒然。願守黍稷税，歸耕東山田。

〔一〕尋　叢刊本作「潯」，是，詩題中亦作「潯」。

〔二〕荷　汲本、毛本作「情」，何校作「荷」。

登廬山峰頂寺

孤峰臨萬象，秋氣何高清。庭際南郡出，林端西江明。山門二緇叟，振錫聞幽聲。心照有無界，業懸前後生。徒知真機静，尚與愛網并。方首金門路，未遑參道情。

尋東溪還湖中作〔一〕

出山更回首，日暮清溪深。東嶺新别處，數猿叫空林。昔遊初有迹〔二〕，此迹還獨尋〔三〕。幽興方在往，歸懷復爲今。雲峰勞前意，湖水成遠心。望望已超越，坐鳴舟中琴。

〔一〕中　叢刊本作「上」。

〔二〕初有　汲本、毛本作「有初」，何校作「初有」。

〔三〕迹　汲本、毛本、叢刊本作「路」，何校作「迹」。

越中問海客

風雨滄洲暮，一帆今始歸。自云發南海，萬里速如飛。初謂落何處，永將無所依。冥茫漸西見，山色越中微。誰念去時遠，人經此路稀。泊舟悲且泣，使我亦沾衣。浮海焉用説，憶鄉難久違。縱爲魯連子，山路有柴扉。

江南曲

美人何蕩漾，湖上風日長。玉手欲有贈，徘徊雙明璫。歌聲隨緑水，怨色起青陽〔一〕。日暮還家望，雲波橫洞房。

〔一〕色　汲本、叢刊本作「氣」，何校作「色」。

張謂

謂《代北州老翁答》及《湖中對酒行》，並在物情之外〔一〕，但衆人未曾説耳，亦何必歷遐遠，探古迹，然後始爲冥搜。

〔一〕並　叢刊本無「並」字。《唐詩紀事》卷二五張謂條引殷璠語與此同，有「並」字。

讀後漢逸人傳二首

子陵没已久，讀史思其賢。誰謂潁陽人，千秋如比肩。嘗聞漢皇帝，曾是曠周旋。名位苟無心，對君猶可眠。東過富春渚，樂此佳山川。夜卧松下月，朝看江上煙。釣時如有待，釣罷應忘筌。生事在林壑，悠悠經暮年。于今七里瀨，遺迹尚依然。高臺竟寂寞，流水空潺湲。

龐公南郡人，家在襄陽里。何處偏來往，襄陽東波是〔一〕。誓將業田種，終得保妻子。何言二千石，乃欲勸吾仕。鸛鵲巢茂林，黿鼉穴深水〔二〕。萬物從所欲，吾心亦如此。不見鹿門山，朝朝白雲起。採藥復採樵，優游終暮齒。

〔一〕波　汲本、毛本、叢刊本作「陂」，何校作「波」。

〔二〕龜　汲本、毛本、叢刊本作「黿」，何校作「龜」。

同孫搆免官後登薊樓懷歸作〔一〕

昔在五陵時，年少亦强壯。嘗矜有奇骨，必是封侯相。東走到營州，投身事邊將。一朝去鄉國，十載履亭障。部曲皆武夫，功成不相讓。猶希虜塵動，更取林胡帳。去年大將軍，忽負樂生謗。比别傷士卒，南遷死炎瘴。濩落悲無成，行登薊丘上。長安三千里，日夕西南望。寒沙榆關没，秋水欒河漲。策馬從此辭〔二〕，雲中保閑放。

〔一〕懷歸作　汲本、毛本、叢刊本皆無此三字，何校有。

〔二〕辭　毛本作「山」。

贈喬林〔一〕

去年上策不見收，今年寄食仍淹留。羨君有酒能便醉，羨君無錢能不憂。如今五侯不待客，羨君不問五侯宅。如今七貴方自尊，羨君不過七貴門。丈夫會應有知己，世上悠悠何足論。

〔一〕按此詩《唐文粹》卷一八、《唐詩紀事》卷二五作張謂詩，《文苑英華》卷二五三、卷三四〇並載作劉眘虚詩。

《全唐詩》卷一九七於張謂名下載此，並注「一作劉昚虛詩」。《全唐詩》卷二五六劉昚虛名下亦載此詩，題下注「一作張謂詩」。又，「林」一作「琳」，《新唐書》卷二二四下有《喬琳傳》，《唐詩紀事》卷五三作「琳」。

湖中對酒作〔一〕

夜坐不厭湖上月，晝行不厭湖上山。眼前一樽又長滿，心中萬事如等閑。主人有黍百餘石，濁醪數斗應不惜。即今相對不盡歡，别後相思復何益。茱萸灣頭歸路賒，願君且宿黄翁家。風光若此人不醉，參差辜負東園花〔二〕。

〔一〕作　汲本、毛本作「行」，何校作「作」。

〔二〕辜　叢刊本作「孤」。

題長主人壁〔一〕

世人結交須黄金，黄金不多交不深。縱令然諾暫相許，終是悠悠行路心。

〔一〕題長主人壁　汲本、叢刊本於「長」字下有「安」字。

王季友

季友詩〔一〕，愛奇務險，遠出常情之外。然而白首短褐，良可悲夫！至如《觀于舍人西亭壁畫山水》詩「野人宿在人家少〔二〕，朝見此山謂山曉。半壁仍棲嶺上雲，開簾放出湖中鳥」，甚有新意。

〔一〕季友詩　《唐詩紀事》卷二六王季友條引殷璠語，此下有「放蕩」二字。

〔二〕人家少　「人」，汲本、毛本作「山」，何校作「人」。

雜詩

采山仍采隱，在木不在深〔一〕。持斧事遠遊，固悲匠者心。翳翳青桐枝，樵爨日所侵。樵聲出巖壑，四聽無知音。豈爲鼎下薪，當復堂上琴。鳳鳥久不棲，且與枳棘林。

〔一〕木　汲本、毛本作「山」，何校作「木」。

代賀枝令譽贈沈千運〔一〕

相逢問姓名亦存，别時無子今有孫。山上雙松長不改，百家惟有三家村。村南村西車馬道，一宿通舟水浩浩。澗中磊磊十里石，河上游泥種桑麥〔二〕。平坡塚墓皆我親，滿田主人是舊客。舉聲酸鼻問同年，十人七人歸下泉。分手如何更此地，迴頭不去淚潸然〔三〕。

〔一〕枝　各本同。何校於此字旁注有「拔」字，蓋疑其複姓賀拔。

〔二〕游　汲本、毛本、叢刊本作「淤」，何校作「游」。

〔三〕去　汲本、毛本作「語」，何校作「去」。

觀于舍人壁畫山水

野人宿在人家少〔一〕，朝見此山謂山曉。半壁仍棲嶺上雲，開簾放出湖中鳥。獨坐長松是阿誰，再三招手起來遲。于公大笑向予説，小弟丹青能爾爲。

〔一〕人家少　「人」，汲本、毛本、叢刊本作「山」，何校作「人」。

滑中贈崔高士瓘

夫子保藥命，外身保無咎〔一〕。日月不能老，化腸爲筋不。十年前見君，甲子過我壽。于何今相逢，華髮在我後。近而知其遠，少見今白首。遥信蓬萊宫，不死世世有。玄石采盈襜，神方祕其肘。問家惟指雲，愛氣常言酒。攝生固如此，履道當不朽。未能太虚同〔二〕，願亦天地久。實腹以芝朮，賤體仍芻狗。自勉將勉余，良藥在苦口。

〔一〕保　汲本、毛本作「得」，何校作「保」。

〔二〕虚　汲本、毛本、叢刊本作「玄」，何校作「虚」。

山中贈十四祕書山兄〔一〕

出山祕雲署〔二〕，山木已再春。食我山中藥，不憶山中人。山中誰余密，白髮日相親。雀鼠晝夜無，知我廚廩貧。有情盡捐棄，土石爲周身〔三〕。依依舍北松，不厭吾南鄰。夫子質千尋，天澤枝葉新。今以不材壽〔四〕，非智免斧斤。

〔一〕按此詩《篋中集》載，題作《寄韋子春》，文字有小異。

〔二〕雲　汲本、毛本、叢刊本作「芸」，何校作「雲」。按題爲贈祕書山兄，唐人習稱祕書省爲芸署，此處似以作芸爲是。

〔三〕周　汲本、毛本從「同」，何校作「周」。

〔四〕今　汲本、毛本作「余」，何校作「今」。

酬李十六岐

鍊丹文武火未成，賣藥販屨俱逃名〔一〕。出谷迷行洛陽道，乘流醉卧滑臺城。城下故人久離怨，一歡適我兩家願。朝飲杖懸沽酒錢，暮飡囊有松花餅〔二〕。于何車馬日憧憧，李膺門館争登龍。千賓揖對若流水，五經發難如扣鐘。下筆新詩行滿壁，立談古人坐在席。問我草堂有卧雲，知我山儲無儋石。自耕自刈食爲天，如鹿如麋飲野泉。亦知世上公卿貴，且養丘中草木年。

〔一〕屨俱逃　三字原爲墨丁，據各本補。

〔二〕餅　汲本、叢刊本作「飯」，何校作「餅」。

陶翰

歷代詞人，詩筆雙美者鮮矣。今陶生實謂兼之，既多興象，復備風骨，三百年以前，方可論其體裁也。

古塞下曲〔一〕

進軍飛狐北，窮寇勢將變。日落沙塵昏〔二〕，背河更一戰。騂馬黃金勒，雕弓白羽箭。射殺左賢王，歸奏未央殿。欲言塞下事，天子不召見。東出咸陽門，哀哀淚如霰。

〔一〕按此詩《唐文粹》卷一二、《唐詩紀事》卷二六、《全唐詩》卷二五九又作王季友詩，《又玄集》卷上、《才調集》卷七、《文苑英華》卷一九七、《唐詩紀事》卷二〇、《唐寫本唐人選唐詩》則皆以陶翰作。

〔二〕沙塵　汲本、毛本、叢刊本作「塵沙」，何校作「沙塵」。

燕歌行

請君留楚調，聽我吟燕歌。家在遼水頭，邊風意氣多。出身爲漢將，正值戎未和。雪中凌天山，冰上渡交河。大小百餘戰，封侯竟蹉跎〔一〕。歸來霸陵下，故舊無相過。雄劍委塵匣，空門惟雀羅。玉簪還趙姝，瑤琴付齊娥。昔日不爲樂，時哉今奈何。

〔一〕竟　汲本、毛本作「意」。

贈鄭員外

驄馬拂繡裳，按兵遼水陽。西分雁門騎，北逐樓煩王。聞道五軍集，相邀百戰場。風沙暗天起，虜陣森已行。儒服揖諸將，雄謀吞八荒。金門來見謁，朱紱生輝光。數載侍御史，稍遷尚書郎。人生志氣立，所貴功業昌。何必守章句，終年事蒼黄。同時獻賦客，尚在東陵旁。

望太華贈盧司倉〔一〕

作吏到西華，乃觀三峰壯。削成元氣中，傑出天河上。如有飛動色，不知青冥狀。巨靈安在哉，厥迹猶可望。方此歎行旅〔二〕，未由飭仙裝〔三〕。葱朧記星壇，明滅數雲障。良友垂真契，宿心所微尚。敢投歸山吟，霞徑一相訪。

〔一〕倉　叢刊本作「食」。按司倉爲官名，疑作「食」誤。
〔二〕歎　汲本、毛本、叢刊本作「顧」，何校作「歎」。
〔三〕未　汲本、毛本作「末」，何校作「未」。

晚出伊闕寄河南裴中丞〔一〕

退無宴息資，進無當代策。冉冉時歲暮〔二〕，坐爲周南客。前登闕塞門〔三〕，永眺伊城陌。長川黯已暮，千里寒氣白。家本渭水西，異日何所適〔四〕。秉志師禽回〔五〕，微言祖莊易。一辭林壑間，共繫風塵役。才名忽先進，天邑多紛劇〔六〕。豈念嘉遁時，依依耦沮溺。

〔一〕裴中丞　叢刊本無「中」字。

〔二〕歲　汲本、毛本、叢刊本作「將」，何校作「歲」。

〔三〕闕　汲本、毛本作「關」，何校作「闕」。叢刊本作「聞」。按詩題云「晚出伊闕」，則此處作「闕」、作「關」皆可通，作「聞」義不可通，疑非。

〔四〕何　汲本、毛本作「同」，何校作「何」。

〔五〕回　汲本、毛本、叢刊本作「尚」，何校作「回」。

〔六〕邑多　汲本、毛本作「道何」，何校作「邑多」。

贈房侍御時房公在新安

志人固不羈，與道常周旋。進則天下仰，已之能晏然。褐衣東府召，執簡南臺先。雄義每特立，犯顏豈圖全。謫居東南遠，逸氣吟芳荃。適會寥廓趣，清波更夤緣。扁舟入五湖，發纜洞庭前。浩蕩臨海曲，迢遥濟江壖。徽奇忽忘返，遇興將彌年。乃悟范生智，足明漁父賢。郡臨新安渚，佳氣此城偏。日夕對層岫，雲霞映晴川。閑居變秋色〔一〕，偃卧含貞堅。倚伏自相化〔二〕，行藏亦推遷。君其振羽翮，歲晏將沖天。

〔一〕變　汲本、毛本、叢刊本作「戀」，何校作「變」。

〔三〕倚　叢刊本作「荷」。

經殺子谷

扶蘇秦帝子，舉代稱其賢。百萬猶在握，可争天下權。束身就一劍，壯志皆棄捐。塞下有遺迹，千齡人共傳。躊蕪盡荒草，寂歷空寒煙。到此空垂淚〔一〕，非我獨潸然。

〔一〕空　汲本、叢刊本作「盡」，何校作「空」。

乘潮至漁浦作

檥舟早乘潮，潮來如風雨。樟亭忽已隱〔一〕，界峰莫及覩。崩騰心爲失，浩蕩目無主。豗憧浪始聞，漾漾入漁浦。雲景共澄霽，江山相含吐〔二〕。偉哉造化靈，此事從終古。流沫誠足誡，高歌調易苦。頗因忠信全，客心猶栩栩。

〔一〕亭　汲本、毛本、叢刊本作「臺」，何校作「亭」。
〔二〕含　汲本、毛本、叢刊本作「吞」，何校作「含」。

宿天竺寺

松柏亂巖口，山西微徑通。天開一峰見，宫闕生虚空。正殿倚霞壁，千樓摽石叢〔一〕。夜來猿鳥静，鐘梵寒雲中。岑翠映湖月，泉聲亂溪風。心超諸境外，了與懸解同。明發氣候改〔二〕，起視長崖東〔三〕。湖色濃蕩漾，海光漸曈曨〔四〕。葛仙迹尚在，許氏道猶崇。獨往古來事，幽懷期二公。

〔一〕摽　汲本、毛本、叢刊本作「標」。

〔二〕氣候改　汲本、毛本作「惟改視」，何校仍作「氣候改」。

〔三〕起視　汲本、毛本作「朝日」，何校仍作「起視」。

〔四〕曈曨　汲本、毛本、叢刊本作「朣朦」。

早過臨淮

夜得三渚風〔一〕，晨過臨淮島。潮中海氣白，城上楚雲早。鱗鱗魚浦帆，莽莽蘆洲草。川路日浩蕩〔二〕，惄焉心如擣〔三〕。且言任倚伏，何暇念枯槁。范子名屢移，蘧公志常保。古人去已久，此理難復道〔四〕。

〔一〕得　汲本、毛本、叢刊本作「來」，何校作「得」。

〔二〕日　叢刊本作「白」。

〔三〕惄　叢刊本作「愁」。

〔四〕難復　汲本、毛本、叢刊本作「今難」，何校作「難復」。

出蕭關懷古

驅馬擊長劍，行役至蕭關。悠悠五原上，永眺關河前。北虜三十萬，此中常控弦。秦城亘宇宙，漢帝理旄旃。刁斗鳴不息，羽書日夜傳。五軍計莫就，三策議空全。大漠橫萬里，蕭條絶人煙。孤城當瀚海，落日照祁連。愴然苦寒奏，懷哉式微篇。更悲秦樓月，夜夜出胡天。

李頎

頎詩發調既清，修辭亦秀，雜歌咸善，玄理最長。至如《送暨道士》云：「大道本無我，青春長與君。」又《聽彈胡笳聲》云：「幽音變調忽飄灑，長風吹林雨墮瓦。迸泉颯颯飛木末，野鹿呦呦走堂下。」足可歔欷，震蕩心神。惜其偉才，只到黄綬，故其論家〔一〕，往往高於衆作。

〔一〕故其論家　汲本、毛本、叢刊本作「故論其數家」，《唐詩紀事》卷二〇李頎條引殷璠語作「故其論道家」。何校同此宋本。

謁張果老先生

先生谷神者，甲子焉能計。自説軒轅師，于今數千歲。寓遊城郭裏，放浪希夷際〔一〕。應物雲無心，逢時舟不繫。霞狀斷火粒，野服兼荷製。白雲淨肌膚〔二〕，青松養身世。韜精殊豹隱，鍊質同蟬蛻。忽去不知誰，偶來寧有契。二儀齊壽考，六合隨休憩。彭聃猶嬰孩，松期且微細。嘗聞穆天子，更憶漢皇帝。親屈萬乘尊，將窮四海裔。車徒變草木〔三〕，錦帛招談説。八駿空往來，三山轉虧蔽。吾君咸至德〔四〕，玄老欣來詣。受籙金殿開，清齋玉堂閉。笙歌迎拜首，羽帳崇嚴衛。禁柳垂香爐，宫花拂仙袂。祈年賓祚廣〔五〕，致福蒼生惠。何必待龍髯，鼎成方取濟。

〔一〕放浪　汲本、毛本、叢刊本作「浪迹」，何校作「放浪」。

〔二〕雲　汲本、毛本、叢刊本作「雪」，何校作「雲」。

〔三〕變　汲本作「徧」，何校作「變」。

〔四〕咸　汲本、叢刊本作「感」，何校作「咸」。

〔五〕祚　叢刊本作「祈」。按此句上已有「祈年」字，此處似當以作「祚」爲是。

送暨道士還玉清觀

仙宫有名籍，度世吴江濆。大道本無我，青春長與君。十洲俄已到〔一〕，至理得而聞。明主降黄屋，時人看白雲。空山何窈窕，三秀日氛氲〔二〕。此道留書客〔三〕，超遥煙駕分。

〔一〕十　汲本、毛本、叢刊本作「中」，何校作「九」。

〔二〕三　叢刊本作「巨」，疑「三」之形誤。

〔三〕此道　二字原爲墨丁，據汲本、毛本、叢刊本補。何校云「一刻作遂此」。

東郊寄萬楚

濩落久無用，隱身甘採薇。仍聞薄宦者，還事田家衣。潁水日夜流，故人相見稀。春山不可望，黄鳥東南飛。濯足豈長往，一樽聊可依。了然潭上月，適我胸中機。在昔同門友，如今出處非。優游白虎殿，偃息青瑣闈。且有薦君表，當看攜手歸。寄書不代面，蘭茝空芳菲。

發首陽山謁夷齊廟〔一〕

故人已不見〔二〕，喬木竟誰過。寂寞首陽山，白雲空復多。蒼苔歸地骨，皓首採薇歌。畢命無怨色，成仁其若何〔三〕。我來入遺廟，時候微清和。落日吊山鬼〔四〕，迴風吹女蘿。石門正西豁〔五〕，引領望黄河。千里一飛鳥，孤光東逝波。驅車層城路，惆悵此巖阿。

〔一〕發　汲本、毛本、叢刊本作「登」，何校作「發」。

〔二〕故　汲本、叢刊本作「古」，何校作「故」。

〔三〕若　毛本作「壽」。

〔四〕鬼　叢刊本作「霓」。

〔五〕門正　汲本、叢刊本作「崖向」。

題綦毋潛校書所居〔一〕

常稱掛冠吏，昨日歸滄洲。行客暮帆遠，主人庭樹秋。豈伊得天命，但欲爲山遊。萬物我何有，白雲空自幽。蕭條江海上，日夕是丹丘〔二〕。生事本魚鳥，賞心隨去留。惜哉曠微月，欲濟無輕舟。倏忽令人老，相思河水流。

〔一〕綦毋潛校書　汲本、毛本無「潛」字，何校補。叢刊本無「校」字。

〔二〕是　汲本、毛本作「見」，何校作「是」。

漁父歌

白頭何老人，蓑笠蔽其身。避世常不仕，釣魚清江濱。浦沙明濯足，山月静垂綸。寓宿湍與瀨，行歌秋復春。持橈湘岸竹〔一〕，爇火蘆洲薪。緑水飯香稻，青荷包紫鱗。於中還自樂，所欲全吾真。而笑獨醒者，臨流多苦辛。

〔一〕橈　汲本、毛本作「竿」，何校作「橈」。

古意

男兒事長征，生小幽燕客。賭勝馬蹄下，由來輕七尺。殺人莫敢前，鬚如蝟毛磔。黄雲白雪隴底飛，未得報恩不得歸。遼東小婦年十五，慣彈琵琶解歌舞。今爲羌笛出塞聲，使我三軍淚如雨。

送康洽入京進樂府詩〔一〕

識子十年何不遇，只愛歡遊兩京路。朝吟左氏嬌女篇〔二〕，夜誦相如美人賦。長安春物舊相宜，小苑蒲萄花滿枝。柳色偏濃九華殿，鶯聲醉殺五陵兒。曳裾此夜從何所〔三〕，中貴由來盡相許。白袷春衫仙吏贈，烏皮隱几臺郎與。新詩樂府唱堪愁，御妓應傳鳷鵲樓。西上雖因長公主，終須一見曲陵侯。

〔一〕詩　汲本、毛本作「歌」，何校作「詩」。

〔二〕嬌　汲本、毛本作「嬌」，何校作「嬌」。

〔三〕夜　汲本、毛本作「日」，何校作「夜」。

送陳章甫

四月南風大麥黄，棗花未落桐陰長。青山朝别暮還見，嘶馬出門思舊鄉。陳侯立身何坦蕩，虬鬚虎眉仍大顙。腹中著書一萬卷，不肯低頭在草莽。東門酤酒飲我曹，心輕萬事如鴻毛。醉卧不知白日暮，有時空望孤雲高。長河浪頭連天黑，津吏停舟渡不得。鄭國遊人未及家，洛陽行子空歎息。聞道故林相識多，罷官昨日今如何。

聽董大彈胡笳聲兼語弄寄房給事

蔡女昔造胡笳聲，一彈一十有八拍。胡人落淚向邊草，漢使斷腸對歸客。古戍蒼蒼烽火寒，大荒陰沉飛雪白。先拂商絃後角羽，四郊秋葉驚摵摵。董夫子，通神明，深山竊聽來妖精。言遲更速皆應手，將往復旋如有情。空山百鳥散還合，萬里浮雲陰且晴。嘶酸雛鷹失群夜〔一〕，斷絶胡兒戀母聲。川爲静其波，鳥亦罷其鳴。烏珠部落家鄉遠，邏逤沙塵哀怨生。幽陰變調忽飄灑，長風吹林雨墮瓦。迸泉颯颯飛木末，野鹿呦呦走堂下。長安城連東掖垣，鳳凰池對青瑣門。才高脱略名與利〔二〕，日夕望君抱琴至。

〔一〕鷹　汲本、毛本、叢刊本作「雁」，何校作「鷹」。

〔二〕才高　汲本、毛本作「高才」，何校作「才高」。

緩歌行

小來脱身攀貴遊，傾財破産無所憂。暮擬經過石渠署，朝將出入銅龍樓。結交杜陵輕薄子，謂言可生復可死。一沉一浮會有時，棄我翻然如脱屣。男兒立身須自强，十年閉户潁水陽。業就功成見明主，擊鍾鼎食坐華堂。二八蛾眉梳墮馬，美酒清歌曲房下〔一〕。文昌宫中賜錦衣，長安陌上退朝歸。五侯賓從莫敢視，三省官僚接者希〔二〕。早知今日讀書是，悔作從前狂俠兒。

〔一〕房　叢刊本作「堂」。

〔二〕接　汲本、毛本、叢刊本作「揖」，何校作「接」。「希」，叢刊本作「稀」。

鮫人歌

鮫人潛織水底居，側身上下隨龍魚。輕綃文采不可識，夜夜澄波連月色。有時寄宿來城市，海島青冥無極已。泣珠報恩君莫辭，今年相見明年期。始知萬族無不有，百尺深泉架户牖。鳥没空山誰復望，一望雲濤堪白首。

送盧逸人

洛陽爲此別，攜手更何時。不復人間見，祇應海上期。青溪入雲木，白首卧茅茨。共惜盧敖去，天邊望所思〔一〕。

〔一〕望所　叢刊本作「所望」。

野老曝背

百歲老翁不種田，唯知曝背樂殘年。有時捫虱獨搔首，目送歸鴻籬下眠。

高適

適性拓落〔一〕，不拘小節，恥預常科，隱迹博徒，才名自遠。然適詩多胸臆語，兼有氣骨，故朝野通賞其文。至如《燕歌行》等篇，甚有奇句，且余所愛者〔二〕，「未知肝膽向誰是，令人却憶平原君」，吟諷不厭矣〔三〕。

〔一〕適性拓落　「適」下原有墨丁，汲本、毛本作「常侍」，叢刊本作「評事」。《唐詩紀事》卷二三高適條引殷璠語，「適」下即接「性」字，今從之。

〔二〕余所愛者　汲本、叢刊本「所」下有「最深」二字。

〔三〕吟諷不厭矣　汲本、叢刊本無此五字，何校補之。

哭單父梁九少府

開篋淚沾臆，見君前日書。夜臺今寂寞，猶是子雲居〔一〕。疇昔貪靈奇，登臨賦山水。同舟南楚下，望月西江裏。契闊多別離，綢繆到生死。九泉知何在，萬事皆如此。晉山徒嵯峨，斯人已冥冥。常時禄且薄，没後家復貧。妻子在遠道，兄弟無一人。十上多苦辛，一官恒自哂。青雲將可致〔二〕，白日忽西盡。唯獨身後名，空留無遠近。

〔一〕按以上四句又見《全唐詩》卷二七《涼州歌》，作者署爲佚名，《樂府詩集》卷七九同。

〔二〕可　叢刊本作「何」。

宋中遇陳兼

常參鮑叔義〔一〕，所期王佐才。如何守苦節，獨自無良媒。離別十年内，飄颻千里來。誰知罷官後〔二〕，唯見柴門開。窮巷隱東郭，高堂詠南陔。籬根長花草，井口生莓苔。伊昔望霄漢，于今倦蒿萊。男兒須達命，且醉手中杯。

〔一〕參　汲本、毛本作「忝」，何校作「參」。

〔二〕誰　汲本、毛本、叢刊本作「安」，何校作「誰」。

宋中

梁苑白日暮，梁山秋草時〔一〕。君王不可見，脩竹令人悲。九月桑葉落，寒風鳴樹枝。

〔一〕山　叢刊本作「園」，似是。

九日酬顧少府

簷前白日應可惜，籬下黄花爲誰有。客子迎霜未授衣，主人得錢肯酤酒〔一〕。蘇秦憔悴時多厭，蔡澤棲遲世看醜。縱使登高祇斷腸，不如獨坐空搔首〔二〕。

〔一〕肯　汲本、毛本作「始」，何校作「肯」。

〔二〕坐　叢刊本作「自」。

見薛大臂鷹作〔一〕

寒楚十二月，蒼鷹八十毛〔二〕。寄言燕雀莫相啅，自有雲霄萬里高。

〔一〕按此詩又見《全唐詩》卷一八三李白詩《觀放白鷹二首》之二，瞿蜕園、朱金城《李白集校注》卷二四載爲李白詩，引詹鍈説則以爲應屬高適。

〔二〕十　汲本、毛本作「九」，何校作「十」。

酬岑主簿秋夜見贈

舍下蛬亂鳴，居然自蕭索。緬懷高秋興，忽枉清夜作。感物我心勞，涼風生二毛。池空菡萏死〔一〕，月上一作出梧桐高〔二〕。如何異州縣，復得交才彦。汩没嗟後時，蹉跎恥相見。箕山別來久〔三〕，魏闕誰不戀。獨有江海心，悠悠未嘗倦。

〔一〕空　汲本、毛本、叢刊本作「枯」，何校作「空」。

〔二〕月上一作出　汲本、毛本、叢刊本無小注，何校補之。

〔三〕箕　汲本、毛本、叢刊本作「南」，何校作「箕」。

送韋參軍

二十解書劍，西遊長安城。舉頭望君門，屈指取一作數公卿〔一〕。國風沖融邁三五，朝廷歡樂彌寰宇。白璧皆言賜近臣，布衣不得干明主。歸來洛陽無負郭，東過梁宋非吾土。兔苑爲農歲不登，雁池垂釣心常苦。世人遇我同衆人，唯君於我情相親。且喜百年有交態，未曾一日辭家貧。彈棊擊筑白日晚〔二〕，縱酒高歌楊柳春，歡娱未盡分散去，使我惆悵驚心神。終當不作兒女别〔三〕，臨歧涕淚沾衣巾。

〔一〕取　叢刊本作「數」。

〔二〕棊　汲本、毛本、叢刊本作「琴」，何校作「棊」。

〔三〕終當　汲本、毛本作「丈夫」，何校作「終當」。

封丘作

我本漁樵孟諸野，一生自是悠悠者。乍可狂歌草澤中，寧堪作吏風塵下。衹言小邑無所爲，公門百事皆有期。拜迎長官心欲碎，鞭撻黎庶令人悲。悲來向家問妻子，舉家盡笑今如此。生事應須南畝田，世情付與東流水〔一〕。夢想舊山安在哉，爲銜君命日遲迴。早知梅福徒爲爾，轉憶陶潛歸去來。

〔一〕付與　汲本、毛本、叢刊本作「分付」，何校作「付與」。

邯鄲少年遊〔一〕

邯鄲城南遊俠子，自矜生長邯鄲裏。千場縱博家仍富，數處報讎身不死〔二〕。宅中歌笑日紛紛，門外車馬屯如雲〔三〕。未知肝膽向誰是，令人却憶平原君。君不見即今交態薄，黄金用盡還踈索。以兹歎息辭舊遊〔四〕，更於時事無所求。且與少年飲美酒，往來射獵西山頭。

〔一〕遊　汲本、毛本作「行」，何校作「遊」。

〔二〕數　汲本、毛本作「幾」，何校作「數」。

〔三〕屯如雲　汲本、毛本作「如雲屯」，何校作「屯如雲」。

〔四〕歎息　汲本、叢刊本作「感歎」，何校作「歎息」。

燕歌行并序

開元二十六年〔一〕，客有從元戎出塞而還者〔二〕，作《燕歌行》以示適，感征戍之事，因而和焉。

漢家煙塵在東北，漢將辭家破殘賊。男兒本自重横行，天子非常賜顔色〔三〕。摐金伐鼓下榆關，旌旆逶迤碣石間。校尉羽書飛瀚海，單于獵火照狼山。山川蕭條極邊土，胡騎憑陵雜風雨。戰士軍前半死生，美人帳下猶歌舞。大漠窮秋塞草腓，孤城落日鬬兵稀。身當恩遇常輕敵〔四〕，力盡關山未解圍。鐵衣遠戍辛勤久，玉筯應啼别離後。少婦城南欲斷腸，征人薊北空迴首。邊庭飄颻那可度〔五〕，絶域蒼茫無所有〔六〕。殺氣三時作陣雲，寒聲一夜傳刁斗。相看白刃血紛紛，死節從來豈顧勳。君不見沙場征戰苦，至今猶憶李將軍〔七〕。

〔一〕二十六年　叢刊本無「二」字，誤。

〔二〕元戎　汲本、毛本、叢刊本作「御史張公」，何校作「元戎」。

〔三〕賜　汲本、毛本、叢刊本作「借」，何校作「賜」。

〔四〕常　汲本作「還」，何校作「常」。

〔五〕庭　汲本、毛本作「風」，何校作「庭」。

〔六〕茫　汲本、叢刊本作「黄」，何校作「茫」。

〔七〕李將軍　叢刊本此下有注云：「一作邊風。」

行路難

君不見富家翁，舊時貧賤誰比數，一朝金多結豪貴，百事勝人健如虎。子孫生長滿眼前，妻能管絃妾能舞。自矜一朝忽如此，却笑傍人獨愁苦。東隣少年安所如，席門窮巷出無車。有才不肯學干謁，何用年年空讀書。

塞上聞笛〔一〕

胡人羌笛戍樓間，樓上蕭條明月閑。借問梅花何處落，風吹一夜滿關山。

〔一〕按此詩《國秀集》題作《和王七玉門關聽吹笛》，《文苑英華》卷二一二亦作高適詩。《才調集》卷一誤作宋濟詩，《全唐詩》卷四七二同。

營州歌

營州少年愛原野〔一〕，狐裘蒙茸獵城下。虜酒千杯不醉人〔二〕，胡兒十歲能騎馬。

〔一〕愛　汲本、毛本、叢刊本作「厭」，何校作「愛」。

〔二〕杯　汲本、毛本作「鍾」，何校作「杯」。

岑參

參詩語奇體峻，意亦奇造〔一〕。至如「長風吹白茅，野火燒枯桑」，可謂逸矣〔二〕。又「山風吹空林，颯颯如有人」，宜稱幽致也。

〔一〕奇造　汲本、毛本、叢刊本作「造奇」，何校作「奇造」。

〔二〕矣　汲本、毛本、叢刊本作「才」，何校作「矣」。

終南雙峰草堂作

斂跡歸山田，息心謝時輩。晝還草堂卧，但與雙峰對。興來資佳遊，事愜符勝槩。著書高窗下，日夕見城内。曩爲世人誤，遂負平生愛。久與林壑辭，及來杉松大。偶兹近精廬，數預名僧會。有時逐樵漁〔一〕，盡日不冠帶〔二〕。崖口上新月，石門破蒼靄。色向群木深，光摇一潭碎。緬懷鄭生谷，頗憶嚴子瀨。勝事猶可追〔三〕，斯人邈千載。

〔一〕樵漁　叢刊本作「漁樵」。

〔二〕盡　汲本、毛本、叢刊本作「永」，何校作「盡」。

〔三〕猶　汲本、毛本、叢刊本作「獨」，何校作「猶」。

終南雲際精舍尋法澄上人不遇歸高冠東潭石淙秦嶺微雨作貽友人〔一〕

昨夜雲際宿，適從西峰迴〔二〕。不見林中僧，微雨潭上來。諸峰皆晴翠〔三〕，秦嶺獨不開。石鼓有時鳴，秦王安在哉。水滐斷山口，吼沫相喧豗。噴壁四時雨，傍村終日雷。北瞻長安道，日夕生塵埃〔四〕。若訪張仲蔚，衡門應蒿萊。

〔一〕石淙　汲本、毛本此下有「望」字，何校删之。

〔二〕適　汲本、毛本作「旦」，何校作「適」。「峰」，毛本、叢刊本作「嶺」。

〔三〕晴　汲本、毛本作「青」，何校作「晴」。

〔四〕生　汲本、毛本、叢刊本作「坐」，何校作「生」。

戲題關門

來亦一布衣，去亦一布衣。羞見關城吏，還從舊路歸。

觀釣翁

扁舟滄浪叟，心與滄浪清。不自道鄉里，無人知姓名。朝從灘上飯，暮向蘆中宿。歌竟還復歌，手持一竿竹。竿頭釣絲長丈餘，鼓栧乘流無定居。世人那得解深意，此翁取適非取魚。

莪葵花歌〔一〕

昨日一花開，今日一花開。今日花正好，昨日花已老〔二〕。人生不得長少年，莫惜床頭沽酒錢。請君有錢向酒家〔三〕，君不見莪葵花。

〔一〕按此詩又見《文苑英華》卷三二三、《全唐詩》卷二五六，作劉眘虚詩，題下注「一作岑參詩」。

〔二〕昨日花已老　汲本、毛本、叢刊本此下有「始知人生不如花，可惜落花君莫掃」二句。

〔三〕請君有錢向酒家　叢刊本無「請君」二字。

偃師東與韓撙同訪景雲暉上人即事〔一〕

山陰老僧解楞伽，潁陽歸客遠相過。煙深草濕昨夜雨，雨後秋風渡漕河。空山終日塵事少，平郊遠見行人小。尚書磧上黄昏鐘，别鴐渡頭一歸鳥。

〔一〕撙　汲本、毛本、叢刊本作「樽」，何校作「撙」。

春夢

洞房昨夜春風起，遥憶美人湘江水。枕上片時春夢中，行盡江南數千里。

卷下

崔顥

顥少年爲詩〔一〕，屬意浮艷〔二〕，多陷輕薄〔三〕，晚節忽變常體，風骨凛然，一窺塞垣，説盡戎旅。至如「殺人遼水上，走馬漁陽歸。錯落金瑣甲，蒙茸貂鼠衣」，又「春風吹淺草，獵騎何翩翩。插羽兩相顧，鳴弓新上絃」〔四〕，可與鮑照、江淹並驅也〔五〕。

〔一〕少年　汲本、毛本、叢刊本作「年少」，何校作「少年」。

〔二〕屬意浮艷　汲本、毛本、叢刊本無此四字，何校與《唐詩紀事》卷二一崔顥條引殷璠語有之。

〔三〕多　汲本、毛本、叢刊本作「名」，何校作「多」。

〔四〕新上　叢刊本作「上新」。

〔五〕可與鮑照江淹並驅也　《唐詩紀事》卷二一崔顥條引殷璠語作「鮑照江淹須有慚色」。

贈王威古

三十羽林將，出身常事邊。春風吹淺草，獵騎何翩翩。插羽兩相顧，鳴弓新上絃〔一〕。射麋入深谷，飲馬投荒泉。馬上共傾酒，野中聊割鮮。相看未及醉，雜虜寇幽燕。烽火去不息，胡山高際天。長驅救東北，戰解城亦全。報國行赴難，古來皆共然。

〔一〕新上　汲本、毛本、叢刊本作「上新」，何校作「新上」。

古遊俠呈軍中諸將〔一〕

少年負膽氣，好勇復知機。扙劍出門去〔二〕，孤城逢合圍。殺人遼水上，走馬漁陽歸。錯落金瑣甲，蒙茸貂鼠衣。還家行且獵〔三〕，弓矢速如飛。地迥鷹犬疾，草深狐兔肥。腰間帶兩綬，轉眄生光輝〔四〕。顧謂今日戰，何如隨建威。

〔一〕按詩題，《國秀集》、《又玄集》無「呈軍中諸將」五字。

〔二〕扙　汲本、毛本、叢刊本作「杖」，何校作「扙」。

〔三〕行且　叢刊本作「且行」。

〔四〕眄　叢刊本作「盼」。

送單于裴都護

征馬去翩翩〔一〕，秋城月正圓。單于莫近塞，都護欲臨邊〔二〕。漢驛通煙火，胡沙乏水泉。功成須獻捷，未必去經年。

〔一〕去　汲本、毛本作「出」，何校作「去」。

〔二〕臨　叢刊本作「回」。

江南曲

君家定何處，妾住在横塘。停船暫借問，或可是同鄉。

贈懷一上人

法師東南秀，世實豪家子。削髮十二年，誦經峨眉裏。自此照群蒙，卓然爲道雄。觀生盡歸妄，悟有皆成空。洗意無衆染，若心歸妙宗〔一〕。一朝勑書至，召入承明宫。説法金殿裏，焚香清禁中。傳燈遍都邑，杖錫遊王公。天子揖妙道，群僚趨下風。我本法無着，時來出林壑。因心得化域〔二〕，隨病皆與藥。上啓黄屋心，下除蒼生縛。一從入君門，説法無朝昏。帝作轉輪王〔三〕，師爲持戒尊。軒風灑甘露，佛雨生慈根。但有滅度理，而無開濟恩。復聞江海曲，好殺成風俗。帝曰我上人，爲除羶腥欲。是日發西秦，東南至蘄春。風將衡桂接，地與吴楚鄰。舊少清信士，實多漁獵人。一聞吾師至，捨網江湖濱。作禮懺前惡，潔誠期後因。因成日既久，事濟身不守。更出淮楚間，復來荆河口。荆河馬卿岑，兹地近道林。入講鳥常狎，坐禪獸不侵。都非緣未盡，曾是教所任。故我一來事，永永微妙音〔四〕。竹房見衣鉢，松宇清身心。早悔業志淺，晚成計可尋。善哉遠公義〔五〕，清浄如黄金。

〔一〕若　汲本、毛本、叢刊本作「苦」，何校作「若」。
〔二〕域　汲本、毛本作「城」，何校作「域」。
〔三〕王　汲本、毛本、叢刊本作「主」，何校作「王」。
〔四〕永永　汲本、毛本作「永承」，何校作「永永」。
〔五〕遠　汲本、叢刊本作「達」。

結定襄獄效陶體〔一〕

我在河東時，使往定襄里。定襄諸小兒，諍訟紛城市。長老莫敢言，太守不能理。謗書盈几案，文墨相填委。牽引肆中翁，追呼田家子。我來折此獄，五一作師聽辨疑似〔二〕。小大必以情，未嘗施鞭箠。是時三月暮，遍野農桑起。里巷鳴春鳩，田園引流水。此鄉多雜俗，戎夏殊音旨〔三〕。顧問邊塞人，勞情曷云已。

〔一〕按汲本、毛本題作《結定襄郡獄》，叢刊本作《定襄陽郡獄》。
〔二〕五一作師　汲本、毛本、叢刊本作「師」，無注，何校同此宋本。
〔三〕殊　毛本作「多」。

遼西

燕郊芳歲晚，殘雪凍邊城。四月青草合，遼陽春水生。胡人正牧馬，漢將日徵兵。露重寶刀濕，沙虛金甲鳴。寒衣着已盡，春服誰爲成〔一〕。寄語洛陽使，爲傳邊塞情。

〔一〕誰爲　毛本作「爲誰」。

孟門行

黄雀銜黄花，翩翩傍簷隙。本擬報君恩〔一〕，如何返彈射。金罍美酒滿座春，平原愛才多衆賓。滿堂盡是忠義士，何意得有讒諛人。諛言翻覆那可道，能令君心不自保。北園新栽桃李枝，根株未固何轉移。成陰結子君自取，若一作借問傍人那得知。

〔一〕本　毛本作「未」。

霍將軍篇

長安甲第高入雲，誰家居住霍將軍。日晚朝迴擁賓從，路傍揖拜何紛紛。莫言炙手手不熱〔一〕，須臾火盡灰亦滅。莫言貧賤即可欺，人生富貴自有時。一朝天子賜顔色，世事一作上悠悠應自一作始知。

〔一〕不　汲本、毛本、叢刊本作「可」，何校作「不」。

雁門胡人歌

高山代郡接東燕〔一〕，雁門胡人家近邊。解放胡鷹逐塞鳥，能將代馬獵秋田。山頭野火寒多燒〔二〕，雨裏孤峰濕作煙〔三〕。聞道遼西無鬭戰〔四〕，時時醉向酒家眠。

〔一〕接東　汲本、毛本作「東接」，何校作「接東」。

〔二〕寒　汲本、毛本、叢刊本作「閑」。

〔三〕雨　汲本、毛本作「霧」。

〔四〕鬭戰　毛本作「戰鬭」。

黄鶴樓

昔人已乘白雲去，此地空遺黄鶴樓〔一〕。黄鶴一去不復返，白雲千載空悠悠。晴川歷歷漢陽樹〔二〕，春草萋萋鸚鵡洲。日暮鄉關何處在〔三〕，煙波江上使人愁。

〔一〕此　毛本作「兹」。「遺」，汲本作「餘」，何校作「遺」。

〔二〕樹　毛本作「戍」。

〔三〕在　汲本、毛本作「是」，何校作「在」。

薛據

據爲人骨鯁，有氣魄〔一〕，其文亦爾。自傷不早達，因著《古興》詩云：「投珠恐見疑，抱玉但垂泣。道在君不舉，功成歎何及。」怨憤頗深。至如「寒風吹長林，白日原上没」，又「孟冬時晷短〔二〕，日盡西南天」，可謂曠代之佳句也。

〔一〕有氣魄　《唐詩紀事》卷二五薛據條引殷璠語，「有」上有「兼」字。

〔二〕孟　《唐詩紀事》引作「窮」。

古興

日中望雙闕〔一〕，軒蓋揚飛塵。鳴佩初罷朝〔二〕，自言皆近臣。光華滿道路，意氣安可親。歸來宴高堂，廣筵羅八珍。僕妾盡紈綺，歌舞夜達晨。四時自相代〔三〕，誰能分要津〔四〕。已看覆前車，未見易後輪。丈夫須兼濟，豈得樂一身〔五〕。君今皆得志，肯顧憔悴人。

〔一〕雙　叢刊本作「仙」。

〔二〕佩　汲本、叢刊本作「珮」，何校作「佩」。

〔三〕自　叢刊本作「固」。

〔四〕分　汲本、毛本作「久」，何校作「分」。

〔五〕得　汲本、毛本、叢刊本作「能」，何校作「得」。

初去郡齋書情〔一〕

肅徒辭汝潁，懷古獨悽然。尚想文王化，猶思巢父賢。時移多讒巧，大道竟誰傳。況見疾風起，悠悠旌旆懸。征鴻無返翼，歸流不停川。已經霜露下〔二〕，仍驗松柏堅。迴首望城邑，迢迢間雲煙。志士不傷物，小人皆自妍。感時惟責己，在道非怨天。從此適樂土，東歸得幾年。

〔一〕情　汲本、毛本作「懷」，何校作「情」。

〔二〕露　汲本、毛本、叢刊本作「雪」，何校作「露」。

落第後口號

十五能文西入秦，三十無家作路人。時命不將明主合，布衣空惹洛陽塵。一本作綦毋潛詩〔一〕。

〔一〕一本作綦毋潛詩　汲本有此小注，毛本、叢刊本無。按《文苑英華》卷二九二、《唐詩紀事》卷二〇、《全唐詩》卷一三五並作綦毋潛詩，題《早發上東門》。

題丹陽陶司馬廳〔一〕

高鑒清洞徹，儒風人進難。〔二〕詔書增寵命，才子益能官。門帶山光晚，城臨江水寒。唯余好文客〔三〕，時得詠幽蘭。

〔一〕司馬廳　汲本、毛本「廳」下有「壁」字，何校無。

〔二〕按此二句，除末字「難」外，原皆爲墨丁，據各本補。

〔三〕余　汲本、毛本作「餘」，何校作「余」。

冬夜寓居寄儲太祝〔一〕

自爲洛陽客，夫子吾知音。愛義能下士〔二〕，時人無此心。奈何離居夜，巢鳥飛空林。愁坐至月上，復聞南鄰砧。

〔一〕按此詩又見《唐詩紀事》卷二〇、《全唐詩》卷一三五，作綦毋潛詩。此詩及前《落第後口號》皆應屬薛據，詳參佟培基《薛據生平及其作品考》（《中華文史論叢》一九八三年第一輯）。

〔二〕義　毛本作「我」。

懷哉行

明時無廢人，廣廈無棄材。良工不我顧，有用寧自媒。懷策望君門，歲晏空遲迴。秦城多車馬，日夕飛塵埃。伐鼓千門啓，鳴珂雙闕來。我聞雷施天〔一〕，天澤罔不該〔二〕。何意斯人徒，棄之如死灰。主好臣必效，時禁權必開。俗流實驕矜〔三〕，得志輕草萊。文王賴多士，漢帝資群才。一言並拜將，片善咸居臺〔四〕。夫君何不遇，爲泣黄金臺。

〔一〕施天　汲本、毛本、叢刊本作「雨施」，何校作「施天」。

〔二〕澤　原爲墨丁，據汲本、毛本、叢刊本補。

〔三〕俗流　毛本作「流俗」。

〔四〕善咸　毛本作「言成」。

泊鎮澤口〔一〕

日落草木陰，舟徙泊江汜。蒼茫萬象開，合沓聞風水。洄沿值漁翁，窈窱逢樵子。雲開天宇静，月明照萬里。早鴈湖上飛，晨鐘海邊起。獨坐嗟遠遊，登岸望孤洲。零落星欲盡，朣朦氣漸收。行藏空自秉，智誠仍未周〔二〕。伍胥既伏劍，范蠡亦乘流。歌竟鼓楫去，三江多客愁。

〔一〕鎮　汲本、叢刊本作「震」，何校作「鎮」。

〔二〕誠　汲本、毛本、叢刊本作「識」，何校作「誠」。

西陵口觀海

浙江漫湯湯〔一〕，近海勢彌廣。在昔胚混凝，融爲百川長〔二〕。地形失端倪，天色潛滉瀁〔三〕。東南際萬里，極目遠無象。山影乍浮沉，潮波忽來往。孤帆或不見，棹歌猶嚮像〔四〕。日暮長風起，客心空振蕩。浦口霞未收，潭心月初上。林嶼幾邅迴，亭皋時偃仰。歲晏訪蓬瀛，真遊非外獎。

〔一〕浙　汲本、毛本、叢刊本作「長」，何校作「浙」。

〔二〕長　汲本、毛本、叢刊本作「泱」，何校作「長」。

〔三〕灊滉　叢刊本作「滉洸」。

〔四〕嚮　汲本、毛本作「想」，何校作「嚮」。

登秦望山

南登秦望山，目極大海空。朝陽半蕩谷〔一〕，晃朗天水紅。溪壑爭噴薄，江湖遞交通〔二〕。而多漁商客，不悟歲月窮。振緡迎早潮，弭棹候遠風。予本萍泛者，乘流任西東。茫茫天際帆，棲泊何時同。將尋會稽迹，從此訪任公。

〔一〕谷　汲本、毛本、叢刊本作「漾」，何校作「谷」。

〔二〕遞　毛本作「適」。

出青門往南山下別業

舊居在南山，夙駕自城闕。榛莽相蔽虧，去爾漸超忽。散漫餘雪晴，蒼茫季冬月。寒風吹長林，白日原上没。懷抱曠莫伸，相知阻胡越。弱年好棲隱，鍊藥在巖窟。及此離垢氛，興來亦因物。末路期赤松，斯言庶不伐。

綦毋潛

潛詩屹崒峭蒨足佳句，善寫方外之情。至如「松覆山殿冷」，不可多得，又「塔影掛清漢，鐘聲和白雲」，歷代未有。荆南分野，數百年來，獨秀斯人。〔一〕

〔一〕按《唐詩紀事》卷二〇綦毋潛條引殷璠語，與此頗有不同，今引録如下：拾遺詩舉體清秀，蕭蕭跨俗，桑門之説，于己獨能。至如「松覆山殿冷」，不可多得，又「鐘聲和白雲」，歷代少有。借使若人加氣質，減彫飾，則高視三百年之外也。

春泛若耶

幽意無斷絶，此去隨所偶。晚風吹行舟，花路入溪口。際夜轉西壑，隔山望南斗。潭煙飛溶溶，林月低向後〔一〕。生事且瀰漫，願爲持竿叟。

〔一〕月　叢刊本作「風」。

題招隱寺絢公房

開士度人久，空山花霧深。徒知宴坐處，不見有爲心。蘭若門對壑，田家路隔林。還言澄法性，歸去比黄金。

題鶴林寺〔一〕

道門隱形勝，向背臨層霄。松覆山殿冷，花藏溪路遥。珊珊寶幡掛，焰焰明燈燒。遲日半空谷，春風連上潮。少憑水木興，蹔添身心調。願謝攜手客，兹山禪侶饒〔二〕。

〔一〕按此詩又見《唐文粹》卷一七、《全唐詩》卷三五三，作薛據詩。

〔二〕侶　叢刊本作「誦」。

題靈隱寺山頂院

招提此山頂，下界不相聞。塔影掛清漢，鐘聲和白雲〔一〕。觀空静室掩，行道衆香焚。且駐西來駕，人天日未曛。

〔一〕和　汲本、毛本作「扣」，何校作「和」。

送儲十二還莊城

西坂何繚繞，青林問子家。天寒噪野雀，日晚度城鴉。寂歷道傍樹，曈曨原上霞。兹情不可説，長恨隱淪賒。

若耶溪逢孔九

相逢此溪曲，勝託在煙霞。潭影竹裏動，巖陰簷際斜。人言上皇代，犬吠武陵家。借問淹留日，春風滿若耶。

孟浩然

余嘗謂禰衡不遇，趙壹無禄，其過在人也。及觀襄陽孟浩然罄折謙退〔一〕，才名日高，天下籍甚〔二〕，竟淪落明代，終於布衣，悲夫！浩然詩，文彩丰茸，經緯綿密，半遵雅調，全削凡體。至如「衆山遥對酒，孤嶼共題詩」，無論興象，兼復故實。又「氣蒸雲夢澤，波動岳陽城」〔三〕，亦爲高唱。《建德江宿》云：「移舟泊煙渚，日暮客愁新。野曠天低樹，江清月近人。」〔四〕

〔一〕罄　原作「聲」，據汲本、毛本、叢刊本改。

〔二〕甚　毛本、叢刊本作「臺」。按似以作「甚」爲是。

〔三〕動　毛本作「撼」。

〔四〕按「建德江宿」以下二十五字，汲本、毛本、叢刊本無。

過景空寺故融公蘭若

池上青蓮宇，林間白馬泉。故人成異物，過憩獨潸然〔一〕。既禮新松塔〔二〕，還尋舊石筵。平生竹如意，猶掛草堂前。

〔一〕憩　汲本、毛本作「客」，何校作「憩」。

〔二〕松　毛本、叢刊本作「墳」。

過融上人蘭若〔一〕

山頭禪室掛僧衣，窗外無人越一作溪鳥飛〔二〕。黄昏半在下山路，却聽松聲聯翠微〔三〕。

〔一〕融上人　毛本「融」字空格，叢刊本亦無「融」字。按此詩又見《唐詩紀事》卷二〇、《全唐詩》卷一三五，作綦毋潛詩。

〔二〕越　汲本、毛本作「溪」，無校語；叢刊本作「越」，亦無校語。

〔三〕聯　汲本、毛本作「戀」，何校作「聯」。

裴司士見尋〔一〕

府僚能枉駕，家醖復新開。落日池上酌，清風松下來。廚人具雞黍，稺子摘楊梅。誰道山翁醉〔二〕，猶能騎馬迴。

〔一〕按汲本、毛本、叢刊本題作「裴司户員司士見答」，何校同此宋本。

〔二〕翁　毛本作「公」。

永嘉上浦館逢張子容〔一〕

逆旅相逢處，江村日暮時。衆山遥對酒，孤嶼共題詩。廨宇鄰鮫室，人煙接島夷。鄉關萬餘里，失路一相悲。

〔一〕按汲本、毛本、叢刊本皆未載此詩。

九日懷襄陽

去國似如昨，倏焉經杪秋。峴山望不見，風景令人愁。誰採籬下菊，應閑池上樓。宜城多美酒，歸與葛强遊。

歸故園作

北闕休上書，南山歸弊廬。不才明主棄，多病故人疎。白髮催年老，青陽逼歲除。永懷愁不寐，松月夜窗虚。

夜歸鹿門歌

山寺鳴鐘晝已昏，魚梁渡頭争渡喧。人隨沙道向江村〔一〕，予亦乘舟歸鹿門。鹿門月照煙中樹，忽到龐公棲隱處。巖扉松徑長寂寥，唯有幽人夜來去。

〔一〕道　汲本、毛本、叢刊本作「路」，何校作「道」，並一作「岸」。

夜渡湘江〔一〕

客行貪利涉，夜裏渡湘川。露氣聞芳杜，歌聲識採蓮。榜人投岸火，漁子宿潭煙。行侶遥相問，涔陽何處邊。

〔一〕按此首與後《渡湘江問舟中人》，汲本、毛本、叢刊本皆載作崔國輔詩。《文苑英華》卷二九一、《全唐詩》卷一六〇作孟浩然詩。

渡湘江問舟中人〔一〕

潮落江平未有風，扁舟共濟與君同。時時引領望天末，何處青山是越中。

〔一〕湘　毛本、叢刊本作「浙」。按詩中云「潮落」，又言「越中」，似以作「浙」爲是。

崔國輔

國輔詩婉孌清楚，深宜諷味，樂府數章〔一〕，古人不能過也〔二〕。

〔一〕樂府數章　《唐詩紀事》卷一五崔國輔條引殷璠語，此句下有「雖絶句」三字。

〔二〕能過　汲本、毛本、叢刊本作「及」，何校作「能過」。

雜詩

逢著平樂兒，論交鞍馬前。興酣一斗酒，恰用十千錢。後余在關内，作事多迍邅。何處肯相救〔一〕，徒聞寶劍篇。

〔一〕何處肯相救　汲本、毛本、叢刊本作「何肯相救援」，何校仍同此宋本。

石頭瀨作

悵矣秋風時，余臨石頭瀨。日高見超遠〔一〕，望盡此州内。羽山數點青〔二〕，海岸雜光碎。離離樹木少，漭漭波潮大。日暮千里帆，南飛落天外。須臾遂入夜，楚色有微藹。尋遠跡已窮，遺榮事多昧。一身猶未理，安得濟時代。且泛朝夕潮，荷衣蕙爲帶。

〔一〕日　汲本、毛本作「因」。

〔二〕數　原爲墨丁，據汲本、毛本、叢刊本補。

魏宫詞

朝日點紅粧，擬上銅雀臺。畫眉猶未竟，魏帝使人催。

怨詞〔一〕

妾有羅衣裳，秦王在時作。爲舞春風多，秋來不堪着。

〔一〕按此詩又見《全唐詩》卷五一一，作張祜詩，題《牆頭花》，但宋蜀刻本《張承吉文集》未載。《又玄集》卷上、《才調集》卷一、《唐文粹》卷一二、《樂府詩集》卷四二、《唐詩紀事》卷一五並載作崔國輔詩。

少年行

遺却珊瑚鞭，白馬驕不行。章臺折楊柳，春日路傍情。

長信草

長信宫中草，年年愁處生。時侵珠履迹，不使玉堦行。

香風詞

洛陽梨花落如霰，河陽桃葉生復齊。坐怨玉樓春欲盡，紅綿粉絮裛粧啼。

對酒吟

行行日將夕，荒村古塚無人迹。蒙籠荆棘一鳥吟，屢勸提壺酤酒喫。古人不達酒不足，遺恨精靈傳此曲。寄言世上諸少年，平生且盡杯中緑。

漂母岸

泗水入淮處，南邊古岸存。秦時有漂母，於此饋王孫〔一〕。王孫初未遇，寄食何多論。後爲楚王來，黄金答母恩。〔二〕事迹貴在此，空傷千載魂。前臨雙小渚〔三〕，上有一孤墩。遥望淮陰口〔四〕，蒼蒼霧樹昏〔五〕。幾年崩塚色，每日落潮痕〔六〕。古地多堙阨，時哉不敢言。向夕淚沾裳，祇宿蘆洲村。

〔一〕饋　汲本、毛本、叢刊本作「見」，何校作「饋」。

〔二〕按以上二句，汲本、毛本、叢刊本作「後爲淮陰侯，誓欲答母恩」。

〔三〕前臨雙小渚　汲本、毛本、叢刊本作「茫茫水中渚」。

〔四〕遥　原爲墨丁，據叢刊本補。

〔五〕霧樹　毛本、叢刊本作「煙霧」。

〔六〕每日落潮痕　汲本、毛本、叢刊本作「暮日落波痕」。

湖南曲

湖南送君去，湖北送君歸。湖裏鴛鴦鳥，雙雙他自飛。

秦中感興寄遠上人〔一〕

一丘常欲卧，三徑苦無資。北上非吾願，東林懷我師。黄金燃桂盡，壯志逐年衰。日夕涼風至，聞蟬但益悲〔二〕。

〔一〕按此詩又見《文苑英華》卷二一九、《全唐詩》卷一六〇，作孟浩然詩。

〔二〕但　原爲墨丁，據汲本、毛本、叢刊本補。

儲光羲

儲公詩，格高調逸，趣遠情深，削盡常言，挾風雅之道〔一〕，得浩然之氣〔二〕。《述華清宫》詩云：「山開鴻濛色，天轉招摇星。」又《遊茅山》詩云：「山門入松柏〔三〕，天路涵虚空。」此例數百句，已略見《荆楊集》，不復廣引。璠嘗覩儲公《正論》十五卷〔四〕，《九經分一作外義疏》二十卷〔五〕，言博理當，實可謂經國之大才。

〔一〕道　汲本、毛本、叢刊本作「迹」，何校作「道」。

〔二〕得　汲本、毛本、叢刊本無「得」字，何校補之。

〔三〕山　汲本、毛本、叢刊本作「小」，莫友芝臨毛校，謂作「小」誤。

〔四〕儲　原爲墨丁，各本均無，今據《唐詩紀事》卷二二儲光羲條引殷璠語補。

〔五〕分　汲本、毛本、叢刊本作「外」，無校注。何校同此宋本。

雜詩二章

秋氣肅天地，太行高崔嵬。猿狖清夜吟，其聲一何哀。寂寞掩圭蓽，夢寐遊蓬萊。琪樹遠亭亭，玉堂雲中開。洪崖吹簫箎，素女飄颻來。雨師既洗後〔一〕，道路無纖埃。鄙哉楚襄王，獨如雲陽臺。

渾胚本無象，末路多是非。達士志寥廓，所在能忘機。耕鑿時未至，還山聊採薇。虎豹對我蹲，鸑鷟傍我飛。仙人空中來，謂我勿復歸。絡繹爲君駕〔二〕，雲霓爲君衣。西近崑崙墟，可與世人違。

〔一〕洗　汲本、毛本、叢刊本作「先」，何校作「洗」。

〔二〕絡繹　汲本、毛本、叢刊本作「格澤」，何校作「絡繹」。

效古二章

晨登涼風臺，目走邯鄲道〔一〕。曜靈何赫烈，四野無青草。大軍北集燕，天子西居鎬。婦人役州縣，丁男事征討。老幼相别離，泣哭無昏早。稼穡既殄絶，川澤復枯槁。曠哉遠此憂，冥冥商山皓。

東風吹大河，河水如倒流。河洲塵沙起〔二〕，有若黄雲浮。赬霞燒廣澤，洪曜赫高丘。野老泣相逢〔三〕，無地可蔭休。翰林有客卿，獨負蒼生憂。中夜起躑躅，思欲獻厥謀。君門峻且深，踠足空夷猶。

〔一〕目　汲本、毛本、叢刊本作「暮」，何校作「目」。

〔二〕塵沙　毛本作「沙塵」。

〔三〕逢　汲本、毛本作「語」，何校作「逢」。

猛虎詞

寒亦不憂雪，飢亦不食人。人肉豈不甘，所惡傷明神。太室爲我宅，孟門爲我鄰，百獸爲我膳，五龍爲我賓。象馬一何威〔一〕，浮江亦以仁。綵章曜朝日，牙爪雄武臣。高雲逐氣浮，厚地隨聲震。君能賈餘勇，日夕長相親。

〔一〕象　毛本作「蒙」，叢刊本作「冪」。

射雉詞

曝暄理新翳，迎春射鳴雉。厚田遥一色〔一〕，皋陸曠千里。遠聞咿喔聲，時見雙飛起。冪歷蹀蒿下〔二〕，陪鰓深麥裏。顧敵仍忘生，争雄方決死。仁心貴勇義，豈復能傷此。超遥下故墟，迢遞回高軌〔三〕。丈夫昔何苦，取笑歡妻子。

〔一〕厚　汲本、毛本、叢刊本作「原」，何校作「厚」。

〔二〕冪　叢刊本作「蒙」。

〔三〕軌　汲本、毛本作「畤」。

採蓮詞

淺渚荇花繁，深塘茭葉蹀。獨往方自得，恥邀淇上姝。廣江無術阡，大澤絶方隅。浪中海童語，淚下鮫人居〔一〕。春鴈時隱舟〔二〕，新荷復滿湖〔三〕。采采乘日養〔四〕，不思賢與愚。

〔一〕淚　汲本、毛本、叢刊本作「林」，何校作「淚」。

〔二〕鴈　汲本、毛本作「荻」，何校作「鴈」。

〔三〕荷　汲本、毛本、叢刊本作「萍」，何校作「荷」。

〔四〕養　汲本、毛本、叢刊本作「暮」，何校作「養」。

牧童詞

不言牧田遠，不道牧波深〔一〕。所念牛馴擾，不亂牧童心。圓笠覆我首，長蓑披我襟。方將憂暑雨，亦以懼寒陰。大牛隱層坂，小牛穿近林。同顔相鼓舞〔二〕，觸物成謳吟。取樂須臾間，寧問聲與音。

〔一〕波　汲本、毛本、叢刊本作「陂」，何校作「波」。

〔二〕顔　汲本、毛本作「類」，何校作「顔」。

田家事

蒲葉日已長，杏花日已滋。老農要看此，貴不違天時。迎晨起飯牛，雙駕耕東菑。蚯蟥土中出〔一〕，田烏隨我飛。群鴿亂啄噪〔二〕，嗷嗷如道飢。我心多惻隱，顧此兩傷悲。撥食與田烏，日暮空筐歸。親戚更相笑，我心終不移。

〔一〕出　毛本作「少」。

〔二〕鴿　汲本、毛本、叢刊本作「合」，何校作「鴿」。

寄孫山人

新林二月孤舟還，水滿清江花滿山。借問故園隱君子，時時來去在人間。

酬綦毋校書夢遊耶溪見贈之作

校文在仙掖，每有滄洲心。況以北窗下，夢遊清溪陰。春看湖口漫，夜入迴塘深。往往纜垂葛，出舟望前林。山人松下飯，釣客蘆中吟。小隱何足貴〔一〕，長年固可尋。還車首東道，惠然若南金。以我採薇意，傳之天姥岑。

〔一〕小隱何足貴　按此下六句，汲本、毛本、叢刊本作：「水隱何足貴，勝遊在幽尋。歷玆山水間，泠然若鳴琴。申章謝來意，愧莫酬知音。」

使過彈箏峽作

鳥雀知天雪，群飛復群鳴。原田無遺粟，日暮滿空城。達士憂世務，鄙夫念王程。晨過彈箏峽，馬足凌兢行。雙壁隱靈耀，莫能知晦明。皚皚堅冰色〔一〕，漫漫陰雲平。始信故人言〔二〕，苦節不可貞。

〔一〕色　汲本、毛本、叢刊本作「白」，何校作「色」。

〔二〕故　汲本、毛本作「古」，何校作「故」。

王昌齡

元嘉以還〔一〕，四百年内，曹、劉、陸、謝，風骨頓盡。頃有太原王昌齡、魯國儲光羲，頗從厥迹。且兩賢氣同體别，而王稍聲峻。至如「明堂坐天子，月朔朝諸侯。清樂動千門，皇風被九州，慶雲從東來，泱漭抱日流」，又「雲起太華山，雲山互明滅〔二〕。東峰始含景，了了見松雪」，又「楮柟無冬春，柯葉連峰稠。陰壁下蒼黑，煙含清江樓。疊沙積爲岡，崩剥雨露幽。石脉盡横亘，潛潭何時流」，又「京門望西岳，百里見郊樹。飛雨祠上來，靄然關中暮」，又「奸雄乃得志，遂使群心摇。赤風蕩中原，烈火無遺巢。一人計不用，萬里空蕭條」，又「百泉勢相蕩，巨石皆却立。昏爲蛟龍怒，清見雲雨入」，又「去時三十萬，獨自還長安。不信沙場苦，君看刀箭瘢」，又「蘆荻寒蒼江，石頭岸邊飲」，又「長亭酒未酣，千里風動地。天仗森森練雪擬，身騎鐵驄白鷹臂」〔三〕，斯並驚耳駭目。今略舉其數十句，則中興高作可知矣。余嘗覩王公《長平伏寃》文〔四〕、《吊枳道賦》，仁有餘也。奈何晚節不矜細行，謗議沸騰，再歷遐荒〔五〕，使知音歎惜。

〔一〕元嘉　叢刊本作「昌齡」。按下有「頃有太原王昌齡」云云，則此處不當言昌齡，當以作「元嘉」爲是。《唐詩紀事》卷二四王昌齡條引殷璠語亦作「元嘉」。

〔二〕互　汲本、毛本、叢刊本作「相」，何校作「互」。

〔三〕鐵驄　汲本、毛本、叢刊本作「駿馬」，何校作「鐵驄」。

〔四〕文　毛本、叢刊本作「又」。按此應作「文」，屬上讀。

〔五〕再　毛本、叢刊本作「垂」。按王昌齡曾兩度貶謫，此處以作「再」是。

詠史

荷畚至洛陽〔一〕，胡馬屯北門。天下裂其七，豺狼滿中原。明夷方濟世，斂翼黄埃昏。披雲見龍顔，始蒙國士恩。位重謀亦深，所舉無遺奔。長策寄臨終，東南不可吞。賢智苟有時，貧賤何所論。唯然嵩山老，而後知我言。

〔一〕荷畚至洛陽　按此句以下，汲本、毛本、叢刊本文字多有不同，難以對校，今全録如下：荷畚至洛陽，杖策遊北門。天下盡兵甲，豺狼滿中原。明夷方遘患，顧我徒崩奔。自慚菲薄才，誤蒙國士恩。位重任亦重，時危志彌敦。西北未及終，東南不可吞。進則恥保躬，退乃爲觸藩。嘆惜嵩山老，而後知其尊。

觀江淮名山圖

刻意吟雲山〔一〕，尤知隱淪妙。公遠何爲者，再詣臨海嶠。而我高其風，披圖得遺照。援毫無逃境，遂展千里眺。淡掃荆門壁，明標赤城燒。青葱林間嶺，隱見淮海徼。但指香爐頂，無聞白猿嘯。沙門既云滅，獨往豈殊調。感對懷拂衣，胡寧事漁釣。安期始遺舄，千古謝榮耀。投迹庶可齊，滄浪有孤棹。

〔一〕刻意吟雲山　按此句至「獨往豈殊調」，汲本、毛本、叢刊本文字多有不同，難以對校，今録其文如下：刻意吟雲山，尤愛丹青妙。稜層列林巒，微茫出海嶠。而我高其人，揮毫發幽眇。持此尺寸圖，益展千里眺。淡掃霏素烟，濃抹映殘照。方溯江漢流，忽見淮海徼。湘纍謾興哀，英皇復誰弔。遐蹤既云滅，獨往豈殊調。

香積寺禮拜萬迴平等二聖僧塔

真無御北來，昔有乘花歸〔一〕。如彼雙塔内，孰能知是非。愚也駭蒼生，聖哉爲帝師。當爲時世出，不由天地資。萬迴至此方〔二〕，平等性無違。今我一禮心，億劫同不移。肅肅松柏下，諸天來有時。

〔一〕昔有乘花歸　「昔」，汲本、毛本作「借」，何校作「昔」。又「花」，汲本、毛本、叢刊本作「化」，何校則仍作「花」。

〔二〕至　汲本、毛本作「主」，何校作「至」。

齋心

女蘿覆石壁，溪水幽濛朧。紫葛蔓黄花，娟娟寒露中。朝飲花上露，夜卧松下風。雲英化爲水，光彩與我同。日月蕩精魄，寥寥天府空。

緱氏尉沈興宗置酒南溪留贈〔一〕

林色與溪古，深篁引幽翠。山樽在漁舟，棹月情已醉。始窮清源口〔二〕，壑絶人境異。春泉滴空崖，萌草拆陰地。久之風榛寂，遠聞樵聲至。海鴈時獨飛，永然滄洲意〔三〕。古時青冥客，滅迹淪一尉。五子躊躇心〔四〕，豈其紛埃事。緱岑信所剋，濟北余乃遂。齊物可任今〔五〕，息肩理猶未。卷舒形性表，脱略賢哲議。仲月期角巾〔六〕，飯僧嵩陽寺。

〔一〕緱氏尉沈興宗　「宗」，原作「宋」，各本同。按「宋」應作「宗」，李華《三賢論》（《文苑英華》卷七四四、《全唐文》卷三一七）有「吴興沈興宗」。今徑改。

〔二〕始　叢刊本作「如」。

〔三〕洲　叢刊本作「州」，當誤。

〔四〕五　汲本、毛本、叢刊本作「吾」，何校作「五」。

〔五〕可任今　汲本、毛本、叢刊本作「意已會」，何校作「可任今」。

〔六〕仲　汲本、毛本、叢刊本作「乘」，何校作「仲」。

江上聞笛〔一〕

横笛怨江月，扁舟何處尋。聲長楚山外，曲遶胡關深。相去萬餘里，遥傳此夜心。寥寥浦溆寒，響盡惟幽林。不知誰家子，復奏邯鄲音。水客皆擁棹，空霜遂盈襟。羸馬望北走，遷人悲越吟。何當邊草白，旌節隴城陰。

〔一〕上　叢刊本作「山」。

東京府縣諸公與綦毋潛李頎相送至白馬寺宿

鞍馬上東門，徘徊入孤舟。賢豪相追送，即棹千里流。赤峰落日在〔一〕，空波微煙收。宦薄忘機括，醉來却淹留。月明見古寺，林木登高樓〔二〕。南風開長廓〔三〕，夏夜如涼秋。江月照吴縣，西歸夢中遊。

〔一〕赤　汲本、毛本作「遠」，何校作「赤」。

〔二〕木　汲本、毛本作「外」，何校作「木」。

〔三〕廓　汲本、毛本作「廊」，何校作「廓」。

趙十四見尋〔一〕

客來舒長簟，開閤延涼風。但見無絃琴，共君盡樽中。晚來常讀《易》，頃者欲還嵩。世事何須道，黄精且養蒙。嵇康殊寡識，張翰獨知終。忽憶鱸魚膾，扁舟往江東。

〔一〕趙十四見尋　「尋」，汲本、毛本作「訪」，何校作「尋」。又《國秀集》卷下載此詩，題作《趙十四兄見尋》。

少年行

西陵俠少年，客過短長亭〔一〕。青槐夾兩路，白馬如流星。聞道羽書急〔二〕，單于寇井陘。氣高輕赴難，誰顧燕山銘。

〔一〕客過　汲本、毛本作「送客」。

〔二〕道　毛本、叢刊本作「有」。

聽人流水調子〔一〕

孤舟微月對楓林，分付鳴箏與客心。嶺色千重萬重雨，斷絃收與淚痕深。

〔一〕人流　汲本作「流人」，何校作「人流」。

長歌行

曠野饒悲風，颼颼黄蒿草〔一〕。繫馬倚白楊，誰知我懷抱。所是同懷者，相逢盡衰老。況登漢家陵〔二〕，南望長安道。下有枯樹根，上有鼯鼠窠。高王子孫盡〔三〕，千歲無人過。寶玉頻發掘，精靈其奈何。人生須達命，有酒且長歌。

〔一〕蒿　叢刊本作「嵩」。按此以作「蒿」爲是。

〔二〕況　汲本、毛本作「北」，何校作「況」。

〔三〕王　汲本、毛本、叢刊本作「皇」，何校作「王」。

城傍曲

秋風鳴桑條，草白狐兔驕。邯鄲飯一作飽來酒未消〔一〕，城北原平掣皂鵰。射殺空營兩騰虎，迴身却月佩弓弰。

〔一〕飯　汲本、毛本作「飲」，無校注。何校同此宋本。叢刊本作「飯」，亦無校注。

望臨洮〔一〕

飲馬度秋水，水寒風似刀。平沙日未没，黯黯見臨洮。當昔長城戰，咸言意氣高。黄塵是今古，白骨亂蓬蒿。

〔一〕按此詩題，汲本、毛本、叢刊本作《塞下曲》，何校同此宋本。

長信秋〔一〕

奉帚平明秋殿開〔二〕，暫一作且將團扇共徘徊。玉顔不及寒鴉色，猶帶朝陽日影來〔三〕。

〔一〕秋　汲本、毛本、叢刊本作「宫」，何校作「秋」。

〔二〕秋　汲本、毛本、叢刊本作「金」，何校作「秋」。

〔三〕朝　汲本、叢刊本作「昭」，何校作「朝」。

鄭縣陶大公館中贈馮六元二〔一〕

儒有輕王侯，脱略當世舉〔二〕。本家藍溪下，非爲漁弋故。無何困躬耕〔三〕，且欲馳水路〔四〕。幽居與君近，出谷同所務〔五〕。昨日辭石門，五年變秋露。雲龍未相感，干謁亦已屢。子爲黄綬羈，余忝蓬山顧。京門望西岳，百里見郊樹。飛雨祠上來，靄然關中暮。驅車鄭城宿，秉燭論往素。山月出華陰，開此河渚霧。清光比故人，豁達展心晤。馮公尚戢翼，元子仍跼步。拂衣易爲高，論迹難有趣〔六〕。張范善終始，吾等豈不慕。罷酒當涼風，屈伸備冥數。

〔一〕按詩題，汲本、毛本於「鄭縣」下有「宿」字。又「陶大」原作「陶太」，據叢刊本改。按此處陶大即詩人陶翰。據《寶刻叢編》卷一〇華州：「《唐華岳真君碑》，唐華陰丞陶翰撰，韋勝書。玄宗開元十九年，加五岳神號曰真君，初建祠宇，立此碑。」（《集古録目》）王昌齡此詩云：「子爲黄綬羈，予忝蓬山顧。」黄綬指縣丞，蓬山指秘書省。詩又云：「昨日辭石門，五年變秋露。」王昌齡於開元十五年登進士第，歷五年當即開元二十年，時陶翰正任華陰丞之職，在華州，王昌齡往訪之，故云「陶大公館中」。按此處所考曾參陶敏《全唐詩人名考證》稿本，謹此致謝。

〔二〕舉　汲本、毛本、叢刊本作「務」，何校作「舉」。

〔三〕何　汲本、毛本、叢刊本作「才」，何校作「何」。

〔四〕水　汲本、毛本、叢刊本作「永」，何校作「水」。

〔五〕務　汲本、毛本、叢刊本作「鶩」，何校作「務」。

〔六〕論　汲本、毛本作「淪」，何校作「論」。

從軍行

烽火城西百尺樓，黄昏獨坐海風秋。更吹横笛關山月，無那金閨萬里愁。

賀蘭進明

員外好古博雅〔一〕，經籍滿腹，其所著述一百餘家〔二〕，頗究天人之際。又有古詩八十首，大體符于阮公，又《行路難》五首，並多新興。

〔一〕雅　汲本、毛本、叢刊本作「達」，何校作「雅」。

〔二〕家　毛本、叢刊本作「篇」。

古意二章

秦庭初指鹿，群盗滿山東。忤意皆誅死，所言誰肯忠。武關猶未啓，兵入望夷宫。爲祟非涇水，人君道自窮。

崇蘭生澗底，香氣滿幽林。采采欲爲贈，何人是同心。日暮徒盈抱一作把〔一〕，徘徊幽思深。慨然紉雜佩，重奏丘中琴。

〔一〕抱　汲本、毛本作「把」，無校注。何校同此宋本。

行路難五首

君不見巖下井，百尺不及泉。君不見山上苗，數寸凌雲煙。人生相命亦如此，何苦太息自憂煎。但願親友長含笑，相逢莫乏杖頭錢。寒夜邀歡須秉燭，豈不長思花柳年。

君不見門前柳〔一〕，榮耀暫時蕭索久。君不見陌上花，狂風吹去落誰家。隣家思婦見之歎，蓬首不梳心歷亂。盛年夫壻長别離，歲暮相逢色凋换。君不見芳樹枝〔二〕，春花落盡蜂不窺。君不見梁上泥，秋風始高燕不棲。蕩子從軍事征戰，蛾眉嬋娟守空閨。獨宿自然堪下淚，況復時聞烏夜啼。君不見雲間月〔三〕，暫盈還復缺。君不見林下風，聲遠意難窮。親故平生或聚散，歡娱未盡樽酒空。歎息青青陵上柏，歲寒能有幾人同。君不見東流水，一去無窮已。君不見西郊雲，日夕空氛氲。群鴈徘徊不能去，一鴈驚鳴復失群。人生結交在終始，莫以升沉中路分。

〔一〕前　毛本、叢刊本作「中」。

〔二〕按此首又見《文苑英華》卷一九七、《樂府詩集》卷七〇、《全唐詩》卷二一三，作高適詩，當誤，詳參佟培基《高適塞下曲辨僞》（《中華文史論叢》一九八二年第二輯）。

〔三〕間　汲本、毛本、叢刊本作「中」，何校作「間」。

崔署

署詩言詞款要，情興悲涼〔一〕，送别登樓，俱堪淚下。

〔一〕署詩言詞款要情興悲涼　汲本、毛本、叢刊本皆作「署詩多歎詞要妙，情意悲涼」。何校同此宋本。

宿大通和尚塔敬贈如闍黎廣心長孫錡二山人

支公已寂滅，塔影山上古。更有真僧來，道場救諸苦。一承微妙法，寓宿清淨土。身心能自親，色想了無取〔一〕。森森松映月，漠漠雲近户。雲外飛電明，夜來前山雨。然燈見棲鴿，作禮聞信鼓。晚霽南軒開，秋華淨天宇。願言長出世，謝爾及申甫。

〔一〕想　汲本、毛本、叢刊本作「相」，何校作「想」。按似以作「相」爲是。

潁陽東溪懷古

靈溪氛霧歇，皎鏡清心顔。空色不映水〔一〕，秋聲多在山。世人久疎曠，萬物皆自閑。白鷺寒更浴，孤雲晴未還。昔時讓王者，此地閑玄關〔二〕。無以躡高步，淒涼岑壑間。

〔一〕不　汲本、毛本作「下」，何校作「不」。

〔二〕閑　汲本、毛本、叢刊本作「閉」，何校作「閑」。按玄關係佛家指喻入道之門，當以作「閉」爲是。岑參詩亦有「林下閉玄關」句（《全唐詩》卷二〇〇）。

途中晚發

晚霽長風裏，勞歌赴遠期。雲輕歸海疾，月滿下山遲。旅望因高盡，鄉心遇物悲。故林遥不見〔一〕，況在落花時〔二〕。

〔一〕遥　毛本、叢刊本作「透」。

〔二〕況　毛本、叢刊本作「還」。

送薛據之宋州

無媒嗟失路，有道亦乘流。客處不堪别，異鄉應共愁。我生早孤賤，淪落居此州。風土至今憶，山河皆昔遊。一從文章士，兩京春復秋。君去問相識，幾人成白頭〔一〕。

〔一〕成　叢刊本作「今」。

早發交崖山還太室作

東林氣微白，寒鳥急高翔。吾亦自兹去，北山歸草堂。杪冬正三五，日月遥相望。蕭蕭過潁上〔一〕，曨曨辨少陽。川冰生積雪，野火出枯桑。獨往路難盡，窮陰人易傷。傷此無衣客，如何蒙雨霜〔二〕。

〔一〕蕭蕭　汲本、毛本、叢刊本作「肅肅」，何校作「蕭蕭」。

〔二〕霜　汲本、毛本作「雪」，何校作「霜」。

登水門樓見亡友張貞期題望黄河作因以感興〔一〕

吾友東南美，昔聞登此樓。人隨川上去〔二〕，書在壁中留。嚴子好真隱，謝公耽遠遊。清風初作頌，暇日復消憂。時與交友古〔三〕，跡隨山水幽。已孤蒼生望，坐見黄河流。流落年將晚，悲涼物已秋。天高不可問，淹泣赴行舟〔四〕。

〔一〕按《國秀集》卷下所載題作《登河陽斗門見張貞期題黄河詩因以感寄》。

〔二〕去　汲本、毛本作「逝」，何校作「去」。

〔三〕交友　汲本、毛本作「文字」，何校作「交友」。

〔四〕淹　汲本、毛本、叢刊本作「掩」，何校作「淹」。

王灣

灣詞翰早著，爲天下所稱最者，不過一二。遊吴中，作《江南意》詩云：「海日生殘夜，江春入舊年。」詩人已來，少有此句〔一〕。張燕公手題政事堂，每示能文，令爲楷式。又《擣衣篇》云：「月華照杵空隨一作悲妾，風響傳砧不到一作見君。」〔二〕所有衆製，咸類若斯。非張、蔡之未曾見也〔三〕，覺顔、謝之彌遠乎！

〔一〕少有　《唐詩紀事》卷一五王灣條引殷璠語作「無聞」。

〔二〕按以上二句，汲本、毛本、叢刊本皆無校注。

〔三〕未曾見也　《唐詩紀事》引作「輩未見」。

晚春詣蘇州敬贈武員外

蘇臺憶季常，飛棹歷江鄉。持此功曹掾，幼稱華省郎。貴門生禮樂，明代秉文章。嘉郡位先進，洪儒名重揚。爰從姻婭貶，豈失忠信防。萬里汗馬足，十年睽鳳翔。迴遷翼元聖，入拜佇惟良。別業對南浦，群書滿北堂。意深投客盛〔一〕，才重接筵光。陋學叨鉛簡，弱齡詞翰場。神馳勞舊國，顔展利殊方〔二〕。際晚雜氛散〔三〕，殘春衆物芳。煙和踈樹滿，雨續小溪長〔四〕。旅拙感成慰，通賢顧不忘。從來琴曲罷，開匣爲君張。

〔一〕客　汲本、毛本作「轄」，何校作「客」。
〔二〕利　汲本、毛本作「別」，何校作「利」。
〔三〕晚　汲本、毛本作「曉」，何校作「晚」。
〔四〕溪　叢刊本作「江」。

哭補闕亡友綦毋學士

明代資多士，儒林得異材。書從金殿出，人向玉墀來。詞學張平子，風儀褚彦回。崇儀希上德，近侍接元台。曩契心期早，今遊宴賞陪。屢遷君擢桂，分尉我從梅。忽遇乘軺客，云傾搆厦材。泣爲洹水化，歎作太山頽。冀善初將慰〔一〕，尋言半始猜。位聯情易感，交密痛難裁。

遠日寒旌暗，長風古輓哀。寰中無舊業，行處有新苔。反哭魂猶寄，終喪子尚孩。葬田門吏給，墳木路人栽。遽洩悲成往，俄傳寵今迴。玄經貽石室，朱紱耀泉臺。地古春長閉，天明夜不開。登山一臨哭，揮涕滿蒿萊〔二〕。

〔一〕慰　叢刊本作「尉」。

〔二〕涕　汲本、毛本、叢刊本作「淚」，何校作「涕」。

晚夏馬升卿池亭即事寄京都一二知己〔一〕

忝職畿甸淹，濫陪時俊後。才輕策疲劣，勢薄常驅走。牽役勞風塵，秉心在巖藪。宗賢開別業，形勝代希偶。竹繞清渭湄，泉流白渠口。逡巡期賞會，揮忽變星斗。逮此乘務閑，因而訪幽叟。入來殊景物，行復洗紛垢。林靜秋色多，潭深月光厚。盛香蓮近坼，新味瓜初剖。滯拙懷隱淪〔二〕，書之寄良友。

〔一〕馬升卿　汲本、毛本、叢刊本作「馬嵬卿叔」，意費解。《唐詩紀事》卷一五引亦作「馬升卿」。

〔二〕淪　叢刊本作「論」。

奉使登終南山

常愛南山遊，因而盡原隰。數朝至林嶺，百仞登嵬岌。石狀馬經窮，苔色步緣入。物奇春貌改，氣遠天香集。虛洞策杖鳴，低雲拂衣濕。倚巖見廬舍，入户欣拜揖〔一〕。問姓矜勤勞，示心教澄習。玉英時共飯，芝草爲余拾。境絶人不行，潭深鳥空立。一乘從此授，九轉兼是給。辭處若輕飛，憩來唯吐吸。閑襟超已勝〔二〕，迴路倏而及。煙色松上深，水流山下急。漸平逢車騎，向晚睨城邑。峰在野趣繁，塵飄宦情濕一作緝〔三〕。辛苦久爲吏，榮進何妄執。日暮懷此山，倏然賦斯什〔四〕。

〔一〕入　原作「人」，據汲本、毛本改。

〔二〕閑　汲本、毛本作「開」，何校作「閑」。

〔三〕濕　汲本、毛本作「澀」，無校注。

〔四〕倏　毛本、叢刊本作「悠」。

奉同賀監林月清酌

華月當秋滿，朝軒假興同。浄林新霽入，規院小涼通。碎影行筵裏，摇花落酒中。清宵照人意〔一〕，併此助文雄。

〔一〕照人　汲本、毛本作「凝爽」，何校作「照人」。又叢刊本「人」作「然」。

江南意〔一〕

南國多新意，東行伺早天。潮平兩岸失，風正數帆懸〔二〕。海日生殘夜，江春入舊年。從來觀氣象，惟向此中偏。

〔一〕按《國秀集》卷下載此，題作《次北固山下》，首聯作「客路青山外，行舟緑水前」，尾聯作「鄉書何處達，歸雁洛陽邊」。又五、六兩句見《全唐詩》卷八一〇靈澈逸句，當誤。

〔二〕數　汲本、毛本、叢刊本作「一」，何校作「數」。

觀插筝〔一〕

虚室有秦筝，筝新月復清。絃多弄委曲，柱促語分明。曉怨擬繁手〔二〕，春嬌入慢聲。近來惟此樂，傳得美人情。

〔一〕插　汲本、毛本作「搊」，何校作「插」。又此詩《全唐詩》卷一一五題下校云「一作祖詠詩」，未知何據。

〔二〕擬　汲本、毛本、叢刊本作「凝」，何校作「擬」。

閏月七日織女

耿耿曙河微，神仙此會稀〔一〕。今年七月閏，應得兩迴歸。

〔一〕會　汲本、毛本、叢刊本作「夜」，何校作「會」。

祖詠

詠詩剪刻省静，用思尤苦，氣雖不高，調頗凌俗。至如「霽日園林好，清明煙火新」，亦可稱爲才子也。

古意二首〔一〕

楚王意何去〔二〕，獨自留巫山。偏使世人見，迢迢江水間。駐舟春潭裏〔三〕，誓願拜靈顔。夢寐覩神女，金沙鳴珮環。閑艶絶世姿，令人氣力微。含笑默不語，化作朝雲飛。

夫差日淫放，舉國求妃嬪。自謂得王寵，代間無美人。碧羅象天閣，坐輦乘芳春。宫女數千騎，常遊江水濱。年深玉顔老，時薄花粧新。拭淚下金殿，嬌多不顧身。生前妬歌舞，死後同灰塵。塚墓令人哀，哀於銅雀臺。

〔一〕按此詩第一首「楚王意何去」又見宋臨安本《常建詩集》卷下，《全唐詩》卷一四四亦作常建詩。《唐文粹》卷一四上、《唐詩紀事》卷二〇則仍以祖詠作。

〔二〕意　汲本、毛本、叢刊本作「竟」，何校作「意」。

〔三〕潭　汲本、毛本作「澤」，何校作「潭」。

遊蘇氏別業〔一〕

別業本幽處，到來生隱心。南山當户牖，澧水映園林。竹覆經冬雪，庭昏未夕陰。寥寥人境外，閑坐聽春禽。

〔一〕按此詩，《國秀集》卷下載，題作《薊門別業》。

清明宴劉司勳劉郎中別業〔一〕

田家復近臣，行樂不違親。霽日園林好，清明煙火新。以文常會友，唯德自成鄰。池照窗陰晚，杯香藥味春。簷前花覆地，竹外鳥窺人。何必桃源裏，深居作隱淪。

〔一〕清明宴劉司勳劉郎中別業　汲本、毛本、叢刊本無上「劉」字，何校補之。按似以汲本等無此「劉」字爲是，即宴於司勳劉郎中別業，非有二人。

宿陳留李少府廳作

相知有叔卿，訟簡夜彌清。旅泊倦愁卧，空堂聞曙更。風簾摇燭影，秋雨帶蟲聲。歸思那堪説，悠悠恨洛城。

終南望餘雪作

終南陰嶺秀，積雪浮雲端。林表明霽色，城中增暮寒。

盧象

象雅而不素〔一〕，有大體，得國士之風。曩在校書，名充祕閣。其「靈越山最秀，新安江甚清」，盡東南之數郡。

〔一〕雅而不素　汲本、毛本、叢刊本「不」作「平」，則「素」屬下讀。《唐詩紀事》卷二六盧象條引殷璠語，亦作「雅而不素」，似是。

家叔徵君東溪草堂二首

開山十餘里，青壁森相倚。欲識堯時天，東溪白雲是。雷聲轉幽壑，雲氣香流水。澗影生蟲虵，巖端翳樫梓。大道終不易，君恩曷能已。鶴羡無老時，龜言攝生理。浮年笑六甲，元化潛一指。未暇掃雲梯，空慙阮家子。

今朝共遊者，得性閑未歸。已到仙人家，莫驚鷗鳥飛。水深嚴子釣，松掛巢父衣。雲氣轉幽寂，溪流無是非。名理未足羡，腥臊詎所稀。自惟負貞意，何歲當食薇。

送綦毋潛

夫君不得意，本自滄海來。高足未云聘〔一〕，虛舟空復迴。淮南楓葉落，灞岸桃花開。出處暫爲間〔二〕，沉浮安系哉。如何天覆物，還遣世遺才。欲識秦將漢，嘗聞王與裴。離筵對寒食，别雨乘春雷。會有辟書至，荷衣莫漫裁。

〔一〕聘　汲本、毛本、叢刊本作「騁」，似是。何校仍作「聘」。

〔二〕間　汲本、毛本作「耳」，何校作「間」。按下句末字亦爲虛字，則此處似作「耳」爲是。

送祖詠

田家宜伏臘，歲晏子言歸。石路雪初下，荒林雞共飛〔一〕。東原多煙火，北澗隱寒暉。滿酌野人酒，倦聞隣女機。胡爲困樵採，幾日被朝衣。〔二〕

〔一〕林　汲本、毛本、叢刊本作「村」，何校作「林」。

〔二〕按以上二句，汲本、毛本、叢刊本作「胡爲因樵採，幾日罷朝衣」，何校同此宋本。

贈程校書〔一〕

客自岐陽來，吐音若鳴鳳。孤飛畏不偶，獨立誰見用。忽從披褐中，召入承明宫。聖人借顔色，言事無不通。慇懃極黎庶，感激論諸公。將相猜賈誼，圖書歸馬融。顧今久寂寞〔二〕，一歲麒麟閣。且共歌太平，勿嗟名宦薄。

〔一〕校　毛本、叢刊本作「秘」。

〔二〕今　汲本、毛本作「余」，何校作「今」。

贈張均員外

公門世業昌，才子冠裴王。出自平津邸，還爲吏部郎。神仙餘氣色，列宿動輝光〔一〕。夜直南宫静，朝趨北禁長。時人窺水鏡〔二〕，明主賜衣裳。翰苑飛鸚鵡，天池侍鳳凰。承歡儔日顧〔三〕，未一作未紀後時傷。去去圖南遠，微才幸不忘。

〔一〕動　毛本、叢刊本作「助」。

〔二〕水　叢刊本作「冰」。

〔三〕儔　按此字偏旁原爲墨丁，作「壽」字，今據汲本、毛本、叢刊本補。

追涼歷下古城西北隅此地有清泉喬木歷下舜林〔一〕

謝脁出華省，王祥貽佩刀。前賢真可慕，衰疾意空勞。貞悔不自卜，遊隨共爾曹。未能齊得喪，時復誦《離騷》。閑陰七賢出〔二〕，醉餐三士桃。蒼苔虞舜井，喬木古城壕。漁父偏初狎〔三〕，堯年不可逃。蟬鳴秋雨霽，雲白曉山高。咫尺傳雙鯉，吹噓勿一毛〔四〕。故人皆得路，誰肯念同袍。

〔一〕歷下舜林　汲本、毛本、叢刊本皆無此四字，何校補之。

〔二〕陰　汲本、毛本作「蔭」，何校作「陰」。

〔三〕初　毛本、叢刊本作「相」。

〔四〕勿　汲本、毛本作「借」，何校作「勿」。

李嶷

嶷詩鮮淨有規矩〔一〕，其《少年行》三首，詞雖不多，翩翩然佚氣在目也〔二〕。

〔一〕淨　汲本、毛本作「潔」，何校作「淨」。

〔二〕佚　汲本、毛本作「俠」，何校作「佚」。按《唐詩紀事》卷二二李嶷條引殷璠語作「俠」。

林園秋夜作

林臥避殘暑，白雲長在天。賞心既如醉〔一〕，對酒非徒然。月色偏秋露〔二〕，竹聲兼夜泉。涼風懷袖裹，玆意與誰傳。

〔一〕醉　汲本、毛本作「此」，何校作「醉」。

〔二〕偏　叢刊本作「徧」。

淮南秋夜呈同僚〔一〕

天浄河漢高，夜閑砧杵發。清秋忽如此，離恨應難歇。風亂池上螢一作萍〔二〕，露光竹間月。與君共遊處，勿作他鄉别。

〔一〕同僚　汲本、毛本作「周侶」，何校作「同僚」。

〔二〕螢　汲本、毛本、叢刊本作「萍」，無校注。

少年行三首

十八羽林郎，戎衣侍漢王。臂鷹金殿側，挾彈玉輿傍。馳道春風起，陪遊出建章。

侍獵長楊下，承恩更射飛。塵生馬影滅，箭落鴈行稀。薄霧隨天仗，聯翩入瑣圍〔一〕。

玉劍膝邊横，金杯馬上傾。朝遊茂陵道，夜宿鳳凰城。豪吏多猜忌，毋勞問姓名。

〔一〕圍　汲本、毛本、叢刊本作「闈」，何校作「圍」。

閻防

防爲人好古博雅〔一〕，其警策語多真素〔二〕。至如「荒庭何所有，老樹半空腹」，又「熊桂庭中樹，龍蒸棟裏雲」，皎然可信也。

〔一〕古　毛本、叢刊本作「名」。

〔二〕其警策語多真素　《唐詩紀事》卷二六閻防條引殷璠語，「其」下有「詩」字，則當讀爲「其詩警策，語多真素」。

晚秋石門禮拜

輕策凌絶壁，招提謁金仙。舟車無遊徑，崖嶠乃屬天。躑躅淹昊景，夷猶望新弦。石門變暝色，谷口生人煙。陽鴈叫平楚，秋景急寒川。馳暉苦代謝，浮脆暫貞堅。永欲卧丘壑，息心依梵筵。誓將歷劫願，無以物外牽〔一〕。

〔一〕物外　汲本、毛本作「外物」，何校作「物外」。

宿岸道人精舍

早歲參道風，放情已寥廓。重經因息侶〔一〕，遂果巖中諾。斂迹辭人間，杜門守寂寞。秋風翦蘭蕙，霜氣冷淙壑。山牖見然燈，竹房聞擣藥。願言捨塵事，所趣非龍蠖。

〔一〕經因息　汲本、毛本作「因息心」，何校同此本。

夕次鹿門山作

龐公嘉遁所，浪迹難追攀。浮舟暝始至，抱杖聊自閑。雙闕開鹿門，百谷集珠灣。噴薄湍上水，春容漂裹山。進原不足險〔一〕，梁壑未成艱。我行自中春，仲夏鳥綿蠻。〔二〕蕙草色已晚，客心殊未還。遠遊非避地，訪道愛童顔。安能絢機巧〔三〕，争奪錐刀間。

〔一〕進　汲本、毛本作「焦」，何校作「進」。

〔二〕按以上二句，汲本、毛本作「我行自春仲，夏鳥忽綿蠻」，何校同此宋本。

〔三〕絢　汲本、毛本作「狥」，何校作「絢」。似作「狥」是。

百丈溪新理茆茨讀書

浪迹棄人世，還山自幽獨。始傍巢由蹤，吾其獲心曲。荒庭何所有，老樹半空腹。秋蜩鳴北林，暮鳥穿我屋。棲遲樂遵渚，恬曠寡所欲。開封推盈虚〔一〕，散帙改節目〔二〕。養閑度人事，達命知止足。不學東國儒，俟時勞伐輻〔三〕。

〔一〕封　汲本、毛本、叢刊本作「卦」，何校作「封」。

〔二〕改　汲本、毛本作「攻」，何校作「改」。

〔三〕伐　叢刊本作「代」。

與永樂諸公泛黄河作

煙深載酒入，但覺暮川虚。映水見山火，鳴榔聞夜漁。愛兹山水趣，忽與人世踈。無暇燃官燭，中流有望舒。

國秀集

〔唐〕芮挺章 編

傅璇琮 校點

前記

《國秀集》三卷，芮挺章編選。芮挺章事迹不詳。傳世之《國秀集》前有序一篇，敍述編選緣起，謂：「近秘書監陳公、國子司業蘇公嘗從容謂芮侯曰：『風雅之後，數千載間，詞人才子，禮樂大壞。諷者溺於所譽，志者乖其所之。……自開元以來，維天寶三載，譴謫蕪穢，登納菁英，可被管絃者都爲一集。』芮侯即探書禹穴，求珠赤水，取太冲之清詞，無嫌近溷；得興公之佳句，寧止擲金。道苟可得，不棄於廝養；事非適理，何貴於膏粱。」此篇序言未署姓名，而稱編者爲芮侯。最早以此序屬樓穎者，爲宋人曾彦和，現存各本《國秀集》後有「元祐戊辰」龍溪曾彦和跋，云：「《國秀集》三卷，唐人詩總二百二十篇，天寶三載國子生芮挺章撰，樓穎序之。」元祐爲宋哲宗年號（一〇八六—一〇九四），可能曾彦和於北宋後期所看到的本子，其序有樓穎署名，並載芮挺章爲國子生。按《國秀集》前目録，於所選詩人姓名上各載其官職，未有官職者注明其身份，如處士、進士等。樓穎、芮挺章各冠以「進士」。據唐代科舉習稱，這是已被貢舉但尚未登第的舉子（已登進士第的稱「前進士」）。國子生即是在國子監所屬如太學、國子學、四門學等就讀以備應試的士子，因此也可稱進士。

按《國秀集》，北宋及北宋前公私書目都未著録（包括《新唐書·藝文志》、《崇文總目》）。南宋時陳振孫《直齋書録解題》始著録（《郡齋讀書志》未載），云：「《國秀集》三卷　唐國子進士芮挺章撰。集李嶠至祖詠九十人詩二百二十首。天寶三載國子進士樓穎爲之序。」則再次肯定作序者爲樓穎。

序中又説：「尚欲巡采風謡，旁求側陋，而陳公已化爲異物，堆案颯然，無與樂成，遂因絶筆。今略編次，見在者凡九十人，詩二百二十首，爲之小集，成一家之言。」此處説尚欲增廣輯集，但「陳公」已死，無人討論，只能就原所纂輯，略加編次。如能考定此秘書監陳公、國子司業蘇公，則即能大致測定此序的寫作時間。

《新唐書》卷二〇二《文藝傳》下有蘇源明傳，稱其「工文辭，有名天寶間」。曾任東平太守，後爲國子司業。「安禄山陷京師，源明以病不受僞署。肅宗復兩京，擢考功郎中、知制誥」。後以秘書少監卒。《新傳》未載蘇源明任東平太守、國子司業的年月，而這可由蘇源明本人的詩文考知。《全唐詩》卷二五五載其《小洞庭洄源亭宴四郡太守詩》，詩前自序謂「天寶十二載七月辛丑，東平太守扶風蘇源明，觴濮陽太守清河崔公季重……於洄源亭」。同卷又載其《秋夜小洞庭離宴詩》，自序有云：「源明從東平太守徵國子司業，須昌外尉袁廣載酒於洄源亭，明日遂行，及祖留宴。」由此可知蘇源明於天寶十二載（七五三）七月前在東平太守任，七月後徵調入京爲國子司業。而開元末至天寶時陳姓曾任秘書監而又著名者，據史籍所載，所可知者僅陳希烈。《舊唐書》卷九七《陳希烈傳》：「開元中，玄宗留意經義，自褚元亮、元行沖卒後，得希烈與鳳翔人馮朝隱，常於禁中講《老》、《易》。累遷至秘書少監。」天寶時與李林甫同在相位，楊國忠執政後，希烈失勢。安禄山軍攻占長安，陳又受僞職，肅宗復京城，「六等定罪，希烈當斬，肅宗以上皇素遇，賜死於家」。其時爲肅宗至德二載（七五七）十二月。據此，則樓穎此序當作於至德二載以後。又今本《國秀集》目録所載王維官職爲尚書右丞。按王維之任尚書右丞，兩《唐書》本傳未有明確記載，但大致在肅宗乾元、上元間（七五九——七六〇）。

據上所述，我們可以推定，芮挺章編《國秀集》，當在天寶三、四載，但其稿尚存於友人樓穎處，樓穎本擬續補，因循未果，約在肅宗乾元、上元間，就由樓穎爲之撰序，並編寫目録。可見《國秀集》雖着手編於《河岳英靈集》之前，但其定稿却在《河岳英靈集》之後。且終唐之世，是否流傳，也不甚清楚，《新唐書·藝文志》未曾著録，也在一定程度上説明其流傳不廣。

序中稱所收詩爲開元以來至天寶三載，但實際所收，劉希夷爲高宗武后時人，杜審言、沈佺期都卒於開元之前。卷上之董思恭亦不及開元（參《舊唐書·文苑傳》上）。而與劉、杜、沈同時者，尚有四傑及陳子昂等，却未收。取舍體例，頗不明確。開、天時詩人，如李頎、常建、孟浩然、張九齡等，所選也都非佳作。曾彦和説「挺章編選，非（殷）璠之比」，自是公平之論。

何焯於此書頗有譏議，如李嶠處批云：「李令風流婉麗之詞尚多，芮氏正復還珠買匵。」宋之問處批云：「宋詩儘有佳者，又其詩格與此集最合，不知何以翻取此數篇。」杜審言處批云：「此集序云始於開元，而延清（按即宋之問）死於先天之初，必簡（按即杜審言）死於神龍之末，皆不及明皇之代。」何氏所議不無道理，但所收八十餘人中絶大多數是進入開元之世的，可爲我們研究開、天詩壇的參考。特别是有二十五位詩人（杜儼、沈宇、黄麟、郭向、郭良、王喬、閻寬、徐九皋、李牧、楊重玄、程彌綸、屈同仙、豆盧復、荆冬倩、梁洽、鄭紹、朱斌、蘇綰、梁德裕、芮挺章、張萬頃、常非月、張良璞、孫欣、王羡門），所録之詩大多爲一、二首，除《國秀集》外即不見記載。清人編《全唐詩》，即據此録入，其小傳亦即採自《國秀集》目録。由此可見，如無《國秀集》，則以上二十五人，不獨其詩未能傳於後世，即其姓名亦將湮没無聞。《國秀集》在文獻上的價值應當得到肯定。

曾彦和於哲宗元祐年間跋此書，謂「此集《唐書·藝文志》洎本朝《崇文總目》，皆闕而不録，殆三館所無。浚儀劉景文頃歲得之鬻古書者，元祐戊辰孟秋從景文借本録之，因識於後」。是則後來傳世的《國秀集》皆出於曾彦和抄録之本，而劉景文所購之本是刻本還是抄本，已不詳。據傅增湘《藏園群書題記》卷十九，稱此書「宋時有陳解元本，世未之見，今所傳者，以嘉靖本爲最古」。按陳解元本確已不傳。上海古籍出版社印行之《唐人選唐詩》，《國秀集》乃用四部叢刊本，出版説明則謂「四部叢刊影印秀水沈氏藏明翻宋刻本」，而商務印書館之四部叢刊初編，於《國秀集》扉頁後則注謂「借江南圖書館藏明刊本景印」。於此也可見，《國秀集》今傳於世者，已無宋本。

國家圖書館善本部所藏明本有：

（一）明嘉靖三十六年周日東抄本，作一卷，實包括三卷内容。一册，八行十五字，無格。有周日東、趙輯寧、丁丙跋。《藏園群書題記》所記之嘉靖本，據傅氏云：「曾見兩本，皆無序跋，其年月不詳，然要是正、嘉間刻本也。」則與此嘉靖間抄本有異。

（二）明刻三卷本，三册，十行十八字，白口左右雙邊。未詳明何時所刻。

（三）明刻三卷本，二册，九行十五字，白口四周單邊。傅增湘謂彼藏有明刊大字本，爲九行十五字，乃萬曆以後本。此本似與傅氏所藏之本同。

（四）鄭振鐸藏並跋之《唐人選唐詩六種》本，九行十五字，白口四周雙邊。

（五）崇禎元年毛氏汲古閣刻《唐人選唐詩八種》本，有傅增湘跋並録何焯批校題識。傅氏謂何焯所校未署明爲何本，其訂正處不多，然檢所改正者，如祖詠《題蘇氏別業》，不作「薊門」；褚朝陽詩「飛閣青霞裏」，不作「青雲」；「黄河一帶長」，不作「黄雲」；徐九皋詩「金微映高闕」，不作「金徽」；沈佺期詩「披庭月露微」，不作「開窗」：皆與明本不同，而於義爲長，知其源更古於明刻。

以上五種，再加上四部叢刊影印本，則共有六種明本。此次整理，即以四部叢刊本爲底本。此本從大體而言，確有優勝處，如李嶠《餞薛大夫護邊》：「登山窺代北，屈指計遼東。」嘉靖本、汲本「代」均作「伐」，又嘉靖本、汲本、萬曆本「討」均作「計」，於義皆不可通。宋之問《同姚給事寓直省中見贈》「蘭省得人芳」，嘉靖本「省」作「清」。按「蘭省」與下句「柏臺」相對，均喻指官署，「蘭清」則不詞。其他類似者尚有，不列舉。

但其他明本亦有長於四部叢刊本者。一是補空缺。四部叢刊本有十餘處空缺，絶大部分可據他本補齊。如宋之問《同姚給事寓直省中見贈》「寓直恩□重」，萬曆本、汲本於空缺處作「光」字。盧僎《初出京邑有懷舊林》「時步蒼龍□」，萬曆本、汲本於空缺處作「硤」字。孫逖《張丞相燕公挽歌詞》

之二「傳慶□千秋」，汲本於空缺處作「百」字。又如杜審言《春日江津遊望》「□□常不讓」，嘉靖本、汲本於空缺處作「谷王」。按《老子》：「谷神不死，是謂玄牝。」又庾信《道士步虚詞》：「要妙思玄牝，虚無養谷神。」皆以谷神喻虚懷深藏之意。杜審言當亦借用其意，故下句云「深可戒中盈」。二是正誤。四部叢刊本有不少顯著誤字，可據其他明本改正。如沈佺期《三日侍宴梨園》「畫鷁中流動」，「畫」，萬曆本作「晝」。按《淮南子·本經》：「龍舟鷁首」，注：「鷁，大鳥也。畫其像著船頭，故曰鷁首。」陳張正見《泛舟横大江》詩：「波中畫鷁涌，帆上錦花飛。」據此則作「晝鷁」於義不通。又如張説《蘇許公瓌》「青松拱舊榮」。汲本「榮」作「塋」，是。盧僎《奉和李令扈從温泉宫賜遊驪山韋侍郎别業》：「多慚郎署在，輕繼國風餘。」汲本「輕」作「輒」，是。崔顥《贈輕車》：「烽火從北來，邊域閑當早。」此處「閑」字顯誤，汲本「閑」作「閉」。又卷中「河陰令康定之」，汲本「定之」作「庭芝」。按《唐郎官石柱題名考》卷二三及《全唐詩》卷一一三即作「庭芝」。又《唐摭言》卷一《鄉貢》條：「光宅元年閏七月二十四日，劉廷奇重試下十六人，内康庭芝一人。」則作「庭芝」爲是。但也有各本皆誤的，如各本目録卷下於「進士萬楚二首」下爲「侍御史于季子一首，校書郎吕令問一首，校書郎敬括一首，監察御史韋承慶一首，進士祖詠二首」。正文中則吕令問、敬括、韋承慶詩皆缺，于季子詩一首《南行别弟》後即接祖詠詩。實則于季子之《南行别弟》爲韋承慶詩，此當是在早期流傳過程中，于季子姓名後即缺一頁，此缺頁中當有于季子詩一首，吕令問一首，敬括二首，及韋承慶之姓名，接下之頁第一行當即爲韋承慶詩，而因載韋承慶姓名之頁已佚，後人不察，即將此詩屬于季子。此頁之殘當在明前，故各本皆誤。爲存版本流傳原貌，今仍將此詩屬于季子名下，而於校記中加以辨析。

序云「見在者凡九十人，詩二百二十首」，曾彦和跋所載詩人、詩篇數亦同，但又説「賀方回傳於曾氏，名欠一士，而詩增一篇」，可見宋時已有增損。四部叢刊目録所載詩篇數也有與他本不同者，如卷上張鼎二首，汲本校云「今缺一首」。按正文所録各本確僅爲一首。又如同卷趙良器二首，汲本「二」作「一」，並校云「今多一首」，正文各本皆爲二首。今按四部叢刊目録所載，三卷共八十八人，亦未足九十之數，再缺吕令問、敬括、韋承慶（實應缺于季子）三人，則今存《國秀集》所載詩人爲八十五人，詩爲二一八首。

國秀集序

昔陸平原之論文，曰「詩緣情而綺靡」。是彩色相宜，烟霞交映，風流婉麗之謂也。仲尼定禮樂，正雅頌，采古詩三千餘什，得三百五篇，皆舞而蹈之，弦而歌之，亦取其順澤者也。近秘書監陳公，國子司業蘇公，嘗從容謂芮侯曰：「風雅之後，數千載間，詩人才子，禮樂大壞。諷者溺於所譽，志者乖其所之，務以聲折爲宏壯，勢奔爲清逸。此蒿視者之目，聒聽者之耳，可爲長太息也。運屬皇家，否終復泰。優游闕里，唯聞子夏之言；惆悵河梁，獨見少卿之作。及源流浸廣，風雲極致，雖發詞遣句，未協風騷，而披林擷秀，揭厲良多。自開元以來，維天寶三載，譴謫蕪穢，登納菁英，可被管絃者都爲一集。」芮侯即探書禹穴，求珠赤水，取太沖之清詞，無嫌近溷；得興公之佳句，寧止擲金。道苟可得，不棄於廝養；事非適理，何貴於膏粱。其有巖壑孤貞，市朝大隱，神珠匿耀，剖巨蚌而寧周，寶劍韜精，望斗牛而未獲，目之綠素，有愧遺才。尚欲巡采風謠，旁求側陋，而陳公已化爲異物，堆案颯然，無與樂成，遂因絶筆。今略編次，見在者凡九十人，詩二百二十首，爲之小集，成一家之言。

國秀集目録

卷上

凡二十四人詩七十五首（三）

卷中

凡二十四人詩七十三首

卷下

凡四十人詩七十二首〔一二〕

〔一〕張鼎二首　汲古閣刻本《唐人選唐詩》（以下簡稱汲本）校云「今缺一首」。按今存各本確僅《江南遇雨》一首。

〔二〕趙良器二首　汲本「二」作「一」，並校云「今多一首」。按今存各本所載，爲《三月三日曲江錫宴》、《鄭國夫人挽歌詞》二詩。

〔三〕詩七十五首　嘉靖本、汲本作「詩七十四首」。按嘉、汲本當據實際所收詩統計，即張鼎詩以一首計算。

〔四〕劉庭琦二首　汲本「二」作「三」，並校云「今缺一首」。按今存各本所載劉詩，爲《從軍》、《詠木槿樹題武進文明府廳》二詩。又岑仲勉《讀全唐詩札記》據《元和姓纂》，謂劉爲汾州長史。

〔五〕大理司直薛奇章　汲本「章」作「童」。按《文苑英華》卷一九七於樂府《塞上曲》下有薛奇童所作一首，又卷二一一《雲中行》，署「薛童」。《唐詩紀事》未載。清《全唐詩》卷二〇樂府相和歌辭載《怨詩二首》（即「日晚梧桐落」、「禁苑春風起」），題下注「薛奇童」。又《全唐詩》卷二〇二載薛奇童，於「童」下校云「一作章」。收詩七首，其《擬古》、《和李起居秋夜之作》、《吴聲子夜歌》當即本《國秀集》；又《吴聲子夜歌》題下，《全唐詩》校云「一作崔國輔詩，題云《古意》」。此卷亦載《怨詩二首》，惟題作《楚宫詞》。《全唐詩》小傳僅云「大理司直」，即當本《國秀集》目録。

〔六〕賀朝三首　汲本「三」作「二」，並校云「今多二首」。按今存各本即收賀詩《宿香山閣》、《贈酒店胡妃》、《孤興》三詩。

〔七〕孟浩然七首　汲本校云「内混丁仙芝一首」。待考。

〔八〕嚴維一首　汲本校云「今多二首」。按今存各本所收嚴詩，確爲三首。

〔九〕常非月一首　汲本「一」作「二」，並校云「今缺一首」。按今存各本所載常詩，僅《詠談容娘》一詩。

〔一〇〕萬楚二首　汲本校云「今多一首」。按今存各本所收萬詩，爲《題江潮莊壁》、《茱萸女》、《詠簾》三詩。

〔一一〕按此下吕令問一首、敬括二首、韋承慶一首，今存各本皆不載，汲本亦注「今缺」。按吕令問，《全唐詩》亦未載，其詩當已失傳。敬括，《全唐詩》卷二一五載《省試七月流火》一首，亦未知是否即爲《國秀集》所載。韋承慶，則《全唐詩》卷四六載詩七首，其中《南中詠雁詩》即《國秀集》之于季子《南行别弟》。按韋承慶，兩《唐書》有傳（舊八八，新一一六），皆言受詔撰《武后紀聖文》，中宗稱善，遷黄門侍郎，未拜而卒，中宗悼之，「召其弟相州刺史嗣立會葬」。據此則韋承慶開元前已卒，與序中稱所收詩起於開元者不合。

〔一二〕詩七十二首　萬曆本、汲本作「詩七十三首」。按文中所載實際詩篇，即嚴維三首，萬楚三首，吕令問、敬括、韋承慶無詩，合計應爲七十一首。

國秀集卷上

李嶠

侍宴甘泉殿

月宇臨丹地，雲窗網碧紗。御筵陳桂醑，天酒酌榴花。水向浮橋直，城連禁苑斜。承恩恣歡賞，歸路滿烟霞。

餞薛大夫護邊

荒隅時未通，副相下臨戎。授律星芒動，分兵月暈空。犀皮擁青橐，象齒飭彤弓。決勝三河勇，長驅六郡雄。登山窺代北，屈指討遼東。佇見燕然上，抽毫頌武功。

送崔主簿赴滄州

紫陌追隨日，青門相見時。宦遊從此去，離別幾年期。芳桂中罇酒，幽蘭下調悲。他鄉有明月，千里照相思。

送司馬先生

蓬閣桃源兩處分，人間海上不相聞。一朝琴裏悲黄鶴，何日山頭望白雲。

宋之問

同姚給事寓直省中見贈

清論滿朝陽，高才拜夕郎。還從避馬路，來接珥貂行。寵就黄扉日，威回白簡霜。柏臺遷烏茂，蘭省得人芳。禁静鐘初徹，更疎漏漸長。曉河低武庫，流火度文昌。寓直恩光重〔一〕，乘秋藻翰揚。暗投空欲報，調下不成章。

〔一〕寓直恩光重 「光」字原缺，據萬曆本、汲本補。按《文苑英華》卷一九一此句作「寓直光輝重」。《全唐詩》卷五三「光」作「徽」，並校云「恩徽」一作「光輝」。

九日登慈恩寺浮圖應制

鳳刹尋雲半，虹旌倚日邊。散花多寶塔，張樂布金田。時菊芳仙醖〔一〕，秋蘭動睿篇〔二〕。香街稍欲晚，清蹕扈歸天。

〔一〕醖 原作「醒」，據汲本改。《文苑英華》卷一七八、《全唐詩》卷五二均作「醖」。

〔二〕睿　原作「春」，據嘉靖本、萬曆本、汲本改。《文苑英華》、《全唐詩》亦均作「睿」。

題大庾嶺一首

陽月南飛雁，傳聞到此回。我行殊未已，何日復歸來。江靜潮初落，林昏瘴不開。明朝望鄉處，應見嶺頭梅。

登揔持寺閣一首

梵宇出三天，登兹望八川。開襟俯城闕，揮手拂雲煙。函谷青山外，昆池落日邊。東京楊柳陌，少別已經年。

端州驛見杜審言王無競沈佺期閻朝隱壁有題慨然成詠

逐臣北地承嚴譴，謂到南中每相見。豈意南中歧路多，千里萬里分鄉縣〔一〕。雲摇雨散各分飛，海闊江長音信稀。處處山川同瘴癘，自憐能得幾人歸。

〔一〕千里萬里　汲本作「千山萬水」。

登逍遥樓一首

逍遥樓上望鄉關，渌水泓澄雲霧間。北去衡陽二千里，無因雁足繫書還。

杜審言

春日江津遊望

旅客摇邊思，春江弄晚晴。烟消垂柳弱，霧卷落花輕。飛棹乘空下，回流向日平。鳥啼移幾處，蝶舞亂相迎。忽歎人皆濁，隄防水至清。谷王常不讓〔一〕，深可戒中盈。

〔一〕谷王　二字原缺，據嘉靖本、汲本補。按《老子》：「谷神不死，是謂玄牝。」又庾信《道士步虚詞》：「要妙思玄牝，虚無養谷神。」皆以谷神喻虚懷深藏之意。杜詩當亦借用其意，故下句云「深可戒中盈」。

秋夜宴臨津鄭明府宅

行止皆無地，招尋獨有君。酒中堪累月，身外即浮雲。露白宵鐘徹，風清曉漏聞。坐攜餘興往，還似未離群。

夏日過鄭七山齋

共有樽中好，言尋谷口來。薜蘿山徑入，荷芰水亭開。日氣含殘雨，雲陰送晚雷。洛陽鐘鼓至，車馬繫遲回。

九日宴江陰

蟋蟀期歸晚，茱萸節候新。降霜青女月，送酒白衣人。高興要長壽，卑棲隔近臣。新沙即此地，舊俗坐爲鄰。

贈蘇綰書記

知君書記本翩翩，爲許從戎赴朔邊。紅粉樓中應計日，燕支山下莫經年。

沈佺期

三日侍宴梨園

九門馳道出，三巳禊堂開。畫鷁中流動〔一〕，青龍上苑來。野花飄御席，河柳拂天杯。日晚迎祥處，笙鏞下帝臺。

〔一〕畫鷁　「畫」原作「晝」，據萬曆本改。按《淮南子·本經》：「龍舟鷁首。」注：「鷁，大鳥也。畫其像著船頭，故曰鷁首。」陳張正見《泛舟横大江》：「波中畫鷁涌，帆上錦花飛。」（《樂府詩集》卷三八）「畫鷁」不辭。

酬蘇員外夏晚寓直省中見贈

並命登仙閣，分宵直禮闈。太官供宿膳，侍史護朝衣。卷幔天河入，開牕月露微。小池殘暑退，高樹早涼歸。冠劍無時釋，軒車待漏飛。明朝題漢柱，三署有光輝。

壽陽王花燭

仙媛乘龍夕，天孫捧雁來。可憐桃李樹，更遶鳳凰臺。燭送香車入，花臨寶扇開。莫令銀漏曉，爲盡合歡杯。

宿七盤嶺

獨遊千里外，高卧七盤西。曉月臨床近，天河入户低。芳春平仲緑，清夜子規啼。浮客空留聽，褒城聞曙雞。

遥同杜五過庾嶺

天長地闊嶺頭分，去國憂家見白雲。洛浦肝腸無用説，崇山瘴疫不堪聞。南浮漲海鳶何處，北望衡陽雁幾群。兩地春風萬餘里，何時重謁聖明君。

張説

魏齊王元忠

齊公生人表，迥天聞鶴唳。清論早揣摩，玄心晚超詣。入相廊廟静，出軍沙漠霽。見深吕禄憂，舉後陳平計。甘心除君惡，足以報先帝。

蘇許公瓌

許公信國禎，克美具瞻情。百事資朝問，三章廣世程。處高心不有，臨節自爲名。朱户傳新戟，青松拱舊塋[一]。淒涼丞相府，餘慶在玄成。

〔一〕舊塋 「塋」原作「榮」，據汲本改。《文苑英華》卷三〇一、《全唐詩》卷八六亦均作「塋」。

李趙公嶠

李公實神敏，才華乃天授。睦親何用心，處貴不忘舊。故事遵臺閣，新詩冠宇宙。在人忠所奉，惡我誠將宥。南浦去無歸，嗟嗟蔑孫秀。

郭代公元振

代公舉鵬翼，懸飛磨海霧。志康天地屯，適與雲雷遇。興亡一言決，安危萬心注。大勳書王府，窂命淪江路。勢傾北夏門，哀靡東平樹。

趙耿公彦昭

耿公山嶽靈，才傑心亦妙。鷙鳥峻標立，哀玉扣清調。叶贊休明啓，恩華日月照。何意瑶臺雲，風吹落江徼。相流下潯陽，灑淚一投弔。

徐安貞

奉和聖制答二相出雀鼠谷

兩臣初入夢，二月扈巡邊。澗北寒猶在，山南春半傳。頌聲先奉御，辰象復回天。雲日明千里，旌旗照一川。柳陰低輦路，草色變新田。還望汾陽近，宸遊自窅然。

從駕温泉宫

神女調温液，年年待聖人。試開臨水殿，來洗屬車塵。暖氣隨明主，恩波浹近臣。靈威自無極，從此獻千春。

晝殿侍宴

校文常近日，賜宴忽昇天。酒正傳杯至，饔人捧案前。玉階鳴溜水，清閣引歸烟。共惜芸香暮，春風度幾年。

送王判官

明月開三硤，花源出五溪。城池青壁裏，烟火緑林西。不畏王程促，唯愁仙路迷。巴東下歸棹，莫待夜猿啼。

送吕向補闕西岳勒碑

聖作西山頌，君其出使年。勒碑懸日月，驅傳接雲烟。寒盡函關路，春歸洛水邊。别離能幾許，朝暮玉墀前。

送丹陽採訪

郡縣分南國，皇華出聖朝。爲憐鄉棹近，不道使車遥。舊俗吴三讓，遺風漢六條。願言除疾苦，天子聽謳謡。

張敬忠

邊詞

五原春色舊來遲，二月垂楊未掛絲。即今河畔冰開日，正是長安花落時。

賀知章

送人之軍中

常經絶脈塞，復見斷腸流。送子成今别，令人起昔愁。隴雲晴半雨，邊草夏先秋。萬里長城寄，無貽漢國憂。

偶遊主人園

主人不相識，偶坐爲林泉。莫謾愁酤酒，囊中自有錢。

徐彦伯

孤燭嘆

切切夜閨冷，微微孤燭然。玉盤紅淚滴，金燼彩光圓〔一〕。暖手縫輕素，嚬蛾續斷絃。相思咽不語，回向錦屏眠。

〔一〕金燼　「燼」，汲本作「井」，何校仍作「燼」。按《全唐詩》卷七六亦作「燼」。

王翰

涼州詞二首

葡萄美酒夜光杯，欲飲琵琶馬上催。醉卧沙場君莫笑，古來征戰幾人回。

秦中花鳥已應闌，塞外風沙猶自寒。夜聽胡笳折楊柳，教人氣盡憶長安。

董思恭

奉試昭君

琵琶馬上彈，行路曲中難。漢月正南遠，燕山極北寒。髻鬟風拂亂，眉黛雪霑殘。斟酌紅顏趣，何勞握鏡看。

杜儼

客中作一首

書劍催人不暫閑，洛陽羈旅復秦關。容顏歲歲愁邊改，鄉國時時夢裏還。

崔滌

望韓公堆一首

韓公堆上望秦川，渺渺關山西接連。孤宦一身千里外，未知歸日是何年。

沈宇

武陽送別

菊黄蘆白雁初飛，羌笛胡琴淚滿衣。送君腸斷秋江水，一去東流何日歸。

劉希夷

覽鏡

青樓掛明鏡，臨照不勝悲。白髮今如此，人生能幾時。秋風下山路，明月上春期。歎息君恩盡，容顔不可思。

晚春

佳人眠洞房，回首見垂楊。寒盡鴛鴦被，春生玳瑁床。庭陰幕青靄，簾影散紅芳。寄語同心伴，迎春且薄粧。

歸山

歸去嵩山道，煙花覆青草。草緑山無塵，山青楊柳春。日暮松聲合，空歌思殺人。

張九齡

奉酬宋大使鼎一首

時來不自意〔一〕，宿昔繆鈞衡。翊聖負明主〔二〕，妨賢愧友生。罷歸猶右職〔三〕，待罪尚南荆。政是留棠舊，風因繫組清。軒車問疾苦，黎庶荷仁明。衰廢時將薄，祇應僚舊情。

〔一〕自意　「自」原作「息」，據何校改。「息意」不可通。《文苑英華》卷二四一、《全唐詩》卷四九亦作「自」。

〔二〕負　原作「輔」，據汲本改。下句云「妨賢愧友生」，則此處作「負」是。《文苑英華》、《全唐詩》亦作「負」。

〔三〕右職　原作「未識」，據汲本改。按下句云「南荆」，則作「右職」是。《文苑英華》、《全唐詩》亦作「右職」。

奉和五司馬折梅寄京中兄弟

離別念同嬉，芬榮欲共持。獨攀南國樹，遥寄北風時。林惜迎春早，花愁去日遲。仍聞折梅處，更有棣華詩。

春燕寄懷一首

海燕何微眇，乘春亦蹔來。不知泥滓賤，祇見玉堂開。繡户時雙入，雕梁日幾回。無心與物競，鷹隼莫相猜。

席豫

蒲津迎駕

回鑾下蒲坂，飛旆指秦京。雕上黄雲送，關中紫氣迎。霞朝看馬色，月曉聽雞鳴。防拒連山險，長橋壓水平。省方知化洽，察俗覺時清。天下長無事，空餘襟帶名。

奉和勑賜公主鏡

令節頒龍鏡，仙輝下鳳臺。含靈萬象入，寫照百花開。色與皇明散，光隨聖澤來。妍蚩冰鑑裏，從此媿非才。

李邕

詠雲

綵雲驚歲晚，繚繞孤山頭。散作五般色，凝爲一段愁。影雖沉澗底，形在天際遊。風動必飛去，不應長此留。

盧僎

十月梅花書贈

君不見巴鄉冬候與華别，年年十月梅花發。上苑今應雪作花，寧知此地花爲雪。自從遷播落黔巴，三見江上舞新花。故園風光靈洛汭，窮峽凝雲度歲華。花情縱似河陽好，客心倍傷邊候早。春候颯驚樓上梅，霜威未落江潭草。江水尋天去不還，樓花覆簾空坐攀。一向花前看白髮，幾回夢裏憶紅顔。紅顔白髮雲泥改，何異桑田移碧海。却想華年故園時，唯有一片空心在。空心弔影向誰陳，雲臺仙閣舊遊人。儻知巴樹連冬發，應憐南國氣長春。

稍秋曉坐閣遇舟東下揚州即事寄上族父江陽令

虎嘯山城晚，猿鳴江樹秋。紅林架落照，青峽送歸流。歸流赴淮海，征帆下揚州。族父江陽令，盛業繼前修。文掩崔亭伯，德齊陳太丘。時哉惜未與，千載且爲儔。憶昔山陽會，長懷東上遊。稱觴阮林下，賦雪謝庭幽〔一〕。道濃禮自略，氣舒文轉遒。高情薄雲漢，酣態坐芳洲。接席復連軫，出入陪華輈。獨善與兼濟，語默奉良籌。歲月歡無已，風雨暗颼颼。掌憲時持節，爲邦邈海頭。子人惠雖樹，蒼生望且留。微躬趍直道，神甸忝清猷。仙臺適西步，鑾徼忽南浮。宇内皆安樂，天涯獨遠投。忠信徒堅仗，神明豈默酬〔二〕。覩生海漫漫，稽命天悠悠。雲昏巴子峽，月遠吴王樓。懷昔明不寐，悲今歲屬周。喟無排雲翮，暫得抒離憂。空灑霑江淚，萬里逐行舟。

〔一〕賦雪　原作「雪賦」，據汲本改。按上句云「稱觴」，以對仗論，當作「賦雪」是。《全唐詩》卷九九與汲本同。

〔二〕默酬　「默」原作「黜」，「黜酬」不辭，今據汲本改。《全唐詩》卷九九與汲本同。

初出京邑有懷舊林

賦生期獨得，素業守微班。外忝文學知，鴻漸鴛鴦間〔一〕。内傾水木趣，築室依近山。晨趍天日宴，夕卧江海閑。松風生坐隅，仙禽舞亭灣。曙雲林下客，霽月池上顔。雖曰坐郊園，静默非人寰。時步蒼龍硤〔二〕，寧異白雲關。語濟豈時顧，默善忘世攀。世網余何觸，天涯謫南蠻。回首思洛陽，喟然悲貞艱。舊林日夜遠，孤雲何時還。

〔一〕鴛鴦　汲本作「鵷鷺」，《全唐詩》卷九九同。

〔二〕蒼龍硤　「硤」字原空缺，據萬曆本、汲本補。按《全唐詩》卷九九作「闕」。

上幸皇太子新院應制

佳氣曉葱葱，乾行入震宫。前星迎北極，少海被南風。視膳銅樓下，吹笙玉座中。訓深家以正，義舉俗爲公。父子成釗合，君臣禹啓同。仰天歌聖道，猶愧乏雕蟲。

奉和李令扈從温泉宫賜遊驪山韋侍郎别業

風后軒皇佐，雲峰謝客居。承恩來翠嶺，締賞出丹除。飛蓋松溪寂，清笳玉洞虚。窺巖詳霧豹，過水略泉魚。鄉人無何有，時還上古初。伊臯羞過狹，魏邴服羸疎。白雪緣情降，青霞落卷舒。多慙郎署在，輒繼國風餘〔一〕。

〔一〕輒　原作「輕」，據汲本改。《全唐詩》卷九九亦作「輒」。

送蘇八給事出牧徐州相國請出用芳韻〔一〕

金鼎屬元方，瓚闈連季常。畏盈聊出守，分命乃維良。曉騎辭朝遠，春帆向楚長。賢哉謙自牧，天下詠餘芳。

〔一〕用　原作「同」，據汲本改。《全唐詩》卷九九亦作「用」。

季冬送户部郎中使黔府選補

握鏡均荒服，分衡得大同。徵賢一臺上，補吏五溪中。雨露將天澤，文章播國風。漢庭晙直諒，楚峽望清通。馬逐霜鴻漸，帆沿曉月空。還期鳳池拜，照耀列星宫。

讓帝挽歌詞

泰伯玄風遠，延州德讓行。闔棺追大節，樹羽册鴻名。地户迎天仗，皇階失帝兄。還聞漢明主，遺劍泣東平〔一〕。

朝天馳馬絶，册帝□宫祖。恍惚陵廟新，蕭條池館古。萬化一朝空，哀樂此路同。西園有明月，修竹韻悲風。

〔一〕東平　「東」原作「陳」，據汲本改。《全唐詩》卷九九亦作「東」。

題殿前桂葉

桂樹生南海，芳香隔楚山。今朝天上見，疑是月中攀。

歲晚還京臺望城闕成口號先贈交親

紫陌開行樹，朱城出晚霞。猶憐慣去國，疑是夢還家。風弱知催柳，林青覺待花。交親望歸騎，幾處擁年華。

南樓望

去國三巴遠，登樓萬里春。傷心江上客，不是故鄉人。

臨川送別

秋郊日半隱，野樹煙初映。風水正蕭條，那堪動離詠。

張鼎

江南遇雨一首

江天寒意少，冬半雨仍飛。出户愁爲聽，從風灑客衣。旅魂驚處斷，鄉信意中微。幾日應晴去，孤舟且欲歸。

孫逖

送趙大夫護邊〔一〕

外域分都護，中臺命職方。欲傳清廟略，先取劇曹郎。已佩登臺印，猶懷伏奏香。百壺開詔餞，四牡誡戎裝。青海連西掖，黄河帶北涼。關山瞻漢月，戈劍宿胡霜。體國才先著，論兵策復長。果持文武術，還繼杜當陽。

〔一〕趙大夫　「大夫」二字原空缺，據汲本補。《全唐詩》卷一一八亦作「大夫」，詩題下校云：「一作送趙都護赴安西」。按《文苑英華》卷三〇〇即題爲《送趙都護赴安西》。

張丞相燕公挽歌詞二首

海内文章伯，朝端禮樂英。一言興寶運，三入濟群生。命與才相偶，年將位不并。台星忽已坼，流慟軫皇情。

甲第三重戟，高門四列侯。已成冠蓋里，更有鳳凰樓。人世方爲樂，生涯遽若休。空餘掌綸地，傳慶百千秋〔一〕。

〔一〕百千秋　「百」字原空缺，據汲本補。《全唐詩》卷一一八同。萬曆本作「一」。《文苑英華》卷三一〇作「與」。

送張環攝御史監南選

漢使得張綱，威名攝遠方。恩霑柱下史，榮比選曹郎。江帶黔中闊，山連峽水長。莫愁炎暑地，秋至有嚴霜。

春日留別

春路逶迤花柳前，孤舟晚泊就人烟。東山白雲不可見，西陵江月夜涓涓〔一〕。春江夜盡潮聲度，征帆遥從此中去。越國山川看漸無，可憐愁思江南樹。

〔一〕涓涓　汲本作「娟娟」，《全唐詩》卷一一八亦作「娟娟」。

途中口號

鄴城東北望陵臺，珠翠繁華去不回。無復新粧艷紅粉，空餘故壟滿青苔。

趙良器

三月三日曲江錫宴

聖祖發神謀，靈符叶帝求。一人光錫命，萬國荷時休。雷解圜丘畢，雲需曲水遊。岸花迎步輦，仙仗擁行舟。睿藻天中降，恩波海外流。小臣同品物，陪此樂皇猷。

鄭國夫人挽歌詞

淑德延公胄，宜家接帝姻。桂宫男掌僕，蘭殿女昇嬪。恩澤昭前命，盈虚變此辰。百年今已矣，彤管列何人。

黄麟

郡中客舍

蟲響亂啾啾，更人正數籌。魂歸洞庭夜，霜卧洛陽秋。微月有時隱，長河到曉流。起來還囑雁，鄉信在吴洲。

郭向

途中口號

抱玉三朝楚，懷書十上秦。年年洛陽陌，花鳥弄歸人。

國秀集卷中

郭良

題李將軍山亭

鳳轄將軍位，龍門司隸家。衣冠爲隱逸，山水作繁華。徑出重林草，池摇兩岸花。誰知貴公第，亭院有烟霞。

早行

早行星尚在，數里未天明。不辨雲林色，空聞風水聲。月從山上落，河入斗間横。漸至重門外，依稀見洛城。

蔣洌

南溪别業

結宇依青嶂，開軒對緑疇。樹交花兩色，溪合水同流。竹徑春來掃，蘭樽夜不收。逍遥自得意，鼓腹醉中遊。

古意

冉冉紅羅帳，開君玉樓上。畫作同心鳥，銜花兩心向。春風正可憐，吹映緑窗前。妾意空相感，君心何處邊。

劉庭琦

從軍

朔風吹寒塞，胡沙千萬里。陣雲出岱山〔一〕，孤月生海水。次勝方求敵，銜恩本輕死。蕭蕭牧馬鳴，中夜拔劍起。

〔一〕陣雲出岱山　何校：「岱當作代，非用泰山之雲也。」按《全唐詩》卷一一〇作「岱」。

詠木槿樹題武進文明府廳

物情良可見，人事不勝悲。莫恃朝榮好，君看暮落時。

王喬

過故人舊宅

故人軒騎罷歸來，舊宅園林閑不開。唯餘挾瑟婦〔一〕，哭向平生歌舞臺。

〔一〕唯餘挾瑟婦　萬曆本「唯」下有兩字空缺，汲本作「唯餘挾瑟樓中婦」。《全唐詩》卷二〇三同汲本。

張諤

東封山下宴群臣

萬里巵封巒，群公遇此歡。幔城連夜静〔一〕，霜仗滿空寒。輦路宵煙合，旌門曉月殘。明朝陪聖主，山下禮圓壇。

〔一〕幔　原作「慢」，據汲本改。「慢城」不辭。《全唐詩》卷一〇九亦作「幔」。

岐王美人

半額畫雙蛾，盈盈燭下歌。玉杯寒意少，金屋夜情多。香豔王分帖，裙嬌敕賜羅。平陽莫漫妬，喚出不如他。

贈吏部孫員外濟一首

天子愛賢才，星郎入拜來。明光朝半下，建禮直初回。名帶含香發，文隨綺幕開。披雲自有鏡，從此照仙臺。

岐王山亭

王家傍緑池，春色正相宜。豈有樓臺好，兼看草樹奇。石榴天上葉，椰子日南枝。出入千門裏，年年樂未移。

九日宴一首

秋葉風吹黄颯颯，晴雲日照白鱗鱗。歸來得問茱萸女，今日登高醉幾人。

鄭審

酒席賦得匏瓢

華閣與賢開，仙瓢自遠來。幽林常伴許，陋巷亦隨回。掛影憐紅壁，傾心向緑杯。何曾斟酌處，不使玉山頹。

薛奇章

擬古

沙塵朝蔽日，失道還相遇。寒影波上雲，秋聲月前樹。川氣生曉夕，野陰乍烟霧。沉沉滮池水，人馬不敢度。吮癰世所薄，挾纊恩難顧。不見古時人，中宵淚横注。

和李起居秋夜之作

過庭聞禮日，趨侍記言回。獨卧玉窗前，卷簾殘雨來。高秋南斗轉，涼夜北堂開。水影入朱户，螢光生緑苔。簡成良史筆，年是洛陽才。莫重白雲意，時人許上臺。

吴聲子夜歌

浄掃黄金堦，飛霜皓如雪。下簾彈箜篌，不忍見秋月。

崔顥

古遊俠

少壯有膽氣，好勇復知機。仗劍出門去，孤城逢合圍。殺人遼水上，走馬漁陽歸。錯落金瑣甲，蒙茸貂鼠衣。還家行且獵，弓矢速如飛。地迥鷹犬疾，草深狐兔肥。腰間帶兩綬，轉盼生光輝。顧謂今日戰，何如隨建威。

結定襄獄効陶體

我在河東時，使至定襄里。定襄黠小兒，爭訟紛城市。長老莫敢言，太守不能理。謗書盈几案，文墨相填委。牽引市井翁，追呼田家子。我來折此獄，五聽辨疑似。小大必以情，未嘗施鞭捶。是時三月暮，遍野農耕起。里巷鳴春鳩，田園引流水。此鄉多雜俗，戎夏殊音旨。顧問邊塞人，勞情曷云已。

贈輕車

悠悠遠行歸，經春涉長道。幽冀桑始青，洛陽蠶已老。憶昨戎馬地，別時心草草。烽火從北來，邊城閉當早[一]。平生少相遇，未得展懷抱。今日杯酒中，見君交情好。

[一] 閉　原作「閑」，據汲本改。《全唐詩》卷一三〇亦作「閉」。

岐王席觀妓

二月春來半，王家日漸長。柳垂金屋暖，花覆玉樓香。拂匣先臨鏡，調笙更炙簧。長將歌舞態，只擬奉君王。

題沈隱侯八詠樓

梁日東陽守，爲樓望越中。緑窗明月在，青史古人空。江静聞山狖，川長數塞鴻。登臨白雲晚，留恨此遺風。

贈梁州張都督

聞君爲漢將，虜騎不南侵。出塞清沙漠，還家拜羽林。風霜臣節苦，歲月主恩深。爲語西河使，知余報國心。

題黄鶴樓

昔人已乘白雲去，兹地空餘黄鶴樓。黄鶴一去不復返，白雲千里空悠悠〔一〕。晴川歷歷漢陽樹，春草青青鸚鵡洲。日暮鄉關何處是，煙波江上使人愁。

〔一〕千里　何校云：「里字比載字優。」按各本均作「千里」，《文苑英華》卷三一二、《唐詩紀事》卷二一、《全唐詩》卷一三〇作「千載」。

徐九皋

關山月

玉塞抵長城，金徽映高闕。遥心萬餘里，直望三邊月。霜静影逾懸，露稀光漸没。思君不可見，空歎將焉歇。

戰城南

塞北狂胡旅，城南敵漢圍。巉巖一鼓氣，拔利五兵威。虜騎瞻山哭，王師拓地飛。不應須寵戰，當遂勒金徽。

詠史

亡國秦韓代，榮身劉項年。金槌擊政後，玉斗碎增前。聖主稱三傑，明離保四賢。已申黄石祭，方慕赤松仙。

途中覽鏡

四海遊長倦，百年愁半侵。賴窺明鏡裏，時見丈夫心。

送部四鎮人往單于别知故

天下今無事，雲中獨未寧。忝驅更戍卒，方遠送邊庭。馬飲長城水，軍占太白星。國恩行可報，何必守經營。

閻寬

松滋江北阻風

江風久未歇，山雨復相仍。巨浪天涯起，餘寒川上凝。憂人勞夕惕，鄉事備晨興。遠聽知音駭，誠哉不可陵。

曉入宜都渚

問俗周楚甸，川行眇江潯。興隨曉光發，道會春言深。回眺佳氣象，遠懷得山林。佇應舟楫用，曷務歸閑心。

古意

庭樹發華滋，瑶草復葳蕤。好鳥飛相從，愁人深此時。天中有靈匹，日夕嚬蛾眉。願逐飄風花，千里入遥帷。心逝愛不見，空歌悲莫悲。

春宵覽月

月生東荒外，天雲收夕陰。愛見澄清景，象吾虚白心。耳目静無譁，神超道性深〔一〕。乘興得至樂，寓言因永吟。

〔一〕神超　「超」原作「迢」，據汲本改。《全唐詩》卷三〇三亦作「超」。

秋懷

下帷長日盡，虚館早涼生。芳草猶未薦，如何蜻蛚鳴。秋風已振衣，客土何時歸。爲問當途者，寧知心有違。

康定之〔一〕

詠月〔二〕

天使下西樓，光含萬里愁〔三〕。臺前疑掛鏡，簾外似懸鈎。張尹將眉學，班姬取扇儔。佳期應借問，爲報在刀頭。

〔一〕定之　汲本作「庭芝」。按《唐郎官石柱題名考》卷二二、《全唐詩》卷一一三亦均作「庭芝」。《文苑英華》載康廷之賦數篇。又《唐摭言》卷一《鄉貢》條云：「光宅元年閏七月二十四日，劉廷奇重試下十六人，内康庭芝一人。」似作「庭芝」是。

〔二〕按汲本此詩題下校云：「一刻沈佺期，一刻宋之問。」查《唐詩紀事》沈佺期、宋之問條未載此詩。《全唐詩》卷五二宋之問名下載作《望月有懷》，題下校云「一作康庭芝詩，一作沈佺期詩」。又卷九六沈佺期名下載作《和洛州康士曹庭芝望月有懷》，題下校云「一作康庭芝詩，一作宋之問詩」。

〔三〕愁　汲本作「秋」。《全唐詩》卷五二、九六亦均作「秋」。

王維

河上送趙仙舟〔一〕

相逢方一笑，相送還成泣。祖席已傷離，荒城復愁入。天寒遠山静，日暮長河急。解纜君已遥，望君空佇立。

〔一〕按汲本於題下校云：「集作《齊州送祖三》。」《文苑英華》卷二六八題作《淇上送趙仙舟濟州》。

初至山中〔一〕

中歲頗好道，晚家南山陲〔二〕。興來每獨往，勝事祇自知〔三〕。行到水窮處，坐看雲起時。偶然見林叟，談笑滯還期。

〔一〕按汲本題下校云：「集作《終南別業》。」《文苑英華》卷二五〇題作《入山寄城中故人》。

〔二〕倕　汲本作「垂」。《文苑英華》、《全唐詩》卷一二六亦作「倕」。

〔三〕祇　汲本作「空」。《文苑英華》亦作「空」。

途中口號

廣武城邊逢暮春，汶陽歸客淚霑巾。落花寂寂啼山鳥，楊柳青青渡水人。

成文學

寶劍千金裝，登君白玉堂。身爲平原客，家有邯鄲娼。使氣公卿坐，論心遊俠場。中年不得意，謝病客遊梁。

扶南曲〔一〕

怪來粧閣閉〔二〕，朝下不相迎。總在春園裏，花間語笑聲。

〔一〕按汲本題下校云：「集作《班婕妤》。」

〔二〕閉　原爲空格，據萬曆本、汲本補。《全唐詩》卷一二八亦作「閉」。

息嬀怨

莫以今時寵，能忘昔日恩。看花滿眼淚，不共楚王言。

送殷四葬

送君返葬石樓山，松柏蒼蒼賓馭還。埋骨白雲長已矣，空餘流水向人間。

萬齊融

贈别江

東雲飛鳥處，言是故鄉天。江上風花晚，君行定幾千。計程頻破月，數别屢開年。明歲潯陽水，相思寄採蓮。

送陳七還廣陵

風流誰氏子，雖有舊無雙。歡酒言相送〔一〕，愁弦意不降。落花馥河道，垂楊拂水窗。海潮與春夢，朝夕廣陵江。

〔一〕送　原爲空格，據汲本補。《全唐詩》卷一一七亦作「送」。

樓穎

伊水門

朝陟伊水門〔一〕，伊水入門流。愜心乃成興，澹然況孤舟〔二〕。霏微傍青靄，容與隨白鷗。竹陰交前浦，柳花媚中洲。日落陰雲生，彌覺茲路幽。聊以恣所適，此外知何求。

〔一〕陟　汲本作「涉」。《全唐詩》卷二〇三亦作「涉」。

〔二〕況　汲本作「汎」。《全唐詩》卷二〇三亦作「汎」。

東郊納涼憶左威衛李録事收昆季太原崔參軍三首并序〔一〕

僕三伏於通化門東北數里避暑之地，地即故倅天官顧公之舊林，今貳冢宰君李公之別業。右抵禁䕶，斜界沁園，空水相暉，步虹橋而下視，竹木交映，弄仙棹而傍窺，足滌煩襟，陶蒸暑。獨往成興，恨不與數公共之。率然有作，因以見意。

水竹誰家宅，幽庭向苑門。今知季倫沼，舊是辟疆園。飢鷺窺魚静，鳴鵶帶子喧。興成祇自適，欲白反忘言。

納涼每選地，近得青門東。林與繚垣接，池將沁水通。枝交帝女樹，橋映美人虹。想是忘機者，悠悠在興中。

林間求適意，池上得清飈。稍稍斜回檝，時時一度橋。水光壁際動，山影浪中摇。不見李元禮，神仙何處要。

〔一〕按題中「收昆季太原崔參軍三首」十字，《全唐詩》卷二〇三作大字，與前「東郊納涼」等字同爲詩題正文。

西施石

西施昔日浣沙津，石上青苔思殺人。一去姑蘇不復返，岸傍桃李爲誰春。

崔國輔

杭州北郭戴氏荷池送侯愉

秋近萬物肅，況當臨水時。折花贈歸客，離緒斷荷絲。誰謂江國永，故人感在茲。道存過北郭，情極望東菑。喬木故園意，鳴蟬窮巷悲。扁舟竟何待，中路每遲遲。

宿法華寺

松雨時復滴，寺門清且涼。此心竟誰證，回憩支公牀。壁畫感靈跡，龕經傳異香。獨遊寄象外，忽忽歸南昌。

送韓十四被魯王推遣往濟南府

西侯情何極〔一〕，南冠怨有餘。梁王雖好士，不察獄中書。

〔一〕候　何校云：「疑作笑。」《全唐詩》卷一一九作「候」。

少年行

遺却珊瑚鞭，白馬驕不行。章臺折楊柳，春日路傍情。

古意

紅荷楚水曲，彪炳燦晨霞。未得兩回摘，秋風吹却花。時芳不待妾，玉佩無處誇。悔不盛年時，嫁與青樓家。

渭水西別季崙

隴外長亭候，山深古塞秋。不知嗚咽水，何事向西流。

李嶷

讀前漢外戚傳

人録尚書事，家臨御路傍。鑿池通渭水，避暑借明光。印綬妻封邑，軒車子拜郎。寵因宫掖裹，勢極必先亡。

遊俠〔一〕

玉劍膝旁横，金杯馬上傾。朝遊茂陵道，夜宿鳳凰城。豪吏多猜忌〔二〕，無勞問姓名。

〔一〕《文苑英華》卷一九四題作《少年行》。

〔二〕豪吏　「吏」原作「傑」，據汲本改。按此詩《河岳英靈集》卷下、《文苑英華》、《唐詩紀事》卷二二均作「豪吏」，於詩意正通。《全唐詩》卷一四五亦作「豪吏」，唯於「吏」字下校云「一作俠」。

王泠然

淮南寄舍弟

昔予從不調〔一〕，經歲旅淮源。念爾長相失，何時返故園。寄書迷處所，分袂隔涼温。遠道俱爲客，他鄉共在原。歸情春伴雁，秋泣夜隨猿。愧見高堂上，朝朝獨倚門。

〔一〕予　原作「子」，據汲本改。《全唐詩》卷一一五亦作「予」。

李牧

和中書侍郎院壁畫雲

粉壁畫雲成，如能上太清。影從霄漢發，光照掖垣明。映篠多幽趣，臨軒得野情。獨思作霖雨，流潤及生靈。

幽情

幽人惜春暮，潭上折芳草。佳期何時還，欲寄千里道。

賀朝

宿香山閣

暝上春山閣〔一〕，梯雲宿半空。軒牕閉潮海，枕席拂煙虹。朱網防棲鴿，紗燈護夕蟲。一聞雞唱曉，已見日曈曈。

〔一〕春　汲本作「香」。《全唐詩》卷一一七亦作「香」。

贈酒店胡妃

胡妃春酒店，絃管夜鏘鏘。紅毺鋪新月，貂裘坐薄霜。玉盤初膾鯉，金鼎正烹羊。上客無勞散，聽歌樂世娘。

孤興

晴日暖珠箔，夭桃色正新。紅粉清鏡中，娟媚可憐嚬〔一〕。君子在遐險，蕙心誰見珍。羅幕空掩晝，玉顔暗移春。江瑟語幽獨，再三情未申。黄鵠千里翅，芳音遲所因。

〔一〕娟媚　萬曆本、汲本作「娟娟」。《全唐詩》卷一一七亦作「娟娟」。

楊重玄

正朝上左相張燕公

歲去愁終在，春還命不來。長吁問丞相，東閤幾時開。

常建

戲題湖上

湖上老人坐島頭〔一〕，湖裏桃花水却流。竹竿嫋嫋白波際，不知何者吞吾鈎。

〔一〕島　汲本作「磯」。《全唐詩》卷一四四作「磯」，校云「一作島」。

孟浩然

夏日宴衛明府宅遇北使

言避一時暑，池亭五日開。喜逢金馬客，同飲玉人杯。舞鶴乘軒至，游魚擁釣來。座中殊未起，簫管莫相催。

題榮二山池

甲第開金穴，榮期樂自多。櫪嘶支遁馬，池養右軍鵝。竹引攜琴入，花邀載酒過。山公來取醉，時唱接䍦歌。

江上思歸

木落雁南度，北風江上寒。我家襄水曲，遥隔楚山端。鄉淚客中盡，歸帆天外看。迷津欲有問，平海夕漫漫。

過陳大水亭

水亭涼氣多，閑棹晚來過。澗影見藤竹，潭香聞芰荷。野童扶醉舞，山鳥助酣歌。幽賞未云徧，煙花奈夕何。

渡浙江

潮落江平未有風，歸舟共濟與君同。時時引領望天末，何處青山是越中。

長樂宫

秦城舊來稱窈窕，漢家更衣應不少。紅粉邀君在何處，青樓苦夜長難曉。長樂宫中鐘暗來，可憐歌舞慣相催。歡娱此事今寂寞，唯有年年陵樹哀。

渡揚子江〔一〕

桂檝中流望，京江兩畔明。林開揚子驛，山出潤州城。海盡邊陰静，江寒朔吹生。更聞楓葉下，淅瀝度秋聲。

〔一〕汲本校云："「本集不載，或刻丁仙芝。」按此篇見《全唐詩》卷一六〇孟浩然詩，又見卷一一四丁仙芝詩。

程彌綸

懷魯

曲阜國，尼丘山，周公邈難問，夫子猶啓關。履風雩兮若見，游夏興兮魯顔。天孫天孫，何爲今兮學且難，負星明而東遊閑閑。

丁仙芝

京中守歲

守歲多然燭，通宵莫掩扉。客愁當暗滿〔一〕，春色向明歸。玉斗巡初匝，銀河落漸微。開正獻歲酒，千里間庭闈。

〔一〕滿 原作「漏」，據汲本改。《全唐詩》卷一一四亦作「滿」。

國秀集卷下

范朝

寧王山池

水勢臨階轉，峰形對路開。槎從天上得，石是海邊來。瑞草分叢種，祥花間色栽。舊傳詞賦客，唯見有鄒枚。

題古瓮寺〔一〕

勝境宜長望，遲春好散愁。關連四塞起，河帶八川流。複磴承香閣，重巖映彩樓。爲臨温液近，偏美聖君遊。

〔一〕按汲本於題下校云：「原題《題石甕寺》。」此詩《唐詩紀事》未載，《全唐詩》卷一四五即載作《題石甕寺》。

徐晶

贈温駙馬汝陽王

疇昔承餘論，文章幸濫推。夜陪銀漢賞，朝奉桂山詞。梁邸調歌日，秦樓按舞時。登高頻作賦，體物屢爲詩。連騎長楸下，浮觴曲水湄。北堂留上客，南陌送佳期。憶作陪臨汎，于今阻宴私。再看冬雪滿，三見夏花滋。都尉朝青閣，淮王侍紫墀。寧知倦遊者，華髮老京師。

蔡起居山亭

文史歸休日，棲閑卧草亭。薔薇一架紫，石竹數重青。垂露和仙藥，燒香誦道經。莫將山水弄，持與世人聽。

送友人尉蜀中

故友漢中尉，請爲西蜀吟。人家多種橘，風土愛彈琴。水向昆明闊，山連大夏深。理閑無别事，時寄一登臨。

梁鍠

觀美人卧〔一〕

妾家巫峽陽，羅帳寢銀牀。曉日臨窗久，春風引夢長。落釵猶罥鬢，微汗欲銷黄。縱使朦朧覺，魂猶逐楚王。

〔一〕汲本於題下校云：「《御覽詩》刻《美人春怨》。章句稍有不同。」按《御覽詩》載此詩作《美人春怨》，「羅帳寢銀牀」作「羅幌寢蘭堂」，「落釵猶罥鬢」作「落釵仍掛鬢」。《全唐詩》卷二〇二題爲《美人春卧》。

贈李中華一首

莫向嵩山去，神仙多誤人。不如朝魏闕，天子重賢臣。

屈同仙

燕歌行

君不見漁陽八月塞草腓，征人相對併思歸。雲和朔氣連天黑，蓬雜驚沙散野飛。是時天地陰埃遍，瀚海龍城皆習戰。兩軍鼓角暗相聞，四面旌旗看不見。昭君遠嫁已年多，戎狄無厭不復和。漢兵候月秋防塞，胡騎乘冰夜渡河。河塞東西萬餘里，地與京華不相似。燕支山下少春輝，黄沙磧裏無流水。金戈玉劍十年征，紅粉青樓多怨情。厭向殊鄉久離别，秋來愁聽擣衣聲。《搜玉》有，但云屈同，少仙字。習戰作血戰，不復和作尚不和，春輝作光輝，厭向作厭得，愁聽作但聽，宜各從長也。〔一〕

〔一〕按此詩末小注爲汲本校語。屈同仙詩《國秀集》載兩首，即爲《全唐詩》卷二〇三所載兩首之本。《搜玉小集》作屈同，所載僅此一首。

烏江女

越豔誰家女，朝遊江岸傍。青春猶未嫁，紅粉舊來娼。錦袖盛朱橘，銀鈎摘紫房。見人羞不語，回艇入溪藏。

豆盧復

昌年公之作

但有離宫處，君王每不居。旗門芳草合，輦路小槐疎。殿閉山烟滿，窗凝野靄虚。豐年多望幸，春色待鑾轝。

落第歸鄉留别長安主人

客裏愁多不記春，聞鶯始歎柳條新。年年下第東歸去，羞見長安舊主人。

丘爲

山行尋隱者不遇

絶頂一茅茨，直上三十里。扣關無僮僕，窺室唯案几。既非巾柴車，應是釣秋水。蹉跎不相見，黽勉空仰止。草色新雨中，松聲晚窗裏。雖無賓主意，頗得清浄理。興盡方下山，何必見夫子。

題農廬舍

東風何時至，已緑湖上山。湖上春既早，田家日不閑。溝塍流水處，耒耜平蕪間。薄暮飯牛罷，歸去還閉關。

荆冬倩

奉試詠青

路闢天光遠，春還月道臨。草濃河畔色，槐結路邊陰。未映君王史，先標冑子襟。經明如可拾，自有致雲心。

張子容

除夜宿樂城逢孟浩然

遠客襄陽郡，來過海畔家。樽開柏葉酒，燈發九枝花。妙曲逢盧女，高才得孟嘉。東山行樂意，非是競奢華。

永嘉作

拙宦從江左，投荒更海邊。山將孤嶼近，水共惡溪連。地溼梅多雨，潭蒸竹起烟。未應悲晚髮，炎瘴苦華年。

李頎

望秦川

秦川朝望迥，日出正東峰。遠近山河浄，逶迤城闕重。秋聲萬户竹，寒色五陵松。客有歸歟歎，淒其霜露濃。

塞下曲

黄雲雁門郡，日暮風沙裏。千騎黑貂裘，皆稱羽林子。金笳吹朔雪，鐵馬嘶雲水。帳下飲蒲萄，平生寸心是。

遇劉五

落陽一别梨花新，黄鳥飛飛逢故人。攜手當年共爲樂，無驚蕙草借殘春。

白花原〔一〕

白花原頭望京師，黄河流水無已時。秋天曠野人行絶，馬首西來知是誰。

〔一〕汲本此詩題下校云：「或作《百花原》，或作《白草原》。又見王昌齡集，原題《出塞行》。」按此詩《唐詩紀事》未載，《全唐詩》於李頎名下亦未收，卷一四三王昌齡《旅望》即此詩，題下校云「一作《出塞行》」，首句「花」校云「一作草」。

褚朝陽

登少室山寺

飛閣青雲裏〔一〕，先秋獨早涼。天花映窗近，月桂拂簷香。華岳三峰小，黄河一帶長〔二〕。空間指歸路，煙處有垂楊。

〔一〕雲　汲本作「霞」。《全唐詩》卷二五四亦作「霞」，疑是。

〔二〕河　原作「雲」，據汲本改。《全唐詩》卷二五四亦作「河」。按上句言「華岳」，則此處不應以虚指「黄雲」作對，應作「黄河」。

奉上徐中書

中禁仙池越鳳凰，池邊詞客紫微郎。既能作頌雄風起，何不時吹蘭蕙香。

崔曙

登河陽斗門見張貞期題黄河詩因以感寄

吾友東南美，昔聞登此樓。人從川上去，書在壁中留。嚴子好真隱，謝公耽遠遊。清風初作興，夏日復銷愁。〔一〕詩與文字古〔二〕，迹隨山水幽。已辜蒼生望，空見黄河流。榮樂春將晚，悲涼物似秋。天高不可問，掩泣赴行舟。

〔一〕按此二句汲本作「清風初作頌，暇日復銷愁」。《全唐詩》卷一五五作「頌」、作「暇」與汲本同。

〔二〕詩　汲本作「時」。《全唐詩》卷一五五亦作「時」，並校云「一作思」。

奉試明堂火珠詩

正位開重屋，凌空出火珠。夜來雙月滿，曙後一星孤。天浄光難滅，雲生望欲無。遥知太平代，國寶在名都〔一〕。

〔一〕在　原作「枉」，據汲本改。按《又玄集》卷上、《文苑英華》卷一八六、《唐詩紀事》卷二〇、《全唐詩》卷一五五載此詩，均作「在」。「枉名都」義似不可通。

對雨送鄭陵

別愁復兼雨，別淚還如霰。寄心海上雲，千里長相見。

九日登望仙臺仍呈劉明府容

漢文皇帝有高臺，此日登臨曙色開。三晉雲山皆北向，二陵風雨自東來。關門令尹誰能識，河上仙公去不回。我欲近尋彭澤宰，陶然共醉菊花杯。

嵩山尋馮鍊師不遇

青溪訪道淩煙曙，王子仙成已飛去。更值空山雷雨時，雲林薄暮歸何處。

王昌齡

趙十四兄見尋

客來舒長簟，開閣乘涼風。但有無絃琴，共君盡尊中。晚來常讀《易》，頃者欲還嵩。世事何須道，黄精且養蒙。嵇康殊寡識，張翰獨知終。忽憶鱸魚膾，扁舟往江東〔一〕。

〔一〕江　原爲空格，據汲本補。萬曆本作「蜀」。按《河岳英靈集》卷下、《全唐詩》卷一四一均作「江」。按上句云「忽憶鱸魚膾」，則此處作「江東」是。

望臨洮

飲馬度秋水，水寒風似刀。平沙日未没，黯黯見臨洮。當日長城戰，咸言意氣高。黄塵足今古，白骨亂蓬蒿。

塞下曲

蟬鳴空桑林，八月蕭關道。出塞復入塞，處處黄蘆草。從來幽并客，皆向沙場老。莫作遊俠兒，矜誇紫騮好。

從軍古意

青海長雲暗雪山，孤城遥望玉門關。黄沙百戰穿金甲，不破樓蘭終不還。

古意

桃花四面發，桃葉一枝開。欲暮黄鸝轉，傷心玉鏡臺。清筝向明月，半夜春風來。

梁洽

觀漢水

發源自嶓冢，東注經襄陽。一道入溟渤，别流爲滄浪。求思詠游女，投弔悲昭王。水濱不可問，日暮空湯湯。

鄭紹

遊越溪

溪水碧悠悠，猿聲斷客愁。漁潭逢釣檝，月浦值孤舟。訪泊隨煙火，迷途視斗牛。今宵越鄉意，還取醉忘憂。

嚴維

贈别東陽客

明月雙溪水，春風八詠樓。少年爲客處，今日送君遊。

遊灞陵山

入山未盡意，勝跡聊獨尋。方士去在昔，藥堂留至今。四隅白雲閑，一路青溪深。芳秀惬春目，高閑宜遠心。潭分化丹水，路遶昇仙林〔一〕。此道人不悟，坐嗚松下琴。

〔一〕路遶 二字原爲空格，據汲本補。《全唐詩》卷二六三亦作「路遶」，並校云「一作嶺出」。

入唐溪

嘯終萬籟起，吹去當溪雲。環嶼或明昧，遠峰尚氛氳。雨新翠葉發，夜早玄象分。金澗流不盡，入山深更聞。

朱斌

登樓〔一〕

白日依山盡，黄河入海流。欲窮千里目，更上一重樓。

〔一〕汲本於題下校云：「或刻王之涣。」按此詩《文苑英華》卷三一二、《唐詩紀事》卷二六皆載作王之涣詩，題《登鸛雀樓》，亦爲《全唐詩》所本。朱斌事迹未詳。

蘇綰

奉和姚令駕幸温湯喜雪應制

漢主新豐邑，周王尚父師。雲符沛童唱〔一〕，雪應海神期。株變驚春早，山明訝夕遲。況逢温液沛，恩重御裘詩〔二〕。

〔一〕童　原作「憧」，據汲本改。此句當用漢高祖還鄉，唱「大風起兮雲飛揚」事，作「童」是。《全唐詩》卷一一三亦作「童」。

〔二〕裘　原作「表」，據汲本改。《全唐詩》卷一一三亦作「裘」。

王諲

閨情

日暮裁縫歇，深嫌氣力微。纔能收篋笥，懶起上簾帷。怨坐空燃燭，愁眠不解衣。昨來頻夢見，夫婿來應知。

夜坐看搊箏〔一〕

調箏夜坐燈光裹，却掛羅帷露纖指。朱絃一一聲不同，玉柱連連影相似。不知何處新學聲，曲曲彈來未覩名。應是石家金谷裏，流傳未滿洛陽城。

〔一〕坐 原作「日」，據汲本改。「夜日」不辭。《全唐詩》卷一四五亦作「坐」，詩中有「調箏夜坐燈光裏」句，作「坐」是。

盧象

駕幸温泉

傳聞聖主幸新豐，清蹕鳴鑾出禁中。細草終朝隨步輦〔一〕，垂楊幾處遶行宫。千官扈從驪山北，萬國來朝渭水東。此日小臣徒獻賦，漢家誰復重揚雄。

〔一〕細草 「細」字原作「住」，「草」字原爲空格，今據汲本改補。「細草」與下句「垂楊」相對。《全唐詩》卷一二二亦作「細草」，並校云「一作佳氣」。

贈廣川馬先生

經書滿腹中，吾識廣川翁。年老甘無位，家貧懶發蒙。人歸洙泗學，歌盛舞雩風。願接諸生禮，三年事馬融。

梁德裕

感寓

彩雲呈瑞質，五色發人寰。獨作龍武狀〔一〕，孤飛天地間。隱隱臨北極，峨峨象南山。恨在帝鄉外，不逢枝葉攀。

〔一〕武　汲本作「虎」，《全唐詩》卷二〇三亦作「虎」。此處作「武」，乃唐人避本朝諱。

又

幽澗生蕙若，幽渚老江蘺。榮落人不見，芳香徒爾爲。不及緑萍草，生君紅蓮池。左右美人弄，朝夕春風吹。葉洗玉泉水，珠清湛露滋。心亦願如此，託君君不知。

楊諫

長孫十一東山春夜見贈

故人謝城闕，揮手碧雲期。谿月照隱處，松風生興時。舊林日云暮，芳草歲空滋。甘與子成夢，請君同所思。

芮挺章

江南弄

春江可憐事，最在美人家。鸚鵡能言鳥，芙蓉巧笑花。地銜金作埒，水抱玉爲砂。薄晚青絲騎，長鞭赴狹斜。

少年行

任氣稱張放，銜思在少年。玉階朝就日，金屋夜昇天。軒騎青雲際，笙歌緑水邊。建章明月好，留醉伴風煙。

張萬頃

東溪待蘇户曹不至

洛陽城東伊水西，千花萬竹使人迷。臺上柳枝臨岸低，門前荷葉與橋齊。日暮待君君不見，長風吹雨過青溪。

登天目山下作

去歲離秦望，今冬使楚關。淚添天目水，髮變海頭山。别母烏南逝，辭兄雁北還。宦遊偏不樂，長爲憶慈顔。

常非月

詠談容娘

舉手整花鈿，翻身舞錦筵。馬圍行處匝，人壓看場圓〔一〕。歌要齊聲和，情教細語傳。不知心大小，容得許多憐。

〔一〕壓　何校云「一作簇」。《全唐詩》卷二〇三作「壓」，並有校云「一作簇」。

沈頌

旅次灞亭

閑琴開旅思，清夜有愁心。圓月正當户，微風猶在林。滄茫孤亭上，歷亂多秋音。言念待明發，東山幽意深。

春日歌

常聞嬴女玉簫臺，奏曲情深彩鳳來。欲登北地銷歸恨，却羨雙飛去不回。

樊晃

南中感懷

南路蹉跎客未回，常嗟物候暗相催。四時不變江頭草，十月先開嶺上梅。

包融

和崔會稽詠王兵曹廳前湧泉勢成中字

茂德來微應，流泉入詠歌。含靈符上善，作字表中和。有草恒垂露，無風欲偃波。爲看人共水，清白定誰多。

賦得岸花臨水發

笑笑傍溪花，叢叢逐岸斜。朝開川上日，夜發浦中霞。照灼如臨鏡，芊茸勝浣沙。春來武陵道，幾樹落仙家。

薛維翰

怨歌

百尺珠樓臨狹斜，新粧能唱美人車。皆言賤妾紅顔好，要自狂夫不憶家。

張良璞

覽史

享年八十已，歷數窮蒼生。七虎門源上，咆哮關内鳴。建都用鶉宿，設險因金城。舜曲煙火起，汾河珠翠明。海雲引天仗，朔雪留邊兵。作孽人怨久，其亡鬼信盈。素靈感劉李，白馬從子嬰。昏虐不務德，百代無芳聲。

孫欣

奉試冷井詩

仙闈井初鑿，靈液沁成泉。色湛青苔裹，寒凝紫綆邊。銅瓶向影落，玉甃抱虚圓。永願調神鼎，堯時泰萬年。

王之渙

涼州詞

一片孤城萬仞山，黄河直上白雲間。羌笛何須怨楊柳，春光不度玉門關。

單于北望拂雲堆，殺馬登壇祭幾回。漢家天子今神武，不肯和親歸去來。

宴詞

長堤春水緑悠悠，畎入漳河一道流。莫聽聲聲催去棹，桃花淺處不勝舟。

王羡門

都中閑居

君王巡海内，北闕下明臺。雲物一作鶴天中少，煙花歲後來。河從御苑出，山向國門開。寂寞東京裏，空留賈誼才。

高適

和王七度玉門關上吹笛

胡人吹笛戍樓間，樓上蕭條海月閑。借問落梅凡幾曲，從風一夜滿關山。

王灣

次北固山下作

客路青山外，行舟緑水前。潮平兩岸闊，風正一帆懸。海日生殘夜，江春入舊年。鄉書何處達，歸雁洛陽邊。

萬楚

題江潮莊壁

田家喜秋熟，歲晏林葉稀。禾黍積場圃，樝梨垂户扉。野閑犬時吠，日暮牛自歸。時復落花酒，茅齋堪解衣。

茱萸女

山陰柳家女，九日採茱萸。復得東隣伴，雙爲陌上姝。插枝著高髻，結子致長裾〔一〕。作性常遲緩，非關託丈夫。平明折林樾〔二〕，日入返城隅。賈客要羅袖，行人挑短書。蛾眉自有主，年少莫踟躕。

〔一〕致　汲本作「置」，《全唐詩》卷一四五亦作「置」，文義較長，似是。

〔二〕平明　「明」原作「生」，據汲本改。《全唐詩》卷一四五亦作「明」。「平明」與下句「日入」相對成文，「平生」則費解。

詠簾

玳瑁昔稱華，玲瓏薄絳紗。鈎銜門勢曲，節亂水紋斜。日弄長飛鳥，風摇不卷花。自當分内外，非是爲驕奢。

于季子

南行別弟〔一〕

萬里人南去，三春雁北飛。不知何歲月，得共爾同歸。

〔一〕弟　原作「第」，據汲本改。《全唐詩》卷八〇亦作「弟」。汲本又於題下校云：「或刻楊師道，或刻韋承慶。」按《唐詩紀事》卷九於韋承慶條載此詩，題《南中詠雁》（《紀事》卷七載于季子詩二首，未有此詩），《文苑英華》卷三二八同。《唐詩紀事》與《全唐詩》皆未載此詩。《全唐詩》卷四六載作《南中詠雁詩》，校云「一作于季子詩，題作《南行別弟》」。按《全唐詩》同卷又載韋承慶《南行別弟》詩，亦爲五絶。按據目録，侍御史于季子一首下，尚有校書郎吕令問一首，校書郎敬括二首，監察御史韋承慶一首，正文中吕、敬、韋三人詩缺，此當是原書有缺頁，缺頁中有于季子詩一首，而下頁則有韋承慶詩，乃將韋詩誤頂於于季子名下。

祖詠

薊門別業

別業在幽處，到來生隱心。南山當户牖，灃水在園林。竹覆經冬雪，庭昏未夕陰。寥寥人境外，閑坐聽春禽。

望薊門

燕臺一望客心驚，簫鼓喧喧漢將營。萬里寒光生積雪，三邊曙色動危旌。沙場烽火侵胡月，海畔雲山擁薊城。少小雖非投筆吏〔一〕，論功還欲請長纓。

〔一〕吏　「吏」字原爲空格，據汲本補。《全唐詩》卷一三一亦作「吏」。

《國秀集》三卷，唐人詩總二百二十篇，天寶三載國子生芮挺章撰，樓穎序之。其詩之次，自天官侍郎李嶠，至進士祖詠凡九十人，挺章二篇、穎五篇，亦在其間。内王灣一篇，有「海日生殘夜，江春入舊年」之句，題曰《次北固山下作》，而殷璠所撰《河岳英靈集》作於天寶十一載，歲月稍後。然挺章編選，非璠之比，覽者自得之。此集《唐書·藝文志》洎本朝

《崇文總目》，皆闕而不録，殆三館所無。浚儀劉景文頃歲得之鬻古書者，元祐戊辰孟秋從景文借本録之，因識於後。龍溪曾彦和題。大觀戊子冬，賀方回傳於曾氏，名欠一士，而詩增一篇。

篋中集

〔唐〕元結 編

傅璇琮 校點

前記

《篋中集》一卷，元結編。書前有元結自序，稱：「天下兵興，於今六歲，人皆務武，斯爲誰嗣？已長逝者，遺文散失；方阻絶者，不見盡作。篋中所有，總編次之，命曰《篋中集》，且欲傳之親故，冀其不忘於今。凡七人，詩二十四首。時乾元之三年也。」乾元三年（公元七六〇），元結四十二歲，時任監察御史裏行，充山南東道節度參謀，隨軍於泌南（今河南省泌陽縣南）。時節度使爲來瑱（元結事跡，請參孫望《元次山年譜》）。

《篋中集》所收七人，爲沈千運（四首），王季友（三首），于逖（二首），孟雲卿（五首），張彪（四首），趙微明（三首），元季川（四首）。時沈千運已卒（按《唐才子傳》卷二沈千運傳謂「肅宗議備禮徵致，會卒而罷」，未知何據。元結序又云「自沈公及二三子，皆以正直而無禄位，皆以忠信而久貧賤，皆以仁讓而至喪亡」，則沈千運之卒當在此前，時當在至德、乾元間）。王季友尚在世，但未入仕（清趙掊《金石存》卷四《上元元年華嶽題名》，有「處士王季友」，時爲上元元年十二月，上元元年亦即乾元三年。寶應中仕爲華陰縣尉，見岑參《送王七録事赴虢州》、《送王録事却歸華陰》詩。廣德中入京爲司議郎，見于卲《送王司議季友赴洪州序》。以上參見《唐才子傳校箋》卷四）。于逖或已卒（于逖於天寶中曾從李頎、高適等遊，李頎有《答高三十五留別便呈于十一》詩，謂「寄書寂寂於陵子，蓬蒿没身胡不仕」，此後即未見記載，或即終身不仕）。孟雲卿尚在世（杜甫於乾元元年六月由左拾遺出爲華州司功參軍，臨行有《酬孟雲卿》詩；同年冬末，杜甫由華州赴洛陽，途中於湖城東遇雲卿，有《湖城東遇孟雲卿復歸劉顥宅宿宴飲因爲醉歌》。後杜甫於代宗大曆二年在夔州，尚有寄薛據孟雲卿詩，云「荆州過薛孟，爲報欲論詩」，則大曆時孟雲卿尚在荆州。詳參《唐才子傳校箋》卷二）。張彪未知是否在世（張彪事跡可考知者甚少，今所能考知其大略者即杜甫《寄張十二山人彪三十韻》，稱「静者心多妙，先生藝絶倫」，「數篇吟可老，一字買堪貧」。杜此詩作於乾元二年秋，在秦州，而觀詩意，張彪此時似隱居嵩山。乾元三年未知是否在世）。趙微明亦未知其生卒（趙微明身世，僅見於竇臮《述書賦》注「趙微明，天水人」）。元季川尚在世（《唐詩紀事》卷二二謂「季川，大曆、貞元間詩人也」，其他不詳，參《唐才子傳校箋》卷三張衆甫傳）。據此，則元結編《篋中集》時，確知其已卒者，僅沈千運一人；確知其尚在世者，爲王季友、孟雲卿、元季川；未能考定其是否在世者，爲于逖、張彪、趙微明，唯序中稱時已喪亡者爲「沈公及二三子」，則此三人於元結編集時或亦已没世。

元結序中又稱「已長逝者，遺文散失；方阻絶者，不見盡（近）作」。按七人之詩，流存於世者，各寥寥數首，或即因遭戰亂而散失。之所以能流傳於後世，亦即仰賴於元結所編之《篋中集》。

《篋中集》，《新唐書》卷六〇《藝文志》四集部總集類著録爲一卷。稍後王安石編《唐百家詩選》，其書卷六全録沈千運七人詩，次序與篇數與今存《篋中集》盡同。《直齋書録解題》卷十五總集類也著録爲一卷，並記述沈千運等七人姓名，謂收詩二十四首。可見《篋中集》自元結編成之後，即未曾散佚。

今所見《篋中集》最早之本爲影宋鈔本。丁丙《善本書室藏書志》云：「《篋中集》一卷，影宋鈔本。……前有乾元三年自序。……末有臨安府太廟前大街尹家書籍鋪刊行一條，實影宋本耳。」此本後爲隨庵徐乃昌所得，刻入《徐氏叢書》，末有徐氏取趙玄度藏明刻馮己蒼評點本、汲古閣本及《唐百家詩選》相校而作的校記。上海古籍出版社編印的《唐人選唐詩（十種）》，即據《徐氏叢書》本排印，書後附徐氏校記。

按《篋中集》尚有幾種明刻本。國家圖書館善本部藏有：（一）馮舒、黄丕烈校並跋的明刻本，（二）繆荃孫校並跋的明刻本（繆氏即用影宋本相校），（三）鄭振鐸藏明刻本《唐人選唐詩六種》，（四）汲古閣刻本。此汲古閣本有何焯校，係傅增湘所臨。《藏園群書題記》卷十九記《篋中集》，録何焯跋，何氏稱曾於康熙辛卯從汲古閣得見一舊鈔本，後有宋曾慥端伯、曾豹季貍及明初會稽唐肅、肅之子志淳四跋，脱誤甚多，四跋亦無所見。傅增湘謂：「義門所校爲汲古閣舊鈔本，有唐肅父子跋，則亦明鈔本矣。義門稱其脱誤甚多，然今觀各篇，所正定佳字亦多可取。」按此書固爲明鈔，但既有曾慥、曾豹跋，所校之文字亦與各本有異而足資參考者，則其所據或爲南宋本。

今仍以影宋鈔本爲底本，而以國家圖書館所藏幾種明刻本相校，馮舒校本稱爲馮校本，繆荃孫校本稱繆校本，鄭振鐸藏《唐人選唐詩六種》稱鄭藏明刻本，汲古閣刻本稱汲本，何焯據汲古閣舊鈔本校稱何校。《唐百家詩選》可視爲北宋中期所見之本，因亦取以校核（所用爲康熙四十三年宋犖、丘迴刻本）。《文苑英華》、《唐詩紀事》也録有諸人詩，可視爲宋時流行的本子，也作爲參校。

經過比較，影宋鈔本確有勝過明本的。如書前元結自序，文末署「時乾元之三年也」，明刻諸本即皆無「元」字。其他具見校記。但明本也有優於宋本的，如序中宋本云：「方阻絶者，不見盡作。篋中所有，總編次之。」明刻本作：「方阻絶者，不見近作。盡篋中所有，總編次之。」元氏蓋謂已去世者，遺文多有散失，而在世者又因戰亂而阻隔，未能見其近時所作，只得盡篋中所有，彙編成集。《唐詩紀事》卷二二沈千運條引此序，也作「不見近作」。又如沈千運《濮中言懷》末二句，宋本爲「顧此忘知己，終日求衣食」，馮校本、鄭藏明刻本、汲本，「忘」皆作「煩」。按詩中前已敍己五十開外仍貧守田園，兒女尚幼，生計爲難，因此説煩勞於知己，希望能有助於衣食之費。《唐百家詩選》、《唐詩紀事》也都作「煩」。

《唐百家詩選》、《唐詩紀事》所録《篋中集》諸人詩，當是宋人所見之本，其中有可據以改正的。如沈千運《感懷弟妹》，影宋鈔本作「東風杏花折」，明刻諸本同。《唐百家詩選》、《唐詩紀事》「折」作「坼」。按坼意謂裂開、分開，《易·解》：「雷雨作而百果草木皆甲坼。」即此詩杏花因東風送暖而開放之意。校中即據以改正。

上海古籍出版社編印《唐人選唐詩（十種）》，其中的《篋中集》並未作新校，僅以徐乃昌之校記附於集後，而實則徐氏校文缺漏疏失甚多。徐氏謂曾校以《唐百家詩選》，今據此書校核，徐氏有多處漏校。即以元季川《古遠行》一詩而言，「羈留當時思」句，徐校謂「明刻作羈獨」，實則《唐百家詩選》已作「羈獨」，徐氏却未提。又如同詩「人無茅舍期」之「茅」字，《唐百家詩選》作「第」；「歲月悲今時」之「悲」，《唐百家詩選》作「非」，徐氏均未校出。又如沈千運《感懷弟妹》「今日春風暖」，馮校本、鄭藏明刻本、汲本、《唐百家詩選》本，「風」均作「氣」。按下句爲「東風杏花折」，則上句以作「氣」爲是，否則兩句重「風」字，雖係古詩，也不當如此。此處徐氏亦未校出。與此相類的，如張彪《北遊還酬孟雲卿》，詩題中之「還」字，馮校本、鄭藏明刻本、《唐百家詩選》、《唐詩紀事》皆作「遠」。按還、遠雖係一字之差，却牽涉到對全篇的理解，不可忽視，徐氏未校。又如王季友《別李季友》「閉匣二千年」，繆校本、鄭藏明刻本、汲本及《唐百家詩選》「千」皆作「十」。按作「十」似較合情理，此處徐氏亦失校。類似者尚有，如孟雲卿《今別離》今有校記四條，《悲哉行》今有校記三條，而徐氏於此二詩皆無校語。

有若干處徐氏所校竟不知其何所指，且校亦非其所當校。如沈千運《感懷弟妹》「豈知園林主，却是林園客」，徐氏於此二句下云：「明本、毛本、《唐百家詩》作林園主，當從。」按從字面看，未知其所校爲上句之「園林主」抑或下句之「林園客」，及覆核繆校本及《唐百家詩選》，其上句爲「豈非林園主」，則所校當爲「園林主」，但此句之「知」又作「非」，却未校。更可怪者如趙微明《思歸》「寸心寧死別」，徐氏校云「《唐百家詩》作死別，當從」。按影宋鈔本原文即作「死別」，且各本均同，未有異文，不知何故作此校記，令人費解。可見用前人校勘成果，必須覆核，才不致爲其所誤。

篋中集

元結作《篋中集》，或問曰〔一〕：「公所集之詩，何以訂之？」對曰：風雅不興，幾及千歲〔二〕，溺於時者，世無人哉。嗚呼！有名位不顯，年壽不將，獨無知音，不見稱顯，死而已矣，誰云無之。近世作者，更相沿襲，拘限聲病，喜尚形似，且以流易爲詞，不知喪於雅正。然哉彼則指咏時物，會諧絲竹，與歌兒舞女，生污惑之聲於私室可矣〔三〕。若今方直之士，大雅君子，聽而誦之，則未見其可矣。吴興沈千運，獨挺於流俗之中〔四〕，强攘於已溺之後，窮老不惑，五十餘年，凡所爲文，皆與時異。故朋友後生，稍見師效，能侶類者，有五六人。嗚呼！自沈公及二三子，皆以正直而無禄位，皆以忠信而久貧賤，皆以仁讓而至喪亡〔五〕。異於是者，顯榮當世。誰爲辨士，吾欲問之。天下兵興，於今六歲，人皆務武，斯爲誰嗣？已長逝者，遺文散失，方阻絶者，不見盡作。篋中所有〔六〕，總編次之，命曰《篋中集》，且欲傳之親故，冀其不忘於今〔七〕。凡七人，詩二十四首。時乾元之三年也〔八〕。

〔一〕或　馮校本、鄭藏明刻本皆作「成」，則當屬上讀。

〔二〕歲　汲本作「年」。

〔三〕污　何校舊鈔本譌作「滛」。

〔四〕獨挺　何校謂一作「挺拔」。

〔五〕讓　何校舊鈔本作「謙」。《唐詩紀事》卷二二沈千運條引此序，亦作「謙」。

〔六〕不見盡作篋中所有　馮校本、繆校本、鄭藏明刻本、汲本皆作「不見近作。盡篋中所有」，似是。《唐詩紀事》卷二二沈千運條引此序，云「方阻絶者不見近作」，亦可參。

〔七〕忘　何校謂舊鈔本作「亡」。

〔八〕乾元　馮校本、鄭藏明刻本、汲本皆無「元」字。

篋中集目録

沈千運四首

感懷弟妹

今日春風暖〔一〕，東風杏花坼〔二〕。筋力又不如，却羨澗中石〔三〕。神仙杳難準，中壽稀滿百〔四〕。近世多夭傷，喜見鬢髮白〔五〕。杖藜竹樹間，宛宛行舊跡。豈非林園主〔六〕，却是林園客。兄弟可爲伴〔七〕，空爲亡者惜。冥冥無再期，哀哀望松柏。骨肉能幾人，年大自疎隔〔八〕。性情誰免此，與我不相易〔九〕。惟念得爾輩〔一〇〕，時看慰朝夕〔一一〕。平生兹已矣，此外盡非適。

〔一〕風　馮校本、鄭藏明刻本、汲本，及王安石《唐百家詩選》皆作「氣」。按似以作「氣」爲長。

〔二〕坼　原作「折」，馮校本等同。按《唐百家詩選》及《唐詩紀事》卷二二沈千運條引均作「坼」。坼意謂裂開、分開，《易·解》：「雷雨作而百果草木皆甲坼。」則作「坼」是，今據改。

〔三〕却羨　何校舊鈔本作「虲嘆」。

〔四〕稀　何校舊鈔本及《唐詩紀事》作「纔」。

〔五〕鬢髮　何校舊鈔本作「髭髩」，《唐詩紀事》作「髭鬢」。

〔六〕豈非林園主　原作「豈知園林主」，據繆校本及《唐百家詩選》本改。

〔七〕爲伴　繆校本、鄭藏明刻本、馮校本及《唐百家詩選》本皆作「存半」。

〔八〕大　何校舊鈔本及《唐詩紀事》作「老」。

〔九〕與我不相易　何校舊鈔本及《唐詩紀事》作「而我何不易」。

〔一〇〕念　何校舊鈔本及《唐詩紀事》作「願」。

〔一一〕時　何校舊鈔本及《唐詩紀事》作「相」。

贈史修文

故人阻千里〔一〕，會面非别期〔二〕。握手於此地，當歡反成悲。念離宛猶昨，俄已經數期〔三〕。曏昔皆少年，别來鬢如絲〔四〕。不道舊姓名，相逢知是誰。曩游盡騫翥，與君仍布衣。豈曰無其才，命理應有時。别路漸欲少〔五〕，不覺生涕洟。

〔一〕阻　何校舊鈔本作「隔」。

〔二〕别　各本同，《文苑英華》卷二五二作「前」。

〔三〕數期　馮校本、《唐百家詩選》作「於朞」，誤。《文苑英華》此句作「倏已二十朞」。

〔四〕鬢　何校舊鈔本、《文苑英華》、《唐百家詩選》、《唐詩紀事》卷二二皆作「髮」。

〔五〕别　各本及《唐詩紀事》同，《文苑英華》、《唐百家詩選》作「前」。

濮中言懷

聖朝優賢良，草澤無遺匿。人生各有志〔一〕，在余胡不激〔二〕。一生但區區，五十無寸禄。衰退當棄捐，貧賤招毁讟〔三〕。棲棲去人世，迍邅日窮迫。不如守田園，歲宴望豐熟。壯年失宜盡，老大無筋力。始覺前計非〔四〕，將貽後生福。童兒斯學稼〔五〕，少女未能織。顧此忘知己〔六〕，終日求衣食。

〔一〕志　馮校本、《唐百家詩選》作「命」。

〔二〕在余胡不激　馮校本、繆校本、鄭藏明刻本「余」作「餘」，當誤。「激」，何校舊鈔本、《唐百家詩選》、《唐詩紀事》作「淑」。

〔三〕招毁　何校舊鈔本、《唐百家詩選》作「招禍」，《唐詩紀事》作「遭時」。

〔四〕覺　何校舊鈔本、《唐百家詩選》、《唐詩紀事》作「愴」。

〔五〕斯　馮校本、《唐百家詩選》、《唐詩紀事》作「新」。

〔六〕忘　馮校本、鄭藏明刻本、汲本、《唐百家詩選》、《唐詩紀事》作「煩」。

山中作

棲隱非別事，所願離風塵〔一〕。不辭城邑遊，禮樂拘束人。邇來歸山林，庶事皆吾身。何者爲形骸，誰是智與仁〔二〕。寂寞了閑事，而後知天真。咳唾矜崇華，迂俯相屈伸。如何巢與由，天子不得臣。

〔一〕離風塵　何校舊鈔本、《文苑英華》卷一六〇、《唐詩紀事》卷二二作「早離塵」。

〔二〕誰是智與仁　馮校本、鄭藏明刻本、《唐百家詩選》作「辨智與諸仁」。何校舊鈔本、《文苑英華》「誰是」作「誰辨」。

王季友二首

別李季友

棲鳥不戀枝，喈喈在同聲。行子遲出户〔一〕，依依主人情。昔時雙臺鏡〔二〕，醜婦羞爾形。閉匣二千年〔三〕，皎潔常獨明。今日照離别，前途白髮生。

〔一〕遲　馮校本、繆校本、鄭藏明刻本及《唐百家詩選》作「馳」。

〔二〕雙　馮校本、繆校本、《唐百家詩選》作「霜」，似是。

〔三〕千　繆校本、鄭藏明刻本、汲本及《唐百家詩選》作「十」。

寄韋子春〔一〕

出山秋雲曙〔二〕，山木已再春〔三〕。食我山中藥，不憶山中人。山中誰余密，白髮惟相親。雀鼠晝夜無，知我廚廩貧。依依北舍松，不厭吾南隣。〔四〕有情盡棄捐，土石爲同身〔五〕。

〔一〕按，《文苑英華》卷二五一題爲《贈山兄韋秘書》。《河岳英靈集》題作《山中贈十四秘書山兄》。

〔二〕秋　馮校本、繆校本、鄭藏明刻本作「秘」，當誤，汲本則同宋本作「秋」。《文苑英華》作「秘芸署」。

〔三〕山木　《文苑英華》及《唐詩紀事》卷二六作「山水」，似以作「山木」爲勝。《河岳英靈集》作「山色」。

〔四〕依依北舍松不厭吾南隣　《河岳英靈集》所載，此二句與下「有情盡棄捐」二句顛倒。

〔五〕土石爲同身　《河岳英靈集》所載，此下尚有「夫子質千尋，天澤枝葉新。今以不材壽，非智免斧斤」四句。清《四庫全書總目》卷一八六集部總集類《篋中集》提要謂「其沈千運（按此誤，當爲王季友——引者）《寄秘書十四兄》一首，較《河岳英靈集》所載顛倒一聯，又少後四句。字句亦小有異同，而均以此本爲勝，疑結亦頗有所點定」。

于逖 二首

野外行〔一〕

老病無樂事，歲秋悲更長。窮郊日蕭索，生意已蒼黃。小弟髮亦白，兩男俱不强。有才且未達，況我非賢良。幸以朽鈍姿〔二〕，野外老風霜。寒鴉噪晚景，喬木思故鄉。魏人宅蓬池，結網佇鱣魴。水清魚不來，歲暮空彷徨。

〔一〕按詩題《唐百家詩選》及《唐詩紀事》卷二七作《野外作》。

〔二〕以　何校舊鈔本作「有」。

憶兄弟〔一〕

衰門少兄弟，兄弟惟兩人。饑寒各流浪，感念傷我神。夏期秋未來，安知無他因。不怨别天長，但願見爾身。茫茫天地間，萬類各有親。安知汝與我，乖隔同胡秦。何時對形影，憤懣當共陳。

〔一〕兄弟　馮校本、《唐百家詩選》及《唐詩紀事》作「舍弟」，似是。

孟雲卿五首

古樂府挽歌〔一〕

草草門巷喧〔二〕，塗車儼成位。冥冥何得盡〔三〕，戴我生人意〔四〕。北邙路非遥〔五〕，此别終天地。臨穴頻撫棺，至哀反無淚。爾形未衰老，爾息猶童稚。骨肉安可離，皇天若容易。房帷即靈帳，庭宇爲哀次。薤露歌若斯，人生盡如寄。

〔一〕詩題各本同，《文苑英華》卷二一一、《唐詩紀事》卷二五無「樂府」二字。

〔二〕草　繆校本、鄭藏明刻本、《文苑英華》、《唐百家詩選》、《唐詩紀事》作「草」。又此句中「門」字，《文苑英華》、《唐詩紀事》作「閭」。

〔三〕冥冥　何校謂一作「寂寞」。《文苑英華》、《唐詩紀事》此句作「冥寂何所須」。

〔四〕戴　《唐百家詩選》作「載」，《文苑英華》、《唐詩紀事》作「盡」。

〔五〕邙　何校舊鈔本、《唐詩紀事》作「去」。又「遥」，馮校本、何校舊鈔本及《唐詩紀事》作「遠」。

今别離〔一〕

結髮生别離，相思復相保。如何日已遠〔二〕，五變中庭草。渺渺天海途，悠悠吴江島。但恐不出門，出門無遠道。遠道行既難，家貧衣裳單。嚴風吹積雪，晨起鼻何酸。人生爲有志〔三〕，豈不懷所安。分明天上日，生死誓同觀〔四〕。

〔一〕詩題汲本及《文苑英華》卷二〇二、《唐詩紀事》作《别離曲》。

〔二〕如何日已遠　各本同，《文苑英華》、《唐詩紀事》作「何知日已久」。

〔三〕爲有志　《唐詩紀事》作「各有戀」。何校舊鈔本「志」作「戀」。

〔四〕觀　各本同。《文苑英華》、《唐百家詩選》、《唐詩紀事》作「歡」，似是。

悲哉行

孤兒去慈親，遠客喪主人。莫吟辛苦曲〔一〕，此曲誰忍聞。可聞不可見〔二〕，去去無形迹〔三〕。行人念前程，不待參辰没。朝亦常苦飢，暮亦常苦飢。飄飄萬餘里，貧賤多是非。少年莫遠遊，遠遊多不歸。

〔一〕辛苦　各本同。《文苑英華》卷二一一、《唐百家詩選》作「苦辛」。

〔二〕見　何校舊鈔本、《文苑英華》、《唐詩紀事》作「説」。

〔三〕形迹　何校舊鈔本、《文苑英華》、《唐詩紀事》作「期别」，《唐百家詩選》作「影跡」。

古别離

朝日上高臺，離人愁秋草〔一〕。如見萬里人〔二〕，不見萬里道。含酸欲誰訴，轉轉傷懷抱。君行本迢遠，苦樂良誰保〔三〕。宿昔夢同衾，心憂夢顛倒〔四〕。結髮年已遲〔五〕，征行去何早。寒暄有時謝，憔悴亦難好〔六〕。人皆算年壽，死者何曾老。少壯無見期，水深風浩浩。

〔一〕愁　何校舊鈔本、《文苑英華》卷二〇二、《唐詩紀事》作「怨」。

〔二〕如見萬里人　何校舊鈔本、《文苑英華》、《唐詩紀事》「如」作「但」，「人」作「天」。《唐百家詩選》作「如見萬里天」。

〔三〕誰　各本同，《文苑英華》、《唐百家詩選》、《唐詩紀事》作「難」，似是。

〔四〕心憂　馮校本、《文苑英華》、《唐詩紀事》作「憂心」。

〔五〕結髮年已遲　何校舊鈔本、《唐詩紀事》作「白髮年已深」。

〔六〕亦難　何校舊鈔本、《文苑英華》、《唐詩紀事》作「難再」。

傷懷贈故人〔一〕

稍稍晨鳥翔〔二〕，淅淅草上霜。人生早艱苦，壽命恐不長。二十學已成，三十名不彰。豈無同門友，貴賤易中腸。驅馬行萬里，悠悠過帝鄉。幸因紘歌末，得上君子堂。衆樂互喧奏〔三〕，獨子備笙簧〔四〕。坐中無知音，安得神揚揚〔五〕。願因高風起，上感白日光。

〔一〕贈故人　何校舊鈔本、《唐詩紀事》作「醻故友」。

〔二〕鳥　何校舊鈔本及《唐詩紀事》作「雞」。

〔三〕衆　此字原缺，據各本補。

〔四〕子　何校舊鈔本、《唐百家詩選》、《唐詩紀事》作「予」，似是。

〔五〕揚揚　何校舊鈔本、《唐詩紀事》作「洋洋」。

張彪四首

雜詩

富貴多勝事，貧賤無良圖。上德兼濟心，中才不如愚。商者多巧智〔一〕，農者争膏腴〔二〕。儒生未遇時，衣食不自如。久與故交别，他榮我窮居。到門懶入門，何況千里餘。君子有褊性，矧乃尋常徒。行行任天地，無爲强親疎。

〔一〕多　馮校本、鄭藏明刻本作「不」，當誤。

〔二〕争　何校舊鈔本、《唐詩紀事》卷二三作「多」。

神仙

神仙可學無，百歲名大約。天地何茫茫〔一〕，人間半哀樂。浮生亮多惑〔二〕，善事翻爲惡。争先等馳驅〔三〕，中路苦瘦弱。長老思養壽，後生笑寂寞。五穀非長年，四氣乃靈藥。列子何必待，吾心滿寥廓。

〔一〕茫茫　何校舊鈔本、《唐詩紀事》作「蒼茫」。

〔二〕惑　各本同。《唐百家詩選》、《唐詩紀事》作「感」。

〔三〕馳驅　何校舊鈔本、《唐百家詩選》、《唐詩紀事》作「驅逐」。

北遊還酬孟雲卿〔一〕

忽忽望前事，志願能相乖。衣馬久羸弊，誰信文與才〔二〕。善道居貧賤，潔服蒙塵埃。行行無定心，壈坎難歸來。慈母憂疢疹，至家念棲棲〔三〕。與君宿姻親，深見中外懷。俟余惜時節，悵望臨高臺。

〔一〕還　馮校本、鄭藏明刻本、《唐百家詩選》、《唐詩紀事》作「遠」。

〔二〕誰信文與才　各本同。《文苑英華》卷二四四作「誰辨才不才」。

〔三〕至家　何校舊鈔本、《文苑英華》、《唐百家詩選》、《唐詩紀事》作「家室」。

古別離

別離無遠近，事歡情亦悲。不聞車輪聲〔一〕，後會將何時？去日忘寄書，來日乖前期。縱知明當返，一息千萬思。

〔一〕輪　何校舊鈔本作「馬」。

趙微明三首

回軍跛者

既老又不全，始得離邊城。一枝假枯木，步步向南行。去時日一百，來時一月程〔一〕。常恐道路旁，掩棄狐兔塋。所願死鄉里，到日不願生。聞此哀怨詞，念念不忍聽。惜無異人術，倏忽具爾形。

〔一〕月　馮校本、鄭藏明刻本作「日」。按徐乃昌校謂此二句言去時一日行一百里，回時脚跛，百里須行一月。作「來時一日程」，當誤。

挽歌詩〔一〕

寒日蒿上明〔二〕，淒淒郭東路。素車誰家子，丹旐引將去。原下荆棘叢，叢邊有新墓。人間痛傷別，此是常别處〔三〕。曠野多蕭條〔四〕，青松白楊樹。

〔一〕詩題《唐百家詩選》作《挽歌詞》。

〔二〕蒿　何校舊鈔本作「原」。

〔三〕常　各本同，《唐百家詩選》作「長」。

〔四〕多　各本同，《唐百家詩選》作「何」。

思歸〔一〕

爲别未幾日，去日如三秋〔二〕。猶疑望可見，日日上高樓。惟見分手處，白蘋滿芳洲。寸心寧死别，不忍生離憂。

〔一〕詩題各本同，《唐百家詩選》、《唐詩紀事》亦同。《文苑英華》卷二〇二載趙微明二首，第一首「離别無遠近」乃張彪詩，此爲第二首。

〔二〕去　各本及《唐百家詩選》、《唐詩紀事》同，《文苑英華》作「一」。

元季川四首

泉上雨後作

風雨蕩繁暑，雷息佳霽初。〔一〕衆峰帶雲雨，清氣入吾廬〔二〕。颯颯涼飈來，臨窺愜所圖。緑蘿長新蔓，裊裊垂坐隅。流水復簷下，丹砂發清渠。養葛爲我衣，種芋爲我蔬。誰是畹與畦，瀰漫連野蕪。

〔一〕首二句各本及《唐百家詩選》、《唐詩紀事》同，《文苑英華》卷一五五作「風動蕩煩暑，雨息佳霽初」。

〔二〕吾　馮校本、鄭藏明刻本、《文苑英華》、《唐百家詩選》、《唐詩紀事》作「我」。

登雲中

灌田東山下，取藥在爾休。清興相引行，日日三四周。白鷗與我心，不厭此中遊。窮覽頗有適，不極趣無幽。憀然歌采薇，曲盡心悠悠。

山中曉興〔一〕

河漢降玄霜，昨來節物殊。媿無神仙姿，豈有陰陽俱〔二〕。靈鳥望不見〔三〕，慨然悲高梧。華葉隨風揚，珍條雜榛蕪。爲君寒谷吟，歎息知何如。

〔一〕曉　馮校本及《唐百家詩選》、《唐詩紀事》卷三二作「晚」。

〔二〕豈　何校舊鈔本、《唐詩紀事》作「亦」。

〔三〕鳥　馮校本、鄭藏明刻本作「高」。

古遠行

悠悠遠行者，羈留當時思[一]。道與日月長，人無茅舍期[二]。出門萬里心，誰不傷別離。縱遠當白髮，歲月悲今時[三]。何況異形容，安須與爾悲。

〔一〕留　馮校本、鄭藏明刻本、汲本、《唐百家詩選》作「獨」。

〔二〕茅　《唐百家詩選》作「第」。

〔三〕悲　《唐百家詩選》作「非」。

玉臺後集

〔唐〕李康成 編

陳尚君 輯校

前記

梁代徐陵選録漢魏至梁代吟詠婦女生活之詩，編爲《玉臺新詠》十卷。至唐代，李康成又將梁末至唐代的同類詩作，編爲《玉臺後集》十卷。

李康成生平資料很少，現在能看到的只有劉長卿《劉隨州集》卷一〇《嚴陵釣臺送李康成赴江東使》一詩。嚴陵釣臺在睦州桐廬，可知此詩爲劉長卿大曆十三年（七七八）前後任睦州司馬時作（參傅璇琮先生《唐代詩人叢考·劉長卿事迹考辨》）。時李康成自睦州將赴江東使幕，長卿爲詩送之。康成曾任何官，今已無考。宋劉克莊《後村詩話續集》卷一謂康成與李、杜、高、岑同時，大致可從。

《玉臺後集》一書，宋代公私書目多著録之。《新唐書·藝文志》將編者誤爲李康，《通志·藝文略》、《宋史·藝文志》皆沿其誤，目驗其書而予以著録的《崇文總目》及晁公武《郡齋讀書志》、陳振孫《直齋書録解題》等皆不誤。此書明以後不見著録。從《永樂大典》尚多次引用來看，亡佚當在明初以後。明末吴琯編《唐詩紀》、胡震亨編《唐音統籤》均曾多次引及此集，但宋人曾稱及之詩，二書或有未收，宋人説此集康成自收八首詩，二書均僅存五首。吴、胡二書均爲欲網羅一代詩歌之著，並非選本。上述狀況，只能認爲二人所見最多僅爲殘本，甚或根本未見該集，所引皆轉録他書。清編《全唐詩》所引，則係轉録胡書及以吴書爲基礎而成的季振宜《全唐詩》稿本。

《玉臺後集》收詩情況，宋人略有述及。《郡齋讀書志》謂係「採梁蕭子範迄唐張赴二百九人所著樂府歌詩六百七十首」，并云凡徐陵已收者，僅存庾信、徐陵二人，餘並不録。《後村詩話續集》則云「自陳後主、隋煬帝、江總、庾信、沈、宋、王、楊、盧、駱而下二百九人，詩六百七十首，彙爲十卷，與前集同」。《玉臺新詠》成書於梁武帝中大通六年（五三四），《玉臺後集》首選者蕭子範卒於梁簡文帝大寶元年（五五〇），正與徐書相接。其成書時間，劉克莊以爲在天寶年間，從收有張繼、張赴（當作張起）及康成己作來看，似應在天寶以後。宋本《玉臺新詠》存詩六百八十九首，作者百餘人，則《後集》收詩當與之大致相若。

《玉臺新詠》今存，爲研究漢魏六朝詩歌的基本典籍之一，向爲學者所寶重。其續書《玉臺後集》的失傳，確實很可惜。所幸宋、明典籍中，引及此書者尚多。今廣事輯録，凡得作者七十一人（其中八人無詩，另二人疑有誤），詩一百又六首（其中十首僅存殘句，一首僅存題，另存疑二題）。雖然存人僅當原書三分之一稍强，存詩僅六分之一弱，相信對了解《玉臺後集》的面貌，研究梁陳至盛唐時期的詩歌，還是有一定參考價值的。取資晏殊《類要》，曾參取唐雯《晏殊類要研究》所附輯佚，亦當鳴謝。

輯録時所録詩，一般以直接注云出《玉臺後集》者爲主，而以他書所引詩參校。有僅引殘句而據他書存全詩，即據他書補足。編次仍循李康成原例，以作者列目，以作者世次先後爲序，凡梁一人、陳八人、北齊一人、北周二人、隋六人、唐五十一人、時代不明二人、存疑二人。凡《全唐詩》列爲世次無考者，及唐前人曾誤爲唐人者，其事迹略作考訂，其餘一般不贅及。

本集輯校所據主要典籍爲：

宋郭茂倩《樂府詩集》一百卷　文學古籍刊行社影宋本

宋晏殊《類要》殘存三十七卷　《四庫全書存目叢書》影印西安文管會藏舊鈔本

宋郭知達《九家集注杜詩》　《杜詩引得》附本

宋劉克莊《後村詩話》十四卷　中華書局校點本

宋蔡夢弼《杜工部草堂詩箋》四十卷　《古逸叢書》影宋本

宋晁公武《郡齋讀書志》二十卷　上海古籍出版社孫猛校證本

明解縉等《永樂大典》殘本　中華書局影印本

明吴琯《唐詩紀·初唐》六十卷、《盛唐》一百一十卷　明萬曆刊本

清彭定求等《全唐詩》九百卷　中華書局排印本

玉臺後集序

昔陵在梁世，父子俱事東朝，特承優遇。時承平好文，雅尚宫體，故採西漢以來詞人所著樂府豔詩，以備諷覽。〔一〕

太清之後，以迄今朝，雖未直置簡我古人，而凝豔過之遠矣。〔二〕

名登前集者，今並不録。惟庾信、徐陵仕周、陳，既爲異代，理不可遺。〔三〕

〔一〕見《郡齋讀書志》卷二《玉臺新詠》解題引李康成云。

〔二〕見《類要》卷三十一引李康成《玉臺後集序》。

〔三〕見《郡齋讀書志》卷二《玉臺後集》解題。

玉臺後集目録

蕭子範〔一〕

〔一〕《郡齋讀書志》卷三云《玉臺後集》收詩始於梁蕭子範，篇目不詳。子範，《梁書》卷三五、《南史》卷四二有傳。

徐陵

中婦織流黄〔一〕

落花還井上，春機當户前。帶衫行障口，覓釧枕檀邊。數鑷經無亂，新漿緯易牽。蜘蛛夜伴織，百舌曉驚眠。封用黎陽土，書因計吏船。欲知夫壻處，今督水衡錢。

〔一〕《後村詩話續集》卷一據《玉臺後集》録「書因計吏船」一句。全詩據《樂府詩集》卷三五。

烏棲曲二首〔一〕

卓女紅粉期此夜，胡姬沽酒誰論價。風流荀令好兒郎，偏能傅粉復薫香。

繡帳羅緯隱燈燭，一夜千年猶不足。唯憎無賴汝南雞，天河未落猶争啼。

〔一〕《後村詩話續集》卷一據《玉臺後集》録「一夜千年猶不足」一句。全詩據《樂府詩集》卷四八。

烏棲曲〔一〕

桃花春水木蘭橈，金羈翠蓋聚河橋。隴西上計應行去，城南美人啼著曙。

〔一〕《古詩紀》卷一一九收此爲江總詩，注云：「《玉臺後集》作徐陵。」

沈君攸

採蓮詩〔一〕

平川映曉霞，蓮舟泛浪華。衣香隨岸遠，荷影向流斜。度手牽長柄，轉檝避疎花。還船不畏滿，歸路詎嫌賒。

〔一〕《九家集注杜詩》卷二九《秋日夔州詠懷寄鄭監審李賓客之芳一百韻》「何處覓平川」趙云：「《玉臺後集》載沈君攸《採蓮詩》云：『平川映曉霞，蓮舟泛浪華。』」《樂府詩集》卷五〇題作《採蓮曲》，今據以録詩。

周弘正

採桑〔一〕

金鈎全出樹，桑條半隱籬。欲教見纖手，攀取最高枝。

〔一〕見《後村詩話續集》卷一引《玉臺後集》。

陳後主〔一〕

〔一〕《後村詩話續集》卷一云《玉臺後集》收陳後主詩，篇目不詳。

江總

長安路〔一〕

翠蓋乘輕霧〔二〕，金羈照落暉。五侯新拜罷〔三〕，七貴早朝歸。轟轟紫陌上，藹藹紅塵飛。日暮延平客，風花拂舞衣。

〔一〕《後村詩話續集》卷一據《玉臺後集》録「五侯新拜罷，七貴早朝歸」二句。全詩據《樂府詩集》卷二三，參校《文苑英華》卷一九二。

〔二〕輕霧　《樂府詩集》作「輕露」，據《文苑英華》改。

〔三〕罷　《適園叢書》本《後村詩話》作「寵」，盧文弨校本及《樂府詩集》、《文苑英華》作「罷」。

宛轉歌〔一〕

九夕天河白露明，八月濤水秋風驚。樓中恒聞哀響曲，塘上復有苦辛行。不解何意悲秋氣，直置無秋悲自生。不怨前堦促織鳴，偏愁便路擣衣聲。别燕差池自有返，離蟬寂寞詎含情。

雲聚懷情四望臺，月冷相思九重觀。欲題芍藥詩不成，來采芙蓉花已散。金樽送曲韓娥起，玉柱調弦楚妃歎。翠眉結恨不復開，寶鬢迎秋度前亂。湘妃拭淚灑貞筠，筴藥浣衣何處人？步步香飛金薄履，盈盈扇掩珊瑚脣。已言采桑期陌上，復能解佩就江濱。競入華堂要花枕，争開羽帳奉華茵。不惜獨眠前下釣，欲許便作後來新。後來暝暝同玉床，可憐顔色無比方。誰能巧笑特窺井，乍取新聲學繞梁。宿處留嬌墮黄珥，鏡前含笑弄明璫。採萉摘心心不盡，茱萸折葉葉更芳。已聞能歌《洞簫賦》，詎是故愛邯鄲倡。

〔一〕《類要》卷二九《雜曲名》引《玉臺後集》引「金樽送曲韓娥起，玉柱調弦楚妃歎」二句。今據《樂府詩集》卷六〇、《文苑英華》卷二〇七録全詩。

梅花落〔一〕

臘月正月早驚春，衆花未發梅花新。可憐芬芳臨玉臺，朝攀晚折還復開。長安少年多輕薄，兩兩常唱梅花落。滿酌金卮催玉柱，落梅樹下宜歌舞。金谷萬株連綺甍，梅花密處藏嬌鶯。桃李佳人欲相照，摘葉牽花來並笑。楊柳條青樓上輕，梅花色白雪中明。横笛短簫淒復咽，誰知柏梁聲不絶。

〔一〕《九家集注杜詩》卷二三《江畔獨步尋花七絶句》之六「留連戲蝶時時舞，自在嬌鶯恰恰啼」趙云：《玉臺後集》載上官儀詩云：「戲蝶流鶯聚窗外。」江總云：「梅花落處隱嬌鶯。」今據《樂府詩集》卷二四補録全詩。

詩[一]

回裙轉佩百媚生，插花照鏡千嬌出。

[一]《記纂淵海》卷八一引《玉臺後詠》引「回裙轉佩百媚生」一句。今據《野客叢書》卷一七《語益精明》知爲江總作，「回裙」作「回身」，並據補下句。

張正見

賦得佳期竟不歸[一]

良人萬里向河源，小婦三秋思柳園[二]。路遠寄詩空織錦，宵長夢返欲驚魂。飛蛾屢繞帷前燭，衰草還侵階上玉。銜啼拂鏡不成妝，促柱繁弦還亂曲。特忿年移竟不歸[三]，偏憎寒急夜縫衣。流螢映月明空帳，疎葉從風入斷機。自對孤鸞向影絶，終無一鴈帶書回。

[一]《古詩紀》卷一一三收此，校記引及《玉臺後集》，今據以録出。又見《漢魏六朝百三家集》卷一〇六。

[二]小　《古詩紀》作「娼」，注云：「《玉臺後集》作『小』。」

[三]特忿　《古詩紀》作「時分」，注云：「《玉臺後集》作『特忿』。」

詩

銜蘆處處落，無有繫書鴻。〔一〕

〔一〕見盧文弨校本《後村詩話續集》卷一引《玉臺後集》。他本缺作者名。此二句不見《張正見詩集》，題不詳。

蘇子卿〔一〕

落梅〔二〕

中庭一樹梅，寒多葉未開。祇言花是雪，不悟有香來。上郡春恒晚，高樓年易催。織書偏有意，教逐錦文回。

〔一〕蘇子卿，《樂府詩集》作陳時人，生平不詳。

〔二〕《後村詩話續集》卷一據《玉臺後集》引「祇言花是雪，不悟有香來」二句，據《樂府詩集》卷二四（題作《梅花落》）補足全詩。

樂昌公主

詩〔一〕

今日何遷次，新官對舊官。笑啼俱不敢，方驗作人難。

〔一〕《九家集注杜詩》卷二一《王十五司馬弟出郭相訪兼遺營牙堂貲》「客裏何遷次，江邊正寂寥」趙云：《玉臺後集》載楊令公令陳後主妹樂昌公主作詩，其詩云：「今日何遷次，新官對舊官。」今據《本事詩》録全詩。《兩京新記》卷三所録較早，然有缺文，暫不取。并録本事附後。

孟啟《本事詩·情感第一》：陳太子舍人徐德言之妻，後主叔寶之妹，封樂昌公主，才色冠絶。時陳政方亂，德言知不相保，謂其妻曰：「以君之才容，國亡必入權豪之家，斯永絶矣。儻情緣未斷，猶冀相見，宜有以信之。」乃破一鏡，人執其半，約曰：「他日，必以正月望日，賣於都市。我當在，即以是日訪之。」及陳亡，其妻果入越公楊素之家，寵嬖殊厚。德言流離辛苦，僅能至京，遂以正月望日訪於都市。有蒼頭賣半鏡者，大高其價，人皆笑之。德言直引至其居，設食，具言其故，出半鏡以合之。仍題詩曰：「鏡與人俱去，鏡歸人不歸。無復嫦娥影，空留明月輝。」陳氏得詩，涕泣不食。素知之，愴然改容，即召德言還其妻，仍厚遺之，聞者無不感歎。仍與德言、陳氏偕飲，令陳氏爲詩，曰：「今日何遷次，新官對舊官。笑啼俱不敢，方驗作人難。」遂與德言歸江南，竟以終老。

徐之才〔一〕

下山逢故夫〔二〕

踟躕下山婦，共申别離久。爲問織縑人，何必長相守？

〔一〕徐之才，《魏書》卷九一、《北齊書》卷三三、《北史》卷九〇有傳。

〔二〕見明吴琯《唐詩紀·初唐》卷五九引《玉臺後集》。《全唐詩》卷七七三據以收入。

庾信

閨人望月〔一〕

雖是從來月，東窗異昔時。今宵一長夜，應斂幾人眉。

〔一〕見《後村詩話續集》卷一引《玉臺後集》。

唐怡〔一〕

詠破扇〔二〕

輪如明月盡，羅似薄雲穿。無由重掩笑，分在秋風前。

〔一〕唐怡，字君長，北海平壽人，徙丹陽。北周大象中，位至内史下大夫、漢陽公。隋初廢於家而卒。事迹見《北史》卷六七、《續高僧傳》卷三三、《新唐書·宰相世系表》。

〔二〕見《唐詩紀·初唐》卷五九引《玉臺後集》。

述懷〔一〕

萬事皆零落，平生不可思。惟餘酒中趣，不減少年時。

〔一〕《全唐詩》卷七七三云此詩出《玉臺後集》，然《唐詩紀·初唐》卷五九不云所出，詩意亦不涉女性，疑《全唐詩》有誤。今知此詩較早出處爲《詩式》卷五、《萬首唐人絶句》卷二四。

隋煬帝

蕩子不歸〔一〕

長階落花滿，空院野鶯啼。

春日

傳語春光道，先歸何處邊。

〔一〕以下二題皆見《後村詩話續集》卷一引《玉臺後集》。

詩〔一〕

歡情良未已，獨命車渠杯。

〔一〕見《類要》卷二八《飲酒宴》引《玉臺後集》，全詩不存。

盧思道

和徐參卿秋夜擣衣〔一〕

〔一〕見《杜詩趙次公先後解》己帙卷六《冬晚送長孫漸舍人》注引，詩不存。

虞世基

衡陽王齋閣奏妓〔一〕

金溝低御道，玉管正吟風。拾翠天津上，回鸞鳥路中。鏡前看月近，歌處覺塵空。今宵織女見，言是望仙宮。

〔一〕《杜詩趙次公先後解》戊帙卷九《秋興八首》引《玉臺後集》引「拾翠天津上，回鸞鳥路中」兩句。今據《初學記》卷一五録全詩。

蔡瓌〔一〕

夏日閨怨〔二〕

桃徑李蹊絶芳園，炎氛熾日滿愁軒。枝上鳥驚朱槿落，池中魚戲緑蘋翻。君戀京師久留滯，妾怨高樓積年歲。非關曾入楚王宮，直爲相思腰轉細。卧簟乘閑乍逐涼，熏爐畏熱嬾焚香。

雨霑柳葉如啼眼，露滴蓮花似汗妝。全由獨自羞看影，豔是孤眠疑夜永。無情拂鏡不成妝，有時却扇還風静。近日書來道欲歸，鴛鴦文錦字息機。但恐愁容不相識，爲教恒著别時衣。

〔一〕蔡環，《續高僧傳》卷一二載其爲隋時江陽介士，大業九年撰《智琳碑》。

〔二〕見《唐詩紀·初唐》卷五九引《玉臺後集》。

李播〔一〕

見美人聞琴不聽〔二〕

洛浦風流雪，陽臺朝暮雲。聞琴不肯聽，似妬卓文君。

〔一〕唐時有數李播。此李播僅知爲唐玄宗以前人。疑即《舊唐書》卷七九《李淳風傳》所載淳風父播，隋高唐尉，棄官爲道士，頗有文學，自號黄冠子。五卷本《王無功文集》卷首吕才序，謂播與王績爲莫逆交。

〔二〕見《唐詩紀·初唐》卷五九引《玉臺後集》。

丁六娘

十索四首〔一〕

裙裁孔雀羅，紅緑相參對。映以蛟龍錦，分明奇可愛。粗細君自知，從郎索衣帶。

爲性愛風光，偏憎良夜促。曼眼腕中嬌，相看無厭足。歡情不耐眠，從郎索花燭。君言花勝人，人今去花近。寄語落花風，莫吹花落盡。欲作勝花妝，從郎索紅粉。二八好容顔，非意得相關。逢桑欲採折，尋枝倒懶攀。欲呈纖纖手，從郎索指鐶。

〔一〕《後村詩話續集》卷一據《玉臺後集》録「欲作勝花妝，從郎索紅粉」、「欲呈纖纖手，從郎索指鐶」四句。全詩據《樂府詩集》卷七九。

虞世南

中婦織流黄〔一〕

寒閨織素錦，含怨斂雙蛾。綜新交縷澀，經脆斷絲多。衣香逐舉袖，釧動應鳴梭。還恐裁縫罷，無信達交河。

〔一〕《後村詩話續集》卷一據《玉臺後集》録「還恐裁縫罷，無信達交河」二句。全詩據《樂府詩集》卷三五。

陳子良

學小庾體〔一〕

拂簟承花落，開簾待燕歸。

〔一〕見《後村詩話續集》卷一引《玉臺後集》。

謝偃

踏歌詞三首〔一〕

春景嬌春臺，新露泣新梅。春葉參差吐，新花重疊開。花影飛鶯去，歌聲度鳥來。倩看飄飄雪，何如舞袖迴。

逶迤度香閣，顧步出蘭閨。欲繞鴛鴦殿，先過桃李蹊。風帶舒還卷，簪花舉復低。欲問今宵樂，但聽歌聲齊。

夜久星沉没，更深月影斜。裙輕纔動珮，鬟薄不勝花。細風吹寶袜，輕露濕紅紗。相看樂未已，蘭燈照九華。

〔一〕《後村詩話續集》卷一據《玉臺後集》録「鬟薄不勝花」一句。全詩據《樂府詩集》卷八二。

楊師道

闕題〔一〕

漢家伊洛九重城，御路浮橋萬里平。桂户雕梁連綺翼，虹梁繡柱映丹楹。朝光欲動千門曙，麗日初照百花明。燕趙蛾眉舊傾國，楚宮腰細本傳名。二月桑津期結伴，三春淇水逐關情。蘭叢有意飛雙蝶，柳葉無趣隱啼鶯。扇裏細妝將夜並，風前獨舞共花榮。兩鬢百萬誰論價，一笑千金判是輕。不爲披圖來侍寢，非因主第奉身迎。羊車詎畏青門閉，兔月今宵照後庭。

〔一〕見《唐詩紀·初唐》卷四引《玉臺後集》。

鄭世翼

見佳人負錢出路〔一〕

燭負千金價，應從買笑來。祇持難發口，經爲幾人開。

〔一〕《唐詩紀·初唐》卷五收此詩云：「出《玉臺後集》，作鄭翼。」鄭翼即鄭世翼，避唐太宗諱省。

張文琮

詠王昭君〔一〕

戎途飛萬里〔二〕，迴首望三秦。忽見天山雪，還疑上苑春。玉痕垂粉淚〔三〕，羅袂拂胡塵。爲得胡中曲，還悲遠嫁人。

〔一〕《後村詩話續集》卷一據《玉臺後集》録「忽見天山雪，還疑上苑春」二句。全詩據《樂府詩集》卷二九（題作《昭君詞》），參校《文苑英華》卷二〇四（題作《昭君怨》）。

〔二〕戒途 《文苑英華》作「我途」。

〔三〕粉淚 《文苑英華》作「淚粉」。

潘求仁〔一〕

詠燭寄人〔二〕

燭與人相似，通宵遽白煎。不應須下淚，衹是爲人然。

〔一〕潘求仁，隋尚書右丞潘子義孫。唐初任吏部員外郎、屯田郎中。貞觀十四年任杭州刺史。有集三卷。見《郎官石柱題名考》卷四。

〔二〕見《唐詩紀·初唐》卷五九引《玉臺後集》。

上官儀

八詠應制二首〔一〕

啓重帷，重帷照文杏。翡翠藻輕花，流蘇媚浮影。瑶笙燕始歸，金堂露初晞。風隨少女至，虹共美人歸。羅薦已擘鴛鴦被，綺衣復有蒲萄帶。殘紅豔粉映簾中，戲蝶流鶯聚窗外。洛濱春雪回，巫峽暮雲來。雪花飄玉輦，雲光上璧臺。共待新妝出，清歌送落梅。入叢臺，叢臺裛春露。滴瀝間深紅，參差散輕素。妝蝶驚復聚，黄鸝飛且顧。攀折殊未已，復值驚飛起。送影舞衫前，飄香歌扇裏。望望惜春暉，行行猶未歸。暫得佳遊趣，更愁花鳥稀。且學鳥聲調鳳管，方移花影入鴛機。

〔一〕《九家集注杜詩》卷二三《江畔獨步尋花七絶句》之六「留連戲蝶時時舞，自在嬌鶯恰恰啼」趙云：《玉臺後集》載上官儀詩云：「戲蝶流鶯聚窗外。」今據《全唐詩》卷四〇録全詩。

杜易簡

湘州新曲二首〔一〕

昭潭深無底，橘洲淺而浮。本欲凌波去，繇爲目成留。願君稍弭檝，無令賤妾羞。

二八相招攜，採菱渡前溪。弱腕隨橈起，纖腰向舸低。自解看花笑，憎聞染竹啼。

〔一〕《類要》卷二《荆湖北路》引《玉臺後集》第二引「昭潭深無底，橘洲淺而浮。本欲淩波去，繇爲□□留」四句。今據《樂府詩集》卷九〇録全詩。

董思恭

詠王昭君二首〔一〕

琵琶馬上彈，行路曲中難。漢月正南遠，燕山直北寒。鬢鬟風拂亂〔二〕，眉黛雪沾殘。斟酌紅顔改〔三〕，徒勞握鏡看〔四〕。

新年猶尚小，那堪遠聘秦。裙裾沾馬汗，眉黛染胡塵。舉眼無相識，路逢皆異人。唯有梅將李，猶帶故鄉春。〔五〕

〔一〕《後村詩話續集》卷一據《玉臺後集》録「漢月正南遠，燕山直北寒」二句。《九家集注杜詩》卷三二《月》「斟酌姮娥寡，天寒耐九秋」趙云：「《玉臺後集》載董思恭《王昭君》詩：『斟酌紅顔盡，何勞鏡裏看。』」全詩據《文苑英華》卷二〇四，題作《昭君怨二首》。《唐詩紀事》卷三題作《昭君怨》。《樂府詩集》卷二九僅録前一首，題作《王昭君》。

〔二〕亂　《樂府詩集》作「散」。

〔三〕改　《樂府詩集》作「盡」。

〔四〕徒勞握鏡看　《樂府詩集》作「何勞鏡裏看」。

〔五〕《全唐詩》卷六三謂「此首一作董初詩」。董初無考，誤。

春日代情人〔一〕

昔日管絃調，將人舞細腰。懸知今日恨，誰分昔時嬌。棄妾頻登隴，從軍幾度遼。可憐香草夜，空見落花朝。淚滴珠難盡，容殘玉易銷。儻隨明月去，莫道夢魂遥。

〔一〕見《永樂大典》卷三〇〇五引《玉臺後詠》。

辛弘智〔一〕

自君之出矣〔二〕

自君之出矣，梁塵静不飛。思君如滿月，夜夜減容輝。〔三〕

〔一〕辛弘智，唐高宗時任國子祭酒，見後引《朝野僉載》，世次據羅道琮事迹考知。

〔二〕《唐詩紀・初唐》卷五九云：「《樂府詩集》作李康成詩。按康成撰《玉臺後集》，以此首爲弘智作，康成别有一作。」按《樂府詩集》卷六九以此爲康成詩。

〔三〕減　《唐詩紀・初唐》作「滅」，從《樂府詩集》改。

詩〔一〕

君爲河邊草，逢春心剩生。妾如臺上鏡，得照始分明。

〔一〕見《唐詩紀・初唐》卷五九引《玉臺後集》。《太平廣記》卷二五九引《朝野僉載》存此詩本事云：「唐國子祭酒辛弘智詩云(詩略)。同房學士辛定宗爲改『始』字爲『轉』字,遂争此詩,皆云我作。乃下牒,見博士羅道琮,判云:『昔五字定表,以理切稱奇。今一言競詩,取詞多爲主。詩歸弘智,『轉』還定宗。以狀牒知,任爲公驗。』」

王勃

銅雀妓二首〔一〕

妾本深宫妓,曾城閉九重。君王歡愛盡,歌舞爲誰容? 錦衾不復襞,羅衣誰再縫。高臺西北望,流涕向青松。

金鳳鄰銅雀,漳河望鄴城。君王無處所,臺榭若平生。舞筵紛可就,歌梁儼未傾。西陵松檟冷,誰見綺羅情。

〔一〕《後村詩話續集》卷一據《玉臺後集》録「君王無處所,臺榭若平生」二句。全詩據《樂府詩集》卷三一。

楊炯〔一〕

〔一〕《後村詩話續集》卷一云《玉臺後集》收楊炯詩,篇目不詳。

盧照鄰〔一〕

〔一〕《後村詩話續集》卷一云《玉臺後集》收盧照鄰詩,篇目不詳。

駱賓王〔一〕

〔一〕《後村詩話續集》卷一云《玉臺後集》收駱賓王詩，篇目不詳。

沈佺期

古離别〔一〕

白水東悠悠，中有西行舟。舟行有返棹，水去無還流。奈何生别者，戚戚懷遠遊。遠遊誰當惜，所悲會難收。自君閺芳躧〔二〕，青陽四五遒。皓月掩蘭室，光風虚蕙樓。相思無明晦，長歎累冬秋。離居久遲暮，高駕何淹留。

〔一〕《後村詩話續集》卷一據《玉臺後集》録「舟行有返棹，水去無還流」二句。全詩據《唐詩紀·初唐》卷二九。

〔二〕閺 斯二七一七卷《珠英學士集》及《全唐詩》卷二六作「間」，《樂府詩集》卷七一作「聞」。躧，《唐詩紀·初唐》校：一作「屣」。

宋之問

和趙員外桂陽橋遇佳人〔一〕

江雨朝飛浥細塵，陽橋花柳不勝春。金鞍白馬來從趙，玉面紅妝本姓秦。妬女猶憐鏡中髮，侍兒堪感路傍人。蕩舟爲樂非吾事，自歎空閨夢寐頻。

〔一〕見《唐詩紀·初唐》卷三四及《唐音統籤》卷五八引《玉臺後集》。

李嶠

倡婦行〔一〕

十年倡家婦，三秋邊地人。紅妝樓上歇，白髮隴頭新。夜夜風霜苦，年年征戍頻。山西長落日，塞北久無春。團扇辭恩寵，回文贈苦辛。胡兵屢攻戰，漢使絶和親。消息如瓶井，沉浮似路塵。空餘千里月，照妾兩眉嚬。

〔一〕《後村詩話續集》卷一據《玉臺後集》録「團扇辭恩寵，回文贈苦辛」二句。全詩據《唐詩紀·初唐》卷二八。

張修之

長門怨〔一〕

長門落景盡，洞房秋月明。玉階草露積，金屋網塵生。妾妒今應改，君恩惜未平。寄語臨邛客，何時作賦成。

〔一〕《後村詩話續集》卷一據《玉臺後集》録張修《長門怨》「妾妒今應改，君恩昔不平」二句。此二句即見張修之詩中，知張修爲張修之之譌。今據《樂府詩集》卷四二録全詩。又《全唐詩》卷九九又録此詩於張循之之下。

唐人書體，修、循形近，知循之亦即修之。

郎大家宋氏〔一〕

長相思

長相思，久離別，關山阻，風煙絶。臺上鏡文銷，袖中書字滅。不見君形影，何曾有懽悦。

〔一〕《唐詩紀·初唐》卷六〇云：「按《玉臺後集》次劉希夷前，當作初唐無疑。」存詩五首，當皆出此集，今並據以録之。

朝雲引

巴西巫峽連巴東〔一〕，朝雲觸石上朝空。巫山巫峽高何已，行雨行雲一時起。一時起，三春暮，若言來，且就陽臺路。

〔一〕連《樂府詩集》卷五一作「指」。

擬晉女劉妙容宛轉歌二首

風已清，月朗琴復鳴。掩抑非千態，殷勤是一聲。歌宛轉，宛轉和且長。願爲雙黄鵠〔一〕，比翼共翺翔。

日已暮，長簷鳥聲度〔二〕。此時望君君不來，思君君不顧〔三〕。歌宛轉，那能異棲宿〔四〕。願爲形與影，出入恒相逐。

〔一〕黄鵠　《樂府詩集》卷六〇作「鴻鵠」。

〔二〕烏聲度　《樂府詩集》作「烏應度」。

〔三〕思君君不顧　《樂府詩集》作「此時思君君不顧」。

〔四〕那能異棲宿　《樂府詩集》作「宛轉那能異棲宿」。

採　桑

春來南雁歸，日去西蠶遠。妾思紛何極，君遊殊未返。

劉希夷〔一〕

〔一〕《唐詩紀·初唐》卷六〇郎大家宋氏傳下按云：「按《玉臺後集》次劉希夷前，當作初唐無疑。」知《玉臺後集》收希夷詩，然篇目不詳。

王適

古離别〔一〕

昔歲驚楊柳，高樓悲獨守。今年芳樹枝，孤棲怨别離。珠簾晝不捲，羅幔曉長垂。古調琴先覺〔二〕，愁容鏡獨知。頻來雁度無消息〔三〕，罷去鴛文何用織〔四〕。夜還羅帳空有情，春著裙腰自無力。青軒桃李落紛紛，紫庭蘭蕙日氛氲。已能顦顇今如此，更復含情一待君。

〔一〕《後村詩話續集》卷一據《玉臺後集》引「古調琴先覺，愁容鏡獨知」二句，全詩據《樂府詩集》卷七二補足，參校《文苑英華》卷二〇二。詩題，《樂府詩集》、《文苑英華》皆作《古別離》。又《後村詩話》云王適爲「退之所謂奇男子者」，誤。《韓昌黎集》卷二八《試大理評事王君墓誌銘》之王適爲貞元、元和中人，不可能爲本集所收。此王適爲武后時人，兩《唐書》有傳。

〔二〕古調　《樂府詩集》、《文苑英華》作「苦調」。

〔三〕度　《文苑英華》作「去」。

〔四〕罷去鴛文　《文苑英華》作「罷却鴛紋」。

劉處約〔一〕

下山逢故人〔二〕

妾身本薄命，輕棄城南隅。庭前厭芍藥，山上採蘼蕪。春風罥紈袖，零落濕羅襦。羞將顦顇日，提籠逢故夫。

〔一〕劉處約，宣州人，劉長卿之祖。約於武后時任吏部員外郎、郎中等職。見《元和姓纂》卷二、《郎官石柱題名考》卷四。

〔二〕見《永樂大典》卷三〇〇五引《玉臺後詠》。

張昌宗

太平公主山亭宴〔一〕

淮南有小山，嬴女隱其間。折桂芙蓉浦，吹簫明月灣。扇掩將雛曲，釵承墮馬鬟。歡情本無限，莫掩洛陽關〔二〕。

〔一〕《後村詩話續集》卷一據《玉臺後集》引「扇掩將雛曲，釵承墮馬鬟」二句。兹據《文苑英華》卷一七六（題作《過太平公主山亭侍宴應制》）補録全詩，參校同書卷一六九（題作《過太平公主山亭侍宴》）。

〔二〕洛陽　《文苑英華》卷一六九作「洛城」。

喬氏

臨鏡曉妝詩〔一〕

林鳥驚眠罷，房櫳曙色開。雀釵金作縷，鸞鏡玉爲臺。妝似臨池出，人疑向月來。自憐方未已，欲去復徘徊。

〔一〕見《永樂大典》卷六五二三引《玉臺後詠》。此詩一作楊炯姪女楊容華詩，見《朝野僉載》卷三、《盈川集》卷三附、《唐詩紀事》卷七八，題作《新妝詩》，文字稍有出入，不另校。

蕭意〔一〕

長門失寵〔二〕

自從別鑾殿，長門幾度春。不知金屋裏，更貯若爲人。

〔一〕《唐詩紀·初唐》卷五九蕭意下注云：「以下十二人，按《玉臺後集》次初唐中。」僅録十一人，其中李播、徐之才、蔡瓌、唐怡、潘求仁、沈宇、閻德隱、辛弘智八人世次已考知，不知世次者僅蕭意、常理、劉元淑三人，仍次初唐末。《册府元龜》卷六九三：「蕭意爲徐州刺史，武建二年，魏軍圍漢中，意拒退之。」據同卷及《南齊書》卷四六、《南史》卷一八，此蕭意應爲蕭惠休之誤，「武建」應作「建武」，南齊明帝年號。《玉臺後集》收詩始於梁陳間，是此蕭意亦非是。

〔二〕《唐詩紀·初唐》卷五九引此詩，注云「見《玉臺後集》」。

常理〔一〕

古離別〔二〕

君御狐白裘，妾居緗綺幬。粟鈿金夾膝，花錯玉搔頭。離別生庭草，征衣斷戍樓。蠨蛸網清曙，菡萏落紅秋。小膽空房怯，長眉滿鏡愁。爲傳兒女意，不用遠封侯。

〔一〕常理，生平不詳。

〔二〕《後村詩話續集》卷一據《玉臺後集》録「小膽空房怯」以下四句。兹據《樂府詩集》卷七二（題作《古別離》）録全詩。《唐詩紀·初唐》卷五九此詩下注出《國秀集》，然今本《國秀集》無常理詩，殆出吴琯誤記。

偷薄命〔一〕

十五玉童色，雙蛾青彎彎。鳥銜櫻桃花，此時刺繡閑。嬌小恣所愛，誤人金指環。艷花勾引落，滅燭屏風關。妾怕愁中晝，君偷薄裏還。初謂來心平若案，誰知別意險如山。乍啼羅袖嬌遮面，不忍看君莫惜顔。

〔一〕見《唐詩紀·初唐》卷五九引《玉臺後集》。《全唐詩》卷七七三題作《妾薄命》。

劉元叔〔一〕

妾薄命〔二〕

自從離別守空閨，遥聞征戰赴雲梯〔三〕。夜夜思君遼海北〔四〕，年年棄一作抛妾渭橋西〔五〕。陽春白日照空暖，紫燕銜花向庭滿〔六〕。彩鸞琴裏怨聲多，飛鵲鏡前妝梳斷。誰家夫壻不從征〔七〕，應是漁陽別有情。莫道紅顔燕地少，家家還似洛陽城。旦逐新人殊未歸〔八〕，還令秋至夜霜飛。北斗星前横旅鴈〔九〕，南樓月下擣寒衣。夜深聞雁腸欲絶〔一〇〕，獨坐縫衣燈又滅〔一一〕。暗啼羅帳空自憐，夢度陽關向誰説。每憐容貌宛如神〔一二〕，如何薄命不如人〔一三〕。待君朝夕燕山至〔一四〕，好作明年楊柳春。

〔一〕劉元叔，《千載佳句》卷上、《文苑英華》卷二〇七、《樂府詩集》卷六二作劉元淑，生平不詳。
〔二〕見《唐詩紀·初唐》卷五九引《玉臺後集》。
〔三〕赴　《樂府詩集》作「起」。
〔四〕思君　《文苑英華》作「相思」，《樂府詩集》作「愁君」。「北」，《樂府詩集》作「外」。
〔五〕棄　《文苑英華》作「抛」。
〔六〕銜　《文苑英華》作「紅」。
〔七〕不　《文苑英華》作「久」。
〔八〕旦　《文苑英華》、《樂府詩集》作「且」。
〔九〕旅　《樂府詩集》作「度」。
〔一〇〕夜　《文苑英華》作「更」。
〔一一〕獨坐句，《文苑英華》作「獨夜挑燈燈復滅」。
〔一二〕憐　《文苑英華》作「吟」。
〔一三〕如何　《文苑英華》作「何其」。「如」，《樂府詩集》作「勝」。
〔一四〕待　《樂府詩集》作「願」。

郭元振

詠王昭君三首〔一〕

厭踐冰霜域，嗟爲邊塞人。思從漢南獵〔二〕，一見漢家塵。

自嫁單于國，長銜漢掖悲。容顔日憔悴，有甚畫圖時。

陌頭楊柳枝，已被春風吹。妾心正斷絶，君懷那得知。

〔一〕《後村詩話續集》卷一據《玉臺後集》録前二首，并云：「三首，内一首已入《詩選》。」兹據《樂府詩集》卷二九録第三首。《樂府詩集》題作《王昭君》，以「自嫁單于國」爲第一首，「厭踐冰霜域」爲第二首。

〔二〕漢南 《樂府詩集》作「漢南」。

吴少微

古意〔一〕

洛陽芳樹向春開，洛陽女兒平旦來。流車走馬紛相催，折芳瑶華向曲臺。曲臺自有千萬行，重花累葉間垂楊。北林朝日錦明光，南國微風蘇合香。可憐窈窕女，下作邯鄲娼。妙舞輕迴拂長袖，高歌浩唱發清商。歌終舞罷歡無極，樂往悲來長歎息。陽春白日不少留，紅榮碧樹無顔色。碧樹風花先春度，珠簾粉澤無人顧。如何年少忽遲暮，坐見明月與白露。明月白露夜已寒，香衣錦帶空珊珊。今日《陽春》一妙曲，鳳凰樓上與君彈。

〔一〕《類要》卷二九《私樂》引《玉臺後集》「吴少微《古意》云：『可憐窈窕女，不問自何人。□曰邯鄲艾，下作邯鄲倡』」四句。今據《文苑英華》卷二〇五録全詩。

古怨歌〔一〕

城南有怨婦，含怨倚蘭叢。自謂二八時，歌舞入漢宫。皇恩數流眄，承幸玉堂中〔二〕。緑陌黄花催夜酒，錦衣羅袂逐春風。建章西宫焕若神，燕趙美女二千人。君王厭德不忘新，況群豔冶紛來陳。是時别君不再見，三十三春長信殿。長信重門晝掩關，清房曉帳幽且閑。綺窗蟲網氛塵色，文軒鶯對桃李顔。天王貴宫不貯老，浩然淚隕今來還。自憐春色轉晚暮〔三〕，試逐佳游芳草路。小腰麗女奪人奇，金鞍少年曾不顧。歸來誰爲夫？請謝西家婦，莫辭先醉解羅襦。

〔一〕《類要》卷一〇《總敘衆嬪》引《玉臺後集》引「是時别君不再見，三十三春長信殿，長信重門晝掩關」三句。吴少微誤作「吴少卿」。今據《樂府詩集》卷四二録全詩。《樂府》題注：「此詩中有逸句。」《全唐詩》卷九四以爲逸句在「金鞍少年曾不顧」句下。

〔二〕數流眄　《樂府》缺，「承」，《樂府》作「弄」，均據《文苑英華》卷二一一改補。

〔三〕春色 《樂府》缺，據《文苑英華》卷二一一補。

閻德隱〔一〕

薛王花燭行〔二〕

王子仙車下鳳臺，紫纓金勒馭龍媒。□□□□□出，環佩鏘鏘天上來。鳷鵲樓前雲半捲，鴛鴦殿上月徘徊。玉盤錯落銀燈照，珠帳玲瓏寶扇開。盈盈二八誰家子，紅粉新妝勝桃李。從來六行比齊姜，自許千門奉楚王。楚王宫裏能服飾，顧盼傾城復傾國。合歡錦帶蒲萄花，連理香裙石榴色。金鑪半夜起氛氳，翡翠被重蘇合薰。不學曹王遇神女，莫言羅敷邀使君。同心婉娩若琴瑟，更笑天河有靈匹。一朝福履盛王門，百代光輝增帝室。富貴榮華實可憐，路旁觀者謂神仙。祇應早得淮南術，會見雙飛入紫煙。

〔一〕閻德隱生平不詳。自梁陳至唐中葉，封薛王者僅李業一人。業爲睿宗第五子，玄宗弟，《舊唐書·睿宗諸子傳》載其於睿宗即位後封薛王。知德隱爲睿、玄時人。今人或疑爲閻朝隱之誤，今僅見《杜工部草堂詩箋》卷二六《槐葉冷淘》注引《三月歌》作閻朝隱，可備一説，然尚乏確證。

〔二〕見《唐詩紀·初唐》卷五引《玉臺後集》。

三月歌〔一〕

洛陽城路九春衢，洛陽城外柳千株。能得來時作眼覓，天津橋側錦屠蘇。

〔一〕見《唐詩紀·初唐》卷五九《玉臺後集》。

馮待徵〔一〕

虞姬怨〔二〕

妾本江南采蓮女，君是江東學劍人。逢君游俠英雄日，值妾年華桃李春。年華灼灼艷桃李，結髮簪花配君子〔三〕。行逢楚漢正相持，辭家上馬從君起。歲歲年年事征戰〔四〕，侍君帷幙損紅顔。不惜羅衣沾馬汗〔五〕，不辭紅粉着刀環〔六〕。相期相許定關中〔七〕，鳴鑾鳴佩入秦宫。誰誤四面楚歌起〔八〕，果知五星漢道雄。天時人事有興滅，智窮計屈心摧折〔九〕。澤中馬力先戰疲，帳下蛾眉隨李結〔一〇〕。君王是日無神彩〔一一〕，賤妾此時容貌改〔一二〕。拔山意氣都已無，渡江面目今何在。終天隔地與君辭，恨似流波無息時。使妾本來不相識，豈見中途懷苦悲。

〔一〕伯三四八〇云待徵爲「蒲州進士」。《新唐書·李尚隱傳》云其開元中爲蒲州聞人。《册府元龜》卷九二二云其開元七年受蒲州大雲寺僧懷照妖言事牽連，因赦得釋。

〔二〕見《唐詩紀·盛唐》卷一〇七引《玉臺後集》。據伯三四八〇、伯三一九五參校。

〔三〕結髮　伯三一九五作「結帶」。

〔四〕事征戰　伯三一九五作「征戰間」。

〔五〕衣　伯三一九五作「襦」。「沾」，伯三一九五作「裛」。

〔六〕不辭紅粉着刀環　伯三一九五作「寧辭香粉着刀鐶」。

〔七〕定　伯三一九五作「王」。

〔八〕誤　伯三一九五作「悟」。

〔九〕智窮計屈　伯三一九五作「致窮勢屈」。

〔一〇〕隨李結　《唐詩紀·盛唐》缺，據伯三一九五補。

〔一一〕是日無　伯三一九五作「死時遺」。

〔一二〕貌　伯三四八〇同，伯三一九五作「色」。

張子容

詩〔一〕

在家嬌小女，卷幔愛花叢。不畏羅衣濕，折花風雨中。

〔一〕見《後村詩話續集》卷一引《玉臺後集》。

張潮

江風行〔一〕

憶妾深閨裏〔二〕，煙塵不曾識。嫁與長干人，沙頭候風色。三月南風興〔三〕，思君下巴陵〔四〕。八月西風起〔五〕，看君發揚子〔六〕。去來悲如何〔七〕，見少别離多。湘潭幾日到，妾夢越風波〔八〕。昨夜狂風度，吹折江頭樹〔九〕。淼淼暗無邊，行人在何處。北客真王公，朱衣滿江中。薄暮來投宿，數朝不肯東〔一〇〕。好乘浮雲驄，佳期蘭渚東。鴛鴦緑浦上，翡翠錦屏中〔一一〕。自憐十五餘，顔色桃花紅〔一二〕。那作商人婦，愁水復愁風。

〔一〕《後村詩話續集》卷一據《玉臺後集》録「那作商人婦，愁水復愁風」二句，云出「張晁《江風行》」，「晁」爲「潮」之誤。另《唐詩紀事》卷二七（題作《小長干行》）、《艇齋詩話》引顧陶《唐詩類選》皆作張潮詩，《才調集》卷六、《文苑英華》卷二一一、影宋蜀刻本《李太白文集》卷四又作李白詩，題均作《長干行》，《全唐詩》卷二八三則作李益詩。作李白、李益詩皆誤，今人多有辨析，此不一一。兹據《唐詩紀・盛唐》卷四八録全詩，並據諸書參校。

〔二〕妾　《文苑英華》、《唐詩紀事》作「昔」。

〔三〕三　《才調集》、《文苑英華》、《李太白文集》作「五」。

〔四〕巴　《文苑英華》、《唐詩紀事》作「江」。

〔五〕西　《文苑英華》、《唐詩紀事》作「秋」。

〔六〕看 《才調集》、《李太白文集》作「想」。

〔七〕來 《文苑英華》、《唐詩紀事》作「時」。

〔八〕越 《文苑英華》、《唐詩紀事》作「常」。

〔九〕頭 《才調集》作「皋」。

〔一〇〕「北客」四句，《文苑英華》、《才調集》、《唐詩紀事》無。

〔一一〕「好乘」四句，《李太白文集》無。按以上八句，兩用「中」、「東」二韻，當有一誤。

〔一二〕花 《才調集》、《李太白文集》作「李」。

沈宇

擣衣〔一〕

日暮遠天青，霜風入後庭。洞房寒未掩，砧杵夜泠泠。

〔一〕見《唐詩紀·初唐》卷五九引《玉臺後集》。

代閨人〔一〕

楊柳青青鳥亂吟，春風香靄洞房深。百花簾下朝窺鏡，明月窗前夜理琴。

〔一〕見《唐詩紀·初唐》卷五九。

丁仙芝

江南曲〔一〕

長干斜路北，近浦是兒家。有意來相訪，明朝出浣沙。發向横塘口，船開值急流。知郎舊時意，且請攏船頭。昨暝逗南陵，風聲波浪阻。入浦不逢人，歸家誰信汝？未曉已成妝，乘潮去茫茫。因從京口渡，使報邵陵王。始下芙蓉樓，言發瑯琊岸。急爲打船開，惡許傍人見。

〔一〕《類要》卷二四《水行》引《玉臺後集》引「知郎舊時意，且請儱頭頭」二句。今據《樂府詩集》卷二六録全詩。明人訂補本《萬首唐人絶句》卷三、《全唐詩》卷一一四分作五首。

祖詠

愁怨〔一〕

送別到中流，秋船倚渡頭。相看尚不遠，未可即回舟。

〔一〕見《後村詩話續集》卷一引《玉臺後集》。《唐詩紀·盛唐》卷四四、《全唐詩》卷一三一題作《別怨》。

崔國輔

採蓮[一]

玉溆花紅發[二]，金塘水碧流[三]。相逢畏相失，並著採蓮舟。

〔一〕見《後村詩話續集》卷一引《玉臺後集》。《樂府詩集》卷五〇、《萬首唐人絶句》卷一六題作《採蓮曲》。

〔二〕紅　《全唐詩》卷一一九作「争」。

〔三〕碧　《唐詩紀・盛唐》卷四九及《全唐詩》作「亂」。

崔顥

王家小婦[一]

十五嫁王昌，盈盈出畫堂[二]。自憐年正少[三]，復倚壻爲郎。舞愛前溪緑，歌憐《子夜》長。閑時鬬百草[四]，度日不成妝。

〔一〕《後村詩話續集》卷一據《玉臺後集》録「自憐年正少，復倚壻爲郎」二句。全詩據《搜玉小集》補足。參校《文苑英華》卷二〇五、卷二一三、《唐詩紀事》卷二一。詩題，《搜玉小集》、《文苑英華》卷二〇五作《古意》，《唐詩紀事》作《王家少婦》。

〔二〕出 《文苑英華》卷二一三、《唐詩紀事》作「入」。

〔三〕自憐 《搜玉小集》、《文苑英華》作「自矜」。「正少」，《文苑英華》卷二〇五作「正小」，《唐詩紀事》作「最小」。

〔四〕閑時 《文苑英華》卷二一三、《唐詩紀事》作「閑來」。

盧女曲〔一〕

二月春來半，宮中日漸長。柳垂金屋暖，花覆玉樓香。拂匣先臨鏡，調笙更炙簧。還將《盧女曲》，夜夜奉君王。

〔一〕《類要》卷二九《雜曲名》引《玉臺後集》引「還將《盧女曲》，夜□奉君王」。今據《樂府詩集》卷七三録全詩。《國秀集》卷中題作《岐王席觀妓》。

相逢行〔一〕

妾年初二八，家住洛橋頭。玉户臨馳道，朱門近御溝。使君何假問，夫壻大長秋。女弟新承寵，諸兄近拜侯。春生百子殿，花發五城樓。出入千門裏，年年樂未休。

〔一〕《類要》卷一三《總敍宮掖》引《玉臺後集》引「女弟新承寵，諸兄近拜侯。春生百子殿，花發五城樓」四句。今據《樂府詩集》卷三四録全詩。

漢宫春[一]

花枝臨太液，燕語入披香。眉從城裏入，彩自主家長。

[一]見《類要》卷一三《總敍宫掖》引《玉臺後集》。全詩未見。《詩人玉屑》卷四引前二句，不署作者。

冷朝光[一]

越谿怨[二]

越王宫裏如花人，越水谿頭采白蘋。白蘋未盡人先盡，誰見江南春復春。

[一]冷朝光，《會稽掇英總集》卷一三作侯朝光，《萬首唐人絶句》卷二四作後朝光。清朱緒曾《金陵詩徵》卷二疑爲冷朝陽之兄弟，無據。《唐詩紀·盛唐》卷一〇七馮待徵下注云：「已下七人見《玉臺後集》。」七人中，僅待徵考知事迹，另冷朝光、衛萬、李暇、王沈、王偃、李章皆不詳，姑仍存於盛唐末。

[二]見《唐詩紀·盛唐》卷一〇七引《玉臺後集》。

衛萬[一]

吴宫怨[二]

君不見吴王宫闕臨江起[三]，不卷珠簾見江水。曉氣晴來雙闕間，潮聲夜落千門裏。勾踐城

中非舊春，姑蘇臺下起黄塵〔四〕。祇今唯有西江月，曾照吴王宫裏人。〔五〕

〔一〕衛萬，生平不詳。《詩藪》内編卷三、《升庵詩話》以爲初唐人，僅屬猜測，今不取。今人陶敏《全唐詩作者小傳補正》以爲或即魏萬。

〔二〕見《唐詩紀·盛唐》卷一〇七引《玉臺後集》。《類要》卷三七《戰國》引《玉臺後集》引「祇今唯有西江月，曾照吴王宫裏人」二句。

〔三〕闕 《樂府詩集》卷九一作「閣」。

〔四〕下 《唐詩紀·盛唐》校：一作「上」。

〔五〕「祇今」二句，與李白《蘇臺覽古》後二句全同。

王翰

飛燕篇〔一〕

孝成皇帝本嬌奢，行幸平陽公主家。可憐女兒三五許，丰茸惜是一園花。歌舞來時由不貴，一旦逢君感君意。君心見賞不見忘，姊妹雙飛入紫房。紫房采女不得見，專榮固寵昭陽殿。紅妝寶鏡珊瑚臺，青瑣銀簧雲母扇。日夕風傳歌舞聲，祇擾長信憂人情。長信憂人氣欲絶，君王歌吹終不歇。朝弄瓊簫下彩雲，夜踏金梯上明月。月下薄蝕陽精昏，嬌妬傾城惑至尊。已見白虹横紫極，復聞飛燕啄王孫。王孫不死燕啄折，女弟一朝如火絶。明明天子咸戒之，赫赫宗周褒姒滅。古來賢聖歎狐裘，一國芒淫萬國羞。安得尚方斷馬劍，斬取朱門公子頭。

〔一〕《類要》卷一一《外戚鑒戒》引《玉臺後集》引「已見白虹横紫極，復聞飛燕啄王孫。王孫不死燕喙折」、「安得尚方斬馬劍，斬□朱門公子頭」五句。今據《文苑英華》卷三四六録全詩。

李暇〔一〕

擬古東飛伯勞歌〔二〕

秦王龍劍燕后琴，珊瑚寶匣鏤雙心。誰家女兒抱香枕，開衾滅燭願侍寢。瓊窗半上金鏤幬，輕羅掩面不遮羞〔三〕。青綺幃中坐相憶〔四〕，紅鸞鏡裏見愁色〔五〕。簷花照月鶯對棲，空將可憐暗中啼。

〔一〕李暇，開元間文士，見《金石萃編》卷一〇一。

〔二〕見《唐詩紀·盛唐》卷一〇七引《玉臺後集》。

〔三〕掩　《唐詩紀·盛唐》校：一作「隱」。按《文苑英華》卷二〇五、《樂府詩集》卷六八作「隱」。「遮」，《文苑英華》、《樂府詩集》作「障」。

〔四〕幃　《唐詩紀·盛唐》校：一作「帳」。

〔五〕鸞　《文苑英華》、《樂府詩集》作「羅」。

怨詩三首〔一〕

羅敷初總髻，蕙芳正嬌小。月落始歸船，春眠恒着曉。
何處期郎遊，小苑花臺間。相憶不可見，且復乘月還。
別前花照路，別後露垂葉。歌舞須及時，如何坐悲妾。

〔一〕見《全唐詩》卷七七三引《玉臺後集》。

碧玉歌〔一〕

碧玉上官妓，出入千花林。珠被玳瑁牀，感郎情意深。

〔一〕見《全唐詩》卷七七三引《玉臺後集》。

王沈〔一〕

婕妤怨〔二〕

長信梨花暗欲棲，應門上鑰草萋萋。春風吹花亂撲户〔三〕，斑絶車聲不至啼〔四〕。

〔一〕王沈，生平不詳。
〔二〕見《唐詩紀・盛唐》卷一〇七引《玉臺後集》。
〔三〕户　《唐詩紀・盛唐》校：一作「石」。

〔四〕斑絶　《樂府詩集》卷四三作「班倢」。

王偃〔一〕

夜夜曲〔二〕

北斗星移銀漢低，班姬愁思鳳城西〔三〕。青槐陌上行人絶，明月樓前烏夜啼。

〔一〕王偃，天寶中瑯玡人，見《全唐文補遺》八輯梁寧《劉復墓誌》。

〔二〕見《唐詩紀·盛唐》卷一〇七引《玉臺後集》。

〔三〕班　《唐詩紀·盛唐》作「斑」，從《樂府詩集》卷七六改。

明君詞〔一〕

北望單于日半斜，明君馬上泣胡沙。一雙淚滴黄河水，應得東流入漢家。

〔一〕見《唐詩紀·盛唐》卷一〇七，不注所出。《後村詩話續集》卷一據《玉臺後集》録後二句。

李章〔一〕

春遊吟〔二〕

初春遍芳甸，十里藹盈矚〔三〕。美人摘新英，步步玩春緑。所思杳何處，宛在吴江曲。可憐不得共芳菲，日暮歸來淚滿衣。

〔一〕李章，生平不詳。《全五代詩》卷一八以章爲五代吳時人，誤。

〔二〕見《唐詩紀・盛唐》卷一〇七引《玉臺後集》。《全唐詩》卷一五三又收李華下，疑誤。

〔三〕十里　《樂府詩集》卷七七作「千里」。

劉方平〔一〕

〔一〕《唐詩紀・盛唐》卷一百一：「《玉臺新詠》收方平詩，當列盛唐。」《玉臺新詠》爲《玉臺後集》之誤記。

畢曜

古意〔一〕

璇閨繡户斜光入，千金女兒倚門立。横波美目雖往來，羅袂遥遥不相及。聞道今年初避人，珊珊掛鏡長隨身。願得侍兒爲道意，後堂羅帳一相親。

〔一〕南宋蔡夢弼《杜工部草堂詩集》卷一二《贈畢四曜》詩「才大今詩伯」句注：「按《玉臺後集》有曜詩二首。」按今存曜詩三首，除《贈獨孤常州》因獨孤及《毘陵集》所引而傳，另二首皆詠婦女事，應即《玉臺後集》所録者，今録存之。「古意」據《唐詩紀・盛唐》卷一〇二。

情人玉清歌〔一〕

洛陽城中有一人，名玉清，可憐玉清如其名。善踏斜柯能獨立〔二〕，嬋娟花豔無人及。珠爲裙，玉爲纓，臨春風，吹玉笙，悠悠滿天星。萬金閣上晚妝成，《雲和》曲中爲慢聲。玉梯不得踏，摇袂兩盈盈，城頭之日復何情。

〔一〕此詩參前首注。詩録《樂府詩集》卷九一。另《文苑英華》卷三四六收此詩於張南容《静女歌》後，署「前人」，疑誤。

〔二〕踏　《樂府詩集》缺，據《文苑英華》、《全唐詩》卷二五五補。

李康成

自君之出矣〔一〕

自君之出矣，絃歌絶無聲。思君如百草，撩亂逐春生。

〔一〕見《後村詩話續集》卷一引《玉臺後集》。《樂府詩集》卷六九以此首爲辛弘智作，誤，詳辛弘智下引《唐詩紀·初唐》語。

河陽店家女〔一〕

因緣苟會合，萬里猶同鄉。運命儻不諧，隔壁無津梁。傳語王家子，何爲不自量。

〔一〕《後村詩話續集》卷一云李康成《玉臺後集》，「中間自載其詩八首，如『自君之出矣，……』似六朝人語。如《河陽店家女》長篇一首，叶五十二韻，若欲與《木蘭》及《孔雀東南飛》之作方駕者。末云：『因緣苟會合，……』亦佳。但木蘭始代父征戍，終潔身來歸，仲卿妻死不事二夫，二篇庶幾發於情性，止乎禮義。店家女則異是，王嫗兒雖蓬頭歷齒，母許壻之矣。女慕鄭家郎裘馬之盛，背母而奔之。康成卒章都無譏貶，反云：『傳語王家子，何爲不自量。』豈詩人之義哉。」劉克莊所云，頗存理學家之偏見，然亦可窺知康成此詩之大略，故録存之。

江南行〔一〕

楊柳青青鶯欲啼〔二〕，風光摇蕩緑蘋齊，金陰城頭日色低〔三〕。日色低，情難極，水中鳧鷖雙比翼。

〔一〕以下三首皆録自《唐詩紀·盛唐》卷一〇〇，當均出《玉臺後集》。《後村詩話續集》卷一謂《玉臺後集》「中間自載其詩八首」，今存者僅五首，另三首無考。

〔二〕《文苑英華》卷二〇一此句前有「梅花落，好使香車度」二句。

〔三〕金陰 《文苑英華》作「金陵」。

採蓮曲

採蓮去，月没春江曙。翠鈿紅袖水中央。青荷蓮子雜衣香，雲起風生歸路長。歸路長，那得久，各迴船，兩摇手。

玉華仙子歌

紫陽仙子名玉華，珠盤承露餌丹砂。轉態凝情五雲裏，嬌顔千歲芙蓉花。紫陽綵女矜無數，遥見玉華皆掩嫭。高堂初日不成妍，洛渚流風徒自憐。璇階霓綺閣，碧題霜羅幕。仙娥桂樹長自春，王母桃花未嘗落。上元夫人賓上清，深宫寂歷厭層城。解珮空憐鄭交甫，吹簫不逐許飛瓊。溶溶紫庭步，渺渺瀛臺路。蘭陵貴士謝相逢，濟北風生尚迴顔。滄洲傲吏愛金丹，清心迴望雲之端。羽蓋霓裳一相識，傳情寫念長無極。長無極，永相隨，攀霄歷金闕，弄影下瑶池。夕宿紫府雲母帳，朝餐玄圃崑崙芝。不學蘭香中道絶，却教青鳥報相思。

張繼

望歸舟〔一〕

莫莫望歸客，依依江上船。潮落猶有信，去楫未知旋。

〔一〕見《後村詩話續集》卷一引《玉臺後集》。

張赴〔一〕

〔一〕《郡齋讀書志》卷二云《玉臺後集》收詩「迄唐張赴」。其人無考。頗疑爲張起之誤。《全唐詩》卷七七〇收張起《早過梨嶺喜雪書情呈崔判官》，收爲世次無考者。《劉隨州集》卷一有《送張起崔載華之閩中》詩，崔載華即張詩中之「崔判官」。因知張起與劉長卿、李康成爲同時之人。《玉臺後集》以起詩爲殿，適在情理中。

晁祖道〔一〕

詠屏風〔二〕

映花誰辨色，隔樹不分香。

〔一〕晁祖道，世次不詳。

〔二〕見《後村詩話續集》卷一引《玉臺後集》。

劉眪〔一〕

詩〔二〕

成童片子時，變老須臾事。

〔一〕劉聃，生平不詳。

〔二〕見《後村詩話續集》卷一引《玉臺後集》。

無名氏

梁陳雜歌〔一〕

殺荷不斷藕，憐心已復生。

〔一〕見《後村詩話續集》卷一引《玉臺後集》。

古神女宛轉歌〔一〕

月既明，西軒琴復清。寸心斗酒争芳夜，千秋萬歲同一情。歌宛轉，宛轉淒以哀。願爲星與漢，光影共徘徊。

悲且傷，參差淚成行。低紅掩翠方無色，金徽玉軫爲誰鏘？歌宛轉，宛轉情復悲。願爲煙與霧，氛氳對容姿。

〔一〕見《類要》卷二八《飲酒宴》引《玉臺後集》引「寸心斗酒争□夜，□秋萬歲同一情」二句。今據《樂府詩集》卷六〇録全詩。

鉅鹿公主歌辭〔一〕

官家出遊雷大鼓，細乘犢車開後户。
車前女子年十五，手彈琵琶口節舞。
鉅鹿公主殷照女，皇帝陛下萬幾主。

〔一〕《類要》卷二九《善音律》引《玉臺後集》引「車前女子年十五，手彈琵琶口節舞」兩句。今據《樂府詩集》卷二五録全詩。「口」，《樂府詩集》作「玉」。

白符鳩〔一〕

石頭龍尾灣，新亭送客渚。酤酒不取錢，郎能飲幾許？

〔一〕《類要》卷一《江南路・昇・溧水》引《玉臺後集》引前兩句。全詩據《樂府詩集》卷四九補足。《樂府詩集》題作《白附鳩》，宋本不署名，汲古閣本署吴均。按《玉臺後集》收詩起於梁陳間，吴均梁初人，恐未必收及，今不取。

黄竹子歌〔一〕

江邊黄竹子，堪作女兒箱。一船使兩槳，得娘還故鄉。

〔一〕詳下則。

江陵女歌

雨從天上落，水從橋下流。拾得娘裙帶，同心結兩頭。〔一〕

〔一〕《樂府詩集》卷四七録二詩，引唐李康成曰：「《黄竹子歌》、《江陵女歌》，皆今時吴歌也。」知二詩皆出《玉臺後集》。

如意娘曲

看朱成碧思紛紛，憔悴支離爲憶君。不信比來長下淚，開箱驗取石榴裙。〔一〕

〔一〕《類要》卷二九引《玉臺後集》云：「近代雜詩有《如意娘曲》，其詞云言四句，但怨别之意。」謹據《樂府詩集》卷八〇録此詩，該集録《樂苑》云：「《如意娘》，商調曲，唐則天皇后所作也。」《近事會元》卷四引《樂府雜録》亦云「唐則天撰之」。《玉臺後集》僅視爲近代雜詩，今收無名氏下。

附録

張陵〔一〕

虜患〔二〕

今日漢家探使迴，蟻疊胡兵來未歇。春風渭水不敢流，總作六軍心上血。

〔一〕《唐詩紀事》卷二六：「陵，天寶間詩人也。」

〔二〕《全唐詩》卷七七三收此詩，卷首云：「以下見《玉臺後集》。」然《唐詩紀·盛唐》卷一〇七題作《闕題》，不云出處。詩意不涉女性事，疑《全唐詩》有誤。《唐詩紀事》亦無題，題從《萬首唐人絶句》卷三八。

張祜

採蓮〔一〕

常聞浣紗女，復有弄珠姬。

〔一〕見《後村詩話續集》卷一引《玉臺後集》。然張祜爲貞元以後人，《玉臺後集》不可能收其詩，頗疑爲張汯之誤。

中興間氣集

〔唐〕高仲武　編

傅璇琮　校點

前記

《中興間氣集》兩卷，高仲武編。高仲武生平事迹不詳，據《中興間氣集》自序，此書當編於貞元初。《中興間氣集》自序云：「起自至德元首，終於大曆暮年。」又云：「唐興一百七十載，屬方隅叛涣，戎事紛綸，業文之人，述作中廢。粤若肅宗、先帝，以殷憂啓聖，反正中原。」這裏的「先帝」，應指代宗。安史之亂平定於代宗即位之後，因此以肅宗、代宗並稱，而唐建國一百七十年，即至貞元初，故稱代宗爲先帝。據此，則高仲武當生活至德宗時。

《中興間氣集》所選者二十六人，皆爲肅、代時人。按緯書《春秋演孔圖》：「正氣爲帝，間氣爲臣。」《中興間氣集》得名，或即本此。

高仲武的序中又説：「古之作者，因事造端，敷弘體要，立義以全其制，因文以寄其心，著王政之興衰，表國風之善否，豈其苟悦權右，取媚薄俗者。今之所收，殆革前弊，但使體狀風雅，理致清新，觀者易心，聽者竦耳，則朝野通取，格律兼收。」這裏所説的「前弊」，當是指序中所舉的在他之前的幾種唐詩選本，即「《英華》失於浮遊，《玉臺》陷於淫靡，《珠英》但紀朝士，《丹陽》止録吴人」。高仲武雖然標榜儒家的詩教説，但其重點在於「體狀風雅，理致清新」，尤其是後一方面，其「觀者易心，聽者竦耳」也當是指詩歌的辭藻、音律。這部詩選正好是大曆詩風的反映，這是它的特點，也是其價值所在。

晚唐時，鄭谷曾有詩云：「殷璠裁鑑《英靈》集，頗覺同才得旨深。何事後來高仲武，品題《間氣》未公心。」（《續前集二首》之一，《全唐詩》卷六七五）。鄭谷確認《河岳英靈集》的價值，這是對的，但他把《中興間氣集》否定太過，恐未見妥當。在唐代，選録能代表一定詩風的作品，選者又具有一定詩歌史發展眼光的，應當説要算是《中興間氣集》和它的前行者《河岳英靈集》了。

《中興間氣集》受《河岳英靈集》的影響是很顯然的。《英靈》分兩卷，《間氣》也分兩卷。前者選詩至天寶十二載，近乎天寶末，後者則從至德元載開始，也似乎有意按時間順序接續。《英靈》所收絶大部分爲五言，《間氣》收詩一百四十餘首，七言（包括五七言雜體）不過十一首，不到十分之一。特别是《英靈》人各有評，而《間氣》也是如此，雖然内容和深度不一，但體例非常接近，先是總論大體，後則列舉佳句，不過高仲武摘句較多，這也反映了大曆時期追求雕琢的詩風。

上海古籍出版社之《唐人選唐詩》，其《中興間氣集》係用明嘉靖刊本（即《四部叢刊》初編本）作底本，書後附孫毓修臨何焯據影宋鈔本所校之校記。按此明嘉靖本，傅增湘曾指斥爲「奪譌太甚」（《藏園群書題記》卷十九），而孫毓修校亦有疎漏，因孫氏並未見過影宋鈔本，他所據僅是他人所臨何焯校本，幾經周折，難免漏略。

今所知《中興間氣集》較早的本子有：（一）國家圖書館藏清初毛氏汲古閣影宋鈔本，一册，十行十八字白口左右雙邊。《述古堂書目》、《讀書敏求記》曾記述之。光緒間，費屺懷曾刻於蘇州，傅增湘謂亦即此影宋鈔本。然《藏園群書題記》又謂「費本所摹有毛子晉、汪閬源兩家藏印，而無遵王印，恐别一影本也。」經此次與國家圖書館所藏之毛氏影宋鈔本核對，費氏刻本與毛氏影宋鈔本基本相同，僅少數有異（詳後），可視爲同一版本。（二）明萬曆本，國家圖書館藏，二册，九行十五字。傅增湘亦藏有一萬曆本，亦九行十五字，當即此本。（三）明嘉靖本，即《四部叢刊》初編影印本，係嘉興沈氏藏本。傅增湘以爲此嘉靖本與萬曆本字句正合，可視爲同一系統之版本。（四）汲古閣刻唐人選唐詩本。國家圖書館藏有過録何焯據影宋鈔本之校語。傅增湘以爲汲古閣本似從嘉靖本出，故義門以影宋鈔本校之，其差别之處乃繁夥不可悉舉。經此次勘核，汲古閣本異於影宋鈔本者，往往與嘉靖本同。

據上所述，則今存《中興間氣集》諸本，以毛氏汲古閣影宋鈔本爲最完備，可作爲宋本看待，時間亦最早。萬曆本、嘉靖本、汲古閣唐人選唐詩本皆爲明刻本之系統。此次整理，即以此影宋鈔本作底本，以嘉靖本、汲古閣唐人選唐詩本（簡稱汲本）參校，高仲武之評語又參校《唐詩紀事》。計有功當見過當時之另一刻本，其所引之高氏評語，有多出於現存各本者，有與各本有較大之差異，故亦可視爲版本校。

影宋鈔本之優於嘉靖本、汲本者，大致爲：

一、全。如高氏評語，嘉、汲本無而僅見於影宋鈔本者，有張衆甫、章八元、鄭常、孟雲卿、劉灣五人。又如李季蘭，嘉、汲本雖有評語，但不全，缺李與劉長卿相譏謔一段。《唐詩紀事》卷七八所引高氏評語，亦無此。但《太平廣記》卷二七三引《中興間氣集》則載此數語，《直齋書録解題》卷一九載

《李季蘭集》，亦云：「唐女冠，與劉長卿同時，相譏調之語見《中興間氣集》。」則李昉、陳振孫所見之《中興間氣集》確有李、劉相譏謔之記載。所録之詩，有僅見於影宋鈔本而嘉、汲本未載者，如李嘉祐《送從弟永任饒州録事參軍》，嘉、汲本無。章八元，影宋鈔本作二首，嘉、汲本僅一首。皇甫曾《寄張衆甫》、《寄露禪師》二詩，嘉、汲本無。鄭常詩三首，嘉、汲本無（嘉、汲本根本未列鄭常）。孟雲卿有二詩，亦爲嘉、汲本所未載。當然，亦有嘉、汲本有而爲影宋鈔本所無者。影宋鈔本原列詩一三四首，今合嘉、汲本所載，共一四二首。

二、影宋鈔本是而嘉、汲本誤者。如劉長卿《送嚴士元》，嘉、汲本嚴作郎。郎士元亦爲知名詩人，但此詩《文苑英華》卷二七〇題作《送嚴員外》，《唐詩紀事》卷二六題作《送嚴士元》，《劉隨州詩集》題《别嚴士元》，諸書皆作嚴，未有作郎者，中唐時確有嚴士元其人，見《元和姓纂》卷五，又《直齋書録解題》卷五典故類載《秦傳玉璽譜》一卷，云「博陵崔逢修，協律郎嚴士元重修」，又載《國璽傳》一卷，《傳國璽記》一卷，謂「《傳》，無名氏所記，止唐肅宗。《記》，稱嚴士元，與前大同小異」。則嚴士元確爲中唐時人。其他具見校語，此不贅。

影宋鈔本與嘉、汲本有異者，往往與《唐詩紀事》同。如皇甫冉評語之前半部分，影宋鈔本與嘉、汲本差異甚大，而《唐詩紀事》卷二七所引高仲武云，則與影宋本同。又如皇甫冉《送李録事赴饒州》「積水長天隨遠客」句，《唐詩紀事》同，嘉、汲本則客作道。皇甫冉《秋日東郊作》「臨歧終日自遲迴」句，《唐詩紀事》同，嘉、汲本自作獨。又如杜誦評語「杜君詩平調不失」，嘉、汲本皆無平字，而《唐詩紀事》卷二八引高仲武云，及宋彭叔夏《文苑英華辨證》引《中興間氣集》，則皆作「平調不失」。此類者尚多。此當爲計有功在南宋時所見之又一宋本，與今存之影宋鈔本相近，此亦可證此影宋鈔本之時代。

應當提出的是，亦有今存各本皆誤，而《唐詩紀事》所載獨不誤，可據以改正者。如鄭丹評語，今存各本皆云：「寶曆中獻二帝兩后挽歌三十首，詞旨哀楚，得臣子之致，雖不及事，朝廷嘉之。」按《唐詩紀事》卷二八引高仲武評，寶曆作寶應。寶曆爲敬宗年號，而鄭丹爲大曆時人，相距五六十年。丹詩今存者即《中興間氣集》所載之兩詩，一挽玄宗，一挽肅宗，即所謂「獻二帝兩后挽詩」者。玄宗卒於寶應元年四月甲寅，肅宗卒於同年同月丁卯，肅宗卒，宦官李輔國即率兵殺張后。鄭丹此詩必作於玄、肅父子去世後不久，時當在寶應，決非時隔五六十年再作此挽詩。此當爲《唐詩紀事》作者計有功在南宋時所見之一本作寶應，故據以載入者。

光緒間費氏所刻本，所載詩篇與評語，皆與影宋鈔本同。上述凡影宋鈔本與嘉、汲本有異者，費氏刻本亦皆與影宋鈔本同。即使影宋鈔本顯誤者，費氏本亦同誤而未改。如卷上蘇渙評語中「崔中丞瓘遇害」，影宋鈔本瓘原作灌，誤，兩《唐書》及《通鑑》凡記此事者皆作瓘，而費氏本亦正作灌。又如卷下郎士元評語影宋鈔本有「自家刑國」句，不可解，嘉、汲本刑作形，亦不通。孫毓修校謂當作邢，因郎士元爲中山人。而此處費氏本又與影宋鈔本同。亦有少許不同者，如郎士元《鄭礒宅送錢大夫》，嘉、汲本皆作《別鄭礒》，費氏刻本與影宋鈔本同，唯礒作儀。又如竇參《登潛山觀》「終當遠塵俗」句，「遠塵俗」三字影宋鈔本無，可據嘉、汲本補，而費氏本則此句五字全爲空缺。頗疑費氏實亦從影宋鈔本出，而重刻時却又有所異並疎漏。

唐中興間氣集序〔一〕

渤海高仲武述〔二〕

詩人之作，本諸於心。心有所感，而形於言，言合典謨，則列於風雅。暨乎梁昭明載述已往，撰集者數家，推其風流，《正聲》最備，其餘著録，或未至焉。何者？《英華》失於浮遊，《玉臺》陷於淫靡，《珠英》但紀朝士，《丹陽》止録吴人。此由曲學專門，何暇兼包衆善。使夫大雅君子，所以對卷而長嘆也。唐興一百七十載，屬方隅叛涣，戎事紛綸，業文之人，述作中廢。粤若肅宗、先帝，以殷憂啓聖，反正中原〔三〕。伏惟皇帝，以出震繼明，保安區宇，國風雅頌，蔚然復興，所謂文明御時，上以化下者也。述者仲武不揆菲陋〔四〕，輒罄謏聞，博訪詞林，採察謡俗，起自至德元首，終於大曆十四年己未〔五〕。述者一作作二十六人〔六〕，詩總一百三十四首，分爲兩卷，七言附之〔七〕，略敍品彙人倫，命曰《中興間氣集》。且夫微言雖絶，大制猶存〔八〕。詳其否臧，當可擬議。古之作者，因事造端，敷弘體要，立義以全其制，因文以寄其心，著王政之興衰，表國風之善否〔九〕，豈其苟悦權右，取媚薄俗哉！今之所收，殆革前弊。但使體狀風雅，理致清新〔一〇〕，觀者易心〔一一〕，聽者竦耳，則朝野通取一作載〔一二〕，格律兼收。自鄶以下，非所敢隸焉。凡百君子，幸詳至公。

〔一〕唐中興間氣集序　汲古閣刻唐人選唐詩本（以下簡稱汲本）無「唐」字。

〔二〕渤海高仲武述　汲本無「述」字。

〔三〕中原　明刻本作「中興」。

〔四〕仲武　明刻本作「某」。

〔五〕十四年己未　汲本此五字作「暮年」。

〔六〕述者一作作　汲本於此下有「者數千選者」字。明刻本同汲本。

〔七〕詩總一百三十四首分爲兩卷七言附之　汲本作「五言詩一百四十首，七言詩附之，列爲兩卷」。明刻本亦有「五言詩」字。

〔八〕大制猶存　何義門校（以下簡稱何校）云：「此處疑有脱誤。」

〔九〕表國風之善否　汲本無「表」字。

〔一〇〕理致　汲本作「理格」。

〔一一〕觀者易心　汲本於此句上有「期」字。

〔一二〕取一作載　汲本「取」即作「載」，無小注。

中興間氣集目録

卷上

中興間氣集卷上

渤海高仲武集

錢起十二首

員外詩，體格新奇，理致清贍一作澹〔一〕。越從登第，挺冠詞林。文宗右丞，許以高格，右丞没後，員外爲雄。救一作芰宋齊之浮游〔二〕，削梁陳之靡嫚，迥然獨立，莫之與群。且如「鳥道掛疎雨，人家殘夕陽」，又「牛羊上山小，烟火隔雲深」〔三〕，又「長樂鐘聲花外盡，龍池柳色雨中深」，皆特出意表，標準古今〔四〕。又「窮達戀明主，耕桑亦近郊」，則禮義克全，忠孝兼著，足可弘長名流，爲後生楷式〔五〕。士林語曰：「前有沈宋，後有錢郎。」

〔一〕贍一作澹　嘉靖本、汲本無小注。

〔二〕救一作芰宋齊之浮游　嘉靖本、汲本「救」作「芰」，無小注，「宋齊」二字乙。《唐詩紀事》卷三〇引與嘉靖本、汲本同。

〔三〕雲深　嘉靖本作「林疎」。汲本「林」作「深」，似誤。

〔四〕標準　《唐詩紀事》卷三〇引同。嘉靖本、汲本作「標雅」。

〔五〕後生　嘉靖本、汲本皆無「生」字。

奉送劉相公催轉運

國用資戎事，臣勞爲主憂。將徵任土貢，更發濟川舟。擁傳星還去，回一作過池鳳不留〔一〕。唯高飲冰節，稍淺别家愁。落葉淮邊雨，孤山海上秋。遥知謝公興，微月在高一作江樓〔二〕。

〔一〕回一作過　嘉靖本、汲本無小注。

〔二〕高一作江　嘉靖本、汲本無小注。

裴迪書齋翫月之作

夜來詩酒興，月上謝公樓。影閉重門静，寒生獨樹秋。鵲驚隨月散〔一〕，螢遠入烟流。今夕遥天末，清輝幾處愁〔二〕。

〔一〕月　嘉靖本同，汲本作「葉」。

〔二〕輝　汲本同，嘉靖本作「暉」。

廣德初鑾駕出關後愁望之作〔一〕

愁看秦川色，慘慘雲景晦。乾坤暫運行，品物遺覆載。黄塵漲戎馬，紫氣隨龍旆。掩泣指關東〔二〕，日月祆氛外。臣心寄遠水，潮海去如帶。周德更休明，天衢佇開泰。

〔一〕按詩題嘉靖本、汲本「廣德初」下有「見」字。

〔二〕關　嘉靖本、汲本作「闕」。

太子李舍人城中别業與二三文士逃暑〔一〕

下車失炎暑，重門深緑篁。宫臣禮嘉客，林表開蘭堂。兹席興難盡，澄罍照墨場。鮮風吹印綬，密坐皆馨香。美景惜文會，清吟遲羽觴。東陵晚來好，極目趣何長。鳥道掛疎雨，人家殘夕陽。城隅擁歸騎，留酌戀瓊芳。

〔一〕按詩題「二三」兩字，嘉靖本、汲本均無。

咏白油帽送客

薄質慙加首〔一〕，微陰幸庇身。卷舒無定日，行止必依人。已沐脂膏惠，寧辭雨露頻。雖同客衣色，不染洛陽塵。

〔一〕質　嘉靖本、汲本作「盾」。

東皐早春寄郎四校書

禄微賴學稼，歲起歸衡茆。窮達戀明主，耕桑亦近郊。夜來霽山雪，陽氣動林梢。萌蕙暖初吐，春鳩鳴欲巢。蓬萊時入夢，知子憶貧交。

闕下贈裴舍人

春城紫陌曉陰陰，二月黄鶯飛上林。〔一〕長樂鐘聲花外盡，龍池柳色雨中深。陽和不散窮途恨，霄漢常懸捧日心。獻賦十年猶未遇，差將白髮戴一作對華簪〔二〕。

〔一〕按，此二句嘉靖本、汲本乙倒。又「陌」作「禁」，「鶯」作「鸝」。

〔二〕戴一作對　嘉靖本、汲本「戴」作「對」，無小注。

送温逸人〔一〕

垂白無名者〔二〕，何年此陸沉。丘園應得性，婚嫁不嬰心。歲計因山薄，霞棲在谷深。結廬一作設筵連草色，曬藥背松陰。觸興雲生岫，隨耕鳥下林。支頤笑來客，頭上有朝簪。

〔一〕按，嘉靖本、汲本詩題作「過温逸人舊居」。何校云：「此首誤入。宋本作『送温逸人』。」四部叢刊影明活字本《錢考功集》卷六及《全唐詩》卷二三八載錢起此詩，題爲《春暮過石龜谷題温處士林園》，題下有校云：「一作『送温逸人』。」文字與此略有異同。

〔二〕按，嘉靖本、汲本所載，文字與此全異，云：「反真難合道，懷舊仍無弔。浮俗漸澆淳，斯人誰繼妙。聲容心在耳，寧覺阻言笑。玄堂閑幾春，拱木齊雲嶠。鶴傳若士舞，猿得蘇門嘯。酹酒片陽微，空山想埋照。」按《全唐詩》卷二三六載此，題即爲《過逸人舊居》，文字稍有歧異。

送李長史赴洪州〔一〕

抱琴爲傲吏，孤棹復南行。幾度秋江水〔二〕，皆添白雪聲。佳期來客夢，幽思緩王程。佐牧無勞問，心和政自平。

〔一〕按，詩題「送」下，嘉靖本、汲本有「彈琴」二字。

〔二〕幾度　嘉靖本、汲本作「幾處」。

宿畢侍御宅

交情貧更好〔一〕，子有古人風。晤語清霜裏，平生苦節同。心惟二仲合，室乃一瓢空。落葉寄秋菊，愁雲低夜鴻。薄寒燈影外，殘漏雨聲中。明發南昌去，迴瞻御史驄〔二〕。

〔一〕貧　嘉靖本、汲本作「頻」。

〔二〕瞻　嘉靖本、汲本作「看」。

静夜酬通上人問疾

東林生早涼，高枕遠公房。大士看心後，中宵清興長〔一〕。驚蟬出暗柳，微月隱迴廊。何幸沉痾久〔二〕，含毫問藥王。

〔一〕清興　嘉靖本、汲本作「清漏」。

〔三〕何幸　嘉靖本、汲本作「何事」。

山中寄時校書

蓬萊仙子溫如玉〔一〕，唯予知爾陽春曲，別來幾日芳蓀緑。百花滿眼不見君〔二〕，青山一望心斷續。

〔一〕仙子　嘉靖本、汲本作「紫氣」。

〔二〕滿眼　嘉靖本、汲本作「酒滿」。

張衆甫三首〔一〕

衆甫詩婉媚綺錯〔二〕，巧用文字，工於興喻。如「不隨淮海變，空愧稻粱恩」，盡陳、謝之源。又「自當舟檝路，應濟往來人」，得諷興之要。形容體裁，皆如此〔三〕，文流佳士也。

〔一〕張衆甫　嘉靖本「甫」作「文」，汲本作「父」。按應作「甫」（此處父與甫通）。《唐詩紀事》卷二九有張衆甫，並載高仲武評。唐權德輿《權載之文集》卷二五《唐故監察御史清河張府君墓誌銘》云：「君諱衆甫，字子初，清河人。」其生平請詳參《唐才子傳校箋》卷三。

〔二〕按此處評語，嘉靖本、汲本皆無。《唐詩紀事》卷二九張衆甫名下載之。

〔三〕皆如此　《唐詩紀事》卷二九載，「皆」上有「率」字。

詠鶴上興元劉相公〔一〕

馴狎經時久，襹褷短翮存。不隨淮海變，空愧稻粱恩。獨立秋天静〔二〕，單棲夕露繁。欲飛還斂翼，詎敢望乘軒。

〔一〕按詩題，嘉靖本、汲本作「寄興園池鶴上劉相公」。

〔二〕静　嘉靖本同，汲本作「净」。

送李觀之宣州謁袁中丞得三洲渡〔一〕

古渡大江濱，西南距要津。自當舟檝路，應濟往來人。翻浪驚飛鳥，回風起緑蘋。君看波上客，歲晚獨垂綸。

〔一〕按詩題「袁中丞」下，嘉靖本、汲本有「賦」字。

送李司直使吴得家花斜沙依次用〔一〕

使君方擁傳，王事遠辭家。震澤逢殘雨〔二〕，新豐遇一作過落花。水萍千葉散，風柳萬條斜。何處看離恨，春江無限沙。

〔一〕按詩題，嘉靖本、汲本無小注。

〔二〕殘雨　嘉靖本、汲本作「殘雪」。

于良史二首〔一〕

侍御詩體清雅〔二〕，工於形似。如「風兼殘雪起，河帶斷冰流」，吟之未終，皎然在目。

〔一〕按，嘉靖本、汲本無「二首」字。

〔二〕詩體　汲本同，嘉靖本無「體」字，《唐詩紀事》卷四三引亦無「體」字。

冬日野望長安寄李贊府〔一〕

地際朝陽滿，天邊宿霧收。風兼殘雪起，河帶斷冰流。北闕馳心極，南圖尚旅遊。登臨思不已，何處可消憂。

〔一〕按詩題，嘉靖本、汲本皆無「長安寄李贊府」六字。

閒居

隱几讀黃老，閒齋耳目明。僻居人事少，多病道心生。雨洗山林溼一作林花溼〔一〕，蛙鳴池館晴。褰簾暮煙起〔二〕，殘日上高城。

〔一〕一作林花溼　嘉靖本、汲本皆無此小注。

〔二〕暮煙　嘉靖本、汲本作「暮雲」。

鄭丹二首〔一〕

丹詩剪刻婉密。寶應中〔二〕，獻二帝兩后挽歌三十首，詞旨哀楚，得臣子之致，雖不及事，朝廷嘉之。解褐任蘄州録事參軍〔三〕。今選尤者，列於此集。

〔一〕按，嘉靖本、汲本無「二首」字。

〔二〕寶應中　各本「應」皆作「曆」，《唐詩紀事》卷二八引高仲武評作「應」，常係許氏於南宋時所見之某一刻本。按寶曆爲敬宗年號，鄭丹爲大曆時人，相距五六十年，時間過晚。丹所存詩僅此二詩，一挽玄宗，一挽肅宗，即所云「獻二帝兩后挽歌」者。玄宗卒於寶應元年四月甲寅，同月丁卯肅宗卒，宦官李輔國又率兵殺張后。《舊唐書·肅宗紀》云：「群臣上謚曰文明武德大聖大宣孝皇帝，廟號肅宗。寶應二年三月庚午，葬於建陵。」丹此二詩，必當玄、肅父子先後去世不久而作，時當寶應。

〔三〕蘄州　「蘄」，嘉靖本、汲本作「蓟」，誤。《唐詩紀事》引即作「蘄」。今據《唐詩紀事》改正。

玄宗至道大聖大明孝皇帝挽歌〔一〕

律曆千齡會〔二〕，車書萬里同。固期常戴日，豈謂一作爲厭觀風〔三〕。地慘新疆理，城摧舊戰攻。山河寧不壯，今夕一作昔盡皆空。

〔一〕按詩題，嘉靖本、汲本無「孝」字。

〔二〕千齡　嘉靖本作「千年」。

〔三〕一作爲　嘉靖本、汲本無此小注。

肅宗文明武德大聖大宣孝皇帝挽歌〔一〕

國以重明受，天從諒闇一作暗移〔二〕。諸侯方北面，白日又一作忽西馳〔三〕。龍影當泉落，鴻名向廟垂。永言青史上，還是載無爲。

〔一〕按詩題「宣」，原作「寧」，據《舊唐書·肅宗紀》改。又「文明武德大聖大宣孝皇帝」字爲嘉靖本、汲本所無。

〔二〕一作暗　嘉靖本、汲本無此小注。

〔三〕又一作忽　嘉靖本「又」作「忽」，無小注。汲本「又」作「忽」，字下小注「一作又」。

李希仲二首〔一〕

希仲詩輕靡〔二〕，華勝於質〔三〕，此所謂才力不足，務爲清逸。然「前軍飛鳥斷〔四〕，格鬭塵沙昏」，亦出塞實録。〔五〕

〔一〕按嘉靖本、汲本無「二首」字。

〔二〕希仲　嘉靖本、汲本作「李」。

〔三〕質　嘉靖本、汲本作「實」。

〔四〕前軍飛鳥斷　影宋鈔本「前」原作「如」，此與後所載《薊北行》詩不合，今據嘉靖本、汲本、《唐詩紀事》卷二八所引改。「飛鳥斷」，影宋鈔本原作「鳥飛斷」，亦與後所載詩不合，今據後《薊北行》改。「斷」，嘉靖本、汲本作「落」。

〔五〕按此句下嘉靖本、汲本尚有「亹亹不絶者，可及於中矣」二句。《唐詩紀事》卷二八作「疊疊不歇，可及中矣」。

東皇太一詞〔一〕

吉日初齋戒〔二〕，靈巫穆上皇。焚香布瑶席，鳴珮奠椒漿。緩舞花飛滿，清歌水去長。回波送神曲，雲雨過瀟湘。

〔一〕詞　《唐詩紀事》卷二八同。嘉靖本、汲本作「祠」。

〔二〕吉日　《唐詩紀事》同。嘉靖本、汲本作「去日」。

薊北行〔一〕

旄頭有精芒，胡騎獵秋草。羽檄南渡河，邊庭用兵早。漢家愛征戰，宿將今已老。辛苦羽林兒，從戎榆關道。一身救邊速，烽火連薊門。前軍飛鳥斷〔二〕，格鬬塵沙昏一作沙場昏〔三〕。寒日一作入鼓聲急〔四〕，單于將夜奔。當復一作須徇忠節一作義〔五〕，身死報國恩。

〔一〕嘉靖本、汲本題下尚有「二首」字，並以「一身救邊速」以下另立一首，《唐詩紀事》雖未有「二首」字，但仍分二首。可見計氏所見之宋本亦有分作二首者。今據影宋鈔本仍作一首。

〔二〕斷　嘉靖本、汲本作「落」，並於其下校云「一作斷」。

〔三〕塵沙昏一作沙場昏　嘉靖本、汲本無小注。

〔四〕日一作入　嘉靖本、汲本「日」作「入」，無小注。

〔五〕復一作須　嘉靖本、汲本「復」作「須」，無小注。又「節一作義」，嘉靖本、汲本無小注。

李嘉祐九首〔一〕

袁州自振藻天朝，大收芳譽，中興高流也〔二〕。與錢郎别爲一體，往往涉於齊梁，綺靡婉麗，吴均、何遜之敵也〔三〕。如「野渡花争發，春塘水亂流」，又「朝霞晴作雨，溼氣晚生寒」，文華之冠冕也〔四〕。又「禪心超忍辱，梵語問多羅」，設使許詢更生〔五〕，孫綽復出〔六〕，窮思極筆〔七〕，未到此境。

〔一〕按原作「八首」，嘉靖本、汲本亦作八首。唯影宋鈔本之《送從弟永任饒州録事參軍》爲嘉靖本、汲本所無，嘉靖本、汲本之《和苗員外秋夜省直》又爲影宋鈔本所無，今補録之，作九首。

〔二〕中興高流也　嘉靖本、汲本無「也」字。

〔三〕吴均何遜之敵也　嘉靖本、汲本「吴」上有「蓋」字。

〔四〕文華之冠冕也　「華」，嘉靖本、汲本作「章」。按《唐詩紀事》卷二一李嘉祐條引高仲武云作「華」。

〔五〕設使許詢更生　「設」，嘉靖本作「役」，汲本作「假」。「生」，嘉靖本、汲本作「出」。按《唐詩紀事》卷二一引高仲武云同此。

〔六〕孫綽復出　「出」，嘉靖本、汲本作「生」。

〔七〕窮思極筆　《唐詩紀事》卷二一同，嘉靖本、汲本作「窮極筆力」。

發盆浦望山作時初晴直省賷勑催赴江陰〔一〕

西望香爐雪，千峰晚照新〔二〕。白頭悲作吏，黄紙苦催人〔三〕。多負登山屐，深藏漉酒巾。傷心公府内，手版日相親。

〔一〕按汲本題中，「山」上有「廬」字。「時」字以下小注，嘉靖本、汲本皆作正題。

〔二〕晚照　嘉靖本、汲本作「晚望」。

〔三〕苦　嘉靖本、汲本作「更」。

送王牧吉州謁使君叔

細草緑汀洲，王孫耐薄遊。年華初冠帶，文體舊弓裘。野渡花争發，春塘水亂流。使君憐小阮，應念倚門愁。

潤州楊別駕宅送蔣九侍御收兵歸揚州〔一〕

沴氣清金虎，兵威壯鐵冠。揚旌川一作天色暝〔二〕，吹角水風一作聲寒〔三〕。人對輜軿醉，花香睥睨殘〔四〕。羨歸丞相府，空望舊雕欄。

〔一〕按題中「楊別駕」，嘉靖本、汲本作「王別駕」。《文苑英華》卷二七一載此詩，「楊」作「陽」。

〔二〕按「川」下小注「一作天」，嘉靖本、汲本無。

〔三〕按「風」下小注「一作聲」，嘉靖本、汲本無。

〔四〕香　嘉靖本作「看」，汲本作「垂」。

奉陪韋潤州遊鶴林寺

野寺江城近，雙旌五馬過。禪心超忍辱，梵語問多羅。松竹閒僧老，雲烟晚日和。寒塘歸路轉，清磬隔微波。

仲夏江陰官舍寄裴明府

萬室邊江次，孤城對海安。朝霞晴作雨，溼氣晚生寒。苔色侵衣裌，潮痕上井欄。題書招茂宰，思爾欲辭官。

奉送韋員外宣慰勸農畢赴洪州幕〔一〕

聖主臨前殿，殷憂遣使臣。氣迎天詔喜，恩發土膏春。草色催歸棹，鶯啼爲送人〔二〕。龍沙多道里，流水自相親〔三〕。

〔一〕按嘉靖本、汲本題作「送韋員外端公宣慰勸農畢赴洪州」。

〔二〕啼　嘉靖本、汲本作「聲」。

〔三〕自　嘉靖本、汲本作「日」。

登楚城驛路十里村竹林相次交映〔一〕

十里山村道，千峰櫟樹林一作驛樹陰〔二〕。霜濃竹枝亞，歲晚荻花深。草市多樵客，漁家足水禽。幽居雖可羨，無那子牟心。

〔一〕按嘉靖本、汲本「林」下無「相」字。

〔二〕按「林」下小注「一作驛樹陰」，嘉靖本、汲本無。

送從弟永任饒州録事參軍〔一〕

一官萬里向千溪，水宿山行漁浦西。日晚長煙高岸一作嶺近，天寒積雪遠峰低。蘆花渚上鴻相叫，苦竹叢一作櫺邊猨暗啼。聞道慈親倚門待一作望，到時蘭葉正萋萋。

〔一〕按此詩嘉靖本、汲本未收，爲影宋鈔本所獨有。詩中小注亦爲原有，《全唐詩》卷二〇七收此詩，但無小注。

和苗員外秋夜省直〔一〕

久雨南宫夜，仙郎寓直時。漏長丹鳳闕，秋老白雲司。螢影侵階亂，鴻聲出苑遲。蕭條人吏散，小謝有新詩。

〔一〕按此詩影宋鈔本未收，見嘉靖本、汲本，列於《登楚城驛路十里村竹相次交映》詩後。《唐詩紀事》卷二一李嘉祐條下亦載此詩，題《和苗員外發秋夜宿直》，詩末注云「姚合取爲《極玄集》」，則計氏所見之《中興間氣集》

亦未收此詩，《紀事》乃從《極玄集》録入。

章八元二首〔一〕

八元嘗於郵亭偶題數言，蓋激楚之音也。會稽嚴維到驛，問八元曰：「爾能從我學詩乎？」曰「能。」少頃遂發，八元已辭家。維大異一作賢之，遂親指喻，數年詞賦擢第一。如「雪晴山脊見，沙淺浪痕交」，此得江山之狀貌極矣。

〔一〕按「二首」字嘉靖本、汲本無，且此二本亦僅收《新安江行》一詩，並無評語。今皆據影宋鈔本補。按《唐詩紀事》卷二六章八元條亦載此評語，則計氏所見之《中興間氣集》亦有此評。

寄都官李郎中〔一〕

舊宅平津邸，槐陰抵漢宫。鳴驪馳道上，見月直廬中。白雪歌偏麗，青雲宦早通。悠然一縫掖，千里恨清風。

〔一〕按此詩嘉靖本、汲本未收。《唐詩紀事》卷二六載題作《寄苗員外》，此苗員外當即苗發。《文苑英華》卷二五四作《寄都官劉員外》。

新安江行

江源南去永，野飯暫維梢。古戍一作渡懸魚網〔二〕，空林露鳥巢。雪晴山脊見，沙淺浪痕交。

自笑一作愧無媒者〔二〕，逢人作解嘲。

〔一〕戍一作渡　嘉靖本、汲本無小注。

〔二〕笑一作愧　嘉靖本、汲本無小注。

戴叔倫七首〔一〕

叔倫之爲人，温雅善舉止，無賢與不肖，見皆盡心。在租庸幕下數年，夕惕靡怠〔二〕。吏部尚書劉公與祠部員外郎張繼書，博訪選材，曰：「揖對賓客，如叔倫者，一見稱心。」〔三〕其詩體格雖不越中〔四〕，然「廨宇經山火，公田没海潮」，亦指事造形。其骨氣稍軟〔五〕，故詩家少之。

〔一〕按影宋鈔本戴叔倫名下作「二首」，收《送謝夷甫宰剡縣》、《廣陵送趙主簿自蜀歸》二詩，前詩嘉靖本、汲本未收。嘉靖本、汲本收詩六首，除《廣陵送趙主簿自蜀歸》詩外，其他五首皆不見於宋鈔本。今合作七首。

〔二〕夕惕　孫毓修臨何焯校本，「夕」下爲空格。按《唐詩紀事》卷二九戴叔倫條引高仲武評語，亦作惕。

〔三〕按此數句，《南部新書》庚卷載謂：「劉晏任吏部，與張繼書云：『博訪群材，揖對賓客，無如戴叔倫。』」所記事稍異。

〔四〕雖不越中　孫毓修臨何焯校本，「中」下空格。按《唐詩紀事》卷二九引高仲武評語，此句作「詩體雖不中越格」。「不中越格」疑當作「不越中格」，則此處「中」下或當補「格」字。

〔五〕骨氣　孫毓修臨何焯校本無「氣」字。《唐詩紀事》卷二九引高仲武評語有「氣」字，惟全句作「其骨氣稍輕」。

送謝夷甫宰剡縣〔一〕

君去方爲縣，兵戈尚未銷。邑中殘老小，亂後少官寮。廨宇經山火，公田没海潮。到時應變俗，新譽一作政滿餘姚。

〔一〕按此詩嘉靖本、汲本未收。

廣陵送趙主簿自蜀歸絳州覲省〔一〕

將歸一作之汾水上〔二〕，遠自錦城來〔三〕。已泛西江盡，仍隨北雁迴。暮雲征騎一作馬速〔四〕，曉月故關開。漸向庭闈近，留君醉一杯。

〔一〕按題中「絳州覲省」四字，嘉靖本、汲本無。
〔二〕歸一作之　嘉靖本、汲本無小注。
〔三〕自　嘉靖本、汲本作「省」。
〔四〕騎一作馬　嘉靖本、汲本「騎」作「馬」，無小注。

吴明府自遠而來留宿〔一〕

出門逢故友，衣服滿塵埃。歲月不可問，山川何處來。綺城容敝宅，散職寄靈臺。自此留君醉，相懽得幾迴。

〔一〕按此下五詩皆爲影宋鈔本所無，今據嘉靖本、汲本録入。

除夜宿石頭驛

旅館誰相問，寒燈獨可親。一年將盡夜，萬里未歸人。寥落悲前事，支離笑此身。愁顔與衰鬢，明日又逢春。

客夜與故人偶集

天秋月又滿，城闕夜千重。還作江南會，翻疑夢裏逢。風枝驚暗鵲，露草覆寒蛩。羇旅長堪醉，相留畏曉鐘。

送友人東歸

萬里楊柳色，出關送故人。輕烟拂流水，落日照行塵。積夢江湖闊，憶家兄弟貧。徘徊灞亭上，不語自傷春。

别友人

擾擾倦行役，相逢陳蔡間。如何百年内，不見一人閒。對酒惜餘景，問程愁亂山。秋風萬里道，又出穆陵關。

皇甫冉十三首〔一〕

補闕自擢桂禮闈，遂爲高格。往以世遘艱虞，避地江外，每文章一到朝廷，而作者變色。於詞場爲先後，推錢、郎爲宗伯，詩家勝負，或逐鹿中原。如「果熟任霜封，籬疏從水度」，又「裛露收新稼，迎寒葺舊廬」；〔二〕又「燕知社日辭巢去，菊爲重陽冒雨開」，可以雄視潘、張，平揖沈、謝。又《巫山》詩，終篇奇麗，自晉宋齊梁陳隋以來，採掇珍奇者無數〔三〕，而補闕獨獲驪珠，使前賢失步，後輩却立，自非天假，何以逮斯。恨長轡未騁〔四〕，芳蘭早凋。悲夫！

〔一〕按嘉靖本、汲本無「十三首」字。

〔二〕按此前評語，嘉靖本、汲本作：「冉詩巧於文字，發調新奇，遠出情外。然而『雲藏神女館，雨到楚王宫』，與『閉門白日晚，倚杖青山暮』，及『遠山重疊見，芳草淺深生』，『岸草知春晚，沙禽好夜驚』。」《唐詩紀事》卷二七皇甫冉條引高仲武評語，與影宋鈔本同。

〔三〕採掇珍奇者　嘉靖本、汲本無「珍奇」二字。

〔四〕恨長轡未騁　嘉靖本、汲本無「恨」字。

送王相公赴幽州

自昔蕭曹任，難兼衛霍功。勤勞無遠近，旌節屢西東。不選三河卒，還令萬里通。雁行緣古塞，馬鬣起長風。遮虜關山静，防秋鼓角雄。徒思一攀送，羸病蓽門中。

題許先生新園一作題裴固新園〔一〕

東郭訪先生，西郊尋隱路。久爲江南客，自有雲陽樹。已得丘園心，不知公府步。閉門白日晚，倚杖青山暮。果熟任霜封，籬疎從水度。窮年無牽綴，往事惜淪誤。惟見耦耕人，朝朝自來去。

〔一〕按嘉靖本、汲本題作「題裴固新園」，無小注。

酬裴補闕中天寺見寄〔一〕

東林初結社，已有晚鐘聲。窗户皆流水，房廊半架城。遠山重疊見，芳草淺深生。每與君攜手，多煩長老迎。

〔一〕裴補闕　嘉靖本、汲本「裴」作「袁」。

酬崔侍御期蘇道士不至兼見寄〔一〕

一心求妙道，幾歲候真師〔二〕。丹竈今何處，白雲無定期。崑崙烟景絶，汗漫往還遲〔三〕。君但焚香待，人間到有時。

〔一〕蘇道士　影宋鈔本「蘇」作「藉」，今從嘉靖本、汲本改。
〔二〕幾歲　嘉靖本、汲本「歲」作「處」。
〔三〕往還　嘉靖本、汲本「還」作「來」。

巫山高

巫峽見巴東，迢迢出半空。雲藏神女館，雨到楚王宫。朝暮泉聲落，寒暄樹色同。清猿不可聽，偏在九秋一作霄中〔一〕。

〔一〕秋一作霄　嘉靖本、汲本「秋」作「霄」，小注云「一作秋」。

和袁郎中破賊後經剡中山水

武庫分帷幄，儒衣事鼓鼙。兵連越徼外，寇盡海氛西〔一〕。節比全疎勒，功當雪會稽。旌旗過剡嶺〔二〕，士馬濯耶溪。受律梅初發，班師草未齊。行看佩侯印〔三〕，豈得訪丹梯。

〔一〕海氛　嘉靖本、汲本以下有小注「一作門」。

〔二〕過　嘉靖本、汲本作「迴」。

〔三〕侯　嘉靖本、汲本此下有小注「一作金」。

送元晟還潛山〔一〕

深山秋興早〔二〕，君去復何如。裛露收新稼，迎寒葺舊廬〔三〕。題詩即招隱，作賦是閑居。别後空一作遥相憶〔四〕，嵇康懶寄書。

〔一〕按嘉靖本題作「送元晟還於潛山所居」，汲本同，唯「於」作「歸」。

〔二〕興　嘉靖本、汲本作「事」。

〔三〕寒　嘉靖本、汲本作「霜」。

〔四〕空一作遥　嘉靖本、汲本無小注。

和獨孤中丞筵餞韋使君赴昇州〔一〕

中司龍節貴，上客虎符新。地控吴襟帶，才高漢縉紳。泛舟應度臘，入境便行春。何處歌來暮〔二〕，長江建業人。

〔一〕按嘉靖本、汲本題作「獨孤中丞筵陪餞韋使君赴昇州」。

〔二〕何處　嘉靖本、汲本此下有小注「一作處處」。又嘉靖本「暮」作「墓」，當係版刻之誤。《唐詩紀事》卷二七載亦作「暮」。

同杜相公對山僧作

吏散重門掩，僧來開復關〔一〕。遠心馳北闕，春興寄東山。草長風光裏，鶯啼默寂間〔二〕。芳晨不可駐〔三〕，惆悵暮禽還。

〔一〕開復關　嘉靖本、汲本作「閉閣閒」。

〔二〕鶯啼默寂間　嘉靖本、汲本作「鶯喧静默間」。

〔三〕駐　嘉靖本作「住」。

送裴員外往江南幕〔一〕

分務江南遠，留懽幕下榮。楓林違楚塞〔二〕，水驛到盆城。岸草知春晚，沙禽好夜驚。風帆幾處泊〔三〕，處處暮潮聲〔四〕。

〔一〕按嘉靖本、汲本題作「送林員外往江南」。

〔二〕違楚塞　嘉靖本、汲本作「緣楚澤」。

〔三〕處泊　嘉靖本、汲本作「泊處」。

〔四〕聲　嘉靖本、汲本作「清」。

送李録事赴饒州

北人南去雪紛紛，雁叫沙洲不可聞〔一〕。積水長天隨遠客〔二〕，荒城極浦足寒雲。山從建業千峰出，江至一作到潯陽九派分〔三〕。借問督郵纔弱冠，府中年少不如君。

〔一〕沙洲　嘉靖本、汲本作「汀沙」。

〔二〕遠客　嘉靖本、汲本作「遠道」。按《唐詩紀事》卷二七載亦作「遠客」。

〔三〕至一作到　嘉靖本、汲本無此小注。

秋日東郊作

閒看秋水心無事，卧對一作聽寒松手自栽〔一〕。廬岳高僧留偈別，茅山道士寄書來。燕知社日辭巢去，菊爲重陽冒雨開。淺薄將何稱獻納，臨岐終日自遲迴〔二〕。

〔一〕對一作聽　嘉靖本、汲本無此小注。

〔二〕自　嘉靖本、汲本作「獨」。按《唐詩紀事》卷二七載亦作「自」。

少室韋鍊師昇仙歌

紅霞紫氣晝氤氲〔一〕，絳節青幢迎少君。忽從林下昇仙一作天去〔二〕，空使時人禮白雲。

〔一〕氤氲　嘉靖本、汲本作「氲氲」。

〔二〕仙一作天　嘉靖本、汲本「仙」作「天」，無小注。

杜誦一首〔一〕

杜君詩平調不失〔二〕，如「流水生涯盡，浮雲世事空」，得生人終始之理〔三〕，故編於是集〔四〕。

〔一〕按嘉靖本、汲本無「一首」字。

〔二〕平調不失　嘉靖本、汲本無「平」字。按《唐詩紀事》卷二八杜誦條引高仲武評，及彭叔夏《文苑英華辨證》所引《中興間氣集》，皆謂「平調不失」。

〔三〕終始　嘉靖本、汲本作「始終」。

〔四〕故編於是集　嘉靖本、汲本作「故編之」。

哭長孫侍御

道爲詩書重，名因賦頌雄〔一〕。禮闈曾擢桂，憲府近一作屢乘驄〔二〕。流水生涯盡，浮雲世事空。唯餘舊臺柏，蕭瑟九原中〔三〕。

〔一〕賦　嘉靖本、汲本作「雅」。

〔二〕近一作屢　嘉靖本、汲本「近」作「舊」，無小注。

〔三〕瑟　嘉靖本、汲本作「颯」。

朱灣八首〔一〕

朱君率履正素〔二〕，放情一作曠江湖〔三〕，郡國交徵〔四〕，潛躍不起，有唐高人也。詩體清一作幽遠〔五〕，興用弘深，因詞寫意，窮理盡性。於詠物尤工，如「受氣何曾異，開花獨自遲」，所謂哀而不傷，《國風》之深也〔六〕。

〔一〕嘉靖本、汲本皆無「八首」字。按此二本所收僅七首，影宋鈔本多《對蘇使君席詠箏柱子》，則所收共爲八首。

〔二〕朱君　嘉靖本、汲本作「從事」。

〔三〕情一作曠　嘉靖本、汲本無小注。

〔四〕徵　嘉靖本、汲本作「辟」。

〔五〕清一作幽　嘉靖本、汲本「清」作「幽」，無小注。

〔六〕國風之深也　嘉靖本、汲本「深」下有「者」字。

對蘇使君席詠箏柱子〔一〕

散木今何幸，良工不棄捐。力微慙一柱，材薄仰群賢。但願一作且喜聲相應，寧辭跡屢遷。知音如見賞，雅調爲君傳。

〔一〕按此詩嘉靖本、汲本未收。

秋夜燕王郎中宅賦得寒菊〔一〕

衆芳春競發，寒菊露偏滋。受氣何曾異，開花獨自遲。晚成猶有分〔二〕，欲採未過時。忍棄東籬下，看隨秋草衰〔三〕。

〔一〕寒菊　嘉靖本、汲本作「露中菊」。《唐詩紀事》卷四五朱灣條載亦作「露中菊」。

〔二〕有分　嘉靖本、汲本作「待賞」，《唐詩紀事》卷四五載作「有分」。

〔三〕隨秋草　嘉靖本、汲本作「他迭盛」。《唐詩紀事》卷四五作「隨秋草」。

韋使君席詠扨籠籌得兹字〔一〕

幸得陪樽俎〔二〕，良籌復在兹。獻酬君有禮，賞罰我無私。莫怪斜相向，還將正自持。一朝權入手，看取令行時。

〔一〕按嘉靖本、汲本題作「奉使設宴戲擲籠籌」。

〔二〕幸得　嘉靖本、汲本作「今日」。

詠雙陸頭子

受采應緣白〔一〕，鑽心不爲名。掌中猶可重，手下莫言輕。有對唯求敵，無私直任争。君看一擲後，當取擅場聲。

〔一〕受　嘉靖本、汲本作「采」。

詠壁上未開酒杓呈蕭明府〔一〕

不是難提挈，行藏固有期。安身未得所，開口欲從誰。應物心無倦，當壚柄會持。莫將成廢器，還有對樽時。

〔一〕按嘉靖本、汲本詩題無「未開」二字，「杓」作「瓢」。

詠三〔一〕

獻玉屢招疑，終朝省復思。既哀黄鳥興，還復白圭詩。請益先求友，將行必擇師。誰知不鳴者，獨下仲舒帷〔二〕。

〔一〕三　嘉靖本、汲本作「玉」。《讀書敏求記》謂：「朱灣《詠三》詩，凡元板至明時刻本皆誤作『詠玉』。」據此則以作「三」爲是。按此詩每句皆以「三」爲典故，與「玉」不相涉。

〔二〕仲舒　嘉靖本、汲本作「董生」。

送陳偃賦得白鳥翔翠微

不知鷗與鶴，天畔弄晴暉。背日分明見，臨川相映微。浄中雲一點，過一作迴去雪孤飛〔一〕。正好南枝住，翩翩何所歸。

〔一〕過一作迴去　嘉靖本、汲本作「回處」，無小注。

題遐上人院壁畫古松歌〔一〕

石上盤古根，謂言天然朽一作天生有〔二〕。安知草木性，變在畫師手。陰森一作深方丈間〔三〕，真趣幽且閑。木紋離披勢槎枿，中裂空心火燒出。掃成三寸五寸枝〔四〕，便是千年萬年物。莓苔濃淡色不同，一半一作面死皮生蠹蟲〔五〕。風霜未必來到此，氣要一作杳似在寒山中〔六〕。孤標可玩不可取，能使支公道場古。

〔一〕按詩題，嘉靖本、汲本「遐」作「段」，無「歌」字。

〔二〕天然朽一作天生有　嘉靖本、汲本作「天生有」，無小注。

〔三〕森一作深　嘉靖本、汲本「森」作「深」，無小注。

〔四〕枝　嘉靖本、汲本作「扶」。按《唐詩紀事》卷四五載即作「枝」。

〔五〕半一作面　嘉靖本、汲本「半」作「面」，小注云「一作半」。

〔六〕要一作杳似　嘉靖本、汲本作「色杳」，無小注。

韓翃七首〔一〕

韓翃員外詩〔二〕，匠意近於史，興致繁富，一篇一詠，朝士珍之，多士之選也。如「星河秋一雁，砧杵夜千家」，又「客衣筒布潤，山舍荔支繁」，又「疎簾看雪捲，深户映花關」，方之前載，芙蓉出水，未足多也。其比興深於劉員外，筋節成於皇甫冉也。

〔一〕按嘉靖本、汲本無「七首」字。

〔二〕韓翃　嘉靖本、汲本無「翃」字。

送辰州李中丞

白羽逐青絲，翩翩南下時〔一〕。巴人迎道路，蠻帥引旌旗。暮雨山開少，秋風葉落遲。功成冀他日，應見竹郎祠。

〔一〕下　嘉靖本、汲本作「去」。

題薦福寺衡嶽禪師房得閑字〔一〕

春城乞食還，高論此中閑。僧臘堦前樹，禪心江上山。疎簾看雪捲，深户映花關。晚送門人出，鐘聲杳靄間〔二〕。

〔一〕得閑字　此三字小注，汲本同，嘉靖本無。

〔二〕窅　嘉靖本、汲本作「杳」。

奉送王相公赴幽州

黄閣開帷幄，丹墀侍冕旒。位高湯左相，權總漢諸侯。不改周南化，仍分趙北憂。雙旌過易水，千騎入幽州。塞草連天暮，邊風動地秋。無因陪遠道，結束佩吴鈎。

題蘇許公林亭得詩字〔一〕

平津東閣在，别是竹林期。萬葉秋聲裏，千家落照時。門隨深巷静，窗過遠鐘遲。客住苔生處，依然又賦詩。

〔一〕得詩字　此三字小注，汲本同，嘉靖本無。

送孫革及第後歸江南

過淮芳草歇，千里又東歸。野水吴山出，家林越鳥飛。荷香隨去棹，梅雨溼一作點征衣〔一〕。無數滄洲客，如君達者稀。

〔一〕一作點　此三字小注，汲本同，嘉靖本無。

題僧房

披衣聞客至，關鑰一作鎖此時開〔一〕。鳴磬夕陽盡，卷簾秋氣一作色來〔二〕。名香連竹徑，清梵出花臺。身在心無住一作事〔三〕，他方到幾回。

〔一〕鑰一作鎖　嘉靖本、汲本「鑰」作「鎖」，無小注。

〔二〕氣一作色　嘉靖本、汲本「氣」作「色」，無小注。

〔三〕住一作事　嘉靖本、汲本「住」作「事」，小注「一作住」。

送太常元博士歸潤州〔一〕

渡江秋色裏一作秋氣在〔二〕，詩興與歸心。客路緣楓岸，人家指一作掃橘林〔三〕。潮聲當晝起一作潮聲連北起〔四〕，山翠近南深。幾日華陽洞，寒花獨自尋。

〔一〕潤州　嘉靖本同，汲本作「江東」。

〔二〕一作秋氣在　此五字小注，嘉靖本、汲本無。

〔三〕人家指橘林　嘉靖本、汲本作「家人掃橘林」，無小注。

〔四〕一作潮聲連北起　此處小注，嘉靖本、汲本無。

蘇涣三首〔一〕

涣本不平者，善放白弩，巴中號曰白跖。賓人患之，以比莊蹻〔二〕。後自知非，變節從學，鄉賦擢第，累遷至御史，佐湖南幕。崔中丞瓘遇害〔三〕，涣遂踰嶺扇動哥舒，跋扈交廣，此猶蛟龍見血〔四〕，本質彰矣。三年中作變體律詩十九首〔五〕，上廣州連帥李公勉〔六〕，其文意長於諷刺，亦育有陳拾遺一鱗半甲〔七〕，故善之。或曰：「此子左右奬臣，侵敗王略，今著其文可歟？」答曰：「漢策載蒯通説詞〔八〕，皇史録祖君彦檄書〔九〕，此大所以容細也。」夫善惡必書，《春秋》至訓，明言不廢，孟子格言。涣者其殆類此乎〔一〇〕。豈但不可棄雕蟲，亦以深懲賊子也〔一一〕。

〔一〕按嘉靖本、汲本無「三首」字。

〔二〕莊矯　《唐詩紀事》卷二六蘇涣條引高仲武語同，嘉靖本、汲本作「盜跖」。

〔三〕崔中丞瓘　「瓘」影宋鈔本原作「灌」，當爲瓘字之誤。嘉靖本、汲本無此字。

〔四〕蛟龍　嘉靖本、汲本作「龍蛇」。

〔五〕變體律詩十九首　嘉靖本、汲本作「變律詩九首」。

〔六〕上廣州連帥李公勉　嘉靖本、汲本作「上廣州李帥」。

〔七〕育有　嘉靖本、汲本無「有」字。

〔八〕策載　嘉靖本、汲本作「著」。

〔九〕皇史録　嘉靖本、汲本「録」下有「列」字。

〔一〇〕類此　嘉靖本、汲本作「庶幾」。

〔一一〕豈但不可棄雕蟲亦以深懲賊子也　《唐詩紀事》卷二六蘇涣條引高仲武語與此同，唯無「可」字，「賊」作「餘」。嘉靖本、汲本則頗有不同，此二句作「但不可棄其善，亦以深戒君子之意」。

變律詩〔一〕

日月東西行，不照大荒北。其中有毒龍，靈怪人莫測。〔二〕開目爲晨光，閉目爲夜色。一開復一閉，明晦無休息。居然六合内〔三〕，曠哉天地德〔四〕。天地且不言，世人浪喧喧。

〔一〕按嘉靖本、汲本題作「變律格詩」。《唐詩紀事》卷二六蘇涣條與影宋鈔本同。

〔二〕按以上三句，《唐詩紀事》卷二六同，唯「不照」作「照在」，「毒」作「燭」。嘉靖本、汲本則大異，作「寒暑冬夏易，陰陽無停機，造化渺莫測」。

〔三〕内　嘉靖本、汲本作「外」。

〔四〕哉　嘉靖本、汲本作「我」。

同前

毒蜂一成窠，高掛惡木枝。行人百步外，目動一作斷魂亦飛〔一〕。長安大道旁一作邊〔二〕，挾彈誰家兒。右手持金丸，引滿無所疑。一中紛下來，勢若風雨隨。身如萬箭攢，宛轉迷所之。徒有疾惡心，奈何不知幾。

〔一〕動一作斷　嘉靖本、汲本「動」作「斷」，無小注。

〔二〕旁一作邊　嘉靖本、汲本「旁」作「邊」，無小注。

同前

養蠶爲素絲，葉盡蠶不老。傾筐對空林〔一〕，此意向誰道。一女不得織，萬夫受其寒。一夫不得意，四海行路難。禍亦不在大，福亦不在先。世路險孟門，吾從當勉旃。

〔一〕空林　嘉靖本、汲本作「林樹」。

中興間氣集卷下

郎士元十二首〔一〕

員外河嶽英奇，人倫秀異，自家邢國〔二〕，遂擁大名。右丞以往，與錢更長。自丞相已下，出使作牧〔三〕，二君無詩祖餞〔四〕，時論鄙之。兩君體調，大抵欲同，就中郎公稍更閑雅，近於康樂。如「荒城背流水，遠雁入寒雲」，「去鳥不知倦，遠帆生暮愁」；又「蕭條夜静邊風吹，獨倚營門向秋月」，可以齊衡古人，掩映時輩。又「暮蟬不可聽，落葉豈堪聞」，古人謂謝朓工於發端〔五〕，比之於今，有慚沮矣。

〔一〕按嘉靖本、汲本無「十二首」字。

〔二〕邢　原作「刑」，嘉靖本、汲本作「形」。孫毓修校謂「當作邢，君胄（士元字）中山人也」。孫校是，今據改。

〔三〕出使　《唐詩紀事》卷四三引高仲武語同。嘉靖本、汲本作「更出」。

〔四〕君　嘉靖本、汲本作「公」。

〔五〕古人　嘉靖本、汲本無「人」字。

送楊中丞和蕃

錦車一作輪登隴日〔一〕，邊草正萋萋。舊好隨君長，新愁聽鼓鼙。河源飛鳥外，雪嶺大荒西。漢壘今猶在，遥知路不迷。

〔一〕錦車一作輪登隴日　嘉靖本、汲本無小注，又「隴」作「壠」。

送奚賈歸吴

東南富春渚，曾是謝公遊。今日奚生去，新安江正秋一作流〔一〕。水容清過客，桐葉落行舟一作霜葉伴行舟〔二〕。遥想赤亭下，聞猿生一作應夜愁〔三〕。

〔一〕秋一作流　嘉靖本、汲本無小注。

〔二〕桐葉落行舟一作霜葉伴行舟　嘉靖本、汲本「桐」作「楓」，並無小注。

〔三〕生一作應　嘉靖本、汲本「生」作「應」，無小注。

鄭礒宅送錢大夫〔一〕

暮蟬不可聽，落葉豈堪聞。共是悲秋客〔二〕，那能此路分。荒城背流水，遠雁入寒雲。陶令東籬菊，餘花可贈君。

〔一〕按嘉靖本、汲本題作「别鄭礒」。

〔二〕共　嘉靖本、汲本作「自」。

送韋明府之任長沙〔一〕

秋入長沙縣，蕭條旅宦心。烟波連桂水，官舍映楓林。雲日楚天一作山暮〔二〕，沙汀白露深〔三〕。遥知訟堂裏，佳政在鳴琴。

〔一〕按嘉靖本、汲本題作「送長沙韋明府之縣」。
〔二〕天一作山　嘉靖本、汲本「天」作「山」，無小注。
〔三〕露　嘉靖本、汲本作「鷺」。

送彈琴李别駕之任洪州〔一〕

南去秋江遠，孤舟興自多。能將流水引，更入洞庭波。夏口帆初上，尋陽雁正過。知音在霄漢，佐郡豈蹉跎。

〔一〕按嘉靖本、汲本題作「送洪州李别駕之任」。

送裴補闕入河南幕〔一〕

皎然青瑣客，何事動行軒。苦節酬知己，清吟去掖垣。秋城臨海樹，寒月上營門。鄒魯詩書地，應無鼙鼓喧。

〔一〕按嘉靖本、汲本「南」作「東」。詩中云「臨海樹」，「鄒魯詩書地」，皆與河東境域不合，但似與河南亦不切，俟考。《全唐詩》卷二四八亦作「南」。

春日宴張舍人宅

嬾尋芳草徑，來接侍臣筵。山色知殘雨，牆陰覺暮天。鶯歸漢宮柳，花隔一作隱杜陵烟〔一〕。地與東城接，春光醉目前。

〔一〕隔一作隱　嘉靖本、汲本「隔」作「隱」，無小注。

送陸員外赴潮州

含香臺上客，剖竹海邊州。楚驛多歸信，閩溪足亂流。今朝永嘉後，重見謝公遊。

送王棽流雷州

昨日三峰尉，今朝萬里人。平生任孤直，豈是不防身。海霧多爲瘴，山雷乍作鄰。遥憐北窗月，與子獨相親。

題劉相公三湘圖

昔歲别衡霍，邇來憶南州。今朝平津邸，再得瀟湘遊〔一〕。稍辨郢門樹，依然芳杜洲。微明一作月三巴峽，咫尺萬里流。去鳥不知倦，遠帆生暮愁。涔陽指天末，北渚空悠悠。枕上見漁父，坐中長狎鷗〔二〕。誰言魏闕下，自有東山幽。

〔一〕再　嘉靖本、汲本作「兼」。

〔二〕長　嘉靖本、汲本作「常」。

送孫侍郎往容府宣慰

秦原獨立望湘川〔一〕，擊隼南飛上楚天。奉詔不言空問俗，清時因得訪遺賢。荆門晚色兼梅雨，桂水春風過驛一作客船〔二〕。疇昔嘗聞陸賈説，故人今日豈徒然。

〔一〕秦　嘉靖本、汲本作「春」。

〔二〕驛一作客　嘉靖本、汲本無小注。

塞下曲

寶刀塞上兒，身經百戰曾百勝，壯心竟未嫖姚知。白草山頭日初没〔一〕，黄沙戍下悲笳發〔二〕。蕭條夜静邊風吹，獨倚營門向秋月。

〔一〕白草　汲本同，嘉靖本作「百車」。按《唐詩紀事》卷四三載亦作「白草」，白草山爲地名專稱，當作「白草」是。

〔二〕笳　嘉靖本、汲本作「歌」。

崔峒九首〔一〕

崔拾遺文彩炳然，意思方雅。如「清磬度山翠，閑雲來竹房」，又「流水聲中視公事，寒山影裏見人家」，斯亦披沙揀金，往往見寶。

〔一〕按嘉靖本、汲本無「九首」字。

春日憶姚氏諸生〔一〕

離亂人相失，春秋雁自飛。祇緣行路遠，未必寄書希。二月花無數，頻年意有違。落暉看過盡〔二〕，獨坐淚沾衣。

〔一〕諸生　嘉靖本、汲本作「外甥」。

〔二〕盡　嘉靖本、汲本作「後」。

題崇福寺禪師院

僧家竟何事，掃地與焚香。清磬度山翠，閑雲來竹房。身心塵外遠，歲月坐中忘一作長〔一〕。向晚禪堂掩，無人空夕陽。

〔一〕忘一作長　嘉靖本、汲本無小注。

江上書懷

骨肉天涯別，江山日落一作暮時。〔一〕淚流襟上血，髮變鏡中絲。胡越書難到，存亡夢豈知。登高回首罷，形影自相隨。

〔一〕落一作暮　嘉靖本、汲本無小注。

送薛良友往越州謁從叔

辭家年一作日已久〔一〕，與子分仍一作偏深〔二〕。易得思鄉淚，難爲欲別心。孤雲隨浦口，幾日到山陰。遥想蘭亭下，清風滿竹林。

〔一〕年一作日　嘉靖本、汲本「年」作「日」，無小注。

〔二〕仍一作偏　嘉靖本、汲本無小注。

送貞上人還蘭若〔一〕

得道雲林久一作下〔二〕，年深暫一歸。出山逢世亂，乞食覺人希。半偈初傳法，中峰又掩扉。離憂應不染〔三〕，塵俗自依依。

〔一〕貞　嘉靖本作「員」，汲本作「真」。

〔二〕久一作下　嘉靖本、汲本無小注。

〔三〕離憂　嘉靖本、汲本作「愛增」。

送丘爲歸蘇州〔一〕

積水與寒烟，嘉禾路幾千。孤猿鳴海嶠，群雁起湖田。曾是長洲苑〔二〕，嘗聞大雅篇。却將封事去，知爾得閑眠。

〔一〕丘爲　嘉靖本、汲本作「丘二十二」。

〔二〕是　嘉靖本、汲本作「見」。

初拜命酬丘丹二十一見贈〔一〕

江海久垂綸，朝衣忽掛身。丹墀方謁帝，白髮免羞人。才愧文章士〔二〕，名當諫争臣。空餘薦賢分，不敢負交親。

〔一〕按嘉靖本、汲本題作「初拜命後酬丘二十二見贈」。丘丹行第爲二十一，作「二十二」誤。

〔二〕愧　嘉靖本、汲本作「傑」。

題桐廬一作同官李明府官舍〔一〕

訟堂寂寂對烟霞，五柳門前晚聚鵶一作噪晚鴉〔二〕。流水聲中視公事，寒山影裏見人家。移風共美新爲政，計日還知更觸邪。可惜陶潛無限酒〔三〕，不逢籬菊正開花〔四〕。

〔一〕桐廬一作同官　嘉靖本、汲本無小注。

〔二〕晚聚鵶一作噪晚鴉　嘉靖本、汲本無小注。

〔三〕可惜　嘉靖本、汲本作「却憶」。

〔四〕正　嘉靖本、汲本作「便」。

同從季卿晴江極目〔一〕

八月長江萬里晴〔二〕，千帆一道帶風輕〔三〕。極目不分天水色，南山南是岳陽城。

〔一〕按嘉靖本、汲本題作「清江曲内一絶」，下有小注：「折腰體」。

〔二〕萬里晴　嘉靖本、汲本作「去浪平」。

〔三〕千帆　嘉靖本、汲本作「片帆」。

張繼三首〔一〕

員外累代詞伯，積襲弓裘〔二〕，其於爲文，不雕自飾。及爾登第，秀發當時。詩體清迥，有道者風。如「女停襄邑杼，農廢汶陽畊」，〔三〕可謂事理雙切。又「火燎原猶熱，風搖海未平，應將否泰理，一問魯諸生」，〔四〕比興深矣。

〔一〕按嘉靖本、汲本無「三首」字。

〔二〕積襲　嘉靖本、汲本作「積習」。

〔三〕按此句下，《唐詩紀事》卷二五張繼條引高仲武語，尚有「使者乘軺去，諸侯擁節迎」二句，爲現存《中興間氣集》所無。

〔四〕按以上二句，嘉靖本、汲本無，《唐詩紀事》引高仲武語亦未載。

送鄒判官往陳留〔一〕

齊宋分巡地，頻年此用兵。女停襄邑杼，農廢汶陽畊。使者乘軺去，諸侯一作藩擁節迎〔二〕。深仁仰君子〔三〕，爲賦卹黎甿〔四〕。火燎原猶熱，風摇海未平。應將否泰理，一問魯諸生。

〔一〕鄒判官　嘉靖本、汲本無「鄒」字。《唐詩紀事》卷二五張繼條載此詩，題爲《送郄紹充河南租庸判官》，作「郄」。按劉長卿有《毗陵送鄒紹先赴河南充判官》詩（《劉隨州集》卷五），《全唐詩》所載張繼詩，亦作「鄒紹先」（《洪州送鄒紹先充河南租庸判官》），則此處作「鄒」不誤。

〔二〕侯一作藩　嘉靖本、汲本「侯」作「藩」，無小注。

〔三〕仰　嘉靖本、汲本作「佐」。

〔四〕爲　嘉靖本、汲本作「薄」。

夜宿松江〔一〕

月落烏啼霜滿天，江楓漁火對愁眠一作愁眼〔二〕。姑蘇城外寒山寺，夜半鐘聲到客船。

〔一〕宿　嘉靖本、汲本作「泊」。

〔二〕愁眠一作愁眼　嘉靖本、汲本無小注。

感懷〔一〕

調與時人背，心將静者論。終年帝城裏，不識五侯門。

〔一〕按此首，嘉靖本、汲本列《夜宿松江》前。

劉長卿九首〔一〕

長卿有吏幹，剛而犯上，兩度遷謫〔二〕，皆自取焉〔三〕。詩體雖不新奇，甚能鍊飾。大抵九首已上〔四〕，語意稍同，於落句尤甚，思鋭才窄也。如「草色無征路，松聲傍逐臣」，〔五〕又「細雨溼衣看不見，殘一作閑花滿地落無聲」〔六〕，裁長補短。蓋絲之微纇歟〔七〕。其「得罪風霜苦，全生天地仁」，可謂傷而不怨，亦足以發揮風雅矣。

〔一〕按嘉靖本、汲本無「九首」字。

〔二〕度　嘉靖本、汲本作「遭」。

〔三〕焉　嘉靖本、汲本作「之」。

〔四〕九　嘉靖本、汲本作「十」，《唐詩紀事》卷二六劉長卿條引高仲武語亦作「十」。

〔五〕按以上二句，嘉靖本、汲本作「草色加湖緑，松聲小雪寒」，此下又有句云「沙鷗驚小吏，湖色上高枝」。《唐詩紀事》卷二六引高仲武云，又有「春風吴草緑，古木剡山深」，「明日滄洲路，歸雲不可尋」句，爲今存《中興間氣集》各本所無。

〔六〕按此句嘉靖本、汲本作「閑花落地聽無聲」，並無小注。

〔七〕微　嘉靖本、汲本無。

奉和郭參謀題崔令公庭竹〔一〕

不學媚清瀾，能依上將壇。蒙籠低冕過，青翠卷簾看。得地移根遠，經霜抱節難。細花成鳳實〔二〕，嫩笋長漁竿。靄靄軍容静，蕭蕭郡宇寬。細音和角暮〔三〕，疎影上階一作門寒〔四〕。阮巷一作湘浦何人在〔五〕，梁園一作朝幾處殘〔六〕。空餘軒屏側，歲晚對一作伴任安。

〔一〕按嘉靖本、汲本題作「題崔公庭竹」。《唐詩紀事》卷二六所載，詩題與此影宋鈔本同。

〔二〕細　嘉靖本、汲本作「紉」。

〔三〕暮　嘉靖本、汲本作「響」。

〔四〕階一作門　嘉靖本、汲本「階」作「門」，無小注。

〔五〕阮巷一作湘浦　嘉靖本、汲本無小注。

〔六〕園一作朝　嘉靖本、汲本無小注。

送朱放山人越州賊退後歸山陰别業〔一〕

越中初戰罷，江上送歸橈。南渡無來客，西陵自落潮。空城垂故柳，舊業廢春苗。閭里稀一作誰相見〔二〕，鶯花一作啼共寂寥〔三〕。

〔一〕按詩題，嘉靖本、汲本無「放」、「後」字。

〔二〕稀一作誰　嘉靖本、汲本「稀」作「誰」，無小注。

〔三〕花一作啼　嘉靖本、汲本無小注。

負譴後登于越亭作〔一〕

天南愁望絶，亭上柳條新。落日獨歸鳥，孤舟何處人。生涯投嶺徼，世業陷邊塵。江入千峰暮，花連百越春〔二〕。秦臺憐白首，楚水怨青蘋。草色無征路〔三〕，鶯聲傍逐臣。獨醒翻取笑〔四〕，直道不容身。得罪風霜苦，全生天地仁。青山兩行淚〔五〕，滄海一窮鱗。牢落機心盡一作流落誰相識〔六〕，空憐鷗鳥親。

〔一〕按嘉靖本、汲本詩題作「謫至于越亭作」。

〔二〕連　《唐詩紀事》卷二六所載同。嘉靖本、汲本作「迎」。

〔三〕無　嘉靖本同，汲本作「迷」。

〔四〕取　嘉靖本、汲本作「引」。

〔五〕兩　嘉靖本、汲本作「數」。

〔六〕牢落機心盡一作流落誰相識　嘉靖本、汲本無小注。

奉陪鄭中丞自宣州解印與子姪宴餘干林園〔一〕

心遠一作意愜親魚鳥〔二〕，功成厭鼓鼙。林中阮家醉，池上謝公題。門徑蒼苔合，窗陰緑篠低一作深巷行人少，閉門卧柳低〔三〕。夕陽山向背，秋草水東西。舊架懸藤老，疎籬插槿齊。風塵一作烟不可到〔四〕，誰羨武陵溪。

〔一〕按嘉靖本、汲本詩題作「陪鄭中丞林園宴」。《文苑英華》卷一六六所載，詩題與影宋鈔本略同，唯「林園」作「後溪」，《唐詩紀事》卷二六則作「陪鄭中丞園林宴諸姪」。

〔二〕心遠一作意愜　嘉靖本、汲本無小注。

〔三〕按此處小注，嘉靖本、汲本無。

〔四〕塵一作烟　《唐詩紀事》卷二六亦作「塵」。嘉靖本、汲本作「烟」，無小注。

送張繼司直適越

時危身適越一作赴敵〔一〕，事往任浮沉。萬里江山客〔二〕，孤城百戰心〔三〕。春風吴苑緑〔四〕，古木剡山深。明月滄州路，歸雲不可尋。

〔一〕適越一作赴敵　嘉靖本、汲本無小注。

〔二〕客　嘉靖本、汲本作「去」。

〔三〕城　嘉靖本、汲本作「舟」。

〔四〕苑　嘉靖本、汲本作「渚」。

送駱三少府西上應制〔一〕

汀洲芳草緑，日暮更氤氛〔二〕。舊國無來信，春江獨送君。五言凌白雪，六翮向青雲。自媿無機者〔三〕，沙鷗已可群。

〔一〕按詩題「上」，嘉靖本、汲本作「山」。
〔二〕氤氛　嘉靖本、汲本作「芬芬」。
〔三〕媿　嘉靖本、汲本作「是」。

送李中丞歸漢陽别業〔一〕

流落征南將，曾驅十萬師。罷歸無舊業，老去戀明時〔二〕。獨立三邊静一作獨立三朝識〔三〕，輕生一劍知。茫茫漢江上，日暮欲何之。

〔一〕按嘉靖本、汲本題作「送李中丞之襄州」，《唐詩紀事》卷二六同。
〔二〕戀　《唐詩紀事》亦作「戀」，嘉靖本、汲本作「變」。
〔三〕獨立三邊静一作獨立三朝識　嘉靖本、汲本無小注。

送嚴一作鄭士元〔一〕

春風倚棹闔閭城，水國春寒陰復晴〔二〕。細雨溼衣看不見，殘花落地聽無聲〔三〕。日斜江上孤帆影，草緑湖南萬里情〔四〕。東道若逢知己一作相識問〔五〕，青袍今日一作已誤儒生〔六〕。

〔一〕按詩題，嘉靖本、汲本作「送郎士元」。今查《文苑英華》卷二七〇題爲《送嚴員外》，《唐詩紀事》卷二六題《送嚴士元》，《劉隨州詩集》題《别嚴士元》。按唐時有嚴士元，見《元和姓纂》卷五，又《直齋書録解題》卷五典故類載《秦傳玉璽譜》一卷，「題博陵崔逢修，協律郎嚴士元重修」；又《國璽傳》一卷，《傳國璽記》一卷，謂：「《傳》，無名氏所記，止唐肅宗。《記》，稱嚴士元，與前大同小異。」則嚴士元亦爲中唐時人。詩題作「郎士元」當誤。

〔二〕寒　嘉靖本、汲本作「深」。

〔三〕殘　嘉靖本、汲本作「閑」。

〔四〕情　嘉靖本、汲本作「程」。

〔五〕知己一作相識　嘉靖本、汲本作「相識」，無小注。

〔六〕日一作已　嘉靖本、汲本無小注。

題鄭山人别業〔一〕

白首深藏谷口村，春山犬吠武陵源〔二〕。一作寂寂孤鶯啼杏園，寥寥一犬吠桃源。落花芳草一作寂寂無行一作尋處〔三〕，萬壑千峰獨掩一作閉門〔四〕。

〔一〕按嘉靖本、汲本題中「别業」作「幽居」，此詩列《送嚴士元》前。
〔二〕源　嘉靖本、汲本作「原」。
〔三〕芳草一作寂寂　嘉靖本、汲本無小注。又「尋」下亦無小注。
〔四〕掩一作閉　嘉靖本、汲本「掩」作「閉」，無小注。

李季蘭六首〔一〕

士有百行，女唯四德。季蘭則不然也，形氣既雄〔二〕，詩意亦蕩，自鮑昭以下，罕有其倫。甞與諸賢集烏程縣開元寺，〔三〕知河間劉長卿有陰重之疾，乃誚之曰：「山氣日夕佳。」長卿對曰：「衆鳥欣有託。」舉座大笑，論者兩美之。如「遠水浮仙棹，寒星一作雲伴使車」〔四〕，蓋五言之佳境也。上比班姬則不足〔五〕，下比韓英則有餘。不以遲暮，亦一俊嫗也。

〔一〕按嘉靖本、汲本無「六首」字。
〔二〕雄　嘉靖本、汲本作「雌」。據詩意當作「雄」。
〔三〕按此句至後「論者兩美之」，嘉靖本、汲本無，《唐詩紀事》卷七八李季蘭條引高仲武語，亦無此數句。《太平廣記》卷二七三引《中興間氣集》載此事，《直齋書録解題》卷十九詩集類載《李季蘭集》一卷，謂：「唐女冠，與劉長卿同時，相譏調之語見《中興間氣集》。」則宋時流傳之《中興間氣集》，固有此記載者。

〔四〕星一作雲　嘉靖本、汲本無小注。

〔五〕比　嘉靖本、汲本作「倣」。

寄校書十九兄〔一〕

無事烏程縣，差池一作蹉跎歲月餘〔二〕。不知芸閣吏，寂寞竟何如。遠水浮仙棹，寒星伴使車。因過大雷澤〔三〕，莫忘幾行書〔四〕。

〔一〕按詩題，嘉靖本、汲本作「寄校書七兄」。查《又玄集》，題與此影宋鈔本同。《文苑英華》卷三五六作「寄韓校書十七兄」，《唐詩紀事》卷七八作「寄韓校書」。又，嘉靖本、汲本列此詩於《湖上卧病喜陸鴻漸至》後。

〔二〕差池一作蹉跎　嘉靖本、汲本作「蹉跎」，無小注。

〔三〕澤　嘉靖本、汲本作「岸」。

〔四〕幾行　今存各本《中興間氣集》均同。《唐詩紀事》卷七八、《文苑英華》卷二五六作「八行」，似是。

湖上卧病喜陸鴻漸至

昔去繁霜月，今來苦霧時。相逢仍卧病，欲語淚先垂。强飲程家酒〔一〕，還吟謝客詩。偶然成一醉，此別竟一作更何之〔二〕。

〔一〕飲程　嘉靖本、汲本作「勸陶」。

〔二〕別竟一作更　嘉靖本、汲本作「外更」，無小注。

登山望閣子不至一作寄朱放〔一〕

望遠試登山〔二〕，山高湖水闊〔三〕。相思無曉夕，相望經年月。鬱鬱山木榮，綿綿野花發。別後無限情，逢君一時説〔四〕。

〔一〕按嘉靖本、汲本題作「寄朱放」，無小注。

〔二〕遠　嘉靖本、汲本作「水」。

〔三〕水　嘉靖本、汲本作「又」。

〔四〕逢君　嘉靖本、汲本作「相逢」。

送韓揆之江西

相看指楊柳，别恨轉依依。萬里西一作三江水〔一〕，孤舟何處歸。湓城潮不到，夏口信應稀。唯有衡陽雁，年年來去飛。

〔一〕西一作三江　嘉靖本、汲本作「江西」，無小注。

道意寄崔侍御〔一〕

莫漫戀浮名，應須薄世情〔二〕。百年齊旦暮，萬事盡虛盈〔三〕。愁鬢行看老〔四〕，童顔學可成一作未可〔五〕。無過天一作乾竺國〔六〕，依止故先生。

〔一〕御　嘉靖本、汲本作「郎」。

〔二〕世　嘉靖本、汲本作「宦」。

〔三〕萬　嘉靖本、汲本作「前」。

〔四〕老　嘉靖本、汲本作「白」。

〔五〕可成一作未可　嘉靖本、汲本作「未成」，無小注。

〔六〕天一作乾　嘉靖本、汲本無小注。

從蕭叔子聽彈琴賦得三峽流泉歌〔一〕

妾家本住巫山雲，巫山流泉常自聞。玉琴彈一作奏出轉寥敻〔二〕，真是當時夢裏聽〔三〕。三峽迢迢幾千里，一時流入深閨裏〔四〕。巨石崩崖指下生〔五〕，飛泉走浪絃中起。切疑憤怒含雷風〔六〕，又似嗚咽流不通。回湍曲瀨勢將盡，時復滴瀝平沙中。憶昔阮公爲此曲，能令仲容聽不足。一彈既罷復一彈〔七〕，願作流泉鎮相續〔八〕。

〔一〕按嘉靖本、汲本題作「賦得三峽流泉歌」。《才調集》題與影宋鈔本同。《唐詩紀事》卷七八則作「三峽流泉歌」。

〔二〕彈一作奏　嘉靖本、汲本作「奏」，無小注。

〔三〕真是　嘉靖本、汲本作「直似」。又汲本「時」作「年」。

〔四〕深　嘉靖本、汲本作「幽」。

〔五〕崖　嘉靖本、汲本作「巖」。

〔六〕切　嘉靖本、汲本作「初」。

〔七〕復　嘉靖本、汲本作「還」。

〔八〕作　嘉靖本、汲本作「似」。

竇參三首〔一〕

竇君詩亦祖述沈千運〔二〕，比於孟雲卿，尚在廊廡間。如「萬丈水聲落，四時松色寒」，又「人生年幾齊，憂苦即先老」〔三〕，雖羽翼未齊〔四〕，而筋骨已具也。

〔一〕按嘉靖本、汲本無「三首」字。

〔二〕祖述　嘉靖本、汲本無「述」字。《唐詩紀事》卷四三竇參條引高仲武語，有「述」字。按作「祖述」是。

〔三〕即　嘉靖本、汲本作「亦」。

〔四〕雖羽翼未齊　嘉靖本、汲本「雖」下有「其」字。

湖上閑居之作〔一〕

避影將息陰，自然知音稀。向來深林中，偶亦有所窺。飛鳥口銜食，引雛上高枝。但各子其子，寧知宜不宜。止止復何言，物情方自知〔二〕。

〔一〕按嘉靖本、汲本題作「閑居湖上」。

〔二〕自　《唐詩紀事》卷四三所載同，嘉靖本、汲本作「可」。

登灊山觀

山勢欲相抱，一條微徑盤。攀蘿歇復行，始得凌仙壇。聞道葛夫子，此中鍊還丹。丹成五色光，服之生羽翰。靈草空自緑，餘霞誰復飱。至今步虚處，猶有孤飛鸞。幽幽古殿門，下壓浮雲端。萬丈水聲落，四時松色寒。既入無何鄉，轉嫌人事難。終當遠塵俗〔一〕，高卧從所安。

〔一〕遠塵俗　按此三字影宋鈔本空缺，今據嘉靖本、汲本補。

遷謫江表久未歸而作〔一〕

一自經放逐，徘徊無所從。便爲寒山雲，不得隨飛龍。名豈不欲保〔二〕，歸豈不欲早。久無三月資，難遂萬里道〔三〕。離心與羈思，終日常草草〔四〕。人生年幾齊，憂苦即先老〔五〕。誰能假羽翼，使我暢懷抱。

〔一〕按嘉靖本、汲本題無「而作」字，《唐詩紀事》卷四三所載與嘉靖本、汲本同。

〔二〕欲　原作「得」。按上句「不得隨飛龍」，此處似不宜重「得」字，今據嘉靖本、汲本改。

〔三〕按嘉靖本、汲本此二句作「苦無三月資，遠適萬里道」。

〔四〕常　嘉靖本、汲本作「苦」。

〔五〕即 嘉靖本、汲本作「亦」。

道人靈一 四首〔一〕

自齊梁以來，道人工文者多矣〔二〕，罕有入其流者。一公乃能刻意精妙，與士大夫更唱迭和，不其偉歟。如「泉涌堦前地，雲生户外峰」，則道猷、寶月，曾何及此也。

〔一〕嘉靖本、汲本無「四首」字。

〔二〕按此句嘉靖本、汲本作「道人工文多矣」。

酬皇甫冉將赴無錫於雲門寺贈别〔一〕

湖南通古寺，來往意無涯。欲識雲門路，千峰到若耶。春山子猷宅，古木謝敷家。自可長偕隱，那云相去賒。

〔一〕按嘉靖本、汲本詩題，無「將」字，於「贈」字下衍「詩」字。《唐詩紀事》卷七一所載與影宋鈔本同。

静林梁精舍即武帝隱所有鐘磬皆古物時時有聲〔一〕

静林溪路遠，蕭帝有遺蹤。水擊羅浮磬，山鳴于闐鐘。燈傳三世火，樹老萬株松。無數烟霞色，空聞昔卧龍。

〔一〕按詩題「梁精舍」，嘉靖本、汲本作「寺」字。又此詩嘉靖本、汲本在《宿靈洞觀》後。

宿靈洞觀

石室因投宿，仙翁幸見容。花原隔水見，洞府過山逢。泉涌堦前地，雲生户外峰。中宵自入定，非是欲降龍。

雨後欲尋天目山問元駱二公溪路絶句

昨夜雲生天井東，春山一雨幾回風。林花併逐溪流下，欲上龍池通不通。

張南史三首〔一〕

張君弈碁者，中歲感激，苦節學文，數年間稍入詩境〔二〕。如「已被秋風教憶鱠，更聞寒雨勸飛觴」，可謂物理具美〔三〕，情致兼深也。

〔一〕嘉靖本、汲本無「三首」字。又張南史詩，嘉靖本、汲本列於卷末，在劉灣後，今從影宋鈔本列此。

〔二〕年　嘉靖本、汲本作「載」。

〔三〕具　嘉靖本、汲本作「俱」。

送司空十四北遊宋州〔一〕

□□危城下，蕭條送爾歸。寒風聞畫角，暮雪犯征衣。道里猶成間，親朋重與違。白雲愁欲斷，看入大梁飛〔二〕。

〔一〕嘉靖本、汲本詩題無「北」字，又列此詩於《陸勝宅秋雨中探韻同作》後。

〔二〕入　嘉靖本、汲本「入」字空缺。

送朱文北遊

歲暮一爲別一作一歸客〔一〕，江湖聊自寬。且一作自無人事戀〔二〕，誰謂客行難。郢曲憐公子，吴門憶伯鸞〔三〕。蒼蒼遠山際，松樹一作柏獨宜寒〔四〕。

〔一〕一爲別一作一歸客　嘉靖本、汲本「一」作「欲」，無小注。

〔二〕且一作自　嘉靖本、汲本無小注。

〔三〕門　嘉靖本、汲本作「州」。

〔四〕樹一作柏　嘉靖本、汲本「樹」作「柏」，無小注。

陸勝宅秋雨中探韻同作

同人一作心永日自相將〔一〕，深竹閑園偶辟强。已被秋風教憶鱠，更聞寒雨勸飛觴。歸心莫問三江水，旅服從霑九月霜〔二〕。醉裏欲尋騎馬路，蕭條幾處有垂楊。

〔一〕人一作心　嘉靖本、汲本無小注。

〔三〕從霑九月霜　嘉靖本、汲本作「從沾九日霜」。

姚倫二首〔一〕

姚子詩雖未弘深，去凡已遠，屬辭比事，不失文流。如「亂聲千葉下，寒影一巢孤」，篇什之秀也。

〔一〕按嘉靖本、汲本無「二首」字。

感秋林

試向林東望一作疎林望〔一〕，方悲一作知節候殊〔二〕。亂聲千葉下，寒影一巢孤。不蔽秋天雁，驚飛夜月烏。霜風與春日，幾度遺榮枯。

〔一〕林東望一作疎林望　嘉靖本、汲本作「東林望」，無小注。

〔二〕悲一作知　嘉靖本、汲本無小注。

過章秀才客舍

達人心自適，旅舍當閑居。不出來時徑，重看讀了書。晚嵐山色近，秋日樹陰疎。盡是忘言客，聽君誦子虛。

皇甫曾五首〔一〕

昔孟陽之與景陽，詩德遠慙厥弟，協居上品，載處下流，今侍御之與補闕，文辭亦爾。體制清緊一作潔〔二〕，華不勝文。然「寒生五湖道，春及萬年枝」，五言之選也。其爲士林所尚，宜哉。

〔一〕嘉靖本、汲本無「五首」字。

〔二〕緊一作潔　嘉靖本、汲本作「潔」，無小注。按《唐詩紀事》卷二七引高仲武語，亦作「潔」。

送雲門寺邕上人〔一〕

春山臨一室，獨坐草萋萋。身寂心成道，花閑一作開鳥自啼〔二〕。細泉松徑裏，返照一作幽景竹林西〔三〕。晚與門人別，依依出虎溪。

〔一〕雲門寺　嘉靖本、汲本無「寺」字。

〔二〕閑一作開　嘉靖本、汲本無小注。

〔三〕返照一作幽景　嘉靖本、汲本無小注。

送杜中丞還京〔一〕

罷戰回龍節〔二〕，朝天見鳳池。寒生五湖道，春及萬年枝。召化偏遺愛〔三〕，胡清已畏知。懷恩多感别，墮淚向旌旗〔四〕。

〔一〕按詩題「杜」字，嘉靖本、汲本作「林」。查《又玄集》及《文苑英華》卷二七二皆作「杜中丞」，明活字本《皇甫曾集》題爲《奉送杜侍御還京》。杜中丞抑杜侍御，俟考。作「林」當誤。

〔二〕罷戰　嘉靖本、汲本作「戰罷」。

〔三〕召化偏遺愛　嘉靖本、汲本「召」作「邵」，「偏」作「多」。按頸聯有「懷恩多感別」，則此處不應重「多」字，當作「偏」是。

〔四〕墮　嘉靖本、汲本作「墜」。

贈别鑒上人一作贈别筌公〔一〕

律儀傳教誘，僧臘老烟霄。樹色依禪誦，泉聲入寂寥。龕經來遠國〔二〕，畫壁見南朝。深竹一作户風開合〔三〕，寒潭月動摇〔四〕。息心歸静理一作息緣居静理〔五〕，愛定坐中宵〔六〕。更欲尋真去，乘船泛海潮。

〔一〕按嘉靖本、汲本題作「贈别筌公」，無小注。

〔二〕經　嘉靖本、汲本作「龍」。

〔三〕竹一作户　嘉靖本、汲本作「户」，無小注。

〔四〕寒潭月動摇　嘉靖本、汲本作「寒泉月對摇」。

〔五〕息心歸静理一作息緣居静理　嘉靖本、汲本作「息心居静理」，無小注。

〔六〕坐　嘉靖本、汲本作「至」。

寄張仲甫〔一〕

悲風生舊浦，雲嶺隔東田。伏臘同鷄黍，柴門閉雪天。孤村明夜火，稚子候歸船。静者心相憶，離居畏暮年。

〔一〕按以下二首，嘉靖本、汲本無。

贈霈禪師

南岳滿沅湘，吾師經利涉。身歸沃洲老，名與支公接。静教傳荆吴，道緣止漁獵。觀色空不染，對鏡心自愜。空中人寂寞，門外山重疊。天台積幽夢，早晚更一作當負笈。

送杜中丞還京〔一〕

上將還專席，雙旌復出秦。關河三晉路，賓從五原人。孤戍雲連海，平沙雪度春。酬恩看玉劍，何處有烟塵。

〔一〕按以下二首，影宋鈔本無，今據嘉靖本、汲本録入。

早朝日寄所知

長安歲後見歸鴻，紫禁朝天拜舞同。曙色漸分雙闕下，漏聲遥在百花中。爐烟乍起開仙仗，玉珮成行引上公。共荷發生同雨露，不應黄葉久從風。

鄭常三首〔一〕

常詩婉靡，雖未弘遠，已入文流。如「儒衣荷葉老，野飯藥苗肥」，足見丘園之趣也。〔二〕

〔一〕按嘉靖本、汲本未列鄭常。

〔二〕按《唐詩紀事》卷三一鄭常條引高仲武語，作：「常詩省静婉靡，雖未洪深，已入文流，翻翻然有士風，故録之。」

寄邢逸人

羡君無外事，日與世情違。地僻人難到，谿深鳥自飛。儒衣荷葉老，野飯藥苗肥。疇昔江湖意，而今憶共歸。

謫居漢陽至白沙阻雨因題驛亭

陽漢知近遠，見説過盆城。雲雨經春客，江山幾日程。終隨鷗鳥去，祇待海潮生。前路逢漁父，多愁問姓名。

送頭陀上人自廬山往東溪蘭若

僧家無住着，早晚出東林。□道非真相，頭陀是苦心。持齋山果熟，倚錫野雲深。溪寺誰相待，香花與梵音。

孟雲卿 六首〔一〕

祖述沈千運，漁獵陳拾遺，詞氣傷怨〔二〕，如「虎豹不相食，哀哉人食人」，方於《七哀》「路有飢婦人，抱子棄草間」，則雲卿之句深矣。雖效於沈、陳，纔得升堂，猶未入室，然當今古調，無出其右，一時之英也。余感孟君好古，著《格律異門論》及譜三篇〔三〕，以攝其體統焉。〔四〕

〔一〕嘉靖本、汲本無「六首」字。
〔二〕詞氣傷怨　《唐詩紀事》卷二五引高仲武語，作「詞氣傷古，怨者之流」。
〔三〕三篇　《唐詩紀事》卷二五引作「二篇」。
〔四〕按此段評語，嘉靖本、汲本無。

夏末田園觀雨兼晴後作〔一〕

貧賤少情欲，借荒種南陂。我非老農圃一作畝，安得良土宜。秋成不廉儉，歲餘多餒飢。顧視倉廩間，有糧不成炊。晨登南原上，雨歇清一作秋蟬悲。早麥一作苗既芃芃，晚田尚離離。五行孰堪廢，萬物常及時。賢哉數夫子，開翅情莫違一作開翅慎勿違。

〔一〕按以下二首，嘉靖本、汲本均未載。

汴河阻風

清晨自梁宋，掛席之楚城。出浦風潮惡，傍灘舟欲橫。大河海東注，群動皆窅一作昏冥。白霧魚龍氣，黄雲牛虎形。蒼茫迷所適，危懼安暫寧。信此天地内，孰於身命輕。丈夫苟未達，所向須存誠。前路捨舟去，東南應晚晴。

鄴城懷古

朝發淇水南，將尋北燕路。魏家舊城闕，寥落無人住。伊昔天地屯，曹公獨中據。群臣將北面，白日忽西暮。三臺竟寂寞〔一〕，萬世良難固〔二〕。雄圖一作豪安在哉〔三〕，衰草沾霜露。崔嵬長河北，尚想一作見應劉墓〔四〕。古樹藏乖龍〔五〕，荒茅伏秋兔〔六〕。永懷故池館，數子連章句。逸興驅山河，雄詞變雲霧。我行覩一作觀遺跡〔七〕，精爽如相遇。斗酒將酬君，悲風白楊樹。

〔一〕寘　嘉靖本、汲本作「寥」。
〔二〕良難　嘉靖本、汲本作「難長」。
〔三〕圖一作豪　嘉靖本、汲本「圖」作「豪」，無小注。
〔四〕想一作見　嘉靖本、汲本「想」作「見」，無小注。
〔五〕乖龍　嘉靖本、汲本作「龍蛇」。
〔六〕秋　嘉靖本、汲本作「狐」。
〔七〕覩一作觀　嘉靖本、汲本無小注。

傷情

爲長心易憂，早孤意恒傷〔一〕。出門先躊躕，入户亦傍徨。此生一何苦，前事安可忘。兄弟先我没一作父兄先我殁〔二〕，孤幼盈我傍。舊居近東一作西南〔三〕，河水新爲梁。松柏今在兹，君何一作安忍思故鄉〔四〕。四時與日月，萬物各一作覺有常〔五〕。寒風一夕起一作秋風已一起〔六〕，草木無不霜。行行當自勉，不忍再思量。

〔一〕恒　嘉靖本、汲本作「常」。

〔二〕兄弟先我没一作父兄先我殁　嘉靖本、汲本無小注。

〔三〕東一作西　嘉靖本、汲本無小注。

〔四〕君何一作安忍　嘉靖本、汲本「君何」作「安忍」，無小注。

〔五〕各一作覺　嘉靖本、汲本無小注。

〔六〕寒風一夕起一作秋風已一起　嘉靖本、汲本作「秋風已一起」，無小注。

傷時二首〔一〕

徘徊宋郊上，不見平生親。獨立正傷心，悲風來孟津。大方載群物，生死有常倫。虎豹不相食，哀哉人食人。豈伊逢世運，天道亮云云。

太虛流素月〔二〕，三五何明明。光耀侵白日，賢愚迷至精。四時更變化，天道有虧盈。常恐今夜没，須臾還復生。

〔一〕按嘉靖本、汲本無「二首」字。

〔二〕太虛　嘉靖本、汲本作「大空」。

劉灣四首〔一〕

灣，蜀人也，性率多直，屬文比事，尤得邊塞之思。如「死是征人死，功是將軍功」，悲而且訐。又「舉聲哭蒼天，萬木皆悲風」。又「李陵不愛死，心存歸漢闕」，逆子賊臣聞之，

宜乎皆改節矣。〔二〕

〔一〕按嘉靖本、汲本無「四首」字。

〔二〕按嘉靖本、汲本無此評語，《唐詩紀事》卷二五亦未引。

出塞曲

將軍在重圍，音信絶不通。羽書如流星，飛入甘泉宫。倚是一作恃并州兒〔一〕，少年心膽雄。一朝隨召募，百戰爭王公。去年桑乾北，今年桑乾東。死是征人死，功是將軍功。汗馬牧秋月，疲兵卧霜風〔二〕。仍傳右賢王〔三〕，更欲圖一作圍雲中〔四〕。

〔一〕是一作恃　嘉靖本、汲本無小注。

〔二〕兵　嘉靖本、汲本作「卒」。

〔三〕傳右　嘉靖本、汲本作「聞左」。

〔四〕圖一作圍　嘉靖本、汲本「圖」作「圍」，無小注。

虹縣嚴孝子墓作〔一〕

至性教不及，因心天所資。禮聞三年喪，爾獨終身期〔二〕。下由骨肉恩〔三〕，上報父母慈。禮聞哭有卒〔四〕，爾獨哀無時〔五〕。前後松柏林〔六〕，荆棘結蒙籠。墓門白雲開一作白日閉〔七〕，泣血黄泉中。草服蔽枯骨，垢容戴飛蓬〔八〕。舉聲哭蒼天，萬木皆悲風。

〔一〕嘉靖本、汲本詩題無「作」字。

〔二〕爾　嘉靖本、汲本作「汝」。

〔三〕由　嘉靖本、汲本作「布」。

〔四〕禮　嘉靖本、汲本作「又」。

〔五〕爾　嘉靖本、汲本作「汝」。

〔六〕後　嘉靖本、汲本作「有」。

〔七〕白雲開一作白日閉　嘉靖本、汲本作「白日閉」，無小注。

〔八〕戴　嘉靖本、汲本作「載」。

李陵別蘇武

漢武愛邊功，李陵提步卒。轉戰單于庭，身隨漢軍没。李陵不愛死，心存歸漢闕。誓欲還國恩，不爲匈奴屈。身辱家已無，長居狼虎窟。胡天無春風，虜地多積雪。窮陰愁殺人，況與蘇子別〔一〕。發聲天地哀，執手肝腸絶〔二〕。白日爲我陰，愁雲爲我結〔三〕。生爲漢家臣〔四〕，死爲胡地骨。萬里長相思，終身望南月。

〔一〕子　嘉靖本、汲本作「武」。

〔二〕肝　嘉靖本、汲本作「肺」。
〔三〕白日爲我陰愁雲爲我結　嘉靖本、汲本「陰愁」二字互乙。
〔四〕家　嘉靖本、汲本作「宫」。

雲南行〔一〕

百蠻亂南方，群盜皆蝟起〔二〕。軍馬疲中原一作騷然疲中原〔三〕，征伐從此始〔四〕。白門大和城，來往一萬里。去者無全生，十人九人死。代馬卧湯山〔五〕，燕兵哭瀘水。妻行求死夫，父行求死子。蒼天滿愁雲，白骨積荒一作空壘〔六〕。哀哀雲南行一作河津行〔七〕，十萬同已矣。

〔一〕嘉靖本、汲本詩題「行」作「曲」。
〔二〕皆　嘉靖本、汲本作「如」。
〔三〕軍馬疲中原一作騷然疲中原　嘉靖本「軍馬」作「騷然」，無小注。
〔四〕伐　嘉靖本、汲本作「戰」。
〔五〕代馬卧湯山　嘉靖本、汲本作「岱馬卧陽山」。
〔六〕荒一作空　嘉靖本、汲本「荒」作「空」，無小注。
〔七〕雲南行一作河津行　嘉靖本、汲本無小注。

御覽詩

〔唐〕令狐楚 編

傅璇琮 校點

前記

《御覽詩》一卷，令狐楚編選。令狐楚，《舊唐書》卷一七二、《新唐書》卷一六六有傳。此書書前結銜爲「翰林學士朝議郎守中書舍人」。考《舊唐書》本傳，楚與皇甫鏄、蕭俛同登德宗貞元七年（七九一）進士第。「（憲宗）元和九年，鏄初以財賦得幸，薦俛、楚俱入翰林，充學士，遷職方郎中、中書舍人，皆居内職。時用兵淮西，言事者以師久無功，宜宥賊罷兵，唯裴度與憲宗志在殄寇。十二年夏，度自宰相兼彰義軍節度、淮西招撫宣慰處置使。宰相李逢吉與度不協，與楚相善。楚草度淮西招撫使制，不合度旨，度請改制内三數句語。憲宗方責度用兵，乃罷逢吉相任，亦罷楚内職，守中書舍人。元和十三年四月，出爲華州刺史」（《舊唐書》本傳）。據此，則此書之撰進，當在元和九年至十二年間（八一四——八一七）。

此書《新唐書·藝文志》未著録。陳振孫《直齋書録解題》卷十五總集類載：「《唐御覽詩》一卷。唐翰林學士令狐楚纂劉方平而下迄於梁鍠凡三十人、詩二百八十九首。一名《唐新詩》，又名《選進集》，又名《元和御覽》。」（按晁公武《郡齋讀書志》未録此書）陳氏所言，當本陸游跋語（見本書書後附録，又見《渭南文集》），中云：「右《唐御覽詩》一卷，凡三十人，二百八十九首，元和學士令狐楚所集也。按盧綸墓碑云：『元和中，章武皇帝命侍丞采詩第名家，得三百一十篇，公之章句，奏御者居十之一。』今《御覽》所載綸詩正三十二篇，所謂居十之一者也。據此，則《御覽》爲唐舊本不疑。然碑云三百一十篇，而此纔二百八十九首，蓋散逸多矣。」則南宋前期所見之本，爲三十人，詩二百八十九首。《御覽詩》最早有南宋陳解元書籍鋪本，但據傅增湘《藏園群書題記》卷十九，謂此本「今各家書目皆不載」。清初人是見過此書的。何焯曾借得魏禧、馮班校本以校毛晉汲古閣本，後又從錢楚殷借得二馮手校本。他在校跋中説：「康熙戊子，過虞山，趙安成以孫岷自録本見贈，後題云馮定遠空齋校本本於趙清常，後從半臨堂借臨安本校一過。」（據《藏園群書題記》卷十九轉録）筆者曾以此數語請教傅熹年先生，熹年先生函示謂：「其半臨堂不知何人，臨安本當即是陳解元書籍刊本。詳讀文義，據『定遠云……』一句，校半臨堂本者仍是馮班，先祖後題云孫江曾借半臨堂臨安本校過云云，恐有誤解。然編集時忠於原稿，熹年不敢妄改也。」可見馮班是見到過陳解元書籍鋪刊本的，此書清初尚有傳本，可惜此後即湮没無聞。

現在所能見到的最早的本子是明萬曆時趙均抄本，此書藏國家圖書館善本部，一册，每頁八行，每行十八字，無格。有黄丕烈於清嘉慶四年（一七九九）二月三日跋，云：「此《唐御覽詩》，爲寒山趙靈均所校而箋注其異同者，非復本書舊觀矣。余友陶藴輝識是靈均手跡，持以示余，余以青蚨十金易得。蓋靈均所寫，余固未灼見，而楮墨頗饒古趣，列諸名抄秘册中，當亦得一位置地也。」此抄本之前有趙均於萬曆四十七年己未（一六一九）的題詞，並未交代出於何本，只説他從其友人林若撫得之，並就他所能得到的唐人詩集，及《才調集》、《萬首唐人絶句》、《唐詩品彙》等校其異同。

在這之後，即毛晉汲古閣刻本。這是迄今所見最早、也較爲通行的刻本。值得注意的是，無論趙均抄本或是汲古閣本，所收詩人數及詩篇數都相同，即三十人，二百八十六篇。覆核陸游跋及陳振孫著録，詩人人數相同，而詩則少三篇，並非二百八十九篇。這究竟是到明代又少了三篇，還是陸、陳所記即已有誤，不得而知。何焯的校記中，在霍總的《關山月》上端，有眉批云：「此書所缺二十一首，疑從此脱簡。」何焯所説的此書，應即汲古閣本，則他所謂的「所缺二十一首」，即盧綸墓碑所記的三百一十篇，減去陸、陳所見的二百八十九篇之數。霍總在《御覽詩》中編次較後，在他之後僅楊憑（十八首），楊巨源（十四首），梁鍠（十首）。何焯此處所説有何憑據，不得其詳，我們從趙均抄本及汲古閣刻本，確看不出脱簡的痕跡，何況現在所見，已非二百八十九首，而是二百八十六首，又少了三首。

何焯曾參校魏禧、馮班、徐聖階等校本，而馮班又校過南宋陳解元書籍鋪本，因此他的校語雖然不多，但很有價值。如書前目録李端《送客赴洪州》，何校「洪」作「荆」。此詩正文及《全唐詩》均作「洪」。按詩中云「水傳雲夢曉，山接洞庭春」，又云「帆影連三峽，猿聲在四隣」，所寫皆係荆州四周景色，與洪州無涉；李端另有《送從叔赴洪州》（《全唐詩》卷二八四），則云「鳴橈過夏口，斂笏見潯陽」，顯爲洪州地望。《又玄集》即作《送人往荆州》，何焯可能即據《又玄集》校。又如盧殷《堋口逢友人》：「艱難别離久，中外往還深。已改當時法，空餘舊日心。」（《全唐詩》卷四七〇同）何校云「法當作髮」。雖未注所據，却頗有見地。

《御覽詩》所收三十位詩人，都是肅、代和德宗時人，即主要是大曆和貞元時代的詩人。有些人雖生活在元和，但收詩極少，如張籍只一首。詩體基本上爲五七言律絶，風格以輕豔爲主。何焯對此曾大加譏評，其跋語謂：「此書又在《間氣集》之下，大抵大曆以還惡詩萃於是矣。」又云：「此書所採大都意凡文弱，流淡無味，殆可當準勑惡詩耶！」類似的批評明代即有，趙均於抄本前的題詞中即云：「説者謂其篇中多情至之語，此詩入御，不當如是，以此病之。」對此趙均倒爲之有所辯解，説：「昔尼父删《詩》，不廢鄭衛，二南首章，《關雎》、《鵲巢》，猶且哀樂洋洋盈耳，何況吾人漸漬，能不從此入耶？蓋詩緣情起，不由此入，沁人心骨，必不精至，令狐學士蓋有深思在也。」趙均譽之「有深思在」，倒未必然。關於此書的總體評價，《四庫全書總目提要》尚稱公允：「其詩惟取近體，無一古體，即《巫山高》等之用樂府題者，亦皆律詩。蓋中唐以後，世務以聲病諧婉相尚，其奮起而追古調者，不過韓愈等數人，楚亦限於風氣，不能自異也。」又云：「故此集所録，爲盧綸《送道士》詩、《駙馬花燭》詩，鄭鏦《邯鄲俠少年》詩，楊凌《閣前雙槿》詩，皆頗涉俗格，亦其素習然也。然大致雍容諧雅，不失風格，上比《篋中集》則不足，下方《才調集》則有餘，亦不以一二疵累棄其全書矣。」（卷一八六）

從文獻角度看，《御覽詩》也有其一定的價值。有些名望不大的詩人，其詩即賴此書以傳，如李何詩一首，鄭鏦詩四首，《文苑英華》、《唐詩紀事》等皆未載，《全唐詩》卷七六九所載，即全採自《御覽詩》，入世次爵里無考類。如《御覽詩》不載，則李何、鄭鏦連姓名也未爲世所知。又如劉皁載其《旅次朔方》詩：「客舍并州數十霜，歸心日夜憶咸陽。無端又隔桑乾水，却望并州是故鄉。」此詩《文苑英華》未載，《唐詩紀事》卷三六劉皁名下未載，而載於卷四〇賈島名下，題《渡桑乾》，文字有小異。《全唐詩》卷四七二劉皁下載，題亦作《旅次朔方》，當本《御覽詩》，而卷五七四賈島下亦載，題《渡桑乾》。一般因《長江集》、《萬首唐人絶句》等皆歸屬賈島，故後世大多以此詩爲賈島作。賈島爲范陽人，不當云旅次朔方，又不當云「歸心日夜憶咸陽」。《御覽詩》是最早以此詩歸屬於劉皁的，此點很值得注意。

上海古籍出版社編印的《唐人選唐詩》，其《御覽詩》即用汲古閣本爲底本，未有校，書後録毛晉跋語（上海古籍出版社在排印時似尚有誤字，如目録紇干著《古仙詞》，「詞」誤作「詩」；頁二三四楊凝《送友人入蜀》首句「劍閣迢迢夢想間」，「劍閣」誤作「閣劍」）。現仍以汲古閣本爲底本，而以趙均抄本相校，並過録其校語，其有異同者，再參校《文苑英華》、《唐詩紀事》、《全唐詩》等。

御覽詩姓氏總目

劉方平十三首　皇甫冉十六首　劉復四首　鄭錫十首
柳中庸九首　李嘉祐二首　李端八首　盧綸三十二首
李何一首　張起一首　鄭鏦四首　司空曙五首
于鵠三首　顧況十首　韋應物六首　紇干著四首
楊凌十七首　楊凝二十九首　李宣遠一首　盧殷十四首
姚係一首　馬逢五首　劉皁四首　李益三十六首
李愿二首　張籍一首　霍總六首　楊憑十八首
楊巨源十四首　梁鍠十首

御覽詩目録(二)

春中汎舟　雨中怨秋　秋日獨遊曲江　寄別　邊情　早發湘中　海榴
春情　送客往荆州　贈馬鍊師　湘江泛舟　送別

胡姬詞　春日有贈　襄陽樂　關山月　長城聞笛　宫燕詞　賦得灞岸柳送
客　贈崔駙馬　臨水看花　折楊柳　觀妓人入道　又　聽李憑彈箜篌
又

天長節　崔駙馬宅賦詠畫山水扇　觀王美人海圖障子　聞百舌鳥　美人春怨
狷氏子　長門怨　名姝詠　豔女詞　戲贈歌者

〔一〕按趙校本無此細目。

〔二〕送客赴洪州　何校「洪」作「荆」，未注所據。正文作「洪」，趙校本與《全唐詩》卷二八四亦皆作「洪」。按詩中云「水傳雲夢曉，山接洞庭春」，又云「帆影連三峽，猿聲在四隣」，皆爲荆州景色。《又玄集》卷上李端此詩即作《送人往荆州》。李端又有《送從叔赴洪州》（《全唐詩》卷二八四），云「鳴橈過夏口，斂笏見潯陽」，顯爲洪州地望。則此詩題應作《送客赴荆州》，何校是。

御覽詩

翰林學士朝議郎守中書舍人賜紫令狐楚奉敕纂進

劉方平十三首

秋夜思

旅夢何時盡，征途望每賖。晚秋淮上水，新月楚人家。猨嘯空山近，鴻飛極浦斜。明朝南岸去，言折桂枝花〔一〕。

〔一〕言　趙校謂「一作定」。《全唐詩》卷二五一亦作「言」，校云「一作定」。

泛舟

林塘夜發舟，蟲響荻颼颼。萬影皆因月，千聲各爲秋。歲華空復晚，鄉思不堪愁。西北浮雲外，伊川何處流。

折楊枝

空渡初楊柳，風來亦動摇。武昌行路好，應爲最長條。葉暎黄鸝夕，花繁白雪朝。年年攀折意，流恨入纖腰。

班婕妤

夕殿别君王，深宫月似霜。人幽在長信，螢出向昭陽。露浥紅蘭濕，秋凋碧樹傷。惟留合歡扇，從此篋中藏。

新春

南陌春風早，東隣曙色斜。一花開楚國，雙燕入盧家。眠罷梳雲髻，粧成上錦車。誰知如昔日，更浣越溪紗。

采蓮

落日晴江裏〔一〕，荆歌豔楚腰。採蓮從小慣，十五即乘潮。

〔一〕晴　趙校謂「一作清」。《全唐詩》亦作「晴」。

京兆眉

新作蛾眉樣，誰將月裏同。有來凡幾日〔一〕，相效滿城中。

〔一〕有　趙校謂「一作自」。《全唐詩》亦作「有」，校云「一作自」。

春雪

飛雪帶春風，徘徊亂繞空。君看似花處，偏在洛陽東。

望夫石

佳人成古石，蘚駁覆花黄。猶有春山杏，枝枝似薄粧。

送别

華亭霽色滿今朝，雲裹檣竿去轉遥。莫怪山前深復淺，清淮一日兩迴潮。

夜月

更深月色半人家，北斗闌干南斗斜。今夜偏知春氣暖，蟲聲新透緑窗紗。

春怨

紗窗日落漸黄昏，金屋無人見淚痕。寂寞空庭春欲晚，梨花滿地不關門。

代春怨

朝日殘鶯伴妾啼，開簾只見草萋萋。庭前時有東風入，楊柳千條盡向西。

皇甫冉十六首

江山留别原題潤州南郭留别

縈迴楓葉岸，留滯木蘭橈。吴岫新經雨，江天正落潮。故人勞見愛，行客自無聊。君問前程事，孤雲入剡遥。

巫山高〔一〕

巫峽見巴東，迢迢出半空。雲藏神女館，雨到楚王宫。朝暮泉聲落，寒暄樹色同。清猿不可聽，偏在九秋中。

〔一〕按詩題下趙校本有「原題作巫山峽」字。《全唐詩》卷二四九題作《巫山峽》，校云「峽」一作「高」。

長安路〔一〕

長安九城路，戚里五侯家。結束趨平樂，聯翩抵狹斜。高樓臨積水〔二〕，複道出繁花。惟有相如宅〔三〕，蓬門度歲華。

〔一〕按詩題下趙校本有「原題注云一作韓翃詩」。《全唐詩》卷二四九亦有此校語。經查《唐詩紀事》、《全唐詩》，韓翃名下無此詩。按《文苑英華》卷一九二載此詩，列皇甫冉名下。

〔二〕積　趙校「一作遠」。《全唐詩》作「遠」。

〔三〕有　趙校「一作見」。《全唐詩》作「見」。

送客

旗鼓軍威重，關山客路賒。待封甘度隴，迴首不思家。城上春風晚〔一〕，營中瀚海沙。河源雖萬里，音信寄來查。

〔一〕城上春風晚　趙校「上」一作「下」，「風」一作「山」，「晚」一作「路」。《全唐詩》卷二四九此句作「城下春山路」。

温湯即事

天仗星辰轉，霜風景氣和〔一〕。樹含温液潤，山入繚垣多。丞相金錢賜，平陽玉輦過。魯儒求一謁，無路獨如何。

〔一〕風　趙校「一作冬」。《全唐詩》卷二五〇即作「冬」。

送節度赴朔方原題作送常大夫加散騎常侍赴朔方〔一〕

故壘煙塵後，新軍河塞間。金貂寵唐將〔二〕，玉節度蕭關。散漫沙中雪，依稀漢口山。人知竇車騎，計日勒銘還。

〔一〕按《全唐詩》卷二五〇即作此題。

〔二〕唐　趙校「一作漢」。《全唐詩》作「漢」。

歸渡洛水

暝色赴春愁，歸人南渡頭。渚煙空翠合，灘月碎光流。澧浦饒芳草，滄浪有釣舟。誰知放歌客，此意正悠悠。

賦得海邊樹

歷歷緣荒岸，冥冥入遠天。每同莎草發〔一〕，長共水雲連。搖落潮風早，離披海雨偏。故傷遊子意，多在客舟前。

〔一〕同　趙校本作「聞」，校云「一作同」。

婕妤怨

由來詠團扇，今已值秋風。事逐人皆往〔一〕，恩無日再中。早鴻聞上苑，寒露下深宮。顏色年年謝，相如賦豈工。

〔二〕人　趙校「一作時」。《全唐詩》卷二四九作「時」。

雨雪

風沙悲久戍，雨雪更勞師。絶漠無人境，將軍苦戰時。山川迷向背，氛霧失旌旗。徒念天涯事〔一〕，年年芳草期。

〔一〕事　趙校「一作隔」。

送客〔一〕

西塞雲山遠，東風道路長〔二〕。人心勝潮水，相送過潯陽。

〔一〕詩題下趙校本有「原題作送王司直」。按《全唐詩》卷二四九即題爲《送王司直》，題下並注云「一作劉長卿詩」。

〔二〕風　趙校「一作南」。《全唐詩》卷二四九載作「風」，字下校云「一作南」。

班婕妤〔一〕

花枝出建章，鳳管發昭陽。借問承恩者，雙蛾幾許長。

〔一〕詩題下趙校本有「原題作婕妤怨」。按《全唐詩》卷二四九載此詩，作《婕妤春怨》，題下注云「一本無春字」。則此之一本即與趙校本同。

秋怨

長信多秋氣〔一〕，昭陽借月華。那堪閉永巷，聞道選良家。

〔一〕氣　趙校「一作色」。

贈别原題贈寄權三客舍

南橋春日暮，楊柳帶青渠。不得同攜手，空成意有餘。

禁省梨花詠〔一〕

巧解迎人笑〔二〕，偏能亂蝶飛〔三〕。春風時入户〔四〕，幾片落朝衣。

〔一〕詩題下趙校本有「原題作和王給事禁省梨花詠」。按《全唐詩》卷二五〇載此，詩題即作《和王給（原校一本有維字）事禁省梨花詠》。

〔二〕迎　趙校「一作逢」。《全唐詩》與趙校同。

〔三〕偏　趙校「一作還」。《全唐詩》與趙校同。

〔四〕春風時入户　趙校作「春時風入户」。《全唐詩》同趙校。

春思本集不載〔一〕

鶯啼燕語報新年，馬邑龍堆路幾千。家住秦城鄰漢苑〔二〕，心隨明月到胡天。機中錦字論長恨，樓上花枝笑獨眠。爲問元戎竇車騎，何時反旆勒燕然。

〔一〕詩題下趙校本謂：「本集闕，今載劉長卿集内，内異四字，題亦云賦得某某云。」按《全唐詩》劉集未見。

〔二〕家住秦城鄰漢苑　趙校「秦」一作「層」，「鄰」一作「臨」。

劉復四首

春遊曲

春風戲狹斜，相見莫愁家。細酌蒲桃酒，嬌歌玉樹花。裁衫催白紵，迎客走朱車。不覺重城暮，争栖柳上鴉。

春雨

細雨度深閨，鶯愁欲嬾啼。如煙飛漠漠，似露濕萋萋。草色行看靡，花枝暮欲低。曉聽鐘鼓動，早送錦障泥。

雜曲

寶劍飾文犀，當風似切泥。逢君感意氣，貰酒杜陵西。趙女顏雖少，宛駒齒正齊。嬌多不肯别，更待夜烏啼。

夏日

暎日紗窗深且閑，含桃紅日石榴殷。銀瓶綆轉桐花井，沉水煙銷金博山。文簟象床嬌倚瑟，綵奩銅鏡嬾拈環。明朝戲去誰相伴〔一〕，年少相逢狹路間。

〔一〕明 何校云：「宋本作時，今吴語猶有時朝月節之語。」

鄭錫十首

邯鄲少年行

霞鞍金口騮，豹袖紫貂裘。家住叢臺近，門前漳水流。唤人呈楚舞，借客試吴鈎。見説秦兵至，甘心赴國讎。

隴頭别

秋盡初移幙，霑裳一送君。據鞍窺古堠，開竃爇寒雲。登隴人迴首，臨關馬顧群。從來斷腸處，皆向此中分。

度關山

象弭插文犀，魚腸瑩鸊鵜。水聲分隴咽，馬色度關迷。曉幕胡沙慘，危烽漢月低〔一〕。仍聞數騎將，更欲出遼西。

〔一〕烽　趙校「一作峰」。

千里思

渭水通胡宛，輪臺望漢關。帛書秋海斷，錦字夜機閑。旅夢蟲催曉，邊心雁帶還。惟餘兩鄉思，一夕度千山〔一〕。

〔一〕千　趙校本作「關」。《全唐詩》卷二六二作「關」。

襄陽樂

春生峴首東，先煖習池風。拂水初含緑，驚林未吐紅。渚邊遊漢女，桑下問龐公。磨滅懷中刺，曾將示孔融。

出塞

關山落葉秋，掩淚望營州。遼海雲沙暮，幽燕旌旆愁。戰餘能送陣，身老未封侯。去國三千里，歸心紅粉樓。

玉階怨

長門寒水流，高殿曉風秋。昨夜鴛鴦夢，還陪豹尾遊。前魚不解泣，共輦豈關羞。那及輕身燕，雙飛上玉樓。

送客之江西

乘軺奉紫泥，澤國渺天涯〔一〕。九湃春潮滿，孤帆暮雨低。草深鶯斷續，花落水東西。更有高堂處，知君路不迷。

〔一〕渺 趙校本作「淼」。

望月

高堂新月明，虛殿夕風清。素影紗窗霽，浮涼羽扇輕。稍隨微露滴，漸逐曉參横。遥憶雲中詠，蕭條空復情。

出塞曲

校尉徵兵出塞西，別營分騎過龍溪。沙平虜跡風吹盡，霧失烽煙道易迷。玉靶半開鴻已落，金河欲渡馬連嘶。會當繫取天驕入，不使軍書夜刺閨。

柳中庸九首

秋怨

玉樹起涼煙，凝情一葉前。別離傷曉鏡，摇落思秋絃。漢壘關山月，胡笳塞北天。不知腸斷夢，空遶幾山川。

春思贈人

紅粉當三五，青娥豔一雙。綺羅迴錦陌，絃管入花江。落雁驚金彈，抛盃瀉玉缸。誰知褐衣客，顧頷在書窗。

幽院早春

草短花初拆〔一〕，苔青柳半黄。隔簾春雨細，高枕曉鶯長。無事含閑夢，多情識異香。欲尋蘇小小，何處覓錢塘。

〔一〕拆　疑作「坼」，見前《篋中集》沈千運《感懷弟妹》詩校記。

寒食戲贈

春暮越江邊，春陰寒食天。杏花香麥粥，柳絮伴鞦韆。酒是芳菲節，人當桃李年。不知何處恨，已解入箏絃。

聽箏

抽絃促柱聽秦箏，無限秦人悲怨聲。似逐春風知柳態，如隨啼鳥識花情。誰家獨夜愁燈影，何處空樓思月明。更入幾重離別恨，江南歧路洛陽城。

河陽橋送別

黄河流出有浮橋，晉國歸人此路遥。若傍闌干千里望，北風驅馬雨蕭蕭。

征怨

歲歲金河復玉關，朝朝馬策與刀環。三春白雪歸青塚，萬里黄河遶黑山。

凉州曲

關山萬里遠征人，一望關山淚滿巾。青海戍頭空有月，黄沙磧裏本無春。

又

高檻連天望武威，窮陰拂地戍金微。九城絃管聲遥發，一夜關山雪滿飛。

李嘉祐二首

鄱陽暮秋

宋玉悲三秋，張衡復四愁。思鄉雁北至，歎别水東流〔一〕。倚樹看黄葉，逢人話白頭〔二〕。佳期不可見〔三〕，落日自登樓。

〔一〕歎　趙校「一作欲」。《全唐詩》卷二〇六作「欲」。
〔二〕話　趙校「一作訴」。《全唐詩》作「訴」。
〔三〕見　趙校「一作失」。《全唐詩》作「失」。

漢口春原題春日淇上〔一〕

淇水春來漲〔二〕，鴛鴦逆浪飛〔三〕。清明桑葉小，度雨杏花稀。衛女紅粧薄，王孫白馬肥。相將踏青去，不解惜羅衣。

〔一〕按《全唐詩》卷二〇六即題作《春日淇上作》。
〔二〕水　趙校「一作上」。《全唐詩》作「上」。
〔三〕逆　趙校「一作逐」。《全唐詩》作「逐」。

李端八首

山下泉

碧水暎丹霞，濺濺露淺沙〔一〕。暗通山下草，流出洞中花。浄色和雲落〔二〕，喧聲遶石斜。明朝更尋去，應到阮郎家。

〔一〕露　趙校「一作渡」。《全唐詩》卷二八五作「度」。
〔二〕浄　趙校「一作素」。《文苑英華》卷一六三作「素」。

關山月

露濕月蒼蒼，關頭榆葉黄。迴輪照海遠，分彩上樓長。水凍頻移幕，兵疲數望鄉。只應城影外，萬里共胡霜。

巫山高

巫山十二峰，皆在碧虚中。迴合雲藏月，霏微雨帶風。猿聲寒過澗〔一〕，樹色暮連空。愁向高唐去〔二〕，清秋見楚宫。

〔一〕過澗　趙校本作「渡水」。

〔二〕去　趙校「一作望」。何校謂「去字當從本集作望」。《全唐詩》卷二八五作「望」。《文苑英華》卷二〇一此句作「愁向高堂宿」，「堂宿」下校云「一作唐望」。

送客赴洪州〔一〕

草色隨驄馬，悠悠共出秦。水傳雲夢曉，山接洞庭春。帆影連三峽，猿聲在四隣。青門一分手，難見杜陵人。

〔一〕按詩題「洪」疑當作「荆」，見前目録校記〔二〕。

江上逢司空曙

共有髫年故〔一〕，相逢萬里餘。新春兩行淚，故國一封書〔二〕。夏口帆初泊，潯陽雁已疎〔三〕。唯當執盃酒，暫食漢江魚。

〔一〕有　趙校「一作爾」。《全唐詩》卷二八五作「爾」。

〔二〕故　趙校「一作舊」。《文苑英華》卷二一八作「舊」。

〔三〕已　趙校「一作正」。《文苑英華》、《全唐詩》皆作「正」。

與鄭錫遊春〔一〕

東門垂柳長，迴首獨心傷。日煖臨芳草，天晴憶故鄉。暎花鶯上下，過水蝶飛揚〔二〕。借問同行客，今朝淚幾行。

〔一〕何校謂此詩一作李嘉祐。按《全唐詩》卷二〇六李嘉祐名下有此詩。

〔二〕飛　何校作「悠」，《全唐詩》卷二〇六同。

送友人〔一〕

聞説湘川路，年年弔古多〔二〕。猿聲巫峽夜〔三〕，月照洞庭波。窮海人還去，孤城雁與過。青山不同賞〔四〕，來往自蹉跎。

〔一〕送友人　趙校本題下注「原題作送友人南遊」。《全唐詩》卷二八五亦於題下注「一作送友人南遊」。

〔二〕弔古　趙校本作「古木」。《全唐詩》作「古木」。

〔三〕夜　趙校「一作雨」。

〔四〕同賞　趙校本作「可到」。

閨情〔一〕

月落星稀天欲明，孤燈未滅夢難成。披衣更向門前望，不忿朝來鵲喜聲。

〔一〕何校謂「合前一首，宋本俱作送友人」。

盧綸三十二首

皇帝感詞

提劍風雷動〔一〕，垂衣日月明。禁花呈瑞色，國老見星精。發棹魚先躍，窺巢鳥不驚。山呼一萬歲，直入九重城。

又

天衣五鳳綵〔二〕，御馬六龍文。雨露清馳道，風雷翊上軍。高旌花外轉，行漏樂前聞。時見金鞭舉，空中指瑞雲。

又

妙算干戈止，神謀宇宙清。兩階文物盛，七德武功成。校獵長楊賦〔三〕，屯軍細柳營。歸來獻明主，歌舞滿春城〔四〕。

又

天樂下天中，雲軿儼在空。鉛黄灔河漢，笑語合笙鏞。已見長隨鳳，仍聞不避熊。君王親試舞，閶闔静無風。

〔一〕雷　趙校本作「雲」，校云「一作雷」。
〔二〕衣　趙校「一作香」。
〔三〕賦　趙校「一作苑」。
〔四〕滿　趙校「一作溢」。

邊思原題送郭判官赴振武〔一〕

黄沙九曲流〔二〕，繚繞古邊州。鴻雁初飛夜，羌胡正早秋。淒清金管思，迢遞玉人愁。七葉雖多慶，須懷殺敵憂。

〔一〕趙校本於題下注謂「原題作送郭判官赴振武在代州」。按《全唐詩》卷二八〇題無「在代州」字。

〔二〕沙　趙校「一作河」。《全唐詩》卷二八〇亦作「河」。

送都護歸邊〔一〕

好勇知名早，爭雄上將間。戰多春入塞，獵慣夜燒山。陣合龍蛇動，軍移草木閑。今來部曲盡，白首過蕭關。

〔一〕趙校本於題下注謂「原題作送韓都護還邊」。《全唐詩》卷二七六與趙校同。

送道士〔一〕

夢别一仙人，霞衣滿鶴身。旌幢天路遠〔二〕，梅杏海山春〔三〕。種玉非求稔，燒金不爲貧。自憐頭向白，誰與葛洪親〔四〕。

〔一〕趙校本於題下注謂「原題作送王尊師」。《全唐詩》卷二八〇與趙校本同。

〔二〕遠　趙校本作「晚」。《全唐詩》作「晚」，校云「一作遠」。

〔三〕梅　趙校本作「桃」。《全唐詩》亦作「桃」。

〔四〕自憐頭向白誰與葛洪親　趙校本作「自憐頭白早，難與葛洪親」。《全唐詩》同趙校本。

送劉判官赴天德軍〔一〕

銜盃吹急管，滿眼起風沙。大漠山沉雪，長城草發花。策行須恥戰，虜在敢言家〔二〕。余亦求燕者〔三〕，如何别乘車。

〔一〕趙校本於題下注謂「原題作送劉判官赴豐州」。《全唐詩》卷二七六同趙校本，校云「一作赴天德軍」。

〔二〕敢　趙校「一作莫」。《全唐詩》亦作「莫」。

〔三〕求燕　趙校本作「祈勳」。《全唐詩》亦作「祈勳」。

七夕〔一〕

涼風吹玉露，河漢有幽期。星彩光仍隱，雲容掩復離。長天愁曙早〔二〕，閏歲怨秋遲。何事金閨子，空傳得網絲。

〔一〕趙校本於題下注謂「原題作七夕詩同用期字」。《全唐詩》卷二七七同趙校本。

〔二〕長天愁　趙校本作「良宵驚」。《全唐詩》同趙校本。

東齋花樹〔一〕

緑砌紅花樹，狂風獨未吹。光中如有餤〔二〕，密處似無枝。鳥動香輕發，人愁影屢移。今朝數片落，爲報漢郎知。

〔一〕趙校本於題下注謂「原題作同耿湋司空曙二拾遺題韋員外東齋花樹」。《全唐詩》卷二七九同趙校本。

〔二〕如　趙校「一作疑」。《全唐詩》亦作「疑」。

塞下曲〔一〕

鷲翎金僕姑，燕尾繡蝥弧。獨立揚新令，千營共一呼。

林暗草驚風，將軍夜引弓。平明尋白羽，没在石稜中。

月黑雁飛高，單于夜遯逃。欲將輕騎逐，大雪滿弓刀。

野幕敞瓊筵，羌夷賀勞旋。醉和金甲舞，雷鼓動山川。

調箭又呼鷹，俱聞百中能〔二〕。奔猿將迸雉〔三〕，掃盡古丘陵。

亭亭七葉貴，蕩蕩一隅清。他日題麟閣，唯應獨不名。

〔一〕趙校本於題下注謂「原題作和張僕射塞下曲六首」。《全唐詩》卷二七八與趙校同。

〔二〕百中　趙校本作「出世」。《全唐詩》作「出世」，校云「一作百中」。

〔三〕猿　趙校「一作狐」。《全唐詩》作「狐」，校云「一作猿」。

天長久詞〔一〕

玉砌紅花樹，香風不敢吹。春光解人意，偏發殿南枝。天長久萬年昌

虹橋千步廊，半在水中央。天子方清署〔二〕，宫娃起曉粧。天長久萬歲昌

辭輦復當熊，傾心奉六宫。君王若看貌，甘在衆妃中。天長久萬歲昌

〔一〕趙校本於題下注謂「原題作天長地久詞三首」。《全唐詩》卷二七八作《天長久詞》，校云「一作天長詞，一作天長地久詞」。

〔二〕署　趙校「一作暑」。《全唐詩》亦作「暑」。

贈李果毅

向日磨金鏃，當風着錦衣。上城邀賊語，走馬截鵰飛。

春夜對月〔一〕

露如輕雨月如霜，不見星河見雁行。虛暈入池波自泛，滿輪當苑桂偏長〔二〕。春臺幾望黄龍闕，雲路寧分白玉郎。是夜巴歌應金石，豈殊衫影對清光〔三〕。

〔一〕趙校本於題下注謂「原題作奉和太常王卿酬中書李舍人中書寓直春夜對月見寄」。《全唐詩》卷二八〇與趙校同。

〔二〕長　趙校「一作香」。《全唐詩》亦作「香」。

〔三〕衫　趙校「一作螢」。《全唐詩》亦作「螢」。

長安春望

東風吹雨過青山，却望千門草色閑。家在夢中何日到，春來江上幾人還。川原繚繞浮雲外，宫闕參差落照間。誰念爲儒逢世難，獨將衰鬢客秦關。

宫中樂

雲日呈祥禮物殊，彤庭生獻五單于。塞垣萬里無飛鳥，可在邊城用郅都〔一〕。

又

臺殿雲涼秋色微〔二〕，君王初賜六宫衣。樓船泛罷歸猶早，行遣才人鬬射飛。

〔一〕在　趙校「一作是」。

〔二〕涼　趙校「一作深」。

春日有懷〔一〕

桃李風多日欲陰，伯勞飛處落花深。貧居静久難逢信，知隔春山不可尋。

〔一〕趙校本於題下注謂「原題作春日憶司空文明」。《全唐詩》卷二七八與趙校同。

駙馬花燭〔一〕

萬條銀燭引天人，十月長安半夜春。步障三千隘將斷，幾多珠翠落香塵。

又

比翼和鳴雙鳳皇，玉梅金帳滿城香。平明却入甘泉裏〔二〕，日氣曈曈五色光。

〔一〕趙校本於題下注謂「原題作王評事駙馬花燭詩」。《全唐詩》卷二七七與趙校同，詩共四首。

〔二〕甘　趙校「一作天」。《全唐詩》亦作「天」。

曲江看花〔一〕

紅枝欲折紫枝繁〔二〕，隔水連宫不用攀。會待長風吹落盡，始能開眼向青山。

〔一〕趙校本於題下注謂「原題作賊中與嚴越卿曲江看花」。《全唐詩》卷二七九同趙校。

〔二〕繁　趙校「一作殷」。《全唐詩》亦作「殷」，校云「一作繁」。

春日登樓〔一〕

花正濃時人正愁，逢花却欲替花羞。年來笑伴皆歸去，今日春風欲上樓〔二〕。

〔一〕趙校本於題下注謂「原題作春日登樓有懷」。《全唐詩》卷二七九同趙校。

〔二〕今日春風欲上樓　趙校本作「今日晴明獨上樓」。《全唐詩》同趙校本。

曲江春望

菖蒲翻葉柳交枝，暗上蓮舟鳥不知。更到無花最深處〔一〕，玉樓金殿影參差。翠黛紅粧畫鷁中，共驚雲色帶微風。簫管曲長吹未盡，花南水北雨濛濛。泉聲遍野入芳洲，擁沫吹花上碧流〔二〕。落日行人漸無路，巢蜂乳燕滿高樓。

〔一〕無　趙校「一作蘆」。

〔二〕上碧　趙校本作「草上」。

李何一首　舊刻和非〔一〕

觀妓

回晚小乘遊，朝來新上頭。從來許長袖，未有客難留。

〔一〕舊刻和非　趙校本無此四字。按李何，《唐詩紀事》未載，《全唐詩》列卷七六九世次爵里無考類，僅載此一首，當即採自《御覽詩》。

張起 一首

春情

畫閣餘寒在，新年舊燕飛。梅花猶帶雪，未得試春衣。

鄭鏦 四首〔一〕

邯鄲俠少年

夜渡濁河津，衣中劍滿身。兵符劫晉鄙，匕首刺秦人。執事非無膽，高堂念有親。昨緣秦苦趙，來往大梁頻。

玉階怨

昔日同飛燕，今朝似伯勞。情深争擲果，寵罷怨殘桃。别殿春心斷，長門夜樹高。雖能不自悔，誰見舊衣褒。

婕妤怨

南國承歡日，東方候曉時。那能妬褒姒，衹愛笑唐兒。寶葉隨雲髻，珠絲鍛履綦。不知飛燕意，何事苦相疑。

入塞曲

留滯邊庭久，歸思歲月賒。黄雲同入塞，白首獨還家。宛馬隨秦草，胡人問漢花。還傷李都尉，獨自没黄沙。

〔一〕按鄭鏦，《唐詩紀事》未載，《全唐詩》列卷七六九世次爵里無考類，所載詩四首即全採自《御覽詩》。

司空曙五首

翫花〔一〕

衰鬢千莖雪〔二〕，他鄉一樹花。今朝與君醉，忘却在長沙。

〔一〕趙校本於題下注謂「原題作翫花與衛象同醉」。《全唐詩》卷二九三與趙校同。

〔二〕雪　趙校「一作白」。

别盧綸本集不載，見盧允言集。原題贈别司空文明〔一〕

有月多同賞，無秋不共悲。如何與君别，又是菊黄時。

〔一〕按此詩，《全唐詩》卷二八〇列盧綸名下，題《贈别司空曙》。

登秦嶺

南登秦嶺頭，迴首始堪憂。漢闕青門遠，商山藍水流。三湘遷客去，九陌故人遊。從此思鄉淚，雙垂不復收。

江湖秋思原題酬崔峒見寄

趨陪禁掖雁行稀〔一〕，遷放江潭鶴髮垂。素浪遥疑八漢水〔二〕，清楓忽似萬年枝。嵩南春遍傷魂夢〔三〕，湖口雲深隔路岐。共望漢朝多霈澤，蒼蠅早晚得先知。

〔一〕稀　趙校「一作隨」。按《全唐詩》卷二九三即作「隨」，校云「一作稀」。

〔二〕八漢　趙校「一作太液」。按《全唐詩》即作「太液」。

〔三〕傷　趙校「一作愁」。按《全唐詩》即作「愁」，校云「一作傷」。

登峴亭

峴山迴首望秦關，南向荆州幾日還？今日登臨唯有淚，不知風景在何山。

于鵠三首

送客遊邊原題送張司直入單于〔一〕

若到并州北〔二〕，誰人不憶家。塞深無伴侣，路盡有平沙〔三〕。磧冷唯逢雁，天春不見花。莫隨邊將意，垂老事輕車。

〔一〕按《全唐詩》卷三一〇即題作《送張司直入單于》，校云「一作送客遊邊」。

〔二〕若到并州北　趙校謂一作「若過并州去」。《文苑英華》卷二九九、《全唐詩》作「若過并州北」。

〔三〕有　趙校「一作只」。《文苑英華》作「到」。

江南意〔一〕

偶向江邊採白蘋〔二〕，還隨女伴賽江神。衆中不得分明語〔三〕，暗擲金錢卜遠人。

〔一〕趙校於題下注謂「原題作江南曲」。《唐詩紀事》卷二九、《全唐詩》均作「江南曲」。

〔二〕邊　趙校「一作頭」。

〔三〕得　《唐詩紀事》作「敢」。

寓意原題襄陽看花時因小蠻作

自小看花情不足〔一〕，江邊尋得一株紅〔二〕。黄昏人散春風起，吹落誰家明月中？〔三〕

〔一〕「自小」句　「自小」，趙校本作「老大」。「情」，趙校「一作長」。《全唐詩》亦作「長」。

〔二〕一　趙校「一作數」。《全唐詩》作「數」。

〔三〕按此詩，《唐詩紀事》卷二九所載頗有不同，詩題作《襄陽席上作》，詩云：「老大見花猶未足，沿江正遇一株紅。日斜人散東風急，吹向誰家明月中？」

顧況十首

白蘋洲送客

莫信梅花發，由來謾報春。不才充野客，扶病送朝臣。闕下摇青佩，洲邊採白蘋。臨流不痛飲，鷗鳥也欺人。

洛陽早春

何地避春愁，終年憶舊遊。一家千里外，百舌五更頭。客路偏逢雨，鄉山不入樓。故園桃李月，伊水向東流。

送張衛尉〔一〕

春色依依惜解攜〔二〕，月卿今夜泊隋堤。白沙洲上江籬長，緑樹村邊謝豹啼。遷客比來無倚仗〔三〕，故人相去隔雲泥。越禽唯有南枝分，自送孤鴻飛向西〔四〕。

〔一〕趙校於題下注云「原題作送大理張卿」。按《文苑英華》卷二七五、《全唐詩》卷二六六均作「送大理張卿」。

〔二〕惜　趙校「一作傷」。《文苑英華》亦作「傷」。

〔三〕比　趙校「一作本」。《文苑英華》校云「集作本」。

〔四〕自送孤鴻　趙校一作「目送歸鴻」。《文苑英華》、《全唐詩》「自」作「目」。

佳人贈别

萬里行人欲渡溪，千行珠淚滴爲泥。已成殘夢隨君去，猶有驚烏半夜啼。

憶故園

惆悵多山人復稀〔一〕，杜鵑啼處淚霑衣。故園此去千餘里，春夢猶能夜夜歸。

〔一〕多山　趙校本作「山多」。

題葉道士山房

水邊垂柳赤欄橋〔一〕，洞裏仙人碧玉簫〔二〕。近得麻姑音信否〔三〕，潯陽江上不通潮。

〔一〕垂　趙校「一作楊」。

〔二〕仙人　趙校本作「神仙」。

〔三〕音　趙校「一作書」。《文苑英華》卷二二六亦作「書」。

送李秀才入京

五湖秋葉滿行船，八月靈槎欲上天。君向長安余適越〔一〕，獨登秦嶺望秦川。

〔一〕向　趙校「一作入」。

越中席上看弄老人〔一〕

不到山陰十二春〔二〕，鏡中相見白頭新。此生不復爲年少，今日從他弄老人。

〔一〕趙校本題作「越州局席上看弄老人」。

〔二〕十二　趙校本作「二十」。

聽劉安唱歌

子夜新聲何處傳，悲翁更憶太平年。即今法曲無人唱，已逐霓裳飛上天。

櫻桃曲

百舌猶來上苑花，遊人獨自憶京華。遥知寢廟嘗新後，勅賜櫻桃向幾家。

韋應物 六首

詠露珠

秋河一滴露〔一〕，清夜墮玄天〔二〕。將來玉槃上，不定始知圓。

〔一〕河　趙校「一作荷」。

〔二〕清　趙校本作「星」，校云「一作清」。

登樓

茲樓日登眺，流歲暗蹉跎。坐厭淮南守〔一〕，秋山紅樹多。

〔一〕南　趙校本作「陰」，校云「一作南」。

答王卿送別

去馬嘶春草，歸人立夕陽。元知數日別，要使兩情傷。

登樓寄王卿

踏閣攀枝恨不同，楚雲滄海思無窮。數家砧杵秋山下，一郡荆榛寒雨中。

西澗〔一〕

獨憐幽草澗邊生〔二〕，上有黄鸝深樹鳴。春潮帶雨晚來急，野渡無人舟自横。

〔一〕趙校於題下注謂「原題作滁州西澗」。《文苑英華》卷一六四、《全唐詩》卷一九三均題作「滁州西澗」。

〔二〕獨憐幽草澗邊生　趙校謂此句一作「獨憐芳草澗邊行」。

寒食寄諸弟〔一〕

雨中禁火空齋冷，江上流鶯獨坐聽。把酒看花想諸弟，杜陵寒食草青青。

〔一〕趙校於題下注謂「原題作寒食寄京師諸弟」。

紇干著四首

賞殘花

零落多依草，芳香散著人。低簷一枝在，猶占滿堂春。

灞上

鳴鞭晚日禁城東，渭水晴煙灞岸風。都傍柳陰迴首望，春天樓閣五雲中。

古仙詞

珠幡絳節晚霞中〔一〕，漢武清齋待少翁。不向人間戀春色，桃花自滿紫陽宮。

〔一〕晚　趙校「一作曉」。《全唐詩》卷七六九即作「曉」。

感春詞

未得鳴珂謁漢宫，江頭寂寞向春風。悲歌一曲心應醉，萬葉千花淚眼中。

楊凌十七首

梅里旅夕

滄洲東望路，旅棹儈羈遊。楓浦蟬隨岸，沙汀鷗轉流。露天星上月，水國夜生秋。誰忍持相憶，南歸一葉舟。

鍾陵雪夜酬友人

窮臘催年急，陽春怯和歌。殘燈閃壁盡，夜雪透窗多。歸路山川險，遊人夢寐過。龍洲不可泊，歲晚足驚波。

潤州水樓

歸心不可留，雪桂一叢秋。葉雨空江月，螢飛白露洲。野蟬依獨樹，水郭帶孤樓。遥望山川路，相思萬里遊。

江上秋月

隴雁送鄉心，羈情屬歲陰。鷩秋黄葉遍，愁暮碧雲深。月色吴江上，風聲楚木林。交親幾重别，歸夢併愁侵。

閣前雙槿

群玉開雙槿，丹榮對絳紗。含煙疑出火，隔雨怪舒霞。向晚争辭蕊，迎朝鬬發花。非關後桃李，爲欲繼年華。

送客往睦州

水闊盡南天，孤舟去渺然。鷩秋路傍客，日暮數聲蟬。

送客之蜀

西蜀三千里，巴南水一方。曉雲天際斷〔一〕，夜月峽中長。

〔一〕雲　趙校「一作猿」。

剡溪看花

花落千迴舞，鶯聲百囀歌。還同異方樂，不奈客愁多。

江中風

白浪暗江中，南滘路不通。高檣帆自滿，出浦莫呼風。

詠破扇

粉落空床棄，塵生故篋留。先來無一半，情斷不勝愁。

賈客愁

山水路悠悠，逢灘即殢留。西江風未便，何日到荆州。

即事寄人

中禁鳴鐘日欲高，北窗欹枕望頻搔。相思寂寞青苔合，唯有春風啼伯勞。

早春雪中

新年雨雪少晴時，屢失尋梅看柳期。鄉信憶隨回雁早，江春寒帶故陰遲。

北行留別

日日山川烽火頻，山河重起舊煙塵。一生孤負龍泉劍，羞把詩書問故人。

秋原晚望

客雁秋來次第逢，家書頻寄兩三封。夕陽天外雲歸盡，亂見青山無數峰。

春霽花萼樓南聞宮鶯

祥煙瑞氣曉來輕，柳變花開共作晴。黄鳥遠啼鳷鵲觀，春風流出鳳皇城。

明妃曲〔一〕

漢國明妃去不還，馬馱絃管向陰山。匣中雖有菱花鏡，羞對單于照舊顔。

〔一〕按，《唐詩紀事》卷二八、《全唐詩》卷二九一皆題作《明妃怨》。

楊凝二十九首

送別

罇酒郵亭暮，雲帆驛使歸。野鷗寒不起，川雨凍難飛。吴會家移遍，軒轅夢去稀。姓楊皆足淚，非是强沾衣。

送客東歸

君向古營州，邊風戰地愁。草青縵別路，柳亞拂孤樓。人意傷難醉，鶯啼咽不流。芳菲只合樂，離思返如秋。

送客歸湖南

湖南樹色盡，了了辨潭州。雨散今爲別，雲飛何處遊。情來偏似醉，淚迸不成流。那向蕭條路，緣湘篁竹愁。

送客歸淮南

畫舫照河堤，暄風百草齊。行絲直網蝶，去燕旋遺泥。都向高天近，人從別路迷。非關御溝上，今日各東西。

春情

舊宅洛川陽，曾遊遊俠場。水添楊柳色，花絆綺羅香。趙瑟多愁曲，秦家足豔粧。江潭遠相憶，春夢不勝長。

秋夜聽擣衣

砧杵聞秋夜，裁縫寄遠方。聲微漸濕露，響細未經霜。蘭牖唯遮樹，風簾不礙涼。雲中望何處，聽此斷人腸。

從軍行

都尉出居延，强兵集五千。還將張博望，直救范祁連。漢卒悲簫鼓，胡姬濕采旃。如今意氣盡，流淚挹流泉。

和直禁省

宵直丹宫近，風傳碧樹涼。漏稀銀箭滴，月度網軒光。鳳詔裁多暇，蘭燈夢更長。此時顔范貴，十步舊連行。

留別

玉節隨東閣，金閨別舊僚。若爲花滿寺，躍馬上河橋。

送客往洞庭

九江歸路遠，萬里客舟還。若過巴江水，湘東滿碧煙。

別友人

倦客驚危恐，傷禽遶樹枝。非逢暴公子，不敢涕流離。

初渡淮北岸

別夢雖難覺，悲魂最易銷。慇勤淮北岸，鄉近去家遥。

詠雨

塵浥多人路，泥歸足燕家。可憐繚亂點，濕盡滿宫花。

柳絮

河畔多楊柳，追遊盡狹斜。春風一迴送，亂入莫愁家。

花枕

席上沉香枕，樓中蕩子妻。那堪一夜裏，長濕兩行啼。

送客往鄜州

新參將相事營平，錦帶騂弓結束輕。曉上關城吟畫角，暗馳羌馬發支兵。迴中地近風常急，鄜畤年多草自生。近喜扶陽係戎相，從來衛霍笑長纓。

送客往夏州

憐君此去過居延，古塞黄雲共渺然。沙闊獨行尋馬跡，路迷遥指戍樓煙。夜投孤店愁吹笛，朝望行塵避控弦。聞有故友今從騎〔一〕，何須著論更言錢。

〔一〕友　趙校本作「交」。

春霽曉望

細雨晴深小苑東，春雲開氣逐光風。雄兒走馬神光上，静女看花佛寺中。書劍學多心欲嬾，田園荒廢望頻空。南歸路極天連海，惟有相思明月同。

唐昌觀玉蕊花

瑶華瓊蕊種何年〔一〕，蕭史秦嬴向紫煙。時控綵鸞過舊邸，摘花持獻玉皇前。

〔一〕瓊　趙校本作「玉」，校云「一作瓊」。

别李協

江邊日暮不勝愁，送客霑衣江上樓。明月峽添明月照，蛾眉峰似兩眉愁。

初次巴陵

西江浪接洞庭波，積水遥連天上河。鄉信爲憑誰寄去，汀洲燕雁漸來多。

上巳

帝京元巳足繁華，細管清絃七貴家。此日風光誰不共，紛紛皆是掖垣花。

春怨

花滿簾櫳欲度春，此時夫壻在咸秦。緑窗孤寢難成寐，紫燕雙飛似弄人。

送客歸常州

行到河邊從此辭，寒天日遠暮帆遲。可憐芳草成衰草，公子歸時過緑時。

送别

春愁不盡别愁來，舊淚猶長新淚催。相思倘寄相思字，君到揚州揚子迴〔一〕。

〔一〕到　趙校「一作别」。

送客入蜀

劍閣迢迢夢想間，行人歸路遶梁山。明朝騎馬摇鞭去，秋雨槐花子午關。

送别

仙花笑盡石門中，石室重重掩緑空。蹔下雲峰能幾日，却迴煙駕馭春風。

殘花

五馬踟躕在路岐，南來只爲看花枝。鶯啣蝶弄紅芳盡，此日深閨那得知。

戲贈友人

湘陰直與地陰連，此日相逢憶醉年。美酒非如平樂貴，十升不用一千錢。

李宣遠一首

塞下作原題并州路〔一〕

秋日并州路，黄榆落故關。孤城吹角罷，數騎射鵰還。帳幕遥連水，牛羊自下山。行人正垂淚，烽火出雲間。

〔一〕按趙校本無題下小注。《唐詩紀事》卷四三題作《并州路作》。《全唐詩》卷四六六題作《并州路》。

盧殷十四首　别本俱刻盧隱〔一〕

〔一〕按趙校本無此六字小注。盧殷，《文苑英華》、《唐詩紀事》皆未載。《全唐詩》卷四七〇載其詩十三首，於其名下云：「宋時避諱，改作隱。」

七夕

河耿月涼時，牽牛織女期。歡娱方在此，漏刻竟由誰。定不嫌秋駛，唯當乞夜遲。全勝客子婦，十載泣生離。

金燈

疎莖秋擁翠，幽豔夕添紅。有月長燈在，無煙爕火同。香濃初受露，勢庳不知風。應笑金臺上，先隨曉漏終。

妾换馬

伴鳳樓中妾，如龍櫪上宛。同年辭舊寵，異地受新恩。香閣更衣處，塵蒙噴草痕。連嘶將思淚，俱戀主人門。

欲銷雲

欲隱從龍質，仍餘觸石文。霏微依碧落，髣髴誤非雲。度月光無隔，傾河影不分。如逢作霖處，當爲起氤氲。

仲夏寄江南

五月行將近，三年客未迴。夢成千里去，酒醒百憂來。晚暮時看槿，悲酸不食梅。空將白團扇，從寄復徘徊。

月夜

露下涼生簟，無人月滿庭。難聞逆河浪，徒望白榆星。樹遶孤栖鵲，窗飛就暗螢。移時宿蘭影，思共習芳馨。

遇邊使

累年無的信，每夜夢邊城。袖掩千行淚，書封一尺情。

移住別居

自到西川住，唯君別有情。常逢對門遠〔一〕，又隔一重城。

〔一〕逢　何校云「逢字疑訛」。按《全唐詩》卷四七〇亦作「逢」。

堋口逢友人

艱難別離久，中外往還深。已改當時法〔一〕，空餘舊日心。

〔一〕法　何校云「法當作髮」。按《全唐詩》卷四七〇作「法」。

雨霽登北岸寄友人

稻黄撲撲黍油油，野樹連山澗自流。憶得年時馮翊部〔一〕，謝郎相引上樓頭。

〔一〕部　趙校本作「郡」。按《全唐詩》卷四七〇作「部」。

長安親故

楚蘭不佩佩吴鈎，帶酒城頭别舊遊。年事已多筋力在，試將弓箭到并州。

悲秋

秋空雁度青天遠，疏樹蟬嘶白露寒。堦下敗蘭猶有氣，手中團扇漸無端。

晚蟬

深藏高柳背斜暉，能軫孤愁減昔圍。猶畏旅人頭不白，再三移樹帶聲飛。

維揚郡西亭贈友人

萍颯風池香滿船，楊花漠漠暮春天。玉人此日心中事，何似乘羊入市年。

姚係一首

古别離

涼風已嫋嫋，霜重木蘭枝〔一〕。獨上高樓望，行人遠不知。輕寒入洞户，明月滿秋池。燕去鴻方至，年年是别離。

〔一〕霜　趙校「一作露」。《文苑英華》卷二〇二、《全唐詩》卷二五三亦作「露」。

馬逢五首

新樂府

温谷春生至，宸遊近甸榮。雲隨天仗轉，風入御筵輕。翠蓋浮佳氣，朱樓依太清。朝臣冠劍退，宫女管絃迎。

部落曲

蕃軍傍塞遊〔一〕，代馬噴風秋。老將垂金甲，閼支著錦裘。琱戈蒙豹尾〔二〕，紅旆插狼頭。日暮天山下，鳴笳漢使愁。

〔一〕軍　趙校本作「渾」。《全唐詩》卷七七二作「軍」。

〔二〕蒙　何校作「象」。《全唐詩》作「蒙」。

從軍

漢馬千蹄合一群，單于鼓角隔山聞。沙塠風起紅樓下，飛上胡天作陣雲。

宮詞

金吾持戟護軒簷，天樂傳教萬姓瞻。樓上美人相倚看，紅粧透出水晶簾。

又

玉樓天半起笙歌，風送宮人笑語和。月影殿開聞曉漏，水晶簾捲近秋河。

劉皁四首

邊城柳

一株新柳色，十里斷孤城。爲感東西路〔一〕，長懸離别情。

〔一〕感　趙校「一作近」。《全唐詩》卷四七二亦作「近」。

旅次朔方向見賈閬仙集原題渡桑乾〔一〕

客舍并州數十霜，歸心日夜憶咸陽。無端又隔桑乾水，却望并州似故鄉。

〔一〕按此詩《文苑英華》未載。《唐詩紀事》卷三六於劉皁名下亦未載，而見於卷四〇賈島名下，題作《渡桑乾》，文字有小異。《全唐詩》卷四七二劉皁下載，題亦作「旅次朔方」，題下注「一作賈島詩」；卷五七四賈島下載，題《渡桑乾》，文字亦有小異。此詩《長江集》、《萬首唐人絶句》亦皆屬賈島，但賈島爲范陽人，不當云「旅次朔方」、「歸心日夜憶咸陽」，疑當從《御覽詩》屬劉皁。

長門怨劉皁原有二首，逸去其一，反入女郎劉媛作。今姑仍舊本。附載原詩辨誤。〔一〕

蟬鬢慵梳倚帳門，蛾眉不掃慣承恩。傍人未必知心事，一面殘粧空淚痕。

又皁原詩云：宫殿沉沉月欲分，昭陽更漏不堪聞。珊瑚枕上千行淚，不是思君是恨君。

雨滴長門秋夜長，新愁和雨到昭陽。淚痕不共君恩斷，拭盡千行與萬行。此首劉媛作。

〔一〕按《文苑英華》卷二〇四於《長門怨》題下載劉皁「宫殿沉沉月欲分」一首，後隔數行載劉媛「雨滴梧桐秋夜長」一首，文字均與此有小異。《唐詩紀事》卷三六載劉皁《長門怨》之「宫殿沉沉月色分」詩，又謂「韋莊載皁《長門怨》云：『淚滴長門秋夜長……』」。按韋莊所載此詩見《又玄集》卷上，其卷下劉媛名下又載《長門怨》「雨滴梧桐秋夜長」詩。《唐詩紀事》卷七九劉媛下亦載此詩。則「雨滴」首當屬劉媛，《又玄集》承《御覽詩》

而誤。唯何校於「雨滴」詩末「此首劉媛作」下云：「宋本不載，亦不言第二首爲劉媛作也。」則何校所過録之宋本原無此詩。

李益三十六首

送客歸振武

駿馬事輕車，軍行萬里沙。胡山通嗢落，漢節繞渾邪。桂滿天西月，蘆吹塞北笳。别離俱報主，路極不爲賒。

賦得垣上衣〔一〕

漠漠復霏霏，爲君垣上衣。昭陽輦下草，應笑此時非〔二〕。菴藹青春暮，蒼黄白露晞〔三〕。猶勝萍逐水，流浪不相依。

〔一〕按，趙校云「本集作《賦得垣衣》」。此詩《文苑英華》、《唐詩紀事》均未載，《全唐詩》卷二八三李益下，即題作《賦得垣衣》。

〔二〕時　趙校「一作生」。《全唐詩》即作「生」。

〔三〕黄　趙校「一作茫」。《全唐詩》即作「茫」。

觀迴軍三韻

行行上隴頭，隴月暗悠悠〔一〕。萬里將軍至〔二〕，迴旌隴樹秋〔三〕。誰令嗚咽水，重入故營流。

〔一〕月　趙校本作「水」，校云「一作水」。《全唐詩》卷二八二作「月」，校云「一作麥」。

〔二〕至　趙校「一作没」。《全唐詩》即作「没」。

〔三〕樹　趙校「一作戍」。《全唐詩》作「戍」，校云「一作樹」。

題太原落漠驛西堠〔一〕

征戍在桑乾〔二〕，年年薊北寒〔三〕。殷勤驛西堠，此路到長安。〔四〕

〔一〕詩題下趙校云：「原題《幽州賦詩見意時佐劉幕》。」按《全唐詩》卷二八三即以「幽州賦詩見意時佐劉幕」作詩題，而校云「一作《題太原落漠驛西堠》」。

〔二〕征　趙校「一作旌」。《全唐詩》仍作「征」。

〔三〕北　趙校「一作水」。《全唐詩》亦作「水」。

〔四〕按以上二句，趙校云「堠」一作「路」，「此路」作「北去」，「到」一作「向」。《全唐詩》亦作「殷勤驛西路，北去向長安」。

金吾子

繡帳博山爐，銀鞍馮子都。黄昏莫攀折，驚起欲栖烏。

鷓鴣詞

湘江斑竹枝，錦翅鷓鴣飛。處處湘雲合，郎從何處歸。

立秋前一日覽鏡

萬事銷身外，生涯在鏡中。惟將滿鬢雪，明日對秋風。

代人乞花

繡户朝昏起〔一〕，開簾滿地花。春風解人意，欲落妾西家〔二〕。

〔一〕昏　趙校本作「眠」，《全唐詩》卷二八三亦作「眠」。似以作「眠」爲是。

〔二〕欲　趙校「一作吹」。《全唐詩》作「欲」，校云「一作吹」。

宿青山石樓〔一〕

紫塞經年别〔二〕，黄龍磧路窮〔三〕。故山今夜宿〔四〕，明月在樓中〔五〕。

〔一〕詩題下趙校云：「原題作《石樓山見月》。」《全唐詩》卷二八三即題爲《石樓山見月》，校云「一作《宿青山石樓》」。
〔二〕經　趙校「一作連」。《全唐詩》亦作「連」。
〔三〕龍　趙校「一作沙」。《全唐詩》作「砂」。
〔四〕山　趙校「一作人」。《全唐詩》作「人」，校云「一作山」。
〔五〕明月在樓中　趙校謂此句一作「見月石樓中」。《全唐詩》同趙校。

上洛橋

金谷園中柳，春來似舞腰。何堪笑風景，獨上洛陽橋。

揚州懷古

故國歌鐘地，長橋車馬塵。彭城閣邊柳，偏似不勝春。

水宿聞雁

早雁忽爲雙，驚秋風水窗。夜長人自起，星月滿空江。

揚州早雁

江上三千雁，年年過故宮。可憐江上月，偏照斷根蓬。

下樓

話舊全應老，逢春喜又悲。看花行拭淚，倍覺下樓遲。

過五原胡兒飲馬泉

緑楊著水草如煙，舊是胡兒飲馬泉。幾處吹笳明月夜，何時倚劍白雲天〔一〕。從來凍合關山路，今日分流漢使前。莫遣行人照容鬢〔二〕，恐驚顦顇入新年。

〔一〕時　趙校「一作人」。《文苑英華》卷二九九作「時」。《全唐詩》卷二八三作「人」（題作《鹽州過胡兒飲馬泉》）。

〔二〕遣　趙校「一作使」。《文苑英華》、《全唐詩》皆作「遣」。

臨滹沱見入蕃使列名

漠南春暮到滹沱〔一〕，邊柳青青塞馬過〔二〕。萬里關山今不閉，漢家頻許郅支和。

〔一〕暮　趙校「一作色」。《全唐詩》卷二八三即作「色」。

〔二〕過　趙校「一作多」。《全唐詩》即作「多」。又《全唐詩》「邊柳」作「碧柳」。

過降户至統漢峰〔一〕

統漢峰西降户營，黄沙白骨擁長城〔二〕。只今已勒燕然石，胡地無人空月明〔三〕。

〔一〕趙校云「原題作《統漢峰下》」。按《全唐詩》卷二八三即題《統漢峰下》，題下校云「一作《過降户至統漢烽》」。

〔二〕沙白　趙校本作「河戰」。《全唐詩》亦作「河戰」。

〔三〕胡　趙校「一作此」。《全唐詩》作「北」，校云「一作此」。

避暑女冠

霧袖煙裾雲母冠〔一〕，碧花瑶簟井冰寒〔二〕。焚香欲降三青鳥〔三〕，静掃桐陰上玉壇〔四〕。

〔一〕裾　趙校「一作裙」。《全唐詩》卷二八三作「裾」。

〔二〕花瑶　趙校本作「琉璃」。《全唐詩》作「琉璃」，校云「一作花瑶」。

〔三〕降　趙校「一作使」。《全唐詩》作「使」，校云「一作降」；又此句「青」作「清」。

〔四〕掃　趙校「一作拂」。《全唐詩》作「拂」，校云「一作掃」。

題宮苑花原題宮怨

露濕暗花春殿香〔一〕，月明歌吹在昭陽。似將海水添宮漏，共滴長門一夜長。

〔一〕暗　何校「一作晴」。趙校亦云「一作晴」。《文苑英華》卷三二三、《全唐詩》卷二八三皆作「晴」。

送客歸幽州

惆悵秦城送獨歸，薊門雲樹遠依依。秋來莫射南飛雁，從遣乘春更北飛。

拂雲堆

漢將新從虜地來，旌旗半上拂雲堆。單于每向沙場獵〔一〕，南望陰山哭幾迴〔二〕。

〔一〕每向　趙校「一作馬近」。《全唐詩》卷二八三作「每近」，校云一作「馬向」。

〔二〕南望陰山哭幾迴　趙校「陰山」作「山陰」，又云「幾」一作「始」。《全唐詩》作「陰山」，校云「一作山陰」，又「幾」作「始」。

暮過迴樂峰

烽火高飛百尺臺，黄昏遥自磧南來〔一〕。昔年征戰迴應樂，今日從軍樂未迴。

〔一〕南　趙校「一作西」。《全唐詩》卷二八三作「西」，校云「一作南」。

夜宴觀石將軍舞

微月東南上戍樓，琵琶起舞錦纏頭。更聞横笛關山遠，白草胡沙西塞秋。

揚州萬里送客原題柳楊送客

青楓天半白蘋洲〔一〕，楚客傷離不待秋。君見隋朝更何事，柳楊南渡水悠悠〔二〕。

〔一〕天半　趙校本作「江畔」。《全唐詩》卷二八三亦作「江畔」。

〔二〕楊　趙校本作「津」，云「一作楊」。《全唐詩》作「楊」，校云「一作津」。

春夜聞笛

寒山吹笛喚春歸，遷客相逢淚落衣〔一〕。洞庭一夜無窮雁，不待天明向北飛〔二〕。

〔一〕相逢淚落衣　趙校「逢」一作「看」，「落」一作「滿」。《全唐詩》卷二八三即作「相看淚滿衣」，校云「看」一作「逢」。

〔二〕天明　趙校本作「春來」。《全唐詩》作「天明」。又此句「向」，趙校「一作盡」，《全唐詩》即作「盡」。

度破訥沙

眼見風來沙旋移〔一〕，經年不見草生時〔二〕。無論塞北無春色〔三〕，縱有春來何處知〔四〕。

〔一〕旋　何校：「旋，馮作漸。」按《全唐詩》作「旋」。

〔二〕見　趙校「一作省」。《全唐詩》即作「省」。

〔三〕無論　趙校本作「莫言」，又云「色」一作「到」。《全唐詩》即作「莫言塞北無春到」。

〔四〕縱　趙校「一作總」。《全唐詩》即作「總」。

上隋堤〔一〕

碧水東流無限春〔二〕，隋家宮苑盡成塵〔三〕。行時莫上長堤望〔四〕，吹起楊花愁殺人〔五〕。

〔一〕趙校云「原題作《汴河曲》」。《全唐詩》卷二八三即作《汴河曲》。
〔二〕碧　趙校「一作汴」。《全唐詩》作「汴」。
〔三〕苑盡　趙校本作「闕已」。《全唐詩》同趙校。
〔四〕時　趙校「一作人」。《全唐詩》作「人」。
〔五〕吹　趙校「一作風」。《全唐詩》作「風」。

舟行

柳花吹入正行舟〔一〕，臥引菱花信碧流。聞道風光滿楊子，天晴共上望鄉樓。

〔一〕吹　趙校「一作飛」。《全唐詩》卷二八三即作「飛」，校云「一作吹」。

隋宮燕

燕語如傷舊國春，宮花旋落已成塵〔一〕。自從一閉風光後，幾度飛來不見人。

〔一〕旋落已成　趙校一作「一落旋成」。《全唐詩》卷二八三「旋」作「一」，校云「一作旋」。

送人歸岳陽

煙草連天楓樹齊，岳陽歸路子規啼。春江萬里巴陵戍，落日看沉碧水西。

古瑟怨

破瑟悲秋已滅絃〔一〕，湘靈沉怨不知年。感君拂拭遺音在，更奏新聲到月天〔二〕。

〔一〕滅　趙校「一作減」。《全唐詩》卷二八三作「減」。

〔二〕到　趙校本作「明」。《全唐詩》作「明」。

詠牡丹贈從兄正封

紫蕊叢開未到家，却教遊客賞繁華〔一〕。始知年少求名處，滿眼空中別有花。

〔一〕賞繁華　何校：「宋本作貴年華。」

邊思

腰垂錦帶佩吴鈎〔一〕，走馬曾防玉塞秋。莫笑關西將家子，只將詩思入涼州。

〔一〕垂　趙校「一作懸」。《全唐詩》卷二八三即作「懸」。

蜀川聽鶯

蜀道山川心易驚，緑窗殘夢曉聞鶯。分明似寫文君恨，萬怨千愁絃上聲。

暖川

胡風凍合鸊鵜泉，牧馬千群逐暖川。塞外征行無盡日〔一〕，年年移帳雪中天。

〔一〕行　趙校「一作人」。《全唐詩》卷二八三作「人」，校云「一作行」。

逢歸信偶寄

無事將心寄柳條，等閑書字滿芭蕉。鄉關若有東流信，遣送揚州近驛橋。

李愿二首

觀翟玉妓

女郎閨閣春，抱瑟坐花茵。豔粉宜斜燭，羞蛾慘向人。寄情摇玉柱，流眄整羅巾。幸似芳香袖，承君宛轉塵。

思婦

良人久不至，惟恨錦屏孤。顦顇衣寬日，空房問女巫。

張籍 一首

送蜀客

蜀客南行祭碧雞〔一〕，木綿花發錦江西。山橋日晚行人少〔二〕，時有猩猩上樹啼〔三〕。

〔一〕祭碧雞　趙校一作「過碧溪」。《文苑英華》卷二七七即作「過碧溪」，《全唐詩》卷三八六作「祭碧雞」，唯校云「祭」一作「際」。

〔二〕行人　趙校本作「人來」。《文苑英華》作「人來」，《全唐詩》仍作「行人」。

〔三〕上樹　趙校本作「樹上」，《文苑英華》同。《全唐詩》作「上樹」。

霍總 六首

塞下曲

曾當一面戰，頻出九重圍。但見争鋒處，長須得勝歸。雪沾旗尾落，風斷節毛稀。豈要銘燕石，平生重武威。

關山月〔一〕

珠瓏翡翠床，白皙侍中郎。五日來花下，雙童問道傍。到門車馬狹，連夜管絃長。每笑東家子，窺他宋玉牆。

〔一〕按，何焯於此詩眉批云：「此書所缺二十一首疑從此脱簡。」又云：「定翁云此題恐有誤，似有脱簡。」《全唐詩》卷五九七題亦同此。

驄馬

青驪八尺高，俠客倚雄豪。踏雪生珠汗，障泥護錦袍。路傍看驟影，鞍底卷旋毛。豈獨連錢貴，酬恩更代勞。

雉朝飛

五色有名翬，清晨挾兩雌。群群飛自樂，步步飲相隨。晛葉逢人處，驚媒妬寵時。緑毛春鬪盡，强敵願君知。

採蓮女

舟中採蓮女，兩兩催粧梳。聞早渡江去，日高來起居。

木芙蓉

本自江湖遠，常聞霜露餘。争春候穠李，得水異紅蕖。孤秀曾無遇，當門幸不鉏。惟能政摇落，繁綵照堦除。

楊憑十八首

長安春夜宿開元觀

霓裳下晚煙，留客杏花前。徧問人寰事，新從洞府天。長松皆掃月，老鶴不知年。爲説蓬瀛路，雲濤幾處連。

晚泊江戍

旅棹依遥戍，清湘急晚流。若爲南浦宿，逢此北風秋。雲月孤鴻晚，關山幾路愁。年年不得意，零落對滄洲。

巴江雨夜

五嶺天無雁，三巴客問津。紛紛輕漢暮，漠漠暗江春。青草連湖岸，繁花憶楚人。芳菲無限路，幾夜月明新。

邊塞行

九原臨得水，雙足是重城。獨許爲儒老，相憐從騎行。細叢楡塞迥，高點雁山晴。聖主嗤炎漢，無心自勒兵。

樂遊園望月

炎靈全盛地，明月半秋時。今古人同望，盈虧節暗移。彩凝雙月迥，輪度八川遲。共惜鳴珂去，金波送酒卮。

千葉桃花

千葉桃花勝百花，孤榮春晚駐年華。若教避俗秦人見，知向河源舊侶誇。

春中汎舟

仙郎歸奏過湘東，正值三湘二月中。惆悵滿川桃杏醉，醉看還與曲江同。

雨中怨秋

辭家遠客愴秋風，千里寒雲與斷蓬。日暮隔山投古寺，鐘聲何處雨濛濛。

秋日獨遊曲江

信馬閑過憶所親，秋山行盡路無塵。主人莫惜松陰醉，還有千錢沽酒人。

寄別

晚煙洲霧共蒼蒼，河雁驚飛不作行。迴旆轉舟行數里，歌聲猶自逐清湘。

邊情

新種如今屢請和，玉關邊上幸無他。欲知北海苦辛處，看取節毛餘幾多。

早發湘中

按節鳴笳中貴催，紅旌白旆滿船開。迎愁溢浦登城望，西見荆門積水來。

海榴

海榴殷色透簾櫳，看盛看衰意欲同。若許三英隨五馬，便將濃艷鬭繁紅。

春情

暮雨朝雲幾日歸，如絲如霧溼人衣。三湘二月春光早，莫逐狂風繚亂飛。

送客往荆州

巴丘過日又登城〔一〕，雲水湘東一日平〔二〕。若愛春秋繁露學，正逢元凱鎮南荆。

〔一〕又　趙校本作「暮」，校云「一作又」。《全唐詩》卷二八九作「又」。

〔二〕日　趙校本作「色」。《全唐詩》作「日」。

贈馬錬師

心嫌碧落更何從，月帔花冠冰雪容。行雨若迷歸處路，近南惟見祝融峰〔一〕。

〔一〕南　趙校「一作前」。《全唐詩》卷二八九作「南」，校云「一作前」。

湘江泛舟

湘川洛浦三千里，地角天涯南北遥。除却同傾百壺外，不愁誰奈兩魂銷。

送別

江岸梅花雪不如，看君驛馭向南徐。相聞不必因來雁，雲裏飛軿落素書。

楊巨源十四首

胡姬詞

妍豔照江頭，春風好客留。當壚知妾慣，送酒爲郎羞。香渡傳蕉扇，粧成上竹樓。數錢憐皓腕，非是不能留。

春日有贈

堤暖柳絲斜，風光屬謝家。晚心應戀水，春恨定因花。步遠憐芳草，歸遲見綺霞。由來感情思，獨自惜年華。

襄陽樂

閑隨少年去，試上大堤遊。畫角栖烏起，清絃過客愁。碑沉楚山石，珠徹漢江秋。處處風情好，盧家更上樓。

關山月

蒼茫臨故關，迢遰照秋山。萬里平蕪静，孤城落葉閑。露濃栖雁起，天遠戍兵還。復暎征西府，光深組練間。

長城聞笛

孤城笛滿林，斷續共霜砧。夜月降羌淚，秋風老將心。静過寒壘遍，暗入故關深。惆悵梅花落，山川不可尋。

宮燕詞

毛衣似錦語如絃，日煖爭高綺陌天。幾處野花留不得，雙雙飛向御爐前〔一〕。

〔一〕前　何校「宋本作煙」。按《全唐詩》卷三三三作「前」。

賦得灞岸柳送客

楊柳含煙灞岸春，年年攀折爲行人。好風倘借低枝便，莫遣青絲掃路塵。

贈崔駙馬

百尺梧桐畫閣齊，簫聲落處翠雲低。平陽不惜黃金埒，細雨花驄踏作泥。

臨水看花

一樹紅花暎緑波，清明騎馬好經過。今朝幾許風吹落，聞道蕭郎最惜多。

折楊柳

水邊楊柳麴塵絲〔一〕，立馬煩君折一枝。惟有春風最相惜，殷勤更向手中吹。

〔一〕麴塵　趙校本作「緑煙」。《全唐詩》卷三三三亦作「麴塵」，唯「塵」下注「一作煙」。

觀妓人入道

荀令歌鐘北里亭，翠娥紅粉敞雲屏。舞衣施盡餘香在，今日花前學誦經。

又

碧玉芳年事冠軍，清歌空得隔花聞。春來削髮芙容寺，蟬鬢臨風墮緑雲。

聽李憑彈箜篌

聽奏繁絃玉殿清，風傳曲度禁林明。君王聽樂梨園暖，翻到雲門第幾聲。

又

花咽嬌鶯玉漱泉，名高半在御筵前。漢皇欲助人間樂，從遣新聲墜九天。

梁鍠十首

天長節

日月生天久，年年慶一迴。時平祥不去，壽遠節長來。連吹千家笛，同朝百郡盃。願持金殿鏡，處處照遺才。

崔駙馬宅賦詠畫山水扇

畫扇出秦樓，誰家贈列侯。小含吴剡縣，輕帶楚揚州。掎作山雲暮，摇成隴樹秋。坐來傳與客，漢水又迴流。

觀王美人海圖障子

宋玉東家女，常懷物外多。自從圖渤海，誰爲覓湘娥。白鷺栖脂粉，赬魴躍綺羅。仍憐轉嬌眼，别恨一横波。

聞百舌鳥

百舌聞他郡，間關媚物華。斂形藏一葉，分響出千花。坐愛時褰幌，行藏或駐車。不須應獨感，三載已辭家。

美人春怨原題美人春卧

妾家巫峽陽，羅幌寢蘭堂〔一〕。曉日臨窗久，春風引夢長。落釵仍掛鬢，微汗欲消黄〔二〕。縱使朦朧覺，魂猶逐楚王。

〔一〕蘭堂　趙校本作「銀牀」，《文苑英華》卷二〇五、《唐詩紀事》卷二九同趙校本。

〔二〕黄　趙校「一作香」。《文苑英華》、《唐詩紀事》亦皆作「黄」。

狷氏子

杏梁初照日，碧玉後堂開。憶事臨粧笑，春嬌滿鏡臺。含聲歌扇舉，顧影舞腰迴。別有佳期處，青樓客夜來。

長門怨

妾命何偏薄，君王去不歸。欲令遥見悔，樓上試春衣。空殿看人入，深宫羨鳥飛。翻悲因買賦，索鏡照空輝。

名姝詠

阿嬌年未多，弱體性能和。怕重愁拈鏡，憐輕喜曳羅。臨津雙洛浦，對月兩姮娥。獨有荆王殿，時時暮雨過。

豔女詞

露井桃花發，雙雙燕並飛。美人姿態裏，春色上羅衣。自愛頻開鏡，時羞欲掩扉。不知行路客，遥惹五香歸。

戲贈歌者

白晳歌童子，哀音絶又連。楚妃臨扇學，盧女隔簾傳。曉燕喧喉裏，春鶯囀舌邊。若逢漢武帝，還是李延年。

右《唐御覽詩》一卷，凡三十人，二百八十九首，元和學士令狐楚所集也。按盧綸墓碑云：「元和中，章武皇帝命侍丞采詩第名家，得三百一十篇，公之章句，奏御者居十之一。」今《御覽》所載綸詩正三十二篇，所謂居十之一者也。據此，則《御覽》爲唐舊本不疑。然碑云三百一十篇，而此纔二百八十九首，蓋散逸多矣。姑校定訛繆，以俟定本。《御覽》一名《唐新詩》，一名《選進集》，一名《元和御覽》云。紹興乙亥十一月八日吴郡陸游記。

余書此時，年三十有一，後四十有三年，年七十有四，燈下再觀，恍如昨夢。慶元戊午十一月十六日，老學庵書。

唐至元和間，風會幾更。章武帝命采新詩備覽，學士彙次名流，選進妍豔短章三百有奇。至今缺軼頗多，已無稽考，間有頓易原題，新綴舊幅者，無過集柔翰以對宸嚴，此令狐氏引嫌避諱之微旨也。寧曰改竄以立異，覽斯集者，當自得之。戊辰元春日，湖南毛晉記。

元和三舍人集

〔唐〕佚名　編
陳尚君　校點

前記

《元和三舍人集》，不見唐宋兩代公私書目著録，惟南宋計有功《唐詩紀事》卷四二云：「右王涯、令狐楚、張仲素五言七言絶句共作一集，號《三舍人集》，今盡録於此。」明清藏書志亦未著録，今人多以爲此集已佚，如吴企明先生撰《唐人選唐詩傳流、散佚考》（收其《唐音質疑録》）即認爲「賴計氏録存，今天我們還能見到《三舍人集》的全貌」。

然此集并未亡佚。復旦大學圖書館藏明鈔本《唐人詩集八種》，即包括《元和三舍人集》〔一〕。《中國叢書綜録》及《補正》皆未收此書，故不爲世人所知。集中「洛」或寫作「雒」，有可能傳寫於明泰昌、天啓間。各集前後收藏印有「檇李曹溶」、「姜實節印」、「彝尊私印」、「錫鬯」、「徐旭齡印」、「學以劉氏七略爲宗」等，知自明末以來，先後爲曹溶〔二〕、姜實節〔三〕、朱彝尊〔四〕、徐旭齡〔五〕等所收存。據日本京都大學市原亨吉教授《關於三舍人集》（收入《吉川博士退休紀念中國文學論集》，築摩書房，一九六八年）的介紹，日本静嘉堂文庫亦存舊鈔本《元和三舍人集》，流傳經過不詳，其内容與復旦藏本基本相同。

《元和三舍人集》卷首有署名「漢老」者所作序一篇，在敍述三舍人事迹後，僅云：「歲丙子，予從京邑，言首西路，息驧道傍村舍，有老書生出是書相質，予因爲道所憶如此，併停一日校之而去。」因僅記干支，未言朝代、年號，不詳漢老爲何時人〔六〕。

三舍人指王涯、令狐楚、張仲素，在《元和三舍人集》中分署廣津、殼士、繪之。王涯、令狐楚，兩《唐書》均有傳，張仲素生平可詳《郎官石柱題名考》卷五、《唐才子傳校箋》卷五，并參傅璇琮著《唐翰林學士傳論》憲宗朝張仲素傳（遼海出版社，二〇〇五年），此不詳敘。漢老僅據《唐書》考三人官舍人之年月，尚未盡允當。唐元稹《承旨學士院記》、丁居晦《重修承旨學士壁記》所敘甚具體：

令狐楚，元和九年七月二十五日自職方員外郎知制誥充（翰林學士）。……十二年三月，遷中書舍人。八月四日，出守本官。

王涯，元和十一年正月十八日自中書舍人入充（翰林學士）承旨。……十二月十六日，守中書侍郎平章事。

張仲素，元和十一年八月十五日自禮部郎中充（翰林學士）。……十四年三月二十八日，遷中書舍人。卒官，贈禮部侍郎。

參岑仲勉先生《翰林學士壁記注補》所考，三人任中書舍人的時間，王涯爲元和九年至十一年十二月，令狐楚爲十二年三月至十三年，張仲素爲十四年三月至是年底去世，是三人未曾同時任舍人。據此可以認爲，《元和三舍人集》并非此集原名，而爲唐末至北宋時人改題。

此集原名爲何？我以爲即是《新唐書·藝文志》所載之《翰林歌詞》一卷。根據有四：此集所載皆爲歌詞，此其一；三人於元和十一年八月至十二月間，同爲翰林學士，已見前引，此其二；此集三人詩，一般均以王、令狐、張爲序，時王涯爲承旨，張仲素方入院，此集成于上述數月間，正合三人官次，此其三；《遂初堂書目》有張仲素《歌詞》，《宋史·藝文志》有王涯《翰林歌詞》一卷，知《翰林歌詞》收王涯、張仲素之作，此其四。此點雖可證定，但爲示對舊題之尊重，本書仍題原集名。

《元和三舍人集》明鈔本目録尚完，而正編已有殘缺。據目録，知全書共收詩一百六十九首，其中王涯六十一首，令狐楚五十首，張仲素五十八首。正編中缺令狐楚《春閨思》一首，後半「敗靡不存」，所缺皆《宮中行樂辭》，爲王涯三首，令狐楚二十首，張仲素二十六首。故存詩爲一百十九首，即王涯五十八首、令狐楚二十九首、張仲素三十二首。

此集中詩，北宋中葉前似不甚流行，今僅見楊億引過「寫望臨香閣，登高下砌臺。林間見青使，意上直錢來」一首（見《説郛》卷二一引《楊文公談苑》）。北宋中葉後，大量引録此集中詩者，今知有郭茂倩《樂府詩集》（其中王涯詩皆誤署王維）、計有功《唐詩紀事》、洪邁《萬首唐人絶句》及宋蜀刻本《王摩詰文集》（見卷一附録，署「翰林學士知制誥王涯」）。各書收詩多寡不一，有兩點值得注意：其一，凡明鈔本所缺之詩，宋代諸書亦皆不載，足證此集之殘，當在北宋中葉以前，即宋人所見該集，亦僅如今存本之規模。其二，諸書引詩在作者、詩題及文字方面，均有相當大的差異，當因此集混編三人詩，又一直以鈔本流傳，各家所見本不一，故致傳譌。經以明鈔本與諸書逐篇對校後，我以爲凡作者、詩題有出入者，一般均應以明鈔本原集爲是，詩中文字，則互有長短，應比勘而定。清編《全唐詩》録三人詩，多與明鈔本同，而於宋代各書則多有不取，知即以原集寫定。茲將上述各書存詩數，列表如次：

書名／詩數／作者	王涯	令狐楚	張仲素	總計
《元和三舍人集》	58	29	32	119
《樂府詩集》	19	30	24	73
《唐詩紀事》	29	29	30	88
《萬首唐人絶句》	57	30	29	116
《王摩詰文集》	30	0	0	30
《全唐詩》	58	29	32	119

漢老序云：「《元和三舍人詩》者，蓋一時倡和之作也。」其實，此集與《元白繼和集》、《彭陽唱和集》等此唱彼和的唱和集有所不同，與一般所説的唐人選唐詩也有所區别。如前所考，此集原名《翰林歌詞》，爲三位作者同任翰林學士時，用當時流行或新製詩題，共同寫成的歌辭總集。其編者可能爲三人中之一人，也可能即由三人合編，今已無從詳究。考慮到此集已爲國内孤本，且尚存唐時原貌，編例也較特殊，又多可訂正宋代以來各書所收詩之譌誤，特予以校訂整理，故仍列於《唐人選唐詩新編》，以供唐詩研究者和愛好者參考。

此次整理，即以復旦大學圖書館藏明鈔本爲底本，主要參校《樂府詩集》（文學古籍刊行社影宋本，見卷四十二）、《唐詩紀事》（《四部叢刊》影明本，見卷四十二）、《萬首唐人絶句》（文學古籍刊行社影明嘉靖本，五言見卷十二，七言見卷十八），校記中後二書皆不另注卷數。《王摩詰文集》及《全唐詩》中異文，已見前三書者，一般不入校，以避冗費。除《樂府詩集》誤以王涯詩爲王維作外，其餘作者、詩題之不同，均出注而不作按斷。明鈔本有不少歧寫字，如「慣」作「貫」、「早」作「蚤」、「照」作「炤」、「眠」作「瞑」、「暮」作「莫」、「花」作「華」，「雪」作「霻」等，皆徑予改正，不作校記。其餘誤字改動處，均説明所據。

静嘉堂文庫本未及見，容以後有機會再補校。

〔一〕另七種爲《高氏三宴詩集》、《香山九老會集》、《薛濤詩集》、《澈上人詩集》、《靈一詩集》、《清塞詩集》、《常達詩集》。

〔二〕曹溶（一六一三—一六八五），字潔躬，浙江秀水人。明崇禎十年進士，降清後，累遷廣東布政使。《清史稿》卷四八九有傳。

〔三〕姜實節，字學在，萊陽人，僑吴縣，所居號諫草樓。康熙間在世。《國朝耆獻類徵初編》卷三有傳。

〔四〕朱彝尊（一六二九—一七〇九），字錫鬯，清初著名學者。《清史稿》卷四八九有傳。

〔五〕徐旭齡，字元文，錢塘人，順治進士，康熙中累官山東巡撫。《清史列傳》卷八有傳。

〔六〕宋李邴（一〇八五—一一四六），字漢老，南宋初官至參知政事。但丙子歲（一〇九六）僅十二歲，必非其人。

元和三舍人集目録

《元和三舍人詩集》序

《元和三舍人詩》者，蓋一時倡和之作也。其曰廣津，則王相國涯；曰殼士，則令狐相國楚；曰繪之，則張學士仲素也。按殼士以元和十二年守中書舍人，廣津以正元九年正拜舍人，仲素史傳未著，獨《韋貫之傳》有云："是時段文昌、張仲素受知憲宗，將以爲學士，貫之以行止未正，不宜在内庭，尼之。"未幾，李逢吉進而貫之貶。則仲素之爲舍人，必在貫之去位後也。又按唐制，舍人及學士俱六品，而中書舍人則出納王命，預課文武，清要兼焉。爲舍人于學士之後，殆可必耳。但韋貫之以元和十一年罷相，王涯亦以其年拜平章事，令狐楚以十二年八月罷翰林學士，左遷中書舍人，又似不相及，不可考也。或云仲素，建封子，而徐州自有子名賁，此又不可知耳。歲丙子，予從京邑，言首西路，息騶道傍村塾，有老書生出是書相質，予因爲道所憶如此，併停一日校之而去。漢老敍。

元和三舍人詩

宫中樂

殼士五首

楚塞金陵静〔一〕，巴山玉壘空。萬方無一事，端拱大明宫〔二〕。

〔一〕静 《唐詩紀事》、《萬首唐人絶句》作「靖」。

〔二〕端拱 原作「端共」，據《樂府詩集》卷八二、《萬首唐人絶句》改。《唐詩紀事》作「端坐」。

其二

雪霽長楊苑，冰開太液池。宫中行樂日，天下盛明時。

其三

柳色煙相似，梨花雪不如〔一〕。春風空有意〔二〕，一一麗皇居。

〔一〕梨花 原作「愁華」，據《樂府詩集》、《唐詩紀事》、《萬首唐人絶句》改。

〔二〕空 《樂府詩集》、《萬首唐人絶句》作「真」。

其四

月上宫花静，煙含遠樹深〔一〕。銀臺門已閉，仙漏夜沈沈。

〔一〕遠　《樂府詩集》、《萬首唐人絶句》作「苑」。

其五

九重青瑣闥，百尺碧雲樓。明月秋風起，珠簾上玉鈎。

繪之五首

網户交如綺，紗窗薄似烟。樂吹天上曲，人是月中仙。

其二

翠匣開寒鏡，珠釵掛步摇。粧成祇畏曉，更漏促春〔一〕宵〔二〕。

〔一〕原校：「春」一作「清」。《唐詩紀事》作「清」。

〔二〕原校：「宵」一作「霄」。按原校誤。

其三

紅果瑶池實〔一〕，金盤露井冰。甘泉將避暑，臺殿曉〔二〕光迎〔三〕。

〔一〕紅果　《樂府詩集》作「江果」，誤。

〔二〕原校：「曉」一作「水」。按《唐詩紀事》作「水」。

〔三〕原校：「迎」一作「凝」。按《樂府詩集》、《唐詩紀事》、《萬首唐人絶句》作「凝」。

其四

月彩浮鸞殿，砧聲隔鳳樓〔一〕。笙歌臨水檻，紅燭乍迎秋。

〔一〕原校：「隔」一作「繞」。按《唐詩紀事》作「繞」。

其五

奇樹留寒翠，神光結夕波〔一〕。黄山一夜雪，渭水瀉聲多〔二〕。

〔一〕光　《樂府詩集》、《唐詩紀事》、《萬首唐人絶句》作「池」。

〔二〕原校：「瀉」一作「雁」。按《樂府詩集》、《唐詩紀事》作「雁」。

春遊曲

廣津二首〔一〕

萬樹江邊杏，新開一夜風。滿園深淺色，照在緑波中。

〔一〕王涯二詩，《樂府詩集》卷五九題作《遊春曲》，誤署王維作；《唐詩紀事》亦題《遊春曲》，收張仲素下；《萬首唐人絶句》題作《遊春曲》。

其二

上苑何窮樹，花開次第新。香車與絲綺〔一〕，風静亦生塵。

〔一〕「綺」，《樂府詩集》、《萬首唐人絶句》作「騎」。

殼士三首〔一〕

曉遊臨碧殿〔二〕，日上望春亭〔三〕。芳樹羅仙苑〔四〕，青山展翠屏〔五〕。

〔一〕令狐楚三詩，《樂府詩集》題作《遊春辭》，《唐詩紀事》（僅收前二首）、《萬首唐人絶句》題作《遊春詞》。
〔二〕曉　《樂府詩集》作「晚」，誤。
〔三〕日上望春亭　《唐詩紀事》作「晚日上春亭」。
〔四〕仙苑　《樂府詩集》、《萬首唐人絶句》作「仙仗」。
〔五〕原校：「青」一作「晴」。按《樂府詩集》、《唐詩紀事》作「晴」。

其二

一夜好風吹，新花一萬枝。風前調玉管，花下簇金雞〔一〕。

〔一〕原校：「雞」一作「羈」。按《樂府詩集》、《唐詩紀事》、《萬首唐人絶句》均作「羈」。

其三

閶闔春風起，蓬萊冰雪消〔一〕。相將折楊柳，争取最長條。

〔一〕冰雪　《樂府詩集》、《萬首唐人絶句》作「雪水」。

繪之三首

煙柳飛輕絮，風榆落小錢。濛濛百花裏，羅綺競秋千。

其二

騁望登香閣，争高下砌臺。林間踏青去，席上意錢〔一〕來。〔二〕

〔一〕意錢　《萬首唐人絶句》作「寄賤」。

〔二〕《説郛》卷二一《楊文公談苑》此詩作「寫望臨香閣，登高下砌臺。林間見青使，意上直錢來」。《事物紀原》卷八「香閣」作「春閣」。

其三

行樂三春節，林花百和香。當年重意氣，先占鬭雞場。

太平詞

廣津一首〔一〕

風俗今和厚，君王在穆清。行看採花曲，盡是泰階平。

〔一〕《唐詩紀事》收此詩於張仲素下。《樂府詩集》卷八二誤署王維。

繪之一首〔一〕

聖德超千古，皇威靜四方〔二〕。蒼生今息戰，無事覺時良〔三〕。

〔一〕《萬首唐人絶句》收歸王涯。《樂府詩集》誤署王維。

〔二〕皇威　《唐詩紀事》作「皇風」。

〔三〕良　《樂府詩集》、《唐詩紀事》、《萬首唐人絶句》作「長」。

送春辭〔一〕

廣津一首〔二〕

日日人空老，年年春更歸。相歡在樽酒，不用惜花飛。

〔一〕《唐詩紀事》、《萬首唐人絶句》作《送春詞》。
〔二〕《唐詩紀事》收歸張仲素。

塞上曲

廣津二首〔一〕

天驕遠塞行，出鞘寶刀鳴〔二〕。定是酬恩日，今朝覺命輕。

〔一〕《唐詩紀事》收此首於張仲素下。《樂府詩集》誤署二首爲王維作。
〔二〕出鞘　《樂府詩集》作「鞘裏」。

其二〔一〕

塞虜常爲敵，邊聲已報秋〔二〕。平生多志氣〔三〕，箭底覓封侯。

〔一〕《唐詩紀事》題作《平戎詞》。

〔二〕聲　《樂府詩集》《萬首唐人絶句》作「風」。

〔三〕原校：「志」一作「意」。

繪之一首〔一〕

卷旆生風喜氣新，早持龍節静邊塵。漢家天子圖麟閣，身是當今第一人。

〔一〕此首後重收，題作《平戎辭》，校記并詳後。

從軍辭

廣津三首〔一〕

戈甲從軍久〔二〕，風雲識陣難〔三〕。今朝拜韓信，計〔四〕日斬成安。〔五〕

〔一〕《萬首唐人絶句》題作《從軍詞》。《樂府詩集》卷三三作《從軍行》，誤署王維。

〔二〕原校：「戈」一作「旍」。按《樂府詩集》作「旌」，《萬首唐人絶句》作「旍」，《王摩詰文集》作「旍」。

〔三〕陣　原作「陳」，從《樂府詩集》、《唐詩紀事》、《萬首唐人絶句》改。

〔四〕計　《唐詩紀事》作「封」。

〔五〕「今朝」二句，《樂府詩集》作「今朝韓信計，日下斬成安」。

其二

燕頷多奇相，狼頭敢犯邊。寄言班定遠，正是立功年。

其三

旌頭夜落捷書飛，來奏金門著賜衣。白馬將軍頻破敵〔一〕，黄龍戍卒幾時歸。

〔一〕敵　《樂府詩集》作「鏑」。

殼士五首〔一〕

荒雞隔水啼，汗馬向風嘶〔二〕。終日隨旌旆，何時罷鼓鼙。

〔一〕《樂府詩集》、《唐詩紀事》、《萬首唐人絶句》皆題作《從軍行》。

〔二〕原校：「向」一作「逐」。按《樂府詩集》、《萬首唐人絶句》作「逐」。

其二

孤心眠夜雪，滿眼是秋沙。萬里猶防塞，三年不見家。

其三

却望冰河闊，前登雪嶺高。征人幾多在，又擬戰臨洮。

其四

胡風千里驚，漢月五更明。縱有還家夢，猶聞出塞聲〔一〕。

〔一〕聲　《樂府詩集》作「身」。

其五

暮雪迷青海〔一〕，陰霞覆白山〔二〕。可憐班定遠，生入玉門關。

〔一〕迷　《樂府詩集》、《萬首唐人絶句》作「連」。

〔二〕霞　《樂府詩集》作「雲」。

塞下曲

廣津二首〔一〕

辛勤幾出黄花戍，迢遞初隨細柳營。塞晚每愁殘月苦，邊秋更逐斷蓬驚〔二〕。

〔一〕《樂府詩集》卷九三誤署王維。

〔二〕原校：「驚」一作「聲」。

其二

年少辭家從冠軍，金裝寶劍去邀勳。不知馬骨傷寒水，唯見龍城起暮雲。

殺士二首

雪滿衣裳冰滿鬚〔一〕，曉隨飛將伐單于〔二〕。平生意氣今何在〔三〕，把得家書淚似珠。

〔一〕鬚　《樂府詩集》作「鬢」。

〔二〕原校：「伐」一作「發」。按《唐詩紀事》作「發」。

〔三〕原校：「意」一作「志」。按：《樂府詩集》、《唐詩紀事》、《萬首唐人絶句》作「志」。

其二

邊草蕭條塞雁飛，征人南望盡霑衣〔一〕。黄塵滿面長須戰〔二〕，白髮生頭未得歸。

〔一〕盡　《全唐詩》作「淚」。

〔二〕戰　原作「戟」，從《樂府詩集》、《唐詩紀事》、《萬首唐人絶句》改。

繪之五首〔一〕

三戍漁陽再渡遼，騂弓在臂劍横腰。匈奴欲似知名姓〔二〕，休傍陰山更射鵰。

〔一〕《唐詩紀事》收此五詩均在王涯名下。

〔二〕欲似　《萬首唐人絶句》作「似若」。

其二

獵馬千群雁幾雙，燕然山下碧油幢。傳聲漠北單于破，火照旌旗夜受降。

其三

朔雪飄飄開雁門，平沙〔一〕歷亂卷〔二〕蓬根。功名恥計擒生數，直斬樓蘭報國恩。

〔一〕沙　原作「莎」，從《樂府詩集》、《唐詩紀事》、《萬首唐人絶句》改。

〔二〕卷　《萬首唐人絶句》作「瘞」。

其四

隴水潺湲隴樹秋，征人到此淚雙流。鄉關萬里無因見〔一〕，西戍河源早晚休〔二〕。

〔一〕因 《萬首唐人絶句》作「人」。

〔二〕原校：「休」一作「收」。按《萬首唐人絶句》作「收」。

其五

陰磧茫茫塞草腓〔一〕，桔〔二〕槔烽上暮煙飛〔三〕。交河北望天連海〔四〕，蘇武曾將漢節歸。

〔一〕腓 《萬首唐人絶句》作「肥」。

〔二〕原校：「桔」一作「橜」。按《萬首唐人絶句》作「橜」。

〔三〕煙 《萬首唐人絶句》作「雲」。

〔四〕原校：「交」一作「關」。按《唐詩紀事》作「關」。

平戎辭

廣津一首〔一〕

太白秋高助發兵〔二〕，長風夜卷虜塵清。男兒解却腰間劍，喜見從王道化平〔三〕。

〔一〕《唐詩紀事》作《平戎詞》，《萬首唐人絶句》作《平戎調》。《樂府詩集》卷九五誤署王維。

〔二〕發 《樂府詩集》作「漢」，《萬首唐人絶句》作「俊」。

〔三〕從 《樂府詩集》作「君」。

繪之一首〔一〕

卷旆生風喜氣新，早持龍節静邊塵。漢家天子圖麟閣，身是當今第一人。

〔一〕此首前已收《塞上曲》下，疑此是彼非。《樂府詩集》誤署王維，《萬首唐人絶句》收王涯下，《王摩詰文集》亦作王涯詩附入。

隴上行

廣津一首

負〔一〕羽〔二〕到邊州，鳴笳度隴頭。雲黄知塞近，草白見邊秋。

〔一〕負　原作「自」，從《唐詩紀事》、《萬首唐人絶句》改。

〔二〕羽　《萬首唐人絶句》作「箭」。

繪之一首

行到黄雲隴，唯聞羌戍鼙。不如山下水，猶得任東西。

獻壽辭

廣津一首

宫殿參差列九重，祥雲瑞氣捧皆濃〔一〕。微臣欲獻唐堯壽〔二〕，遥指南山對衮龍。

〔一〕皆　《唐詩紀事》、《王摩詰文集》作「堦」。

〔二〕唐堯　《唐詩紀事》作「南山」。

繪之一首〔一〕

玉帛殊方至，歌鐘比屋聞。華夷同一貫〔二〕，共賀聖明君〔三〕。

〔一〕《樂府詩集》卷八〇題作《聖明樂》，《唐詩紀事》作《聖神樂》，《萬首唐人絶句》作《聖明朝》。

〔二〕同　《樂府詩集》、《唐詩紀事》、《萬首唐人絶句》作「今」。

〔三〕共　《樂府詩集》、《唐詩紀事》、《萬首唐人絶句》作「同」。

遊春辭

廣津二首〔一〕

曲江緑柳變煙條〔二〕，塞谷冰隨暖氣銷〔三〕。纔見春光生綺陌，已聞清樂動雲韶。

〔一〕《樂府詩集》卷五九誤作王維詩。

〔二〕原校：「緑」一作「絲」。按《樂府詩集》、《唐詩紀事》作「絲」。

〔三〕暖　原作「煥」，從《樂府詩集》、《唐詩紀事》、《萬首唐人絶句》改。

其二

經過柳陌與桃蹊，尋逐春光著處迷〔一〕。鳥度時時銜絮起，花繁袞袞壓枝低。

〔一〕春光　《樂府詩集》作「風光」。

殼士一首〔一〕

高樓喜見一花開〔二〕，便覺春光四面來。暖日晴雲知次第〔三〕，東風不用更相催。

〔一〕《樂府詩集》卷八五題作《望春辭》，《唐詩紀事》、《萬首唐人絶句》作《望春詞》。

〔二〕喜　《樂府詩集》、《萬首唐人絶句》作「曉」，《唐詩紀事》作「望」。

〔三〕暖　《樂府詩集》作「晚」，《唐詩紀事》作「曉」。

秋思

廣津二首〔一〕

網軒凉吹動輕衣〔二〕，夜聽更長玉漏稀。月渡天河光轉濕，鵲驚秋樹葉頻飛。

〔一〕《樂府詩集》卷五九誤署王維。

〔二〕網　原作「岡」，校：「岡」一作「緑」。按《唐詩紀事》作「緑」，《樂府詩集》、《萬首唐人絶句》作「網」，今據改。

其二

宫連太液見滄波，暑氣微消秋意多。一夜清風蘋末起〔一〕，露珠翻盡滿池荷。

〔一〕清　《樂府詩集》、《唐詩紀事》、《萬首唐人絶句》作「輕」。

繪之二首〔一〕

碧窗斜月藹清輝〔二〕，愁聽寒螿淚濕衣。夢裏分明見關塞，不知何路向金徽。

〔一〕《唐詩紀事》題作《秋夜曲》，《萬首唐人絶句》作《秋閨思》。

〔二〕清　《萬首唐人絶句》作「深」。

其二

秋天一夜静無雲，斷續鴻聲到曉聞。欲寄征衣問消息〔一〕，居延城外又移軍。

〔一〕征衣　《萬首唐人絶句》作「征人」。

閨人贈遠

廣津五首〔一〕

花明綺陌春，柳拂御溝新。爲報遼陽客，流光不待人〔二〕。

〔一〕五首　原作六首，據目録及正文改。
〔二〕原校：「光」一作「芳」。按《唐詩紀事》、《萬首唐人絶句》作「芳」。

其二

遠戍功名薄，幽閨年貌傷。妝成對春樹，不語淚千行。

其三〔一〕

形影一朝别，煙波千里分。君看望君處，祇是起行雲。

〔一〕《萬首唐人絶句》以此爲第四首，以下詩爲其三。

其四

啼鶯緑樹深，語燕雕梁晚。不省出門行，沙場知近遠。

其五〔一〕

洞房今夜月，如練復如霜。爲照離人恨，亭亭到曉光〔二〕。

〔一〕《唐詩紀事》題作《閨思》。

〔二〕亭亭 《萬首唐人絶句》作「亭臺」。

殻士二首〔一〕

君行登隴上，妾夢在閨中。玉箸千行落，銀牀一半空。

〔一〕《樂府詩集》卷六九、《唐詩紀事》、《萬首唐人絶句》作《長相思》。

其二

綺席春眠覺〔一〕，紗窗曉望迷。朦朧殘夢裏，猶自在遼西〔二〕。

〔一〕綺席 《萬首唐人絶句》作「幾度」。

〔二〕猶 《萬首唐人絶句》作「獨」。

遠別離

殻士二首

楊柳黄金穗，梧桐碧玉枝。春來消息斷，早晚是歸期〔一〕。

〔一〕原校：「期」一作「時」。按《樂府詩集》卷七二、《唐詩紀事》作「時」。

其二

玳織鴛鴦履，金裝翡翠篸〔一〕。畏人相借問〔二〕，不擬到城南。

〔一〕篸　《唐詩紀事》作「簾」，《全唐詩》作「簪」。

〔二〕借問　《樂府詩集》作「問著」。

思君恩

廣津一首〔一〕

鷄鳴天漢曉〔二〕，鶯語禁林春。誰入巫山夢，唯應洛水神〔三〕。

〔一〕《樂府詩集》卷九五、《唐詩紀事》、《萬首唐人絶句》作令狐楚詩。

〔二〕曉　《樂府詩集》、《唐詩紀事》作「曙」。

〔三〕洛　原作「雒」，爲鈔本避明諱改，今改回。

轂士一首

小苑鶯歌歇，長門蝶舞多。眼看春又去，翠輦不曾過〔一〕。

〔一〕曾　《樂府詩集》、《唐詩紀事》作「經」。

繪之一首〔一〕

紫禁香如霧，青天月似霜。雲韶何處奏，祗是在昭陽。

〔一〕《樂府詩集》、《唐詩紀事》、《萬首唐人絶句》作令狐楚詩。

王昭君

殼士一首

錦車天外去，毳幕雪中開〔一〕。魏闕蒼龍遠，蕭關赤雁哀。

〔一〕雪　《樂府詩集》卷二九、《萬首唐人絶句》作「雲」。

繪之一首〔一〕

仙娥今下嫁，驕子自同和〔二〕。劍戟歸田盡，牛羊繞塞多。

〔一〕《樂府詩集》、《唐詩紀事》、《萬首唐人絶句》作令狐楚詩。

〔二〕驕　《樂府詩集》作「嫡」。

聖明樂

殼士一首〔一〕

海浪恬丹徼〔二〕，邊塵静黑山〔三〕。從今萬里外，不復鎖蕭關。

〔一〕《樂府詩集》卷八〇、《唐詩紀事》、《萬首唐人絶句》作張仲素詩。《唐詩紀事》題作《聖神樂》，《萬首唐人絶句》作《聖明朝》。

〔二〕丹　原作「月」，從《樂府詩集》、《唐詩紀事》、《萬首唐人絶句》改。

〔三〕黑　原作「異」，從《樂府詩集》、《唐詩紀事》、《萬首唐人絶句》改。

繪之一首

九陌祥煙合，千春瑞月明。宫花同苑柳，先發鳳皇城。

春閨思

廣津一首〔一〕

雪盡萱抽葉，風輕水變落〔二〕。玉關書信斷〔三〕，又見發庭梅。

〔一〕《唐詩紀事》題作《春閨怨》，收張仲素下。《萬首唐人絶句》亦收歸張仲素。

〔二〕落　《唐詩紀事》、《萬首唐人絶句》作「苔」。

〔三〕斷　原作「𢇍」，即「斷」字。《唐詩紀事》、《萬首唐人絶句》作「絶」。

觳士一首〔一〕

戴勝飛晴野，凌澌下濁河。春風樓上望，誰見淚痕多。

〔一〕《唐詩紀事》收歸王涯，題作《閨人贈遠》。《萬首唐人絶句》收歸張仲素。

繪之一首〔一〕

嫋嫋城邊柳〔二〕，青青陌上桑。提籠忘採葉，昨夜夢漁陽。

〔一〕《唐詩紀事》題作《春閨怨》。

〔二〕城邊　《唐詩紀事》作「邊城」。

春江曲

繪之二首〔一〕

家寄征江岸〔二〕，征人幾歲遊。不如潮水信，每月到沙頭。

〔一〕《唐詩紀事》二詩皆歸王涯。

〔二〕原校：「江」一作「河」。按《樂府詩集》卷七七、《萬首唐人絶句》作「河」。

其二

乘曉南湖去，參差疊浪橫。前洲在何處〔一〕？霜裏雁嚶嚶。

〔一〕洲　原作「月」，從《樂府詩集》、《唐詩紀事》、《萬首唐人絶句》改。

廣津一首〔一〕

摇漾越江春，相將採白蘋〔二〕。歸時不覺夜，出浦月隨人。

〔一〕《樂府詩集》、《萬首唐人絶句》收歸張仲素。

〔二〕採　《樂府詩集》、《唐詩紀事》作「看」。

漢苑行

廣津一首〔一〕

二月春風〔二〕遍〔三〕柳條，九天仙樂奏雲韶〔四〕。蓬萊殿後花如錦，紫閣階前雪未銷〔五〕。

〔一〕《樂府詩集》卷九五、《萬首唐人絶句》收歸張仲素。

〔二〕春風　《樂府詩集》、《萬首唐人絶句》作「風光」。

〔三〕遍　《樂府詩集》、《唐詩紀事》、《萬首唐人絶句》作「變」。

〔四〕仙　《樂府詩集》、《唐詩紀事》作「清」，《萬首唐人絶句》作「鈞」。

〔五〕階　《唐詩紀事》作「街」。

繪之二首〔一〕

回雁高翻太液池〔二〕，新花低發上林枝。年光到處皆堪賞，春色人間總未知〔三〕。

〔一〕二首　原作「三首」，據目録及正文改。又《唐詩紀事》以此二詩爲王涯作。

〔二〕回雁高翻　原作「回雁風高」，從《樂府詩集》、《唐詩紀事》改。《萬首唐人絶句》作「回雁高飛」。

〔三〕未　《樂府詩集》作「不」。

其二

春風澹蕩景悠悠〔一〕，鶯囀高枝燕入樓。千步回廊聞鳳吹，珠簾處處上銀鉤。

〔一〕澹蕩景　《樂府詩集》作「淡淡影」。

殼士一首〔一〕

雲霞五采浮天闕，梅柳千般夾御溝。不上樂遊原上望〔二〕，豈知春色滿皇州〔三〕。

〔一〕《樂府詩集》卷九五題作《望春辭》。

〔二〕樂遊原上 《樂府詩集》、《唐詩紀事》作「黄山南北」，《萬首唐人絶句》作「黄花南北」。

〔三〕皇 《樂府詩集》、《唐詩紀事》、《萬首唐人絶句》作「神」。

秋思贈遠

廣津二首〔一〕

當年只是守空閨〔二〕，夢見關山覺别離〔三〕。不見鄉書傳雁足，唯看新月吐蛾眉。

〔一〕《唐詩紀事》二詩歸張仲素，題作《贈遠》。《萬首唐人絶句》亦題《贈遠》。

〔二〕閨 《唐詩紀事》、《萬首唐人絶句》作「帷」。

〔三〕關 《唐詩紀事》作「江」。

其二

厭攀楊柳臨清閣，閑採芙蕖傍碧潭〔一〕。走馬臺邊人不見，拂雲堆畔戰初酣〔二〕。

〔一〕芙蕖 《唐詩紀事》作「芙蓉」。

〔二〕堆 原作「自」，從《唐詩紀事》、《萬首唐人絶句》改。

繪之一首〔一〕

博山沉燎絶餘香，蘭燼金檠怨夜長。爲問青青河畔草，幾回經雨復經霜。

〔一〕《唐詩紀事》題作《秋夜曲》。

秋夜曲

廣津一首〔一〕

桂魄初生秋露微，輕羅已薄未更衣。銀箏夜久殷勤弄，心怯空房不忍歸。

〔一〕《唐詩紀事》收歸張仲素，題作《春閨怨》。《樂府詩集》卷七六誤署王維。

繪之一首〔一〕

丁丁漏水夜何長，漫漫輕雲露月光。秋逼暗蟲通夕響，征衣未寄莫飛霜。

〔一〕《樂府詩集》誤署王維，《萬首唐人絶句》及《王摩詰文集》皆歸王涯。

天馬辭

繪之二首

天馬初從渥水來，郊〔一〕歌曾唱得龍媒〔二〕。不知玉塞沙中路，苜蓿殘花幾度開〔三〕。

〔一〕郊　原作「効」，從《萬首唐人絶句》改。

〔二〕郊歌曾唱得龍媒　《樂府詩集》卷一作「歌曾唱得濯龍媒」。

〔三〕度　《唐詩紀事》、《樂府詩集》、《萬首唐人絶句》作「處」。

其二

蹀躞宛駒齒未齊，摐金噴玉向風嘶。來時行盡金河道，獵獵輕風在碧蹄。

春閨思

轂士一首缺

廣津一首〔一〕

愁見遊空百丈絲，春風惹斷更傷離〔二〕。閑花落偏〔三〕蒼〔四〕苔〔五〕地，盡日無人誰得知。

〔一〕《唐詩紀事》收歸張仲素，題作《閨人思》。《萬首唐人絶句》、《王摩詰文集》題作《閨人春思》。

〔二〕惹　《萬首唐人絶句》、《王摩詰文集》作「挽」。

〔三〕偏　《萬首唐人絶句》、《王摩詰文集》作「盡」。

〔四〕蒼　《萬首唐人絶句》、《王摩詰文集》作「青」。

〔五〕苔　原作「臺」，從《唐詩紀事》、《萬首唐人絶句》、《王摩詰文集》改。

年少行

穀士四首〔一〕

少小邊城慣放狂，驏騎蕃馬射黄羊。如今年老無筋力〔二〕，獨倚營門數雁行〔三〕。

〔一〕《樂府詩集》卷六六、《萬首唐人絶句》題作《少年行》。

〔二〕老　《樂府詩集》作「事」。

〔三〕獨　《樂府詩集》、《唐詩紀事》、《萬首唐人絶句》作「猶」。

其二

家本清河住五城，須憑弓箭覓功名〔一〕。等閑飛鞚秋原上，獨向寒雲試射聲〔二〕。

〔一〕原校：「覓」一作「得」。按《樂府詩集》、《萬首唐人絶句》作「得」。

〔二〕獨　《樂府詩集》、《唐詩紀事》、《萬首唐人絶句》作「猶」。

其三

弓背霞明劍照霜，秋風走馬出咸陽。未收天子河湟地，不擬回頭望故鄉。

其四

雪滿庭中〔一〕月滿〔二〕樓，金樽玉柱對清秋。當年稱意須行樂〔三〕，不到天明未肯休〔四〕。

〔一〕庭中　《樂府詩集》、《萬首唐人絶句》作「中庭」。

〔二〕滿 《樂府詩集》、《萬首唐人絶句》作「過」。

〔三〕行 《樂府詩集》、《唐詩紀事》作「爲」。

〔四〕原校:「未」一作「不」。

宫中行樂辭

廣津三十首〔一〕

白人宜著紫衣裳,冠子梳頭雙眼長。新睡起來思舊夢,見人忘却道勝常。

〔一〕《萬首唐人絶句》題作《宫詞》。

其二

春來新插翠雲釵,尚著雲頭踏殿鞵。欲得君王回一顧,争扶玉輦下金階。

其三

五更初起覺風寒,香炷燒來夜已殘。欲卷珠簾驚雪滿,自將紅燭上樓看。

其四

各將金鎖鎖宫門,院院青娥侍至尊。頭白監門掌來去,問頻多是最承恩。

其五

夜久盤中蠟滴稀，金刀剪起盡霏霏。傳聲總是君王唤，紅燭臺前著舞衣。

其六

箏纇禁曲覺聲難，玉柱皆非舊處安。記得君王曾道好，長因輦下〔一〕得〔二〕先彈。

〔一〕輦下 《萬首唐人絶句》作「下輦」。

〔二〕原校：「得」一作「最」。

其七

一叢高鬟緑雲光，官樣輕輕澹澹黄。爲看九天宫主貴〔一〕，外邊争學内家妝〔二〕。

〔一〕宫主 《萬首唐人絶句》作「公主」。

〔二〕妝 《萬首唐人絶句》作「裝」。

其八

宜春院裏駐仙輿，夜宴笙歌總不如。傳索金箋題寵號，燈前御筆與親書。

其九

永衖重門漸半開〔一〕，宫官著鎖隔門回。誰知曾笑他人處，今日將身自入來。

〔一〕衖 《萬首唐人絶句》作「巷」。

其十

春風簾裏舊青娥，無奈新人自寵何〔一〕。寒食禁花開滿樹，玉堂終日閉時多。

〔一〕自 《萬首唐人絶句》作「奪」。

其十一

碧繡簷前柳散垂，守門宫女欲攀時。曾經玉輦從容處，不敢臨風折一枝。

其十二

鵶飛深在禁城墻〔一〕，多繞重樓複殿傍。時向春簷瓦溝上，散開朝翅占朝光。

〔一〕鵶 原作「雅」，從《萬首唐人絶句》改。

其十三

白雪猧兒拂地行，慣眠紅毯不曾驚。深宫更有何人到，只曉金階吠晚螢。

其十四

百尺仙梯倚閣邊，内人争下擲金錢。風來競看銅烏轉，遥指朱干在半天。

其十五

春風擺蕩禁花枝，寒食秋千滿地時。又落深宫石渠裏，盡隨流水入龍池。

其十六

墻墻不斷接宮城，金榜皆書殿院名。萬轉千回相隔處，各調絃管對聞聲。

其十七

霏霏春雨九重天，漸暖龍池御柳煙。玉輦遊時應不避，千廊萬屋自相連。

其十八

禁前煙起紫沉沉，樓閣當中複道深。長入暮天凝不散，掖庭宮裏動秋砧。

其十九

炎炎夏日滿天時，桐葉交加覆玉墀。向晚移燈上銀簟，叢叢緑鬢坐彈棊〔一〕。

〔一〕彈　原作「弓」，據《萬首唐人絶句》改。

其二十

曈曈日出大明宮，天樂遥聞在碧空。禁樹無風正和暖，玉樓金殿曉光中。

其二十一

迥出芙蓉閣上頭，九天懸處正當秋。年年七夕晴光裏，宮女穿針盡上樓。

其二十二

教來鸚鵡語初成，久閉金籠貫認名。總向春園看花去，獨於深院笑人聲。

其二十三

銀瓶瀉水欲朝妝，燭焰紅高粉壁光。共怪滿衣珠翠冷，黄花瓦上有新霜。

其二十四

迎風殿裏罷《雲和》，起聽新蟬步淺莎。爲愛九天和露滴，萬年枝上最聲多。

其二十五

御果收時屬内官，傍簷低壓玉闌干。明朝摘向金華殿，盡日枝邊次第看。

其二十六

内裏松香滿殿聞，四行階下暖氤氲。春深欲取黄金粉，繞樹宫娥著絳裙。

其二十七〔一〕

禁樹傳聲在九霄，内中殘火獨遥遥。千官待取門猶閉，未到宫前下馬橋。

〔一〕明鈔本於此詩後另題一行云：「已下俱敗靡不存。」

極玄集

〔唐〕姚合 編

傅璇琮 校點

前記

《極玄集》一卷，姚合編選。姚合於《極玄集》前自題云：「此皆詩家射鵰之手也。合於衆集中更選其極玄者，庶免後來之非。凡二十一人，共百首。」此處明確説明姚合是從當時他所能見到的詩集中選取一百首詩，作者二十一人，但未指明分卷。最早提及其卷數的是韋莊《又玄集》序，説：「昔姚合選《極玄集》一卷，傳於當代，已盡精微。」自後《新唐書》卷六〇《藝文志》四著録：「姚合《極玄集》一卷。」《崇文總目》卷五、陳振孫《直齋書録解題》卷一五總集類，以及《宋史》卷二〇九《藝文志》八也載《極玄集》一卷。至元辛文房作《唐才子傳》，卷六姚合傳還稱其書爲一卷。可見自唐末至元代，《極玄集》傳世者，即爲一卷本。

傅增湘《藏園群書題記》卷一九題《極玄集》，謂「此集所刊本不分卷，然世久不傳，惟述古堂有影宋鈔本。」此影宋鈔本何焯於康熙時曾據以校汲古閣刻本，其校跋云：「康熙戊戌十月望，借蔣西谷架上述古堂宋本影鈔《極玄集》勘校。」此影宋鈔本，藏園老人似亦未曾寓目，今藏上海圖書館，不分卷，本書即以此作底本。

上海古籍出版社編印的《唐人選唐詩》，謂《極玄集》所據係元至元刊本。此似不確。所謂元至元刊本，即元至元五年建陽蔣易刊本，分上下兩卷。但蔣易刊本現在實已不傳，現存只有明人的重刻本及何焯據蔣易本過録的校本。《藏園群書題記》云：「易字師文，即刻《皇元風雅》三十卷者。此書刻於白鶴書院，附姜白石評點及跋語。明萬曆丁亥有武林邵重生刻本。汲古閣重梓時未言所據何本，然觀其手跋，則姜白石點本子晉實未曾見，其所稱近刻，或即武林邵氏參校者耶？此外虞山瞿氏有又玄齋鈔本，爲明秦酉巖手録，然録有蔣易跋，是亦出於建陽本矣。義門校此集於康熙戊辰，先得元本於虎丘僧寺，惟下卷頗有脱葉。嗣越三十年戊戌，又假得述古堂影宋本於蔣西谷家重校，始臻完善。」

據此，則《極玄集》的版本應有兩個系統。藏於上海圖書館的影宋鈔本，爲一卷本系統。此書每頁十行，每行十八字，凡朗、玄、桓等字皆缺筆，以行款審之，當仍出自南宋臨安陳宅書籍鋪本。此一卷本極少流傳。元建陽蔣易所刻爲二卷本，附有姜白石評點及評語，可能也正因此，而得到較廣泛的流傳。今姜白石評點本已不可得見，傅增湘説毛晉刊刻時也未曾見，不過姜氏的跋語，明刻本還是録入的：「唐人詩措辭妥帖，用意精切。或譏其卑下，非也。當以唐人觀之。」又云：「吾所不加點者，亦非後世所能到。」明代的幾種刻本、鈔本，都是二卷本，即從蔣易本而來，但蔣易的元刊本，除了何焯曾見過外，後來也就湮没無聞。

以影宋鈔本與明本相較，差别還是很顯著的。最大的不同，是明以後的通行二卷本，所收二十一人詩，各人名下均有小傳。這些小傳一向以爲即姚合所撰。《四庫全書總目》曾謂：「總集之兼具小傳，實自此始，亦足以資考證也。」過去論及中唐及大曆詩人，多引以爲據。但影宋鈔一卷本，却無小傳，今存南宋以前文獻，也未有引録或提及《極玄集》之小傳者。從各傳内容看，也大多可從唐宋典籍中找到其出處，如李端下録大曆十才子名，即據《新唐書·盧簡辭傳》。且小傳所記也頗有與史實相出入者，如記錢起官「終尚書郎、太清宫使」，「太清宫使」似即沿宋人《詩史》（見《詩話總龜》前集卷十引）；又謂李嘉祐「大曆中泉州刺史」，亦誤。此均不類當時人所爲，而是後人在將該書析爲二卷時，採掇通行所能見到的資料，剪輯而成（按此節曾參陳尚君《唐才子傳校箋補正》，謹致謝意）。另外，明二卷本，上卷依次爲王維、祖詠、李端、耿湋、盧綸、司空曙、錢起、郎士元、暢當，下卷依次爲韓翃、皇甫曾、李嘉祐、皇甫冉、朱放、嚴維、劉長卿、靈一、法振、皎然、清江、戴叔倫。宋本不分卷，而以韓翃在暢當前。又，姚合自題明云二十一人，詩一百首。毛晉汲古閣刻本跋謂：「按武功自題云，此皆詩家射鵰手也，凡廿一人，共百首。今已缺其一。」汲古閣刻本及前此的幾種明本，確都爲九十九首。問題出在最後的戴叔倫詩上。明本載戴叔倫詩七首，其中《贈李山人》五律一首，爲影宋鈔本所無，而影宋鈔本有《送謝夷甫宰鄮縣》五律一首，又爲明本所無。此書在流傳過程中，詩篇詩人當有所增減（如《唐詩紀事》謂「取王維等二十六人詩」，《唐才子傳》謂「選王維、祖詠等一十八人詩」）。又何焯所見元至元刊本，於戴叔倫《除夜宿石頭驛》詩眉端批云「自此首到末，元板本皆失去」，而此詩及之後的六首詩，明本都收。又劉長卿《登思禪寺上方》詩，何焯亦批云：「自此至《賦得啼猿送客》十三首，元板本皆已失去。」這些，上海古籍出版社的本子則都收載，但又無説明，可見所謂據元至元刊本，實不確）。如果我們保留《送謝夷甫宰鄮縣》詩，又把《贈李山人》詩增補進去，則戴叔倫詩即爲八首，非七首，而全書恰爲百首之數。

以文字而論，宋本也有優長處。如司空曙《春日野望寄錢員外》五律，三四句「無復少年意，空餘華髮新」，「華」字明本皆作「白」，但第六句又有「白社」字，不應相重。《文苑英華》卷二五四載此詩雖屬耿湋，但字仍作「華」，《唐詩紀事》卷三〇亦同。又如錢起《宿洞口舘》詩，明本「舘」皆作「觀」。按《文苑英華》卷二九八題作《宿洞口驛》，下注「集作舘」，即本集作「舘」。《唐詩紀事》卷三〇、《全唐詩》卷二三九都作「舘」，《全唐詩》並校云「一作驛」，顯然都是作爲驛站、候舘之意。經校核，凡宋本與明本有異的，宋本往往同於《文苑英華》、《唐詩紀事》。

當然，宋本也有不當處。如劉長卿《送鄭十二歸廬山》：「忘機賣藥罷，不語杖藜還。」「忘機賣」，影宋鈔本作「無幾買」。按此處當用《後漢書》卷六六《張霸傳》典，謂霸子楷，字公超，通嚴氏春秋、古文尚書，門徒常百人，賓客慕之，「家貧無以爲業，常乘驢車至縣賣藥，足給衣食，輒還鄉里」。如此，則作「賣」是，《文苑英華》卷二三一亦作「賣」。

凡宋本是、明本非，或宋本非、明本是，或兩通的，有了影宋鈔本，都可使我們更全面了解《極玄集》的情况。現在即以此影宋鈔本爲底本，校以國家圖書館所藏的莫棠跋、楊守敬題款的明刻本（簡稱莫跋明刻本），鄭振鐸藏明刻《唐人選唐詩六種》本（簡稱鄭藏明刻本），明又玄齋秦西巖抄《唐詩極玄》本，及傳增湘過録之何焯校汲古閣《唐人選唐詩八種》本（簡稱汲本）。影宋鈔本無詩人名下小傳，爲便於參考，今仍據汲本等補。汲本間有題下校語，爲有助於勘核，也出校録載。

《極玄集》一書所選多五律，其詩歌風格也正合於南宋時尚，因此書賈刊板時請詩學名家姜夔評點，也因而得以風行，這對於江湖詩派的創作風氣是會有影響的。何焯評論，前後不一，云「此書去取大不可解，詩多寒瘠，唐風由選者而衰。」又説：「此書所採不越大曆以還詩格，然比之《間氣集》頗多名句，若刊其凡近，風味正似賈長江也。」「戊辰春日，閲《姚秘監集》，乃知其生平作詩體源全出於此，雖所詣不爲高深，要不似今人入門便錯雜不倫也。」

《極玄集》在晚唐即已受到重視。貫休《覽姚合極玄集》云：「至覽如日月，今時即古時。」（《全唐詩》卷八三三）齊己也將《極玄集》與皎然《詩評》並提，其《寄南徐劉員外》即謂：「晝公評衆製，姚監選諸文。」（同上卷八四一）而從文獻角度看，此書所録詩，多爲宋計有功《唐詩紀事》所取，並注明「右姚合取爲《極玄集》」云云，於今日校核唐人詩作，頗有裨益。

極玄集

諫議大夫姚合纂

此皆詩家射鵰之手也。合於衆集中更選其極玄者，庶免後來之非〔一〕。凡二十一人，共百首。〔二〕

〔一〕庶　此字影宋鈔本無，諸本有，義較長，據補。

〔二〕按此數句，莫跋明刻本、秦鈔本、鄭藏明刻本、汲本皆作「姚武功自題」。上海古籍出版社《唐人選唐詩》本作「自序」。影宋鈔本則皆無「自題」、「自序」字。

極玄集目録

王維三首　字摩詰，河東人。開元九年進士，歷拾遺、御史。天寶末，給事中。肅宗時，尚書右丞。

送晁監歸日本〔一〕

積水不可極，安知滄海東。九州何處所，萬里若乘空。向國唯看日，歸帆但信風。鼇身映天黑，魚眼射波紅。鄉樹扶桑外，主人孤島中。别離方異域，音信若爲通。

〔一〕本　原作「東」，據諸本改。按《文苑英華》卷二六八、《全唐詩》卷一二七，皆題作《送秘書晁監還日本國》，則當作「本」是。

送丘爲

憐君不得意，況復柳條春。爲客黄金盡，還家白髮新。五湖三畝宅，萬里一歸人。知爾不能薦，羞稱獻納臣。

觀獵

風勁角弓鳴，將軍獵渭城。草枯鷹眼疾，雪盡馬蹄輕。忽過新豐市，還歸細柳營。迴看射鵰處，千里暮雲平。

祖詠五首　開元十二年進士。〔一〕

〔一〕開元十二年進士　「二」原作「三」，汲本同，據莫跋明刻本及鄭藏明刻本改。按陳振孫《直齋書録解題》卷一九詩集類載《祖詠集》，即作「開元十二年進士」，徐松《登科記考》同。詳參《唐才子傳校箋》卷一。

留别盧象

朝來已握手，宿别更傷心。灞水行人渡，商山驛路深。故情君且足，謫宦我難任。直道皆如此，誰能淚滿襟。

蘭峰贈張九皋

君王既巡狩，輦輅入秦京〔一〕。遠樹低蒼壘〔二〕，孤山出草城〔三〕。寒疎清禁漏，夜警羽林兵。誰念迷方客，長懷魏國情〔四〕。

〔一〕輅　明諸本作「路」。《文苑英華》卷二五〇、《全唐詩》卷一三作「道」（《全唐詩》題作《扈從御宿池》）。

〔二〕樹　莫跋明刻本、鄭藏明刻本作「戍」。又此句「蒼」字，《文苑英華》、《全唐詩》作「槍」。何校亦謂「蒼」字疑作「槍」。

〔三〕草　汲本及《文苑英華》、《全唐詩》作「幔」，莫跋明刻本等及《唐詩紀事》卷二〇皆作「草」。何校謂：「細尋詩意，作樹與幔者得之。」

〔四〕國　《唐詩紀事》同，明諸本皆作「闕」。

蘇氏别業〔一〕

别業居幽處，到來生隱心。南山當户牖，豐水在園林〔二〕。竹覆經冬雪，庭昏未夕陰。寥寥人境外，閑坐聽春禽。

〔一〕汲本題下注：「《國秀集》作《薊門别業》，《英靈集》作《遊蘇氏别業》。」

〔二〕豐　莫跋明刻本等同，即灃。汲本作「灃」，非。又，「在」，汲本作「映」。何校云「在字佳」。

夕次圃田店

前路入鄭郊，尚經百餘里〔一〕。馬煩時欲歇，客歸程未已。落日桑柘陰，遥村煙火起。西還不遑宿，中夜渡京水〔二〕。

〔一〕尚　諸本及《文苑英華》卷二九二、《唐詩紀事》卷二〇同，唯汲本及《全唐詩》卷一三一作「向」。何校謂「尚字文理不通」。

〔二〕京　諸本及《文苑英華》同，唯汲本及《唐詩紀事》、《全唐詩》作「涇」。何校云：「京，京索間也。涇字繆甚。」

題韓少府水亭

梅福幽棲處，佳期不忘還。鳥啼當户竹，花繞傍池山。水氣侵堦冷，藤陰覆座閑。寧知武陵趣，宛在市朝間。

李端四首　字正己，趙郡人。大曆五年進士。與盧綸、吉中孚、韓翃、錢起、司空曙、苗發、崔洞、耿湋、夏侯審唱和，號十才子。歷校書郎，終杭州司馬。

贈苗員外

朱户敞高扉，青槐礙落暉。八龍承慶重，三虎遞朝歸。坐竹人聲絶，横琴鳥語稀。花慚潘岳貌，年稱老萊衣。葉暗新櫻熟，絲長粉蝶飛。應憐魯儒賤，空與故山違。

茂陵山行陪韋金部〔一〕

宿雨朝來歇，空山天氣清。盤雲雙鶴下，隔水一蟬鳴。古道黄花落，平蕪赤燒生。茂陵雖有病，猶得伴君行。

〔一〕金　明諸本皆作「工」。又，《文苑英華》卷二五〇、《全唐詩》卷一三一皆題作《贈苗發員外》，與前題同，作二首。

雲際中峰

自得中峰住，深林亦閉關。經秋無客到，入夜有僧還。暗澗泉聲小，荒岡樹影閑。高亭不可望，星月滿空山。

蕪城懷古

風吹城上樹，草没城邊路。城裏月明時，精靈自來去。

耿湋八首

或作緯。寶應二年進士，官至左拾遺。湋音爲。

贈嚴維

許詢清論重，寂寞住山陰。野客投寒寺，閑門傍古林〔一〕。海田秋熟早，湖水夜漁深。世上窮通理，誰能奈此心。

〔一〕傍　明諸本皆作「當」。何校云：「當一作傍。姜夔本作向。」

贈朗公

來自西天竺，持經奉紫微。年深梵語變，行苦俗人歸。月上安禪久，苔生出院稀。梁間有馴鴿，不去爲無無一作忘機。

早朝

鐘鼓餘聲裏，千官向紫微。冒寒人語少，乘月燭來稀。清漏聞馳道，輕一作紅霞映瑣闈〔一〕。

猶看嘶馬處，未啓掖垣扉。

〔一〕輕　明諸本皆作「紅」，下無校語。

秋日

返照入閭巷，憂來與誰語。古道無一作少人行，秋風動禾黍。

書情逢故人〔一〕

因君知此事，流浪已忘機。客久多人識，年高衆病歸。連雲湖色遠，度雪雁聲稀。又説家林盡，悽傷淚滿衣。

〔一〕汲本題下注云：「原題《巴陵逢洛陽鄰舍》。」

沙上雁

衡陽多道里，弱羽復哀音。還塞知何日，驚弦亂此心。夜陰前侣遠，秋冷後湖深。獨立汀沙意，寧知霜霰侵〔一〕。

〔一〕霜　明諸本皆作「雪」。《文苑英華》卷三二八、《唐詩紀事》卷三〇、《全唐詩》卷二六八則作「霜」，《文苑英華》此句作「唯憂霜霰侵」。

贈張將軍

寥落軍城暮，重行返照間。鼓鼙經雨暗，士馬過秋閑。慣守臨邊郡，曾營近海山。關西舊業在，夜夜夢中還。

訓暢當

同遊漆沮後，已是十年餘。幾度曾相夢，何時定得書。月高城影盡，霜重柳條疎。且對罇中酒，千般想未如。

盧綸四首

字允言，河東人。天寶末，舉進士不第。大曆初，王縉奏爲集賢學士，終户部郎中。

領嶺南故人書〔一〕

瘴海寄雙魚，中宵達我居。兩行燈下淚，一紙嶺南書。地説炎蒸極，人稱老病餘。殷勤報賈誼，莫共酒盃疎。

〔一〕汲本題下注云：「本集作《夜中得循州趙司馬侍郎書因寄回使》。」

題興善寺後池

隔窗棲白鳥，似與鏡湖鄰。月照何年樹，花逢幾世人。岸莎青有路，苔徑緑無塵。願得容依止，僧中老此身。

山下古木

高林已蕭索，夜雨復秋風。墜葉鳴荒竹，斜根擁斷蓬。半侵山影裏，長在水聲中。此地何人到，雲門路亦通。

送李端

故關衰草徧，離別自堪悲。路入寒雲外〔一〕，人歸暮雪時。少孤爲客早，多難識君遲。掩淚空相向，風塵何所期。

〔一〕入 明諸本及《文苑英華》卷二七三、《唐詩紀事》卷三〇、《全唐詩》卷二八〇作「出」。

司空曙八首 字文初，廣平人。舉進士。貞元中，水部郎中。終虞部郎中。

耿湋就宿因傷故人

舊時聞笛淚，此夜重霑衣。方恨同懷少，那堪相見稀。竹煙凝澗壑，林雪似芳菲。多謝勞車馬，應憐獨揜扉。

經廢寶光寺〔一〕

黄葉前朝寺，無僧寒殿開。池晴龜出曝，松暝鶴飛迴。古砌碑横草，陰廊畫雜苔。禪宫亦消歇，塵世轉堪哀。

〔一〕光　原作「炎」，按《唐詩紀事》卷三〇作「光」，「炎」當爲「光」之形誤，據改。明諸本作「慶」，《文苑英華》卷二三五題作《廢慶寶寺》，耿湋作。《全唐詩》卷二九二題作《過慶寶寺》，題下校云：「一作耿湋詩，題作《廢寶光寺》。」

春日野望寄錢員外起

草長花落樹，羸病强尋春。無復少年意，空餘華髮新〔一〕。青原晴見水〔二〕，白社静逢人。寄語南宫客，軒車不可親。

〔一〕華　明諸本作「白」。《文苑英華》卷二五四此詩屬耿湋，作「華」，《唐詩紀事》卷三〇同。按此詩下有「白社」，五律中不應同出一字，當作「華」。

〔二〕晴　諸本作「高」，《文苑英華》同。《唐詩紀事》作「晴」。

喜外弟盧綸見宿

静夜無四鄰，荒居舊業貧。雨中黄葉樹，燈下白頭人。以我獨沉久，愧君相見頻。平生自有分，況是蔡家親。

送王閏

相送臨寒水，蒼茫望故關。江蕪連夢澤，楚雪入商山。話我他年舊，看君此日還。因將自悲淚，一灑别離顔。

新蟬

今朝蟬忽鳴，遷客若爲情。漸覺一年謝，能令萬感生。微風初滿樹，落日稍沉城。爲問同懷者，淒涼聽幾聲。

望水

高樓晴見水，楚客靄相和。野極空如練，天遥不辨波。永無人跡到，時有鳥行過。況是蒼茫外，殘陽照最多。

哭麴象

憶昔秋風起，君曾嘆逐臣。何言芳草日，自作九原人。

錢起

八首　字仲文，吴興人。天寶十載進士。歷校書郎，終尚書郎，太清宫使。

送僧歸日東

上國隨緣住，東途若夢行。浮雲蒼海遠，去世法舟輕。水月通禪觀，魚龍聽梵聲。唯憐惠燈影，萬里眼中明。

送僧自吴遊蜀

隨緣忽西去，何日返東林。世路無期别，空門不住心。人煙一飯少，山雪獨行深。天外猿聲夜，誰聞清梵音。

送張管書記

邊事多勞役，儒衣逐鼓鼙。日寒關樹外，峰盡塞雲西。河廣篷難度，天遥雁漸低。班超封定遠，之子去思齊。

送征雁

秋空萬里静，嘹唳獨南征。風急翻霜冷，雲開見月驚。塞長憐去翼[一]，影滅有餘聲。悵望遥天外，鄉愁滿目生。

〔一〕憐 明諸本作「怯」。《文苑英華》卷三二八、《唐詩紀事》卷三〇亦皆作「憐」。

寄郎士元

龍節知無事，江城不掩扉。詩傳過客遠，書到故人稀。坐嘯看潮起，行春送雁歸。望舒三五夜，思盡謝玄暉。

宿洞口舘[一]

野竹通溪冷，秋蟬一作泉入户鳴[二]。亂來人不到，寒草上堦生。

〔一〕舘 明諸本作「觀」，非。《文苑英華》卷二九八作「驛」，下注集作「舘」。《唐詩紀事》卷三〇亦作「舘」。《全唐詩》卷二三九亦作「舘」，校云「一作驛」。

〔二〕蟬一作泉 明諸本皆無小字校語。秋蟬 《文苑英華》作「泉聲」，《全唐詩》則作「秋泉」。

裴迪書齋望月

夜來詩酒興，獨上謝公樓。影閉重門静，寒生獨樹秋。鵲驚隨葉散，螢遠入煙流。今夕遥天末，清輝幾處愁。

送彈琴李長史赴洪州

抱琴爲傲吏，孤棹復南征。幾度秋江水，皆添白雪聲〔一〕。佳期來客夢，幽思緩王程。佐牧無勞問，心和政自平。

〔一〕雪 莫跋明刻本、鄭藏明刻本作「髮」。何校亦作「髮」，並云：「因其彈琴，便改髮字爲雪，都不顧文義之不通，新刻書之可惡如此。髮字沈着不可言。」唯《文苑英華》卷二七一、《唐詩紀事》卷三〇、《全唐詩》卷二二七亦皆作「雪」，故仍兩存。

郎士元八首

字君冑。天寶十五載進士。與錢起齊名。歷拾遺，終郢州刺史。

送彭將軍〔一〕

雙旌漢飛將，萬里授横戈。春色臨關盡，黄雲出塞多。鼓鼙悲絶漠，烽戍隔長河。莫斷陰山路一作想到陰山北，天驕已請和。

〔一〕汲本題下注：「集作《送李將軍赴定州》。」

送孫頠

悠然富春客，憶與暮潮歸。擢第人多羡，如君獨步稀。亂流江渡淺，遠色海山微。若訪新安路，嚴陵有釣磯。

贈張南史

雨餘深巷静，獨酌送殘春。車馬雖嫌僻，鶯花不棄貧。蟲聲黏户網，鼠迹印牀塵〔一〕。聞道山陽會，如今有幾人。

〔一〕印：「印」字除汲本外，諸本俱作「映」。何校云：「印字元板作映，皆誤也。」唯《文苑英華》卷二五四、《唐詩紀事》卷四三亦皆作「印」。

宿杜判官江樓

適楚豈吾願，思歸秋向深。故人江樓月，永夜千里心。落葉覺鄉夢，鳥啼驚越吟。寥寥更何有，斷續空城砧。

送楊中丞和番

錦車登攏日，邊草正萋萋。舊好尋君長，新愁聽鼓鼙。河源飛鳥外，雪嶺大荒西。漢壘今猶在，遥知路不迷。

送長沙韋明府之任

秋入長沙縣，蕭條旅宦心。煙波連桂水，官舍映楓林。雲日楚天暮，汀沙白露深。遥知訟堂裏，嘉政在鳴琴。

送奚賈歸吴

東南富春渚，曾是謝公遊。今日奚生去，新安江正秋。水容清過客，楓葉落行舟。遥想青亭下，聞猿應一作生夜愁。

送别友人〔一〕

暮蟬不可聽，落葉豈堪聞。共是悲秋客，那知此路分。荒城背流水，遠雁入寒雲。陶令門前菊，餘花可贈君。

〔一〕汲本於題下注云：「集作《盩厔縣鄭礒宅送錢大》，《中興集》作《别鄭礒》，小異。」

韓翃四首　字君平，南陽人。天寶十三載進士。以寒食詩受知德宗，官至中書舍人。

少年行

千點斕斒噴玉驄，青絲結尾繡纏鬃。鳴鞭曉出銅臺路，葉葉春衣楊柳風。

羽林騎

驄馬牽來御柳中，鳴鞭欲向渭橋東。紅蹄亂踏春城雪，花頷驕嘶上苑風。

題薦福衡岳禪師房〔一〕

春城乞食還，高論此中閑。僧臘堦前樹，禪心江上山。疎簾看雪卷，深户映花關。晚送門人去，鐘聲杳靄間。

〔一〕汲本於題下注云：「《中興集》小異。」

送孫革及第歸〔一〕

過淮芳草歇，千里又東歸。野水吴山出，家林越鳥飛。荷香隨去棹，梅雨點行衣。無數滄洲客，如君達者稀。

〔一〕汲本於題下注云：「本集作《送李秀才歸江南》，《中興集》小異。」

暢當三首　字□□，河東人。進士及第。貞元初，太常博士。終果州刺史。

宿潭上

夜潭有仙舸，與月當水中。嘉賓愛明月，遊子驚秋風。

又

青蒲野陂水，白露明月天。中夜秋風起，心事坐潸然。

別盧綸

故交君獨在，又欲與君離。我有新秋淚，非關秋氣悲〔一〕。

〔一〕秋氣　明諸本皆作「宋玉」。《唐詩紀事》卷二七作「秋氣」。《全唐詩》卷二八七作「宋玉」，校云「一作秋氣」。

皇甫曾三首　字孝常，丹陽人。天寶十二載進士。歷官監察御史。與兄冉齊名一時。

尋劉處士

幾年人不見，林下掩柴關。留客當清夜，逢君話舊山。隔城寒杵急，帶月早鴻還。南陌雖相近，其如隱者閑。

哭陸處士

從此無期見，柴扉帶雪開。二毛逢世難，萬恨掩泉臺。返照空堂夕，孤城吊客迴。漢家偏訪道，獨畏鶴書來。

送人作使歸〔一〕

上將還專席，雙旌復出秦。關河三晉路，賓從五原人。孤戍雲連海，平沙雪度春。酬恩看玉劍，何處有煙塵。

〔一〕汲本於題下注云：「本集作《送李中丞歸本道》，《中興集》作《送杜中丞還京》。」

李嘉祐一首　字從一，袁州人。天寶七載進士。大曆中泉州刺史〔一〕。

〔一〕泉　何校作「袁」。按李嘉祐曾任袁州刺史，未曾刺泉，此誤。關於其籍貫與仕歷，可參《唐才子傳校箋》卷三。

和苗員外秋夜省直

久雨南宮夜，仙郎寓直時。漏長丹鳳闕，秋冷白雲司。螢影侵階亂，鴻聲出苑遲。蕭條人吏散，小謝有新詩。

皇甫冉八首　字茂政，丹陽人。天寶十五載進士。大曆中，爲左補闕。

送韓司直〔一〕

遊吴還適越，來往任風波。復送王孫去，其如春草何。岸明殘雪在〔二〕，湖滿夕陽多。季子留遺廟，停舟試一過。

〔一〕汲本於題下注云：「此詩今但見皇甫曾集，又見郎士元集，又見劉長卿集。」

〔二〕岸　明諸本作「山」。《文苑英華》卷二七二（作皇甫曾詩）、《唐詩紀事》卷二七皆作「岸」。

宿嚴維宅〔一〕

昔聞玄度宅，門向會稽峰。君住東湖下，清風繼舊蹤。初秋臨水月，半夜隔山鐘。世路多離別，良宵詎可逢。

〔一〕汲本於題下注云：「本集上多秋夜二字。」

途中送權曙二兄

淮海風濤起，江關憂思長。同悲鵲遶樹，獨作雁隨陽。山晚雲和雪，汀寒月照霜。由來濯纓處，漁父愛滄浪。

西陵寄一公〔一〕

西陵遇風處，自古是通津。終日空江上，雲山若待人。汀沙寒事早，漁鳥與同新。南望山陰路，吾心有所親。

〔一〕汲本於題下注云：「此詩又見皇甫曾集。」

九日寄鄭愕〔一〕

重陽秋已晚，千里信仍稀。何處登高望，知君正憶歸。還當採時菊，應未授寒衣。欲識離君恨〔二〕，郊園晝掩扉。

〔一〕汲本於題下注云：「本集愕作豐。」

〔二〕君　明諸本皆作「居」。《全唐詩》卷二四九亦作「居」。

酬崔侍御期籍道士不至見寄〔一〕

一心求妙道，幾歲候真師。丹竈今何處，白雲無定期。崑崙煙景絶，汗漫往來遲。君但焚香待，人間到有時。

〔一〕詩題中「御」、「籍」，明諸本皆作「郎」、「蘇」，無「見寄」字。汲本於題下注云：「本集、《中興集》郎作御。」《文苑英華》卷二二八題作《酬崔侍御期籍道士不至兼見寄》。

巫山高

巫峽見巴東，迢迢出半空。雲藏神女館，雨到楚王宮。朝暮泉聲落，寒暄樹色同。清猿不可聽，偏在九秋中。

送元盛一作晟歸潛山一作歸於潛山〔一〕

深山秋事早，歸去復何如〔二〕。裛露收新稼一作橡，迎寒葺舊廬。題詩即招隱，作賦是閑居。別後空相憶，嵇康懶寄書。

〔一〕汲本於題下注云：「《中興集》作《送元晟還歸潛山所居》。」

〔二〕歸　莫跋明刻本作「君」。

朱放二首　字長通，襄州人。隱居剡溪。貞元初，召拜拾遺，不就。

送張山人歸

知君住處足風煙，古樹荒村在眼前。便欲移家逐君去，唯愁未有買山錢。

送著公歸越

誰能愁此别，到越會相逢。長憶雲門寺，門前千萬峰。石牀埋積雪，山路倒枯松。莫學白道士，無人知去蹤。

嚴維四首　字正文，山陰人。至德二載進士〔一〕。歷諸暨及河南尉，終校書郎。

〔一〕二　明諸本皆作「一」。按嚴維應爲至德二載登進士第，詳參《唐才子傳校箋》卷三。

送薛尚書入朝

卑情不敢論，拜手立轅門。列郡諸侯長，登朝八座尊。凝笳臨水發，行旆向風翻。幾許遺民泣，同懷父母恩。

題一公院前新泉〔一〕

山下新泉出，泠泠比法源。落池才有響〔二〕，濺石未成痕。獨映孤松色，殊分衆鳥喧。唯當清夜月，觀此啓禪門。

〔一〕前　此字明諸本皆缺。

〔二〕池　明諸本同，影宋鈔本作「花」。《文苑英華》卷一六三亦作「池」。今據改。

哭靈一上人

一公何不住，空有遠公名。共説岑山路，今時莫可行。舊房松更老，新塔草初生。經論傳緇侶，文章偏墨卿。

自雲陽歸晚泊陸澧宅

雪天行易晚，前路故人居。孤棹所思久，寒林相見初。閑燈忘夜永，清漏任更餘〔一〕。明後還須去，離家歲欲除。

〔一〕漏　明諸本同，影宋鈔本作「論」。《文苑英華》卷二九三、《全唐詩》卷二六三皆作「漏」，是，今據改。

劉長卿七首

字文房，宣城人。開元二十一年進士。歷監察御史，終隨州刺史。

過張明府別業

寥寥東郭外，白首一先生。考滿一作解印孤琴在，家移一作移家五柳成。夕陽臨水釣，春雨向田耕。終日空林下，何人識此情。

餘干旅舍

摇落暮天迥，青楓霜葉稀。孤城向水閉，獨鳥背人飛。渡口月初上，鄰家漁未歸。鄉心正欲絶，何處擣寒衣。

送鄭十二歸廬山

潯陽數畝宅，歸卧掩柴關。谷口何人在，門前秋草閑。忘機賣藥罷〔一〕，不語杖藜還。舊筍成寒竹，空齋向暮山。水流過舍下，雲去到人間。桂樹花應發，因行寄一攀。

〔一〕忘機賣藥罷 明諸本同，影宋鈔本「忘機賣」作「無幾買」。按賣藥事當用《後漢書》卷六六《張霸傳》典，謂霸子楷，字公超，通嚴氏春秋、古文尚書，門徒常百人，賓客慕之，「家貧無以爲業，常乘驢車至縣賣藥，足給衣食，輒還鄉里」。如此，則作「賣」是。《文苑英華》卷二三一亦作「賣」。

長沙桓王墓下書事别張南史

長沙千載後，春草獨萋萋。流水朝還暮，行人東復西。苔碑幾字滅，山木萬株齊。唯有年芳在一作佇立傷今古，相看惜解擕。

登思禪寺上方

西峰上方處，臺殿見朦朧〔一〕。晚磬秋山裏，清猿古木中。衆溪連竹徑，諸嶺共松風。倘許棲林下，甘成白首翁。

〔一〕見　明諸本及《文苑英華》卷二三五均作「隱」。

過隱公故房

自從飛錫去，人到沃洲稀。林下期何在，山中春獨歸。踏花尋舊徑，映竹掩空扉。寥落東峰上，猶堪静者依。

送李中丞歸漢陽別業〔一〕

流落征南將，曾驅十萬師。罷歸無別業，老去戀明時。獨立三邊静，輕生一劍隨一作知。茫茫漢江上，日暮欲何之。

〔一〕別業　明諸本及《文苑英華》卷二七〇、《唐詩紀事》卷二六、《全唐詩》卷一四七均無此二字。又汲本題下注云：「《中興集》作《送李中丞之襄州》，小異。」

靈一 四首

酬皇甫冉西陵見寄

西陵潮信滿，島嶼没中流。越客依風水，相思南渡頭。寒光生極浦，落日映滄洲。何事揚帆去，空驚海上鷗。

溪行即事

近夜山更碧，入林溪轉清。不知伏牛事〔一〕，潭洞何縱横。曲岸煙初合〔二〕，平湖月未生。孤舟屢失道，但聽秋泉聲〔三〕。

〔一〕事　莫跋明刻本及《全唐詩》卷八〇八同，鄭藏明刻本、汲本及《唐詩紀事》卷七二作「地」，《文苑英華》卷一六六作「路」。

〔二〕曲　莫跋明刻本及《唐詩紀事》同，汲本及《文苑英華》、《全唐詩》作「野」。

〔三〕但　此字原缺，據明諸本補。

重還宜豐寺

再過招隱寺，重會息心期。樵客問歸日，山僧記别時。野雲陰遠甸，秋雨漲前陂。勿謂頻來此，吾今不好奇。

西霞山夜坐〔一〕

山頭戒壇路，幽映雲巖側。四面青石牀，一峰苔蘚色。松風静復起，月影開還黑。何獨乘夜來，殊非晝所得。

〔一〕西　諸本同，唯汲本作「棲」。《文苑英華》卷一六一、《全唐詩》卷八〇八亦作「棲」。

法振二首

送人遊閩越

不須行借問，爲爾話閩中。海島春寒雨，江帆來去風。道遊玄度宅，身寄朗陵公。此别何傷遠，如今關塞通。

病愈寄友人〔一〕

哀樂暗成疾，卧中方月移。西山有清士，孤嘯不可追〔二〕。擣藥樹林静〔三〕，汲泉陰澗遲。微蹤與麋鹿，遠謝求羊知。

〔一〕人　諸本皆無「人」字。《唐詩紀事》卷七三與此同。又汲本題下注云：「或刻皎然集。」

〔二〕嘯　影宋鈔本與他本皆作「笑」，唯汲本作「嘯」，《唐詩紀事》與《全唐詩》卷八一一亦皆作「嘯」，今據改。

〔三〕樹　莫跋明刻本、汲本、《唐詩紀事》皆作「曙」，《全唐詩》作「晝」。

皎然四首

微雨

片雨拂簷楹，煩襟四座清。霏微過麥隴，蕭散傍莎城。静愛和花落，幽聞入竹聲。朝觀趣無限，高詠寄閑情。

題廢寺

武原羅亂後，真界積塵埃。殘月生秋水〔一〕，悲風起古臺。故人今已盡〔二〕，棲鴿暝還來。不到無生理，應堪賦七哀。

〔一〕生　莫跋明刻本同，鄭藏明刻本、汲本及《唐詩紀事》卷七三作「照」。《文苑英華》卷二三六亦作「生」，何校謂「生字方是殘月」。

〔二〕故　明諸本皆作「居」。《文苑英華》、《唐詩紀事》亦作「居」。

賦得啼猿送客

萬里巴江外〔一〕，三聲月峽深。何年有此路，幾客共沾巾。斷壁分重影〔二〕，流泉入苦吟。淒涼離別後，聞此更傷心。

〔一〕江　明諸本皆作「山」。《文苑英華》卷二八五、《唐詩紀事》卷七三亦作「江」。

〔二〕壁　影宋鈔本與莫跋明刻本作「臂」。《文苑英華》亦作「壁」，今據改。

思歸示故人

桐江秋信早，憶在故山時。静夜風鳴磬，無人竹埽墀。猨來觸净水，鳥下啄寒梨〔一〕。可即關吾事〔二〕，歸心自有期。

〔一〕梨　明諸本皆作「枝」。《文苑英華》卷二二〇、《唐詩紀事》卷七三、《全唐詩》卷八一六亦皆作「梨」。

〔二〕可即　原作「可□」，「可」字下空缺。明諸本皆作「何必」。《唐詩紀事》作「何物」。《文苑英華》作「何暇」，校云「一作何即」。《全唐詩》作「可即」。今據《文苑英華》、《全唐詩》補「即」字。

清江二首

長安卧疾

身世足堪悲，空房卧疾時。卷簾花雨滴，掃石竹陰移。已覺生如夢，堪嗟壽不知。未能通法性，詎可見支離。

宿嚴維宅簡章八元

佳期曾不遠，甲第即南鄰。惠愛偏相及，經過豈厭頻。秋光林葉動，夕霽月華新。莫話羈棲事，平原是主人。

戴叔倫八首　字幼公，潤州金壇人。師蕭穎士，爲門人冠。大曆間，撫州刺史，容管經略使。

吴明府自遠而來留宿

出門逢故友，衣服滿塵埃。歲月不可問，山川何處來。綺城容弊宅，散職寄靈臺。自此留君醉，相歡得幾迴。

除夜宿石頭驛

旅館誰相問，寒鐙獨可親。一年將盡夜，萬里未歸人。寥落悲前事，支離笑此身。愁顔與衰鬢，明日又逢春。

客夜與故人偶集

天秋月又滿，城闕夜千重。還作江南會，翻疑夢裏逢。風枝驚暗鵲，露草覆寒蛩。羈旅長堪醉，相留畏曉鐘。

送友人東歸

萬里楊柳色，出關送故人。輕煙拂流水，落日照行塵。積夢江湖闊，憶家兄弟貧。徘徊灞亭上，不語自傷春。

别友人

擾擾倦行役，相逢陳蔡間。如何百年内，不見一人閑。對酒惜餘景，問程愁亂山。秋風萬里道，又出穆陵關。

贈李山人〔一〕

此意静無事，閉門風景遲。柳條將白髮，相對共垂絲。

〔一〕按，此詩影宋鈔本無，據明諸本補。

廣陵送趙主簿〔一〕

將歸汾水上，遠自錦城來〔二〕。已泛西江盡，仍隨北鴈回。暮雲征馬速，曉月故關開。漸向庭闈近，留君醉一盃。

〔一〕汲本於題下注云：「《中興集》作《廣陵送趙主簿自歸蜀》。」

〔二〕自　明諸本作「省」。《全唐詩》卷二七三作「省」，校云「一作自」。

送謝夷甫宰鄮縣〔一〕

君去方爲縣，兵戈尚未銷。邑中殘老小，亂後少官僚。廨宇經山火，公田没海潮。到時應變俗，新政滿餘姚。

〔一〕此首明諸本皆不載，唯見於影宋鈔本。「鄮」原作「鄮」。按鄮縣在河南，與詩中「海潮」、「餘姚」不合。《文苑英華》卷二七三題作《送謝夷甫宰餘姚縣》，《全唐詩》卷二七三題同，題下校云「餘姚一作鄮縣」。按鄮縣古屬明州，即今鄞縣，與餘姚接鄰。今改作「鄮」。

元蔣易序

唐詩數千百家，浩如淵海，姚合以唐人選唐詩，其識鑑精矣，然所選僅若此，何也？蓋當是時以詩鳴者，人有其集，製作雖多，鮮克完美，譬之握珠懷璧，豈得悉無瑕纇者哉。武功去取之法嚴，故其選精，選之精，故所取僅若此。宋初詩人猶宗唐，自蘇、黄一出，唐法幾廢。介甫選唐百家，亦惟據宋次道所有本耳。《又玄》、《粹苑》，世已稀睹，況其他乎！易嘗採唐人詩幾千家，萬有餘首，視此有愧。蓋閔作者之苦心，悼後世之無聞，故凡一聯一句，可傳誦者，悉録不遺，亦不以人廢。固知博而寡要，勞而無功，知我罪我，一不敢計。業欲並鋟諸梓，而力有未逮，姑先此集與言詩者共之。時重紀至元之五年三月既望，建陽蔣易題。

毛晉跋

按武功自題云，此皆詩家射鵰手也，凡廿一人，共百首。今已缺其一。吉光片羽，良可惜也。向傳姜白石點本最善，竟不行於世，即留署中近刻，祇掛空名於簡端。雖然，劉須溪點次鴻文典册，奚止什伯，悉爲坊間冒濫，溷人耳目，贋刻之行，日以長僞，何如原本之藏，適以存真也。戊辰花朝，湖南毛晉記。

竇氏聯珠集

〔唐〕褚藏言 編
陳尚君 校點

前記

《竇氏聯珠集》一卷，唐褚藏言編。藏言自稱西江逸民，宣宗大中時人。本書編録竇叔向五子竇常、竇牟、竇群、竇庠、竇鞏兄弟五人詩作。集序稱：「連珠之義，蓋取一家之言，以偕列郎署，法五星如聯珠。星，星郎也。詩一百首。」五竇均有詩名，又均曾歷官郎署（指曾在尚書省六部中擔任郎中或員外郎。其中竇庠僅曾任檢校户部員外郎，没有實授）。因爲郎官有星郎的别名，因取五星如聯珠之意而名集。

竇氏是東漢以來的名族，北魏以後鮮卑紇豆陵氏亦改姓竇氏，因與李唐聯姻，在唐代地位顯赫。但從《新唐書・宰相世系表》的記載來看，竇叔向的先人是世居扶風平陵的竇氏正宗，政治地位不高，但家世傳承源遠流長。竇叔向（約七二九—約七八〇），字遺直，大曆初年登進士第，歷官國子博士、江陰令。大曆十二年（七七七）常衮入相，薦爲左拾遺。兩年後，常衮被貶，叔向亦坐貶溧水令，不久去世。褚藏言在《竇氏聯珠集》竇常傳中，稱叔向「當代宗皇帝朝，善五言詩，名冠時輩」，並舉貞懿皇后挽詩「内考首出，傳諸人口」爲證。有文集，著名文士包佶作序，可惜没有傳世。南宋洪邁偶得其詩六首，驚歎「皆奇作」，均予録出。（《容齋四筆》卷六《竇叔向詩不存》）叔向的文學造詣，對其五子的影響非常巨大。

五竇兄弟的生平，在兩《唐書》中都有記載，但較完整的傳記，還是《竇氏聯珠集》中褚藏言爲五人所作的傳記。此外，《韓昌黎集》卷三三有《國子司業竇公墓誌銘》記載竇牟事蹟。根據這些碑傳，另參《唐才子傳校箋》卷四所考，略敘五竇生平如下。

竇常（七四九—八二五），字中行。登大曆十四年（七七九）進士第。元和六年（八一一），自湖南判官入爲侍御史，轉水部員外郎，歷任朗、夔、江等州刺史，以國子祭酒致仕。竇常有文集十八卷，不傳。又編《南薰集》三卷，選録韓翃至皎然三十人詩共三百六十首，各繫以讚語。其自序云：「欲勒上中下，則近於褒貶；題一二三，則有等衰。故以西掖、南宫、外臺爲目，人各繫名繫贊。」（《郡齋讀書志》卷四下引）是一部依仿《河岳英靈集》、《中興間氣集》體例的專選大曆一朝詩人的選本，可惜宋以後湮没不傳。

竇牟（七五〇—八二二），字貽周。登貞元二年（七八六）進士第，歷任東都、昭義、河陽幕職。元和五年（八一〇）任虞部郎中，歷洛陽令、都官郎中、澤州刺史，終官國子司業。竇牟長於五言詩，有文集十卷，褚藏言稱「未暇編録」，故亦未見流傳。

竇群（七六〇—八一四），字丹列。早年隱居常州，曾著《史記名臣疏》三十四卷。貞元十八年（八〇二）受徵爲左拾遺，改侍御史。憲宗即位，爲膳部員外郎，出爲唐州刺史，改山南東道節度副使。入爲吏部郎中，遷御史中丞。元和三年（八〇八），出爲黔南觀察使。六年（八一一），以失政貶開州刺史。八年（八一三），任容管經略使。次年被徵入朝，病卒於途中。竇群入仕甚晚，未數年即出領節鎮，臨終前更有將欲大用的傳聞，在五竇中官位最顯。褚藏言稱其「文集散落，未暇編録」。

竇庠（約七六六—約八二八），字胄卿。曾應進士試，未及第而入商州幕爲從事。後歷佐鄂岳、浙西、宣歙幕府。累任澤、登、信、婺等州刺史。竇庠善於五言詩。褚藏言稱其「詩筆散落，編録未遑」，詩文都未經結集。

竇鞏（七七二—八三一），字友封。元和二年（八〇七）進士及第，歷任義成、黔南、荆南、山南、平盧幕府從事。寶曆元年（八二五）入爲侍御史，轉司勳員外郎、刑部郎中。元稹出鎮武昌，奏爲節度副使，大和五年（八三一）元稹去世，竇鞏北歸，至京病卒。竇鞏不善議論，士友談議之際，常吻動而言不出口，白居易因目爲「囁嚅翁」。但其詩名在五竇中最爲傑出，所作時稱「友封體」，白居易曾稱其絶句足以與張籍樂府、李紳歌行並傳（《白氏長慶集》卷四九《與元九書》）。褚藏言亦稱其「遇境必言詩，言之必破的，佳句不泯，傳於人口」。本集張昭附跋也稱「鞏囁嚅，詩一何神妙」。但其文集也未及編録而亡。

唐人有編次一家族世代作品爲一編而成家集的習慣，今知有杜氏家集（《樊川文集》卷一《冬日至寄小侄阿宜詩》）、李逢吉家集（《廬山記》卷二引）、皇甫氏家集（《唐詩紀事》卷五二皇甫松《古松感興》），也有編録兄弟作品爲一集者，《新唐書·藝文志》即著録《李氏花萼集》二十卷（收李尚一、李尚貞、李乂三兄弟詩）、《韋氏兄弟集》二十卷（收韋曾、韋弼兄弟詩），但都没有留傳下來。本書從五竇詩作中各選二十首以成編，并附録同時的唱和詩作，是今能得見的唐代唯一的接近家集的選本，没有明確的編選宗旨。

本書的價值，一是保存了五竇兄弟的詩作。雖然褚藏言在個人小傳中均提到各家文集的情況，但均没有傳世。《全唐詩》卷二七一收五竇詩，與本集比較，竇常增加六首，竇群增加三首，竇牟和竇庠各僅增一首，僅竇鞏增加二十首（一首見卷八八三）。可知五竇詩主要靠本集得到保存。二是本集保存了唐人編選詩集的原始面貌，凡與五竇唱和詩作，均予附存，并按照原樣保存了來往詩作的署名面貌，十分可貴。其中除了劉禹錫、白居易等少數幾首也曾見於各自本集外，多數僅靠本集保存。如韓愈《同尋劉師不遇》的一篇，其本集即不收。三是本書爲唐人今知唯一傳世的家集，而五竇各收二十首詩，編者也顯然做過認真的遴選。故本書從僅收五兄弟詩來説應屬合集，而各家詩又顯經挑選入編，可以看作唐人選唐詩中特殊的一種。褚藏言在編録本集時，爲五竇各作小傳，爲唐人選本中僅見之例，也值得重視。

《竇氏聯珠集》今存南宋淳熙間刊本，末有戊戌歲（九五八）張昭跋和詩、乾德二年（九六四）和峴記、和嶸題名以及淳熙五年（一一七八）知蘄州王崧跋，殆即據唐五代以來傳鈔本原貌刊刻者。此本避諱到構字，爲宋本中精刻。《密韻樓景宋本七種》、《續古逸叢書》和《四部叢刊》三編都曾據此本影印。另明末汲古閣刊《唐人四集》也收此集，但漏刻竇常《杏山館聽子規》一篇。毛晉爲此集寫了長跋，主要介紹竇叔向的詩，并補録竇鞏的作品。《四庫全書》本分爲五卷，人各一卷，又删去了唱和各人的官銜，已非原書面貌。

今據《四部叢刊》三編影印宋刻本點校，并據汲古閣刊本附録毛晉跋，據《四庫全書》本附録進書提要。二本均自宋本出，偶有誤字，不出校。

本次新編了全書目録。除在五竇結銜下括注其名，其餘一律保存原集的詩題和署名。

竇氏聯珠集目録

竇氏聯珠集

連珠之義蓋取一家之言，以偕列郎署，法五星如聯珠。星，星郎也。詩凡一百首。

故國子祭酒致仕贈太子少保府君詩并傳

府君諱常，字中行，扶風平陵人也。祖亶，同昌郡司馬，贈水部郎中。皇考叔向，仕至左拾遺，贈尚書右僕射。當代宗皇帝朝，善五言詩，名冠流輩。時屬貞懿皇后山陵，上注意哀挽，即時進三章，内考首出，傳諸人口者，有「禮遜生前貴，恩追殁後榮」，又「命婦羞蘋葉，都人插㮈花」，又「禁兵環素帟，宮女哭寒雲」。備在文集，故刑部侍郎包佶製序。府君同氣五人，各載首序。府君大曆十四年舉進士，與故吏部侍郎奚陟、商州牧丁俛、祕校獨孤授同年上第。迨拾遺下世，力養繼親，家無舊産，百口漂寓，由是棄高科於盛時，就泉府之小職，遭迴者十年。厥後載罹家禍，因卜居廣陵之柳楊西偏。疏泉種竹，隱几著書者，又十載。由擢第至釋褐凡二十年。洎貞元十四年秋，成德軍節度使、太尉王公命從事御史盧泚貺五百金，辟爲掌記，不就。其年，淮南節度、左僕射霸陵杜公奏爲參謀，授祕書省校書郎。厥後歷泉府從事，由協律郎遷監察御史裏行。居無何，湘東倅戎，轉殿中侍御史，賜緋魚袋。元和六年，由侍御史入爲水部員外郎。亦既二歲，婚嫁未畢，求牧守之官，出爲朗州刺史。轉固陵、尋陽、臨川三郡。既罷秩，東歸舊業。時宰嘉招，固辭衰疾，因除國子祭酒致仕。寶曆元年秋寢疾，告終于廣陵之白沙別業，享年七十七。其年，詔贈越州都督。會昌元年，武宗即位，恩覃中外，嗣子弘餘任黄州刺史，准赦改贈太子少保。有文一十八卷。西江逸民褚藏言製序。

晚次方山精舍却寄張薦員外

楚臈還無雪，江春又足風。馬嬴三逕外，人病四愁中。西塞波濤闊，南朝寺舍空。猶銜步兵酒，宿醉在滁東。

和裴端公樞蕪城秋夕簡遠近親知

歲積登朝戀，秋加陋巷貧。宿酲因夜歇，佳句得愁新。盡日憑幽几，何時上軟輪？漢廷風憲在，應念匪躬人。

謁諸葛武侯廟

永安宮外有祠堂，魚水恩深祚不長。角立一方初退舍，擬稱三漢更圖王。人同過隙無留影，石在窮沙尚啓行。歸蜀降吴竟何事，爲陵爲谷共蒼蒼。

奉賀太保岐公承恩致政

召公爲保及清時，冠蓋初閑拜武遲。五色詔中宣九德，百寮班外置三師。山泉遂性休稱疾，子弟能官各受詞。不學鑄金思范蠡，乞言猶許上丹墀。

四皓祠堂即事

奪嫡心萌事可憂，四賢西笑暫安劉。後王不敢論珪組，土偶人前枳樹秋。

項亭懷古

力取誠多難，天亡路亦窮。有心裁帳下，無面到江東。命厄留騅處，年銷逐鹿中。漢家神器在，須廢拔山功。

奉使西還早發小碉舘寄盧滁州邁

野棠花覆地，山舘夜來陰。馬跡穿雲去，雞聲出澗深。清風時偃草，久旱或爲霖。試與惇嫠話，猶堅借寇心。

之任武陵寒食日途次松滋渡先寄劉員外禹錫

杏花榆莢曉風前，雲際離離上峽船。江轉數程淹驛騎，楚曾三户少人烟。看春又過清明節，筭老重經癸巳年。幸得柱山當郡舍，在朝長詠《卜居篇》。

奉贈竇大員外兄松滋渡見寄之作　朗州員外司馬劉禹錫

楚鄉寒食橘花時，野渡臨風駐綵旗。草色連雲人去住，水紋如縠鷰參差。朱輪尚憶群飛雉，青綬初懸左顧龜。非是溢城魚司馬，水曹何事與新詩？

奉送職方崔員外攝中丞新羅册使

帝命海東使，人行天一涯。辨方知木德，開國有金家。册拜申恩重，留驩作限賒。順風鯨浪熟，初日錦帆斜。夜色潛燃火，秋期獨往槎。慰安皆喻旨，忠信自無瑕。髮美童年髻，參香子月花。便隨琛賮入，正朔在中華。

早發金鈎店寄奚十唐大二茂才

出門山未曙，風葉暗蕭蕭。月影臨荒栅，泉聲近廢橋。歲經秋後役，程在洛中遥。寄謝金門侣，弓旌悞見招。

途中立春寄懷楊郇伯

浪跡終年客，驚心此地春。風前獨去馬，澤畔耦耕人。老大交情重，悲凉物外親。子雲今在宅，應見柳條新。

七夕寄懷

露盤花水望三星，髣髴虚無爲降靈。斜漢没時人不寐，幾條蛛網下風庭。

故祕監丹陽郡公延陵包公挽歌詞

卓絶明時第，孤貞貴後貧。郗詵爲胄子，季札是鄉人。筆下調金石，花間領搢紳。那堪歸葬日，哭渡柳楊津。

涼國惠康公主挽歌

玉立分堯緒，笄年下相門。早加于氏對，偏占舘陶恩。淚有潛成血，香無却返魂。共知何駙馬，垂白抱天孫。

哭張倉曹南史

萬事竟蹉跎，重泉恨若何！官臨環衛小，身逐轉蓬多。麗藻嘗專席，閑情欲爛柯。春風宛陵路，丹旐在滄波。

過宋氏五女舊居宋氏女娣五人，貞元中同入宮。

謝廷風韻婕妤才，天縱斯文去不迴。一宅柳花今似雪，鄉人擬築望僊臺。

奉寄辰州房使君郎中

漢代文明今盛明，猶將賈傅暫專城。何妨密旨先符竹，莫是除書誤姓名。蝸舍喜時春夢去，隼旟行處瘴江清。新年只可三十二，却笑潘郎白髮生。

酬竇大閑居見寄

辰州刺史房孺復

來自三湘到五谿，青楓無樹不猿啼。名慙竹使宦情少，路隔桃源歸思迷。《鵬鳥賦》成知性命，鯉魚書至恨暌携。煩君强着潘年比，騎省風流詎可齊！

北固晚眺

水園芒種後，梅天風雨凉。露螢開晚簇，江鷰繞危檣。山趾北來固，潮頭西去長。年年此登眺，人事幾銷亡。

謁三閭廟

君非三諫寤，禮許一身逃。自樹終天戚，何裨事主勞。衆魚應餌骨，多士盡餔糟。有客椒漿奠，文衰不繼騷。

杏山舘聽子規

楚塞餘春聽漸稀，斷猿今夕讓霑衣。雲埋老樹空山裏，髣髴千聲一度飛。

故國子司業贈給事中扶風竇府君詩

府君諱牟，字貽周。家世所傳，載於首序。府君貞元二年舉進士，與從父弟故相贈司徒易直、故相贈少師李公夷簡、故兵部侍郎張公賈、故工部侍郎張公正甫同年上第。府君初授祕校、東都留守從事，歷河陽三城從事，累轉協律郎、評事、監察御史裏行。府罷，復爲留守判官，轉殿中侍御史。尋爲昭義節度判官，累遷檢校水部員外，轉本司郎中兼御史，賜緋魚袋。後爲留守判官、檢校尚書都官郎中，出爲澤州刺史，改國子司業。長慶三年春寢疾，告終于宣平里之私第，享年七十四。嗣子周餘，任祕書丞。今上即位，恩覃内外，准赦文，大中四年贈給事中。府君和粹積中，文華發外，唯琴與酒，克儉于家，時人以爲有前古風韻。世爲五言詩，加以筆述，文集十卷，未暇編録。

史館候别蔣拾遺不遇

千門萬户迷，佇立月華西。畫戟晨光動，春松宿露低。主文親玉扆，通籍入金閨。肯念從戎去，風沙事鼓鞞。

早赴銀臺立馬待漏口號寄弟群

上陌行初盡，嚴城立未開。人疑早朝去，客是遠方來。伏奏徒將命，周行自引才。可憐霄漢曙，鴛鷺正徘徊。

天津曉望因寄呈分司一二省郎

萬乘西都去，千門正位虛。鑿龍横碧落，提象出華胥。望幸宫嬪老，迎春海鸛初。保釐緣半仗，容衛盡空廬。要自詞難擬，由來畫不如。散郎無所屬，聊事穆清居。

竇洛陽見簡篇章偶贈絶句

恭王傅楊憑

直用天才衆却瞋，應欺李杜久爲塵。南荒不死中華老，别玉翻同西國人。

奉酬楊侍郎十兄見贈之作

翠羽雕蟲日日新，翰林、工部欲何神？自悲由瑟無彈處，今作關西門下人。

早入朝書事

紫陌紛如晝，彤廷鬱未晨。列星沉騎火，殘月暗車塵。隱軫排霄翰，差池跨海鱗。玉聲繁似樂，香澤散成春。歎息驅羸馬，分明識故人。一生三不遇，今作老郎身。

秋夕閑居對雨贈別盧七侍御坦

蟚蟚辭巢蟬蜕枝，窮居積雨壞藩籬。夜長簷霤寒無寢，日晏厨煙濕未炊。悟主一言那可學，《從軍》五首竟徒爲。故人驄馬朝天使，洛下秋聲恐要知。

杏園渡

衛郊多壘少人家，南渡天寒日又斜。君子素風悲已矣，杏園無復一枝花。

元日喜聞大禮寄上翰林四學士中書六舍人二十韻

有事郊壇畢，無私日月臨。歲華春更早，天瑞雪猶深。玉輦迴時令，金門降德音。翰飛鴛別侶，蘗植桂爲林。粉澤資鴻筆，薰和本素琴。禮成戎器下，恩徹鬼方沉。麟爵來稱紀，官師退絶箴。道風黄閣静，祥景紫垣陰。壽酒朝時獻，農書直夜尋。國香煴翠幄，庭燎豔紅衾。漢魏文章盛，堯湯雨露湛。密辭投水石，精義出砂金。宸扆親唯敬，鈞衡近匪侵。疾驅千里駿，清戾九霄禽。慶賜迎新服，齋莊棄舊簪。忽思班女怨，遥聽越人吟。末露甘貧病，流年苦滯淫。夢中青瑣闥，歸處碧山岑。竊抃聞韶護，觀光想韎任。大哉環海晏，不竿子牟心。

緱氏拜陵迴道中呈李舍人少尹

忽忝諸卿位，仍陪長者車。禮容皆若舊，名籍自憑虚。上路花偏早，空山雲甚餘。却愁新詠發，酬和不相如。

陪韓院長韋河南同尋劉師不遇

仙客誠難訪，吾人豈易同。獨遊應駐景，相顧且吟風。藥畹瓊枝秀，齋軒粉壁空。不題三五字，何以達壺公？

同前得尋

都官員外郎韓愈

秦客何年駐？仙源此地深。還隨躡鳧騎，未訪馭風襟。院閉青霞入，松高老鶴尋。猶疑隱形坐，敢起竊桃心。

同前得師

河南縣令韋執中

早尚逍遥境，常懷汗漫期。星郎同訪道，羽客杳何之。物外來仙侣，人間失我師。不知柯爛者，何處看圍碁？

奉誠園聞笛園，馬侍中故宅。

曾絶珠纓吐錦茵，欲披荒草訪遺塵。秋風忽灑西園淚，滿目山陽笛裏人。

李舍人少尹惠家醖一小榼立書絶句

禁鏁天漿嫩，虞行夜月寒。一瓢那可醉，應遣試嘗看。

答竇二曹長留酒還榼一絶　河南少尹李益

榼小非由榼，星郎是酒星。解酲元有數，不用嚇劉伶。

送東光吕少府之官連帥奏授

遠愛東光縣，平臨若木津。一城先見日，百里早驚春。德禮邀才重，恩輝拜命新。幾時裁尺素？滄海有枯鱗。

送劉公達判官赴天德軍幕

特建青油幕，量分紫禁師。自然知召子，不用問從誰。文武輕車少，腥膻左衽衰。北風如有寄，畫取受降時。軍有東西受降城。

故祕監丹陽郡公延陵包公挽歌

台鼎嘗虚位，夔龍莫致堯。德音冥祕府，風韻散清朝。天上文星落，林端玉樹凋。有吴君子墓，反葬故山遥。

晚過敷水驛却寄華州使院張鄭二侍御

春雨如煙又若絲，曉來昏處晚晴時。仙人掌上芙蓉沼，柱史關西松柏祠。幾許歲華銷道路，無窮王事繫戎師。迴瞻二妙非吾侣，日對三峰自有期。

洛下閑居夜晴觀雪寄四遠諸兄弟

雪月相輝雲四開，終風助凍不揚埃。萬重瓊樹宫中接，一直銀河天上來。荆楚歲時知染翰，湘吴醇酎憶嗡盃。强題縑素無顔色，鴻鴈南飛早晚迴。

奉酬侍御家兄東洛閑居夜晴觀雪之什　試國子主簿庠

洛陽宫觀與天齊，雪凈雲銷月未西。清淺乍分銀漢近，輝光漸覺玉繩低。緑醽乍熟堪聊酌，《黄竹》篇成好命題。應念武關山斷處，空愁簿領候晨雞。

奉使至邢州贈李八使君

獨占龍岡部，深持虎節居。盡心敷吏術，含笑掩兵書。禮飾華纓重，才牽雅製餘。茂陰延驛路，温液逗官渠。南畝行春罷，西樓待客初。瓮頭開緑蟻，砧下落紅魚。牧伯風流足，輶軒苦滥虚。今宵鈴閤内，醉舞復何如。

秋日洛陽官舍寄上水部家兄

洛陽歸老日，此縣忽爲君。白髪兄仍見，丹誠帝豈聞。九衢横逝水，二室散浮雲。屈指豪家盡，傷心要地分。禁中周幾鼎，原上漢諸墳。貔虎今無半，狐狸宿有群。威聲慙北部，仁化樂《南薰》。野蘖飢來食，天香静處焚。壯年唯喜酒，幼學便訶文。及爾空衰暮，離憂詎可云。

酬舍弟牟秋日洛陽官舍寄懷十韻

尚書水部員外郎常

幼爲逃難者，纔省用兵初。去國三苗外，全生四絶餘。老頭親帝里，歸處失吾廬。逝水猶嗚咽，祥雲自卷舒。正郎曾首拜，亞尹未平除。幾變陶家柳，空傳魏闕書。思凌天際鶴，言甚轍中魚。玉立知求己，金聲乍起予。在朝魚水分，多病雪霜居。忽報《陽春曲》，縱横恨不如。

望終南

日愛南山好，時逢夏景殘。白雲兼似雪，清晝乍生寒。九陌峰如墜，千門翠可團。欲知形勝盡，都在紫宸看。

酬舍弟庠罷舉從州辟書

之荆且願依劉表，折桂終慙見郗詵。舍弟未應絲作鬢，園公不用印隨身。

故朝議郎御史中丞容管經略使賜紫金魚袋贈左散騎常侍扶風竇府君詩

府君諱群，字丹列。家世所傳，載於首序。府君由弱冠不樂進士之科，便於著書，耕墾墳籍。既孤，以蔬素自適，著書于毗陵之西偏，給長兄之俸，而與諸季安於膝下者十稔。洎再罹内艱，殆盡而復全者數四。厥後郡守給事中京兆韋公夏卿知公，以爲江左文雅，無出其右。適貞元十年詔徵天下隱居丘園不求聞達之士，韋公遂薦焉。與桂山處士劉明素同表，公之言云：「受天清氣，與道逍遥。」時人以爲孔北海拔禰衡之文，未之過也。其時天下慰薦九人，公獨不除授。其後韋公移牧吴郡，又以公所著《史記名臣疏》三十四卷進入，皆寢而不報，人皆異之。公自以爲通塞繫于命，静而俟之。厥後韋公入爲天官侍郎，改京兆尹，中謝之日，德宗與之緒言。韋進曰：「臣忝居達官，而竊有其位。」上曰：「卿有何負？」奏曰：「臣守毗陵日，薦處士竇群於時，獨蒙不録。後臣任蘇州，又進竇群所著《名臣疏》，又蒙不答。臣以爲以人而廢，在臣則當然，言群則屈。」上乃驚曰：「卿之知人固無疑，卒不問者，乃宰執之失也。」便宣即令召對，此貞元十八年也。公即日起于衡泌，白衣召見。上謂公曰：「夏卿知卿，卿有何藴蓄，得以盡言。」公從容對曰：「臣無藴蓄，第讀書俟時。夫藴蓄者，迹在近班，進有所不納，諫有所不聽，臣即藴蓄。如臣處於草茅，但仰玄化而已，實無藴蓄。」上甚奇其對，便令宣付中書，即除諫官。釋褐，授右拾遺。居無何，祕監張公薦和蕃，請公爲判官，因改侍御史。其後有故不行，請復本列。上不許，遂守侍御史。俄兼領雜務。德宗晏駕，改膳部員外郎，出爲唐州刺史。司空于公鎮漢南，奏公爲節度副使、檢校兵部郎中兼中丞，加金紫。居無何，除吏部郎中，遷御史中丞。以舉職太過，出爲黔中觀察使。後以十洞擾亂，准詔用兵翦伐。事平，公坐貶開州刺史。亦既周歲，除容管經略使。憲宗以公守官無隱，思欲大用，因急詔追入。中路遘疾，終于衡州旅舘，享年五十五，贈左散騎常侍。公有子曰謙餘、審餘，偕孝敬相率。審餘應進士。公天授和粹，亮直孤峻，著書俟用，隱於衡泌，未嘗以名利枉其所守，時論以公有公輔之望，卒無所伸。文集散落，未暇編録。

題劍

丈夫得寶劍，束髮曾書紳。吁嗟一朝遇，願言千載隣。心許留冢樹，辭直斷佞臣。焉能爲繞指，拂拭謝時人。

黔中書事

萬事非京國，千山擁麗譙。佩刀看日曬，賜馬傍江調。言語多重譯，壺觴每獨謠。沿流如着翅，不敢問歸橈。

初入諫司喜家室至

一旦悲歡見孟光，十年辛苦伴滄浪。不知筆硯緣封事，猶問傭書日幾行？

草堂夜坐

匣中三尺劍，天上少微星。勿謂相去遠，壯心曾不停。

冬日曉思寄楊二十七諫卿

雨霜地如雪，松桂青參差。鶴警晨光上，步出南軒時。所遇各有適，我懷亦自怡。願言緘素封，昨夜夢瓊枝。

貞元末東院嘗接事今西川武相公于兹三周謬領中憲徘徊廳宇多獲文篇夏日即事因繼四韻

重軒深似谷，列柏鎮含煙。境絶蒼蠅到，風生白雪前。彈冠驚迹近，專席感恩偏。霄漢朝來下，油幢路幾千。

晨興贈友寄呈竇開州

西川節度使檢校吏部尚書兼門下侍郎同中書門下平章事武元衡

江城歲方晏，晨起眄庭柯。白露傷紅葉，清飆斷緑蘿。徇時真氣索，念遠幽懷多。宿昔東山意，縱横南浦波。有美嬋娟子，百慮攢雙蛾。緘情鬱不舒，絲竹自駢羅。爲子歌苦寒，旨酒朱顔酡。鬒髮倏云變，功名將奈何！

奉酬西川武相公晨興贈友見示之作

碧樹分曉色，宿羽弄清光。猶聞子規啼，獨念一聲長。眷眷軫芳思，依依寄遠方。情同如蘭臭，惠比反魂香。新什驚變雅，古瑟代沉湘。殷勤見知己，掩抑繞中腸。隟駟不我待，路人易相忘。孤老空許國，幽報期蒼蒼。

竇三中丞去歲有臺中五言四韻之什未及酬答承領鎮黔南途經蜀門百里而近願言款覿封略間之因追酬曩篇持以爲贈

劍南西川節度使檢校吏部尚書兼門下侍郎同平章事武元衡

在昔謬司憲，嘗僚唯有君。報恩如皎日，致位等青雲。削稾書難見，除苛事早聞。雙旌不可駐，風雪路歧分。

雪中寓直

寒光凝雪彩，限直居粉闈。怳疑白雲上，乍覺金印非。樹色藹虛室，琴聲諧素徽。明晨阻通籍，獨卧掛朝衣。

同前

吏部員外郎韋貫之

耿耿風雪暮，直廬未掩扉。詠蘭幽助興，儷玉粲相輝。氣勁琴韻切，夜深鑪火微。雖殊江海遠，即此戀彤闈。

春雨

昨日偷閑看花了，今朝多雨奈人何。人間盡似逢花雨，莫愛芳菲濕綺羅。

東山月下懷友人

東山多喬木，月午始蒼蒼。雖殊碧海狀，愛此青苔光。高下滅華燭，參差啓洞房。佳人夢餘思，寶瑟愁應商。皎潔殊未已，沉吟限一方。宦情哂雞口，世路倦羊腸。彼美金石分，眷言蘭桂芳。清暉詎同夕，耿耿但相望。

贈劉大兄院長

萬年枝下昔同趨，三事行中半已無。路自長沙忽相見，共驚雙鬢别來殊。

奉酬竇三中丞見贈　　金州員外司馬劉伯翁

多幸嘗陪侍玉墀，俄驚負譴阻天涯。今日相逢問榮悴，更嗟年鬢颯然衰。

經潼關贈宇文十

古有弓旌禮，今徵草澤臣。方同白衣見，不是棄繻人。

送内弟袁德師

南渡登舟即水仙，西垣有客思悠然。因君相問爲官意，不賣毗陵負郭田。

觀畫鶴

華亭不相識，衛國復誰知？悵望沖天羽，甘心任畫師。

北地

何事到容州，臨池照白頭。興隨年已往，愁與水長流。僶俛思逋客，辛勤悔飯牛。詩人亦何意，樹草欲忘憂。

時興

夙心曠何許？日暮依林薄。流水不待人，孤雲時映鶴。濛濛千萬花，曷爲神仙藥。不遇爛柯叟，報非舊城郭。

雨後月下寄懷羊二十七資州

夕霽凉飆至，翛然心賞諧。清光松上月，虚白郡中齋。置酒平生在，開衿願見乖。殷勤寄雙鯉，夢想入君懷。

晚自臺中歸永寧里南望山色悵然有懷呈上右司十一兄

白髮侵侵生有涯，青襟曾愛紫河車。自憐悟主難歸去，馬上看山恐到家。

假日尋花

武陵緣源不可到，河陽帶縣詎堪誇。枝枝如雪南關外，一日休閑盡屬花。

中牟縣經魯公廟嘗修《名臣略》，繫司徒公。

青史編名在篋中，故林遺廟揖仁風。還將文字如顏色，暫下蒲車爲魯公。

故朝議郎婺州刺史上柱國扶風竇府君詩

府君諱庠，字胄卿。家世所傳，載於首序。府君初應進士，感於知己一言，遂從事於商洛，授國子主簿。未幾而罷。後吏部侍郎韓公出鎮武昌，美公之才，辟爲節度推官，以監察御史。俄而昌黎移鎮京口，用爲度支副使，改殿中侍御史。昌黎却入，公至輦下，遷漳州刺史。秩滿，時光禄卿范公由吴郡領宛陵，奏公試太子中允兼侍御史，爲團練副使，加章服。府罷，除奉天縣令，遷登州刺史。昌黎公留守東都，又奏授公爲汝州防禦判官，改檢校户部員外郎兼侍御史。後遷信州刺史。三載，轉婺州。亦既二載，遘疾告終于東陽之官舍，享年六十有二。公天授倜儻，氣在物表，一言而合，期於歲寒。爲五字詩，頗得其妙。嗣子匡餘，疾没世；次曰繇，晉州司法；次曰載，國子監直講：皆克荷素風，聿修官業。詩筆散落，編録未遑。

太原送穆贇南遊

今朝天景清，秋入晉陽城。露葉離披處，風蟬三數聲。那言苦行役，值此遠徂征。莫話心中事，相看氣不平。

四皓驛聽琴送王師簡歸湖南使幕

朱絃韻正調，清夜似聞韶。山舘月猶在，松枝雪未消。城笳三奏曉，别鶴一聲遥。明日思君處，春泉翻寂寥。

夜行古戰場

山斷塞初平，人言古戰庭。泉冰聲更咽，陰火燄偏青。月落雲沙黑，風迴草木腥。不知秦與漢，徒欲吊英靈。

竇五判官罷舉赴商州辟書袖文相訪書懷話舊因抒鄙辭

重表兄太府卿賜紫金魚袋韋渠牟

故舊相逢三兩家，愛君兄弟有聲華。文揮錦彩珠垂露，興逸江天綺散霞。美玉自矜頻獻璞，真金誰與細披砂？終須撰取新詩品，更比芙蓉出水花。

酬謝韋卿二十五兄俯贈輒敢書情

大賢持贈一明璫，蓬蓽初驚滿室光。埋没劍中生紫氣，塵埃瑟上動清商。荆山璞在終應識，楚國人知不是狂。莫恨伏轅身未老，會將筋力是王良。

段都尉别業

曾識將軍段疋磾，幾場花下醉如泥。春來欲問林園主，桃李無言鳥自啼。

靈臺鎮贈丘岑中丞

曉日天山雪半晴，紅旗遥識漢家營。近來胡騎休南牧，羊馬城邊春草生。

奉和王侍郎春日喜李侍郎崔給事張舍人韋諫議見訪因命觴觀樂之什

華綰遲嘉賓，逢迎淑景新。錦筵開絳帳，玉珮下朱輪。曲裏三仙會，風前百囀春。欲知忘味處，共仰在齊人。

勑目至家兄蒙淮南僕射杜公奏授祕校兼節度參謀同書寄上

朝市三千里，園廬二十春。步兵終日飲，原憲四時貧。桂樹留人久，蓬山入夢新。鶴書承處重，鵲語喜時頻。草奏才偏委，嘉謀事最親。榻因徐孺解，醴爲穆生陳。衛國今多士，荆州好寄身。烟霄定從此，非假問陶均。

贈道芬上人上人善畫松石

雲濕煙封不可闚，畫時唯有鬼神知。幾迴逢着天台客，認得巖西最老枝。

金山寺

一點青螺碧浪中，全依水府與天通。晴江萬里雲飛盡，鰲背參差日氣紅。

酬韓愈侍郎登岳陽樓見贈時予權知岳州事

巨浸連空闊，危樓在杳冥。稍分巴子國，欲近老人星。昏旦呈新候，川源按舊經。地圖封七澤，天限鏁重扃。萬像皆歸掌，三光豈遁形。月車纔碾浪，日御已翻溟。落照金成柱，餘霞翠擁屏。夜光疑漢曲，寒韻辨湘靈。山晚雲常碧，湖春草遍青。軒黄曾舉樂，范蠡幾揚舲。有客初留鷁，貪程尚數蓂。自當徐孺榻，不是謝公亭。雅論冰生水，雄材刃發硎。座中瓊玉閏，名下茝蘭馨。假守誠知拙，齋心匪暫寧。每慙公府粟，却憶故山苓。苦調當三歎，知音願一聽。自悲由也瑟，敢墜孔悝銘。野杏初成雪，松醪正滿瓶。莫辭今日醉，長恨古人醒。

冬夜寓懷奉寄翰林王補闕

滿地霜蕪葉下枝，幾迴吟斷《四愁詩》。漢家若欲論封禪，須及相如未病時。

醉中贈符載

白社會中嘗共醉，青雲路上未相逢。時人莫小池中水，淺處無妨有卧龍。

東都嘉量亭詩獻留守韓僕射

卜築三川上，儀刑萬井中。度材垂後儉，選勝掩前功。雲構中央起，煙波四面通。乍疑游汗漫，稍似入崆峒。塵閈高低盡，山河表裏窮。峰巒從地碧，宮觀倚天紅。靈檻如朝蜃，飛橋狀晚虹。曙霞晴錯落，夕靄濕葱蘢。庾亮樓何陋，陳蕃榻更崇。有時閑講德，永日静觀風。玉斝飛無筭，金鐃奏未終。重筵開玳瑁，上客集鵷鴻。接武空慙蹇，修文敢並雄。豈須登峴首，然後奉羊公。

留守府酬皇甫曙侍御彈琴之什

青瑣晝無塵，碧梧陰似水。高張朱絲絃，静舉白玉指。洞簫又奏繁，寒磬一聲起。鶴警風露中，泉飛雪雲裏。泠泠分雅鄭，析析諧宮徵。座客無俗心，巢禽亦傾耳。衛國知有人，齊竽偶相齒。有時趨絳紗，盡日隨朱履。那令雜繁手，出假求燋尾。幾載遺正音，今朝自君始。

龍門看花

無葉無枝不見空，連天撲地逕纔通。山鶯驚起酒醒處，火焰燒人雪噴風。

金山行潤州金山寺，寺在江心。

西江中濡波四截，涌出一峰青壛埭。外如削成中缺裂，陽氣發生陰氣結。是時炎天五六月，上有火雲下冰雪。夜色晨光相蕩沃，積翠流霞滿坑谷。龍泓徹底沙布金，鳥道插雲梯甃玉。

架險凌虚隨指顧，榱桷玲瓏皆固護。斡流倒景不可窺，萬仞千崖生跬步。日華曈曈上金牓，丹楹碧砌真珠網。此時天海風浪清，吴楚萬家皆在掌。瓊樓菌閣紛明媚，曲檻迴軒深且邃。海鳥夜上珊瑚枝，江花曉落琉璃地。有時倒影沉江底，萬狀分明光似洗。不知水上有樓臺，却就波中看啓閉。舟人忘却江水深，水神誤到人間世。欻然風生波出没，瀖濩晶熒無定物。居人相顧非人間，如到日宫經月窟。信知靈境長有靈，住者不得無仙骨。三神山上蓬萊宫，徒有丹青人未逢。何如此處靈山宅，清凉不與囂塵隔。曾到金山處處行，夢魂長羨金山客。

于闐鐘歌送靈徹上人歸越

靈嘉寺鐘。按《越中記》，此鐘本于闐國寺鐘，因風雨失鐘所在。有天竺僧過于闐，識此鐘于越靈嘉寺，至今鐻在寺樓。

海中有國傾神功，烹金化成九乳鐘。精氣激射聲冲瀜，護持海底諸魚龍。聲有感，神無方，連天雲水無津梁。不知飛在靈嘉寺，一國之人皆若狂。東南之美天下傳，瓌文萬狀無雕鐫。有靈飛動不敢懸，鐻在危樓五百年。有時清秋日正中，繁霜滿地天無風。一聲洞徹八音盡，萬籟悄然星漢空。徒言凡質千鈞重，一夫之力能振動。大鳴小鳴須在君，不擊不考終不聞。高僧訪古稽山曲，終日當之言不足。手提文鋒百鍊成，恐剸此鐘無一聲。

陪留守僕射巡内至上陽宫感興

翠輦西歸七十春，玉堂珠綴儼埃塵。武皇弓劍埋何處，泣問上陽宫裏人。

愁雲漠漠草離離，太液鈎陳處處疑。薄暮毁垣春雨裏，殘花猶發萬年枝。

故武昌軍節度副使朝散大夫檢校祕書監兼御史中丞扶風竇府君詩

府君諱鞏，字友封。家世所傳，載於首序。府君元和二年舉進士，與今東都留守、左僕射孫公簡，故吏部侍郎、興元節度使王公源中，中書舍人崔公咸，制誥李公正封，同年上第。府君世傳五言詩，頗得其妙。故相淮陽公鎮滑臺，辟爲從事，釋褐授祕校。淮陽移鎮渚宫，遷峴首，改協律郎，二府專掌奏記。淮陽下世，司空薛公平鎮青社，辟公爲掌書記，又改節度判官、副使，累遷至大理評事、監察御史裏行、殿中侍御史、檢校祠部員外郎。章服後，薛公入爲民曹，府君除侍御史，轉司勳員外郎，遷刑部郎中。文昌故事，文酒之爲，由公復振也。故相左轄元公出鎮夏口，固請公副戎，分實舊交，詞不能免，遂除祕書少監兼中丞，加金紫。無何，元公下世，公亦北歸，道途遘疾，迨至輦下，告終于崇德里之私第，享年六十三。有子六人：長曰景餘，疾殁世；次歸裕，見任晉陽令，俱力學修文，孝敬相率。公温仁華茂，風韻峭逸，遇境必言詩，言之必破的。佳句不泯，傳於人間，文集散落，未暇編録。

老將吟

烽煙猶未盡，年鬢暗相催。輕敵心空在，彎弓手不開。馬依秋草病，柳傍故營摧。唯有酬恩客，時聽説劍來。

贈蕭都官

蕭郎自小賢，愛客不言錢。有酒輕寒夜，無愁倚少年。閑尋織錦字，醉上看花船。好是關身事，從人道性偏。

江陵遇元九李六二侍御紀事書情呈十二韻

自見人相愛，如君愛我稀。好閑容問道，攻短每言非。夢想何曾間，追歡未省違。看花憐後到，避酒許先歸。柳寺春隄遠，津橋曙月微。漁翁隨去處，禪客共因依。蓬閣初疑義，霜臺晚畏威。學深通古字，心直觸危機。肯滯荆州掾，猶香柏署衣。山連巫峽秀，田傍渚宫肥。美玉方齊價，遷鶯尚怯飛。佇看霄漢上，連步侍彤闈。

酬竇七相贈依次重用本韻

江陵府士曹參軍元稹

風波千里別，書信二年稀。乍見悲兼喜，猶言是與非。身名判作夢，盃盞莫相違。草舘同床宿，沙頭待月歸。春深鄉路遠，老去宦情微。魏闕何由到？荆州且共依。人欺翻省事，官冷易藏威。剩擬馴鷗鳥，無因用弩機。看和松葉酒，閑施稻田衣。蓴菜銀絲嫩，鱸魚雪片肥。憐君詩似涌，贈我筆如飛。會遣諸伶唱，篇篇入禁闈。

忝職武昌初至夏口書事獻府主相公

武昌軍節度使檢校户部尚書元稹

白髮放櫜鞬，梁王舊愛全。竹籬江畔宅，梅雨病中天。時奉登樓宴，閑修上水船。邑人興謗易，莫遣鶴猜錢。

戲酬副使中丞見示四韻

莫恨暫櫜鞬，交游幾箇全？眼明相見日，肺病欲秋天。五馬虚盈櫪，雙蛾浪滿船。可憐俱老大，無處用閑錢。

微之見寄與竇七酬唱之什本韻外勇加兩韻

河南尹白居易

旌越從櫜鞬，賓寮情禮全。夔龍來要地，鵷鷺下寥天。赭汗騎驕馬，青娥舞醉仙。合音閣成江上作，散到洛中傳。窮巷能無酒，貧池亦有船。春裝秋未寄，漫道足閑錢。

竇七中丞見示初至夏口獻元戎詩輒戲和之

山南東道節度使檢校司徒兼侍中晉國公裴度

出佐青油幕，來吟《白雪篇》。須爲九皋鶴，莫上五湖船。竇詩自稱鶴，兼云治船裝故也。故態君應在，新聲我亦便。聞鄂州初教成謳者甚工。元侯看再入，好被暫留連。

鄂州使至竇七副使中丞見示與元相公獻酬之什鄙人任户部尚書時中丞是當司員外郎每示篇章多相唱和今因四韻以寄所懷

吏部尚書令狐楚

仙吏秦城别，新詩鄂渚來。才推今八米，職副舊三台。雕鏤心偏許，緘封手自開。何年相贈答，却得在中臺？

早秋江行

迴望湓城遠，西風吹荻花。暮潮江勢闊，秋雨鴈行斜。多醉渾無夢，頻愁欲到家。漸驚雲樹轉，數點是晨鴉。

題任處士幽居

紅葉江村夕，孤煙草舍貧。水清魚識釣，林静犬隨人。採掇山無主，扶持藥有神。客來唯勸酒，蝴蝶是前身。

南遊感興

傷心欲問前朝事，唯見江流去不迴。日暮東風春草緑，鷓鴣飛上越王臺。

放魚

金錢贖得見刀痕，聞道禽魚亦感恩。好去長江千萬里，不須辛苦上龍門。

漢陰驛與宇文十相遇旋歸西川因以贈别

吴蜀何年别，相逢漢水頭。望鄉心共醉，握手淚先流。宿霧千山曉，春霖一夜愁。離情方浩蕩，莫説去刀州。

早春松江野望

江村風雪霽，曉望忽驚春。耕地人來早，營巢鵲語頻。帶花移樹小，插槿作籬新。何事勝無事，窮通任此身。

陝府賓堂覽房杜二公仁壽年中題紀手迹

仁壽元和二百年，濛籠水墨淡如煙。當時憔悴題名日，漢祖龍潛未上天。

登玉鈎亭奉獻淮南李相公

西南城上高高處，望月分明似玉鈎。朱檻入雲看鳥滅，綠楊如薺遶江流。定知有客嫌陳榻，從此無人上庾樓。今日捲簾天氣好，不勞騎馬看揚州。

早春送宇文十歸吴

春遲不省似今年，二月無花雪滿天。村店閉門何處宿？夜深遥唤渡江船。

少婦詞

坐惜年光變，遼陽信未通。鷰迷新畫屋，春識舊花叢。夢遶天山外，愁翻錦字中。昨來誰是伴？鸚鵡在簾櫳。

歲晚喜遠兄弟至書情

幾年滄海别，相見意多違。鬢髮緣愁白，音書爲懶稀。新詩徒有贈，故國未同歸。人事那堪問，無言是與非。

南陽道中作

東風雨洗順陽川，蜀錦花開緑草田。彩雉鬭時頻駐馬，酒旗翻處亦留錢。新晴日照山頭雪，薄暮人争渡口船。早晚到家春欲盡，今年寒食月初圓。

哭吕衡州八郎中

今朝血淚問蒼蒼，不分先悲旅舘喪。人送劍來歸壠上，鴈飛書去叫衡陽。還家路遠兒童小，埋玉泉深晝夜長。望盡素車秋草外，欲將身贖返魂香。

贈阿史那都尉

校獵燕山經幾春？雕弓白羽不離身。年來馬上渾無力，望見飛鴻指似人。

經竇車騎故城

荒陂古堞欲千年，名振圖書劍在泉。今日諸孫拜墳樹，愧無文字續《燕然》。

遊仙詞

海上神山緑，溪邊杏樹紅。不知何處去，月照玉樓空。

鞏囁嚅，詩一何神妙。恨此少，不見其集，《聯珠》之最也。戊戌歲中元前一日，夷門旅舍書。潛夫。

夜吟竇集追思夷門題處已三稔矣悽然感興書之

往歲記時梁苑夜，今宵吟處洛城秋。浮生瞥電人何在？懷舊傷心淚迸流。三逕竹風隣笛怨，一庭霜月井桐愁。妻兒未會余惆悵，只怪燈前不舉頭。

自鞏而下，皆大天所題，慕而録之。

甲子歲春初，中儀李公借此詩抄寫得。無何，秘監尹公借去，云已失墜，不復相還。余嘗讀此集，痞寐思之。至夏末，忽投書於致政大夫，果蒙見借。所恨自少閑暇，令札吏抄録，故多謬誤，躬親勘校，頗亦改正，因得吟味，喜不自勝。刑部員外郎兼太常博士和峴記。時乾德二年六月廿五日雨霽。

嵲讀過。

余家所藏和峴所校五竇詩，世少其本。和所跋甲子歲，即乾德二年也。秘監尹公者，尹拙也。致政大夫者，吏部尚書致仕張昭也。昭字潛夫，題鞏詩後一篇稱潛夫者，即昭也。刑部外郎兼太常博士和者，峴也。後有題嵲讀過者，峴季弟也。惟中儀李公，當是時爲禮部侍郎而李姓者，偶忘其爲何人。遠方無書可考，姑俟知者。今刊諸公府，庶永其傳。淳熙五年四月旦日，朝散大夫、權知蘄州軍州事北海王崧書。

竇叔向五子，曰常，曰牟，曰群，曰庠，曰鞏。西江褚藏言輯其詩，各有小敘，大略已見矣。但常、牟、庠、鞏皆登第，群獨夷然不屑，客隱于毗陵。至如齧指置母棺中，及對德宗數語，又五人中傑出者，宜唐史獨著其傳，而兄弟附焉。第其父叔向詩不可多得，據宋洪容齋云：「五竇之父叔向，善五言，而略無一首存于今，荆公《百家詩選》亦無之，是可惜也。余嘗得吴良嗣家所抄唐詩，僅有叔向六篇，皆奇作，念其不傳于世，今悉録之。《夏夜宿表兄話舊》云：

『夜合花開香滿庭，夜深微雨醉初醒。遠書珍重何時達？舊事淒涼不可聽。去日兒童皆長大，昔年親友半凋零。明朝又是孤舟別，愁見河橋酒幔青。』《秋砧送包大夫》云：『斷續長門夜，清泠逆旅秋。征夫應待信，寒女不勝愁。帶月飛城上，因風散陌頭。離居偏入聽，況復送歸舟。』《春日早朝應制》云：『紫殿俯千官，春從應合歡。御爐香焰暖，馳道玉聲寒。乳鸎翻珠綴，祥烏集露盤。宫花一萬樹，不敢舉頭看。』《過檜石湖》云：『曉發魚門代，晴看檜石湖。日銜高浪出，天入四空無。咫尺分洲島，纖毫指舳艫。渺然從此去，誰念客帆孤。』《貞懿挽歌二首》云：『二陵恭婦道，六寢盛皇情。禮遂生前貴，恩追歿後榮。幼王親捧土，愛女復連塋。東望長如在，誰云向玉京？』『後庭攀畫柳，陌上咽青笳。命婦羞蘋葉，都人插柰花。壽宫星月異，仙路往來賒。縱有迎神術，終悲隔絳紗。』第三篇亡矣」。又據宋計敏夫云：「竇叔向，字遺直，京兆人。代宗時，常衮爲相，用爲左拾遺、内供奉。及貶，亦出爲溧水令。有《寒食賜火》詩云：『恩光及小臣，華燭忽驚春。電影隨中使，星輝拂路人。幸因榆柳暖，一照草茅貧。』《端午日恩賜百索》云：『仙宫長命縷，端午降殊私。事盛蛟龍見，恩深犬馬知。餘生倘可續，終冀答明時。』《酬李袁州嘉祐》云：『少年輕會復輕離，老大關心總是悲。强説前程聊自慰，未知攜手定何時？公才屈指登黄閣，匪服胡顔上赤墀。想到長安誦佳句，滿朝誰不念瓊枝。』」自宋迄今，歷幾百年，余所見叔向詩，反多于容齋，始信詩文顯晦，故自有時，匪關歲月之先後久暫也。又得囁嚅翁絶句六首，《代鄰叟》云：「年來七十罷耕桑，就暖支羸强下床。滿眼兒孫身外事，閒梳白髮對殘陽。」《永寧小園寄接近校書》云：「故里心期奈别何，手栽芳樹憶庭柯。東皋黍熟君應醉，梨葉初紅白露多。」《寄南遊弟兄》云：「書來未報幾時還，知在三湖五嶺間。獨立衡門秋水闊，寒霞飛去日銜山。」《新營别墅寄兄》云：「懶性如今成野人，行藏由興不由身。莫驚此度歸來晚，買得山居正值春。」《自京將赴黔南》云：「風雨荆州二月天，問人初雇峽中船。西南一望雲和水，猶道黔南有四千。」《宫人斜》云：「離宫遠路北原斜，生死恩深不到家。雲雨今歸何處去？黄鸝飛上野棠花。」余向讀白樂天《與微之書》，極稱竇七與元八絶句，可見同時早有定論矣。嘗手録一編，併《唐書》列傳附于集後。寄友人云：「向謂《竇氏聯珠》，今可謂竇氏合璧否？」海虞毛晋識。

文淵閣《四庫全書》本奏進提要

臣等謹案：《竇氏聯珠集》五卷，唐西江褚藏言所輯竇常、竇牟、竇群、竇庠、竇鞏兄弟五人之詩，人爲一卷，每卷各有小序，詳其始末。常字中行，官國子祭酒；弟牟字貽周，官國子司業；群字丹列，官容管經略；庠字胄卿，官婺州刺史；鞏字友封，官秘書少監。五人皆拾遺叔向子。群、庠以薦辟，餘皆進士科。叔向有集一卷，常有集十八卷，見《唐書·藝文志》，今並不傳。此集五卷，《唐志》亦著録，而宋時傳本頗稀。故劉克莊《後村詩話》稱惜未見《聯珠集》。此本爲毛晉汲古閣所刊，末有張昭跋，署戊戌歲，晉高祖天福三年也。又有和峴跋，及和嶂題字，署甲子歲，爲宋太祖乾德二年。峴，凝之子；嶂，峴之弟。峴跋稱借抄於致政大夫，即張昭也。又有淳熙戊戌王崧跋，亦稱世少其本，今刊諸公府。蓋抄寫流傳，至南宋始有蘄州板耳。最後爲毛晉跋，引洪邁《容齋隨筆》及計有功《唐詩紀事》附載叔向詩九篇，又補鞏詩六篇不載於此集者。褚藏言序稱牟、群、庠、鞏之集並未遑編録，蓋遺編散落者也。集中附載楊憑、韓愈、韋執誼、李益、武元衡、韋貫之、劉伯翁、韋渠牟、元稹、白居易、裴度、令狐楚諸詩，蓋謝朓集中附載王融之例。庠詩一首，常詩一首，亦附載牟集之中，不入本集。蓋古人唱和，意皆相答，不似後來之泛應，必聚而觀之，乃互見作者之意，是亦編次之不苟耳。乾隆四十六年十一月恭校上。總纂官臣紀昀、臣陸錫熊、臣孫士毅，總校官臣陸費墀。

又玄集

〔唐〕韋莊 編

傅璇琮 點校

前記

《又玄集》三卷，韋莊編選。韋莊《又玄集序》末署爲：「光化三年七月二日，前左補闕韋莊述。」此據《全唐文》卷八八九，今存《又玄集》韋莊自序則僅云「時光化三年七月日」。按韋莊於昭宗乾寧元年（八九四）登進士第（《直齋書録解題》卷十九韋莊《浣花集》），後仕於朝。光化三年爲公元九〇〇年，次年天復元年（九〇一）春即入蜀任王建掌書記，後即仕於蜀，爲門下侍郎、同平章事。《又玄集》則爲韋莊入蜀前在長安時所編。

《又玄集序》中又説：「昔姚合選《極玄集》一卷，傳於當代，已盡精微，今更採其玄者，勒成《又玄集》三卷。」則是承繼姚合的《極玄集》而作。但序中又説：「自國朝大手名人，以至今之作者，或百篇之内，時記一章；或全集之中，唯徵數首。但掇其清詞麗句，録在西齋；莫窮其巨脈洪瀾，任歸東海。」又似乎是全面選録有唐一朝的名家佳作。書中所選，初唐有宋之問，盛唐有李白、杜甫、張九齡、王維等十九人，歷中唐、晚唐至鄭谷、羅隱，最後選詩僧如皎然、無可、清江等十人，還選有婦人能詩者如李季蘭、薛濤、魚玄機等十九人，應當説是相當全面的。其中所選，也多爲詩人之代表作，如高適一首選其《燕歌行》，張九齡一首選其《望月懷遠》，李賀三首選其《雁門太守行》、《劍子歌》、《杜家唐兒歌》。但也有非其佳作的，如李頎選其《漁父歌》一首，白居易選其《答夢得》、《送鶴上裴相公》等二首，實在算不上韋莊自立的「清詞麗句」的標準。且詩人排列的次序也相當混亂，如卷上以杜甫、李白、王維爲首，後即接司空曙、李賀等中唐詩人，之後又是早於李、杜的開元時詩人張九齡，之後又是盧綸、錢起，在這之後又是李華、岑參等盛唐名家，看不出其明確的選録標準和排列依據。

《又玄集》三卷，僅《宋史·藝文志》著録，在此之前，宋代公私書目皆未有記載。《唐詩紀事》曾有幾處記及《又玄集》，如卷二九于鵠《江南曲》、卷三〇韓翃《送故人歸魯》、卷三六劉皁《長門怨》、卷四一章孝標《歸海上舊居》、《長安秋夜》、卷四五朱灣《秋夜燕王郎中宅賦得露中菊》、《賦得白鶴翔翠微送陳偃下第》、《長安喜雪》、卷六〇曹鄴《老圃堂》、《送人歸南海》、卷六七徐振《雷塘》、《古意》等詩，都注明韋莊曾選入《又玄集》，這些詩在今本《又玄集》中，上中下三卷中都有。又吴曾《能改齋漫録》卷五記《又玄集》載杜甫、杜誦詩，卷六記《又玄集》載裴度詩，劉克莊《後村詩話》卷二謂《又玄集》載任華二篇《雜言》寄李、杜，這都與今本《又玄集》合。可見南宋時《又玄集》尚完整存世。元人辛文房《唐才子傳》卷一〇韋莊傳，稱「莊嘗選杜甫、王維等五十二人詩爲《又玄集》，以續姚合之《極玄》，今並傳世」。按據韋莊自序，《又玄集》選録作者一百五十人，詩三百首，《才子傳》云「五十二人」，差距甚遠。且「杜甫、王維等五十二人」，正與今本《又玄集》卷上姓名、人數相合，是辛文房所見僅爲上卷一卷，還是僅以上卷爲例，尚不能論定。總之，自元代以後，中國即未有《又玄集》傳世，書目中亦皆未有記載。二十世紀五十年代，日本京都大學清水茂教授函告杭州大學夏承燾教授，謂日本有享和三年（一八〇三）江户昌平坂學問所刊之官板本，今内閣文庫尚有其書。嗣後清水茂教授即應夏承燾教授之請，將此官板本影成膠片相贈，隨後古典文學出版社據以影印。上海古籍出版社之《唐人選唐詩》，即據此影印本斷句排印，末附夏承燾先生爲此所撰之後記。

此本《又玄集》之文獻價值是顯而易見的。此書當於南宋時流傳到日本，在中國亡佚較早，清人編《全唐詩》時未曾得見。因此，有些詩可補《全唐詩》之不足，有些長期未能解決之問題，得此可迎刃而解。如晚唐時張爲《詩人主客圖》中「瓌奇美麗主」下載趙嘏詩句「一千里色中秋月，十萬里聲半夜潮」。此爲歷來傳誦之名句，但其後《唐詩紀事》及宋人詩話、筆記，直至清編《全唐詩》，皆僅載此二句殘詩，且亦僅據《詩人主客圖》，以此二句之詩題爲《錢塘》。而今本《又玄集》却有其全篇，題爲《憶錢塘》，雖因刊刻之誤，錯作李廓詩，不難改正，則千百年來之名句現在獲睹全豹，實有賴於此本。

今本《又玄集》在文字校勘上也有其價值。由於此本較早傳往日本，中國在元以後即未見傳本，故能保留獨立的、不受後世刊刻影響的原貌，有些因而能糾正長期流傳的訛誤。如今傳各本《御覽詩》載李端《送客赴洪州》，洪州在江西，而詩中却云「水傳雲夢曉，山接洞庭春」，又云「帆影連三峽，猿聲在四隣」，所寫皆爲荆州四周景色，與洪州無涉，而《全唐詩》等皆題作洪州。何焯在校《御覽詩》時曾提出「洪」應作「荆」，但未提供任何根據。而今本《又玄集》載李端此詩，即題作《送客赴荆州》，解決了長期存在的誤字問題。

但今本《又玄集》確還留有不少錯誤。古典文學出版社據日本清水茂教授提供的膠卷影印，後上海古籍出版社加以斷句排印，都未作校勘，書中的問題長期存在，未有糾正。

書中的問題大致是：

一、目録與卷内所載不合。如目録中有姓名而卷内没有，卷下目録中有徐振、許棠、趙氏，卷内有詩而未列作者姓名。又如卷内有詩而目録不載，卷下「女郎崔公達」後有「女郎宋若昭」等三人，目録中無，極不統一。今將目録與卷内正文比勘，缺者均加補正，作校記説明。

二、詩之作者張冠李戴。如卷上李端下有《秋日》詩，實爲耿湋作，而書中却未列耿湋。卷下僧太易下有《宿天柱觀》詩，實爲僧靈一作，而書中未列靈一。又如卷中有盧中丞之《送李先輩赴職鄭州因獻》。按此詩之前爲趙嘏《憶錢塘》詩，之後爲《寄歸》、《長安晚秋》詩。查《全唐詩》卷五四九即載趙嘏《送李藴赴鄭州因獻盧郎中（《全唐詩》校云一作中丞）假》。則此當係編刻時，誤將詩題中之盧中丞作爲詩之作者，又割裂詩題之前部分，無中生有地列「盧中丞」其人。又如卷中原列劉禹錫《鸚鵡》一詩，而實則此詩爲白居易所作（《全唐詩》卷四四七），劉禹錫另有和作，題《和樂天鸚鵡》（《全唐詩》卷三六〇）。此處應作白居易詩。又如卷一署名孟郊之《歲暮歸南山》，實爲孟浩然詩。而已載之孟浩然三詩，其第三首《送張舍人往江東》，却又當爲李白作。又卷下張喬下列四首詩，其實第三首《雷塘》、第四首《古意》應是徐振詩，《唐詩紀事》卷六七徐振下即載此二詩，並云「右二詩韋莊取爲《又玄集》」，可見南宋時計有功所見之《又玄集》，此二詩是列於徐振名下的，此爲後來刊刻致誤。其他類似者還有，具見校記，此不列舉。

三、詩篇分合不當。如卷下「女郎蔣藴」下《贈鄭女郎古意》一首，此應爲二首，即首句「昨夜巫山中」至第四句「獨伴楚王語」爲一詩，題爲《古意》，自第五句「艷陽的的河洛神」以下皆爲七言，題《贈鄭女郎》，皆見《唐詩紀事》、《全唐詩》。又如同卷「女郎張琰」下《春詞》一首，也應是二詩（《全唐詩》卷八〇一即題爲《春詞二首》，又見《唐詩紀事》卷七九）。

四、重見。如卷上劉阜《長門怨》，卷下劉媛又有《長門怨》，兩詩僅首句劉阜名下作「淚滴長門」，劉媛名下作「雨滴梧桐」，其他均同。

五、缺字、誤字。缺字如陳羽《宴楊駙馬山亭》「酒開金□緑醅醲」，所缺可據《全唐詩》補「甕」字。李廓《夏日途》「樹□炎風路」，所缺可據《全唐詩》補「夾」字。又韋蟾《送盧潘尚書之□武》，據《唐詩紀事》卷五八、《全唐詩》卷五六六，缺字爲「靈」。至於誤字，則甚多，不能一一列舉，僅舉其顯著者。如韓琮《暮春送客》「流盡年老是此聲」，「老」應作「光」。李賀《杜家唐兒歌》「杜即生得真男子」，「即」應作「郎」。崔顥《古遊俠》「銷落金鎖甲」，「銷」當作「錯」。劉長卿《餘干旅舍》「孤城向水閼，獨鳥背人飛」，「閼」應作「閉」。劉長卿《送李丞之襄州》，「李丞」應作「李中丞」。張衆甫《送李司直使吳》「使臣方擁傳，王事送辭家」，「送」應作「遠」。劉禹錫《寄樂天》「雪裏高山頭自早」，「自」應作「白」。李涉《京口送客之淮南》「君去揚州見桃李，爲傳風雨渡江難」，「李」應作「葉」，此用王獻之《桃葉詞》的典故。

以上這些，絶大部分當是流傳、刊刻過程中造成的錯誤。日本保存此書，及後來此書復返中土，對於進一步研究唐人選詩及唐詩的輯佚、校勘，都幫助甚大，但對其中的訛誤，也應加以細心的校核。

韋莊自序説選作者一百五十人，詩三百首。如按今本目録未加比勘時統計，爲一百四十二人，詩二百九十七首。今據考核，實得一百四十六人，詩二百九十九首。

又玄集

左補闕韋莊述

謝玄暉文集盈編，止誦「澄江」之句；曹子建詩名冠古，唯吟清夜之篇。是知美稼千箱，兩岐爰少；繁絃九變，大濩殊稀〔一〕。入華林而珠樹非多，閱衆籟而紫簫惟一。所以擷芳林下，拾翠岩邊，沙之汰之，始辨辟寒之寶；載彫載琢，方成瑚璉之珍。故知頷下採珠，難求十斛；管中窺豹，但取一斑。自國朝大手名人，以至今之作者，或百篇之内，時記一章；或全集之中，唯徵數首。但掇其清詞麗句，録在西齋；莫窮其巨脈洪瀾，任歸東海。總其記得者，才子一百五十人；誦得者，名詩三百首。長樂暇日，陋巷窮時，聊撼膝以書紳，匪攢心而就簡。此蓋詩中鼓吹，名下笙簧，擊鳧氏之鐘，霜清日觀；淬雷公之劍，影動星津。雲間分合璧之光，海上運摩天之翅。奪造化而雲雷噴涌，役鬼神而風雨奔馳。但思其食馬留肝，徒云染指；豈慮其烹魚去乙，或致傷鱗。自慙乎鼹腹易盈，非嗜其熊蹯獨美。然而律者既採，繁者是除，何知黑白之鵝，强識淄澠之水。左太沖十年三賦，未必無瑕；劉穆之一日百函，焉能盡麗。是知班、張、屈、宋，亦有蕪辭；沈、謝、應、劉，猶多累句。雖遺妍可惜，而備載斯難；亦由執斧伐山，止求嘉木。挈瓶赴海，但汲甘泉。等同於風月烟花，各是其樝梨橘柚。昔姚合選《極玄集》一卷，傳於當代，已盡精微。今更採其玄者，勒成《又玄集》三卷。記方流而目眩，閱麗水而神疲，魚兔雖存，筌蹄是棄。所以金盤飲露，唯採沆瀣之精；花界食珍，但饗醍醐之味。非獨資於短見，亦可貽於後昆。採實去華，俟諸來者。時光化三年七月日。

〔一〕濩　原作「護」，當爲刊刻之誤，今改正。

又玄集目録

鄭谷　李洞　高蟾　杜荀鶴　崔塗　唐彦謙　羅鄴　紀唐夫　張喬　徐振　陳上美　許棠　僧無可　僧清江　僧棲白　僧法振　僧法照　僧護國　僧太易　僧靈一〔五〕　僧惟審　僧皎然　僧滄浩　李季蘭　女道士元　淳　張夫人　崔仲容　鮑君徽　趙氏　女郎張窈窕　倡伎常浩　女郎蔣藴　女郎劉媛　女郎廉氏　女郎張琰　女郎崔公達　女郎宋若昭〔六〕　女郎宋若茵　女郎田娥　薛陶〔七〕　女郎劉雲　女郎葛鴉兒　女郎張文姬　女郎程長文　女道士魚玄機

〔一〕耿湋　按目録、卷内原皆無耿湋，而卷内「李端」下載有《秋日》一詩確爲耿湋作，此據補。

〔二〕孟浩然　原作孟郊，所載《歲暮歸南山》詩實爲孟浩然作，詳見卷内校。

〔三〕盧中丞　按盧中丞下僅載一詩，題爲《送李先輩赴職鄭州因獻盧郎中》。考此詩實爲趙嘏作，題爲《送李藴赴鄭州因獻盧郎中（《全唐詩》卷五四九校云一作中丞）俶》。原列趙嘏名下，刊刻時割裂詩題，誤立「盧中丞」爲詩作者。此當删。

〔四〕劉德仁　「德」當作「得」，參《唐才子傳校箋》卷六。

〔五〕靈一　按目録、卷内原皆無靈一，而卷内「僧太易」下載詩二首，其二爲《宿天柱觀》詩，而此實爲靈一作。當係刊刻時漏刻靈一名，後即將此詩誤植於太易名下。今據補。

〔六〕女郎宋若昭　按此下「女郎宋若昭、女郎宋若茵、女郎田娥」三人，目録無，今據卷内補。

〔七〕薛陶　「陶」應作「濤」。

又玄集卷上

杜甫

西郊

時出碧雞坊，西郊向草堂。市橋官柳細，江路野梅香。傍架齊書帙，看題檢藥囊。無人覺來往，疏懶意何長。

春望

國破山河在，城春草木深。感時花濺淚，恨別鳥驚心。烽火連三月，家書抵萬金。白頭搔更短，渾欲不勝簪。

禹廟

禹廟空山裏，秋風落日斜。荒庭垂橘柚，古屋畫龍蛇。雲氣虛青壁〔一〕，江聲走白沙。早知乘四載，踈鑿控三巴。

山寺

野寺殘僧少，山園細路高。麝香眠石竹，鸚鵡啄金桃。亂水通人過，懸崖置屋牢。上方重閣晚，百里見纖毫。

遣興

干戈猶未定，弟妹各何之。拭淚霑襟血，梳頭滿面絲。地卑荒野大，天遠暮江遲。衰老那能久，應無見汝期。

送韓十四東歸覲省〔二〕

兵戈不見老萊衣，歎息人間萬事非。我已無家尋弟妹，君今何處訪庭闈。黄牛峽静灘聲轉，白馬江寒樹影稀。此别還須各努力，故鄉猶恐未成歸〔三〕。

南隣

錦里先生烏角巾，園收芋栗不全貧。慣看賓客兒童喜，得食階除鳥雀馴。秋水纔深四五尺，野航恰受兩三人。白沙翠竹江村暮，相送柴門月色新。

〔一〕虚青 《全唐詩》卷二二六作「嘘清」，又作「生虚」。

〔二〕東歸 《全唐詩》作「江東」。
〔三〕成 《全唐詩》作「同」，又作「堪」。

李白

蜀道難雜言

噫嘻巇，危乎高哉！蜀道之難，難於上青天。蠶叢及魚鳧，開國何茫然。爾來四萬八千歲，乃不與秦塞通人煙。西當太白有鳥道，可以横絶峨眉巔。地崩山摧壯士死，然後天梯石棧相勾連。上有横河斷海之浮雲，下有衝波逆折之迴川。黄鶴之飛兮上不得〔一〕，猿猱欲渡愁攀牽。青泥何盤盤，百步九折縈巖巒。捫參歷井仰脅息，以手拊膺坐長歎。問君西遊何當還，長途巉巖不可攀〔二〕。但見悲鳥號古木，雄飛從雌繞林間。又聞子規啼夜月，愁空山。蜀道之難，難於上青天，使人聽此凋朱顔。連峰入雲幾千尺，枯松倒掛倚石壁。崩湍瀑流争喧豗，砯崖轉石萬壑雷。其嶮若此，嗟爾遠道之人胡爲乎來哉！劍閣峥嶸而崔嵬，一夫當關，萬夫莫開。所守或非人，化爲狼與豺。朝避猛獸，夕避長蛇，磨牙吮血，殺人如麻。錦城雖云樂，不如早還家。蜀道之難，難於上青天，側身西望長咨嗟。

古意〔三〕

白酒初熟山中歸，黄雞啄黍秋正肥。呼童烹雞酌白酒，男女歡笑牽人衣。高歌取醉欲自慰，起舞落日争光輝。遊説萬乘苦不早，著鞭跨馬涉遠道。會稽愚婦輕買臣，余亦辭家西入秦。仰天大笑出門去，我輩豈是蓬蒿人。

長相思

美人在時花滿堂，美人去後空餘床。床中繡被竟不掩〔四〕，至今三載猶聞香。香亦竟不滅，人亦竟不來。相思黄葉落，白露點青苔。

金陵西樓月下吟

金陵夜寂涼風發，獨上西樓望吴越。白雲映水摇空城，白露垂珠滴秋月〔五〕。月下長吟久不歸〔六〕，古來相接眼中稀。解道澄江静如練，令人長憶謝玄暉。

〔一〕黄鶴之飛兮上不得　《全唐詩》卷一六六無「兮」字，「上」作「尚」，「得」下有「過」字。

〔二〕長　《全唐詩》作「畏」。

〔三〕古意　《全唐詩》題作《南陵别兒童入京》。

〔四〕竟不掩　《全唐詩》作「更不捲」，又作「捲不寢」。

〔五〕濕《全唐詩》作「滴」。
〔六〕長《全唐詩》作「沉」。

王維

觀獵

風勁角弓鳴，將軍獵渭城。草枯鷹眼疾，雪盡馬蹄輕。忽過新豐市，還歸細柳營。迴看射鵰處，千里暮雲平。

終南山

太一近天都，連山到海隅。白雲回望合，青靄入看無。分野中峰變，陰晴衆壑殊。欲投人處宿，隔水問樵夫。

勑借岐王九成宫避暑

帝子遠辭丹鳳闕，天書遥借翠微宫。隔窗雲霧生衣上，卷幔山泉入鏡中。林下水聲喧語笑，巖間樹色隱房櫳。仙家未必能勝此，何事吹簫向碧空。

送秘書晁監歸日本

積水不可極，安知滄海東。九州何處遠，萬里若乘空。向國唯看日，歸帆但信風。鼇身映天黑，魚眼射波紅。鄉樹扶桑外，主人孤島中。別離方異域，音信若爲通。

常建

弔王將軍〔一〕

嫖姚北伐時，深入强千里。戰餘落日黄，軍敗鼓聲死。常聞漢飛將，可奪單于壘。今與山鬼隣，殘兵哭遼水。

題破山寺後院〔二〕

清晨入古寺，初日照高林。竹逕通幽處，禪房花木深。山光悦鳥性，潭影空人心。萬籟此都寂，但餘鐘磬音。

〔一〕弔王將軍　《河岳英靈集》、《全唐詩》卷一四四於「軍」下皆有「墓」字。

〔二〕題破山寺後院　《河岳英靈集》、《全唐詩》「後」下有「禪」字。

王昌齡

長信宫秋詞

奉箒平明金殿開，暫將團扇共徘徊。玉顔不及寒鴉色，猶帶昭陽日影來。

韓琮

春愁

金烏長飛玉兔走，青鬢長青古無有。秦娥十六語如絃，未解貪花惜楊柳。吴魚嶺雁無消息，水誓蘭情别來久。勸君年少莫遊春，暖風遲日濃如酒。

公子行

紫袖長衫色，銀蟬半臂花。帶裝盤水玉，鞍繡坐雲霞。别殿承恩澤，飛龍賜渥洼。控羅青裊轡，鏤象碧重葩。意氣催歌舞，闌珊走鈿車。袖彰雲縹緲，釵轉鳳欹斜。珠卷迎歸箔，紅籠晃醉紗。唯無難夜日，不得似仙家。

駱谷晚望

秦川如畫渭如絲，去國還鄉一望時。公子王孫莫來好，嶺花多是斷腸枝。

暮春送客

緑暗紅稀出鳳城，暮雲樓閣古今情。行人莫聽宫前水，流盡年老是此聲〔一〕。

〔一〕老　《才調集》卷八、《全唐詩》卷五六五作「光」，是。「老」字當誤。

司空曙

謝李端見贈〔一〕

緑槐初穗乳烏飛，忽憶山中獨未歸。清鏡流年看髮變，白雲芳草與心違。多逢酒客朝遊慣，久别林僧夜坐稀。昨日聞君到城闕，莫將簪弁責荷衣。

寄胡居士

日暖風微南陌頭，青田紅樹起春愁。伯勞相逐行人别，歧路空歸野水流。偏憶尋僧同看雪〔二〕，誰期載酒共登樓。爲言惆悵嵩陽寺，明月高松應獨遊。

送麴山人往衡山[三]

白石先生眉髮光，已分甜雪飲紅漿。衣巾半染煙霞氣，語笑兼和藥草香。茅洞玉聲流晴水[四]，衡山碧色映朝陽。千年城郭如相問，華表峨峨有夜霜。

〔一〕謝李端見贈　《全唐詩》卷二九三「謝」作「酬」，「李端」下有「校書」二字。

〔二〕偏憶　《全唐詩》作「偏地」。

〔三〕麴　《全唐詩》卷二九二作「曲」。

〔四〕晴　《全唐詩》作「暗」，似是。

李賀

雁門太守行

黑雲壓城城欲摧，甲光向日金鱗開。角聲滿天秋色裏，塞土燕支凝夜紫。半卷紅旗臨易水，霜重鼓寒聲不起。報君黄金臺上意，提攜玉龍爲君死。

劍子歌[一]

先輩匣中三尺水，曾入吳潭斬龍子。隙月斜明刮露寒，練帶平鋪吹不起。鷫鷞淬花白鷳尾，鮫鮎老皮蒺藜刺〔二〕。直是荆軻一片心，莫將照見春坊字。挼絲團金垂麗㲲，神光欲截藍田玉。提出西方白帝驚，嗷嗷鬼母秋郊哭。

杜家唐兒歌幽公之子〔三〕

頭玉磽磽眉刷翠，杜郎生得真男子〔四〕。骨重神寒天廟器，一雙瞳人剪秋水。竹馬梢梢摇緑尾，銀鸞睒光踏半臂。東家嬌娘求對值，含笑畫空作唐字〔五〕。眼大心雄知所以，莫忘作歌人姓李。

〔一〕劍子歌　《全唐詩》卷三九〇於「劍」字上有「春坊正字」四字。

〔二〕鮫鮎老皮蒺藜刺　按《全唐詩》此句在「鸊鵜」句前，又「老皮」作「皮老」。

〔三〕杜家唐兒歌　《全唐詩》無「杜家」二字，又題下小注「豳」原作「幽」，誤，亦據《全唐詩》改正。

〔四〕郎　原作「即」，當是刊刻之誤，據《全唐詩》改正。

〔五〕含　《全唐詩》作「濃」。

張九齡

望月懷遠

海上生明月，天涯共照時〔一〕。愁人怨遥夜，竟夕起相思。背燭憐光滿〔二〕，披衣覺露滋。不堪盈手贈，還寢夢佳期。

〔一〕照　《文苑英華》卷一五二、《全唐詩》卷四八作「此」。

〔二〕背　《文苑英華》、《全唐詩》作「滅」。

高適

燕歌行并序

開元十年〔一〕，客有御史大夫張公出塞而還，作《燕歌行》以示適，感征戍之事，因而和焉。

漢家烟塵在東北，漢將辭家破殘賊。男兒本自重横行，天子非常賜顔色。摐金伐鼓下榆關，旌旗逶迤碣石間。校尉羽書飛瀚海，單于獵火照狼山。山川蕭條極邊土，胡騎憑陵雜風雨。戰士軍前半死生，美人帳下猶歌舞。大漠窮秋塞草衰，孤城落日鬬兵稀。身當恩遇恒輕敵，力盡關山未解圍。鐵衣遠戍辛勤久，玉筯應啼别離後。少婦城南欲斷腸，征人薊北空迴首。邊風飄飖那可度，絶域蒼茫何所有。殺氣三日作陣雲，寒聲一夜傳刁斗。相看白刃血紛紛，死節從來豈顧勳。君不見沙場征戰苦，至今猶憶李將軍。

〔一〕開元十年　《文苑英華》卷一九六作「開元十六年」。宋本《河岳英靈集》卷上作「開元二十六年」，《全唐詩》

卷二一三同，是。此作「十年」，誤。

盧綸

送李端

故關秋草遍，離別自堪悲。路入寒雲外，人歸暮雪時。少孤爲客早，多難識君遲。掩淚空相見，風塵何處期。

長安春望

東風吹雨過青山，却望千門草色閒。家在夢中何日到，春來江上幾人還。川原繚繞浮雲外，宫闕參差落照間。誰念爲儒多失意，獨將衰鬢客秦關。

得嶺外故人書以詩寄〔一〕

瘴海寄雙魚，中宵達我居。兩行燈下淚，一紙嶺南書。地説炎蒸極，人稱老病餘。殷勤報賈傅，莫共酒盃疏。

〔一〕得嶺外故人書以詩寄　《文苑英華》卷二五五、《全唐詩》卷二七八皆題作《夜中得循州趙司馬侍郎書因寄回使》。

錢起

宿洞口館

野竹通溪冷，秋泉入户鳴。亂來人不到，寒草上階生。

裴迪書齋翫月

夜來詩酒興，月滿謝公樓。影閉重門静，寒生獨樹秋。鵲驚隨葉散，螢遠入烟流。今夕遥天末，清輝幾處愁。

宿畢侍御宅

交情貧更好，子有古人風。晤語清霜裏，平生苦節同。心惟二仲合，室乃一瓢空。落葉寄秋菊，愁雲低夜鴻。薄寒燈影外，殘漏雨聲中。明發南昌去，迴看御史驄。

李華

長門怨

弱體鴛鴦薦，啼粧翡翠衾。鵶鳴秋殿曉，人静禁門深。每憶椒房寵，那堪永巷陰。日驚羅帶緩〔一〕，非復舊來心。

〔一〕日　《全唐詩》卷一五三作「自」，似是。

岑參

終南山〔一〕

昨夜雲際宿，適從西峰迴。不見林中僧，微雨潭上來。諸峰皆青翠，秦嶺獨不開。石鼓有時鳴，秦王安在哉。瀑瀑斷山口，吼沫相喧豗。〔二〕噴壁四時雪〔三〕，傍村終日雷。北瞻長安道，日夕生塵埃。若訪張仲蔚，衡門映蒿萊。

〔一〕終南山　《文苑英華》卷二三五題作《終南雲際精舍尋法澄上人》，《全唐詩》卷一九八題作《終南雲際精舍尋法澄上人不遇歸高冠東潭石淙望秦嶺微雨作貽友人》。

〔二〕瀑瀑斷山口吼沫相喧豗　《全唐詩》無此二句，而有「東南雲開處，突兀獼猴臺，崖口懸瀑流，半空白皚皚」四句。又「瀑瀑」，《文苑英華》作「水深」。

〔三〕雪　《文苑英華》、《全唐詩》皆作「雨」，似是。

李嘉祐

和苗發寓直

多雨南宫夜，仙郎寓直時。漏長丹鳳闕，秋冷白雲司。螢影侵堦亂，鴻聲出苑遲。蕭條吏人散，小謝有新詩。

送王牧往吉州謁王使君

細草緑汀洲，王孫耐薄遊。年華初冠帶，文體舊弓裘。野渡花争發，春塘水亂流。使君憐小阮，應念倚門愁。

楚州驛路十里竹木相次交映〔一〕

十里山村道，千峰驛樹陰〔二〕。霜濃竹枝亞，歲晚荻花深。草市多樵客，漁家足水禽。幽居雖可羨，無那子牟心〔三〕。

〔一〕按《文苑英華》卷二九八、《全唐詩》卷二〇六皆題作《登楚州城望驛路十餘里山村竹木相次交映》。

〔二〕驛樹陰　《文苑英華》、《全唐詩》皆作「櫟樹林」。

〔三〕牟　原作「年」，據《文苑英華》、《全唐詩》改。

崔顥

古遊俠〔一〕

少年負膽氣，好勇復知機。杖劍出門去，孤城逢合圍。殺人遼水上，走馬漁陽歸。錯落金鎖甲〔二〕，蒙茸貂鼠衣。還家行且獵，弓矢速如飛。地迥鷹犬疾，草深狐兔肥。腰間懸兩綬，轉眄生光輝。顧謂今日戰，何如隨建威。

黄鶴樓黄鶴乃人名也〔三〕

昔人已乘白雲去，此地空餘黄鶴樓。黄鶴一去不復返，白雲千載空悠悠。晴川歷歷漢陽樹，春草萋萋鸚鵡洲。日暮鄉關何處是，烟波江上使人愁。

〔一〕古遊俠　《文苑英華》卷三〇〇、《全唐詩》卷一二九「俠」下有「呈軍中諸將」五字。
〔二〕錯　原作「銷」，當爲刊刻之誤，今據《文苑英華》、《全唐詩》改。
〔三〕黄鶴乃人名也　《文苑英華》、《全唐詩》諸書皆無此題下注，當非崔顥原注，爲刻書人所加。

李益

邊思

腰垂錦帶佩吴鈎，走馬曾防玉塞秋。莫笑關西將家子，祇將詩思入梁州。

過五原至飲馬泉

緑楊著水草如烟，舊是胡兒飲馬泉。幾處吹笳明月夜，何人倚劍白雲天。從來凍合關山路，今日分流漢使前。莫遣行人照容鬢，恐驚憔悴入新年。

嫁得瞿塘賈，朝朝誤妾期。早知潮爲一作潮有信，嫁與弄潮兒。

任華

雜言寄李白

古來文章有能奔逸氣，高聳高格〔一〕。清人心神，驚人魂魄。我聞當今有李白，大獵賦，鴻猷文，嗤長卿，笑子雲。班張所作瑣細不入耳，未知卿雲得在嗤笑限。登廬山，觀瀑布，海風吹不斷，江月照還明。余愛此兩句，登天台，望渤海，雲垂大鵬飛，山壓巨鼇背，斯言亦好在。至於他作，多不拘常律，振擺起騰，既俊且逸。或醉中操紙，或興來走筆。手下忽然片雲飛。眼前劃見孤峰出。而我有時白日忽欲睡，覺之不覺欻然起攘臂〔二〕。任生知有君，君也知有任生未。中間聞道在長安，及余戾止君已江東訪元丹。邂逅不得見君面，每常把酒向東望良久。見說往年在翰林，胸中矛戟何森森，新詩傳在宮人口，佳句不離明主心。身騎天馬多意氣，目送飛鴻對豪貴。承恩詔入凡幾迴，待詔歸來仍半醉。權臣妬盛名，群犬多吠聲。有敕放君却歸隱淪處，高歌大笑出關去，且向東山爲外臣，諸侯交迓馳朱輪。白璧一雙買交者，黄金百鎰相知人，平生傲岸其志不可測。數十年爲客，未嘗一日低顔色。八詠樓中坦腹眠，五侯門下無心憶。繁花越臺上，細柳吴宫側。緑水青山知有君，白雲明月偏相識。養高兼養閒，可見不可攀。莊周萬物外，范蠡五湖間。又聞訪道滄海上，丁令王喬時還往。蓬萊經是曾到來〔三〕，方丈豈唯方一丈。伊余每欲乘興遠相尋，江湖擁隔勞寸心。今朝忽遇東飛翼，寄此一章表胸臆。儻能報我一片言，但訪任華有人識。

雜言寄杜拾遺

杜拾遺，名甫第二才甚奇。任生與君别來已多時，何曾一日不相思。杜拾遺，知不知，昨日有人誦得數篇黄絹詞。吾怪異奇特借問，果然稱是杜二之所爲。勢攫虎豹，氣騰蛟螭。滄海無風似鼓蕩，華嶽平地欲奔馳。曹劉俯仰慙大敵，沈謝逡巡稱小兒。昔在帝城中，盛名君一箇，諸人見所作，無不心膽破。郎官叢裏作狂歌，丞相閣中常醉卧。前年皇帝歸長安，承恩闊步青雲端。積翠扈游花匼匝，披香寓直月團欒。英才特達承天睠，公卿誰不相欽羨。只緣汲黯好直言，遂使安仁却爲掾。如今避地錦城隅，幕下英寮每日相就提玉壺。半醉起舞捋髭鬚，乍低乍昂傍若無。古人制禮但爲防俗士，豈得爲君設之乎！而我不飛不鳴亦何以，只待朝庭有知己。曾讀却無限書〔四〕，拙詩一句兩句在人耳，如今看之總無益。又不能崎嶇傍朝市，且當事耕稼，豈得便徒爾。南陽葛亮爲朋友，東山謝安作隣里。閒常把琴弄，悶即攜罇起。鶯啼二月三月時，花發千山萬山裏。此中幽曠無人知，火急將書憑驛吏，爲報杜拾遺。

〔一〕高聳 《文苑英華》卷三四〇、《全唐詩》卷二六一皆無此「高」字。

〔二〕覺之不 《全唐詩》無此三字。

〔三〕經 《全唐詩》作「徑」。

〔四〕曾讀却無限書 「曾」上《文苑英華》有「亦」字，《全唐詩》有「已」字，皆爲七字句，似是。

宋之問

題梧州司馬山齋

南國無霜霰，連季對物華。青林暗換葉，紅蕊續開花。春至聞山鳥，秋來見海槎。流芳雖可翫，會自立長沙。

戴叔倫

過陳州〔一〕

擾擾倦行役，恓恓一作栖栖陳蔡間〔二〕。如何百年内，不見一人閒。對酒惜餘景，問程愁亂山。秋風萬里道，又出穆陵關。

送謝夷甫宰鄮縣

君去方爲縣，兵戈尚未銷。邑中殘老少，亂後少官僚。廨宇經山火，公田没海潮。到時應變俗，新政滿餘姚。

〔一〕過陳州 《全唐詩》卷二七三題作《别友人》，題下原校 一作《汝南逢董校書》，又作《别董校書》。《文苑英華》卷二一八即題爲《汝南逢董校書》。

〔二〕恓恓 《文苑英華》、《全唐詩》作「相逢」。

皇甫冉

題裴二十一新園

東郭訪先生，西郊尋隱路。久爲江南客，自有雲陽樹。已得閒園心，不知公府步。開門白日晚，倚杖青山暮。果熟任霜封，籬疎從水渡。窮年常牽綴，往事惜淪誤。唯見耦耕人，朝朝自來去。

秋日東郊作

閒看秋水心無事，坐對東林手自栽。廬岳高僧留偈别，茅山道士寄書來。燕知社日辭巢去，菊爲重陽冒雨開。淺薄將何稱獻納，臨岐終日獨遲迴。

崔峒

江上書懷

骨肉天涯別，江山日落時。淚流襟上血，髮白鏡中絲。胡越書難到，存亡夢豈知。登高迴首罷，形影自相從一作隨。

題桐廬李明府官舍

訟堂寂寂對烟霞，五柳門前聚晚鴉。流水聲中視公事，寒山影裏見人家。觀風共美新爲政，計日還應更觸邪。可惜陶潛無限興，不逢籬菊正開花。

劉長卿

餘干旅舍

摇落暮天迥，青楓霜葉稀。孤城向水閉〔一〕，獨鳥背人飛。溪口月初上，隣家漁未歸。鄉心正欲絶，何處擣寒衣。

送李丞之襄州〔二〕

流落征南將，曾驅十萬師。罷歸無舊業，老去戀明時。獨立三朝識，輕生一劍知。茫茫漢江上，日暮欲何之。

〔一〕闕　《文苑英華》卷九九二、《全唐詩》卷一四七作「閉」，是。

〔二〕李丞　《全唐詩》「李」下有「中」字，是。《中興間氣集》、《極玄集》皆作「李中丞」。

郎士元

送王將軍〔一〕

雙旌漢飛將，萬里授橫戈。春色臨關盡，黃雲出塞多。鼓鼙悲絶漠，烽火隔長河。莫斷陰山路，天驕已請和。

〔一〕送王將軍　《文苑英華》卷三〇〇、《全唐詩》卷二四八皆題爲《送李將軍赴定州》，《全唐詩》並於題下校云「一作《送彭將軍》」。

杜誦

哭長孫侍御

道爲詩書重，名因賦頌雄。禮闈曾折桂，憲府近承驄。流水生涯盡，浮雲世事空。唯餘舊臺柏，蕭瑟九原中。

朱灣

秋夜醼王郎中宅賦得露中菊

衆芳春競發，寒菊露偏滋。受氣何曾異，開花獨自遲。晚成猶有分，欲採未過時。忍棄東籬下，看隨秋草衰。

賦得白鳥翔翠微送陳偃下第

不知鷗與鶴，天畔弄晴暉。背日分明見，臨川相映微。洋一作浄中雲一點，迴去雪孤飛。正好南枝住，翩翩何所依。

陳羽

長安喜雪〔一〕

千門萬户雪花浮，點點無聲落瓦溝。全似玉塵消更積，半成冰片結還流。光含曙色清天苑，輕逐微風繞御樓。平地已霑盈尺潤，年豐須賀富人侯。

宴楊駙馬山亭得峰字

垂楊拂岸草茸茸，繡户窗前花影重。鱠下玉盤紅縷細，酒開金甕綠醅醲[二]。中朝駙馬何平叔，南國詞人陸士龍。落日泛舟同醉處，迴潭百丈映千峰[三]。

〔一〕長安喜雪　《文苑英華》卷一五四、《全唐詩》卷三四八皆題爲《喜雪上竇相公》。又此詩《全唐詩》又載於朱灣名下。《唐詩紀事》卷四五朱灣條載此篇，並於此篇下注云：「右三詩韋莊取爲《又玄集》。」三詩即指朱灣前兩首及此篇。據此，則計有功於南宋時所見之《又玄集》，此詩屬朱灣名下。

〔二〕甕　原缺，據《全唐詩》補。

〔三〕潭　原作「澤」，當爲刊刻之誤，今據《全唐詩》改正。

皇甫曾

送杜中丞還京

罷戰迴龍節，朝天見鳳池。寒生五湖道，春及萬年枝。召化多遺愛，胡清已畏知。懷恩偏感別，墮淚向旌旗。

鄭常

寄常逸人

羡君無外事，日與世情違。地僻人難到，溪深鳥自飛。儒衣荷葉老，野飯藥苗肥。疇昔江湖意，而今憶共歸。

孟雲卿

傷時

徘徊宋郊上，不見平生親。獨立正傷心，悲風來孟津。大方載群物，生死有常倫。虎豹不相食，哀哉人食人。豈知逢世運，天道亮云云。

楊凌

明妃怨

漢國明妃去不還，馬馳絃管向陰山。匣中縱有菱花鏡，羞對單于照舊顔。

李宣遠

塞下作

秋日并州路，黄榆落故關。孤城吹角罷，數騎射鵰還。帳幕遥臨水，牛羊自下山。行人正垂淚，烽火起雲間。

劉皁

長門怨〔一〕

淚滴長門秋夜長，愁心和雨到昭陽。淚痕不學君恩斷，拭却千行更萬行。

〔一〕按此又見卷下女郎劉媛詩，詩題與文字均同，僅首句「淚滴長門」作「雨滴梧桐」。《全唐詩》卷四七二劉皁下載《長門怨》三首，此爲其一。

章孝標

歸海上舊居

鄉路繞蒹葭，縈紆出海涯。人衣披蜃氣，馬跡印鹽花。草没題詩石，潮推坐釣槎〔一〕。還歸舊窗裏，凝思賞烟霞。

長安秋夜〔二〕

田家無五行，水旱卜蛙聲。牛犢乘春放，兒孫候暖耕。池塘烟未起，桑柘雨初晴。歲晚香醪熟，村村自送迎。

〔一〕推　《唐詩紀事》卷四一同，《全唐詩》卷五〇六作「摧」。

〔二〕夜　《全唐詩》同，《唐詩紀事》作「日」，又於此詩下注「右二詩韋莊《又玄集》取之」。「右二詩」即《歸海上舊居》及此詩。可見計有功所見之《又玄集》，此詩詩題作《長安秋日》。

孟浩然

喜裴士曾見尋〔一〕

府寮能枉駕，家釀復新開。落日池上酌，清風松下來。廚人具雞黍，稚子摘楊梅。誰道山翁醉，猶能騎馬迴。

過符公蘭若

池上青蓮宇，人間白馬泉。故人成異物，攀樹獨潸然。既禮新松塔，還尋舊石筵。平生竹如意，猶掛草堂前。

過張舍人往江東〔二〕

張翰江東去，正在秋風時。天暗一雁遠，海闊孤帆遲。白日行欲暮，滄波杳難期。吴洲如見月，千里幸相思。

〔一〕按此詩，《唐詩紀事》卷二三題作《裴司士見尋》，《全唐詩》卷一六〇題作《裴司士員司户見尋》，題下校云「一題作《裴司士見訪》」。此處作「裴士曾」疑有誤。

〔二〕按《全唐詩》孟浩然下未收此詩，卷一七五李白下載，作《送張舍人之江東》，第二句「在」作「值」，第三句「晴」作「清」，其他均同。

楊虞卿

過小妓英英墓

蕭晨騎馬出皇都，聞説埋魂近路偶。別我已成泉下土，憶君猶似掌中珠。四絃品柱聲初絕，三尺孤墳草已枯。蘭質蕙心何所在，焉知過者是狂夫。

祖詠

蘇氏別業

別業居幽處，到來生隱心。南山當户牖，灃水映園林。竹覆經冬雪，庭昏未夕陰。寥寥人境外，閒坐聲春禽。

耿湋〔一〕

秋日

返照入閭巷，愁來與誰語。古道無人行，秋風動禾黍。

〔一〕按原書《秋日》、《送人往荆州》皆題李端作，查《全唐詩》李端下無此詩，而見於卷二六九耿湋名下。《文苑英華》卷一五一、《唐詩紀事》卷三〇亦皆屬耿湋，即據改。下首《送人往荆州》則仍爲李端詩。

李端

送人往荆州

草色隨驄馬，悠悠共出秦。水傳雲夢曉，山接洞庭春。帆影連三峽，猿聲近四隣。青門一分首，難看杜陵人。

韓翃

題薦福寺衡嶽禪師房

春城乞食還，高論此中閒。僧臘階前樹，禪心江上山。疎簾看雪卷，深户映花關。晚送門人去，鐘聲暝靄間。

羽林騎

駿馬牽乘御柳中，鳴鞭欲向渭橋東。紅蹄亂踏春城雪，花頜驕嘶上苑風。

送故人歸魯

魯客多歸興，居人愴別情。雨餘衫袖冷，風急馬蹄輕。秋草靈光殿，寒雲曲阜城。知君拜親後，少婦下機迎。

陶翰

古塞下曲

進軍飛狐北，窮寇勢將變。日落沙塵昏，背河更一戰。駿馬黄金勒，雕弓白羽箭。射殺左賢王，歸奏未央殿。欲言塞下事，天子不召見。西出咸陽門，哀哀淚如霰。

章八元

新安江村

江源南去永，野飯暫維橈。古戍懸漁網，空林露鳥巢。雪晴山脊見，沙淺浪痕交。自笑無媒者，逢人作解嘲。

望慈恩寺浮圖

十層突兀在虚空，四十開門一作門開面面風。却訝鳥飛平地上，自驚人語半天中。迴梯暗踏如穿洞，絶頂初攀似出籠。落日鳳城佳氣合，滿城春樹雨濛濛。

姚倫

感秋

試向疎林望，方知節候殊。亂聲千葉下，寒影一巢孤。不蔽秋天雁，驚飛夜月烏。霜風與春日，幾度遺榮枯。

李頎

漁父歌

白頭何老人，簑笠蔽其身。避世常不仕，釣魚清江濱。浦沙明濯足，山月静垂綸。寓宿湍與瀨，行歌秋復春。持棹湘岸竹，爇火蘆洲薪。緑水飯香稻，青荷苞紫鱗。於中還自樂，所欲全吾真。而笑獨醒者，臨流多苦辛。

張衆甫

送李司直使吴

使臣方擁傳，王事遠辭家〔一〕。震澤逢殘雨，新豐過落花。水萍千葉散，風柳萬條斜。何處看離恨，春江無限沙。

〔一〕遠　原作「送」，不辭，據《文苑英華》卷二七一、《全唐詩》卷二七五改。

崔國輔

雜言

逢著平樂兒，論交鞍馬前。與酤一斗酒，恰用十千錢。後余在關内，作事多迍邅。何處肯相救，徒聞寶劍篇。

怨詞

妾有羅衣裳，秦王在時作。爲舞春風多，秋來不堪著。

綦毋潛

春泛若耶

幽意無斷絶，此去隨所偶。晚風吹行舟，花路入溪口。際夜轉西壑，隔山望北斗。潭煙飛溶溶，林月低向後。生事且瀰漫，願爲持竿叟。

孟浩然〔一〕

歲暮歸南山

北闕休上書，南山歸舊廬。不才明主棄，多病故人疎。白髮催年老，青陽逼歲除。永懷愁不寐，松月夜窗虚。

〔一〕按此處原作「孟郊」，所載詩《歲暮歸南山》，已見《河岳英靈集》，題《歸故園作》，列爲孟浩然詩。殷璠與孟浩然同時，孟郊則遠在其後，二人時代不相及。諸書載此詩者皆屬孟浩然，此當爲刊刻或傳抄之誤，今改正。

崔曙

試明火珠

正位開重屋，中天出火珠。夜來雙月滿，曙後一星孤。天净光難滅，雲生望欲無。還將聖明代，國寶在京都。

冷朝陽

晚次渭上

晚來清渭上，一似楚江邊。魚網依沙岸，人家旁水田。不逢京口信，空認渡頭船。逆旅無消息，歸心誰爲傳。

于良史

冬日野望寄長安李贇府

地際朝陽滿〔一〕，天邊宿霧收。風兼殘雪起，河帶斷冰流。北闕馳心極，南圖尚旅游。登臨思不已，何處得銷憂。

春山月夜

春山多勝事，賞翫夜忘歸。掬水月在手，弄花香滿衣。興來無遠近，欲去惜芳菲。南望鐘鳴處，樓臺深翠微。

〔一〕際 原作「險」，不辭，據《唐詩紀事》卷四三、《全唐詩》卷二七五改。

丘爲

尋西山隱者不遇

絶頂一茅茨，直上三十里。扣關無僮僕，窺室唯案几。若非巾柴車，應是釣秋水。差池不相見，僶俛空仰止。草色新雨中，松聲晚窗裏。及兹契幽絶，自足盪心耳。雖無賓主意，頗得清浄理。興盡方下山，何必待之子。

蘇廣文

自商山宿陶令隱居

聞是花源堪避秦，尋幽數日不逢人。煙霞洞裏無鷄犬，風雨林中有鬼神。黄公山下三芝秀，陶令門前五柳春。醉卧白雲閒入夢，不知何物是吾身。

夜歸華川因寄幕府

山林寥落野人稀，竹裹衡門掩翠微。溪路夜隨明月入，亭皋春伴白雲歸。嵇康懶慢仍耽酒，范蠡逋逃又拂衣。汀畔數鷗閒不起，只應知我已忘機。

春日過田明府遇焦山人〔一〕

陶公歸隱白雲溪，買得春泉溉藥畦。夜静竹間風虎嘯，月明花上露禽棲。陳倉邑吏驚烽火，太白山人訝鼓鼙。相見只言秦漢事，武陵溪裹草萋萋。

〔一〕遇　原作「買」，於文理不合，顯誤，據《唐詩紀事》卷二三、《全唐詩》卷七八三改。

又玄集卷中

杜牧

秦淮

煙籠寒水月籠沙，夜泊秦淮寄酒家。商女不知亡國恨，隔江猶唱後庭花。

宣州開元寺

六朝文物草連空，天澹雲閒今古同。鳥去鳥來山色裏，人歌人哭水聲中。深秋簾幕千家雨，落日樓臺一笛風。惆悵無因見范蠡，參差烟樹五湖東。

詠柳

日落水流西復東，春光不盡柳何窮。巫娥廟裏低含雨，宋玉門前斜帶風。莫將榆莢共爭翠，深感杏花相映紅。灞上漢南千萬樹，幾人遊宦別離中。

哭處州李員外〔一〕

縉雲新命詔初行，纔是孤魂受器成。黄壤不知新雨露，粉書空换舊銘旌。巨卿哭處魂初斷，阿鶩歸來月正明。多少四年遺愛事，鄉閭生子李爲名。

寄張祜

百歲中來不自由〔二〕，角聲孤起夕陽樓。碧山終日思無盡，芳草何年恨即休。睫在眼前長不見，道非身外更何求。誰人得似張公子，千首詩輕萬户侯。

〔一〕哭處州李員外　《全唐詩》卷五二三題作《池州李使君没後十一日處州新命始到後見歸妓感而成詩》。

〔二〕歲　《文苑英華》卷三一三、《全唐詩》卷五二二作「感」，似是。

温庭筠

春日將欲東游寄苗紳

幾年辛苦與君同，得喪悲歡盡是空。猶喜故人先折桂，自憐羈客尚飄蓬。三春月照千山路，十日花開一夜風。知有杏園無路人，馬前惆悵滿枝紅。

早春滻水送友人

青門烟野外，渡滻送行人。鴨卧溪沙暖，鳩鳴社樹春。淺波青有石，幽草緑無塵。楊柳東風裏，相看淚滿巾。

河中陪節度遊河亭

倚欄愁立獨徘徊，欲賦慙非宋玉才。滿座山光摇劍戟，遶城波色動樓臺。鳥飛天外斜陽盡，人過橋心倒影來。添得五湖多少恨，柳花飄蕩似寒梅。

贈隱者

楚客隱名姓，園碁當薜蘿。亂溪藏釣石，一鶴在庭柯。敗堰水聲急，破窗山色多。南軒新竹遥，應許子猷過。

過陳琳墓

曾於青史見遺文，今日飄蓬過古墳。詞客有靈應識我，霸才無主始憐君。石鱗埋没藏春草，銅雀荒涼對暮雲。莫怪臨風倍惆悵，欲將書劍學從軍。

武元衡

孔雀〔一〕

荀令昔居此，故巢留越禽。動摇金翠羽，飛舞玉池音。上客徹瑶瑟，美人傷薰心。會因南國使，歸放海雲深。

同諸公送柳侍御裴起居

沱江水緑波，喧鳥去喬柯。南浦别離處，東風蘭杜多。長亭春婉娩，層漢路蹉跎。會有歸朝日，班超奈老何。

荆師

金貂再入三公府，玉帳連封萬户侯。簾卷青山巫峽曉，雲凝碧岫渚宫秋。劉琨坐嘯風生遠，謝朓裁詩月滿樓。白雪調高歌不得，美人南望翠娥愁。

崔巡使還本府

勞君車馬此逡巡，我與劉公本是親。兩地山川分節制，十年京洛共風塵。笙歌幾處胡天月，羅綺長留蜀國春。報主猶來須盡敵，還期萬里寶刀新。

送張諫議赴闕

詔書前日可一作下丹霄，頂戴儒冠脱皂貂。笛怨柳宫烟漠漠，雲愁江館雨蕭蕭。鵷鴻得路争先翥，松桂淩霜貴後凋。歸去朝端如有問，玉關門外老班超。

〔一〕孔雀 《全唐詩》卷三一六題作《四川使宅有韋令公時孔雀存焉暇日與諸公同玩座中兼故府賓妓興嗟久之因賦此詩用廣其意》。

賈島

送安南惟鑑法師

講經春色裏，花繞御床飛。南海幾迴渡，舊山臨老歸。觸風香損印，霑雨磬生衣。雲水路迢遞，往來消息稀。

題杜司户亭子

床頭枕是溪中石，井底泉通竹下池。宿客未眠過夜半，獨聞山雨到來時。

題李凝幽居

閑居少隣並，草徑入荒村。鳥宿池中樹，僧敲月下門。過橋分野色，移石動雲根。暫去還來此，幽期不負言。

哭柏岩和尚

苔覆石床新，吾師占幾春。寫留行道影，焚却坐禪身。塔院關松雪，房門鎖隙塵。自嫌雙淚下，不是解空人。

哭孟郊

身死聲名在，多應萬古傳。寡妻無子息，破宅帶林泉。塚近登山道，詩隨過海船。故人相弔後，斜日下寒天。

張籍

離亭〔一〕

日日望鄉國，空歌白苧詞。長因送人處，憶得別家時。失計還獨語，多愁自不知〔二〕。客亭門外柳，折盡向南枝。

寄同志

幽居得相近，烟景已寥寥。共伐臨溪樹，同爲過水橋。自教仙鶴舞，分採玉枝苗。更愛南峰寺，尋君恐路遥。

〔一〕離亭 《文苑英華》卷二七七題作《送遠人》，《全唐詩》卷三八四題作《薊北旅思》。

〔二〕自不 《全唐詩》作「祇自」。

姚合

山居

喜得山中樂，佳眠夢不驚。〔一〕暗泉和雨落〔二〕，秋草上牆生。因客始沽酒，借書方到城。新詩聊自遣，豈是趁聲名。

寄王度

憔悴王居士，顛狂不稱時。天公與貧病，時輩復輕欺。茅屋隨年借，盤餐逐日炊〔三〕。棄嫌官似夢，珍重酒如師。無竹栽蘆看，思山疊石爲。静窗留客睡，古寺覓僧碁。瘦馬寒來死，羸童餓得癡。唯應尋阮籍，心事遠相知。

武功縣居

微官如馬足，只是在泥塵。到處貧隨客，終年老趁人。簿書銷眼力，盃酒耗心神。早作歸休計，深居過此身。

又

簿書多不會，薄俸亦難銷。醉卧慵開眼，閒行懶繫腰。移花兼蝶至，買石得雲饒。且自心中樂，從他笑寂寥。

又

一日看除目，終年損道心。山宜衝雪上，詩好帶風吟。野客嫌知印，家人笑買琴。不應隨日過〔四〕，覺是錯彌深。

〔一〕喜得山中樂佳眠夢不驚　《文苑英華》卷三一九作「喜得山村住，閑眠夢不驚」，《全唐詩》卷四九七作「獨在山阿裏，朝朝遂性情」。

〔二〕暗　《文苑英華》、《全唐詩》皆作「曉」，似是。

〔三〕炊　《文苑英華》卷二六〇、《全唐詩》卷四九七作「移」。

〔四〕不應隨日過 《全唐詩》卷四九八作「只應隨分過」。

張祜

觀魏博何相公獵〔一〕

曉出群一作郡城東，分圍淺草中。紅旗開向日〔二〕，白馬驟迎風。背手抽金鏃，翻身控角弓。萬人齊指處，一雁落寒空。

上牛相公〔三〕

四十便封侯〔四〕，名居第一流。緑鬟深小院，紅粉下高樓。醉把金船擲，閒敲玉鐙游。帶盤白鼹鼠，袍砑紫犀牛。碧瓦方牆上，朱橋柳巷頭。知君年少貴，不信有春愁。

〔一〕按《全唐詩》卷五一〇詩題作《觀徐州李司空獵》。

〔二〕向 原作「何」，據《全唐詩》、《雲溪友議》改。

〔三〕按《全唐詩》卷五一〇題作《少年樂》。

〔四〕四 《全唐詩》作「二」。

元稹

連昌宮詞

連昌宮中滿宮竹，歲久無人森似束。又有牆東千葉桃，風動落花紅蔌蔌。宮邊老人爲余泣，小年選進因曾入。上皇正在望仙樓，太真同憑欄干立。樓上樓前盡珠翠，炫轉熒煌照天地。歸來如夢復如癡，何暇備言宮裏事。初過寒食一百六，店舍無煙宮樹緑。夜半月高絃索鳴，賀老琵琶定場屋。力士傳呼覓念奴，念奴潛伴諸郎宿。須臾覓得又連催，時勑街中許燃燭。春嬌滿眼睡紅綃，掠削雲鬟旋粧束〔一〕。飛上九天歌一聲，二十五郎吹管逐。逡巡大遍梁州徹，色色龜兹轟録續。李謩擪笛傍宮牆，偷得新翻數般曲。平明大駕發行宮，萬人鼓舞途路中。百官隊仗避岐薛，楊氏諸姨車鬬風。明年十月東都破，御路猶存禄山過。驅令供頓不敢藏，萬姓無聲涙潛墮。兩京定後六七年，却尋家舍行宮前。莊園燒盡有枯井，行宮門闥樹宛然。爾後相傳六皇帝，不到離宮門久閉。往來年少説長安，玄武樓成花萼廢。去年敕使因斫竹，偶值門開暫相逐。荆榛櫛比塞池塘，狐兔驕癡緣樹木。舞榭攲傾基尚在，文窗窈窕紗猶緑。塵埋粉壁舊花鈿，烏啄風箏碎珠玉。上皇偏愛臨砌花，依然御榻臨堦斜。虵出燕巢盤鬬栱，菌生香案正當衙。寢殿相連端正樓，太真梳洗樓上頭。晨光未出簾影黑，至今返挂珊瑚鈎。指向傍人因慟哭，却出宫門淚相續。自從此後還閉門，夜夜狐狸上門屋。我聞此語心骨悲，太平誰致亂者誰。翁言野父何分別，耳聞眼見爲君説。姚崇宋璟作相公，勸諫上皇言語切。燮理陰陽禾黍豐，調和中外無兵戎。長官清平太守好，揀選皆言由相公。開元欲末姚宋死，朝庭漸漸由妃子。禄山宫裏養作兒，虢國門前鬧如市。弄權宰相不記名，依稀憶得楊與李。廟謀顛倒四海摇，五十年來作瘡痏。今皇神聖丞相明，詔書纔下吴蜀平。官軍又取淮西賊，此賊亦除天下寧。年年耕種宫前道，今年不遣子孫耕。老翁此意深望幸，努力廟謀休用兵。

望雲騅馬詩并序

德宗皇帝以八馬幸蜀，七馬道斃，唯望雲騅來往不頓，貞元中老死天廐。臣稹作歌以記之。

憶昔先皇幸蜀時，八馬入谷七馬疲。肉綻筋攣四蹄脱，七馬死盡無馬騎。天子蒙塵天雨泣，巉岩道路淋漓濕。峥嶸白草眇難期，謥洞黄泉安可入。朱泚圍兵抽未盡，懷光寇騎追行及。媚娥相顧倚樹啼，鵷鷺無聲仰天泣。圉人不進望雲騅〔二〕，彩色顑頷衆馬欺〔三〕。上前噴吼如有意，耳尖卓立節踠奇。君王試遣迴胸臆，撮骨鋸牙駢兩肋。蹄懸四距腦顆方，胯竦三山尾扶直。國人畏誚仍相惑，此馬無良空有力，頻頻嚙掣轡難施，往往跳踉鞍不得。色沮聲悲仰天訴，天不遣言君未識。亞身受取白玉羈，開口銜將紫金勒。君王自此方敢騎，似遇良臣久悽惻。龍騰魚鱉踔然驚，驥眄驢騾少顏色。七聖心迷運方厄，五丁力盡路由窄。騎馱山上斧刃堆，望秦嶺下錐頭石。五六百里真符縣，八十四盤青山驛。掣開流電有輝光，突過浮雲無朕迹。地平險盡施黃屋，九九屬車十二纛。齊映前道引騅頭，嚴震迎號抱騅足。路傍垂白天寶民，望騅禮拜見騅哭，皆云玄宗當時無此馬，不免騎騾來幸蜀。雄雄猛將李令公，收城殺賊豺狼空。天旋地轉日再中，天子却坐明光宮〔四〕。朝庭無事忘征戰，校獵朝迴暮毬宴。御馬齊登擬用槽，君王自試宣徽殿。國人還進望雲騅，性强步闊無方便。分鬉擺杖頭太高，擘肘迴頭項難轉。人人共惡難迴跋，潛遣飛龍減芻秣。銀鞍繡韂不復施，空盡茲引反天年御槽活。當時鄙諺已有云，莫倚功高浪開闊。登山縱似望雲騅，平地須饒紅兒撥，長安二月花垂草，果下翩翩紫騮好。千官暖熱李令閒，百馬生獰望雲老。望雲騅，爾之種類世世奇，當時項王乘爾祖，分配英雄稱霸主。爾身今日逢聖人，從幸巴渝歸入秦。功成事遂身退天之道，何必隨群逐隊到死踏紅塵。望雲騅，用與不用各有時，爾勿悲。

〔一〕旋　原作「施」，據《文苑英華》卷三四三、《唐詩紀事》卷三七、《全唐詩》卷四一九改。

〔二〕不　《全唐詩》卷四一九作「初」。

〔三〕彩　原作「衫」，據《全唐詩》改。

〔四〕明光　原作「光明」。按唐宫殿有明光宫，無光明宫，今據《文苑英華》、《全唐詩》改。

王縉

游悟真寺

聞道黄金地，仍依白玉田。擲山移巨石，咒嶺出飛泉。猛虎同三逕，愁猿學四禪。買香燃緑桂，乞火踏青蓮。草色摇霞上，松聲泣月邊〔一〕。山河窮百萬〔二〕，世界滿三千。梵宇聊憑覽，王城遂眇然。灞陵纔出樹，渭水欲連天。遠縣分朱郭，孤村起白烟。望雲思聖主，披霧憶群賢。薄宦慙尸禄，終身擬尚玄。誰言草庵客，曾和柏梁篇。

送孫秀才

帝城風月好〔三〕，況復建平家。玉枕雙文簟，金盤五色瓜。山中無魯酒，松下飯胡麻。莫厭田家苦，歸期遠復賒。

〔一〕泣　《唐詩紀事》卷一六、《全唐詩》卷一二九作「泛」，似是。

〔二〕萬　《唐詩紀事》、《全唐詩》作「二」。

〔三〕月　《唐詩紀事》、《全唐詩》作「日」，似是。

韓愈

貶官潮州出關作

一封朝奏九重天，夕貶潮陽路八千。本爲聖明除弊事，豈將衰朽惜殘年。雲横秦嶺家何在，雪擁藍關馬不前。知汝遠來深有意，好收吾骨瘴江邊。

贈賈島

孟郊死葬北邙山，日月星辰頓覺閒。天恐文章渾斷絶，再生賈島在人間。

劉禹錫

寄樂天

莫嗟華髮與無兒，却是人間久遠期。雪裹高山頭白早〔一〕，海中仙果子生遲。于公必有高門慶，謝守何煩曉鏡悲。幸免如斯分非淺，祝君長詠夢熊詩。

和送鶴

昨日看成送鶴詩，高籠提出白雲司。朱門乍入應迷路，玉樹空棲莫揀枝。雙舞庭中花落處，數聲池上月明時。三山碧海未歸去，且向人間呈羽儀。

鸚鵡[二]

隴西鸚鵡到江東，養得經年嘴漸紅。常恐思歸先剪翅，每因餧食暫開籠。人憐巧語情雖重，鳥憶高飛意不同。應似貴門歌舞妓，深藏牢閉後房中。

〔一〕白　原作「自」，當爲刊刻形近致誤。據《全唐詩》卷三六〇改。

〔二〕按此篇應爲白居易詩，劉禹錫有和作，題爲《和樂天鸚鵡》（《全唐詩》卷三六〇），用韻、立意均相合。又此詩後即白居易詩二首，或原編刻時竄亂所致。

白居易

答夢得

分無佳麗比西施，敢有文章敵左思。隨分管絃還自足，等閒吟詠被人知。花邊妓引尋香逕，月下僧留宿劍池。可惜當時好風景，吴王應不解吟詩。

送鶴上裴相公

司空憐爾爾須知，不信聽吟送鶴詩。羽翮勢高寧惜别，稻粱恩厚莫愁飢。夜棲少共鷄爭樹，曉浴先饒鳳占池。隱上青雲莫迴顧，的應勝在白家時。

李遠

贈寫御容李長史

玉座烟銷硯水清，龍髯不動彩毫輕。初分隆凖山河秀，乍點重瞳日月明。宫女卷簾皆暗認，侍臣開殿盡遥驚。三朝供奉無人敵，始覺僧繇浪得名。

失鶴

秋風吹却九皋禽，一片閒雲萬里心。碧落有情空悵望，瑶臺無路可追尋。來時白雪翎猶短，去日丹砂頂漸深。華表柱頭留語後，不知消息到如今。

送友人入蜀

蜀客本多愁，君今是勝遊。碧藏雲外樹，紅露驛邊樓。杜魄呼名叫，巴江作字流。不知煙雨夜，何處夢刀州。

聽語叢臺

有客新從趙地迴，自言曾上古叢臺。雲遮襄國天邊盡，樹遶漳河掌上來。絃管變成山鳥哢，綺羅留作野花開。金輿玉輦無行跡，風雨唯知長碧苔。

見道明上人逝却寄友人

蕭寺曾過最上方，碧梧濃葉覆西廊。遊人縹緲紅衣亂，坐客從容白日長。别後旋成莊叟夢，書來忽報惠休亡。佗時若更相隨去，只是含酸對影堂。

韋應物

訪李廓不遇〔一〕

九日驅馳一日閒，尋君不遇又空還。怪來詩思清入骨，門對寒流雪滿山。

西澗

獨憐幽草澗邊生，上有黃鸝深樹鳴。春潮帶雨晚來急，野渡無人舟自横。

送宫人入道

捨寵求仙畏色衰，辭恩素面立天墀。金丹擬駐千年貌，寶鏡休匀八字眉。師主與收珠翠後〔二〕，君王看戴角冠時。從來宫女皆相妬，説向瑶臺總淚垂。

〔一〕按《全唐詩》卷一九〇題作《休暇日訪王侍御不遇》。李廓時代較晚，與韋應物不相及。唐時另有一韋應物，見劉禹錫集中「大和六年舉自代」一狀，並參《苕溪漁隱叢話》引《蔡寬夫詩話》、《十駕齋養新録》及岑仲勉《唐集質疑》。此處似題有誤。

〔二〕師　《全唐詩》卷一九五作「公」。

李廓

夏日途

樹夾炎風路〔一〕，行人正午稀。初蟬數聲起，戲蝶一團飛。日色欺清鏡，槐膏點白衣。無成歸故里，自覺少光輝。

落第

牓前潛刷淚，衆裏自嫌身。氣味如中潛一作酒，情懷似别人。暖風張樂席，晴日看花塵。盡是添愁處，深居乞過春。

〔一〕夾　原空缺，據《全唐詩》卷四七九補。

趙嘏〔一〕

憶錢塘

往歲東遊鬢未凋，渡江曾駐木蘭橈。一千里色中秋月，十萬軍聲半夜潮。桂倚玉兒吟處雪，蓬遺蘇丞舞時腰。仍聞江上春來柳，依舊參差拂寺橋。

送李先輩赴職鄭州因獻

僕射陂西想別時，滿川晴色見旌旗。馬融閒卧笛聲遠，王粲醉吟樓影移。幾日賦詩秋水寺，經年起草白雲司。惟君此去人多羨，却是恩深自不知。

寄歸

三年踏盡化衣塵，只見長安不見春。馬過雪街天未曉，鄉遥雲樹淚空頻。桃花塢接啼猿寺，野竹亭通畫鷁津。早晚粗酬身事了，水邊歸去一閒人。

長安晚秋

雲物淒清拂曙流，漢家宫闕動高秋。殘星幾處雁横塞，長笛一聲人倚樓。紫豔半開籬菊静，紅衣落盡渚蓮愁。鱸魚正美不歸去，頭戴南冠學楚囚。

〔一〕按原載趙嘏詩僅二首，即《寄歸》、《長安晚秋》，《憶錢塘》屬李廓名下，《送李先輩赴職鄭州因獻》署「盧中丞」作。張爲《詩人主客圖》中「瓌奇美麗主」下載趙嘏詩句「一千里色中秋月，十萬軍聲半夜潮」，其後《唐詩紀事》及詩話、筆記均載趙嘏此二句，《全唐詩》卷五五〇載趙嘏殘句，亦僅據《詩人主客圖》載此二句，題《錢塘》，從未載有全篇者。《又玄集》回歸中土，千百年之問題始獲解決，然原書又誤列李廓名下，今即改正。又《送李先輩赴職鄭州因獻》，此詩亦僅見於《全唐詩》卷五四九趙嘏名下，題爲《送李藴赴鄭州因獻盧郎中（《全唐詩》校云一作中丞）俶》。此當係編刻時誤將篇名割裂，以「盧中丞」作詩篇作者，實則與前《憶錢塘》，與後《寄歸》二詩，皆屬趙嘏名下。今統予改正。

李郢

贈羽林將軍

虬鬚顛頷羽林郎，曾入甘泉侍玉皇。鵰没夜雲知御苑，馬隨仙仗識天香。五湖歸去孤舟月，六國平來兩鬢霜。唯有桓伊江上笛，卧吹三弄送殘陽。

上裴晉公

四朝憂國鬢成絲，龍馬精神海鶴姿。天上玉書傳詔夜，陣前金甲受降時。會經庾亮三秋月，下盡羊曇兩路碁。惆悵舊堂扃緑野，夕陽無限鳥飛遲。

故洛陽城

胡兵一動朔方塵，不使鑾輿此重巡。清洛但流嗚咽水，上陽閒鎖寂寥春。雲收少室初晴雨，柳拂中橋晚渡津。欲問昇平無故老，鳳樓迴首落花頻。

韋蟾

送盧潘尚書之靈武〔一〕

賀蘭山下果園成，塞北江南舊有名。水木萬家朱户暗，弓刀千隊鐵衣鳴。心源落落堪爲將，膽氣堂堂合用兵。却使六番諸子弟，馬前不信是書生。

贈商山東于嶺僧〔二〕

商嶺東西路欲分，兩間茅屋一溪雲。師言耳重知師意，人是人非不欲聞。

〔一〕靈　原缺，據《唐詩紀事》卷五八、《全唐詩》卷五六六補。

〔二〕按此詩《才調集》載李廓名下。《唐詩紀事》、《全唐詩》則皆屬韋蟾。

李商隱

碧城

碧城十二曲欄干，犀避塵埃玉避寒。閬苑有書空附鶴，女牆無樹不棲鸞。星沈海底當窗見，雨過河源隔坐看。若是曉珠明又定，一生長對水精盤。

對雪

寒氣先侵玉女扉，清光旋透省郎闈。梅花大庾嶺頭發，柳絮章臺街裏飛。欲舞旋隨曹植馬，有情應濕謝莊衣。龍山萬里無多遠，留待行人二月歸。

玉山

玉山高共閬風齊，玉水清流不貯泥。何處更求迴日馭，此中兼有上天梯。珠容萬斛龍休睡，桐拂千尋鳳要棲。聞道神仙有才子，赤簫吹罷好相攜。

飲席代官妓贈兩從事

新人橋上著春衫，舊主江邊側帽簷。願得化爲紅綬帶，許教雙鳳一時銜。

姚鵠

玉真觀尋趙尊師不遇

羽客朝元晝掩扉，林中一逕雪中微。松陰遶院鶴相對，山色滿樓人未歸。盡日獨思風馭返，寥天幾望野雲飛。憑高目斷無消息，自醉自吟愁落暉。

送程秀才下第歸蜀

鶯遷與鵾退，十載泣岐分。蜀馬乘來老，巴猿此去聞。曉程穿嶺雪，遠棧入溪雲。莫滯趨庭戀，榮親祇待君。

李群玉

同楊傑秀才遊玉芝觀

尋仙向玉清，倚檻雪初晴。木落寒郊迥，烟開疊嶂明。片雲盤鶴影，孤磬雜松聲。且共探玄理，歸途月未生。

將欲南行陪崔八宴海榴亭

朝宴華堂暮未休，幾人偏得謝公留。風傳鼓角霜侵戟，雲卷笙歌月上樓。賓館盡開徐孺榻，客帆空戀李膺舟。謾誇書劍無歸處，水遠山長步步愁。

感舊〔一〕

西風渺渺月連天，同醉蘭舟未十年。鵩鳥賦成人已歿，嘉魚詩在世空傳。榮枯盡寄浮雲外，哀樂猶驚逝水前。日暮長堤更迴首，一聲隣笛舊山川。

〔一〕按此詩《全唐詩》卷五三四載於許渾名下，並有自序，李群玉名下未載。

薛能

謝淮南劉相公寄天柱茶

兩串春團敵夜光，名題天柱印維揚。偷嫌曼倩桃無味，擣覺常娥藥不香。惜恐被分緣利市，盡應留得爲供堂。麁官寄與真抛却，賴有詩情合得嘗。

漢南春望

獨尋春色上高臺，三月皇州駕未迴。幾處松筠燒後死，誰家桃李亂中開。剗除邪法元非法，唱和求才不是才。自古浮雲蔽白日，洗天風雨幾時來。

曹鄴

老圃堂

召平瓜地接吾廬，穀雨乾時偶自鋤。昨日春風欺不在，就床吹落讀殘書。

杏園即事上同年

岐路不在天，十年行不至。一旦公道開，青雲在平地。枕上數聲鼓，衡門已如市。白日探得珠，不待驪龍睡。忽忽出九衢，僮僕顏色異。故衣未及換，尚有去年淚。晴陽照花影，落絮浮野翠。對酒時忽驚，猶疑夢中事。自憐孤飛鳥，得接鸞鳳翅。永懷共濟心，莫起胡越意。

送人歸南海

數片紅霞映夕陽，攬君衣袂更移觴。行人莫歎碧雲晚，上國每年春草芳。雪過藍關寒氣薄，雁迴湘浦怨聲長。應無惆悵滄波遠，十二玉樓非我鄉。

李德裕

故人寄茶

劍外九華英，緘題下玉京。開時微月上，碾處亂泉聲。半夜招僧至，孤吟對竹烹。碧流霞脚碎，香泛乳花輕。六腑睡神去，數朝詩思清。其餘不敢費，留伴肘書行。

謫遷嶺南道中作

嶺水争流路轉迷，桄榔椰葉晴蠻溪〔一〕。愁衝霧毒逢蛇草，畏落沙蟲避燕泥。五月畬田收火米，三更津吏報潮雞。不堪腸斷思鄉處，紅槿花中越鳥啼。

〔一〕晴 《全唐詩》卷四七五作「暗」，似是。

裴度

中書即事

有意效承平，無功益聖明。灰心緣忍事，霜鬢爲論兵。道直身還在，恩深命轉輕。鹽梅非擬議，葵藿是平生。白日長懸照，蒼蠅謾發聲。嵩陽舊棲地，終使謝歸耕。

李紳

欲至西陵岸寄王行周

西陵沙岸迴流急，船底粘沙岸去遥。驛吏遞呼催下纜，棹郎閒立道齊橈。猶瞻伍相青山廟，未見雙童白鶴橋。欲責舟人無次第，自知貪酒過春潮。

遥知元九送王行周遊越

江湖隨月盈還縮，沙渚依潮斷更連。伍相廟中多白浪，越王臺畔少晴烟。低頭綠草羞枚乘，刺眼紅花笑杜鵑。莫倚西施舊苔石，由來破國是神仙。

江南暮雪寄家

洛陽城見迎梅雪〔一〕，魚口橋逢送雪梅〔二〕。劍水寺前芳草合，鏡湖亭上野花開。江鴻斷繞翻雲去，海燕差池拂水迴。料得心知近寒食，潛聽喜鵲望歸來。

〔一〕迎梅　《全唐詩》卷四八三作「梅迎」。

〔二〕送雪　《全唐詩》作「雪送」，按此二處似皆以《全唐詩》爲是。

王鐸

罷都統守鎮滑州作

用軍何事敢遷延，恩重才輕分使然。黜詔已聞來闕下〔一〕，檄書猶未遍軍前。腰間盡解蘇秦印，波上虚迎范蠡船。正會星辰扶北極，却驅戈甲鎮南燕。三塵上相逢明主，九合諸侯愧昔賢〔二〕。看却中興扶大業，殺身無路好歸田。

〔一〕聞　原作「開」，當爲形誤，據《唐詩紀事》卷六五、《全唐詩》卷五五七改。

〔二〕合　原作「命」，亦當爲形近而誤，據《唐詩紀事》、《全唐詩》改。

李頻

湖口送友人

中流欲暮見湘烟，葦岸無窮接楚田。去雁遠衝雲夢雪，離人獨上洞庭船。風波盡日依山轉，星漢通霄向水連。零落梅花過殘臘，故園歸去醉新年。

過四皓廟

東西南北人，高跡自相親。天下已歸漢，山中猶避秦。龍樓曾作客，鶴氅不爲臣。猶有千年後，青青廟木春。

陝下懷歸

故園何處在，零落五湖東。日暮無來客，天寒有去鴻。大河冰徹塞，高岳雪連空。獨夜懸歸思，迢迢永漏中。

曹唐

病馬

緑耳何年别渥洼，病來顔色半泥沙。四蹄不鑿銀砧裂，雙眼慵開玉燭斜。墮月兔毛輕斛蔌，失雲龍骨瘦槎牙。平原好放無人放，嘶向東風苜蓿花。

又

隴上沙葱葉正齊，騰黄猶自跼羸蹄。尾蟠夜雨紅絲脆，頭捽罪卒反秋風白練低。力憊未思金絡腦，影寒空望錦障泥。階前莫錯雙垂耳，不遇孫陽不用嘶。

薛逢

漢武宮詞

武帝清齋夜築壇，自斟明水醮山宮。殿前童女移香案，雲際金人捧露盤。絳節有時還入夢，碧桃何處更驂鸞。茂陵烟雨埋弓劍，石馬無聲蔓草寒。

開元後樂

莫奏開元舊樂章，樂中仙曲斷人腸。邠王玉笛三更咽，虢國金車十里香。一自左戎生薊北，曾從征戰老汾陽。中原駿馬搜求盡，沙苑年年草又芳。

劉德仁〔一〕

哭丁侍郎

相知出肺腑，非舊亦非親。每見鴛鸞侶，多揚鄙拙身。即期匡聖主，登料哭賢人。應是隨先帝，依前作好臣。平生任公直，愛弟尚風塵。宅閉青松古，墳臨赤水新。官清仍齒壯，兒小復家貧。惆悵天難問，空流淚滿巾。

悲老宫人

白髮宮娃不解悲，滿頭猶自插花枝。曾緣玉貌君王愛，準擬人看似舊時。

宿宣義里池亭

暮色遶柯亭，南山出竹青。夜深斜舫月，風定一池星。島嶼無人跡，菰蒲有鶴翎。此中休便得，何必泛滄溟。

〔一〕德　當作「得」，參見《唐才子傳校箋》卷六。

于武陵

聽歌

朱檻滿明月，美人歌落梅。忽驚塵起處，疑有鳳飛來。一曲聽初徹，幾年愁暫開。東西正雲雨，不得見陽臺。

感懷

青山長寂寞，南望獨高歌。四海故人盡，九原新塚多。西沈浮世日，東注逝川波。不使年華駐，此生看幾何。

長信宫

簟涼秋氣初，長信恨何如。拂黛月生指，解鬟雲滿梳。一從悲畫扇，幾度泣鰥魚。坐聽南宫樂，清風摇翠裾。

武瓘

勸酒

勸君金屈巵，滿酌莫須辭。花發多風雨，人世足别離。

感事

花開蝶滿枝，花謝蝶還稀。唯有舊巢燕，主人貧亦歸。

施肩吾

夜宴曲

蘭釭如晝買不眠〔一〕，玉堂夜起沈香烟。青娥一行十二仙，欲笑不笑桃花燃。碧窗弄嬌梳洗晚，户外不知銀漢轉。被郎嗔罰塗蘇酒，酒入四肢紅玉軟。

上禮部侍郎

九重城裏無親識，八百人中獨姓施。弱羽飛時攢箭險，蹇驢行處薄冰危。晴天欲照盆難反〔二〕，貧女如花鏡不知。却向從來受恩地，再求青律變寒枝。

〔一〕畫買　《全唐詩》卷四九四作「畫曉」，是。按《唐詩紀事》四部叢刊本卷四一，此二字作「畫賈」，「買」字當從「賈」字形近而誤，汲古閣本即作「畫曉」，與《全唐詩》同。

〔二〕反　原作「及」，據《唐詩紀事》、《全唐詩》改。

于鵠

送客遊邊

若到并州北，誰人不憶家。塞深無去伴，路盡有平沙。磧冷唯逢雁，天春不見花。莫隨邊將意，垂老事輕車。

江南曲

偶向江邊採白蘋，還隨女伴賽江神。衆中不敢分明語，暗擲金錢卜遠人。

顧況

代佳人贈別

百里行人欲渡溪，千行珠淚滴爲泥。已成殘夢隨君去，猶有驚烏半夜啼。

題葉道士山房

水邊垂柳赤欄橋，洞裹仙人碧玉簫。近得麻姑書信否，潯陽江上不通潮。

又玄集卷下

馬戴

夕次淮口

天涯孤光盡，木末群馬還。夜久游子息，月明岐路閒。風生淮水上，帆落楚雲間。此意竟誰見，行行非故關。

夕發邠中路却寄舒從事〔一〕

飲酣走馬别，别後鎖邊城。日落月未上，鳥棲人獨行。方馳故國戀，復愴長年情。入夜不能息，何當閒此生。

楚江懷古

露氣寒光集，微陽下楚丘。猿啼洞庭樹，人在木蘭舟。廣澤生明月，蒼山夾亂流。雲中君不降，竟夕自悲秋。

〔一〕按此詩題，《唐詩紀事》卷五四所載同，《全唐詩》卷五五五作《夕發邠寧寄從弟》。

雍陶

送友人罷舉歸東海〔一〕

滄滄天壍外，何島是新羅。舶主辭蕃遠，碁僧入漢多。海風吹白鶻，沙日曬紅螺。此去知提筆，須求利劍磨。

鷺鶿

雙鷺應憐水滿池，風飄不動頂絲垂。立當青草人先見，行傍白蓮魚未知。一足對奉寒雨裹，數聲相叫早秋時。林塘得汝須增價，況與詩家物色宜。

〔一〕按此詩，《全唐詩》不載於雍陶名下，而見於卷五三一許渾名下。

崔珏

岳陽樓晚望

乾坤千里水雲間，釣艇如萍去復還。樓上北風斜卷席，湖中西日倒銜山。懷沙有恨騷人往，鼓瑟無師帝子閒。何事黄昏尚凝睇，數行烟樹接荆蠻。

哭李商隱

成紀星郎字義山，適歸黄壤抱長嘆。詞林枝葉三春盡，學海波瀾一夜乾。風雨已吹燈燭滅，姓名長在齒牙寒。應遊物外攀琪樹，便著霓衣上玉壇。

又

虚負淩雲萬丈才，一生襟抱未嘗開。鳥啼花發人何在？竹死桐枯鳳不來。良馬足因無主踠，舊交心爲絶絃哀。九泉莫歎三光隔，又送文星入夜臺。

李涉

京口送客之淮南

兩行客淚愁中落，萬樹山花雨裏殘。君去揚州見桃李〔一〕，爲傳風水渡江難。

題鶴林寺僧房

終日昏昏醉夢間，忽聞春盡强登山。因過竹院逢僧話，又得浮生半日閒。

晚泊潤州聞角

孤城吹角水茫茫，風引胡笳怨思長。驚起暮天沙上雁，海門斜去兩三行。

〔一〕李　《全唐詩》卷四七七作「葉」，當是。《才調集》亦作「葉」。

許渾

放猿

殷勤解金鎖，別夜雨淒淒。山淺憶巫峽，水寒思建溪。遠尋紅樹宿，深入白雲啼。使覓南歸路，烟蘿莫自迷。

過李郎中舊居

政成身歿共興哀，鄉路兵戈旅櫬迴。城上暮雲凝鼓角，海邊春草閉池臺。經年未葬家人散，昨日因齋故吏來。南北相逢皆掩泣，白蘋洲暖一花開。

故洛陽城

禾黍離離半野蒿，昔人城此豈知勞。水聲東去市朝變，山勢北來宫殿高。鴉噪暮雲歸古堞，雁迷寒雨下空壕。可憐緱嶺登仙子，猶自吹笙醉碧桃。

方干

寄李頻

衆木又揺落，望君還不還。軒車在何處，雨雪滿前山。思苦文星動，鄉遥釣渚閒。明年見名姓，唯我獨何顏。

寄普州賈司倉

亂山重複疊，何處訪先生。豈料多才者，空垂下第名。閒曹猶得醉，薄俸亦勝耕。莫問吟詩石，年年芳草平。

送相里燭

相逢未作期，相送定何之。不得長年少，那堪遠别離。泛湖乘月早，踐雪過山遲。永望多時立，翻如在夢思。

李昌符

塞上行

漭滄盧關北，孤城帳幕多。客軍甘入陣，老將望迴戈。樹盡禽棲草，冰堅路在河。汾陽尋下世，羌虜昔先和。

秋晚歸故居

馬省曾行處，連嘶渡晚河。忽驚鄉樹出，漸識路人多。細逕穿禾黍，頹垣壓薜蘿。乍歸猶似客，隣叟亦相過。

戎昱

冬夜懷歸〔一〕

座到三更盡〔二〕，歸仍萬里賒。雪聲偏傍竹，寒夢不離家。曉角催殘漏，孤燈碎落花。二年從驃騎，辛苦在天涯。

聞笛

入夜思歸切，笛聲寒更哀。愁人不願聽，自到枕前來。風起塞雲斷，夜深關月開。平明獨惆悵，落盡一庭梅。

〔一〕按《全唐詩》卷二七〇題作《桂州臘夜》。

〔二〕座 《全唐詩》作「坐」，似是。

劉方平

秋夜泛舟

林塘夜汎舟，蟲響荻颼颼。萬影皆因月，千聲各爲秋。歲華空復晚，鄉思不堪愁。西北浮雲外，伊川何處流。

春怨

紗窗日落漸黄昏，金屋無人見淚痕。寂寞閒庭春欲晚，梨花滿地不開門。

鄭錫

邯鄲少年行

霞鞍金口騮，豹袖紫貂裘。家住叢臺下，門前漳水流。喚人呈楚舞，借客試吴鈎。見説秦兵至，甘心赴國讎。

于濆

古宴曲

雉扇合蓬萊，朝車迴紫陌。重門集嘶馬，言宴金張宅。燕娥奉卮酒，低鬟若無力。十户手胼胝，鳳凰釵一隻。高樓齊下視，日照綺羅色。笑指負薪人，不信生中國。

思歸引

不耕南畝田，誤愛東堂桂。身同樹上花，一落又經歲。交親日相薄，知己恩潛潛一作替。日開十二門，自是無歸計。

辛苦吟

壠上扶犂兒，手種腹長飢。窗下擲梭女，手織身無衣。我願燕趙姝，化爲嫫母姿。一笑不直錢，自然家國肥。

羅隱

牡丹

似共東風別有因，絳羅高卷不勝春。若教解語應傾國，任是無情亦動人。芍藥與君爲近侍，芙蓉何處避芳塵。可憐韓令功成後，辜負穠華過一身。

聞大駕巡幸

白丁攘臂犯長安，翠輦蒼黄路屈盤。丹鳳有情雲外遠，玉龍無迹渡頭寒。静思貴族謀身易，危覺文皇創業難。不將不侯何計是，釣魚船上淚闌干。

杏花

暖觸衣襟漠漠香，間梅遮柳不勝芳。數枝豔拂文君酒，半里紅欹宋玉牆〔一〕。盡日無人凝悵望，有時經雨似淒涼。舊山山下還如此，迴首東風一斷腸。

〔一〕歙 原作「歌」，不辭，據《才調集》、《全唐詩》卷六五七改。

鄭谷

題杭州樟亭驛閣

故國江天外，登臨返照間。潮平無別浦，木落見他山。沙鳥晴飛遠，漁人夜唱閒。歲窮歸未得，心逐片帆還。

京師冬暮詠懷

覓句干名祇自勞，苦吟殊未補風騷。烟開水國花期近，雪滿長安酒價高。舊業已荒青藹逕，寒江空憶白雲濤。不知春到情何限，唯恐流年損鬢毛。

李洞

終南山二十韻

關內平田窄，東西截杳冥。雨侵諸縣黑，雲破九門青。暫看猶無暇，長棲信有靈。古苔秋漬斗，積霧夜昏螢。怒恐撞天漏，深疑隱地形。盤根連北岳，轉影落南溟。斸竹烟嵐凍，偷湫雨雹腥。閒房僧灌頂，浴澗鶴遺翎。窮穴何山出，遮巒上國寧。殘陽高照蜀，墮葉遠浮涇。踏著神仙宅，敲開洞府扃。碁殘秦士局，字闕晉公銘。一谷勢開午[一]，孤峰聳起丁。遠平丹鳳闕，冷射五侯廳。梯滑危緣索，雲深静唱經。放泉驚鹿睡，聞磬得人醒。萬丈水聲折，千尋樹影亭。望中仙鳥動[二]，行處月輪馨。疊石移臨砌，研膠潑上屏。明時獻君壽，不假老人星。

送僧游南海

春往海南邊，秋聞平路蟬。鯨吹洗鉢水，犀觸點燈船。島嶼分諸國，星河共一天。長安却歸日，松偃舊房前。

上崇賢曹郎中

閒房宅枕穿宮水，聽水分衾蓋蜀僧[三]。藥杵聲中搗殘夢，茶鐺影裏煮孤燈。刑曹樹蔭千年井，華岳樓開萬里冰。詩句變風官漸緊，夜濤春盡海邊藤。

〔一〕勢開午　《全唐詩》卷七二二作「勢當午」。

〔二〕鳥　《唐詩紀事》卷五八、《全唐詩》作「島」，似是。

〔三〕衾　原作「食」，當爲形近而誤，據《唐詩紀事》、《全唐詩》改。

高蟾

下第後獻高侍郎

天上碧桃和露種，日邊紅杏倚雲栽。芙蓉生在秋江上，不向東風怨未開。

金陵晚眺

曾伴浮雲悲晚翠，猶陪落日汎秋聲。世間無限丹青手，一片傷心畫不成。

杜荀鶴

春宫怨

早被嬋娟誤，欲粧臨鏡慵。承恩不在貌，教妾若爲容〔一〕。風暖鳥聲碎，日高花影重。年年越溪女，相憶採芙蓉。

訪道者不遇

寂寂白雲門，尋真不遇真。只應松上鶴，便是洞中人。藥圃花香異，泉沙鹿跡新。題詩留姓字，他日此相親。

〔一〕若　原作「苦」，據《唐詩紀事》卷六五、《全唐詩》卷六九一改。《才調集》亦作「若」。

崔塗

蜀城春望

天涯憔悴身，一望一霑巾。在處有芳草，滿城無故人。懷才皆得路，失計自傷春。清鏡不能照，鬢毛應更新。

春夕旅夢

水流花謝兩無情，送盡東風過楚城。胡蝶夢中家萬里，子規枝上月三更。故園書動經年絶，華髮春惟滿鏡生。自是不歸歸便得，五湖烟景有誰争。

過繡嶺宫

古殿春殘緑野陰，上皇曾此駐泥金。三城帳屬昇平夢，一曲鈴關悵望心。花路暗送香輦絶，繚垣秋斷草烟深。前朝舊物東流在，猶爲年年下翠岑。

唐彥謙

長陵

長陵高闕此安劉，附葬累累盡列侯。豐上舊居無故里，沛中原廟對荒丘。耳聞英主提三尺，眼見愚民盜一抔。千載暨儒騎瘦馬，渭城斜日重迴頭。

蒲津河亭

宿雨清秋霽景澄，廣亭高榭更晨興。烟横博望乘槎水，日上文王避雨陵。孤棹夷猶期獨往，曲欄愁絶悔長憑。思鄉憶古多傷别，此際哀吟幾不勝。

羅鄴

下第書呈友人

清世誰能便陸沈，相逢唯作憶山吟。若教仙桂在平地，更有何人肯苦心。去國漢妃還似玉，亡家石氏豈無金。且安懷袍莫惆悵，瑶瑟調高鐏酒深。

牡丹

落盡春紅始見花，花時比屋事豪奢。買栽池館恐無地，看到子孫能幾家。門倚長衢攢繡轂，幄籠輕日護香霞。歌鐘對此争歡賞，肯信流年鬢有華。

入關

古道槐花滿樹開，入關時節一蟬催。出門唯恐不先到，當路有誰長待來。似水年光還可惜，如蓬身計更堪哀。故園若有漁舟在，應掛雲帆早箇迴。

紀唐夫

贈温庭筠

何事明時泣玉頻，長安不見杏園春。鳳凰詔下雖霑命，鸚鵡才高却累身。且盡緑醽銷積恨，莫辭黄綬拂行塵。方城若比長沙路，猶隔千山與萬津。

張喬

游終南山白鶴觀

上徹鍊丹峰，求玄意未窮。古壇青草合，往事白雲空。仙境日月外，帝鄉烟霧中。人間足煩暑，欲去戀清風。

送友人歸宜春

落花兼柳絮，無處不紛紛。遠道空歸去，流鶯獨自聞。野橋喧磑水，山郭入樓雲。故里南陔曲，秋期更送君。

徐振〔一〕

雷塘

九重城闕悲涼盡，一聚園陵怨恨長。花憶所爲猶自笑，草知無道更應荒。詩名占得風流在，酒興催教運祚亡〔二〕。若問皇天惆悵事〔三〕，只應斜日照雷塘。

古意

擾擾都城曉又昏，六街車馬五侯門。箕山渭水空明月，可是巢由絶子孫。

〔一〕按徐振原未列目，《雷塘》、《古意》二詩原屬前張喬名下。今查《唐詩紀事》卷六七徐振下載此二詩，後云「右二詩韋莊取爲《又玄集》」。據此則計有功所見之《又玄集》，此二詩乃屬徐振。《全唐詩》卷七七四徐振下亦載此二詩，張喬名下不載。

〔二〕催　原作「榷」，據《唐詩紀事》、《全唐詩》改。

〔三〕皇　原作「黄」，據《唐詩紀事》、《全唐詩》改。

陳上美

咸陽懷古

山連河水碧氛氳，瑞氣東移擁聖君。秦苑有花空笑日，漢陵無主自侵雲。古槐堤上鶯千囀，遠渚沙中鷺一群。賴與淵明同把菊，烟郊四望夕陽曛〔一〕。

〔一〕四　《才調集》、《全唐詩》卷五四二作「西」。

許棠〔一〕

過洞庭湖

驚波常不定，半日鬢堪斑。四顧疑無地，中流忽有山。鳥飛應長墮，帆遠却如閒。漁父時相引，行歌浩渺間。

〔一〕按許棠原未列目，《過洞庭湖》原屬前陳上美名下。今查《唐詩紀事》卷七〇、《全唐詩》卷六〇三許棠下皆載此詩，而陳上美名下不載，現即據以改正。

僧無可

金州夏晚陪姚員外游

柳暗青波漲，衝萍復漱苔。張筵白鳥下，掃岸使君來。洲島秋應没，荷花晚盡開。高城吹角絶，騶馭尚徘徊。

夏日送田中丞赴蔡州

出守汝南城，應多戀闕情。地遥人久望，風起旆初行。楚廟繁蟬斷，淮田細雨生。賞心知有處，蔣宅古松平。

僧清江

贈淮西賈兵馬使

破虜功成百戰場，天書親拜漢中郎。映門旌旆春風起，對客絃歌白日長。堦下鬬雞花乍拆，營南試馬柳初黄。猶來楚蜀多同調，感激逢君共異鄉。

長安卧病

身世足堪悲，空房卧病時。卷簾花雨滴，掃室竹陰移。已覺生如夢，那嗟壽不知。未能通法性，詎可見流離。

僧棲白

哭劉得仁〔一〕

爲愛詩名吟到此，風魂雪魄去難招。直教桂子落墳上，生得一枝冤始銷。

八月十五夜月

尋常三五夜，豈是不蟬娟。及到中秋半，還勝别夜圓。清光凝有露，皎色爽無烟。自古人皆望，年來復一年。

〔一〕得　原誤作「德」，參《唐才子傳校箋》卷六。

僧法振

送韓侍御自使幕巡海北

微雨空山夜洗兵，繡衣遥拂海風清。幕中運策心應苦，馬上題詩卷欲成。離亭不惜花源醉，古道猶看蔓草生。因説元戎能破敵，高歌一曲隴關情。

僧法照

寄錢郎中

閉門深樹裏，閒足鳥來過。駟馬不爲貴，一僧誰奈何。藥苗家自有，香飯乞時多。寄語嬋娟客，將心向薜蘿。

僧護國

許州趙使君孩子晬日〔一〕

毛骨貴天生，肌膚片玉明。見人空解笑，弄物不知名。國器嗟猶少，門風望益清。抱來芳樹下，時引鳳雛聲。

〔一〕許　《全唐詩》卷八一一作「鄭」。

僧太易

贈司空拾遺

侍臣何事辭雲陛，江上微吟見雪花。望闕未承丹鳳詔，閉門空對楚人家。陳琳草奏才還在，王粲登樓興不賒。高館更容塵外客，仍令歸路待瑤華。

僧靈一〔一〕

宿天柱觀

石室初投宿，仙翁喜暫容。花源隔水見，洞府過山逢。泉湧堦前地，雲生户外峰。中宵自入定，不是欲降龍。

〔一〕按靈一原未列目，《宿天柱觀》詩原屬太易名下。按《宿天柱觀》詩實爲靈一作，見《唐詩紀事》卷七二、《全唐詩》卷八〇九。且《中興間氣集》已收靈一，其評語中所引「泉湧堦前地，雲生户外峰」，即此詩。自來文獻談及此詩者皆作靈一詩，僅《才調集》因誤抄《又玄集》亦將此詩屬太易。

僧惟審

賦得聞曉鶯啼

卷簾清夢後，芳樹引流鶯。隔葉傳春意，穿花送曉聲。未調雲路翼，空負桂林情。莫盡關關興，羈愁正厭生。

僧皎然

酬崔侍御見贈

買得東山後，逢君小隱時。五湖游不厭，柏樹跡如遺。儒服何妨道，禪心不廢時。一從居士說，長破小乘疑。

僧滄浩

留別嘉興知己〔一〕

一坐東林寺，從來未下山。不因尋長者，無事到人間。宿雨愁爲客，寒禽散未還。空懷舊山月，童子誦經閒。

〔一〕按《全唐詩》卷八五〇題作《懷舊山》。此詩又載卷八一五皎然名下，下校云：「一作滄浩詩，題云《留別嘉興知己》。」

李季蘭

寄校書十九兄〔一〕

無事烏程縣，蹉跎歲月餘。不知芸閣吏，寂寞竟何如。遠水浮仙棹，寒雲伴使車〔二〕。因過大雷岸，莫忘幾行書〔三〕。

送韓三往江西〔四〕

相看指楊柳，別恨轉依依。萬里西江水，孤舟何處歸。湓城潮不到，夏口信應稀。只有衡陽雁，年年來去飛。

〔一〕十九　《中興間氣集》、《全唐詩》卷八〇五作「七」。

〔二〕雲　《唐詩紀事》、《全唐詩》作「星」。

〔三〕幾　《唐詩紀事》、《全唐詩》作「八」。

〔四〕按《唐詩紀事》、《全唐詩》「三」均作「揆」。《才調集》題作《送閻伯均往江州》。

女道士元淳

寄洛中諸娣

舊國經年別，關河萬里思。題書憑雁翼，望月想蛾眉。白髮愁偏覺，歸心夢獨知。誰堪離亂處，掩泣向南枝。

寓言〔一〕

三千宫女露蛾眉，笑煮黄金日月遲。麟鳳隔雲攀不及，空山惆悵夕陽時。

〔一〕按《全唐詩》卷八〇五載元淳詩二首（《寄洛中諸姊》、《秦中春望》），另有佚句四對，其中有《寓言》，録「三千宫女露蛾眉，笑煮黄金日月遲」二句，出處爲《吟窗雜録》。另《全唐詩》卷七二三李洞下載其全篇，詩題與文字皆同。李洞本卷已載，此仍屬元淳。

張夫人吉中孚侍郎妻

拜新月

拜新月，拜月出堂前。暗魄深籠桂，虚弓未引弦。拜新月，拜月粧樓上。鸞鏡未安臺，娥眉已相向。拜新月，拜月不勝情，庭步風露清。月臨人自老，望月更長生。東家阿母亦拜月，一拜一悲聲斷絶。昔年拜月逞容儀，如今拜月雙淚垂。迴看衆女拜新月，却憶紅閨少年時。

拾得韋氏鈿子因以詩寄

今朝粧閣前，拾得舊花鈿。粉污痕猶在，塵侵色尚鮮。曾經纖手裏，帖向翠眉邊。能助千金笑，如何忽棄捐。

崔仲容

贈所思

所居幸接隣，相見不相親。一似雲間月，何殊鏡裏人。目誠空所恨〔一〕，腸斷不禁春。願作梁間燕，無由變此身。

戲贈

暫到崑崙未得歸，阮郎何事教人非。如今身佩上清籙，莫遣落花霑羽衣。

〔一〕目誠「目」，《唐詩紀事》卷七九、《全唐詩》卷八〇一作「丹」。「誠」，《才調集》作「成」，《全唐詩》校亦云「一作成」。

鮑君徽

閒宵對月茶宴

閒朝向晚出簾櫳，茗宴高亭四望通。遠眺城池山色裏，俯聆絃管水聲中。幽篁映沼新抽翠，芳桂低簷欲吐紅。坐久此中無限興，更憐團扇起清風。

惜花吟

枝上花，花下人，可憐顔色俱青春。昨日看花花灼灼，今日看花花欲落。不如盡此花下歡，莫待春風總吹却。鶯歌蝶舞韶景長，紅煙煮茗松花香。粧臺曲罷恣遊賞，獨把花枝歸洞房。

趙氏〔一〕

雜言寄杜羔

君從淮海遊，再遇杜蘭秋。歸來不須臾，又欲向梁州。梁州秦嶺西，棧道與雲齊。羌虜萬餘落，戰矛自高低。已念寡儔侶，復慮勞攀躋。丈夫重志氣，兒女空悲啼。臨邛滯游地，肯顧濁水泥。人生賦命有厚薄，君自遨遊我寂寞。

〔一〕按《雜言寄杜羔》原屬前鮑君徽，此處無趙氏名（目録有，且即在鮑君徽下）。《全唐詩》卷七九九即屬趙氏，今據補。

女郎張窈窕

寄故人

澹澹春風花落時，不堪愁望更相思。無金可買長門賦，有恨空吟團扇詩。

倡伎常浩

贈盧夫人

佳人惜顔色，恐逐芳菲歇。日暮出畫堂，下堦見新月。拜月仍有詞，傍人那得知。歸來玉臺下，始覺淚痕垂。

女郎蔣藴[一]彦輔之孫

贈鄭女郎古意[二]

昨夜巫山中，失却陽臺女。朝來香閣裏，獨伴楚王語。豔陽的的河洛神[三]，珠簾繡户青樓春。能彈箜篌弄纖指，愁煞門外少年子。笑開一面紅粉粧，東園幾樹桃花死。朝理曲，暮理曲，獨坐窗前一片玉。行也嬌，坐也嬌，見之令人魂魄銷。堂前錦褥紅地罏，淥沉香榼傾屠蘇[四]。解珮時時歇歌管，芙蓉帳裏蘭麝滿。晚起羅衣香不斷，滅燭每嫌秋夜短。

〔一〕蔣　《唐詩紀事》卷七九同，《全唐詩》卷七九九作「薛」。按姓名下注云「彦輔孫女」，則以作「薛」爲是。

〔二〕按此題及詩應是二詩，自「昨夜巫山中」至「獨伴楚王語」四句爲《古意》，「豔陽」句以下爲《贈鄭女郎》，見《唐詩紀事》、《全唐詩》。

〔三〕的的　《唐詩紀事》、《全唐詩》作「灼灼」，當是。「的的」或係形近而誤。

〔四〕沉　原作「沅」，不辭，據《唐詩紀事》、《全唐詩》改。

女郎劉媛

長門怨〔一〕

雨滴梧桐秋夜長，愁心和雨到昭陽。淚痕不學君恩斷，拭却千行更萬行。

〔一〕按此詩與卷上劉皁詩重出，參見前校。

女郎廉氏

峽中即事

青林三峽此中去，啼鳥孤猿不可聞。一道水聲多亂石，四時天色少晴雲。日暮泛舟溪溆口，那堪夜客思氛氲。

女郎張琰

春詞〔一〕

垂柳鳴黄鸝，關關若求友。春情不可耐，愁煞閨中婦。日暮登高樓，誰憐小垂手。昨日桃花飛，今日梨花吐。春色能幾時，那堪此愁緒。蕩子游不歸，春來淚如雨。

〔一〕按《唐詩紀事》卷七九、《全唐詩》卷八〇一皆作二首（《全唐詩》題爲《春詞二首》），自「垂柳鳴黄鸝」至「誰憐小垂手」爲第一首，「昨日桃花飛」下爲第二首。

女郎崔公達

獨夜詞

晴天霜落寒風急，錦帳羅幃羞更入。秦箏不復續斷絃，迴身掩淚挑燈立。

女郎宋若昭

和御製麟德殿宴百僚

垂衣臨八極，肅穆四門通。自是無爲化，非關輔弼功。修文招隱伏，尚武殄妖兇。德立韶光熾，恩霑雨露濃。衣冠陪御宴，禮樂盛相宗〔一〕。萬壽稱觴舉，千年信一同。

〔一〕相　《唐詩紀事》卷七九、《全唐詩》卷七作「朝」，似是。

女郎宋若茵〔一〕

和御製麟德殿宴百僚

端拱承休命，時清荷聖皇。四聰聞受諫，五服遠朝王。景媚鶯初囀，春殘日更長。御筵多濟濟，盛樂復鏘鏘。酆鎬誰將敵，横汾未可方。願齊山岳壽，祉福永無疆。

〔一〕茵　《唐詩紀事》卷七九作「荀」，《全唐詩》卷七作「憲」。

女郎田娥

寄遠

憶昨會詩酒，終日相逢迎。今來成故事，歲月令人驚。淚流紅粉薄，風渡羅衣輕。難爲子猷志，虚負文君名。

薛陶〔一〕

罰赴邊有懷上韋相公

聞道邊城苦，而今到始知。却將門下曲〔二〕，唱與隴頭兒。

犬離主

出入朱門四五年，爲知人意得人憐〔三〕。近緣咬著親知客，不得紅絲毯上眠。

〔一〕陶 當作「濤」。參《唐詩紀事》等書。

〔二〕却 《全唐詩》卷八〇三作「羞」。

〔三〕爲知人意得 《全唐詩》作「毛香足净主」。

女郎劉雲

有所思

朝亦有所思，暮亦有所思。登樓望君處，靄靄蕭關道。掩淚向浮雲，誰知妾懷抱。玉井蒼苔春院深，桐花落盡無人掃。

女郎葛鴉兒

懷良人

蓬鬢荆釵世所稀，布裙猶是嫁時衣。胡麻好種無人種，正是歸時君不歸。

女郎張文姬鮑參軍妻

溪口雲

一片溪口雲，纔向溪中吐。不復歸溪中，還作溪中雨[一]。

沙上鷺

沙頭一水禽，鼓翼揚清音。祇待高風便，非無雲漢心。

〔一〕溪 原作「漢」，據《唐詩紀事》卷七九、《全唐詩》卷七九九改。

女郎程長文

書情上使君

妾家本住鄱陽曲，一片貞心比孤行。當年二八盛容儀，紅牋草隸恰如飛。盡日閒窗刺繡坐，有時極浦採蓮歸。誰道居貧守都邑，幽閨寂寞無人入。海燕朝歸枕席寒，山花夜落堦墀濕。强暴之男何所爲，手持白刃向簾幃。一命任從刀下死，千金豈受闇中欺。我今匪石情難轉[一]，志奪秋霜意不移。血濺羅衣終不恨，瘡粘錦袖亦何辭。縣僚曾未知情緒，即便教人執囹圄。朱唇滴瀝獨銜冤，玉箾闌干歎非所。十月寒更堪思人，一聞擊柝一傷神。高髻不梳雲已散，蛾眉罷掃月仍新。三尺嚴章難可越，百年心事向誰説。但看洗雪出圓扉，始信白圭無點缺。

〔一〕今《唐詩紀事》卷七九、《全唐詩》卷七九九作「心」，似是。

女道士魚玄機

臨江樹

草色連荒岸，烟姿入遠樓。葉鋪秋水面，花落釣人頭。根老藏魚窟，枝低拂客舟。蕭蕭風雨夜，驚夢復添愁。

又玄集後記

韋莊《又玄集》三卷，見《宋史·藝文志》八及辛文房《唐才子傳》十，蓋世傳唐人選唐詩九種之一。韋氏自序載於《全唐文》八八九，而其書久不見於中土。宋元以來載籍涉及其内容者，《唐詩紀事》六七謂徐振《雷塘》、《古意》二詩，韋莊取爲《又玄集》，《後村大全集》一七六《詩話》後集，謂任華有《雜言》二篇寄李、杜，見《又玄集》，《詩藪》雜編二謂劉吉有《續又玄集》十卷，陳康圖有《擬又玄集》十卷，亦五代時人，知韋書當時已頗流行。二十年前，予爲端已年譜，以王漁洋《唐人萬首絶句》凡例云「嘗删《英靈》、《國秀》、《極玄》、《又玄》諸集」，疑其書清初尚存，而不知王氏所見，實是贋本，馮氏《才調集》凡例已言之，見《四庫提要》一九四集部存目四。去歲，日本京都大學清水茂先生撰文評予《唐宋詞人年譜》，嘗舉此見告，並謂《又玄》實未嘗佚，日本享和三年（一八〇三年）江户昌平坂學問所刊有官板本，今内閣文庫尚有其書，《後村詩話》所引任華《雜言》，《唐詩紀事》所引徐振二詩以及吴曾《能改齋漫録》五記《又玄集》載杜甫、杜誦之詩，今皆在官板本中，知官板本即宋代通行本，漁洋十種唐詩選收《又玄集》詩三十三首，與官板本相同者僅四首，《提要》定爲贋造，殆無疑矣，云云。予聞此驚異，亟奉書叩之。越月，承攝影見貽，凡一百二十六幀，於是數百年來失傳之古籍，赫然復還。官板本未詳其所出祖本，卷内字畫、姓字偶有譌奪，如卷下目録張喬下有徐振，而卷内振詩《雷塘》、

《古意》二首乃混爲喬作。然皆彰彰在人耳目者，不難校改。唐人選唐詩，自元結《篋中》、殷璠《河岳英靈》、芮挺章《國秀》、令狐楚《唐御覽詩》、高仲武《中興間氣》以至姚合《極玄》、韋縠《才調》、無名氏《搜玉》，皆有傳本，今復得見兹編，漁洋所舉之九集，遂成全璧，誠書林一快事。清水先生篤學博雅，其流通秘籍之盛心尤可感激。爰付影印，以廣流傳，並識得書顛末如此。一九五七年五月二十五日，夏承燾記於杭州南湖。

《宋史・藝文志》八總集類，有韋莊《採玄集》一卷，書名、卷數皆與此異，當非一書。又兹編選一百四十二家，自序云一百五十人，舉成數言。《唐才子傳》謂選杜甫、王維等五十二人，則其上卷家數，此辛氏涉筆偶誤，非元時已佚其中下兩卷也。承燾再識。

瑤池新詠集

〔唐〕蔡省風 編
徐俊 輯校

前記

一

《瑶池新詠集》，又稱《瑶池新詠》、《瑶池新集》、《瑶池集》，是見諸文獻著録的唐人選唐詩中唯一一部女詩人詩歌選集〔一〕，也是中國古代保存至今的最早的一部女詩人詩歌選集〔二〕。在俄藏敦煌本發現之前，人們只能從宋人的文獻著録中瞭解其大致的收録範圍和所收詩人詩作的數量。成書於北宋慶曆元年（一〇四一）的宋崇文院藏書目録《崇文總目》卷五著録云：

《瑶池新詠》二卷，蔡省風編。〔三〕

這是現在我們所知道的關於《瑶池新詠集》的最早著録。此外，《新唐書》卷五〇《藝文志》四著録云：

蔡省風《瑶池新詠》二卷，集婦人詩。〔四〕

宋鄭樵《通志·藝文略》卷八著録云：

《瑶池新詠》三卷，唐蔡省風集唐婦人所作。〔五〕

著録最爲詳細的是宋晁公武《郡齋讀書志》卷二〇（袁本見於前志卷四下之下總集類）：

《瑶池新集》一卷。右唐蔡省風集唐世能詩婦人李季蘭至程長文二十三人題詠一百十五首，各爲小序，以冠其首，且總爲序。其略云：「世叔之婦，修史屬文；皇甫之妻，抱忠善隸。蘇氏雅於回文，蘭英擅於宫掖。晉紀道韞之辨，漢尚文姬之辭。況今文明之盛乎？」〔六〕

宋以後《瑶池新詠集》失傳，《宋史·藝文志》兩處著録，一在《神哲徽三朝制誥》三卷、李琪《玉堂遺範》三十卷之後，《唐哀册文》四卷之前，著録作「蔡省風《瑶池集》一卷」；一在陳匡圖《擬玄類集》十卷、韋縠《唐名賢才調詩集》十卷之前，著録作「蔡省風《瑶池集》一卷」〔七〕，二者卷數不同，排列位置錯雜，顯然未見其書。明清以後各家藏書目録未見著録，偶有論及者，如明胡應麟《詩藪》云：「又《瑶池新詠》三卷，俱唐婦人詩。」〔八〕所據似爲鄭樵《通志》，同作三卷。又清王士禄編《然脂集》，其序在列舉歷代女作家之後，云：「蓋不止如蔡生『世叔之婦修史屬文，皇甫之妻抱忠善隸』而已，豈其著作寥落，罕可纂述哉。」〔九〕當是轉録自晁志所引，原書久已佚失。

唯一例外的是《汲古閣毛氏藏書目》的著録，《瑶池新詠集》似乎有失而復傳的希望。中國科學院圖書館古籍部藏清鈔本《汲古閣毛氏藏書目》總集類著録云〔一〇〕：

《瑶池新集》一卷。唐蔡省風集唐世能詩婦人李秀（季）蘭至程長文二十三人詩一百十五首，各爲小序，以冠其前〔一一〕。

與《郡齋讀書志》無異。考《瑶池新詠集》不見於《汲古閣珍藏秘本書目》〔一二〕，也不見於《汲古閣書跋》〔一三〕。《汲古閣書跋》收毛晉撰唐人選唐詩題跋八種，即《御覽詩》、《篋中集》、《國秀集》、《河岳英靈集》、《中興間氣集》、《搜玉小集》、《極玄集》、《才調集》，另外有以《唐人選唐詩》爲目的題跋一篇，云：「唐人選唐詩約十種餘，予數載遍搜，僅得八册。……更有《南薰》、《又玄》諸集，姑俟續刻。」均未及《瑶池新詠集》。可以肯定，《汲古閣毛氏藏書目》有關《瑶池新詠集》的著録，沿襲自《郡齋讀書志》。

在以上的文獻著録中，蔡省風所編的這部唐女詩人詩集有三個異稱，即《瑶池新詠》、《瑶池集》和《瑶池新集》，俄藏敦煌寫本首題作《瑶池新詠集》，題籤作《瑶池集》。「瑶池」顯然是用傳説中的西王母故事。這樣的命名方式，很容易讓我們聯想到古代第一部閨閣題材的詩集——南朝梁徐陵所編《玉臺新詠》。唐劉肅《大唐新語》卷三云：

先是，梁簡文帝爲太子，好作艷詩，境内化之，浸以成俗，謂之宫體。晚年改作，追之不及，乃令徐陵撰《玉臺集》以大其體。〔一四〕

這是《玉臺新詠》又稱《玉臺集》的最早記載，還見於其後唐林寶《元和姓纂》、宋嚴羽《滄浪詩話》、宋陳振孫《直齋書録解題》等書的著録和徵引。《玉臺新詠》的另一個異稱是《玉臺新詠集》，見於趙均覆宋本所載南宋人陳玉父跋：

右《玉臺新詠集》十卷。幼時至外家李氏，於廢書中得之，舊京本也。

所謂「舊京本」乃指北宋所遺舊本。另外還見於清錢曾《讀書敏求記》的著録。據今人所考，「玉臺新詠集」可能是原名，而「玉臺新詠」和「玉臺集」併爲其省文〔一五〕。《瑶池新詠集》的異稱及其産生與

《玉臺新詠》非常相似，作爲敦煌寫本首題的「瑶池新詠集」應該是此書的原名和全稱，「瑶池集」、「瑶池新集」和「瑶池新詠」都是在其後流傳過程中出現的省文異稱。這一點，出自《瑶池新詠》正文同一手筆的「瑶池集」三字題籤，是最好的説明。如果從文獻著録看，與「玉臺新詠」一樣，「瑶池新詠」的省稱似更爲通行。蔡省風《瑶池新詠》的命名，明顯受到《玉臺新詠》的影響，這或許不單單是形式上的沿襲，更重要的原因是二書在題材内容上的相類。

因爲俄藏敦煌寫本的殘缺，晁公武《郡齋讀書志》的著録仍是我們考察《瑶池新詠集》的主要依據。敦煌本不分卷，與晁志著録的「一卷」相合。但敦煌本「瑶池新詠集」首題之下，「史（?）□大唐女才子所□篇什」和「著作郎蔡省風纂」三行文字過於簡略〔一六〕，顯然不是晁志「且總爲序」的總序。敦煌本首列「女道士李季蘭」，與晁志「集唐世能詩婦人李季蘭至程長文二十三人題詠」相合，但「女道士李季蘭」及其後「女道士元淳」、張夫人、崔仲容題名之下，並無「各爲小序，以冠其首」的相關内容。將寫本題署及存詩情況綜合起來考察，可以推測，敦煌本是略去了序文的《瑶池新詠集》簡本，未殘之前的敦煌本，應基本保持了全書的原有編次和詩人詩作的總體面貌。

有關《瑶池新詠集》編者蔡省風的情況，文獻僅著録他爲唐人〔一七〕，現在據敦煌本的署名我們知道他曾官著作郎。在已知的收入《瑶池新詠集》的五位詩人中，李季蘭爲唐代宗至德宗年間人，興元元年（七八四）被德宗所殺；張夫人爲「大曆十才子」吉中孚之妻，也是唐代宗時人；元淳、崔仲容、程長文生平世次不詳，其作品曾收入韋莊光化三年（九〇〇）所編《又玄集》，當爲唐昭宗以前人。由此可知蔡省風的生活時代應在晚唐五代之際，從敦煌本首題之後「史（？）□大唐女才子所□篇什」的小注，以及晁志所引序文「況今文明之盛」云云，或可推測《瑤池新詠集》的編纂應在唐代末年。

《全唐詩》收録的唐代女詩人約一百二十餘人（其中有一些是出自小説的擬作），有較詳細的歷史可考的只不過數人而已。她們主要來自以下四個不同的階層：一、宫廷婦女，如武后、上官婉兒及大量無名宫人；二、女冠如李季蘭、元淳、魚玄機；三、倡伎詩人，其代表爲薛濤；四、家庭婦女，如吉中孚妻張夫人、杜羔妻趙氏。有趣的是，不同時段女詩人階層的分佈，有著明顯的差異，初盛唐是宫廷女詩人的世界，中晚唐以後則是倡伎、女冠詩人和家庭婦女的世界。《瑤池新詠集》「集唐世能詩婦人李季蘭至程長文二十三人題詠」，其選録的重點顯然是與編者蔡省風時代相近的中晚唐女詩人。

換一個角度説，也是到了中晚唐時代，女詩人的詩歌創作方纔受到應有的關注。中古以前的中國詩壇，很少有真正優秀的女性文學。宫體艷情之作，都出自男性作家的擬作。唐代與李、杜、高、岑時代相近的李康成，搜集吟詠婦女生活之詩，編爲《玉臺後集》十卷，上續《玉臺新詠》，一定程度上表明了這一時代對女性及女性文學的態度。今存於世的唐人選唐詩中，收録範圍「起自至德元首，終於大曆十四年」的高仲武《中興間氣集》，最早收録了女詩人李季蘭的詩作六首，並予以高度評價：「士有百行，女唯四德。季蘭則不然也，形氣既雄，詩意亦蕩，自鮑昭以下，罕有其倫。」（卷下）晚唐韋莊《又玄集》集中收載了二十二位女詩人的作品。韋縠《才調集》更增至一卷二十六人。唐代女詩人中的大部分詩人詩作也因此纔得以保存至今，這也是在此時出現《瑤池新詠集》這樣的女詩人詩歌專集的文學背景。

《全唐詩》卷八〇五現存完整的李季蘭詩十六首、元淳詩二首，卷七九九存張夫人完整詩作五首，卷八〇一存崔仲容完整詩作三首。根據現存於臺北「中央圖書館」的季振宜《全唐詩》稿本，其主要來源是《中興間氣集》、《又玄集》、《才調集》等唐詩選本。在這二十六首詩之外，《全唐詩》還收録了四人詩的殘句共十五首，其中除個别詩句外，所據大多爲《吟窗雜録》卷三〇《歷代吟譜》「古今才婦」詩，而且《吟窗雜録》幾乎是這些殘詩的唯一出處。因此陳尚君先生曾懷疑《吟窗雜録》所收唐婦人詩，即出自《瑶池新詠集》〔一八〕。現在我們將《吟窗雜録》中的摘句，與敦煌本《瑶池新詠集》殘本對照，大多終於獲得全篇。這一點在校録部分已有詳細説明，不再一一列舉。另外，《瑶池新詠集》中李季蘭、元淳、張夫人、崔仲容四人先後爲序，與《吟窗雜録》卷三〇中四人的次序相同，與《又玄集》卷下四人的次序也完全相同，只不過所收詩作的多寡有别。《吟窗雜録》與《又玄集》、《瑶池新詠集》三者在詩人排序上的一致，隱約可見其間的關聯。遺憾的是敦煌本《瑶池新詠集》崔仲容以下部分已經殘失，其後所收詩人詩作的情況不得而知〔一九〕。

《瑶池新詠集》用西王母的典故作爲書名，除了表示作者的女性身份外，還讓人聯想到這個典故的道教信仰色彩。敦煌本《瑶池新詠集》所存四人中，李季蘭、元淳二人題名前均有「女道士」的身份説明。張夫人、崔仲容的題名已殘缺，《又玄集》在張夫人題名下有「吉中孚侍郎妻」的附注，而吉中孚原本也爲道士，後還俗爲官〔二〇〕。根據道教信仰者多具家族性的特點，可以推測張夫人也是一個信道者。但崔仲容生平不詳，《又玄集》、《才調集》的題名僅具其名〔二一〕；另一位入選者女詩人程長文在《又玄集》中題名作「女郎程長文」，「女郎」是對年輕女子的統稱，看不出其信仰背景。已經佚去的另外十八位詩人的情況更是無從知曉，因此我們不能推定《瑤池新詠集》是一部專門收録女仙詩人的詩集。不過，僅就敦煌本殘存部分而言，對唐代女詩人尤其是女冠詩人的研究價值，却是不可忽略的。

二

俄藏《瑤池新詠集》編號爲Дх. 三八六一、Дх. 三八七二、Дх. 三八七四、Дх. 六六五四、Дх. 六七二二、Дх. 一一〇五〇〔二二〕，原爲折葉裝册本，現存散頁兩面鈔寫，因爲册頁已經散亂並有缺失，現有編號的順序已非原詩册的順序，難見詩册原貌。下面我們根據折葉裝本的閱讀規則和其中可考知的詩人詩作，對詩册殘頁予以綴接。這裏所説的「折葉裝」，是根據其裝幀特點所作的擬名，其形式並不完全同於某一種傳統的書籍裝幀方式，而與現代普通平裝書略近，不同的是平裝以若干紙重疊對折，折葉裝則是以每一葉紙對折，裝訂之後逐頁兩面鈔寫〔二三〕。因此，拆散後的每折葉實際包含四頁(page)，其中向内的一面（兩頁）可以自右向左順序閱讀，而向外的一面（兩頁）卻不適用自右向左的順序。準確的閱讀順序通常應該是：向外一面的左頁，向内一面的右頁、左頁，向外一面的右頁。忽略了這一特殊的閱讀順序，將造成詩人詩作的誤屬和文字的舛亂。

經過綴接，詩册所載詩作的閱讀順序如下：

Дх. 六七二二(單獨一片)：

「瑤池集」題籤。

Дх. 六六五四背、Дх. 三八六一(二)，左頁(詩册封面)：

《貞女樓詠》，四行，筆跡與其後正文不同，爲後人所鈔。

Дх. 六六五四、Дх. 三八六一(一)，對折頁：

「瑤池新詠集」首題，又小字題署三行。

女道士李季蘭

《送閻伯均》，存詩三行。

《春閨怨》，存詩三行。

《感興》，存詩四行。

《有勑追入内留别廣陵故夫(人)》，存詩一行。

Дх. 六六五四背、Дх. 三八六一(二)，右頁：

《有勑追入内留别廣陵故夫(人)》，接前頁，存詩四行。

《溪中卧病寄□校書兄》，存詩四行。

Дх. 三八七二、Дх. 三八七四(一)，單頁：

《陷賊後寄故夫》，存題、詩五行。

《寓興》，存題、詩三行。

女道士元淳

Дх. 三八七二、Дх. 三八七四(二)，對折頁：

《秦中春望》，存題、詩五行。

《寄洛中姊妹》，存題、詩五行。

《感興》，存題、詩三行。

《閑居寄楊女冠》，存題、詩六行。

《送霍□□(師妹)游天台》，存題一行。

Дх. 三八七二、Дх. 三八七四(三)，單頁：

《送霍□□(師妹)游天台》，接前頁，存詩五行。

《寓言》，存題、詩三行。

《感春》，僅存詩題。

Дх. 一一〇五〇背，左頁(上半截殘)：

《感春》，接前頁，存詩二行。

張夫人(原缺，擬補)

《柳絮》，題缺，存詩三行。

Дх.一一〇五〇，對折頁（上半截殘）：

《古意》，題缺，存詩三行。

《闕題》，存詩二行。

《詠淚》，題缺，存詩二行。

《闕題》，題殘存末字下部，略似「入」字形，存詩二行。

《誚喜鵲子》，題殘存末字「子」，存詩二行。

《拾得韋夫人鈿子以詩却贈》，題存下部八字，存詩二行。

Дх.一一〇五〇背，右頁（上半截殘）：

《拾得韋夫人鈿子以詩却贈》，接前詩，存詩一行。

《寄遠》，題缺，存詩二行。

崔仲容（原缺，擬補）

《贈所思》，題缺，存詩二行。

以上共計殘存四位女詩人的詩作二十三首，其中李季蘭七首，元淳七首，張夫人八首，崔仲容一首。佔《瑤池新詠集》全部二十三人一百一十五首詩作的五分之一。

還原後的《瑤池新詠集》，詩册首頁空白處有後人鈔寫的五言詩一首，筆跡及行款與詩册的主體部分大異。録詩如下：

貞女樓詠

往日誰家女，孤貞届此樓。路傍臨澗水，寂寞磧西頭。□射蜘蛛網，珠簾並（？）説疏（？）。

□（以下未鈔）

原詩四行，首行爲詩題，二、三兩行清晰可辨，末行字跡不清，所存「並（？）説疏（？）□」四字或許是與《貞女樓詠》無關的另一行雜寫。

貞女樓不見於敦煌地志及相關文書的記載，《貞女樓詠》詩也不見於其他詩歌寫本，但與敦煌遺書中的著名組詩《敦煌二十詠》有一定的關聯。下面是《敦煌二十詠》第十一首《貞女臺詠》：

貞女臺詠

貞白誰家女，孤標坐此臺。青蛾隨月轉，紅粉向花開。二八無人識，千秋已作灰。潔身終不嫁，非爲乏良媒。

二者不但詩題相近，而且首二句句法遣詞也存在明顯的模擬改作痕跡。《敦煌二十詠》現存六個寫本，其中伯三九二九號册頁本《貞女臺詠》作《貞女樓》，可見「貞女樓」應是「貞女臺」的異稱。《敦煌二十詠》的創作年代尚有不同説法〔二四〕，伯三八七〇號在《題隱士詠》之後有「咸通十二年（八七一）十一月廿日學生劉文端寫記」的題記，可證其創作年代應在八七一年之前，也可知其大致的流傳時代。

在敦煌詩集寫本中，較集中地收載唐女詩人詩作的還有伯三二一六號，詩鈔部分首尾均殘，共存詩五題，作者同爲女冠李季蘭、元淳[二五]。李季蘭詩二首，即《寓興》（心與浮雲去不還）、《八至》。前者原卷闕題，即《瑶池新詠集》所收《寓興》。原卷有「女道士元淳」的作者題名，與《瑶池新詠集》題署方式同。元淳在《奇（寄）意五首》的總題下存詩三首，即《秦中春望》、《奇（寄）洛陽姊妹》、《感懷》。其中前二首見於《瑶池新詠集》，題略同；《感懷》殘存首二句，完篇見於《瑶池新詠集》，但題大異，作《閑居寄楊女冠》。伯三二一六號卷背除李季蘭、元淳詩外，還有祭文、投社文書等，其中一件爲顯德二年（九五五）正月十三日投社人何清清狀，可知同卷詩鈔的大致鈔寫時代。因爲元淳詩在此卷中以《寄意五首》的組詩形式出現，與《瑶池新詠集》所收元淳詩有比較大的差異，所以尚不能肯定二者間的關係，但至少可以説明李季蘭、元淳等唐代女詩人詩在敦煌的流傳情況。

以下整理校録儘可能保留了《瑶池新詠集》殘卷原貌，一般音形訛字於其下用圓括號括注正字，用方括號括注據其他文獻所擬補之字。參校範圍限定在有關唐宋典籍和通行的《全唐詩》等。

〔一〕參見陳尚君《唐人編選詩歌總集敍録》，《唐代文學叢考》，一八四至二二二頁。中國社會科學出版社，一九九七年。

〔二〕據胡文楷《歷代婦女著作考》，見諸文獻著録的唐以前婦女著作總集有六種，但均久佚不傳。列目如下：《婦人集》三十卷，南朝宋殷淳撰，《隋書·經籍志》、《新唐書·藝文志》著録；《婦人詩集》二卷，南朝宋顔竣撰，《舊唐書·經籍志》、《新唐書·藝文志》著録；《婦人集》十一卷，梁徐勉撰，《梁書》本傳著録，《隋書·經籍志》不著撰人;《婦人集鈔》二卷,《隋書·經籍志》著録,不著撰人;《婦人集》二十卷,《隋書·經籍志》著録,不著撰人;《婦人文章録》,後魏崔光編,《古今圖書集成·經籍典》著録。上海古籍出版社,一九八五年。

〔三〕《崇文總目》,宋王堯臣、歐陽修等撰,現代出版社影印《粤雅堂叢書》清錢東垣輯本,一九八七年。

〔四〕《新唐書》卷五〇《藝文志》四,中華書局排印本,一六二四頁。

〔五〕宋鄭樵《通志二十略·藝文略》卷八,一七八〇頁。中華書局排印本,二〇〇〇年。

〔六〕原本李季蘭與程長文之間無「至」字,《郡齋讀書志》袁本、宛委别藏本、季録顧校本及《文獻通考·經籍考》所引均有「至」字,據補。參見孫猛《郡齋讀書志校證》卷二〇,上海古籍出版社,一九九〇年。

〔七〕《宋史》卷二〇九《藝文志》八,中華書局排印本,五三九六頁、五四〇二頁。

〔八〕《詩藪》雜編卷二《遺逸中·載籍》,二七二頁。上海古籍出版社,一九七九年。

〔九〕《然脂集》二卷,山東省博物館藏鈔本,前有王士禄自序。轉引自胡文楷《歷代婦女著作考》附録二《總集》,七〇九頁。

〔一〇〕原書無編者,一册,不分卷,首頁和末頁均有「東方文化事業總委員會所藏圖書印」。《中國古籍善本書目》史部目録類著録爲「清鈔本」。

〔一一〕孫琴安《唐詩選本六百種提要》將書名誤作《汲古閣毛氏藏書目録》,並將「二十三人」誤作「三十三人」。陝西人民教育出版社,一九八七年。

〔一二〕《汲古閣珍藏秘本書目》一卷,清毛扆撰,嘉慶五年黄氏士禮居刻本。

〔一三〕《汲古閣書跋》,明毛晉撰,潘景鄭校訂,古典文學出版社排印本,一九五八年。

〔一四〕劉肅《大唐新語》卷三公直第五，四二頁。中華書局，一九八四年。

〔一五〕劉躍進《〈玉臺新詠〉原貌考索》二《〈玉臺新詠〉的不同名稱》，《玉臺新詠研究》九二頁，中華書局，二〇〇〇年。

〔一六〕原卷此三行文字，字小且極爲模糊，承上海古籍出版社爲製作局部放大照片，得以勉强釋讀。

〔一七〕因爲《瑶池新詠集》特定的作者群，宋代書志著録時多不與其他唐人選唐詩置於一處，如《郡齋讀書志》「凡詩文集，俱以世相承」（明胡應麟《詩藪》雜編卷三），然著録《瑶池新詠集》於宋耿思柔《雲臺編》和宋劉禹卿《清才集》之後、《九僧詩集》之前；被譽爲「整齊時代，綜合篇帙，尤爲鮮明」（同前）的《通志·藝文略》，也置於南朝宋時人顔竣、殷淳所編《婦人詩集》之後、應璩《百一詩》之前。因此不能根據著録的次序推測其時代。

〔一八〕陳尚君《唐人編選詩歌總集敍録》二《斷代詩選（唐人選唐詩）》，《唐代文學叢考》一九五頁。中國社會科學出版社，一九九七年。

〔一九〕宋陳應行編《吟窗雜録》卷三〇所收唐女詩人，自武后、上官婉兒始，李季蘭至卷三一程長文間共二十一人，這與《瑶池新詠集》二十三人的總數也不相符。中華書局影印明鈔本，一九九七年。

〔二〇〕參見傅璇琮主編《唐才子傳校箋》卷四，第二册，一四頁。中華書局，二〇〇〇年重印本。

〔二一〕現存唐人選唐詩諸集題名中對女詩人身份的説明並不嚴格，如《中興間氣集》李季蘭僅具其名，《又玄集》李季蘭僅具其名，元淳、魚玄機二人名前加「女道士」，《才調集》於李季蘭、元淳、魚玄機三人名前均加「女道士」。

〔二二〕Дх.三八六一、Дх.三八七二、Дх.三八七四見於《俄藏敦煌文獻》第十一册，擬名爲「唐李治詩」。上海古籍出版社，一九九九年；Дх. 六六五四、Дх. 六七二二見於《俄藏敦煌文獻》第十三册，Дх. 一一〇五〇見於《俄藏敦煌文獻》第十五册，上海古籍出版社，二〇〇〇年。參見榮新江、徐俊《新見俄藏敦煌唐詩寫本三種考證及校録》，《唐研究》第五卷，北京大學出版社，一九九九年；徐俊《敦煌詩集殘卷輯考》上編，六七二至六八五頁，中華書局，二〇〇〇年；榮新江、徐俊《唐蔡省風編〈瑶池新詠〉重研》，《唐研究》第七卷，北京大學出版社，二〇〇一年。

〔二三〕文獻記載中與此最爲相近的是所謂「縫績」之法，宋張邦基《墨莊漫録》卷四云：「王洙原叔内翰嘗云，作書册粘葉爲上，久脱爛，苟不逸去，尋其次第，足可抄録。屢得逸書，以此獲全。若縫績，歲久斷絶，即難次序。初得董氏《繁露》數册，錯亂顛倒。伏讀歲餘，尋繹綴次，方稍完復，乃縫績之弊也。」《四部叢刊》三編影印江安傅氏雙鑒樓藏明鈔本。

〔二四〕馬德《敦煌廿詠年代初探》考證作於大曆二年（七六七），《敦煌研究》創刊號，一九八三年；李正宇《敦煌廿詠探微》考證作於大中二年（八四八），哈爾濱師範大學《古文獻研究》，一九八九年。校録參見徐俊《敦煌詩集殘卷輯考》上編，一五九至一六九頁。

〔二五〕參見徐俊《敦煌詩集殘卷輯考》上編，二一二至二一五頁。

瑤池新詠集

瑤池集〔一〕

瑤池新詠集

史(?·)□大唐女才子所□篇什。〔二〕

著作郎蔡省風纂。

〔一〕《俄藏敦煌文獻》第十三册卷首彩色圖版(圖六)存另紙「瑤池集」題籤,與正文筆跡相同。

〔二〕此段文字原卷雙行鈔於「瑤池新詠集」首題之下。

女道士李季蘭

送閻伯均〔一〕

相看指楊柳,别恨轉依依。萬里西江水,孤舟何處皈〔二〕。湓城潮不到,夏口信因(應)稀。唯有衡陽雁,年年來去飛。

〔一〕《中興間氣集》卷下、《唐詩紀事》卷七八、《全唐詩》卷八〇五收録,題作《送韓揆之江西》。《文苑英華》卷二七四同,「揆」作「葵」;《又玄集》卷下題作《送韓三往江西》。《才調集》卷一〇、《吟窗雜録》卷三〇題作《送閻伯均往江州》,與此卷爲近。《吟窗雜録》無後四句。

〔三〕皈　各本作「歸」,同。

春閨怨〔一〕

百尺井欄上,數株桃已紅。念君遼海北,抛妾宋家東。惆悵白日暮,相思明月空。羅衣春夜暖,願作西南風。

〔一〕《吟窗雜録》卷三〇、《全唐詩》卷八〇五收録,題同,均無後四句。

感興〔一〕

朝雲暮雨自相隨〔二〕,雁去人行有返期。玉枕只知長下流(淚),銀燈空照不眠時。仰看明月翻含意,俯眄流波欲寄詞。却憶初聞鳳樓曲,教人寂寞復相思。

〔一〕《才調集》卷一〇、《吟窗雜録》卷三〇、《全唐詩》卷八〇五收録,題同。《吟窗雜録》僅收三、四兩句。

〔二〕自　各本作「鎮」。

有勑追入内留别廣陵故夫(人)〔一〕

無才多病判龍鍾〔二〕,不料虚名達九重。仰愧彈冠上華髮,嘗慚理鏡對衰容。馳心北闕隨芳草，極目南山望舊峰。桂樹不能留野客，沙鷗出浦謾相逢。

〔一〕《才調集》卷一〇、《全唐詩》卷八〇五收録，題作《恩命追入留别廣陵故人》，第四句作「多慚拂鏡理衰容」。《吟窗雜録》卷三〇載此詩前四句，題《留别廣陵故人》。案《四庫全書總目》對此詩是否李季蘭詩曾致疑，卷一八六《薛濤李冶詩集二卷》提要云：「冶集僅詩十四首，然其中《恩命追入留别廣陵故人》一首，詳其詞意，不類冶作，殆好事者欲裒冶詩與［薛］濤相配，病其太少，姑摭他詩足之也。」余嘉錫《四庫提要辨證》曾予辯駁，此寫本更爲明證。

〔二〕判　各本作「分」。

溪中卧病寄□校書兄〔一〕

卧病無人事，閑門向水清。已看雲聚散，更覩木枯榮〔二〕。未恐溪邊老，多爲世上輕。鴒原如不顧，誰復急難情。

〔一〕《吟窗雜録》卷三〇、《全唐詩》卷八〇五載李季蘭殘句「已看雲聚散，更念木枯榮」，題《卧病》，即此詩三、四兩句。案李季蘭另有《寄校書七兄詩》（《中興間氣集》卷下、《又玄集》題作《寄校書十九兄》，《唐詩紀事》題作《寄韓校書》，《文苑英華》題作《寄韓校書十七兄》，《吟窗雜録》題作《寄十七兄校書》，岑仲勉《唐人行第録》疑「韓」字誤衍），與此詩中之「校書兄」或即一人。

〔二〕覩　《吟窗雜録》、《全唐詩》作「念」。

陷賊後寄故夫〔一〕

日日青山上，何曾見故夫。古詩渾漫語，教妾采蘼蕪。鼙鼓喧城下，旌旗拂座隅。蒼黄未得死，不是惜微軀。

〔一〕《吟窗雜録》卷三〇、《全唐詩》卷八〇五載李季蘭殘句「鼙鼓喧行選，旌旗拂座隅」，題《陷賊寄故夫》，即此詩五、六兩句。《吟窗雜録》「故夫」作「故人」。

寓興〔一〕

心與浮雲去不還〔二〕，心雲並在有無間。狂風何事相搖蕩〔三〕，吹向南山又北山。

〔一〕此詩見《吟窗雜録》卷三〇、《全唐詩》卷八〇五，爲李季蘭《偶居》，略有異文。又見法藏敦煌寫本伯三二一六卷，伯三二一六載李季蘭詩二首，第一首即此詩，闕題。案明鍾惺《名媛詩歸》評《偶居》云：「妙在全不似題。一欲著題，便入庸流一路去矣。」則題《偶居》與詩未合明矣，應以題《寓興》爲是。

〔二〕去不還　原卷脱，據伯三二一六補。此句伯三二一六作「心與浮雲去還」，《吟窗雜録》作「心遠浮雲去不還」，《全唐詩》作「心遠浮雲知不還」，「不」字據《吟窗雜録》補。

〔三〕相摇　原卷脱，據伯三二一六補。蕩，原卷作「湯」，據伯三二一六改。

女道士元淳

秦中春望〔一〕

鳳城春望［好，宮闕一重重。上苑雲］中樹，終南［雪後峰。落花行處遍］，佳氣晚來濃。喜見休明代，霓裳躡道蹤。

〔一〕原卷題缺，正文殘存「鳳城春望」、「中樹」、「終南」及末三句，據伯三二一六卷元淳詩補題及闕文。《才調集》卷一〇、《全唐詩》卷八〇五載此詩，題同。

寄洛中姊妹〔一〕

舊業經年別〔二〕，關河萬里思。題書憑雁足〔三〕，望月想娥眉〔四〕。白髮愁偏覺，鄉心夢獨知〔五〕。誰堪離亂處，掩淚向南枝〔六〕。

〔一〕此詩敦煌遺書中另有兩個寫本，即：伯三二一六，題作《奇（寄）洛陽姊妹》；伯三五六九背「光啟三年（八八七）四月」官酒户馬三娘牒末，無題，缺後半首。《又玄集》卷下、《才調集》卷一〇及《全唐詩》卷八〇五收録，《又玄集》題作《寄洛中諸娣》，《才調集》題作《寄洛中諸姝（妹）》，《全唐詩》題作《寄洛中諸姊》。《吟窗雜録》卷三〇收此詩第二聯，題作《寄洛中姊妹》，與此寫本同。

〔二〕業　伯三二一六誤作「葉」。

〔三〕書　伯三二一六誤作「詩」。雁　伯三二一六殘。

〔四〕想　伯三二一六誤作「相」。娥　伯三二一六誤作「俄」。

〔五〕夢獨　伯三二一六殘。伯三五六九至「鄉心」止，以下未鈔。

〔六〕淚　伯三二一六作「泣」。

感興〔一〕

廢業無遺跡，仙都寄此身。弟兄俱已盡，松柏問何人？

〔一〕《吟窗雜録》卷三〇、《全唐詩》卷八〇五元淳下收此詩末二句，題《寄洛中姊妹》。案「感興」與詩意相合，「寄洛中姊妹」疑爲涉上詩致誤。

閑居寄楊女冠〔一〕

仙府寥寥殊未傳，白雲盡日對紗軒。只將沉静思真理，且喜人間事不喧。青冥鶴唳時聞過，杳藹瑶臺誰與言。聞道武陵山水好，碧溪東去有桃源。

〔一〕《吟窗雜録》卷三〇、《全唐詩》卷八〇五元淳句收此詩末二句：「聞道茂陵山水好，碧溪流水有桃源。」題《寄楊女冠》。案伯三二一六元淳《感懷》即此詩，殘存前二句。第二行殘存第三句「只將沉静」四字右側。

送霍□□（師妹）游天台〔一〕

暫別萬□□□□，□□□□□天台。霞城峭壁無人〔到〕，丹竈芝田有鶴來。上元金勝何□在，阿母桃花幾度開。日暮曲江相望處，翠屏遥指白雲隈。

〔一〕《吟窗雜録》卷三〇元淳載此詩三、四兩句：「陵城峭壁無人到，丹竈芝田有鶴來。」題《送霍師妹游天台》。《全唐詩》卷八〇五元淳句下收録，題無「送」字，「陵城」作「赤城」。闕文據補。

寓言〔一〕

三千宫女露娥眉，笑煮黄金日月遲。鸞鳳隔雲攀不及，空山惆悵夕陽時。

〔一〕此詩見《又玄集》卷下，題同。《吟窗雜録》卷三〇載此詩一、二兩句，題《寓言》。《全唐詩》卷八〇五元淳下收録。又案《全唐詩》卷七二三李洞下收載此詩全篇，所據似爲《唐詩百名家集》。據《又玄集》、《吟窗雜録》及此寫本，則應作元淳詩。

感春〔一〕

□□□□錢，鶯飛〔□〕撲地。鶵□□□□，□□怨心事。不道芳□□，□□□□□。

〔一〕此詩原卷殘存二行，上部殘失，第三行也殘。姑録俟校。

張夫人〔一〕

〔一〕原卷題名殘失，據其下詩歌考補。

［柳絮］〔一〕

（上缺）纖難把好日閑（中缺）〔二〕。［游］蜂乍起驚落墀，［黄鳥銜來却上枝］。欲知的的真如花，□□□□□□□。

〔一〕《吟窗雜録》卷三〇於《柳絮》（靄靄芳春朝）下收録「游蜂乍起驚落墀，黄鳥銜來卻上枝」一聯，題「又詩」，意即題同《柳絮》，闕文據補。《全唐詩》卷七九九張夫人句下收録。

〔二〕原卷殘缺過甚，難以斷句。

［古意］〔一〕

［轆轤曉轉素絲綆］，桐花夜落蒼苔塼。［涓涓吹溜若時］雨，濯濯佳疏（蔬）非用［天〔二〕。丈人不解此中］意〔三〕，抱［瓮當時徒自賢］〔四〕。

〔一〕《文苑英華》卷二〇五「樂府十四」收録，題作《古意》，據補闕文。《全唐詩》卷七九九、《吟窗雜録》卷三〇題同。《吟窗雜録》僅録首聯。

〔二〕濯濯　《全唐詩》同，《文苑英華》作「曜曜」，字下小注一「疑」字。

〔三〕丈人　《全唐詩》作「丈夫」。

〔四〕原卷「抱」字下空白，似未鈔。

［闕題］〔一〕

□□□□□，□□輕簾開。庭際□□□，□□□入來。

〔一〕此詩各書未載。

［詠淚］〔一〕

［□□□□□，□］流紅粉粧。鏡中［春色老，枕前秋］夜長。

〔一〕《吟窗雜録》卷三〇録後二句，題《詠淚》，據補闕文。《全唐詩》卷七九九張夫人句下收録。

［闕題］〔一〕

□□□□□，□鳴候寢宮。自嗟□□□，□□□年中〔二〕。

〔一〕此詩各書未載。原卷題之末字殘存下部，形似「人」。

〔二〕年中　原卷寫作「中年」，行側有倒乙符號，據改。

[誚喜鵲]子〔一〕

[疇昔鴛鴦侶，朱]門賀客多。如今[無此事，好去莫]相過。

〔一〕原卷殘存題之末字「子」，「子」爲名詞後綴。《吟窗雜録》卷三〇收録，題《誚喜鵲》，據補闕文。《全唐詩》卷七九九收録。

[拾得]韋夫人鈿子以詩却贈〔一〕

[今朝妝閣前，拾]得舊花鈿。粉污[痕猶在，塵侵色]上鮮〔二〕。曾拈纖手[裏〔三〕，帖向翠眉邊〔四〕。能助千金笑]，如何[忽棄捐]〔五〕。

〔一〕《又玄集》卷下，題作《拾得韋氏鈿子因以詩寄》；《才調集》卷一〇，題作《拾得韋氏花鈿以詩寄贈》；《吟窗雜録》卷三〇收録第三聯，題作《拾得花鈿》。《全唐詩》卷七九九，題作《拾得韋（一作華）氏花鈿以詩寄贈》。闕文據《又玄集》補。

〔二〕上　各本均作「尚」，同。

〔三〕拈　各本作「經」。

〔四〕帖　《才調集》同；《全唐詩》作「拈」，《吟窗雜録》作「粘」。

〔五〕忽　《才調集》、《全唐詩》作「忍」。

〔寄遠〕〔一〕

□□□□□，□朝不在家。臨風〔重回首，掩淚向〕庭花。

〔一〕《吟窗雜録》卷三〇收録末二句，題作《寄遠》，闕文據補。《全唐詩》卷七九九張夫人句下收録。

崔仲容〔一〕

〔一〕原卷題名殘失，據其下詩歌考補。

〔贈所思〕〔一〕

〔所居幸接鄰，相〕見不相親。一似雲〔間月，何殊鏡裏人〕。目成空有恨〔二〕，腸〔斷不禁春。願作梁間燕，無由變此身〕。

〔一〕《又玄集》卷下、《才調集》卷一〇、《唐詩紀事》卷七九、《全唐詩》卷七九九，題作《贈所思》；《吟窗雜録》卷三〇收録末聯，題同。闕文據《又玄集》補。

〔二〕此句《又玄集》作「目誠空有恨」，《才調集》作「丹成空有恨」，《唐詩紀事》作「丹誠空有恨」，《全唐詩》作「丹誠（一作成）空有夢」。王仲鏞云「目誠」、「丹成」當並是「目成」之誤（《唐詩紀事校箋》二〇三一頁），正與寫本同。

才調集

〔五代後蜀〕韋縠　編
傅璇琮　點校

前記

《才調集》十卷，後蜀韋縠編。韋縠生平資料甚少，清吴任臣《十國春秋》記之稍詳，云：「少有文藻，夢中得軟羅纈巾，由是才思益進。仕高祖父子，累遷監察御史，已又升□部尚書。」（卷五六《後蜀》九）。《唐詩紀事》卷六一宋邕條，記宋邕《春日》詩，並謂「僞蜀韋縠取此詩爲《才調集》」，則《才調集》當作於韋縠仕後蜀時。韋縠事迹，可參考陳尚君先生《韋縠家世考》一文。

韋縠自敍，謂「暇日因閲李、杜集，元、白詩，其間天海混茫，風流挺特，遂採摭奥妙，並諸賢達章句，不可備録，各有編次。」則似編選時曾泛閲李白、杜甫、元稹、白居易等大家及唐代諸名家的集子。明清之際，此書頗受重視。著名詩評家馮舒、馮班兄弟特加評點，極爲推崇，馮班認爲此書所選詩人，卷次編排，多有「微意」。王士禛以爲《才調集》選詩標準「大抵以風調爲宗」。《四庫總目提要》則説：「縠生五代文敝之際，故所選取法晚唐，以穠麗宏敞爲宗，救粗疏淺弱之習，未爲無見。」乾隆二十九年（一七六四）宋邦綏在此書補注的刻本《敍》中，更進一步稱贊爲「選擇精當，大具手眼，當時稱善，後代服膺」。

實則此書的編例多有問題，上述的一些稱譽之詞與書中的實際内容並不一致。自敍中雖然提到「李、杜集，元、白詩」，但却並未選杜甫的詩。馮班説「杜不可選也」，但爲什麽不可選，未有任何解釋。書中一人之詩有分見於二處、三處的，如卷一有白居易十九首，卷五又有白居易八首；卷一有薛能七首，卷七又有薛能三首；卷四有項斯一首，卷七又有項斯一首；卷一、卷七各有李端一首，卷九又有一首。卷二有無名氏詩十三首，卷十又載無名氏詩三十七首。這些無論從詩體與内容來看，都無如此安排的必要。明胡震亨説此書係編者「隨手成編，無倫次」（《唐音癸籤》卷三一），所説頗有一定道理。

此書所選詩，在作者歸屬方面有好幾處明顯的錯誤，如卷一劉長卿《别宕子怨》，實爲隋薛道衡之《昔昔鹽》，即著名之「空梁落燕泥」詩。卷七賈曾《有所思》，即「洛陽城東桃李花，飛去飛來落誰家」詩，乃劉希夷之《代悲白頭翁》，但中間缺「已見松柏摧爲薪，更聞桑田變成海」二句。卷八李嘉祐名下有《贈别嚴士元》（「春風倚棹闔閭城」七律），實爲劉長卿作，《中興間氣集》即已收入劉長卿名下，且有評語。卷三張籍名下有《蘇州江岸留别樂天》，實爲白居易詩，原題爲《武丘寺路宴留别諸妓》。又如卷八朱慶餘《惆悵詩》，與卷七王涣《惆悵詞》「夢裏分明入漢宫」重，應屬王涣。卷七張祜名下有《病宫人》，與卷九袁不約《病宫人》重。卷十無名氏三十七首中的《三五七言詩》，應是李白詩。同卷無名氏之「春光冉冉歸何處」，應是嚴惲之《落花》詩。這些，都可見編選者粗疏之一斑。

此書有不少直接抄自《又玄集》。如《又玄集》卷下有劉方平《秋夜泛舟》、《春夜》二首，《才調集》卷七也收此二首，排列次序、詩題均同。《又玄集》卷下有于濆《古宴曲》、《思歸引》、《辛苦吟》，《才調集》卷九所載也僅此三首，排列次序相同。《又玄集》卷下有高蟾《下第後獻高侍郎》、《金陵晚眺》，《才調集》卷八也僅收此二首，排列次序相同。其他如張夫人《拜新月》、《拾得韋氏鈿子因以詩寄》二首，張文姬《溪口雲》、《沙上鷺》二首，《才調集》均同於《又玄集》。不僅如此，《才調集》還因編選者之粗心而抄錯的。如《又玄集》卷中載李德裕《故人寄茶》「劍外九華英」五古，《才調集》卷三收此詩，作曹鄴詩。此乃因《又玄集》列李德裕於曹鄴之後，《故人寄茶》之前即曹鄴《送人歸南海》，《才調集》抄寫時漏抄李德裕之名，遂以此詩歸曹。又如《才調集》卷七陶翰下有《新安江林》，《中興間氣集》即已收録於章八元名下，且有對此詩的評論，《又玄集》也載此詩，而此詩之前即陶翰之《古塞下曲》，編選者又漏略章八元名，且章之原詩題爲《新安江行》，抄時又以「行」訛爲「林」。此類例子不一而足，詳見本書校記。

《才調集》是現存唐人選唐詩中選詩最多的一書，每卷一百首，全書十卷共一千首。儘管在編選中有種種缺失，但仍有其一定的文獻價值。正如《四庫總目提要》所説：「然頗有諸家遺篇，如白居易《江南贈蕭十九》詩（按應爲《江南喜逢蕭九徹因話長安舊遊戲贈五十韻》，《提要》誤），賈島《贈杜駙馬》詩，皆本集所無。又沈佺期《古意》，高棅竄改成律詩；王維《渭城曲》『客舍青青楊柳春』，俗本改爲『柳色新』；賈島《贈劍客》詩『誰爲不平事』句，俗本改爲『誰有』。如斯之類，此書皆獨存其舊，亦足資考證也。」《才調集》的文獻價值當然還不止《四庫提要》所説的，讀者自可作進一步的探討。

《才調集》最早的版本，現在可以考知的爲南宋臨安陳氏書棚本，此後不論刻本、抄本，或影抄本，皆莫不出此；且自宋以下，所有官私書目著録，均爲十卷本，這些都是《才調集》版本源流的特點。書棚本至明代尚存，徐玄佐家即藏有一本，但嘉靖中逸去後五卷，至萬曆時，徐氏又獲錢復正家藏舊抄本（亦抄自書棚本者），遂請人據以影抄後五卷，即與家藏之宋刻本五卷相配成書。此爲徐本，成於萬曆十二年（一五八四）。又隆慶時，沈春澤（雨若）據孫研北家藏舊抄本（亦抄自書棚本）新刻一本，是爲沈本。沈本萬曆時被人剷改新印，錯訛很多，此即所謂萬曆本。傅增湘曾謂此萬曆本「爲俗人竄易，繆誤至不可讀」（《藏園群書題記》卷一九）。崇禎時，馮舒將徐本與借得的孫抄，以及從錢謙益處借得的焦竑抄本（亦抄自書棚本），校正了沈本，並加評、點。與此同時，馮班又從錢謙益處借得徐本，中脱一頁，後又以趙清常抄本（僅有後四卷）補完。另外又有朱文進本、漁父夕公跋本。最後一個本子爲清康熙四十三年（一七〇四）新安汪氏垂雲堂本。這個本子以汲古閣毛氏所刊，其中有二馮批校之本爲底本，以影宋本、錢校沈本參校新刻一本，是一個較好的本子。

四部叢刊之《才調集》，即所謂影印述古堂影宋抄本。稱影宋抄本未必確切，當係汲古閣所藏之影抄本，其底本即爲徐本或徐本系統的本子，即前五卷爲宋刻書棚本，後五卷爲影寫抄本。此次整理即以此爲底本。但四部叢刊本尚有不少脱誤，此次即以垂雲堂本及國家圖書館藏汲古閣本《唐人選唐詩八種》通校。關於《才調集》的版本源流及垂雲堂本、汲古閣本之比較，可參見傅璇琮、龔祖培之《才調集考》一文。

才調集敍

蜀監察御史韋縠集

余少博群言，常所得志，雖秋螢之照不遠，而雕蟲之見自佳。古人云，自聽之謂聰，内視之謂明也。又安可受誚於愚鹵，取譏於書廚者哉。暇日因閱李、杜集，元、白詩，其間天海混茫，風流挺特，遂採摭奥妙，并諸賢達章句。不可備録，各有編次。或閒窗展卷，或月榭行吟，韻高而桂魄争光，詞麗而春色鬬美。但貴自樂所好，豈敢垂諸後昆。今纂諸家歌詩，總一千首，每一百首成卷，分之爲十目，曰《才調集》。庶幾來者，不誚多言，他代有人，無嗤薄鑑云爾。

才調集目録

昑昑一首　崔鶯鶯一首　無名氏三十七首

〔一〕耿湋　「湋」原作「緯」，汲本作「湋」，是，今改。參《唐才子傳校箋》卷四。

〔二〕錢珝　「珝」原作「翊」，誤，徑改。參《唐才子傳校箋》卷九。

〔三〕薛逢　「逢」原作「逄」，誤，徑改。參《唐才子傳校箋》卷七。

〔四〕沈佺期二首　「二首」原脱，據垂雲堂本補。

〔五〕曹鄴二首　「二」原作「三」，據垂雲堂本改。

〔六〕孫棨　「棨」原作「啓」，誤，汲本作「棨」，是，據改。

〔七〕張祜　「祜」原作「祐」，誤，徑改。參《唐才子傳校箋》卷六。

〔八〕薛逢　「逢」原作「逄」，誤，參前校記〔三〕。

〔九〕崔峒一首　四字原脱，據垂雲堂本補。

〔一〇〕李頻六首　四字原脱，據垂雲堂本補。

〔一一〕高蟾二首　「二」原作「一」，據垂雲堂本改。

〔一二〕高適二首　「二」原作「一」，據垂雲堂本改。

〔一三〕朱慶餘一首　此下原有「崔桐一首」四字，正文無詩，删。

〔一四〕曹松三首　「松」原作「崧」，誤，徑改。參《唐才子傳校箋》卷一〇。又「三」原作「二」，據垂雲堂本改。

〔一五〕章碣　「碣」原作「竭」，誤，徑改。參《唐才子傳校箋》卷九。

〔一六〕鄭準四首　「準」原作「隼」，誤，徑改。參《唐才子傳校箋》卷一〇。又「四」原作「一」，據垂雲堂本改。

〔一七〕竇鞏一首　「一首」二字原脱，據垂雲堂本補。

〔一八〕張喬二首　「二首」二字原脱，據垂雲堂本補。

〔一九〕朱放　「放」原作「倣」，誤，徑改。參《唐才子傳校箋》卷五。

〔二〇〕顧非熊　「非」原作「飛」，誤，徑改。參《唐才子傳校箋》卷七。

〔二一〕韓翃　「翃」原作「翊」，誤，徑改，參《唐才子傳校箋》卷五。

〔二二〕于鵠二首　「于」原作「工」，誤，徑改。參《唐才子傳校箋》卷四。又「二」原作「一」，據垂雲堂本改。

〔二三〕僧棲白　「棲」原作「懷」，誤，徑改，參《唐才子傳校箋》卷三。

〔二四〕崔公達　「達」原作「逵」，誤，徑改，參《唐才子傳校箋》卷二。

〔二五〕葛鴉兒一首　「一」原作「二」，據垂雲堂本改。

才調集卷第一 古律雜歌詩一百首

白居易 一十九首

代書一百韻寄微之〔一〕

憶在貞元歲，俱昇典校司〔二〕。身名同日授，心事一言知。肺腑都無隔，形骸兩不羈。疎狂屬年少，閒散爲官卑。分定金蘭契，言通藥石規。交賢方汲汲，友直每偲偲。有月多同賞，無杯不共持。秋風拂琴匣，夜雪卷書帷。高上慈恩塔，幽尋皇子陂。唐昌玉蕊會，崇敬牡丹期。笑勸迂辛酒，閒吟短李詩。儒風愛敦質，佛理賞玄師〔三〕。度日曾無悶，通宵靡不爲。雙聲聯律句，八面數宮棊。往往遊三省，騰騰出九逵。寒消直城路，春滿曲江池。樹暖枝條弱，山晴彩翠奇。峰攢石緑點，柳惹麴塵絲。岸草煙鋪地，園花雪壓枝。早光紅照曜，新溜碧逶迤。幄幕分堤布〔四〕，盤筵占地施。徵伶求絶藝，迎妓選名姬〔五〕。鉛粉凝春豔〔六〕，金鈿耀水嬉。風流誇墮髻，時勢鬭愁眉〔七〕。密坐隨歡促，華罇逐勝移。香飄歌袂動，醉落舞釵遺〔八〕。籌插紅螺椀，觥飛白玉巵。打嫌調笑易，飲訝卷波遲。殘席諠譁散，歸鞍酩酊騎。酡顔烏帽側，醉袖玉鞭垂。紫陌傳鐘鼓，紅塵塞路歧。幾時曾暫別，何處不相隨。荏苒星霜換，迴環節候推。兩衙多請告〔九〕，三考遂成資〔一〇〕。運啓千年聖，天成萬物宜。皆當少壯日，同惜盛明時。光景嗟虚擲，雲霄竊暗窺。攻文朝吃吃，講學夜孜孜。策目穿如札，毫鋒鋭若錐〔一一〕。繁張獲鳥網，堅守釣魚坻。並受夔龍薦，齊登晁董詞〔一二〕。萬言經濟略，三道太平基〔一三〕。取第争無敵〔一四〕，專場戰不疲。輔車排勝陣，掎角奪降旗〔一五〕。雙闕分容衛，千寮儼等衰。恩隨紫泥降，名向白麻披。既在高科選，還從好爵縻。東垣君諫諍，西邑我驅馳。再喜登烏府，多慙侍赤墀。官班分内外，遊處遂參差。每列鵷鸞序，偏瞻獬豸姿。簡威霜凛冽，衣綵繡葳蕤。正色摧强禦，剛腸嫉喔咿。常憎持禄位，不擬保妻兒。養勇期除惡〔一六〕，輸忠在滅私。下韝驚鸞雀，當道懾狐狸。南國人無枉〔一七〕，東臺吏不欺。雪冤多定國〔一八〕，犯諫甚辛毗。造次行於是，平生志在斯。道將心共直，言與行相危。水暗波翻覆，山藏路嶮巇。未爲天主識，已被幸臣疑。木秀遭風折，蘭芳遇霰萎。千鈞勢易壓，一柱力難搘。騰口方成痏，吹毛遂得疵。憂來吟貝錦，謫去詠江蘺。邂逅塵中遇，殷勤馬上辭。賈生離魏闕，王粲向荆夷。水渡清源寺，山經綺里祠〔一九〕。心摇漢皋珮，淚墮峴山碑。驛路緣雲際，城樓枕水湄。思鄉多繞澤，望國獨登陴〔二〇〕。林晚青蕭索，江平緑渺瀰。野秋鳴蟋蟀，沙冷聚鸕鷀〔二一〕。官舍黄茅屋，人家苦竹籬。白醪充夜酌，紅粟備晨炊。寡鶴摧風翮，鰥魚失水鬐。暗雛啼鶗鴂，涼葉墜相思。一點秋燈滅〔二二〕，三聲曉角吹。藍衫經雨故，驄馬卧霜羸。念淵誰濡沫〔二三〕，嫌醒自啜醨。耳垂懷伯樂〔二四〕，舌在感張儀〔二五〕。負氣衝星劍，傾心向日葵。金言自銷鑠，玉性肯磷緇。伸屈須看蠖，窮通莫問龜。定知身是患，應用道爲醫。想子今如彼，嗟余獨在兹。無悰當歲杪〔二六〕，有夢到天涯。坐阻連襟帶，行乖接履綦。潤消衣上霧，香散室中芝。念遠傷遷貶〔二七〕，驚時歎别離〔二八〕。素書三往復，明月七盈虧。舊里非難到，餘歡不易追。樹依興善老，草傍靖安衰。前事思如昨，中懷寫向誰。北村尋古柏，南宅訪辛夷。此日徒搔首〔二九〕，何人共解頤。病多知夜永，年長覺秋悲。不飲長如醉，加飧永似飢〔三〇〕。狂書一千字〔三一〕，因使寄微之。

〔一〕代書一百韻寄微之　汲本於「書」下有「詩」字，四部叢刊本《白氏長慶集》（下簡稱集）同。

〔二〕俱昇　汲本作「初登」。

〔三〕賞　汲本作「尚」，集同。

〔四〕分　汲本作「侵」，集同。

〔五〕迎妓還　汲本作「選妓悉」，集同。

〔六〕粉　汲本作「黛」，集同。

〔七〕時勢鬬愁眉　汲本「勢」作「世」，「愁」作「啼」。集「愁」作「啼」。

〔八〕醉　汲本作「翠」，集同。

〔九〕告　汲本作「假」，集同。

〔一〇〕遂　汲本作「欲」，集同。

〔一一〕毫鋒　汲本作「鋒毫」。

〔一二〕登　汲本作「陳」，集同。

〔一三〕道　汲本作「策」。

〔一四〕取　汲本作「中」，集同。

〔一五〕奪　汲本作「搴」，集同。

〔一六〕期　汲本作「當」。

〔一七〕枉　汲本作「怨」，集同。

〔一八〕雪　汲本作「理」，集同。

〔一九〕里　汲本作「季」，集同。

〔二〇〕國　汲本作「闕」。

〔二一〕沙　原作「妙」，汲本同，今據垂雲本改，集亦作「沙」。

〔二二〕秋　汲本作「寒」，集同。

〔二三〕沫　原作「沫」，汲本同，今據垂雲本改，集亦作「沫」。

〔二四〕懷　汲本作「無」，集同。

〔二五〕感　汲本作「有」，集同。

〔二六〕悰　汲本作「憀」，集同。

〔二七〕傷　汲本作「緣」，集同。

〔二八〕歎　汲本作「爲」，集同。

〔二九〕徒　汲本作「空」。

〔三〇〕永　汲本作「亦」，集同。

〔三一〕書　汲本作「吟」，集同。

東南行一百韻〔一〕

南去經三楚，東來過五湖。山頭看候館，水面問征途。地遠窮江界，天低接海隅〔二〕。飄零同落葉，浩蕩似乘桴。漸覺鄉原異，深知土俗殊〔三〕。夷音語嘲哳，蠻態笑睢盱。水市通闤闠，煙村混舳艫。吏徵魚户税，人納火田租。亥日饒蝦蟹，寅年足虎貙。成人男作丱，事鬼女爲巫。樓暗攢倡婦，堤長簇販夫〔四〕。夜船論鋪賃，春酒斷瓶沽。見果皆盧橘，聞禽悉鷓鴣。山歌猿獨叫，野哭鳥相呼。嶺徼雲成棧，江郊水當郛。月移翹柱鶴，風泛颭檣烏。鼇礙潮無信，鮫驚繫不虞。鼉鳴江檑鼓〔五〕，蜃氣海浮圖〔六〕。樹裂山魈穴，沙含水弩樞。喘牛犂紫芋，羸馬放青菰。繡面誰家婢，鵶頭幾歲奴。泥中採菱芡，燒後拾樵蘇。鼎膩愁烹鼈，盤腥厭鱠鱸。鍾儀徒戀楚，張翰浪思吴。氣序涼還熱，光陰旦復晡。身方逐萍梗，年欲近桑榆。渭北田園廢，江西歲月徂。憶歸恒慘澹，懷舊忽踟躕。自念咸秦客，常爲鄒魯儒。蘊藏經國術〔七〕，輕棄度關繻。賦力凌鶚鵰，詞鋒敵轆轤。戰文重掉鞅，射策一彎弧。崔杜鞭齊下，元韋轡並驅。名聲敵楊馬〔八〕，交分過蕭朱。世務輕磨揣，周行竊覬覦。風雲皆會合，雨露各沾濡。共偶昇平代〔九〕，偏慙固陋軀。承明連夜直，建禮拂晨趨。美服頒王府，珍羞降御廚。議高通白虎，諫切伏青蒲。柏殿行陪宴，花樓走看酺。神旗張鳥獸，天籟動笙竽。丸劍星芒耀〔一〇〕，魚龍電策驅。定場排越妓〔一一〕，促座進吴歈。縹緲疑仙樂，嬋娟勝畫圖。歌鬟低翠羽，舞汗墜紅珠。别選閒遊伴，潛招小飲徒。一盃愁已破，三盞氣彌麤。軟美仇家酒，幽閒葛氏姝。十千方得斗，二八正當壚。論笑杓胡硉，談憐鞏囁嚅。李酣尤短竇，庾醉更蔫迂。鞍馬呼交住〔一二〕，骰盤喝遣輸。急驅波卷白〔一三〕，連擲彩成盧。籌併頻逃席，觥嚴别置盂。漏巵那可灌〔一四〕，頹玉不勝扶。入視中樞草，歸乘内廐駒。醉曾衝宰相，驕不揖金吾。日近恩雖重，雲高勢易孤〔一五〕。翻身落霄漢〔一六〕，失脚倒泥塗。博望移門籍，潯陽佐郡符。時情變寒暑，世利筭錙銖。望日辭雙闕，明朝别九衢。播遷分郡國，次第出京都。秦嶺馳三驛，南山上二邗。峴陽亭寂寞，夏口路崎嶇。大道全生棘，中丁盡執殳。江關未撤警，淮寇尚稽誅。林到東西寺〔一七〕，山分大小姑。鑪峰蓮刻削，湓水帶縈紆〔一八〕。九流吞青草，孤城覆綠蕪。黄昏鐘寂寂，清曉角嗚嗚。春色辭門柳，秋聲到井梧。殘芳怨鶗鴂，暮節感茱萸。蘂折金英菊〔一九〕，花飄雪片蘆。波紅日斜没，沙白月平鋪。幾見林抽筍，頻驚燕引雛。歲華何倏忽，年少不須臾。

眇默思千古，蒼茫想八區。孔窮緣底事，顏夭有何辜。龍聖猶遭醢〔二〇〕，龜靈未免刳。窮通應已定，聖哲不能踰。況我謀身拙〔二一〕，逢他厄運拘。漂流從大海，鎚鍛任洪鑪。險阻嘗之矣，棲遲命也夫。沉冥消意氣，窮餓耗肌膚。防瘴和殘藥，迎寒補舊襦。書牀鳴蟋蟀，琴匣網蜘蛛。貧室如懸磬〔二二〕，端憂極守株。時遭客答難〔二三〕，數被鬼揶揄。兀兀都疑夢，昏昏半似愚。女驚朝不起，妻怪夜長吁。萬里離朋執〔二三〕，三年隔友于。自然悲聚散，不是恨榮枯。去夏微之瘧，今春席八殂。天涯書達否，泉下哭知無。謾寫詩盈軸〔二四〕，空盛酒滿壺。只添新悵望，豈復舊歡娛。壯志因愁減，衰容與病俱。相逢應不識，滿頷白髭鬚。

〔一〕東南行一百韻　汲本於此下有「寄通州元九侍御澧州李十一舍人果州崔二十二使君開州韋大員外庾三十二補闕杜十四拾遺李二十助教員外竇七校書」五十字，集同。

〔二〕接　汲本作「極」，集同。

〔三〕俗　汲本作「産」，集同。

〔四〕長　汲本作「喧」，集同。

〔五〕江櫑鼓　汲本作「泉窟室」，集同。

〔六〕氣海　汲本作「結氣」，集同。

〔七〕術　原作「衛」，據汲本、垂雲本改，集亦作「術」。

〔八〕敵　汲本作「逼」，集同。

〔九〕偶　汲本作「遇」。
〔一〇〕丸　汲本作「戈」。
〔一一〕越妓　汲本作「漢旅」，集同。
〔一二〕交　汲本作「教」，集同。
〔一三〕急　汲本作「長」，集同。
〔一四〕漏　汲本作「滿」，集同。
〔一五〕易　汲本作「却」，集同。
〔一六〕霄　原作「霽」，汲本同，今據垂雲本改，集亦作「霄」。
〔一七〕到　汲本作「對」，集同。
〔一八〕水　汲本作「浦」。
〔一九〕折　各本同，集作「坼」，當是。
〔二〇〕聖　汲本作「智」，集同。
〔二一〕謀身　汲本作「身謀」，集同。
〔二二〕客答難　汲本作「人指點」，集同。
〔二三〕離朋執　汲本作「抛朋侣」，集同。
〔二四〕軸　汲本作「卷」，集同。

四不如酒〔一〕

莫買金剪刀〔二〕，徒費千金直。我有心中愁，知君剪不得。莫磨解結錐，徒勞費心力〔三〕。我有腸中結，知君挑不得〔四〕。莫染紅素絲〔五〕，徒誇好顏色。我有雙淚珠，知君穿不得。莫近紅爐火，炎氣徒相逼。我有鬢邊霜〔六〕，知君銷不得。刀不能剪心愁，錐不能解腸結，絲不能穿淚珠，火不能銷鬢雪。不如且飲長命盃〔七〕，萬恨千愁一時歇。

〔一〕四不如酒　汲本於題下校云「集作啄木曲」，集此首即作「啄木曲」。

〔二〕金　汲本作「寶」，集同。

〔三〕費心　汲本作「人氣」，集同。

〔四〕挑　汲本作「解」，集同。

〔五〕素絲　汲本作「絲線」，集同。

〔六〕鬢邊霜　汲本作「兩鬢雪」，集同。

〔七〕且飲長命　汲本作「飲此神聖」，集同。

江南喜逢蕭九徹因話長安舊遊戲贈五十韻

憶昔嬉遊伴，多陪歡宴場。寓居同永樂，幽會共平康。師子尋前曲，聲兒出内坊。花深態奴宅，竹錯得憐堂。庭晚開紅藥，門閒蔭緑楊。經過悉同巷，居處盡連牆。時世高梳髻，風流澹作粧。戴花紅石竹，帔暈紫檳榔。鬢動懸蟬翼，釵垂小鳳行。拂胸輕粉絮，暖手小香囊。選勝移銀燭，邀歡舉玉觴。爐煙凝麝氣，酒色注鵝黄。急管停還奏，繁絃慢更張。雪飛迴舞袖，塵起繞歌梁。舊曲翻調笑，新聲打義揚。多情推阿軟，巧語許秋娘。風暖春將暮，星迴夜未央。宴餘添粉黛，坐久換衣裳。結伴歸深院，分頭入洞房。綵帷開翡翠，羅薦拂鴛鴦。留宿争牽袖，貪眠各占床。緑窗籠水影，紅壁背燈光。索鏡收花鈿，邀人解袷襠。暗嬌粧靨笑，私語口脂香。怕曉聽鐘坐，羞明映縵藏。眉殘蛾翠淺，鬟解緑雲長。聚散知無定，憂歡事不常。離筵開夕宴，别騎促晨裝。去住青門外，留連滻水傍。車行遥寄語，馬駐共相望。雲雨分何處，山川各異方。野行初寂寞，店宿乍恓惶。别後嫌宵永，愁來厭歲芳。幾看花結子，頻見露爲霜。歲月何超忽，音容坐渺茫。往還書斷絶，來去夢遊揚。自我辭秦地，逢君客楚鄉。常嗟異岐路，忽喜共舟航。話舊堪垂淚，思鄉數斷腸。愁雲接巫峽，淚竹近瀟湘。月落江湖闊，天高節候涼。浦深煙漠漠，沙冷月蒼蒼。紅葉江楓老，青蕪驛路荒。野風吹蟋蟀，湖水浸菰蔣。帝路何由見，心期不可忘。舊遊千里外，往事十年强。春晝提壺飲，秋林摘橘嘗。强歌還自感，縱酒不成狂。永夜長相憶，逢君各共傷。殷勤萬里意，併寫贈蕭郎。

楊柳枝二十韻

小妓攜桃葉，新歌踏柳枝。粧成剪燭後，醉起拂衫時。繡履嬌行緩，花筵笑上遲。身輕委迴雪，羅薄透凝脂。笙引簧頻暖，箏催柱數移。樂童翻怨調，才子與妍詞。便想人如樹，先將髮比絲。風條垂兩帶〔一〕，煙葉帖雙眉。口動櫻桃破，鬟低翡翠垂。枝柔腰裊娜，荑嫩手葳蕤。鶴唳晴呼伴〔二〕，猿哀夜叫兒〔三〕。玉敲音歷歷，珠貫字纍纍。袖爲收聲點，釵因赴節遺。重重遍頭別，一一拍心知。塞北愁攀折，江南苦別離。黄遮金谷岸，緑映杏園池。春惜芳華好，秋憐翠色衰。取來歌裏唱，勝向笛中吹。曲罷那能別，情多不自持。纏頭無別物，一首斷腸詩。

〔一〕垂　汲本作「摇」，集同。

〔二〕鶴唳　汲本作「唳鶴」，集同。

〔三〕猿哀　汲本作「哀猿」。

初與元九别後忽夢見之及寤而書適至兼寄桐花詩悵然感懷因以此寄時元九初謫江陵

永壽寺中語，新昌坊北分。歸來數行淚，悲事不悲君。悠悠藍田路，自去無消息。計君食宿程，已過商山北。昨夜雲四散，千里同月色。曉來夢見君，應是君相憶。夢中握君手，問君意何如。君言苦相憶，無人可寄書。覺來未及説，叩門聲冬冬。言是商州使，送君書一封。枕上忽驚起，顛倒着衣裳。開緘見手札，一紙十三行。上論遷謫心，下説離別腸。心腸都未盡，不暇敍炎涼。云作此書夜，夜宿商州東。獨對孤燈坐，陽城山館中。夜深作書畢，山月向西斜。月下何所有〔一〕，一樹紫桐花。桐花半落時，復道正相思。殷勤書背後，兼寄桐花詩。桐花詩八韻，思緒一何深。以我今朝意，想君前夜心〔二〕。一章三遍讀，一句十迴吟。珍重八十字，字字化爲金。

〔一〕下　汲本作「前」，集同。

〔二〕想君前夜心　汲本「想」作「憶」，「前」作「此」，集同。

秦中吟并序

貞元、元和之際，余在長安，聞見之間，有足悲者。略舉其事，因命爲《秦中吟》焉。

貧家女〔一〕

天下無正聲，悦耳則爲娱。人間無正色，悦目則爲姝。顔色非相遠，貧富則有殊。貧爲時所棄，富爲時所趨。紅樓富家女，金縷繡羅襦。見人不斂手，嬌癡二八初。母兄未開口，言嫁不須臾。緑窗貧家女，寂寞二十餘。荆釵不直錢，衣上無真珠。幾迴人欲聘，臨日又踟躕。主人會良媒，置酒滿玉壺。四座且勿飲，聽余歌兩途。富家女易嫁，嫁早輕其夫。貧家女難嫁，嫁晚孝於姑。聞君欲娶婦，娶婦意何如？

〔一〕貧家女　汲本題作「議婚」，下注「或刻貧家女」。集作「議婚」。

無名税〔一〕

厚地植桑麻，所用濟生民。生民理布帛，所求活一身。身外充征賦，上以奉君親。國家有兩税〔二〕，本意在憂人。厥初防其淫〔三〕，明勑内外臣。税外加一物，皆以枉法論。奈何歲月久，貪吏得因循。役我以求寵，斂索無冬春。織絹未成疋，繰絲未盈斤。里胥逼我納，不許暫逡巡。歲暮天地閉，陰風生破村。夜深煙火盡，霰雪白紛紛。幼者形不蔽，老者體無温。悲啼與寒氣，併入鼻中辛。昨日輸餘税〔四〕，因窺官庫門。繒帛如山積，絲絮似雲屯。號爲羨餘物，隨月獻至尊。奪我身上暖，買爾眼前恩。進入瓊林庫，歲久化爲塵。

〔一〕無名税　汲本題作「重賦」，下注「或刻無名税」。集作「無名税」。

〔二〕有　汲本作「定」，《唐文粹》、集同。

〔三〕淫　原作「汪」，據汲本改。《唐文粹》、集亦均作「滛」。

〔四〕餘　汲本作「殘」，《唐文粹》、集同。

傷大宅〔一〕

誰家起甲第，朱門當道邊〔二〕。豐屋中櫛比〔三〕，高牆外迴環。纍纍六七堂，簷宇相連延。一堂費百萬，鬱鬱起青煙。洞房温且清，寒暑不能干。高亭虚且迥，坐卧見南山。繞廊紫藤架，夾砌紅藥欄。攀枝摘櫻桃，帶花移牡丹。主人此中坐，十載爲大官。廚有臭敗肉，庫有朽貫錢。誰能將我語，問尔骨肉間。豈無貧賤者，忍不救飢寒。如何奉一身，直欲保千年。不見馬家宅，今作奉成園〔四〕。

〔一〕傷大宅　汲本於題下注云「長慶少一大字」。按《唐文粹》、集均無「大」字。

〔二〕當　汲本作「大」，《唐文粹》、集同。

〔三〕比　原作「北」，據汲本改。《唐文粹》、集均作「比」。

〔四〕成　汲本作「誠」，《唐文粹》、集同。

膠漆契〔一〕

陋巷飢寒士〔二〕，出門甚栖栖。雖然志氣高〔三〕，豈免顔色低。平生同袍友，通籍在金閨。昔爲膠漆契，〔四〕爾來雲雨睽。正逢下朝歸，軒騎五門西。是時天久陰，三日雨凄凄。蹇驢避路立，肥馬當風嘶。送頭望相識〔五〕，占道上沙堤。昔年洛陽社，貧賤相提攜。今日長安道，對面隔雲泥。近日多如此，非君獨慘悽。死生不變者，惟聞任與黎。

〔一〕膠漆契　汲本題作「傷友」，下注「或刻膠漆契」。按《唐文粹》、集均作「傷友」。

〔二〕飢　汲本作「孤」。

〔三〕然　汲本作「云」。

〔四〕昔爲　汲本作「曩者」，集同。

〔五〕送頭望相識　汲本、垂雲本「送」作「迴」，是，集亦作「迴」。又《唐文粹》、集「望」作「忘」。

合致仕〔一〕

七十而致仕，禮法有明文。何乃貪榮貴，斯言如不聞。可憐八九十，齒落雙眸昏〔二〕。朝露貪名利，夕陽憂子孫。掛冠顧翠緌，懸車惜朱輪。金章腰不勝，傴僂入君門。誰不愛富貴，誰不戀君恩。年高須請老〔三〕，名遂合退身。少時共嗤笑，晚歲多因循。賢哉漢二疏，彼獨是何人。寂寞東門路，無人繼去塵。

〔一〕合致仕　汲本於題下注云「合，長慶作不」。按《唐文粹》、集均題作「不致仕」。

〔二〕落　汲本作「墮」。

〔三〕請　汲本作「告」，《唐文粹》、集同。

古碑〔一〕

勳德既已衰〔二〕，文章亦陵夷。但見南山石〔三〕，刻作路傍碑〔四〕。勳名悉太公〔五〕，德教皆仲尼〔六〕。復以多爲貴，千言直萬貲。爲文彼何人，想見下筆時，但欲愚者悅，不思賢者嗤。豈獨賢者嗤，仍傳後代疑。古石蒼苔字，焉知是愧詞。我聞望江縣，麴令撫孤嫠。在官有仁政，名不聞京師。身歿欲歸葬，百姓遮路歧。攀轅不得去，留葬此江湄。至今道其名，男女皆涕垂。無人立碑碣，唯有邑人知。

〔一〕古碑　汲本題作「立碑」，下注云「或刻古碑」。按《唐文粹》、集均作「立碑」。
〔二〕已　汲本作「下」，《唐文粹》、集同。
〔三〕南山　汲本作「山中」，《唐文粹》、集同。
〔四〕刻　汲本作「立」，《唐文粹》、集同。
〔五〕勳名　汲本作「銘勳」，《唐文粹》、集同。
〔六〕德教　汲本作「敍德」，《唐文粹》、集同。

江南旱〔一〕

意氣驕滿路，鞍馬光照塵。借問何爲者，人稱是近臣〔二〕。朱紱皆大夫，紫綬悉將軍。誇赴中軍會〔三〕，走馬疾如雲。罇罍溢九醖，水陸羅八珍。果擘洞庭橘，鱠切天池鱗〔四〕。食飽心自若，酒酣氣益振。是歲江南旱，衢州人食人。

〔一〕江南旱　汲本題作「輕肥」，下注云「或刻江南旱」。按《唐文粹》、集均作「輕肥」。
〔二〕近　汲本作「内」，《唐文粹》、集同。
〔三〕中軍會　汲本作「軍中宴」，《唐文粹》、集同。
〔四〕鱠　原作「繪」，據汲本、垂雲本改。《唐文粹》、集均作「鱠」。

五弦琴

清歌且停唱，紅袂亦停舞。趙叟抱五絃，宛轉胸前撫〔一〕。大聲徂若散〔二〕，颯颯風和雨。小聲細欲絶，切切鬼神語。又如鵲報喜，轉作猿啼苦。十指無定音，顛倒宫商羽。坐客聞此聲，形神若無主。行客聞此聲，駐足不能去。嗟嗟俗人耳，好今不好古。所以北窗琴，日日生塵土。

〔一〕胸前　汲本作「當胸」，《唐文粹》、集同。
〔二〕徂　汲本作「粗」。

傷閿鄉縣囚〔一〕

秦中歲曰暮〔二〕，大雪滿皇州。雪中退朝者，朱紫盡公侯。貴有風雪興，富無飢寒憂。所營唯甲第〔三〕，所務在追遊。朱輪車馬客〔四〕，紅燭歌舞樓。歡酣促密坐，醉暖脱重裘。秋官爲主人，廷尉居上頭。日中爲樂飲，夜半不能休。豈知閿鄉獄，中有凍死囚。

〔二〕曰 汲本作「云」，《唐文粹》、集同。

〔二〕傷閿鄉縣囚 汲本題作「歌舞」，下注云「或刻傷閿鄉縣囚」。按《唐文粹》、集均作「歌舞」。

〔三〕甲第 汲本作「第宅」。

〔四〕輪 汲本作「門」。

牡丹〔一〕

帝城春欲暮，喧喧車馬度。共道牡丹時，相隨買花去。貴賤無常價，酬直看花數。灼灼百朵紅，戔戔五束素。上張帷幄庇，傍織笆籬護。水灑復泥封，遷來色如故。家家皆爲俗〔二〕，人人迷不誤〔三〕。有一田舍翁，偶來買花處。低頭獨長歎，此歎無人諭。一叢深色花，十户中人賦。

〔一〕牡丹 汲本題作「買花」，下注云「或刻牡丹」。按《唐文粹》、集均作「買花」。

〔二〕皆 汲本作「習」，《唐文粹》、集同。

〔三〕誤 汲本作「悟」，當是。

祓禊日遊于斗門亭

三月草萋萋，黄鶯又欲啼〔一〕。柳橋晴有絮，沙路潤無泥。禊事修初畢，遊人到欲齊。金鈿耀桃李，絲管駭鳧鷖。轉岸迴船尾，臨流簇馬蹄。鬧於楊子渡〔二〕，踏破魏王堤。妓接謝公宴，詩陪江令題。舟同李膺泛，醴爲穆生攜。水引春心蕩，花牽醉眼迷。塵街從鼓動，煙樹任鴉棲。舞急紅腰凝去聲〔三〕，歌遲翠黛低。夜歸何用燭，新月鳳樓西。

〔一〕又欲　汲本作「歇又」。

〔二〕於　汲本作「翻」。

〔三〕凝　汲本作「軟」。

翫半開花贈皇甫郎中

勿訝春來晚，無嫌花發遲。人憐全盛日，我愛半開時。紫蠟粘爲蔕，紅蘇點作蕤〔一〕。成都新夾纈，梁漢辟燕脂。櫻樹真珠顆〔二〕，牆頭小女兒。淺深粧剥落，高下火參差。蝶戲争香朵，鶯啼選穩枝。好教郎作伴，合共酒相隨。醉翫無勝此，狂嘲更讓誰。猶殘少年興，不似老人詩。西日憑輕照，東風莫殺吹。明朝應爛熳，後夜即離披。枝下遥相憶，罇前暗有期。銜盃嚼蘂思，唯我與君知。

〔一〕蘇　汲本作「酥」。

〔二〕櫻樹　汲本作「樹梢」。

題令狐家木蘭花

膩如玉指塗朱粉，光似金刀剪紫霞。從此時時春夢裏，應添一樹女郎花。

薛能七首

牡丹

去年零落暮春時，淚溼紅牋怨別詩〔一〕。常恐便同巫峽散，因何重有武陵期。傳情每向馨香得，不語還應彼此知。見欲欄邊安枕席〔二〕，夜深閒共説相思。

蜀黄葵〔三〕

嬌黄初綻欲題詩，盡日含毫有所思。記得玉人春病校〔四〕，道家裝束厭禳時。

贈歌妓妓能詩

同有詩情自合親，不須歌調更含嚬。朝天御史非韓壽，莫竊香來帶累人。

晚春

惡憐風景極交親，每恨年年作瘦人。卧晚不曾抛好夜，情多唯欲哭殘春。陰成杏葉纔通日，雨著楊花已汙塵。無限後期知有在，只愁還作總戎身。

贈歌者

一字新聲一顆珠，囀喉疑是擊珊瑚。聽時坐部音中有，唱後櫻花葉裏無。漢浦蔑聞虚解珮，臨邛焉用枉當壚。誰人得向青樓宿，便是仙郎不是夫。

舞者

緑毛釵動小相思，一唱南軒日午時。慢靸輕裙行欲近，待調諸曲起來遲。筵停匕筯無非聽，物帶宫商盡是詞〔五〕。爲問傾城年幾許，更勝瓊樹是瓊枝。

楊柳枝

數首新詞帶恨成，柳絲牽我我傷情。柔娥幸有腰肢穩，試踏吹聲作唱聲。

〔一〕詩 《文苑英華》作「離」。

〔二〕見 《文苑英華》作「只」。

〔三〕蜀黄葵　汲本題作「黄蜀葵」，下注云「一刻蜀黄葵」。按《文苑英華》作「黄蜀葵」。

〔四〕校　汲本作「後」，《文苑英華》作「較」，似汲本是。

〔五〕物　汲本、垂雲本作「吻」。

崔國輔六首

雜詩

逢著平樂兒，論交鞍馬前。與沽一斗酒，恰用十千錢。後余在關内，作事多迍邅。何處肯相救，徒聞寶劍篇。

魏宫詞

朝日點紅粧，擬上銅雀臺。畫眉猶未了，魏帝使人催。

怨詞

妾有羅衣裳，秦王在時作。爲舞春風多，秋來不堪着。

少年行

遺却珊瑚鞭，白馬嬌不行[一]。章臺折楊柳，春日路傍情。

中流曲

歸時日尚早，更欲向芳洲。渡口水流急，迴船不自由。

對酒吟雜言

行行日將夕，荒村古塚無人跡。蒙籠荆棘一鳥吟，屢勸提壺沽酒喫。古人不達酒不足，遺恨精靈傳此曲。寄語當代諸少年，平生且盡盃中醁。

〔一〕嬌　汲本、垂雲本作「驕」，似是。《河岳英靈集》、《國秀集》、《唐文粹》、《樂府詩集》同。

孟浩然二首

春怨

閨人能畫眉，粧罷出簾幃。照水空自愛，折花將遺誰。春情多逸豔[一]，春意倍相思。愁心極楊柳，一種亂如絲。

送杜十四之江南〔二〕

荆吴相接水爲鄉，君去春江正淼茫。日暮征帆泊何處，天涯一望斷人腸。

〔一〕逸豔　汲本作「豔逸」，四部叢刊本《浩然集》同。

〔二〕送杜十四之江南　汲本於題下注云「集無之江南三字」，四部叢刊本孟集無此三字。

劉長卿 六首

揚州雨中張十七宅觀妓〔一〕

夜色滯春煙，燈花拂更燃。殘粧添石黛，豔舞落金鈿。掩笑頻歊扇，迎歌乍動絃。不知巫峽雨，何事海西邊。

赴潤州使院留鮑侍御六言〔二〕

對水看山别離，孤舟日暮行遲。江南江北春草，獨向金陵去時。

北歸次秋浦界青館〔三〕

萬古啼猿後〔四〕，孤城落日依〔五〕。鴈迴初日暮〔六〕，人向宛陵稀。舊路青山在，餘生白首歸。漸知行近北，不見鷓鴣飛。

登餘干古城

孤城上與白雲齊，萬古蕭條楚水西。官舍已空秋草緑，女牆猶在夜烏啼。平江渺渺來人遠，落日亭亭向客低。沙鳥不知陵谷變，朝來暮去弋陽溪。

若耶溪酬梁耿別後見寄六言

晴川落日初低，惆悵孤舟解攜。鳥去平蕪遠近〔七〕，人隨流水東西〔八〕。白雲千里萬里，明月前溪後溪。獨恨長沙謫去，江潭春草萋萋。

別宕子怨〔九〕

垂柳拂金堤，蘼蕪葉正齊。水溢芙蓉沼，花飛桃李蹊。採桑秦氏女，織錦竇家妻。關山別宕子，風月守空閨。恒斂千金笑，長垂白玉啼。盤龍隨鏡隱，舞鳳逐雲低。驚魂同野鶴，倦寢憶晨雞。暗牖懸蛛網，空梁落燕泥。前年過岱北，今歲往邊西。一去無還意，那能惜馬蹄。

〔一〕揚州雨中張十七宅觀妓　汲本於題下注云「或刻張謂」。又四部叢刊劉集無「七」字。

〔二〕赴潤州使院留鮑侍御　汲本「留」下有「別」字，集同。又集於「赴」上有「發越州」三字。

〔三〕北歸次秋浦界青館　汲本於「青」下有「谿」字，集同。

〔四〕古啼猿後　汲本作「里猿啼斷」，集同。

〔五〕城落日　汲本作「村客暫」，集同。

〔六〕迴初日　汲本作「過彭蠡」，集同。

〔七〕去　汲本作「向」，集同。

〔八〕人　原缺，據汲本、垂雲本補。

〔九〕别宕子怨　此爲隋薛道衡詩，應删去。

韋應物一首

西澗〔一〕

獨憐幽草澗邊生，上有黄鸝逺樹鳴〔二〕。春潮帶雨晚來急，野渡無人舟自横。

〔一〕西澗　汲本作「滁州西澗」。

〔二〕逺　汲本作「深」。按《御覽》、《又玄》亦皆作「深」。

王維二首

送元二使安西

渭城朝雨裛輕塵，客舍青青楊柳春。勸君更盡一盃酒，西出陽關無故人。

隴頭吟

長城少年遊俠客，夜上戍樓看太白。隴頭明月迥臨關，隴上行人夜吹笛。關西老將不勝愁，駈馬聽之雙淚流。身經大小百餘戰，麾下偏裨萬户侯。蘇武纔爲典屬國，節旄空盡海西頭。

賈島七首

寄遠

别腸長鬱紆，豈能肥肌膚。始知相結密，不及相結踈。踈别恨應少，密别恨難祛。門前南去水，中有北飛魚。魚飛向北海〔一〕，此情復何如。欲剪衣上襟，書作寄遠書。不惜寄遠書，故人今在無。華山岧嶢形，遥望齊平蕪。况此數尺身，阻彼萬里途。自非日月光，難以知子軀。

代舊將

舊事説如夢，誰當信老夫。戰場幾處在，部曲一人無。落日收病馬，晴天曬陣圖。猶希聖朝用，自鑷白髭鬚。

春行

去去行人遠，塵隨馬不窮。旅情斜日後，春色早煙中。流水穿空館，閒花發故宫。舊鄉千里思，池上緑楊風。

述劍〔二〕

十年磨一劍，兩刃未曾試。今日把似君，誰有不平事。

古意

碌碌復碌碌，百年雙轉轂。志士中夜心，良馬白日足。俱爲不等閒，誰是知者目。別來兩淚盡〔三〕，誰弔荆山哭。

上杜駙馬即杜悰也

玉山突兀壓乾坤，出得朱門入戟門。妻是九重天子女，身爲一品令公孫。鴛鴦殿裏參皇后，龍鳳堂前賀至尊。今日澧陽非久駐，佇爲霖雨拜新恩。

早秋題天台靈應寺〔四〕

峰前峰後寺新秋，絶頂高窗見沃洲。人在定中聞蟋蟀，鶴曾棲處掛獼猴。山鐘夜渡空江水，汀月寒生古石樓。心憶掛帆身未道〔五〕，謝公此地昔年遊。

〔一〕魚飛向北海　汲本此下至「況此數尺身」前僅有「可以寄遠書，不惜寄遠書，故人今在無」三句，《文苑英華》、四部叢刊本賈集同汲本。

〔二〕述劍　汲本作「劍客」，下注「或作述劍」。《唐文粹》、集均作「劍客」。

〔三〕兩　原作「雨」，據汲本、垂雲本改，《唐文粹》、集亦均作「兩」。

〔四〕早秋題天台靈應寺　汲本作「早秋寄題天竺靈隱寺」，下注「一刻天台靈應寺」。按詩中云「絶頂高窗見沃洲」，又云「謝公此地昔年遊」，則應在天台，非天竺。

〔五〕道　汲本、垂雲本作「遂」，似是。

李廓 一十六首

長安少年行十首

金紫少年郎，繞街鞍馬光。身從左中尉，官屬右春坊。剗戴揚州帽，重熏異國香。垂鞭踏青草，來去杏園芳。

追逐輕薄伴，閒遊不着緋。長攏出獵馬，數換打毬衣。曉日尋花去，春風帶酒歸。青樓無晝夜，歌舞歇時稀。

日高春睡足，怗馬賞年華。倒插銀魚袋，行隨金犢車。還攜新市酒，遠醉曲江花。幾度歸侵黑，金吾送到家。

好勝耽長夜，天明燭滿樓。留人看獨脚，賭馬換偏頭。樂奏曾無歇，盃巡不暫休。時時遥冷笑，怪客有春愁。

邀遊攜豔妓，裝束似男兒。盃酒逢花住，笙歌簇馬吹。鶯聲催曲急[一]，春色訝歸遲[二]。不以聞街鼓，華筵待月移。

賞春唯逐勝，大宅可曾歸。不樂還逃席，多狂慣衩衣。歌人踏日起，語燕卷簾飛。好婦唯相妬，倡樓不醉稀。

戟門連日閉，苦飲惜殘春。開鎖通新客，教姬屈醉人。請歌牽白馬[三]，自舞踏紅茵。時輩皆相許，平生不負身。

新年高殿上，始見有光輝。玉鴈排方帶，金鵝立仗衣。酒深和椀賜，馬疾打珂飛。朝下人争看，香街意氣歸。

遊市慵騎馬，隨姬入坐車。樓邊聽歌吹，簾外中釵花[四]。樂眼從人鬧，歸心畏日斜。蒼頭來去報，飲伴到倡家。

小婦教鸚䳇，頭邊喚醉醒。犬嬌眠玉簟，鷹掣撼金鈴。碧地攢花障，紅泥待客亭。雖然長按曲，不飲不曾聽。

雞鳴曲

星稀月没入五更，膠膠角角雞初鳴。征人牽馬出門立，辭妾欲向安西行。再鳴引頸簷頭下，月中角聲催上馬。纔分地色第二鳴〔五〕，旌旆紅塵已出城。婦人上城亂招手，夫壻不聞遥哭聲。長恨雞鳴别時苦，不遣雞棲近窗户。

鏡聽詞

匣中取鏡辭竈王，羅衣掩盡明月光。昔時長着照容色，今夜潛將聽消息。門前地黑人未稀〔六〕，無人錯道朝夕歸。更深弱體冷如鐵，繡帶菱花懷裏熱。銅片銅片如有靈，願得照見行人千里形〔七〕。

猛士行

戰鼓驚沙惡天色，猛士虬鬚眼前黑。單于衣錦日行兵，陣頭走馬生擒得。幽并少年不敢輕，虎狼窟裏空手行。

送振武將軍

葉葉歸邊騎，風頭萬里乾。金裝腰帶重，鐵縫耳衣寒。蘆酒燒蓬煖，霜鴻撚箭看。黄河古城道，秋雪白漫漫。

落第

牓前潛制淚，衆裏自嫌身。氣味如中酒，情懷似别人。暖風張樂席，晴日看花塵。盡是添愁處，深宫乞過春〔八〕。

贈商山東于嶺僧〔九〕

商嶺東西路欲分，兩間茅屋一蹊雲。師言耳重知師意，人是人非不欲聞。

〔一〕急　原作「色」，據汲本、垂雲本改。《樂府詩集》、《唐詩紀事》亦皆作「急」。

〔二〕誸　汲本作「送」，《紀事》同；垂雲本及《樂府》作「訝」。

〔三〕請　汲本作「清」，《紀事》同。

〔四〕中釵　汲本作「見鶯」。又《樂府》「中」作「市」。

〔五〕地　汲本作「曙」。

〔六〕末　汲本作「來」，《紀事》同。

〔七〕得照　汲本作「照得」。

〔八〕宫　汲本作「居」，《又玄》、《紀事》同，似是。

〔九〕贈商山東于嶺僧　按此篇，《又玄》、《紀事》均作韋蟾詩。

常建一首

弔王將軍

嫖姚北伐時，深入幾千里。戰餘落日黄，軍敗鼓聲死。常聞漢飛將，可奪單于壘。今與山鬼隣，殘兵哭遼水。

劉禹錫五首

臺城

臺城六代競豪華，結綺臨春事最奢。萬户千門成野草，衹緣一曲後庭花。

烏衣巷

朱雀橋邊野草花，烏衣巷口夕陽斜。舊來王謝堂前燕〔一〕，飛入尋常百姓家。

石頭城

山圍故國周遭在，潮打空城寂寞迴。淮水東邊舊時月，夜深還過女牆來。

生公講堂

生公説法鬼神聽，身後空堂夜不扃。高座寂寥塵漠漠，一方明月可中庭。

江令宅

南朝詞臣北朝客，歸來唯見秦淮碧。池臺竹樹三畝餘，至今人道江家宅。

〔一〕來　汲本作「時」。

宋濟二首

東鄰美女歌

花暖江城斜日陰，鶯啼繡户曉雲深。春風不道珠簾隔，傳得歌聲與客心。

塞上聞笛〔一〕

胡兒吹笛戍樓間，樓上蕭條海月閒。借問梅花何處落，風吹一夜滿關山。

〔一〕塞上聞笛　汲本於題下注「一刻高適」。按此篇《河岳英靈集》、《國秀集》均已入選，作高適詩。宋濟爲貞元時人，晚於《英靈》、《國秀》數十年，此屬宋濟當誤。

王建一十三首

華清宮感舊

塵到朝元天使急〔一〕，千官夜發六龍迴〔二〕。輦前月照羅衣淚，宫裏風吹蠟燭灰〔三〕。公主粧樓金鎖澀，貴妃湯殿玉蓮開。有時雲外聞天樂，即是先皇沐浴來。

宫前早春

酒幔高樓一百家，宫前楊柳寺前花。内園分得温湯水，三月中旬已進一作破苽一作瓜〔四〕。

宫中三臺詞二首　六言

魚藻池邊射鴨，芙蓉園裏看花。日色柘黄相似，不着紅鸞扇遮。

池北池南草緑，殿前殿後花紅。天子千年萬歲，未央明月清風。

江南三臺詞四首　六言

楊州橋邊小婦〔五〕，長安市裏商人。三年不得消息，各自拜鬼求神。
青草湖邊草色，飛猿嶺上猿聲。萬里三湘客到，有風有雨人行〔六〕。
樹頭花落花開，道上人去人來。朝愁暮愁郎老，百年幾度三臺。
聞身强健且爲，頭白齒落難追。準擬百年千歲，不知幾許多時〔七〕。

宫中調笑詞四首　雜言

團扇團扇，美人病來遮面。玉容憔悴三年，誰復商量管絃。絃管絃管，春草昭陽路斷。
胡蝶胡蝶，飛上金花枝葉。君前對舞春風，百葉桃花樹紅。紅樹紅樹，燕語鶯啼日暮。
羅袖羅袖，暗舞春風已舊。遥看歌舞玉樓，好日新粧坐愁。愁坐愁坐，一世浮生虚過。
楊柳楊柳，日暮白沙渡口。船頭江水茫茫，商人小婦斷腸。腸斷腸斷，鷓鴣夜飛失伴〔八〕。

贈樞密〔九〕

三朝行坐鎮相隨，今上春宫見小時。脱下御衣先賜着，進來龍馬便教騎。長承密旨歸家少，獨奏邊庭出殿遲。不是當家偏向説，九重争得外人知。

〔一〕天　汲本作「邊」。
〔二〕六　原作「大」，據汲本、垂雲本改。《文苑英華》亦作「六」。
〔三〕宫裏　汲本作「馬上」。
〔四〕三　汲本作「二」。
〔五〕小　汲本作「少」，《樂府詩集》同。
〔六〕雨　原作「兩」，各本同，據《樂府詩集》改。
〔七〕不知　汲本作「能得」，《樂府》同。
〔八〕飛　汲本作「啼」。
〔九〕贈樞密　汲本「贈」下有「王」字。

李端 一首

蕪城懷古

風吹城上樹，草没邊城路〔一〕。城裏月明時，精靈自來去。

〔一〕邊城　汲本、垂雲本作「城邊」，《極玄集》同，似是。

耿湋二首〔一〕

秋日

反照入閭巷，憂來與誰語。古道無人行，秋風動禾黍。

送王潤

相送臨寒水，蒼然望故關。江蕪連夢澤，楚雪入商山。話我他年舊，看君此日還。因將自悲淚，一灑別離間。

〔一〕湋　原作「緯」，誤，徑改。參見目録校記。

李華一首

長門怨

弱體鴛鴦薦，啼粧翡翠衾。鵶鳴秋殿曉，人静禁門深。年憶椒房寵，那堪永巷陰。日驚羅帶緩，非復舊來心。

錢珝七首〔一〕

客舍寓懷

灑灑灘聲晚霽時，客亭風袖半披垂。野雲行止誰相待，明月襟懷祇自知。無伴偶吟溪上路，有花偷笑臘前枝。牽情景物潛惆悵，忽似傷春遠别離。

春恨三首

負罪將軍在北朝，秦淮芳草緑迢迢。高臺愛妾魂銷盡，始得丘遲爲一招。

久戍臨洮報未歸，篋香銷盡别時衣。身輕願比蘭堦蝶，萬里還尋塞草飛。

永巷頻聞小苑遊，舊恩如淚亦難收。君前願報新顔色，團扇須防白露秋。

蜀國偶題

忽憶明皇西幸時，暗傷潛恨竟誰知。佩蘭應語宫臣道，莫向金盤進荔枝。

送王郎中

惜别遠相送，却成惆悵多。獨歸迴首處，争那暮山何。

未展芭蕉

冷燭無煙緑蠟乾，芳心猶卷怯春寒。一緘書札藏何事，曾被東風暗拆看。

〔一〕翋　原作「翊」，誤，逕改。參見目録校記。

李遠二首

失鶴

秋風吹起九臯禽，一片閒雲萬里心。碧落有情應悵望，瑶臺無路可追尋。來時白雪翎猶短，去日丹砂頂漸深。華表柱頭留語後，不知消息到如今〔一〕。

贈寫御真李長史

玉座煙銷硯水清，龍髯不動彩毫輕。初分隆凖山河秀，再點重瞳日月明。宫女捲簾皆暗認，侍臣開殿盡遥驚。三朝供奉應無敵，始覺僧繇浪得名。

〔一〕不知　汲本作「更無」。

才調集卷第二古律雜歌詩一百首

温飛卿六十一首

過華清宫二十二韻

憶昔開元日，承平事勝遊。貴妃專寵幸，天子富春秋。月白霓裳殿，風乾羯鼓樓。鬬雞花蔽膝，騎馬玉搔頭。繡轂千門妓，金鞍萬户侯。薄雲欹雀扇，輕雪犯貂裘。過客聞韶濩，居人識冕旒。氣和春不覺，煙暖霽難收。澁浪涵瑶甃，晴陽上綵斿。卷衣輕鬢懶，窺鏡淡蛾羞。屏掩芙蓉帳，簾褰玳瑁鈎。重瞳分渭曲，纖手指神州。御案迷萱草，天袍妬石榴。深巖藏浴鳳，鮮隰媚潛虬。不料邯鄲蝨，俄成即墨牛。劍鋒揮太皞，旗燄拂蚩尤。内嬖陪行在，孤臣預坐籌。瑶簪遺翡翠，霜仗駐驊騮。豔笑雙飛斷，香魂一哭休。早梅悲蜀道，高樹隔昭丘。朱閣重霄近，蒼崖萬古愁。至今湯殿水，嗚咽縣前流。

洞户二十二韻

洞户連珠網，方疏隱碧潯。燭盤煙墜燼，簾壓月通陰。粉白仙郎署，霜清玉女砧。醉鄉高窈窕，棊陣静愔愔。素手琉璃扇，玄鬟玳瑁簪。昔邪看寄迹，梔子詠同心。樹列千秋勝，樓懸七夕針。舊詞翻白紵，新賦换黄金。唳鶴調鑾鼓，驚蟬應寶琴。舞凝繁易度〔一〕，歌轉斷難尋。露委花相妬，風欹柳不禁。橋彎雙表迥，池漲一篙深。清蹕傳恢囿，黄旗幸上林。神鷹參翰苑，天馬破蹄涔。武庫方題品，文園自一作有好音〔二〕。朱莖殊菌蠢，丹桂欲蕭森。黼帳迴瑶席，華燈對錦衾。畫圖驚畏一作走獸〔三〕，書帖得來禽。河曙秦樓映，山晴魏闕臨。緑囊逢趙后，青鎖見王沉。任達嫌孤憤，疎慵倦九箴。若爲南遁客，猶作卧龍吟。

握柘詞

楊柳縈橋緑，玫瑰拂地紅。繡衫金騕褭，花髻玉瓏璁。宿雨香潛潤，春流水暗通。畫樓初夢斷，曉日照湘風。

碧澗驛曉思

香燈伴殘夢，楚國在天涯。月落子規歇，滿庭山杏花。

送人東遊

荒戍落黄葉，浩然離故關。高風漢陽渡，初日郢門山。江上幾人在，天涯孤棹還。何當重相見，罇酒慰離顔。

偶題

孔雀眠高閣，櫻桃拂短簷。晝明金冉冉，筝語玉纖纖。細雨無妨燭，輕寒不隔簾。欲將紅錦段，因夢寄江淹。

贈知音

翠羽花冠碧樹雞，未明先向短牆啼。窗間謝女青蛾斂，門外蕭郎白馬嘶。星漢漸回庭竹影〔四〕，露珠猶綴野花迷。景陽宫裏鐘初動，不語垂鞭上柳堤。

鄠杜郊居

槿籬芳援近樵家，壠麥青青一逕斜。寂寞遊人寒食後，夜來風雨送梨花。

送李億東歸六言

黄山遠隔秦樹，紫禁斜通渭城。别路青青柳弱〔五〕，前溪漠漠苔生。和風澹蕩歸客，落月慇懃早鶯。灞上金罇未飲，讌歌已有餘聲。

陳宮詞

雞鳴人草草，香輦出宮花。妓語細腰轉，馬嘶金面斜。早鶯隨綵仗，驚雉避凝笳。淅瀝湘風外，紅輪映曙霞。

春日野行

騎馬踏煙莎，青春奈怨何。蝶翎朝一作胡粉盡，鴉背夕陽多。柳黦欺芳帶，山愁縈翠蛾。別情無處説，方寸是星河。

西州詞吴聲

悠悠復悠悠，昨日下西州。西州風色好，遥見武昌樓。武昌何鬱鬱，儂家定無匹。小婦被流黄，登樓撫瑶瑟。朱絃繁復輕，素手直淒清。一彈三四解，掩抑似含情。南樓登且望，西河廣復平。艇子摇兩槳，催過石頭城。門前烏臼樹，慘澹天將曙。鸂鶒飛復還，郎隨早帆去。迴頭語同伴，定復負情儂。去帆不安幅，作抵使西風。他日相尋索，莫作西州客。西州人不歸，春草年年碧。

春洲曲

韶光染色如蛾翠，緑濕紅鮮水容媚。蘇小慵多蘭渚閒，融融浦日鵁鶄寐。紫騮蹀躞金銜嘶，岸上揚鞭煙草迷。門外平橋連柳堤，歸來晚樹黄鶯啼。

陽春曲

雲母空窗曉煙薄，香昏龍氣凝輝閣。霏霏霧雨杏花天，簾外春威着羅幕。曲欄伏檻金麒麟，沙苑芳郊連翠茵。廐馬何能嚙芳草，路人不敢隨流塵。

錢塘曲〔六〕

錢塘岸上春如織，淼淼寒潮帶晴色。淮南遊客馬連嘶，碧草迷人歸不得。風飄客意如吹煙，纖指殷勤傷雁絃。一曲堂堂紅燭筵，金鯨瀉酒如飛泉。

春日將欲東歸寄新及第苗紳先輩

幾年辛苦與君同，得喪悲懽盡是空。猶喜故人先折桂，自憐羈客尚飄蓬。三春月照千山道，十日花開一夜風。知有杏園無路入，馬前惆悵滿枝紅。

經李徵君故居

露濃煙重草萋萋，樹映欄干柳拂堤。一院落花無客醉，五更殘月有鶯啼。芳筵想像情難盡，故榭荒凉路已迷。惆悵羸驂往來慣，每經門巷亦長嘶。

懷真珠亭〔七〕

珠箔銀鉤近綵橋，昔年曾此見嬌嬈。香燈悵望飛瓊鬢，涼月殷勤碧玉簫。屏倚故窗山六扇，柳垂寒砌露千條。壞牆經雨蒼苔遍〔八〕，拾得當時舊翠翹。

李羽處士故里

柳不成絲草帶煙，海槎東去鶴歸天。愁腸斷處春何限，病眼開時月正圓。花若有情應悵望〔九〕，水應無事莫潺湲。須知此恨銷難得〔一〇〕，辜負南華第一篇。

夜看牡丹

高低深淺一欄紅，把火殷勤遶露叢。希逸近來成懶病，不能容易向春風。

池塘七夕

月出西南露氣秋，綺寮河漢在針樓。楊家繡作鴛鴦幔，張氏金爲翡翠鈎。銀燭有光妨宿燕〔二一〕，畫屏無睡待牽牛。萬家砧杵三篙水，一夕横塘是舊遊。

和友人悼亡

玉貌潘郎淚滿衣，畫羅輕鬢雨霏微〔二二〕。紅蘭委露愁難盡，白馬朝天望不歸。寶鏡塵昏鸞影在，鈿箏絃斷雁行稀。春來多少傷心事，碧草侵堦粉蝶飛。

和友人傷歌姬〔二三〕

月缺花殘莫愴然，花須終發月終圓。更能何事銷芳念，亦有濃華委逝川。一曲豔歌留婉轉，九原春草葬嬋娟〔二四〕。王孫莫學多情客，自古多情損少年。

春暮宴罷寄宋壽先輩

斜掩朱門花外鐘，曉鶯時節好相逢。窗間桃蕊宿粧在，雨後牡丹春睡濃。蘇小風姿迷下蔡，馬卿才調似臨邛。誰憐芳草生三徑，參佐橋西陸士龍。

題柳

楊柳千條拂面絲，緑煙金穗不勝吹。香隨静婉歌塵起，影伴嬌嬈舞袖垂。羌管一聲何處曲，流鶯百囀最高枝。千門九陌花如雪，飛過宫牆兩自知〔一五〕。

春日偶成

西園一曲豔陽歌，擾擾車塵負薜蘿。自欲放懷猶未得，不知經世竟如何。夜聞猛雨判花盡，寒戀重衾覺夢多。釣渚別來應更好，春風還爲起微波。

途中偶作

石路荒凉接野蒿，西風吹馬利如刀。暮程投驛蕙蘭静〔一六〕，廢寺入門禾黍高。雞犬夕陽喧縣市，鳧鷖秋水曝城壕。故山有夢不歸去，官樹陌塵何太勞。

贈彈箏人

天寶年中事玉皇，曾將新曲教寧王。鈿蟬金雁皆零落〔一七〕，一曲伊州淚萬行。

瑶瑟怨

冰簟銀床夢不成，碧天如水夜雲輕。雁聲遠過一作向瀟湘去〔一八〕，十二樓中月自明。

春日野步

日西塘水金堤斜，碧草芊芊晴吐芽。野岸明媚山芍藥，水田叫噪官蝦蟇。鏡中有浪動菱蔓，陌上無風飄柳花。何事輕橈句一作向溪客〔一九〕，緑萍方好不歸家。

和友人溪居別業

積潤初銷碧草新，鳳陽晴日帶雕輪。絲飄弱柳平橋晚，雪點寒梅小院春。屏上樓臺陳後主，鏡中金翠李夫人。花房透露紅珠落，蛺蝶雙雙護粉塵。

宿城南亡友別墅

水流花落歎浮生，又伴遊人宿杜城。還似昔年殘夢裏，透簾斜月獨聞鶯。

偶遊

曲巷斜臨一水間，小門終日不開關。紅珠斗帳櫻桃熟，金尾屏風孔雀閒。雲髻幾迷芳草蝶，額黄無限夕陽山。與君便是鴛鴦侶，休向人間覓往還。

郭處士擊甌歌

佶栗金虬石潭古，勺陂瀲灧幽脩語。湘君竇馬上神雲，碎珮叢鈴滿煙雨。吾聞三十六宫花離離，軟風吹春星斗稀。玉晨冷磬破昏夢，天露未乾香着衣。蘭釵委墜垂雲髮，小響丁當逐迴雪。晴碧煙滋重疊山，羅屏半掩桃花月。太平天子駐雲車，龍鑪勃鬱雙蟠拏。宫中近臣抱扇立，侍女低鬟落翠花。亂珠觸續正跳蕩，傾頭不覺金烏斜。我亦爲君長歎息，緘情遠寄愁無色。莫沾香夢緑楊絲，千里春風正無力。

錦城曲

蜀山攢黛留晴雪，簝笋蕨芽縈九折。江風吹巧剪霞綃，花上千枝杜鵑血。杜鵑飛入巖下叢，夜叫思歸山月中。巴水漾情情不盡，文君織得春機紅。怨魄未歸芳草死，江頭學種相思子。樹成寄與望鄉人，白帝荒城五千里。

張静婉採蓮曲并序

静婉，羊侃妓也，其容絶世。侃自爲採蓮二曲，今樂府所存，失其故意，因歌以俟採詩者。

事具載梁史。

蘭膏墜髮紅玉春，燕釵拖頸抛盤雲。城西楊柳向嬌晚，門前溝水波粼粼。麒麟公子朝天客，珂一作珮馬堂堂渡春陌。掌中無力舞衣輕，翦斷鮫綃破春碧。抱月飄煙一尺腰，麝臍龍髓憐嬌嬈。秋羅拂水碎光動，露重花多香不銷。鸂鶒交交一作膠膠塘水滿，緑芒如粟蓮莖短。一夜西風送雨來，粉痕零落愁紅淺。船頭折藕絲暗牽，藕根蓮子相留連。郎心似月月易缺，十五十六清光圓。

照影曲

景陽粧罷瓊窗暖，欲照澄明香步懶。橋上衣多抱彩雲，金鱗不動春塘滿。黄印額山輕爲塵，翠鱗紅穉俱含嚬。桃花百媚如欲語，曾爲無雙今兩身。

塞寒行

燕弓弦勁霜封瓦，撲蔌寒鵰睇平野。一點黄塵起雁喧，白龍堆下千蹄馬。河源怒濁風如刀，翦斷朔雲天更高。晚出榆關逐征北，驚沙飛迸衝貂袍。心許凌煙名不滅，年年錦字傷離別。彩毫一畫竟何榮，空使青樓淚成血。

湖陰詞并序

王敦舉兵至湖陰，明帝微行視其營伍，由是樂府有《湖陰曲》而亡其詞，因作而附之。

祖龍黄鬚珊瑚鞭，鐵驄金面青連錢。虎髯拔劍欲成夢，日壓賊營如血鮮。海旗風急驚眠起，甲重光摇照湖水。蒼黄追騎塵外歸，森索妖星陣前死。五陵愁碧春萋萋，灞川玉馬空中嘶。羽書如電入青瑣，雪腕如搥催畫鞞。白虬天子金煌鋩，高臨帝座迴龍章。吴波不動楚山晚，花壓欄干春晝長。

晚歸曲

格格水禽飛帶波，孤光斜起夕陽多。湖西山淺似相笑，菱刺惹衣攢黛蛾。青絲繫船向江木，蘭芽出土吴江曲。水極晴摇泛灩紅，草平春染煙綿緑。玉鞭騎馬楊叛兒，刻金作鳳光參差。丁丁暖漏滴花影，催入景陽人不知。彎堤弱柳遥相矚，雀扇圓圓掩香玉。蓮塘艇子歸不歸，柳暗桑穠聞布穀。

湘東宴曲〔二〇〕

湘東夜宴金貂人，楚女含情嬌翠嚬。玉管將吹插鈿帶，錦囊斜拂雙麒麟。重城漏斷孤帆去，唯恐瓊籤報天曙。萬户沉沉碧樹圓，雲飛雨散知何處。欲上香車俱脈脈，清歌響斷銀屏隔。堤外紅塵蠟一作蜜炬歸，樓前澹月連江白。

碌碌詞〔二一〕

左亦不碌碌，右亦不碌碌。野草白根肥〔二二〕，羸牛生健犢。融蠟作杏蔕，男兒不戀家。春風破紅意，女頰如桃花。忠言未見信，巧語翻咨嗟。一鞘無一作没兩刀〔二三〕，徒勞油壁車。

春野行雜言

草淺淺，春如剪。花壓李娘愁，飢蠶欲成繭。東城少年氣堂堂，金丸驚起雙鴛鴦。含羞更問衛公子，月到枕前春夢長。

醉歌

簷柳初黄燕新乳，曉碧芊綿過微雨。樹色深含臺榭情，鶯聲巧作煙花主。錦袍公子陳盃觴，撥醅百甕春酒香。入門下馬問誰在，降堦握手登華堂。臨邛美人連山眉〔二四〕，低抱琵琶含怨思。朔風繞指我先笑，明月入懷君自知。勸君莫惜金一作芳罇酒，年少須臾如覆手。辛勤到老慕簞瓢，於我悠悠竟何有。洛陽盧仝一作生稱文房，妻子脚禿舂黄糧。阿耋光顔不識字，指麾豪儁如驅羊。

天犀壓斷朱鼹鼠，瑞錦驚飛金鳳皇。其餘豈足霑牙齒，欲用何能報天子。駑馬垂頭搶暝塵，驊騮一日行千里。但有沈冥醉客家，支頤瞪目持流霞。唯恐南園風雨花〔三五〕，碧蕪狼籍棠梨花。

織錦詞

丁東細漏侵瓊瑟，影轉高梧月初出。簇蔌金梭萬縷紅，鴛鴦艷錦初成匹。錦中百結皆同心，蕊亂雲盤相間深。此意欲傳傳不得，玫瑰作柱朱絃琴。爲君裁破合歡被，星斗迢迢一作寥寥共千里。象齒熏爐未覺秋，碧池已有新蓮子。

蓮浦謠

鳴橈軋軋溪溶溶，廢綠平煙吴苑東。水清蓮媚兩相向，鏡裏見愁愁更紅。白馬金鞭大堤上，西江日夕多風浪。荷心有露似驪珠，不是真圓亦摇蕩。

達摩支曲雜言

擣麝成塵香不滅，拗蓮作寸絲難絶。紅淚文姬洛水春，白頭蘇武天山雪。君不見無愁高緯花漫漫，漳浦晏餘清露寒。一旦臣僚共囚虜，欲吹羌管先汍瀾。舊臣頭鬢霜華早，可惜雄心醉中老。萬古春歸夢不歸，鄴城風雨連天草。

三洲詞

團圓莫作波中月，潔白莫爲枝上雪。月隨波動碎潾潾，雪似梅花不堪折。李娘十六青絲髮，畫帶雙花爲君結〔二六〕。門前有路輕别離，唯恐歸來舊香滅。

舞衣曲

藕腸纖縷抽輕春，煙機漠漠嬌蛾嚬。金梭淅瀝透空薄，剪落交刀吹斷雲。張家公子夜聞雨，夜向蘭堂思楚舞。蟬衫麟帶壓愁香，偷得鶯黄鎖金縷。管含蘭氣嬌語悲，胡槽雪腕鴛鴦絲。芙蓉力弱應難定，楊柳風多不自持。迴嚬笑語西窗客，星斗寥寥波脈脈。不逐秦王卷象床，滿樓明月梨花白。

惜春詞

百舌問花花不語，低回似恨横塘雨。蜂争粉蕊蝶分香，不似垂楊惜金縷。願君留得長妖嬈，莫逐東風還蕩摇。秦女含嚬向煙月，愁紅帶露空迢迢一作寥寥。

春愁曲

紅絲穿露珠簾冷，百尺啞啞下纖綆。遠翠愁山入卧屏，兩重雲母空烘影。涼簪墜髮春眠重，玉兔煴氤柳如夢。錦疊空床委墜紅，颸颸掃尾雙金鳳。蜂喧蝶駐俱一作戲悠揚，柳拂赤欄纖草長。覺後梨花委平緑，春風和雨吹池塘。

蘇小小歌

買蓮莫破券，買酒莫解金。酒裏春容抱離恨，水中蓮子懷芳心。吴宫女兒腰似束，家在錢塘小江曲。一自檀郎逐便風，門前春水年年緑。

春江花月夜詞

玉樹歌闌海雲黑，花庭忽作青蕪國。秦淮有水水無情，還向金陵漾春色。楊家二世安九重，不御華芝嫌六龍。百幅錦帆風力滿，連天展盡金芙蓉。珠翠丁星復明滅，龍頭劈浪哀笳發。千里涵空澄水魂，萬枝破鼻團香雪。漏轉霞高滄海西，玻璃枕上聞天鷄。鑾絃代雁曲如語〔二七〕，一醉昏昏天下迷。四方傾動煙塵起，猶在濃香夢魂裏。後主荒宫有曉鶯，飛來祗隔西江水。

懊惱曲

藕絲作線難勝針，蘂粉染黄那得深。玉白蘭芳不相顧，青一作倡樓一笑輕千金。莫言自古皆如此，健劍刜鍾鉛繞指。三秋庭緑盡迎霜，唯有荷花守紅死。廬一作西江小吏朱斑輪，柳縷吐芽香玉春。兩股金釵已相許，不令獨作空成塵。悠悠楚水流如馬，恨紫愁紅滿平野。野土千年怨不平，至今燒作鴛鴦瓦。

邊笳曲此後齊梁體七首

朔管迎秋動，雕陰雁來早。上郡隱黄雲，天山吹白草。嘶馬渡寒磧，朝陽照霜堡。江南戍客心，門外芙蓉老。

春曉曲

家臨長信往來道，乳燕雙雙拂煙草。油壁車輕金犢肥，流蘇帳曉春雞早。籠中嬌鳥暖猶睡，簾外落花閒不掃。衰桃一樹近前池，似惜紅顔鏡中老。

俠客行

欲出鴻都門，陰雲蔽城闕。寶劍黯如水，微紅濕餘血。白馬夜頻驚，三更灞陵雪。

春日

柳暗杏花稀，梅染乳燕飛〔二八〕。美人鸞鏡笑，嘶馬雁門歸。楚宫雲影薄，臺城心賞違。從來千里恨，邊色滿戎衣。

詠嚬

毛羽斂愁翠，黛嬌攢豔春。恨容偏落淚，低態定思人。枕上夢隨月，扇邊歌繞塵。玉鈎鸞不住，波淺石磷磷。

太子西池二首〔二九〕

梨花雪壓枝，鶯囀柳如絲。懶逐粧成曉，春融夢覺遲。鬢輕全作影，嚬淺未成眉。莫信張公子，窗間斷暗期。

花紅蘭紫莖，愁草雨新晴。柳占三春色，鶯偷百鳥聲。日長嫌輦重，風暖覺衣輕。薄暮香塵起，長楊落照明。

〔一〕凝　汲本、垂雲本作「疑」，四部叢刊温集同。
〔二〕自　汲本作「有」，集同。
〔三〕畏　汲本作「走」，集同。

〔四〕回　汲本作「移」，集同。

〔五〕路　垂雲本作「客」。

〔六〕錢塘曲　汲本作「堂堂曲」，下注云「或刻錢塘曲」。《樂府詩集》、集亦均作「錢塘曲」。

〔七〕懷真珠亭　汲本作「經舊遊」，下注云「或作懷真珠亭」。集作「經舊遊」。

〔八〕壞　汲本作「短」。

〔九〕應悵望　汲本作「難消遣」。又集「應」作「還」。

〔一〇〕銷難得　汲本作「難消遣」。又集「得」作「盡」。

〔一一〕銀　原缺，據汲本、垂雲本補。集作「香」。

〔一二〕雨　汲本作「兩」，《文苑英華》同。

〔一三〕和友人傷歌姬　汲本作「和王秀才傷歌姬」，《文苑英華》同。

〔一四〕葬　汲本作「妬」，集同。

〔一五〕自　汲本作「不」。

〔一六〕暮程投驛蕙蘭静　汲本作「小橋連驛楊柳晚」，集同。

〔一七〕雁　汲本作「鳳」。

〔一八〕遠過　汲本作「還向」。

〔一九〕句　汲本作「向」。

〔二〇〕湘東宴曲　汲本「東」下有「夜」字，何焯校亦謂脱夜字。

〔二一〕碌碌詞　汲本「詞」上有「古」字，集同。

〔二二〕白　汲本作「自」，《樂府》、集同。

〔二三〕刀　汲本作「刃」，《樂府》、集同。

〔二四〕連　汲本作「遠」。

〔二五〕花　汲本作「落」，垂雲本作「作」，集同。似以作「作」爲長。

〔二六〕書　汲本作「晝」，集同。

〔二七〕雁　汲本作「寫」，《樂府》、集同。

〔二八〕染　汲本、垂雲本作「梁」，何焯校亦謂「梁」誤「染」。集亦作「梁」。

〔二九〕太子西池　汲本無「西」字，集同。

顧況 一十一首

悲歌六首并序〔一〕

情思發動，聖賢所不能免也。師乙陳其宜，延州審其音〔二〕，理亂之所經，王化之所興也。信無逃於聲教，豈徒文彩之麗，遂作此歌。

臨春風，聽春鳥。別時多，見時少。愁人一夜不得眠，瑶井玉繩相向曉。

城邊路，今日耕田昔人墓。岸上沙，昔日江水今人家。今人昔人長共歎，四氣相催節迴換。

明月皎皎入華池，白雲離離渡霄漢。我欲昇天隔霄漢，我欲渡水水無橋。我欲上山山路險，我欲汲水水泉遥。越水翠被今何寂，獨立江邊莎草碧。紫燕西飛欲寄書，白雲何處逢來客。新結青絲百尺繩，心在君家轆轤上。我心皎潔君不知，轆轤一轉一惆悵。何處風光鷩曉幕，江南緑水通珠閣。美人二八顔如花，泣向春風畏花落。

梁廣畫花歌

王母欲過劉徹家，飛瓊夜入雲軿車。紫書分付與青鳥，却向人間求好花。上元夫人最小女，頭面端正能言語。手把梁生畫花看，凝嚬掩笑心相許。心相許，爲白阿孃從嫁與。

送别日晚歌

日溟溟兮下山，望佳人兮不還。花落兮屋上，草生兮堦前。日日兮春風，芳菲兮欲滅。老不可兮更少，君何爲兮輕别。

行路難

君不見擔雪塞井空用力，炊沙作飯豈堪食。一生肝膽向人盡，相識不如不相識。冬青樹上掛菱霄，歲晏花凋樹不凋。凡物各自有根本，種禾終不生豆苗。行路難〔三〕，何處是平道。中心無事當富貴，今日看君顏色好。

棄婦詞〔四〕

古來有棄婦，棄婦有歸處。今日妾辭君，遣妾何處去。舊家零落盡，慟哭來時路。憶昔初嫁君，聞君甚周旋。綺羅錦繡段，有贈黄金千。十五許嫁君，二十移所天。結髮日未久，離居緬山川。家家盡歡樂，賤妾空自憐。幽閨多沉思，盛事無十年。相思若循環，枕席生流泉。流泉咽不操，獨夢闗山道。及此見君還，君歸妾已老。物華惡衰賤，新寵芳妍好。掩淚出故房，傷心極秋草。自妾爲君妻，君東妾在西。紅顏到曉恨，玉貌一生啼。妾有嫁時服，輕雲淡翠霞。琉璃作斗帳，四角金蓮花。自從别離後，不覺塵埃厚。常嫌玳瑁孤，獨恨梧桐偶。玉顏逐霜霰，賤妾何能守。寒沼落芙蓉，秋風散楊柳。以此憔悴顏，空將舊物還。餘生欲有寄，誰肯相牽攀。君恩既斷絶，相見何年月。悔傾連理盃，虚作同心結。女蘿附青松，貴在相依投。浮萍共緑水，教作若爲流。不忿君棄妾，自歎妾緣業。憶昔初嫁君，小姑才倚牀。今日辭君去，小姑如妾長。迴頭語小姑，莫嫁如兄夫。

送行歌

送行人，歌一曲，何者爲泥何者玉。年華已向秋草衰，春夢猶傳故山緑。

〔一〕悲歌六首并序　汲本無「六首」字，序下有云：「以下六首，或俱刻《悲歌》，或每首增題目，章法顛倒不倫。今依宋刻本集詮次。」《文苑英華》、《樂府詩集》題作「短歌行」。按此詩向有六首、三首之分。《唐文粹》作《悲歌三首》，以「城邊路」、「我欲昇天」、「越人翠被」三首合爲一篇列前；次爲「新繫青絲」、「何處春風」、「臨春風」三首合爲一篇；又加「軒轅黄帝初得仙」一首爲第三。《紀事》所載本《文粹》，文字多有訛脱。《英華》亦作三首，詩句分合排列與《文粹》同。《樂府》作六首，與此亦有異，以「城邊路」至「白雲離離渡霄漢」列爲第一，以「我欲昇天」至「白雲何處逢來客」列爲第二，以「新繫青絲」至「轆轤一轉一惆悵」列爲第三，以「何處春風」至「泣向東風畏花落」列爲第四，以「臨春風」至「瑶井玉繩相向曉」列爲第五，另加「軒轅黄帝」一首爲第六。《樂府》爲《全唐詩》所本。四部叢刊顧集分爲三首同《文粹》、《英華》，三首之上又分别標有「遠思曲」、「攀龍引」等題。

〔二〕延州　汲本作「延陵」，《文粹》同，似是。

〔三〕行路難　汲本於此下重「行路難」三字，《英華》、《樂府》同，似是。

〔四〕棄婦詞　汲本題下有云：「此詞李白集中亦有之，比顧集更詳，未知果誰作。」按此當爲白詩，李集中題作「去婦詞」。

吴融二首

浙東筵上有寄〔一〕

襄王席上一神仙，眼色相當語不傳。見了又休真似夢，坐來雖近遠於天。隴禽有意猶能説，江月無心也解圓。更被東風勸惆悵，落花時節蝶翩翩。

富水驛東楹有人題詩筆跡柔媚出自纖指

繡纓霞翼兩鴛鴦，金島銀川是故鄉。祇合雙飛便雙死，豈悲相失與相忘。煙花夜泊紅蕖膩，蘭渚春遊碧草芳。何事遽驚雲雨别，秦山楚水兩乖張。

〔一〕浙東筵上有寄　汲本於題下注云：「此首集中無。或見六一詞中，調名《瑞鷓鴣》。氣味亦不似唐人。」按唐圭璋編《全宋詞》列此於歐陽修詞存目中，首句作「楚王臺上一神仙」，出《近體樂府》卷一，編者按云：「唐吴融詩，見《才調集》卷一。」後附詞作，文字有小異，下注云：「此詞本李商隱詩，公嘗筆於扇，云可入此腔歌之。」李商隱詩云云，當爲《近體樂府》誤記。此當仍爲吴融詩。

崔塗六首

夕次洛陽道中

秋風吹故城，城下獨吟行。高樹鳥已息，古原人尚耕。流年川暗度，往事月空明。不復歎歧路，馬前塵夜生。

巴南道中

久客厭歧路，出門吟且悲。平生未到處，落日獨行時。芳草不長緑，故人難重期。那堪更南渡，鄉國是天涯。

巴陵夜泊

家依楚塞窮秋别，身逐孤舟萬里行。一曲巴歌半江月，便應銷得二毛生。

春夕旅遊〔一〕

水流花謝兩無情，送盡東風過楚城。胡蝶夢中家萬里，子規枝上月三更〔二〕。故園書動經年絶，華髮春移一作唯滿鏡生〔三〕。自是不歸歸便得，五湖煙景有誰争。

放鸂鶒

秋入池塘風露微，曉開籠檻看初飛。滿身金翠畫不得，無限煙波何處歸。

巫峽旅別

五千里外三年客，十二峰前一望秋。多少别魂招不得，夕陽西下水東流。

〔一〕春夕旅遊　汲本於題下注云「或無旅遊二字」。又「遊」，《又玄》作「夢」，《紀事》作「懷」。

〔二〕子規　汲本作「杜鵑」，《紀事》同。

〔三〕滿鏡　汲本作「兩鬢」。

盧綸七首

春詞

北苑羅裙帶，塵衢錦繡鞋。醉眠芳樹下，半被落花埋。

早春歸盩厔别業寄耿拾遺〔一〕

野日初晴麥壠分，竹園村伴鹿成群〔二〕。幾家廢井生春草〔三〕，一樹繁花對古墳。引水忽驚冰滿澗，向田空見石和雲。可憐芳歲青山裏〔四〕，惟有松枝好寄君。

晚次鄂州

雲開遠見漢陽城，猶是孤帆一日程。賈客晝眠知浪静，舟人夜語覺潮生。三湘衰鬢逢秋色，萬里歸心對月明。舊業已隨征戰盡，更堪江上鼓鼙聲。

古豔詞二首

殘粧色淺髻鬟開，笑映珠簾覰客來。推醉唯知弄花鈿，潘郎不敢使人催。

自拈裙帶結同心，暖處偏知香氣深。愛捉狂夫問閑事，不知歌舞用黄金。

代員將軍罷戰歸故里寄朔北故人〔五〕

結髮事疆場，全生到海鄉。連雲防鐵嶺，同日破漁陽。牧馬胡天曉，移軍磧路長。枕戈眠古戍，吹角立繁霜。歸老勳仍在，酬恩虜未亡。獨愁過邑里，多病對農桑。雄劍依塵席，陰符寄藥囊。空餘麾下士，猶逐羽林郎。

送南中使寄嶺外故人〔六〕

見説南來處，蒼梧接桂林。過秋天更暖，近海日長陰。巴路緣雲出，蠻鄉入洞深。信迴人自老，夢到月應沉。碧水通春色，青山寄遠心。炎方無久客〔七〕，莫使鬢毛侵〔八〕。

〔一〕寄耿拾遺　汲本於此下尚有「瀍李校書端」字，《文苑英華》同。又其上「别業」二字《英華》作「舊宇」。

〔二〕村伴　汲本作「相接」。

〔三〕幾　汲本作「萬」，《英華》作「百」。

〔四〕芳　汲本作「荒」。

〔五〕員　汲本作「袁」。

〔六〕送南中使寄嶺外故人　汲本「送」作「逢」，「使」下有「因」字。《英華》同。

〔七〕無　汲本作「難」，《英華》同。

〔八〕莫使鬢毛侵　汲本於句下注云「集作爲爾一沾襟」，按《英華》即作「爲爾一沾襟」。

無名氏 一十三首

雜詞

勸君莫惜金縷衣，勸君須惜少年時。有花堪折直須折，莫待無花空折枝。

青天無雲月如燭，露泣梨花白如玉。子規一夜啼到明，美人獨在空房宿。

石沉遼海闊〔一〕，劍別楚山長。會合知無日，離心滿夕陽。

空賜羅衣不賜恩，一燻香後一銷魂。雖然舞袖何曾舞，長對春風裛淚痕。

不洗殘粧凭繡牀，却嫌鸚鵡繡鴛鴦。迴針刺到雙飛處，憶着征夫淚數行。

眼想心思夢裏驚，無人知我此時情。不如池上鴛鴦鳥，雙宿雙飛過一生。

一去遼陽繫夢魂，忽傳征騎到中門。紗窗不肯施紅粉，圖遺蕭郎問淚痕〔二〕。

鶯啼露冷酒初醒，罨畫樓西曉角鳴。翠羽帳中人夢覺，寶釵斜墜枕函聲。
行人南北分征路，流水東西接御溝。終日坡前怨離別，謾名長樂是長愁。
偏倚繡牀愁不起，雙垂玉筯翠環低。卷簾相待無消息，夜合花前日又西。
悔將淚眼向東開，特地愁從望裏來。三十六峰猶不見，況伊如燕這身材。
滿目笙歌一段空，萬般離恨總隨風。多情爲謝殘陽意，與展晴霞片片紅。
兩心不語暗知情，燈下裁縫月下行。行到堦前知未睡，夜深聞放剪刀聲。

〔一〕石沉遼海闊　按汲本無此首，而於「兩心不語暗知情」後加下列一首：「秋風清，秋月明，落葉聚還散，寒鴉棲復驚。相思相見知何日，此時此夜難爲情」，並注云：「或刻第十卷，作三五七言詩。亦見李太白集中。」

〔二〕圖　汲本作「徒」。

才調集卷第三古律雜歌詩一百首

韋莊六十三首

關山〔一〕

馬嘶煙岸柳陰斜，東去一作回首關山路轉賒。到處因循緣嗜酒，一生惆悵爲判花。危時祇合身無著，白日那堪事有涯。正是灞陵春酎緑，仲宣何事獨辭家。

舊里〔二〕

滿目牆匡春草深，傷時傷事更傷心。車輪馬跡一時盡〔三〕，十二玉樓何處尋〔四〕。

思歸

暖絲無力自悠揚，牽引東風斷客腸。外地見花終寂寞，異鄉聞樂更淒涼。紅垂野岸櫻還熟，緑染迴汀草又芳。舊里若爲歸去好，子期凋謝吕安亡。

與東吴生相遇及第後出關作

十年身事各如萍，白首相逢淚滿纓。老去不知花有態，亂來唯覺酒多情。貧疑陋巷春偏少，貴想豪家月最明。且一作獨對一罇開口笑〔五〕，未衰應見泰階平。

章臺夜思

清瑟怨遥夜，遶弦風雨哀。孤燈聞楚角，殘月下章臺。芳草已云暮，故人殊未來。鄉書不可寄，秋雁又南迴。

延興門外作

芳草五陵道，美人金犢車。緑奔穿内水，紅落過牆花。馬足倦遊客，鳥聲歡酒家。王孫歸去晚，宫樹欲棲鴉。

關河道中作〔六〕

槐陌蟬聲柳市風，驛樓高倚夕陽東。往來千里路長在，聚散十年人不同。但見時光流似箭，豈知天道曲如弓。平生志業匡堯舜，又擬滄浪學釣翁。

秋日早行

上馬蕭蕭襟袖涼，路穿禾黍繞宮牆。半山殘月露華冷，一岸野風蓮萼香。煙外驛樓紅隱隱，渚邊雲樹暗蒼蒼。行人自是心如火，兔走烏飛不覺長。

歎落花

一夜霏微露濕煙，曉來和淚喪嬋娟。不隨殘雪埋芳草，盡逐香風上舞筵。西子去時遺笑靨，謝娥行處落金鈿。飄紅墮白堪惆悵，少別穠華又隔年。

灞陵道中

春橋南望水溶溶，一桁晴山倒碧峰。蔡苑落花零露濕〔七〕，灞陵新酒撥醅濃。青龍夭矯盤雙闕，丹鳳襹褷隔九重。萬古行人離别地，不堪吟罷夕陽鐘。

貴公子

大道青樓御苑東，玉欄仙杏壓枝紅。金鈴犬吠梧桐院〔八〕，朱鬛馬嘶楊柳風。流水帶花穿巷陌，夕陽和樹入簾櫳。瑶池宴罷歸來醉，笑説君王在月宫。

惜昔

昔年曾向五陵遊，子夜歌清月滿樓。銀燭樹前長似畫，露桃花裏不知秋。西園公子名無忌，南國佳人號莫愁。今日亂離俱是夢，夕陽唯見水東流。

春日

忽覺東風一作君景漸遲，野梅山杏暗芳菲。落星樓上吹殘角，偃月營中掛夕暉。旅夢亂隨蝴蝶散，離魂一作情漸逐杜鵑飛。紅塵遮一作望斷長安陌，芳草王孫暮不歸。

對梨花贈皇甫秀才

林上梨花雪壓枝，獨攀瓊艷不勝悲。依前此地逢君處，還是去年今日時。且戀殘陽留綺席，莫推紅袖訴金卮。騰騰戰鼓正多事，須信明朝難重持。

立春

青帝東來日馭遲，暖煙輕逐曉風吹。罽袍公子樽前覺，錦帳佳人夢裏知。雪圃乍開紅菜甲，綵幡新剪緑楊絲。殷勤爲作宜春曲，題向花牋帖繡楣。

春陌二首

滿街芳草卓香車，仙子門前白日斜。腸斷東風各迴首，一枝春雪凍梅花。

嫩煙輕染柳絲黄，勾引花枝笑凭牆。馬上王孫莫迴首，好風今逐羽林郎〔九〕。

春愁二首

自有春愁正斷魂，不堪芳草思王孫。落花寂寂黄昏雨，深院無人獨倚門。

寓思本多傷，逢春恨更長。露啼湘竹淚，花墮越梅粧。睡怯交加夢，閒傾瀲灧觴。後庭人不到，斜日上松篁〔一〇〕。

陪金陵府相中堂夜宴

滿耳笙歌滿眼花，滿樓珠翠勝吴娃。因知海上神仙窟，祇似人間富貴家。繡户夜攢紅燭市，舞衣晴曳碧天霞。却愁宴罷青蛾散，揚子江頭月半斜。

臺城

江雨霏霏江草齊，六朝如夢鳥空啼。無情最是臺城柳，依舊煙籠十里堤。

歲晏同左生作

歲暮鄉關遠，天涯手重攜。雪埋江樹短，雲壓夜城低。寶瑟湘靈怨，清砧杜魄啼。不須臨皎鏡，年長易淒淒。

夜雪泛舟遊南溪

大江西面小溪斜，入竹穿松似若耶。兩岸嚴風吹玉樹，一灘明月曬銀砂。因尋野渡逢漁舍，更泊前灣上酒家。去去不知歸路遠，棹聲煙裏獨嘔啞。

謁巫山廟

亂猿啼處訪高唐，路入煙霞草木香。山色未能忘宋玉，水聲猶似哭襄王。朝朝暮暮陽臺下，爲雨爲雲楚國亡。惆悵廟前多少一作無限柳〔二〕，春來空鬬畫眉長。

鷓鴣

南禽無侶似相依，錦翅雙雙傍馬飛。孤竹廟前啼暮雨，汨羅祠畔弔殘暉。秦人祇解歌爲曲，越女空能畫作衣。懊惱澤家非有恨，年年長憶鳳城一作皇歸。懊惱澤家，鷓鴣之音也。

歲除對王秀才作

我惜今宵促，君愁玉漏頻。豈知新歲酒，猶作異鄉身。雪向寅前凍，花從子後春。到明追此會，俱是隔年人。

章江作

杜陵歸客正徘徊，玉笛誰家叫落梅。之子棹從天外去，故人書自日邊來。楊花慢惹霏霏雨，竹葉閒傾滿滿杯。欲問維揚一作旌陽舊風月，一江紅樹亂猿哀。

南昌晚眺

南昌城郭枕江煙，章水悠悠浪拍天。芳草綠遮仙尉宅，落霞紅襯賈人船。霏霏閣上千山雨，嘒嘒雲中萬樹蟬。怪得地多章句客，庾家樓在斗牛邊。

衢州江上別李秀才

千山紅樹萬山雲，把酒相看日又曛。一曲離歌兩行淚，更知何地再逢君。

癸丑年下第獻新先輩

五更殘月省牆邊，絳旆蜺旌卓曉煙。千炬火中鶯出谷，一聲鐘後鶴冲天。皆乘駿馬先歸去一作争先到，獨被羸童笑晚眠。對酒暫時情豁爾，見花依舊涕潸然。未酬闞澤傭書債，猶欠君平賣卜錢。何事欲休休不得，來年公道似今年。

咸陽懷古

城邊人倚夕陽樓，城上雲凝萬古愁。山色不知秦苑廢，水聲空傍漢宫流。李斯不向倉中悟，徐福應無物外遊。莫怪楚吟偏斷骨，野煙蹤跡似東周。

綏州作

雕陰無樹水南流〔三〕，雉堞連雲古帝州。帶雨晚駞鳴遠戍，望鄉孤客倚高樓。明妃去日花應笑，蔡琰歸時鬢已秋。一曲單于暮烽起，扶蘇城上月如鈎。

和同年韋學士華下途中見寄

緑楊城郭雨淒淒，過盡千輪與萬蹄。送我獨遊三蜀路，羡君新上九霄梯。馬驚門外山如活，花笑罇前客似泥。正是清和好時節，不堪離恨劍門西。

丙辰年鄜州遇寒食城外醉吟七言五首

滿街楊柳緑絲煙，畫出清明二月天。好是隔簾花樹動，女郎撩亂送鞦韆。
雕陰寒食足遊人，金鳳羅衣濕麝薰。腸斷入城芳草路，淡紅香白一群群。
開元坡下日初斜，拜掃歸來走鈿車。可惜數枝紅豔好，不知今夜落誰家。
馬驕風疾玉鞭長，過去唯留一陣香。閒客不須燒破眼，好花皆屬富家郎。
雨絲煙柳欲清明，金屋人閒煖鳳笙。永日一作晝迢迢無一事，隔街聞築氣毬聲。

鄜州留別張員外

江南相送君山下，塞北相逢朔漠中。三楚故人皆是夢，十年陳事祇如風。莫言身世他時異，且喜琴罇數日同。惆悵却愁明日别，馬嘶山店雨濛濛。

汧陽縣閣

汧水悠悠去似絣，遠山如畫翠眉横。僧尋野渡歸吴嶽，雁帶斜陽入渭城。邊静不收蕃帳馬，地貧唯賣隴山鸚。牧童何處吹羌笛，一曲梅花出塞聲。

傷灼灼

灼灼，蜀之麗人也。近聞貧且老，殂落於成都酒市中，因以四韻弔之。

常聞灼灼麗於花，雲髻盤時未破瓜。桃臉慢長横緑水，玉肌香膩透紅紗。多情不住神仙界，薄命曾嫌富貴家。流落錦江無處問，斷魂飛作碧天霞。

漢州

北儂初到漢州城，郭邑樓臺觸目驚。松桂影中旌旆色，芰荷風裏管絃聲。人心不似經離亂，時運還應却太平。十日醉眠金雁驛，臨歧無恨臉波横。

長安清明

早是傷春夢雨天，可堪芳草更芊芊。内官初賜清明火，上相閒分白打錢。紫陌亂嘶紅叱撥，緑楊高映畫鞦韆。遊人記得承平事，暗喜風光似昔年。

秋霽晚景

秋霽禁城晚，六街煙雨殘。牆頭山色健，林外鳥聲歡。翹日樓臺麗，清風劍珮寒。玉人襟袖薄，斜凭翠欄干。

和人春暮書事寄崔秀才

半掩朱門白日長，晚風輕墮落梅粧。不知芳草情何限，祇怪遊人思易傷。纔見早春鶯出谷，已驚新夏燕巢梁。相逢只賴如澠酒，一曲狂歌入醉鄉。

多情〔一三〕

一生風月供惆悵，到處煙花恨別離。止竟多情何處好，少年長抱長年悲。

邊上逢薛秀才話舊

前年同醉武陵亭，絶倒閒譚坐到明。也有絳脣歌白雪，更憐紅袖奪金觥。秦雲一散如春夢，楚市千燒作故城。今日皤然對芳草，不勝東望涕交横。

飲散呈主人

夢覺笙歌散，空堂寂寂愁〔一四〕。更聞城角暮，煙雨不勝愁。

使院黄葵花

薄粧新著澹黄衣，對捧金爐侍醮遲。向月似矜傾國貌〔一五〕，倚風如唱步虚詞。乍開檀炷疑聞語，試與雲和必解吹。爲報同人看來好，不禁秋露即離披。

摇落

摇落秋天酒易醒，淒淒長似别離情。黄昏倚柱不歸去，腸斷緑荷風雨聲。

奉和觀察郎中春暮憶花言懷見寄四韻之什

天畔峨嵋簇簇青，楚雲何處隔重扃。落花帶雪埋芳草，春雨和風濕畫屏。對酒莫辭銜暮角，望鄉誰解倚高亭。唯君信我多惆悵，祇願陶陶不願醒。

奉和左司郎中春物暗度感而成章

纔喜新春已暮春，夕陽吟殺倚樓人。錦江風散霏霏雨，花市香飄漠漠塵。今日尚追巫峽夢，少年應遇洛川神。有時自患多情病，莫是生前宋玉身。

少年行

五陵豪客多，買酒黄金醆〔一六〕。醉下酒家樓，美人雙翠幰。揮劍邯鄲市，走馬梁王苑。樂事殊未央，年華已云晚。

令狐亭絶句

若非天上神仙宅，須是人間將相家。想得當時好煙月，管絃吹殺後庭花。

閨月

明月照前除，煙華蕙蘭濕。清風行處來，白露寒蟬急。美人情易傷，暗上紅樓立。欲言無處言，但向姮娥泣。

閨怨

戚戚彼何人，明眸利於月。啼粧曉不乾，素面凝香雪。良人去淄右，鏡破金簪折。空藏蘭蕙心，不忍琴中説。

上春詞

曈曨赫日東方來，禁城煙暖蒸青苔。金樓美人花屏開，晨粧未罷車聲催。幽蘭報暖紫芽坼，夭花愁豔蝶飛迴。五陵年少惜花落，酒濃歌極翻如哀。四時輪環終又始，百年不見南山摧。遊人陌上騎生塵，顔子門前吹死灰。

擣練篇

月華吐豔明燭燭，青樓婦唱擣衣曲。白袷絲光織魚目，菱花綬帶鴛鴦簇。臨風縹緲疊秋雪，月下丁冬擣寒玉。樓蘭欲寄在何鄉，憑人與繫征鴻足。

雜體聯錦

攜手重攜手，夾江金線柳。江上柳能長，行人戀罇酒。罇酒意何深，爲郎歌玉簪。玉簪聲斷續，鈿軸鳴雙轂。雙轂去何方，隔江春樹緑。樹緑酒旗高，淚痕沾繡袍。袍縫紫鵝濕，重持金錯刀。錯刀何燦爛，使我腸千斷。腸斷欲何言，簾動真珠繁。真珠綴秋露，秋露沾金盤。金盤湛瓊液，仙子無歸跡。無跡又無言，海煙空寂寂。寂寂古城道，馬嘶芳岸草。岸草接長堤，長堤人解攜。解攜忽已久，緬邈空回首。回首隔天河，恨唱蓮塘歌。蓮塘在何許，日暮西山雨。

長安春

長安二月多香塵，六街車馬聲轔轔。家家樓上如花人，千枝萬枝紅豔新。簾間笑語自相問，何人占得長安春。長安春色本無主，古來盡屬紅樓女。如今無奈古園人〔一七〕，駿馬輕車擁將去。

撫盈歌

鳳縠兮鴛綃，霞疎兮綺寮。玉庭兮春晝，金屋兮秋宵。愁瞳兮月皎，笑頰兮花嬌。羅輕兮濃麝，室暖兮香椒。鑾輿去兮蕭屑，七絲斷兮沉寥。主父卧兮漳水，君王幸兮雲軺。鉛華窅窕兮穠姿，棠公肸蠁兮靡依。翠華長逝兮莫追，晏相望門兮空悲。

贈峨嵋山彈琴李處士識者咸云數百歲，有常建贈詩在。

峨嵋山下能琴客，似醉似狂人不測。何須見我眼偏青，未見我身頭已白。茫茫四海本無家，一片愁雲颺秋碧。壺中醉卧日月明一作長，世上長遊天地窄。晉朝叔夜舊相知，蜀郡文君小來識。後生常建彼何人，贈我篇章苦雕刻。名卿名相盡知音，遇酒遇琴無間隔。如今世亂獨倏然，天外鴻飛招不得。余今正泣楊朱淚，八月邊城風刮地。霓旌絳旆忽相尋，爲我罇前横綠綺。一彈猛雨隨手來，再彈白雪連天起。淒淒清清松上風，咽咽幽幽壠頭水。吟蜂遶樹去不來，别鶴引雛飛又止。錦麟不動唯側頭，白馬仰聽空竪耳。廣陵故事無人知，古人不説今人疑。子期子野俱不見，烏啼鬼哭空傷悲。坐中詞客悄無語，簾外月華庭欲午。爲君吟作聽琴歌，爲我留名係仙譜。

江皋贈别

金管多情恨解攜，一聲歌罷客如泥。江亭繫馬緑楊短，野岸維舟春草齊。帝子夢魂煙水闊，謝公詩思碧雲低。風前不用頻揮手，我有家山白日西。

〔一〕關山　汲本作「出關」，下注云「或刻關山」。四部叢刊本韋集即作「出關」。
〔二〕舊里　汲本作「長安舊里」，集同。
〔三〕一時盡　汲本作「今何在」，集同。
〔四〕何　汲本作「無」，集同。
〔五〕且　汲本作「獨」。
〔六〕關河道中作　汲本無「作」字，集同。
〔七〕蔡　汲本、垂雲本作「秦」，集同。
〔八〕院　汲本作「月」。
〔九〕今　汲本作「偏」。
〔一〇〕日　汲本作「月」。
〔一一〕多少　汲本作「無限」。
〔一二〕南　汲本作「難」，集同。
〔一三〕多情　汲本題作「古離別」，下注云「或刻多情」。

〔一四〕愁　汲本作「秋」。

〔一五〕月　垂雲本作「日」。

〔一六〕餞　汲本作「賤」,《樂府》同。

〔一七〕古　汲本、垂雲本作「杏」。

李山甫八首

寒食二首

柳凝東風一向斜,春陰澹澹濛人家。有時三點兩點雨,到處十枝五枝花。萬井樓臺疑繡畫,九原珠翠似煙霞。年年今日誰相問,獨卧長安泣歲華。

風煙放蕩花披猖,鞦韆女兒飛出牆。繡袍馳馬拾遺翠,錦袖鬭雞喧廣場。天地氣和融霽色,池臺日暖燒春光。自憐塵土無多事〔一〕,空脱荷衣泥醉鄉。

牡丹

邀勒春風不早開,衆芳飄後上樓臺。數苞仙豔火中出,一片異香天上來。曉露精神妖欲動,暮煙情態恨成堆。知君也解相輕薄,斜凭欄干首重迴。

寓懷

萬古交馳一片塵，思量名利孰如身。長疑好事皆虛事，却恐閒人是貴人。老逐少來終不放，辱隨榮後直須匀。勸君莫謾誇頭角，夢裏輸贏總未真。

公子家二首

曾是皇家幾世侯，入雲高第照神州。柳遮門户横金鎖，花擁絃歌咽畫樓。錦袖妬姬爭巧笑，玉銜驕馬索閒遊。麻衣酷獻平生業，醉倚春風不點頭。

柳底花陰露壓塵，瑞煙輕罩一園春。鴛鴦占水能嗔客，鸚鵡嫌籠解罵人。騕褭似龍隨日换，輕盈如燕逐年新。不知買盡長安笑，活得蒼生幾户貧。

上元懷古二首

南朝天子愛風流，盡守江山不到頭。總是戰爭收拾得，却因歌舞破除休。堯將道德終無敵，秦把金湯可自由？試問繁華何處在，雨苔煙草石城秋。

爭帝圖王德盡衰，驟興馳霸亦何爲。君臣都是一場笑，家國共成千載悲。排岸遠檣森似槊，落波殘照赫如旗。今朝城上難迴首，不見樓船索戰時。

〔一〕多　汲本作「他」。

〔二〕將　汲本作「行」。

李洞五首

終南山二十韻〔一〕

關内平田窄，東西截杳冥。雨侵諸縣黑，雲破九門青。暫看猶無暇，長棲信有靈。古苔秋漬斗，積霧夜昏螢。怒恐撞天漏，深疑隱地形。盤根連北岳，轉影落南溟。窮穴何山出，遮巒上國寧。殘陽高照蜀，敗葉遠浮涇。斸竹煙嵐凍，偷湫雨雹腥。閒房僧灌頂，浴澗鶴遺翎。梯滑危緣索，雲深静唱經。放泉驚鹿睡，聞磬得人醒。踏著神仙宅，敲開洞府扃。棊殘秦士局，字缺晉公銘。一谷勢開午，孤峰聳起丁。遠平丹鳳案一作闕〔二〕，冷射五侯廳。萬丈冰聲折，千尋樹影亭。望中仙島動，行處月輪馨。疊石移臨砌，研膠潑上屏。明時獻君壽，不假老人星。

蹇驢

蹇驢秋㿪瘵荒田，忍把敲吟舊竹鞭。三尺桐輕背殘月，一條藤瘦斲寒煙。通吴白浪寬圍國，倚蜀青山峭入天。如畫海門揩肘看，阿誰教賣釣魚船。

贈龐鍊師〔三〕

家住涪江漢語嬌，一聲歌戛玉樓簫。睡融春日柔金縷，粧發秋霞戰翠翹。兩臉酒醺紅杏妬，半胸蘇一作酥嫩白雲饒。若能攜手隨仙令，皎皎銀河渡鵲橋。

客亭對月

遊子離魂隴上花，風飄浪卷遶天涯。一年十二度圓月，十一迴圓不在家。

病猿

瘦纏金鎖惹朱樓，一别巫山樹幾秋。寒想蜀門清露滴，暖懷湘岸白雲流。罷捐簷果沉僧井〔四〕，休拗崖冰濺客舟。啼過三聲應有淚，畫堂深不徹王侯。

〔一〕終南山二十韻　按此詩《又玄集》亦收，詩句前後有小異，不具校。
〔二〕案　汲本作「闕」，《又玄》、《紀事》同。
〔三〕鍊　原作「練」，據垂雲本改。
〔四〕捐　汲本作「抛」。

薛逢 一首

題昭華公主廢池館

曾發簫聲水檻前，夜蟾寒沼兩嬋娟。微波有恨終歸海，明月無情却上天。白馬帶將簾外雪，緑蘋枯盡渚中蓮。浮華不向莊周住，須讀南華齊物篇。

裴庭裕 一首

偶題

微雨微風寒食節，半開半合木蘭花。看花倚柱終朝立，却似淒淒不在家。

李昂 一首

戚夫人楚舞歌

定陶城中是妾家，妾年二八顔如花。閨中歌舞未終曲，天下死人如亂麻。漢王此地因征戰，未出簾櫳人已薦。風花菡萏落轅門，雲雨徘徊入行殿。日夕悠悠非舊鄉，飄飖處處逐君王。玉閨門裹通歸夢，銀燭迎來在戰場。從來顧恩不顧己，何異浮萍寄深水。逐戰曾迷隻輪下，隨君幾陷重圍裏。此時平楚復平齊，咸陽宫闕到關西。珠簾夕殿聞鐘鼓〔一〕，白日秋天憶鼓鼙〔二〕。君王縱恣翻成誤，吕后由來有深妬。不奈君王容鬢衰，相存相顧能幾時。黄泉白骨不可報，雀釵翠羽從此辭。君楚歌兮妾楚舞，脈脈相看兩心苦。曲未終兮袂更揚，君流涕兮妾斷腸。已見謀臣歸惠帝，徒留愛子付周昌。

〔一〕鼓　唐寫本作「漏」，當是。

〔二〕白日秋天憶鼓鼙　此下唐寫本有「且矜容色長自持，且遇乘輿恩幸時，香羅侍寢雙龍殿，玉輦看花百子池」四句。

沈佺期二首

古意呈喬補闕知之

織錦一作盧家少婦鬱金堂〔一〕，海燕雙棲玳瑁梁。九月寒砧催木葉，十年征戍憶遼陽。白駒河北軍書斷〔二〕，丹鳳城南秋夜長。誰知含愁獨不見〔三〕，使妾明月對流黄〔四〕。

雜詩

鐵馬三軍去，金閨二月還。邊愁歸上國，春夢入陽關。池水琉璃色〔五〕，園花玳瑁斑。歲華空自擲，愁黛不勝顔。

〔一〕織錦 汲本作「盧家」，《搜玉小集》、《樂府詩集》同。

〔二〕白駒河北軍書斷 汲本「駒」作「狼」，「軍」作「音」，《搜玉》、《樂府》同。

〔三〕知 汲本作「爲」，《搜玉》同。

〔四〕使妾明月對流黄 汲本「使妾」作「更教」，「對」作「照」，《搜玉》同。

〔五〕色 汲本作「浄」，《搜玉》同。

王泠然一首

汴河柳〔一〕

隋家天子憶揚州，厭坐深宫傍海遊。穿地鑿山開御路，鳴笳疊鼓泛清流。流一作自從鞏北分河口，直到淮南種官柳。功成力盡人旋亡，代謝年移樹空有〔二〕。當時綵女侍君王，繡帳旌門對柳行。青葉交垂連幔色，白花飛度染衣香。今日摧殘何用道，數里曾無一枝好。驛騎征帆損更多，山精野魅藏應老。涼風八月露爲霜，日夜孤帆入帝鄉。河畔時時聞木落〔三〕，客中無不淚沾裳〔四〕。

〔一〕汴河流 汲本作「題河邊枯柳」，《搜玉》、《英華》同。

〔二〕代 汲本作「運」，《搜玉》、《英華》同。

〔三〕木落 汲本作「落木」，《英華》同，《搜玉》作「落葉」。

〔四〕無不淚 汲本作「無箇不」，《搜玉》、《英華》同。

何扶一首

送閬州妓人歸老

竹翠嬋娟草逕幽，佳人歸老傍汀洲。玉蟾露冷梁塵暗，金鳳花開雲鬢秋。十畝稻香新緑野，一聲歌斷舊青樓。芭蕉半卷西池雨，日暮門前雙白鷗。

汪遵一首

題太尉平泉莊

水泉花木好高眠〔一〕，嵩少縱横滿目前。惆悵人間不平事，今朝身在海南邊。

〔一〕水　汲本作「平」，似是。此係詠李德裕之平泉莊，參見詩題，則此處似以作「平泉」爲是。

高適一首

燕歌行并序

開元十六年，客有御史大夫張公出塞而還者〔一〕，作《燕歌行》以示適，感征戍之事，因而和焉。

漢家煙塵在東北，漢將辭家破殘賊。男兒本自重横行，天子非常賜顔色。摐金伐鼓下榆關，旌旆逶迤碣石間。校尉羽書飛瀚海，單于獵火照狼山。山川蕭條極邊土，胡騎憑陵雜風雨。戰士軍前半死生，美人帳下猶歌舞。大漠窮秋塞草衰，孤城落日鬭兵希。身當恩遇恒輕敵，力盡關山未解圍。鐵衣遠戍辛勤久，玉節應啼别離後〔二〕。少婦城南欲斷腸，行人薊北空迴首。邊庭飄颻那可度，絶域蒼茫無所有。殺氣三時作陣雲，寒聲一夜傳刁斗。相看白刃血紛紛，死節從來肯顧勳〔三〕。君不見沙場征戰苦，至今猶憶李將軍。

〔一〕開元十六年客有御史大夫張公出塞而還者　按此處「十六年」當爲「二十六年」之誤，參見《河岳英靈集》、四部叢刊本高集。又《英靈》、《英華》、集，「有」下均有「從」字，是。

〔二〕節　汲本作「筯」，當是，參《英靈》、《又玄》、《文粹》、《英華》、《樂府》、集等。

〔三〕肯　汲本作「豈」，《英靈》、《又玄》、《英華》、《樂府》、集同。

孟郊 一首

古結愛

心心復心心，結愛務在深。一度欲離别，千迴結衣襟。結妾獨守志，結君早還意。始知結衣裳，不如結心腸。坐結行亦結，結盡百年月。

陸龜蒙五首

女墳湖即吴葬女之地也

水平波澹遶迴塘，鶴往人沉萬古傷。應是離魂雙不得，至今沙上少鴛鴦。

和人宿木蘭院

苦吟清漏迢迢極，月過花西尚未眠。猶憶故山欹警枕，夜來嗚咽似流泉。

薔薇〔一〕

濃似猩猩初染素，輕於燕燕欲凌空。可憐細麗難勝日，照得深紅作淺紅。

春夕酒醒

幾年無事傍江湖，醉倒黄公舊酒壚。覺後不知新月上，滿身花影倩人扶。

齊梁怨别

寥寥映月看將落，簷外霜華染羅幕。不知蘭棹到何山，應倚相思樹邊泊。

〔一〕薔薇　汲本於題下注云「或刻皮日休」。按此實爲皮日休作，題爲《重題薔薇》，文字與此全同。陸另有和詩，題《和重題薔薇》，詩爲：「穠華自古不得久，況是倚春春已空。更被夜來風雨惡，滿階狼藉没多紅。」

張籍七首

寄遠客〔一〕

野橋春水清，橋上送君行。去去人應老，年年草自生。出門看遠道，無路向邊城。楊柳別離處，秋蟬今復鳴。

宿溪中驛〔二〕

楚驛南渡口，夜深來客稀。月明見潮上，江静覺鷗飛。旅宿今已遠，此行獨未歸。離家久無信，又見擣寒衣〔三〕。

惜別〔四〕

遊人欲别離，半醉對花枝。看着春又晚，莫輕年少時。臨行記分處，回面是相思〔五〕。各向天涯去，重來不可期。

襄國别人

晚色荒城下，相看秋草時。獨遊無定計，不欲道來期。别處去家遠，愁中驅馬遲。人歸渡煙水〔六〕，遥映野棠枝。

送蜀客

蜀客南行過碧溪，木綿花發錦江西。山橋日晚人來少，時見猩猩上樹啼〔七〕。

送友人遊吴越〔八〕

羡君東去見殘梅，唯有王孫獨未迴。吴苑夕陽明古堞，越宫春草上高臺。波生野水雁初下，風滿驛樓潮欲來。試問漁舟看雪浪，幾多江燕荇花開。

蘇州江岸留别樂天〔九〕

銀泥裙映錦障泥，畫舸停橈馬簇蹄。清管曲終鸚鵡語，紅旂影動薄寒嘶。漸消酒色朱顔淺，欲話離情翠黛低。莫忘使君吟詠處，汝墳湖北武丘西。

〔一〕寄遠客　汲本於題下注云「或客思遠人」。集亦作「思遠人」。

〔二〕宿溪中驛　汲本於題下注云「或刻宿臨江驛」。集亦作「宿臨江驛」。

〔三〕見　《唐詩紀事》、集均作「聽」，是。

〔四〕惜别　汲本於題下注云「集作春日留别」。《英華》、集作「春日留别」。

〔五〕面　汲本作「首」，《英華》、集同。

〔六〕人歸　汲本作「歸人」，《英華》、集同。

〔七〕上樹　汲本作「樹上」，集同。

〔八〕送友人遊吴越　汲本「人」下有「盧處士」三字，《英華》同。

〔九〕蘇州江岸留别樂天　按此篇誤入，實爲白居易詩，題《武丘寺路宴留别諸妓》。

曹鄴 二首

故人寄茶〔一〕

劍外九華英，緘題下玉京。開時微月上，碾處亂泉聲。半夜招僧至，孤吟對月烹。碧沉霞脚碎，香泛乳花輕。六腑睡神去，數朝詩思清。月餘不敢費，留伴肘書行。

始皇陵下作

千金買魚燈，泉下照狐兔。行人上陵過，却弔扶蘇墓。纍纍壙中物，多於養生具。若使山可移，應將秦國去。舜殁雖在前，今猶未封樹。

〔一〕故人寄茶　按此篇誤入，實爲李德裕詩，《又玄集》已選入李名下。

才調集卷第四古律雜歌詩一百首

杜牧三十三首

題桐葉

去年桐落故溪上，把葉因題歸燕詩。江樓今日送歸燕，正是去年題葉時。葉落燕歸真可惜，東流玄髮且無期。笑筵歌席反惆悵，朗月清風見別離。莊叟彭殤同在夢，陶潛身世兩相遺。一丸五色成虛語，石爛松薪更不疑。奢侈不勞文似錦〔一〕，進趨何必利如錐。錢神任爾知無敵，酒聖於吾亦庶幾。江畔秋光蟾閣鏡，檻前山色茂陵眉。罇香輕泛數枝菊，簷影斜侵半局棊。休指宦遊論巧拙，祇將愚直禱神祇。三吴煙水平生念，寧向閒人道所之。

題齊安城樓

嗚軋江樓角一聲，微陽瀲瀲落寒汀。不用憑欄苦迴首，故鄉七十五長亭。

揚州二首

煬帝雷塘土，迷藏有舊樓。誰家唱水調，明月滿揚州。煬帝開汴渠成，自作水調。駿馬宜閒出，千金好暗遊。喧闐醉年少，半脱紫茸裘。

秋風放螢苑，春草鬬雞臺。金絡擎鵰去，鸞鬟拾翠來。蜀船紅錦重，越橐水沉堆。處處皆華表，淮王奈却迴。

九日登高〔二〕

江涵秋影雁初飛，與客攜壺上翠微。塵世難逢開口笑，菊花須插滿頭歸。但將酩酊酬佳節，不用登臨歎落暉。古往今來衹如此，牛山何必獨沾衣。

早雁

金河秋半虜絃開，雲外驚飛四散哀。仙掌月明孤影過，長門燈暗數聲來。須知胡馬紛紛在，豈逐春風一一迴。莫厭瀟湘少人處，水多菰米岸莓苔。

舊遊

閒吟芍藥詩，悵望久嚬眉。盻眄迴眸遠，纖衫整鬟遲。重尋春晝夢，笑把淺花枝笑一作凝。小市長陵住，非郎争得知。

村舍燕

漢宫一百四十五，多下珠簾閉瑣窗。何處營巢夏將半，茆簷煙裏語雙雙。

題宣州開元寺水閣閣下宛陵夾溪居人

六朝文物草連空，天澹雲閒今古同。鳥去鳥來山色裏，人歌人哭水聲中。深秋簾幕千家雨，落日樓臺一笛風。惆悵無因見范蠡，參差煙樹五湖東。

爲人題二首〔三〕

我乏凌雲稱，君無買笑金。虚傳南國貌，争奈五陵心。桂席塵瑶珮，瓊爐燼水沉。凝魂輕蔫夢，低珥悔聽琴。日落珠簾卷，春寒錦幕深。誰家樓上笛，何處月明砧。蘭逕飛胡蝶，筠籠語翠禽。和簪抛鳳髻，將淚入鴛衾。的的添新恨，迢迢絶好音。文園終病渴，休詠白頭吟。

緑樹鶯鶯語，平江燕燕飛。枕前聞鴈去，樓上送春歸。半月緬雙臉，凝腰素一圍。西牆苔漠漠，南浦夢依依。有恨簪花懶，無憀鬬草稀。雕籠長慘澹，蘭畹謾芳菲。鏡斂青蛾黛，燈抛皓腕肌。避人匀迸淚，拖袖倚殘暉。有貌雖桃李，單棲足是非。雲軿載取去，寒夜看裁衣。

池州春日送人〔四〕

芳草復芳草，斷腸還斷腸。自然堪下淚，何必更殘陽。楚岸千萬里，燕鴻三兩行。有家歸未得，況舉別君觴。

長安送人

子性極弘和，愚衷深褊狷。相捨囂譊中，吾過何由鮮。楚南饒風煙，湘岸苦縈宛。山密夕陽多，人稀芳草遠。青梅繁枝低，班笋新梢短。莫哭葬魚人，酒醒且眠飯。

驪山感舊二首〔五〕

新豐緑樹起黄埃，數騎漁陽探使迴。霓裳一曲千峰上，舞破中原始下來。

長安迴望繡成堆，山頂千門次第開。一騎紅塵妃子笑，無人知道茘枝來。

街西

碧池新漲浴嬌鴉，深鎮長安富貴家。遊騎偶逢人鬭酒〔六〕，名園相倚杏交花。銀鞍騕褭嘶宛馬，繡鞅璁瓏走鈿車。一曲將軍何處笛，連雲芳樹日將斜。

江南春

千里鶯啼緑映紅，水村山郭酒旗風。南朝四百八十寺，多少樓臺煙雨中。

寄人〔七〕

青山隱隱水迢迢，秋盡江南草木彫。二十四橋明月夜，玉人何處教吹簫。

寄遠三首〔八〕

前山極遠碧雲合，清夜一聲白雪微。欲寄相思千里月，傍溪殘照雨霏霏。

南陵水面謾悠悠，風緊雲輕欲變秋。正是客心孤迥處，誰家紅袖倚江樓。

雙影隨驚雁，單棲鎖畫籠。向春羅袖薄，誰念舞臺風。

赤壁

折戟沉沙鐵未銷，自將磨洗認前朝。東風不與周郎便，銅雀春深鎖二橋〔九〕。

月

三十六宫秋夜深，昭陽歌斷信沉沉。唯應獨伴陳皇后，照見長門望幸心。

定子〔一〇〕

濃檀一抹廣陵春〔一一〕，定子初開睡臉新〔一二〕。却笑喫虚隋煬帝〔一三〕，破家亡國爲何人。

題揚州〔一四〕

落托江南載酒行，楚腰纖細掌中輕。十年一覺揚州夢，贏得青樓薄倖名。

題水口草市

倚溪侵嶺多高樹，誇酒書旗有小樓。驚起鴛鴦豈無恨，一雙飛去却迴頭。

漢江

溶溶漾漾白鷗飛，緑净春深好染衣。南去北來人自老，夕陽長送釣船歸。

柳

日落水流西復東，春光不盡柳何窮。巫娥廟裏低含雨，宋玉宅前斜帶風。不將榆莢共争翠，深感杏花相映紅。灞上漢南千萬樹，幾人遊宦别離中。

悼吹簫妓〔一五〕

玉簫聲斷殁流年，滿眼春愁壠上煙。豔質已隨雲雨散，鳳樓空鎖月明天。

題贈二首〔一六〕

娉娉裊裊十三餘，荳蔻梢頭二月初。春風十里揚州郭，卷上珠簾總不如。

多情却似總無情，但覺罇前笑不成。蠟燭有心還惜别，替人垂淚到天明。

秦淮

煙籠寒水月籠沙，夜泊秦淮近酒家。商女不知亡國恨，隔江猶唱後庭花。

代人寄遠二首　六言　一本作一首

河橋酒旆風軟，候館梅花雪嬌。宛陵樓上春晚，我郎何處情饒。

繡領任垂蓬髻，丁香閒結春梢。賸肯新年歸否，江南緑草迢迢。

〔一〕奢　汲本、垂雲本作「哆」，《英華》同。

〔二〕九日登高　汲本「日」下有「齊安」二字，四部叢刊杜集同。

〔三〕爲人題　汲本「題」下有「贈」字，集同。

〔四〕池州春日送人　汲本題下注云「集作池州春日送前進士蒯希逸」，《英華》、集同。

〔五〕驪山感舊二首　汲本作「過華清宫」，集同。

〔六〕逢　汲本作「同」，集同。

〔七〕寄人　汲本題下注云「集作寄揚州韓綽判官」。按《英華》、集均作「寄揚州韓綽判官」。

〔八〕寄遠三首　汲本無「三首」字。按集此處分三題，前一首題《寄遠》，第二首題《南陵道中》，第三首亦題作《寄遠》。

〔九〕橋　汲本作「喬」，集同。

〔一〇〕定子　汲本作「隋苑」，集同。

〔一一〕濃檀　汲本作「紅霞」，集同。

〔一二〕初開　汲本作「當筵」，集同。

〔一三〕喫虚　汲本作「丘墟」，集同。

〔一四〕題揚州　汲本作「遺懷」，集同。

〔一五〕悼吹簫妓　汲本作「傷友人悼吹簫妓」，集同。

〔一六〕題贈二首　汲本作「贈别」，無「二首」字，集同。

張泌 一十八首

惜花

蝶散鶯啼尚數枝，日斜風定更離披。看多記得傷心事，金谷樓前委地時。

寄人

別夢依依到謝家，小廊迴合曲欄斜。多情祇有春庭月，猶爲離人照落花。

又

酷憐風月爲多情，還到春時別恨生。倚柱尋思倍惆悵，一場春夢不分明。

邊上

戍樓吹角起征鴻，獵獵寒旌背晚風。千里暮煙愁不盡，一川秋草恨無窮。山河慘澹關城閉，人物蕭條市井空。祇此旅魂招未得，更堪迴首夕陽中。

長安道中早行作

客離孤館一燈殘，牢落星河欲曙天。雞唱未沉函谷月，雁聲新度灞陵煙。浮生已悟莊周蝶，壯志仍輸祖逖鞭。何事悠悠策羸馬，此中辛苦過流年。

洞庭阻風

空江浩蕩景蕭然，盡日菰蒲泊釣船。青草浪高三月渡，緑楊花撲一溪煙。情多莫舉傷春目，愁極兼無買酒錢。猶有漁人數家住，不成村落夕陽邊。

春日旅泊桂州

暖風芳草竟芊綿，多病多愁負少年。弱柳未勝寒食雨，好花争奈夕陽天。溪邊物色宜圖畫〔一〕，林伴鶯聲似管絃。獨有離人開淚眼，强憑盃酒亦潸然。

晚次湘源縣

煙郭遥聞向晚雞，水平舟静浪聲齊。高林帶雨楊梅熟，曲岸籠雲謝豹啼。二女廟荒汀樹老，九疑山碧楚天低。湘南自古多離怨，莫動哀吟易慘悽。

惆悵吟

秋風丹葉動荒城，慘澹雲遮日半明。晝夢却因惆悵得，晚愁多爲别離生。江淹彩筆空留恨，莊叟玄談未及情。千古怨魂銷不得，一江寒浪若爲平。

秋晚過洞庭

征帆初掛酒初酣，暮景離情兩不堪。千里晚霞雲夢北，一洲霜橘洞庭南。溪風送雨過秋寺，澗石驚龍落夜潭。莫把羈魂弔湘魄，九愁凝絶鏁煙嵐〔二〕。

題華嚴寺木塔

六街晴色動秋光，雨霽憑高祇易傷。一曲晚煙浮渭水，半橋斜日照咸陽。休將世路悲塵事，莫指雲山認故鄉。迴首漢宫樓閣暮，數聲鐘鼓自微茫。

經舊遊

暫到高唐曉又還，丁香結夢水潺潺。不知雲雨歸何處，歷歷空留十二山。

碧户

碧户扃魚鏁，蘭窗掩鏡臺。落花疑悵望，歸燕自徘徊。詠絮知難敵，傷春不易裁。恨從芳草起，愁爲晚風來。衣惹湘雲薄，眉分楚岫開。香濃眠舊枕，夢好醉春盃。小障明金鳳，幽屏點翠苔。寶箏横塞雁，怨笛落江梅。卓氏仍多酒，相如正富才。莫教琴上意，翻作鶴聲哀。

芍藥

香清粉澹怨殘春，蝶翅蜂鬚戀蕊塵。閒倚晚風生悵望，静留遲日學因循。休將薜荔爲青瑣，好與玫瑰作近隣。零落若教隨暮雨，又應愁殺别離人。

春晚謡

雨微微，煙霏霏，小庭半拆紅薔薇。鈿箏斜倚畫屏曲，零落幾行金雁飛。蕭關夢斷無尋處，萬疊春波起南浦。凌亂楊花撲繡簾，晚窗時有流鶯語。

所思

空塘水碧春雨微，東風散漫楊花飛。依依南浦夢猶在，脈脈高唐雲不歸。江頭日暮多芳草，極目傷心煙悄悄。隔江紅杏一枝明，似玉佳人俯清沼。休向春臺更迴望，銷魂自古因惆悵。銀河碧海共無情，兩處悠悠起風浪。

春夕言懷

風透疎簾月滿庭，倚欄無事倍傷情。煙垂柳帶纖腰軟，露滴花房怨臉明。愁逐野雲銷不盡，情隨春浪去難平。幽窗謾結相思夢，欲化西園蝶未成。

春江雨

雨溟溟，風零零，老松瘦竹臨煙汀。空江泠落野雲重，雲中孤燭微如星〔三〕。夜鷩溪上漁人起，滴瀝蓬聲滿愁耳。子規叫斷獨未眠，罨岸春濤打船尾。

〔一〕宜　汲本作「堪」。

〔二〕九愁凝絶　垂雲本作「九疑愁絶」，當是。

〔三〕雲中孤燭　汲本作「村中鬼火」，《全唐詩》同。

戴叔倫四首

秋日行〔一〕

山曉旅人去，天高秋氣悲。明河川上没，芳草露中衰一作滋。此别又千里，少年能幾時。心知剡溪路，聊且寄前期〔二〕。

漸次空靈戍〔三〕

寒盡鴻先至，春回客未歸。早知名是病〔四〕，不敢繡爲衣。霧積川原暗，山多郡縣稀。明朝下湘岸，更逐鷓鴣飛。

贈韓道士

日暮秋風吹野花〔五〕，上清歸客意無涯。桃源寂寂煙雲閉，天路悠悠星漢斜。還似世人生白髮，定知仙骨變黄芽。東城南陌頻相見〔六〕，應是壺中别有家。

潭州使院書情寄江夏賀蘭副端

雲雨一蕭散，悠悠關復河。俱從泛舟役，近隔洞庭波。楚水去不盡，秋風今又過。無因得相見，却恨寄書多。

〔一〕秋日行　汲本作「早行寄朱山人放」，《唐詩紀事》同。
〔二〕心知剡溪路聊且寄前期　汲本作「青冥剡溪路，心與謝公期」。
〔三〕漸次空靈戍　汲本於「漸」字上有「巡諸州」三字，《英華》同。
〔四〕病　汲本作「幻」，《英華》同。
〔五〕暮　汲本作「落」。
〔六〕頻　汲本作「遥」。

宋邕 一首

春日

輕花細葉滿林端，昨夜春風曉色寒。黄鳥不堪愁裏聽，緑楊宜向雨中看。

曹唐二十四首

病馬五首呈鄭校書章三吴十五先輩

騄駬何年别渥洼，病來顏色半泥沙。四蹄不鑿金砧裂，雙眼慵開玉燭斜〔一〕。墮月兔毛乾觳觫，失雲龍骨瘦查牙。平原好放無人放〔二〕，嘶向秋風苜蓿花。

壠上沙葱葉正齊，騰黄猶自跼羸蹄。尾蟠夜雨紅絲脆，頭捽秋風白練低。力憊未思金絡腦，影寒空望錦障泥。階前莫怪垂雙淚，不遇孫陽不敢嘶。

不剪焦毛鬣半翻，何人别是古龍孫。風吹病骨無驕氣〔三〕，土蝕驄花見卧痕。未噴斷雲歸漢苑，曾追輕練適吴門〔四〕。一朝千里心猶在，争肯潛忘秣飼恩〔五〕。

空被秋風吹病毛，無因濯浪刷洪濤。卧來總怪龍蹄跙，瘦盡誰驚虎口高。追電有心猶款段，逢人相骨强嘶號。欲將鬐鬣重裁剪，乞借新成利鉸刀。

病久無人着意看，玉華衫色欲凋殘。飲驚白露泉花冷，喫怕清秋豆葉寒〔六〕。長襜敢辭紅錦重，舊韁寧畏紫絲蟠。王良若要相擡舉，千里追風也不難。

大遊仙劉晨阮肇遊天台

樹入天台石路新，雲和草静迥無塵。煙霞不省生前事，水木空疑夢後身。往往雞鳴巖下月，時時犬吠洞中春。不知此地歸何處，須就桃源問主人。

劉阮洞中遇仙人〔七〕

天和樹色靄蒼蒼，霞重嵐深路渺茫。雲實滿山無鳥雀〔八〕，水聲沿澗有笙簧。碧沙洞裏乾坤別，紅樹枝邊日月長。願得花間有人出，免令仙犬吠劉郎。

仙子送劉阮出洞

殷勤相送出天台，仙境那能却再來。雲液既歸須强飲，玉書無事莫頻開。花當洞口應長在，水到人間定不迴。惆悵溪頭從此別，碧山明月照蒼苔。

仙子洞中有懷劉阮

不將清瑟理霓裳，塵夢那知鶴夢長。洞裏有天春寂寂，人間無路月茫茫。玉沙瑶草連溪碧，流水桃花滿澗香。曉露風燈易零落，此生無處訪劉郎〔九〕。

劉阮再到天台不復見諸仙子

再到天台訪玉真，青苔白石已成塵。笙歌寂寞唯深洞，雲鶴蕭條絶舊隣。草樹總非前度色，煙霞不似往年春。桃花流水依然在，不見當時勸酒人。

張碩重寄杜蘭香

碧落香銷蘭路秋〔一〇〕。星河無夢夜悠悠。靈妃不降三清駕，仙鶴空成萬古愁。皓月隔花追款別〔一一〕，瑞煙籠樹省淹留。人間無事堪遺恨〔一二〕，海色西風十二樓。

玉女杜蘭香下嫁於張碩〔一三〕

天上人間兩渺茫，不知誰識杜蘭香。來經玉樹三山遠，去隔銀河一水長。怨入清塵愁錦瑟〔一四〕，酒傾玄露醉瑶觴。遺情更説何珍重，擘破雲鬟金鳳凰。

蕭史攜弄玉上昇

豈是丹臺歸路遥，紫鸞煙駕不同飄。一聲洛水傳幽咽，萬片宫花共寂寥。紅粉美人愁未散，清華公子笑相邀。緱山碧樹青樓月，腸斷春風爲玉簫。

黄初平將入金華山

莫道真遊煙景賒，瀟湘有路入金華。溪頭鶴樹春長在，洞口人間日自斜〔一五〕。一水暗鳴閒遶澗，五雲長往不還家。白羊成隊難收拾，喫盡溪邊巨勝花。

織女懷牽牛

北斗佳人雙淚流，眼穿腸斷爲牽牛。封題錦字凝新思〔一六〕，抛擲金梭織舊愁〔一七〕。桂樹三春煙漠漠，銀河一水夜悠悠。欲將心向仙郎説，借問榆花早晚秋。

漢武帝思李夫人

惆悵冰顔不復歸〔一八〕，晚秋黄葉滿天飛。迎風細荇傳香粉，隔水殘霞見畫衣。白玉帳寒鴛夢絶，紫陽宮遠雁書稀。夜深池上蘭橈歇，斷續歌聲徹太微。

小遊仙三首

偷來洞口訪劉君，緩步輕擡玉線裙〔一九〕。細擘桃花擲流水，更無言語倚彤雲。

風動閒天青桂陰，水精簾箔冷沉沉。西妃少女多春思，斜倚彤雲盡日吟。

方士飛軒住碧霞，酒寒風冷月初斜。不知誰唱歸春曲，落盡溪頭白葛花。

長安春舍敍邵陵舊宴懷永門蕭使君五首

邵陵佳樹碧葱蘢，河漢西沉宴未終。殘漏五更傳海月，清笳三會揭天風。香熏舞席雲鬟緑，光射頭盤蠟燭紅。今日却懷行樂處，兩床絲竹水樓中。

不知何路却飛翻，虚受賢侯鄭重恩。五夜清歌敲玉樹，三年洪飲倒金罇。招攜永感雙魚在，報答空知一劍存。狼藉梨花滿城月，當時長醉信陵門。

粉疊彤軒畫障西，水雲紅樹窣璇題。鷓鴣欲絶歌聲定，鸜鵒初驚舞袖齊。坐對玉山空甸線，細聽金石怕低迷。東風夜月三年飲，不省非時不似泥。

木魚金鑰鎖重城，夜上紅樓縱酒情。竹葉水繁更漏促，桐花風軟管絃清。百分散打銀船溢，十指寬催玉筯輕。星斗盡稀賓客醉〔三〇〕，碧雲猶戀豔歌聲。

三年身逐漢諸侯，賓榻容居最上頭。飽聽笙歌陪痛飲，熟尋雲水縱閒遊。朱門鎖閉煙嵐暮，鈴閣清泠水木秋。月滿前山圓不動，更邀詩客上高樓。

〔一〕燭　汲本作「筯」，《英華》同。

〔二〕放　汲本作「牧」，是。

〔三〕風吹　汲本作「雪侵」。

〔四〕適　汲本作「過」。

〔五〕秣　原作「餗」，據汲本改。《英華》亦作「秣」。
〔六〕秋　汲本作「風」，似是。《英華》同。
〔七〕仙人　汲本無「人」字。《英華》作「仙子」，似是，後幾篇詩題皆作「仙子」字。
〔八〕實　汲本作「竇」，似是。
〔九〕曉露風燈易零落，此生無處訪劉郎　按此二句汲本作「曉露風燈零落盡，此生無處訪劉郎」。
〔一〇〕路　汲本作「露」。
〔一一〕款　汲本作「歎」。
〔一二〕遺恨　汲本作「惆悵」。
〔一三〕下　原作「不」，據垂雲本改，《英華》亦作「下」。
〔一四〕瑟　原作「思」，據汲本、垂雲本改。
〔一五〕人間日自斜　汲本作「人家日易斜」。
〔一六〕思　汲本作「恨」，《英華》同。
〔一七〕織　汲本作「結」，《英華》同。
〔一八〕冰　汲本作「朱」。
〔一九〕玉線　汲本作「緑繡」，《英華》同。
〔二〇〕星斗盡稀賓客醉　汲本「盡」作「漸」，「醉」作「散」。

施肩吾二首

夜讌曲

蘭釭如晝買不眠〔一〕，玉爐夜起沉香煙〔二〕。青娥一行十二仙，欲笑不笑桃花燃。碧窗弄粧梳洗晚〔三〕，户外不知銀漢轉。被郎嗔罰屠蘇盞，酒入四肢紅玉軟。

代征婦怨

寒窗羞見影相隨，嫁得五陵輕薄兒。長短豔歌君自解，淺深更漏妾偏知。畫裙多淚鴛鴦濕，雲鬟慵梳玳瑁垂。何事不看霜雪裏，堅貞惟有古松枝。

〔一〕買　垂雲本作「曉」，似是。

〔二〕爐　垂雲本作「堂」，《又玄》同。

〔三〕粧　汲本作「嬌」，《又玄》同。

趙光遠三首

題北里妓人壁

魚鑰獸環斜掩門，萋萋芳草憶王孫。醉凭青瑣窺韓壽，閒擲金梭惱謝琨。不夜珠光連玉匣，辟寒釵影落瑶罇。欲知腸斷相思處，役盡江淹別後魂。

詠手二首

粧成皓腕洗凝脂，背接紅巾掬水時〔一〕。薄霧袖中拈玉斝，斜陽屏上撚青絲。喚人急拍臨前檻，摘杏高揎近曲池。好是琵琶絃畔見，細圓無節玉參差。

撚玉搓瓊軟復圓，緑窗誰見上琴絃。慢籠彩筆閒書字，斜指瑶堦笑打錢。指面試香添麝炷，舌頭輕點貼金鈿。象床珍簟宫棊處，拈定文楸占角邊。

〔一〕掬　原缺，據汲本、垂雲本補。

孫棨四首〔一〕

贈妓人

綵翠仙衣紅玉膚，輕盈年在破瓜初。霞盃醉喚劉郎賭〔二〕，雲髻慵邀阿母梳。不怕寒侵緣帶寶，每憂風舉倩持裾。謾圖西子爲粧樣〔三〕，西子元來未得如。

題北里妓人壁三首〔四〕

移壁迴窗費幾朝，指環偷解博紅椒。無端鬬草輸隣女，便被拈將玉步摇〔五〕。

寒繡衣裳餉阿嬌，新團香獸不禁燒。東隣起樣裙腰闊，剩蹙黄金一兩條〔六〕。

試共卿卿語笑麤，畫堂連遣侍兒呼。寒肌不耐金如意，白獺爲膏郎有無。

〔一〕喿　原作「啓」，誤，徑改。參見目録校記。

〔二〕唤　汲本作「勸」，《北里志》同。

〔三〕爲　汲本作「晨」，《北里志》同。

〔四〕題北里妓人壁　汲本作「題妓王福娘墻」。

〔五〕便　汲本作「更」，《北里志》、《紀事》同。

〔六〕一兩　汲本作「線幾」，《北里志》同。

崔珏七首

和友人鴛鴦之什三首

翠鬣紅毛舞夕暉，水禽情似此禽稀。暫分煙島猶迴首，祇渡寒塘亦共飛。映霧盡迷珠殿瓦〔一〕，逐梭齊上玉人機。採蓮無恨蘭橈女〔二〕，笑指中流羨爾歸。

寂寂春塘煙晚時，兩心如影共依依。溪頭日暖眠沙穩，渡口風寒浴浪稀。翡翠莫誇饒彩飾，鸊鵜須羨好毛衣。蘭深芷密無人見，相逐相呼何處歸。

舞鶴翔鸞俱別離，可憐生死兩相隨。紅絲毿落眠汀處，白雪花成蹙浪時。琴上祇聞交頸語，窗前空展共飛詩。何如相見長相對，肯羨人間多所思。

有贈二首

莫道粧成斷客腸，粉胸綿手白蓮香。煙分頂上三層緑，劍截眸中一寸光。舞勝柳枝腰更軟，歌嫌珠貫曲猶長。雖然不似王孫女，解愛臨邛賣賦郎。

錦里芬芳少佩蘭，風流全占似君難。心迷曉夢窗猶暗，粉落香肌汗未乾。兩臉夭桃從鏡發，一眸春水照人寒。自嗟此地非吾土〔三〕，不得如花歲歲看。

和人聽歌二首

氣吐幽蘭出洞房，樂人先問調宫商。聲和細管珠才轉，曲渡沉煙雪更香。公子不隨腸萬結，離人須落淚千行。巫山唱罷行雲過，猶自微塵舞畫梁。

紅臉初分翠黛愁，錦筵歌板拍清秋。一樓春雪和塵落，午夜寒泉帶雨流。座上美人心盡死，罇前旅客淚難收。莫辭更送劉郎酒，百斛明珠異日酬。

〔一〕盡　垂雲本作「乍」，《英華》、《紀事》同。

〔二〕恨　垂雲本作「限」。

〔三〕非　原缺，據汲本、垂雲本補。

司空曙三首

病中遣妓

萬事傷心在目前，一身垂淚對花筵〔一〕。黄金用盡教歌舞，留與它人樂少年。

江村即事

罷釣歸來不繫船，江村月落正堪眠。縱然一夜風吹去，只在蘆花淺水邊。

峽口送友人

峽口花飛欲盡春，天涯去住淚霑巾。來時萬里同爲客，今日翻成送故人。

〔一〕筵　汲本作「眠」。

項斯一首

咸陽送處士

古道白迢迢〔一〕，咸陽離别橋。越人無水處，秦樹帶霜朝。騎馬言難盡〔二〕，分程望易遥。秋來未相見，此意各蕭條。

〔一〕白　《全唐詩》作「自」，似是。

〔二〕騎　汲本作「駐」，《全唐詩》同。

才調集卷第五古律雜歌詩一百首

元稹五十七首

夢遊春七十韻

昔歲夢遊春，夢遊何所遇。夢入深洞中，遂果平生趣〔一〕。清泠淺漫流，畫舫蘭篙渡。過盡萬株桃，盤旋竹林路。長廊抱小樓，門牖相迴互。樓下雜花叢，叢邊繞鴛鷺。池光漾霞影〔二〕，曉日初鳴煦。未敢上堦行，頻移曲池步。烏龍不作聲，碧玉曾相慕。漸到簾幕間，徘徊意猶懼。閒窺東西閤，奇玩參差布。隔子碧油糊，駞鈎紫金鍍。逡巡日漸高，影響人將寤。鸚鵡飢亂鳴，嬌娃睡猶怒。簾開侍兒起，見我遥相諭。鋪設繡紅茵，施張鈿裝具。潛褰翡翠帳，瞥見珊瑚樹。不辨花貌人，空驚香若露〔三〕。身迴夜合偏，態斂晨霞聚。睡臉桃破風，汗粧蓮委露。叢梳百葉髻時勢頭，金蹙重臺屨踏殿樣。紕軟鈿頭裙琴瑟色，玲瓏合歡袴夾纈名。鮮妍脂粉薄，暗澹衣裳故。最似紅牡丹，雨來春欲暮。夢魂良易驚，靈境難久寓。夜夜望天河，無由重沿泝。結念心所期，返如禪頓悟。覺來八九年，不向花迴顧。雜合兩京春，喧闐衆禽護。我到看花時，但作懷仙句。浮生轉經歷，道性尤堅固。近作夢仙詩，亦知勞肺腑。一夢何足云，良時事婚娶〔四〕。當年二紀初，嘉節三星度。朝蕣玉佩迎，高松女蘿附。韋門正全盛，出入多歡裕。甲第漲清池，鳴騶引朱輅。廣榭舞萎蕤，長筵賓雜厝。春青詎幾日，華實潛幽蠹。秋月照潘郎，空山懷謝傅。紅樓嗟壞壁，金谷迷荒戍。石壓破欄干，門摧舊梐枑。雖云覺夢殊，同是終難駐。悰緒竟何如，棼絲不成絇。卓女白頭吟，阿嬌金屋賦。重壁盛姬臺，青塚明妃墓。盡委窮塵骨，皆隨流波注。幸有古如今，何勞縑比素。況余當盛時，早歲諧如務。詔册冠賢良，諫垣陳好惡。三十再登朝，一登還一仆。寵榮非不早，邅迴亦云屢。直氣在膏肓，氛氳日沉痼。不言意不快，快意言多忤。忤誠人所賊，性亦天之付。乍可沉爲香，不能浮作瓠。誠爲堅所守，未爲明所措。事事身已經，營營計何誤。美玉琢文珪，良金填武庫。徒謂自堅貞，安知受礱鑄。長絲羈野馬，密網羅陰兔。物外各迢迢，誰能遠相錮。時來既若飛，禍速當如鶩。曩意自未精，此行何所訴。努力去江陵，笑言誰與晤。江花縱可憐，奈非心所慕。石竹逞姦黠，蔓菁誇畝數。一種薄地生，淺深何足妬。荷葉水上生，團團水中住。瀉水置葉中，君看不相污。

桐花落

莎草遍桐陰，桐花滿莎落。蓋覆相團圓，可憐無厚薄。昔歲幽院中，深堂下簾幕。同在後門前，因論花好惡。君誇沉檀樣，云是指撝作。暗澹滅紫花，拘連蹙金蕚。都繡六七枝，鬬成雙孔雀。尾上稠疊花，又將金解絡。我愛看不已，君煩睡先著。我作繡桐詩，繫君裙帶着。别來苦修道，此意都蕭索。今日竟相牽，思量偶然錯。

夢昔時

閒窗結幽夢，此夢誰人知。夜半初得處，天明臨去時。山川已久隔，雲雨兩無期。何事來相感，又成新别離。

恨粧成

曉日穿隙明，開帷理粧點。傅粉貴重重，施朱憐冉冉。柔鬟背額垂，叢鬢隨釵斂。凝翠暈蛾眉，輕紅拂花臉。滿頭行小梳，當面施圓靨。最恨落花時，粧成獨披掩。

古決絶詞三首

乍可爲天上牽牛織女星，不願爲庭前紅槿枝。七月七日一相見，相見故心終不移〔五〕。那能朝開暮飛去，一任東西南北吹。分不兩相守，恨不兩相思。對面且如此，背面當可知〔六〕。春風撩亂伯勞語，況是此時拋去時。握手苦相問，竟不言後期。君情既決絶，妾意已參差〔七〕。借如死生別，安得長苦悲。

噫春冰之將泮，何余懷之獨結。有美一人，於焉曠絶。一日不見，比一日於三年，況三年之曠別。水得風兮小而已波，笋在苞兮高不見節。矧桃李之當春，競衆人而攀折〔八〕。我自顧悠悠而若雲，又安能保君皚皚之如雪〔九〕。感破鏡之分明，覩淚痕之餘血。幸他人之既不我先，又安能後他人之終不我奪〔一〇〕。已焉哉，織女別黄姑，一年一度暫相見，彼此隔河何事無。

夜夜相抱眠，幽懷尚沉結。那堪一年事，長遣一宵說。但感久相思，何暇暫相悦。虹橋薄夜成，龍駕侵晨列。生憎野鵲性遲迴〔一一〕，死恨天雞識時節。曙色漸曈曨，華星次明滅。一去又一年，一年何可徹。有此迢遞期，不如死生別〔一二〕。天公隔是妬相憐，何不便教相決絶。

櫻桃花

櫻桃花一枝，兩枝千萬朵。花塼曾立摘花人，窣破羅裙紅似火。

曹十九舞緑鈿

急管清弄頻，舞衣纔攬結。含情獨摇手，雙袖參差列。驂褭柳牽絲，炫轉風迴雪。凝眄嬌不移，往往度繁節。

閨晚

紅裙委塼堦，玉瓜㔸朱橘。素臆光如研，明瞳豔凝溢。調絃不成曲，學書徒弄筆。夜色侵洞房，香煙透簾出。

曉將别

風露曉淒淒，月下西牆西。行人帳中起，思婦枕前啼。屑屑命僮御，晨裝儼已齊。將去復攜手，日高方解攜。

薔薇架清水驛

五色堦前架，一張籠上被。殷紅稠疊花，半緑鮮明地。風蔓羅裙帶，露英蓮臉淚。多逢走馬郎，可惜簾邊思。

月暗

月暗燈殘面牆泣，羅纓斗重知啼濕。真珠簾斷蝙蝠飛，燕子巢空螢火入。深殿門重夜漏嚴，柔□□□□年急。君王掌上容一人，更有輕身何處立。

新秋

旦暮已淒涼，離人遠思忙。夏衣臨曉薄，秋影入簷長。前事風隨扇，歸心燕在梁。殷勤寄牛女，河漢正相望。

贈雙文

豔極翻含怨，憐多轉自嬌。有時還暫笑，閒坐愛無憀〔一三〕。曉月行看墮，春蘇見欲消。何因肯垂手，不敢望迴腰。舞曲二名

春别

幽芳本未闌，君去蕙花殘。河漢秋期遠，關山世路難。雲屏留粉絮，風幌引香蘭。腸斷迴文錦，春深獨自看。

和樂天示楊瓊

我在江陵少年日，知有楊瓊初喚出。腰身瘦小歌圓緊，依約年應十六七。去年十月過蘇州，瓊來拜問郎不識。青衫玉貌何處去，安得紅旗遮頭白。我語楊瓊瓊莫語，汝雖笑我我笑汝。汝今無復小腰身，不似江陵時好女。楊瓊爲我歌送酒，爾憶江陵縣中否。江陵王令骨爲灰，

車來嫁作尚書婦。盧戡及第嚴澗在，其餘死者十八九。我今賀爾亦自多，爾得老成余白首。

楊瓊本名播，少爲江陵酒妓。去年姑蘇過瓊敍舊，及今見樂天此篇，因走筆追書此曲。

魚中素

重疊魚中素，幽緘手自開。斜紅餘淚跡，知着臉邊來。

代九九

昔年桃李月，顔色共花宜。迴臉蓮初破，低蛾柳並垂。望山多倚樹，弄水愛臨池。遠被登樓識，潛因倒影窺。隔林徒想像，上砌轉逶迤。謾擲庭中果，虛攀牆外枝。强持文玉佩，求結麝香縭。阿母憐金重，親兄要馬騎。把將嬌小女，嫁與冶遊兒。自隱勤勤索，相要事事隨。每常同坐卧，不省暫參差。纔學羞兼妬，何言寵便移。青春來易皎，白日誓先虧。僻性嗔來見，邪行醉後知。别床鋪枕席，當面指瑕疵。妾貌應猶在，君情遽若斯。的成終世恨，焉用此宵爲。鸞鏡燈前撲，鴛衾手下隳。參商半夜起，琴瑟一聲離。努力新叢豔，狂風次第吹。

盧十九子蒙吟盧七員外洛川懷古六韻命余和

聞道盧明府，閒行詠洛神。浪圓疑靨笑，波鬭憶眉嚬。蹀躞橋頭馬，空濛水上塵。草芽猶犯雪，冰岸欲消春。寓目終無限，通辭未有因。子蒙將此曲，吟似獨眠人。

劉阮妻二首

仙洞千年一度開，等閒偷入又偷迴。桃花飛盡秋風起，何處消沉去不來。

芙蓉脂肉緑雲鬟，罨畫樓臺青黛山。千樹桃花萬年藥，不知何事憶人間。

桃花

桃花淺深處，似匀深淺粧。春風助腸斷，吹落白衣裳。

暮秋

看着牆西日又沉，步廊迴合戟門深。棲烏滿樹聲聲絶，小玉上床鋪夜衾。

壓牆花

野性大都迷里巷，愛將高樹記人家。春來偏認平陽宅，爲見牆頭拂面花。

舞腰

裙裾旋旋手迢迢，不趁音聲自趁嬌。未必諸郎知曲誤，一時偷眼爲迴腰。

白衣裳二首

雨濕輕塵隔院香，玉人初着白衣裳。半含惆悵閒看繡，一朵梨花壓象床。

藕絲衫子柳花裙，空着沉香慢火熏。閒倚屏風笑周昉，枉拋心力畫朝雲。〔一四〕

憶事

夜深閒到戟門邊，柳遶行廊又獨眠。明月滿庭池水渌，桐花垂在翠簾前。

寄舊詩與薛濤因成長句序在别卷

詩篇調態人皆有，細膩風光我獨知。月夜詠花憐暗澹，雨朝題柳爲攲垂。長教碧玉藏深處，總向紅牋寫自隨。老大不能收拾得，與君閒似好男兒。

友封體

雨送浮涼夏簟清，小樓腰褥怕單輕。微風暗度香囊轉，朧月斜穿隔子明。樺燭燄高黄耳吠，柳堤風静紫騮聲。頻頻聞動中門鏁，桃葉知嗔未敢迎。

看花

努力少年求好官，好花須是少年看。君看老大逢花樹，未折一枝心已闌。

斑竹得之湘流

一枝斑竹渡湘沅，萬里行人感别魂。知是娥皇廟前物，遠隨風雨送啼痕。

箏

莫愁私地愛王昌，夜夜箏聲怨隔牆。火鳳有皇求不得，春鶯無伴囀空長。急揮舞破催飛燕，慢逐歌詞弄小娘。死恨相如新索婦，枉將心力爲他狂。

春曉

半欲天明半未明，醉聞花氣睡聞鶯。娃兒撼起鐘聲動，二十年前曉寺情。

春詞〔一五〕

深院無人草樹光，嬌鶯不語趁陰藏。等閒弄水浮花片，流出門前賺阮郎。

所思二首

庾亮樓中初見時，武昌春柳似腰肢。相逢相失還如夢，爲雨爲雲今不知。

鄂渚濛濛煙雨微，女郎魂逐暮雲歸。祇應長在漢陽渡，化作鴛鴦一隻飛。

離思六首

殷紅淺碧舊衣裳，取次梳頭暗澹粧。夜合帶煙籠曉月〔一六〕，牡丹經雨泣殘陽。低迷隱笑元無笑〔一七〕，散漫清香不似香〔一八〕。頻動横波嗔阿母〔一九〕，等閒教見小兒郎。

自愛殘粧曉鏡中，鐶釵慢篸緑絲叢。須臾日射燕脂頰，一朵紅蘇旋欲融。

山泉散漫遶堦流，萬樹桃花映小樓。閒讀道書慵未起，水精簾下看梳頭。

紅羅着壓逐時新，吉了花紗嫩麴塵〔二〇〕。第一莫嫌材地弱，些些紕慢最宜人。

曾經滄海難爲水，除却巫山不是雲。取次花叢懶迴顧，半緣修道半緣君。

尋常百種花齊發，偏摘梨花與白人。今日江頭兩三樹，可憐和葉度殘春。

雜憶五首

今年寒食月無光，夜色纔侵已上床。憶得雙文通内裏，玉櫳深處暗聞香。

花籠微月竹籠煙，百尺絲繩拂地懸。憶得雙文人静後，潛教桃葉送鞦韆。
寒輕夜淺遶迴廊，不辨花叢暗辨香。憶得雙文隴月下，小樓前後捉迷藏。
山榴似火葉相兼，亞拂塼堦半拂簷〔三〕。憶得雙文獨披掩，滿頭花草倚新簾。
春冰消盡碧波湖，漾影殘霞似有無。憶得雙文衫子薄，鈿頭雲映退紅蘇。

有所教

莫畫長眉畫短眉，斜紅傷竪莫傷垂。人人總解争時勢，都大須看各自宜。

襄陽爲盧竇紀事五首

帝下真符召玉真，偶逢遊女暫相親。素書三卷留爲贈，從向人間説向人。
風弄花枝月照堦，醉和春睡倚香懷。依稀似覺雙鬟動，潛被蕭郎卸玉釵。
鶯聲撩凝曙燈殘，暗覓金釵動曉寒。猶帶春酲懶相送，櫻桃花下隔簾看。
瑠璃波面月籠煙，暫逐蕭郎走上天。今日歸時最腸斷，迴江還是夜來船。
花枝臨水復臨堤，閒照江流亦照泥。千萬春風好擡舉，夜來曾有鳳皇棲。

初除浙東妻有沮色因以四韻曉之

嫁時五月歸巴地，今日雙旌上越州。興慶首行遷命婦〔二二〕余在中書日，妻以郡君朝太后於興慶宮，猥爲班首，會稽旁帶六諸侯。海樓翡翠閑相逐，鏡水鴛鴦暖共遊。我有主恩羞未報，君於此外更何求。

會真詩三十韻

微月透簾櫳，螢光度碧空。遥天初縹緲，低樹漸葱蘢。龍吹過庭竹，鸞歌拂井桐。羅綃垂薄霧，環珮響輕風。絳節隨金母，雲心捧玉童。更深人悄悄，晨會雨濛濛。珠瑩光文履，花明隱繡籠。寶釵行彩鳳，羅帔掩丹虹。言自瑶華浦，將朝碧帝宫。因遊李城北〔二三〕，偶向宋家東。戲調初微拒，柔情已暗通。低鬟蟬影動，回步玉塵蒙。轉面流花雪，登床抱綺叢。鴛鴦交頸舞，翡翠合歡籠。眉黛羞偏聚〔二四〕，朱唇暖更融。氣清蘭蕊馥，膚潤玉肌豐。無力慵移腕，多嬌愛斂躬。汗光珠點點，髮亂緑葱葱。方喜千年會，俄聞五夜窮。留連時有限，繾綣意難終。慢臉含愁態，芳詞誓素衷。贈環明運合，留結表心同。啼粉留清鏡〔二五〕，殘燈遶暗蟲。華光猶冉冉，旭日漸曈曈。警乘還歸洛，吹簫亦止嵩〔二六〕。衣香猶染麝，枕膩尚殘紅。冪冪臨塘草，飄飄思緒蓬。素琴鳴怨鶴，清漢望歸鴻。海闊誠難渡，天高不易沖。行雲無處所，蕭史在樓中。

〔一〕遂果　汲本作「果遂」，《全唐詩》同。

〔二〕霞影　汲本作「彩霞」。

〔三〕露　汲本、垂雲本作「霧」，《全唐詩》同。

〔四〕事　汲本作「自」。

〔五〕相見　汲本無此二字，《樂府詩集》同。

〔六〕可知　汲本作「何如」。

〔七〕已　汲本作「亦」。

〔八〕而　汲本作「之」，《樂府》同。

〔九〕皚皚　汲本、垂雲本作「皚皚」。按《樂府》作「皓皓」。

〔一〇〕後　垂雲本作「使」，似是。

〔一一〕鵲　汲本作「鶴」。

〔一二〕死生　汲本作「生死」，《樂府》同。

〔一三〕憀　汲本作「聊」。

〔一四〕藕絲衫子柳花裙　《全唐詩》此詩屬李餘作，題爲《臨邛怨》，後二句作「惆悵妝成君不見，空教緑綺伴文君」。

〔一五〕春詞　汲本作「古艷詩」。

〔一六〕月　汲本作「日」，《全唐詩》同。

〔一七〕低迷隱笑元無笑　汲本作「依稀似笑還非笑」。
〔一八〕散漫清　汲本作「彷彿聞」。
〔一九〕嗔阿母　汲本作「嬌不語」。
〔二〇〕吉了　汲本作「杏子」，似是。「吉了」似係形近而誤。
〔二一〕亞　疑當作「半」。
〔二二〕遷　汲本、垂雲本作「千」，四部叢刊本元集同。
〔二三〕李　汲本作「洛」。
〔二四〕偏　汲本作「頻」，《全唐詩》同。
〔二五〕留　汲本作「流」，《全唐詩》同。
〔二六〕止　汲本作「上」，《全唐詩》同。

鄭谷十一首

登杭州城

故國江天外，登臨返照間。潮來無別浦，木落見他山。沙鳥晴飛遠，漁人夜唱閒。歲窮歸未得，心逐片帆還。

曲江春草

花落江堤簇暖煙，雨餘草色遠相連。香輪莫碾青青破，留與愁人一醉眠〔一〕。

十日菊〔二〕

節去蜂愁蝶不知，曉庭還繞折殘枝。自緣今日人心别，未必秋香一夜衰。

淮上漁者

白頭波上白頭翁，家逐船移浦浦風。一尺鱸魚新釣得，兒孫吹火荻花中。

弔故禮部韋員外序〔三〕

臘雪初晴共舉盃，便期攜手上春臺。高情唯怕酒不滿，長慟可悲花正開。曉奠鶯啼殘漏在，風幃燕覓舊巢來。杜陵芳草年年緑，醉魄吟魂無復迴。

席上貽歌者

花月樓臺近九衢，清歌一曲倒金壺。座中亦有江南客，莫向春風唱鷓鴣。

淮上與友人別

揚子江頭楊柳春，楊花愁殺渡江人。數聲風笛離亭晚，君向瀟湘我向秦。

雪中偶題

亂飄僧舍茶煙濕，密灑歌樓酒力微。江上晚來堪畫處，漁人披得一蓑歸。

鷓鴣

暖戲平蕪錦翼齊，品流應得入山雞。雨昏青草湖邊過，花落黄陵廟裏啼。遊子乍聞征袖濕，歌人纔唱翠眉低〔四〕。相呼相喚湘江浦〔五〕，苦竹叢深春日西。

京師冬暮詠懷

覓句干名祇自勞，苦吟殊未補風騷。煙開水國花期近，雪滿長安酒價高。舊業已荒青藹逕，寒江空憶白雲濤。不知春到情何恨〔六〕，唯恐流年損鬢毛。

趙璘郎中席上賦得胡蝶

尋豔復尋香，似閒還似忙。暖煙沉蕙逕，微雨宿花房。書幌輕隨夢，歌樓誤採粧。王孫深屬意，繡入舞衣裳。

〔一〕愁　汲本作「游」。
〔二〕日　汲本作「月」。
〔三〕序　汲本作「有序別卷」。
〔四〕歌　汲本作「佳」。
〔五〕喚　汲本作「應」。
〔六〕恨　垂雲本作「限」。

秦韜玉八首

長安書懷

涼風吹雨滴寒更，鄉思欺人撥不平。長有歸心懸馬首，可堪無寐枕蛩聲。嵐收楚岫和空碧，秋染湘江到底清。早晚身閒著蓑去，橘香深處釣船横。

春雪

雲重寒空思寂寥，玉塵如糁滿春朝。片才着地輕輕陷，力不禁風旋旋銷。惹砌任他胡蝶妬〔一〕，縈叢自學小梅嬌。誰家醉卷珠簾看，絃管堂深暖易調。

對花

長共韶光暗有期，可憐蜂蝶却先知。誰家促席臨低樹，何處横釵戴小枝。麗日多情疑曲照，和風得路合偏吹。向人雖道渾無語，幾勸王孫到醉時。

貧女

蓬門未識綺羅香，擬托良媒益自傷。誰愛風流高格調，共憐時世儉梳粧。敢將十指誇偏巧，不把雙眉鬬畫長。最恨年年壓金綫〔二〕，爲他人作嫁衣裳。

鸚鵡

每聞别鴈競悲鳴，却向金籠寄此生〔三〕。早是翠衿争愛惜，可堪紅觜强分明。雲漫隴樹魂應斷，歌接秦樓夢不成。幸自禰衡人未識，賺他爲賦被時輕。

織錦婦〔四〕

桃花日日覓新奇，有鏡何曾及畫眉。祇恐輕梭難作疋，豈辭纖手遍生胝。合蟬巧間雙盤帶，聯鴈斜銜小折枝。豪貴大堆酬曲徹，豈知辛苦一絲絲。

獨坐吟

客愁不盡本如水，草色含情更無已。又覺春愁似草生，何人種在情田裏。

詠手

一雙十指玉纖纖，不是風流物不拈。鸞鏡巧梳匀翠黛，畫樓閒望擘珠簾。金盃有喜輕輕點，銀鴨無香旋旋添。因把剪刀嫌道冷，泥人呵了弄人髯。

〔一〕胡蝶　汲本作「香粉」，《全唐詩》同。

〔二〕最　汲本作「苦」。按《唐詩紀事》作「每」。

〔三〕向　汲本作「歎」。

〔四〕婦　汲本作「女」。

紀唐夫一首

贈温庭筠

何事明時泣玉頻，長安不見杏垣春。鳳皇詔下雖霑命，鸚鵡才高却累身。且盡緑醽銷積恨，莫辭黄綬拂行塵。方城若比長沙路〔一〕，猶隔千山與萬津。

〔一〕路　汲本作「遠」，《雲谿友議》、《唐摭言》同。

雍陶一首

鷺鷥〔一〕

雙鷺應憐水滿池，風飄不動頂絲垂。立當青草人先見，行傍白蓮魚未知。一足獨拳寒雨裏，數聲相叫早秋時。林塘得汝須增價，況與詩人物色宜〔二〕。

〔一〕鷺鷥　汲本作「咏雙白鷺」，《紀事》同。

〔二〕況與詩人　汲本「與」作「是」，「人」作「家」。又，「與」，《紀事》作「是」；「人」，《又玄》、《紀事》作「家」。

劉禹錫十二首

自朗州至京戲贈看花諸君子

紫陌紅塵拂面來，無人不道看花回。玄都觀裏桃千樹，盡是劉郎去後栽。

再遊玄都觀

百畝中庭半是苔，桃花浄盡菜花開。種桃道士歸何處，前度劉郎今復來〔一〕。

聽舊宫人穆氏唱歌

曾隨織女渡天河，記得雲間第一歌。休唱貞元供奉曲，當時朝士已無多。

楊柳枝詞三首

花萼樓前初種時，美人樓上鬭腰支。如今抛擲長街裏，露葉如啼欲向誰。
煬帝行宫汴水濱，數株殘柳不勝春。晚來風起花如雪，飛入宫牆不見人。
城外春風吹酒旗，行人揮袂日西時。長安陌上無窮樹，唯有垂楊管别離。

竹枝詞三首

城西門前灩澦堆，年年波浪不曾摧。懊惱人心不如石，少時東去復西來。
瞿唐嘈嘈十二灘，此中道路古來難。長恨人心不如水，等閒平地起波瀾。
楊柳青青江水平，聞郎江上唱歌聲。東邊日出西邊雨，道是無晴還有晴。

寄樂天

莫嗟華髮與無兒，却是人生久遠期。雪裏高山頭白早，海中仙果子生遲。于公必有高門慶，謝守何煩曉鏡悲。幸免如斯分非淺，祝君長詠夢熊詩。

鸚鵡〔二〕

隴西鸚鵡到江東，養得經年觜漸紅。常恐思歸先剪翅，每因餧食暫開籠。人憐巧語情雖重，鳥憶高飛意不同。全似貴門歌舞妓，深藏牢閉在房中。

和樂天送鶴

昨日看成送鶴詩，高籠提出白雲司。朱門乍入應迷路，玉樹容棲莫揀枝。雙舞庭中花落處，數聲池上月明時。三山碧海未歸去，且向人間呈羽儀。

〔一〕復　汲本作「又」。按《本事詩》、《英華》、《紀事》、四部叢刊劉集均作「獨」。

〔二〕鸚鵡　按此爲白居易詩，劉另有和作。此係誤抄《又玄集》所致。

白居易八首

送鶴上裴相公〔一〕

司空憐爾爾須知，不信聽吟乞鶴詩。羽翼勢高寧惜別，稻粱恩厚莫愁飢。夜棲少共雞争樹，曉浴先饒鳳占池。穩上青雲莫迴顧，的應勝在白家時。

王昭君

漢使却回憑寄語，黄金何日贖蛾眉。君王若問妾顔色，莫道不如宫裏時。

邯鄲至除夜思家〔二〕

邯鄲驛裏逢冬至，抱膝燈前影伴身。想得家中深夜坐，還應説著遠行人。

題王侍御池亭

朱門深鎖春池滿，岸落薔薇水浸莎。畢竟林塘誰是主，主人來少客來多。

藍橋驛見元九詩

藍橋春雪君歸日，秦嶺秋風我去時。每去驛亭先下馬，循牆繞柱覓君詩。

聞龜兒詠詩

憐渠已解詠詩章，摇膝支頤學二郎。莫學二郎吟太苦，纔年四十鬢如霜。

同李十一解元憶九〔三〕

花時同醉破春愁，醉折花枝當酒籌。忽憶故人天際去，計程今日到梁州。

憶晦叔

游山弄水攜詩卷，看月尋花把酒盃。六事盡思君作伴，幾時歸到洛陽來。

〔一〕送鶴上裴相公　汲本作「送鶴與裴相臨别贈詩」,《英華》、四部叢刊本白集同。

〔二〕至除　汲本作「冬至」。

〔三〕同李十一解元憶九　汲本作「同李十一醉憶元九」,集同。

武元衡二首

荆帥〔一〕

金貂再入三公府,玉帳連封萬户侯。簾卷青山巫峽曉,雲凝碧岫渚宫秋〔二〕。劉琨坐嘯風生浦,謝朓裁詩月滿樓。白雪調高歌不得,美人南國翠蛾愁。

送張諫議赴闕

詔書前日下丹霄,頭帶儒冠脱皁貂。笛怨柳營煙漠漠,雲愁江館雨蕭蕭。鵷鴻得路争先翥,松桂凌霜貴後凋〔三〕。歸去朝端如有問,玉關門外老班超。

〔一〕荆帥　汲本作「酬嚴司空荆南見寄」,《紀事》同。

〔二〕雲凝　汲本作「煙開」。

〔三〕桂　汲本、垂雲本作「檜」。

才調集卷第六古律雜歌詩一百首

李白二十八首

長干行二首〔一〕

妾髪初覆額，折花門前劇。郎騎竹馬來，遶牀弄青梅。同居長干里，兩小無嫌猜。十四爲君婦，羞顔未嘗開。低頭向暗壁，千喚不一迴。十五始展眉，願同塵與灰。常存抱柱信，豈上望夫臺。十六君遠行，瞿塘灎澦堆。五月不可觸，猿聲天上哀。門前遲一作舊行跡，一一生緑苔。苔深一作淚不能掃，落葉秋風早。八月胡蝶來，雙飛西園草。感此傷妾心，坐見一作愁紅顔老。早晚下三巴，預將書報家。相迎不道遠，直至長風沙。

憶妾一作昔深閨裏，煙塵不曾識。嫁與長干人，沙頭候風色。五月南風興，思君下巴陵。八月西風起，想君發楊子。去來悲如何，見少別離多。湘潭幾日到，妾夢越風波。昨夜狂風度，吹折江臯一作頭樹〔二〕。淼淼暗無邊，行人在何處。好乘浮雲驄〔三〕，佳期蘭渚東。鴛鴦緑蒲上，翡翠錦屏中。自憐十五餘，顔色桃李紅。那作商人婦，愁水復愁風。

古風三首

泣與親友別〔四〕，欲語再三咽。勗君青松心，努力保霜雪。世路多險艱，白日欺紅顔。分手一作首各千里，去去何時還〔五〕。

秋露如白玉〔六〕，團圓下庭緑。我行忽見之，寒草悲歲促〔七〕。人生鳥過目，胡乃自結束。景公一何愚，牛山淚相續。物苦不知足，登隴又望蜀〔八〕。人心若波瀾，世路有屈曲。三萬六千日，夜夜當秉燭。

燕趙有秀色，綺樓一作樹青雲端。眉目豔皎月，一笑傾城歡。常恐碧草晚，坐泣秋風寒。纖手怨玉琴，清晨起長歎。焉得偶君子，共乘雙飛鸞。

長相思

日色已盡花含煙，月明欲素愁不眠〔九〕。趙瑟初停鳳凰柱，蜀琴欲奏鴛鴦絃。此曲有意無人傳，願隨春風寄燕然。憶君迢迢隔青天。昔日横波目，今爲流淚泉。不信妾腸斷，歸來看取明鏡前。

烏夜啼

黄雲城邊烏欲棲，歸飛啞啞枝上啼。機中織錦秦川女，碧紗如煙隔窗語。停梭悵然憶遠人，獨宿孤房淚如雨。一作停梭向人問故夫，知在流沙淚如雨。

白頭吟

錦水東流碧，波蕩雙鴛鴦。雄飛漢宮樹〔一〇〕，雌弄秦草芳。相如去蜀謁武皇，赤車駟馬生輝光。一朝再覽大人作，萬壽忽欲凌雲翔〔一一〕。聞道阿嬌失恩寵，千金買賦要君王。相如不憶貧賤日，官高金多聘私室〔一二〕。茂陵姝子皆見求，文君歡愛從此畢。淚如雙泉水，行墮紫羅襟。五起雞三唱〔一三〕，清晨白頭吟。長吁不整緑雲鬢，仰訴青天哀怨深。城崩杞梁妻，誰道土無心。東流不作西歸水，落花辭枝羞故林。頭上玉燕釵，是妾嫁時物。贈君表相思，羅袖幸時拂。莫卷龍鬚席，從他生網絲。且留琥珀枕，還有夢來時。鸕鷀裘在錦屏上，自君一挂無由披〔一四〕。妾有秦樓鏡，照心勝照井。願持照新人，雙對可憐影。覆水却收不滿杯，相如還謝文君迴。古來得意不相負，祇今唯有青陵臺。

贈漢陽輔録事

鸚鵡洲横漢陽渡，水引寒煙没江樹。南浦登樓不見君，君今罷官在何處。漢口雙魚白錦鱗，令傳尺素報情人。其中字數無多少，只是相思秋復春。

擣衣篇

閨裏佳人年十餘，嚬蛾對影恨離居。忽逢江上春歸燕，銜得雲中尺素書。玉手開緘長歎息，狂夫猶戍交河北。萬里交河水北流，願爲雙鳥泛中洲〔一五〕。君邊雲擁青絲騎，妾處苔生紅粉樓。樓上春風日將歇，誰能攬鏡看愁髮。曉吹員管隨落花，夜擣戎衣向明月。明月高高刻漏長，真珠簾箔掩蘭堂。横垂寶幄同心結，半拂瓊筵蘇合香。瓊筵寶幄連枝錦，燈燭熒熒照孤寢。有使憑將金剪刀〔一六〕，爲君留下相思枕。摘盡庭蘭不見君，紅巾拭淚生氤氳。明年更若征邊塞，願作陽臺一段雲。

大堤曲

漢水横襄陽〔一七〕，花開大堤暖。佳期大堤下，淚向南雲滿。春風復無情，吹我魂夢亂。不見眼中人，天長音信斷。

青山獨酌〔一八〕

蒲萄酒，金叵一作破羅，吴姬十五細馬馱。青黛畫眉紅錦靴，道字不正嬌唱歌。玳瑁筵中懷裏醉，芙蓉帳底奈君何。

久別離

別來幾春未還家，玉窗五見櫻桃花。況有錦字書，開緘使人嗟。此腸斷，彼心絶，雲鬟緑鬢罷梳一作攬結，愁如迴飈亂白雪。去年寄書報陽臺，今年寄書重相催。東風兮一本云胡爲乎東風，爲我吹行雲使西來。待來竟不來，落花寂寂委青苔。

紫騮馬

紫騮行且嘶，雙翻碧玉蹄。臨流不肯渡，似惜錦障泥。白雪關山遠，黄雲海樹迷。揮鞭萬里去，安得念春閨。

宫中行樂三首〔一九〕

盧橘爲秦樹，蒲桃出漢宫。煙花宜落日，絲管醉春風。笛奏龍鳴水，簫吟鳳下空。君王多樂事，何必向回中〔二〇〕。

寒雪梅中盡，春風柳上歸。宫鶯嬌欲醉，簷燕語還飛。遲日明歌席，新花豔舞衣。晚來移綵仗，行樂好一作泥光輝〔二一〕。

水渌南薰殿，花紅北闕樓。鶯歌聞太液，鳳吹遶瀛洲。素女鳴珠珮，天人弄綵毬。今朝風日好，宜人未央遊。

愁陽春賦〔二〕

東風歸來，見碧草而知春。蕩漾惚恍，何垂楊旖旎之愁人。天光清而妍和，海氣緑而芳新。野綵翠而芊緜，雲飄颻而相鮮。演漾兮寅緣，窺青苔之生泉；縹緲兮翩緜，見遊絲之縈煙。魂與此兮俱斷，醉風光兮悽然。若乃隴水秦聲，江猿巴吟，明妃玉塞，楚客楓林。試登高而望遠，痛切骨而傷心。春心蕩兮如波，春愁亂兮如雪。兼萬情之悲歡，兹一作紛一感於芳節。我所思兮湘水濱，隔雲霓而見無因。灑別淚於尺波，寄東流於情親。若使春光可攬而不滅兮，吾欲贈天涯之佳人。

寒女吟〔三〕

昔君布衣時，與妾同辛苦。一拜五官郎，便索邯鄲女。妾欲辭君去，君心便相許。妾讀蘼蕪書，悲歌淚如雨。憶昔嫁君時，曾無一夜樂。不是妾無堪，君家婦難作。起來强歌舞，縱好君嫌惡。下堂辭君去，去後悔遮莫。

相逢紅塵内，高揖黄金鞭。萬户垂楊裏，君家阿那邊。

相逢行

紫宫樂五首

小小生金屋，盈盈在紫微。山花插寶髻，石竹繡羅衣。每出深宫裏，常隨步輦歸。祇愁歌舞散，化作綵雲飛。

玉樹春歸日，金宫樂事多。後庭朝未入，輕輦夜相過。笑出花間語，嬌來燭下歌。莫教明月去，留著醉姮娥。

柳色黄金嫩，梨花白雪香。玉樓巢一作關翡翠，珠殿鎖鴛鴦。選妓隨雕輦，徵歌出洞房。宫中誰第一，飛燕在昭陽。

繡户香風暖，紗窗曙色新。宫花争笑日，池草暗生春。緑樹聞歌鳥，青樓見舞人。昭陽桃李月，羅綺自相親。

今日明光裏，還須結伴遊。春風開紫殿，天樂下珠樓。豔舞全知巧，嬌歌半欲羞。更憐花月夜，宫女笑藏鈎。

會别離〔二四〕

結髮生别離，相思復相保。如何日已遠，五變庭中草。渺渺天海途，悠悠漢江島。但恐不出門，出門無遠道。道遠行寄難，家貧衣復單。嚴風吹雨雪，晨起鼻何酸。人生各有志，豈不懷所安。分明天上日，生死誓同歡。

江夏行

憶昔嬌小姿，春心亦自持。爲言嫁夫壻，得免長相思。誰知嫁商賈，令人却愁苦。自從爲夫妻，何曾在鄉土。去年下揚州，相送黄鶴樓。眼看帆去遠，心逐江水流。祇言期一載，誰謂歷三秋。使妾腸欲斷，恨君情悠悠。東家西舍同時發，北去南來不逾月。未知行李遊何方，作箇音書能斷絶。適來往南浦，欲問西江船。正見當壚女，紅粧二八年。一種爲人妻，獨自多悲悽。對鏡便垂淚，逢人祇欲啼。不如輕薄兒，旦暮長追隨。悔作商人婦，青春長别離。如今正好同歡樂，君去容華誰得知。

相逢行

朝騎五花馬，謁帝出銀臺。秀色誰家子，雲車珠箔開。金鞭遥指點，玉勒近遲迴。夾轂相借問，知從天上來〔二五〕。邀入青綺門，當歌共銜杯。銜杯映歌扇，似月雲中見。相見不得親，不如不相見。相見情已深，未語可知心。胡爲返一作守空閨〔二六〕，孤眠愁錦衾。錦衾語一作與羅帷〔二七〕，纏綿會有時。春風正澹蕩，暮雨來何遲。願一作後因三春一作青鳥，更報長相思。光景不待人，須臾髮成絲。當年失行樂，老去徒傷悲。持此道密意，無令曠佳期。一本無此六句。

〔一〕長干行二首　關於《才調集》所載此詩，宋曾季貍《艇齋詩話》有云：「唐詩人小長干行，全篇皆佳。其首云：『憶昔深閨裏，煙塵不曾識。嫁與長干人，沙頭候風色』是也，與前一首同載一處，皆作李太白作。惟顧陶《唐詩選》並載而分兩處。『妾髮初覆額』一篇，李白作；『憶昔深閨裏』一篇，張潮作。二者未知孰是，然顧陶選恐得其實也。又二詩所載各不同，『妾髮初覆額』一篇内『十五始展眉，願同塵與灰』，《才調集》又有二句云：『常存抱柱信，豈上望夫臺』方至『十六君遠行，瞿唐灩澦堆』，顧況（此當爲陶字之誤，下同）《詩選》即無臺字一韻。又『憶妾深閨裏』篇内『淼淼暗無邊，行人在何處』下有四句云：『好乘浮雲驄，佳期蘭渚東，鴛鴦緑蒲上，翡翠錦屏中』。《才調集》却云『北客真王公，朱衣滿汀中，日暮來投宿，數朝不肯東』，與顧況本不同。以予觀，前一篇《才調集》有臺字一韻不如顧況删去，後一篇顧況四句不如《才調集》四句。」

〔二〕皋　汲本作「頭」，《文苑英華》、《樂府》、四部叢刊本李集均同。

〔三〕好乘浮雲驄　按此下四句與《艇齋詩話》所載不同，當係宋時《才調集》另一本與此有異者。

〔四〕泣與親友别　此句之上，集尚有「昔我遊齊都，登華不注峰。兹山何峻秀，緑翠如芙蓉。蕭颯古仙人，了知是赤松。借予一白鹿，自挾兩青龍。含笑凌倒景，欣然願相從」十句。

〔五〕去去何時還　此句之後，集尚有「在世復幾時，倏忽飄風度。空聞紫金經，白首愁相誤。撫己忽自笑，沉吟爲誰故。名利徒煎敖，安得閑餘步。終留赤玉舄，東上蓬山路。秦帝如我求，蒼蒼但煙霧」十二句。

〔六〕如白　汲本作「白如」，集同。

〔七〕草　汲本作「早」，集同。

〔八〕登　汲本作「得」，集同。

〔九〕素　原缺，據汲本及《樂府》、集補，垂雲本作「來」。

〔一〇〕飛　汲本作「巢」，《樂府》、集同。

〔一一〕壽　汲本作「乘」，似是。《樂府》、集均作「乘」。

〔一二〕官　汲本作「位」，集同。

〔一三〕起　汲本作「更」。

〔一四〕掛　汲本作「往」。

〔一五〕鳥　汲本作「燕」，集同。

〔一六〕使　汲本作「便」，集同。

〔一七〕横　汲本作「臨」，《樂府》、集同。

〔一八〕獨酌　汲本作「對酒」，集同。

〔一九〕宫中行樂三首　唐寫本以下《紫宫樂五首》之「小小生金屋」，及此首之「盧橘爲秦樹」，《紫宫樂》之「柳色黄金嫩」爲三首，題作《宫中三章》。《樂府》、集均以此三首與下《紫宫樂五首》合爲八首，《樂府》題作「宫中行樂八首」，集題作「宫中行樂詞八首」，二者排列之次第同，即一「小小生金屋」，二「柳色黄金嫩」，三「盧橘爲秦樹」，四「玉樹春歸日」，五「繡户香風暖」，六「今日明光裏」，七「寒雪梅中盡」，八「水渌南薰殿」。又《本事詩》以「柳色黄金嫩」爲首篇。

〔二〇〕何必向回中　汲本作「還與萬方同」，集同。

〔二一〕好　汲本作「泥」，集同。

〔二二〕愁陽春賦　按此是賦非詩，《四庫總目提要》已指出。似誤入。

〔二三〕寒女吟　按此篇宋本李集無，王琦據《才調集》增補集中。疑非李白作。

〔二四〕會别離　按此篇誤入，實爲孟雲卿詩。元結《篋中集》已入選孟下，題作「今别離」。《英華》、《樂府》、《紀事》等亦均載孟下。

〔二五〕知　汲本作「疑」，《樂府》、集同。

〔二六〕返　汲本作「守」，《樂府》、集同。

〔二七〕語　汲本作「與」，《樂府》、集同。

李商隱四十首

錦檻〔一〕

錦檻芙蓉入，香臺翡翠過。撥弦驚火鳳，交扇拂天鵝。隱忍陽城笑，喧傳郢市歌。仙眉瓊作葉，佛髻鈿爲螺。五里無因霧，三秋衹見河。月中供藥剩，海上得綃多。玉集胡沙割，犀留聖水磨。斜門穿戲蝶，小閣鎖飛蛾。騎襜侵韉卷，車帷約幰鈋。傳書兩行鴈，取酒一封駝。橋迴涼風壓，溝橫夕照和。待烏燕太子，駐馬魏東阿。想像鋪芳褥，依稀解醉羅。散時簾隔露，卧後幕生波。梯穩從攀桂，弓調任射莎。豈能抛斷夢，聽鼓事朝珂。

曉坐 一云後閣

後閣能朝眠〔二〕，前墀思黯然。梅應未假雪，柳自不勝煙。淚續淺深綆，腸危高下絃。紅顏無定所，得失在當年。

碧城 三首

碧城十二曲闌干，犀辟塵埃玉辟寒。閬苑有書多附鶴，女牆無樹不棲鸞。星沉海底當窗見，雨過河源隔座看。若是曉珠明又定，一生長對水精盤。

對影聞聲已可憐，玉池荷葉正田田。不逢蕭史休迴首，莫見洪崖又拍肩。紫鳳放嬌銜楚珮，赤鱗狂舞撥湘絃。鄂君悵望舟中夜，繡被焚香獨自眠。

七夕來時先有期，洞房簾箔至今垂。玉輪顧兔初生魄，鐵網珊瑚未有枝。檢與神方教駐景，收將鳳紙寫相思。武皇內傳分明在，莫道人間總不知。

飲席代官妓贈兩從事

新人橋上着春衫，舊主江邊側帽簷。隋獨孤信，舉止風流，曾風吹帽簷側，觀者塞路。願得化爲紅綬帶，許教雙鳳一時銜。

代元城吴令暗爲答

背闕歸藩路欲分，水邊風物半西曛〔三〕。荆王枕上元無夢，莫枉陽臺一片雲。

杏花

上國昔相值，亭亭如欲言。異鄉今暫賞，脈脈豈無恩。暖少風多力〔四〕，牆高月有痕。爲含無限思，遂對不勝繁。仙子玉京路，主人金谷園。幾時辭碧落，誰伴過黄昏。鏡拂鉛華膩，鑪藏桂燼温。終應催竹葉，先擬詠桃根。莫學啼成血，從教夢寄魂。吴王採香逕，失路入煙村。

燈

皎潔終無倦，煎熬亦自求。花時隨酒遠，雨夜背窗休。冷暗黄茅驛，暄明紫桂樓。錦囊名畫掩，玉局敗棊收。何處無佳夢，誰人不隱憂。影隨簾押轉，光信簟文流。客自勝潘岳，儂今定莫愁。固應留半燄，迴照下幃羞。

代魏宫私贈

黄初三年，已隔存没，追代其意，何必同時，亦廣子夜魏歌之流〔五〕。

來時西館阻佳期，去後漳河隔夢思。知有宓妃無限意，春松秋菊可同時松一作蘭〔六〕。

齊宫詞

永壽兵來夜不扃，金蓮無復印中庭。梁臺歌管三更罷，猶自風摇九子鈴。

銀河吹笙

悵望銀河吹玉笙，樓寒院冷接平明。重衾幽夢他年斷，别樹羇雌昨夜驚。月榭故香因雨發，風簾殘燭隔霜清。不須浪作緱山意，湘瑟秦簫自有情。

題後重有戲贈任秀才

一丈紅薔擁翠筠，羅窗不識繞街塵。峽中尋覓長逢雨，月裏依稀更有人。虚爲錯刀留遠客，枉緣書札損文鱗。遥知小閣還斜照，羡殺烏龍卧錦茵。

春雨

悵卧新春白袷衣，白門寥落意多違。紅樓隔雨相望冷，珠箔飄燈獨自歸。遠路應悲春晼晚，殘宵猶得夢依稀。玉璫緘札何由達，萬里雲羅一鴈飛。

富平侯〔七〕

七國三邊未到憂，十三身襲富平侯。不收金彈抛林外，却惜銀床在井頭。綵樹轉燈珠錯落，繡檀迴枕玉雕鎪。當關不報侵晨客，新得佳人字莫愁。

促漏

促漏遥鐘動静聞，報章重疊杳難分。舞鸞鏡匣收殘黛，睡鴨香爐换夕薰。歸去定知還向月，夢來何處更爲雲。南塘漸暖蒲堪結，兩兩鴛鴦護水紋。

江東

驚魚撥剌燕翩翾，獨自江東上釣船。今月春光大漂蕩〔八〕，謝家輕絮沈郎錢。

七夕

鸞扇斜分鳳幄開，星橋横過鵲飛迴。争將世上無期别，换得年年一度來。

可歎

幸會東城宴未迴，年華憂共水相催。梁家宅裏秦宫入，趙氏樓中赤鳳來。冰簟且眠金鏤枕，瓊筵不醉玉交盃。宓妃愁坐芝田館，用盡陳王八斗才。

曉起

擬盃當曉氣〔九〕，呵鏡有微寒。隔箔山櫻發〔一〇〕，褰幃桂燭殘。晝長爲報曉〔一一〕，夢好更尋難。影響輸雙蝶，偏過舊畹蘭。

腸

有懷悲惜恨，不奈寸腸何。即夕迴彌久，前時斷固多。熱應翻急燒，冷欲徹空波。隔樹澌澌雨，通池點點荷。倦程山向背，望國闕嵯峨。故念飛書及，新懽借夢過。染筠休伴淚，繞雪莫追歌。擬問陽臺事，年深楚語訛。

獨居有懷

麝重秋風逼，羅疎畏月侵。怨魂迷恐斷，嬌喘細疑沉。數急芙蓉帶，頻抽翡翠簪。柔情終未達，遥妒已先深。浦冷鴛鴦去，園空蛺蝶尋。蠟花長遞淚，箏柱鎮移心。覓使嵩雲暮，迴頭灞岸陰。祇聞涼葉院，露井近寒砧。

代贈二首

樓上黄昏望欲休，玉梯横絶月中鈎。芭蕉不展丁香結，同向春風各自愁。

東南日出照高樓，樓上離人唱石州。總把春山掃眉黛，不知供得幾多愁。

宫辭

君恩如水向東流，得寵憂移失寵愁。莫向樽前奏花落，涼風祇在殿西頭。

追代盧家人嘲堂内

道却横波字，人前莫謾羞。祇應同楚水，長短入淮流。

訪人不遇留題别館

卿卿不惜瑣窗春，去作長楸走馬身。閒倚繡簾吹柳絮，日高深院斷無人。

代應

本來銀漢是紅牆，隔得盧家白玉堂。誰與王昌報消息，盡知三十六鴛鴦。

楚吟

山上離宮宮上樓，樓前宮畔暮江流。楚天長短黄昏雨，宋玉無愁亦自愁[二二]。

龍池

龍池賜酒敞雲屏，羯鼓聲高衆樂停。夜半宴歸宫漏永，薛王沉醉壽王醒。

淚

永巷長年怨綺羅，離情終日思風波。湘江竹上痕無限，峴首碑前灑幾多。人去紫臺秋入塞，兵殘楚帳夜聞歌。朝來灞水橋邊問，未抵青袍送玉珂。

即目[二三]

地寬樓已迥，人更迥於樓。細意經春物[二四]，傷酲屬暮愁。望賒殊易斷，恨久欲難收。大執真無利，多情豈自由。空垣兼樹廢[二五]，敗港擁花流。書去青楓驛，鴻歸杜若洲。單棲應分定，辭疾索誰憂。更替林鴉恨，驚頻去不休。

水天閒話舊事

月姊曾逢下彩蟾，傾城消息隔重簾。已聞珮響知腰細，更辨絃聲覺指纖。暮雨自歸山峭峭，秋河不動夜猒猒。王昌且在牆東住，未必金堂得免嫌。

漢宮詞

青雀西飛竟未迴，君王長在集靈臺。侍臣最有相如渴，不賜金莖露一盃。

席上作 一云予爲桂州從事，故鄭公出家妓，令賦高唐詩。

澹雲輕雨拂高唐，玉殿秋來夜正長。料得也應憐宋玉，一生唯事楚襄王。

留贈畏之 時將赴職梓潼，遇韓朝迴三首。

待得郎來月已低，寒暄不道醉如泥。五更又欲向何處，騎馬出門烏夜啼。

馬嵬

海外徒聞更九州，他生未卜此生休。空聞虎旅鳴宵柝，無復雞人報曉籌。此日六軍同駐馬，當時七夕笑牽牛。如何四紀爲天子，不及盧家有莫愁。

離亭賦得折楊柳二首

暫憑樽酒送無憀，莫損愁眉與細腰。人世死前唯有别，春風争擬惜長條。

含煙惹露悔依依〔一六〕，萬緒千條拂落暉。爲報行人休盡折，半留相送半迎歸。

深宫

金殿銷香閉綺櫳，玉壺傳點咽銅龍。狂飆不惜蘿陰薄，清露偏知桂葉濃。斑竹嶺邊無限淚，夕陽宫裏及時鐘〔一七〕。豈知爲雨爲雲處，祇有高唐十二峰。

〔一〕錦　汲本作「鏡」，四部叢刊本李集同。

〔二〕能　垂雲本作「罷」，集同，似是。

〔三〕物　汲本作「日」，集同。

〔四〕暖　汲本、垂雲本作「掇」，《英華》、集同。

〔五〕魏歌　垂雲本作「鬼歌」，集同。

〔六〕松　汲本作「蘭」。

〔七〕富平侯　汲本題作「富平少侯」，集同。

〔八〕大　汲本作「太」，集同。

〔九〕氣　汲本作「起」，集同。

〔一〇〕發　汲本作「熟」，集同。
〔一一〕書長爲報曉　汲本、垂雲本作「書長爲報晚」，集同。
〔一二〕自　汲本作「有」，集同。
〔一三〕目　汲本作「日」，集同。
〔一四〕細意經　汲本作「抽思輕」。
〔一五〕垣　汲本作「園」，集同。
〔一六〕露悔　汲本作「霧每」，《樂府》、集同。
〔一七〕夕　汲本作「景」，《英華》、集同，似是。

李涉十五首

寄荆娘寫真

章華臺南莎草齊，長河柳色連金堤。青樓曈曨曙光早，梨花滿巷鶯新啼。章臺玉顏年十六，小來能唱西梁曲。教坊大使久知名，郢上詞人歌不足。少年才子心相許，夜夜高唐夢雲雨。五銖香帔結同心，三寸紅牋替傳語。緣池並戲雙鴛鴦，田田翠葉紅蓮香。百年恩愛兩相許，一夕不見生愁腸。上清仙女徵遊伴，欲從湘靈住河漢。祇愁陵谷變人寰，空歎桑田歸海岸。願分精魄定形影，永似銀壺掛金井。召得丹青絶世工，寫真與身真相同。忽然相對兩不語，疑是粧成來鏡中。豈期人願天不違，雲輧却駐從山歸。畫圖封裹寄箱篋，洞房豔豔生光輝。良人翻作東飛翼，却遣江頭問消息。經年不得一封書，翠幕雲屏遶空壁。結客有少年，名揔身姓王。征帆三千里，前月發豫章。知我别時言，識我馬上郎。恨無羽翼飛，使我徒怨滄波長。開篋取畫圖，寄我形影與客將。如今憔悴不相似，恐君重見生悲傷。蒼梧九疑在何處，斑斑竹淚連瀟湘。

與李渤新羅劍歌

我有神劍異人與，暗中往往精靈語。識者知從東海來，來時一夜因風雨。長河臨曉北斗殘，秋水露背青螭寒。昨夜大梁城下宿，不借跌跌光顔看。刃邊颯颯塵沙缺，瘢痕半是鮫龍血。雷煥張華久已無，沉冤知向何人説。我有愛弟都九江，一條直氣今無雙。青光好去莫惆悵，必斬長鯨須少壯。

六歎祇書兩首〔一〕

綺羅香風翡翠車，晴明獨傍芙蓉渠。上有雲鬟洞仙女，垂羅掩縠煙中語。風月頻驚桃李時，滄波久别鴛鴦侶。欲傳一札孤飛翼〔二〕，山長水遠無消息。却鏁重門一院深，半夜空庭明月色。

深院梧桐夾金井，上有轆轤青絲索。美人清晝汲寒泉，寒泉欲上銀瓶落。迢迢碧甃千餘尺，竟日倚欄空歎息。惆悵不來照明鏡，却掩洞房花寂寂〔三〕。

重過文上人院

南隨越鳥北燕鴻，松月三年别遠公。無限心中不平事，一宵清話又成空。

潤州聽角

江城吹角水茫茫，曲引邊聲怨思長。驚起暮天沙上鴈，海門斜去兩三行。

再宿武關

遠别秦城萬里遊，亂山高下出商州。關門不鎖寒溪水，一夜潺潺送客愁。

鷓鴣詞二首

湘江煙水深，沙岸隔楓林。何處鷓鴣飛，日斜斑竹陰。二女虛垂淚〔四〕，三閭枉自沉。唯有鷓鴣啼，獨傷行客心。

越崗連越井，越鳥更南飛。何處鷓鴣啼，夕煙東嶺歸。嶺外行人少，天涯北客稀。鷓鴣啼别處，相對淚霑衣。

牧童詞

朝牧牛，牧牛下江曲。夜牧牛，牧牛度村谷〔五〕。荷蓑出林春雨細，蘆管卧吹莎草緑。亂插蓬蒿箭滿腰，不怕猛虎欺黄犢。

竹枝詞

荆門灘急水潺潺，兩岸猿啼煙滿山。渡頭年少應官去，月落西陵望不還。

巫峽雲開神女祠，緑潭紅樹影參差。不勞戍口初相問，無義灘頭剩别離。

石壁千重樹萬重，白雲斜掩碧芙蓉。昭君溪上年年月，獨自嬋娟色最濃〔六〕。

十二峰頭月欲低，空濛灘上子規啼〔七〕。孤舟一夜東歸客，泣向春風憶建溪。

寄贈妓人

兩行客淚愁中落，萬樹山花雨後殘。君到揚州見桃葉，爲傳風雨過江難。

〔一〕六歎祇書兩首　《艇齋詩話》云：「唐人李涉善爲歌行，如《才調集》所載鷄鳴曲，荆公大喜，選載『燕王好賢築金臺』詩之類，皆全篇有思致而詞近古。」按《唐百家詩選》載李涉《六歎》六首并序，中「綺幕香風翡翠車」、

「深院梧桐夾金井」二首與此同。另有「燕王愛賢築金臺」等四首。《全唐詩》亦題作《六歎》而僅載「綺羅香風翡翠車」、「深院梧桐夾金井」、「漢臣一没丁靈塞」三首。據上所引，則宋時曾季貍所見之《才調集》，尚有「燕王好賢築金臺」一首。

〔二〕欲　汲本作「獨」。

〔三〕花　汲本作「抱」，《全唐詩》同。

〔四〕虚　汲本作「空」。

〔五〕度　原缺，據汲本、垂雲本補。

〔六〕獨自　汲本作「偏照」。

〔七〕澪　汲本作「聆」。又「空澪灘上」作「空濛江上」。

唐彦謙十七首

柳

惹絆風光别有情〔一〕，世間誰敢鬭輕盈。楚王江畔無端種，餓損宫娥學不成。

牡丹

真宰多情巧思新，固將能事送殘春。爲雲爲雨徒虚語，傾國傾城不在人。開日綺霞應失色，落時青帝合傷神。常娥嫠女曾相送，留下鵶黄作蕊塵。

春雨

綺陌夜來雨，春樓寒望迷。遠客迎燕戲，亂響隔鶯啼。有恨開蘭室，無言對李蹊。花欹渾拂檻，柳重欲垂堤。燈檠昏魚目，薰爐咽麝臍。别輕天北鶴，夢怯汝南鷄。入户侵羅幌，梢簷潤繡題。新豐樹已失，長信草初齊。亂蝶寒猶舞，驚烏暝不棲。庾郎盤馬地，却怕有春泥。

秋晚高樓

松拂疎窗竹映欄，素琴幽怨不成彈。清霄霽極雲離岫，紫禁風高露滿盤。晚蝶飄零經宿雨，暮鵶凌亂報秋寒。高樓瞪目歸鴻遠，始信嵇康欲畫難。

寄難八〔二〕

上巳接寒食，鶯花寥落辰。微微潑火雨，草草踏青人。涼似三秋景，清無九陌塵。伯輿同病者〔三〕，對此合傷神。

長溪秋望

柳暗沙長溪水流〔四〕，雨微煙暝立溪頭。寒鴉閃閃前山遠〔五〕，杜曲黄昏獨自愁。

離鸞

聞道離鸞思故鄉，也知情願嫁王昌。塵埃一别楊朱路，風月三年宋玉牆。下疾不成雙點淚，斷多難到九迴腸。庭前桂樹名梔子，試結同心寄謝娘。

曲江春望

杏豔桃嬌奪晚霞，樂遊無廟有年華。漢朝冠蓋皆陵墓，十里宜春下苑花。

柳

春思春愁一萬枝，遠村遥岸寄相思。西園有雨和苔長，南内無人拂檻垂。遊客寂寥緘遠恨，暮鶯啼叫惜芳時。晚來飛絮如霜鬢，恐爲多情管别離。

春陰

一寸迴腸百慮侵，旅愁危涕兩争禁。天涯已有銷魂别，樓上寧無擁鼻吟。感事不關河裏笛，傷心應倍雍門琴。春雲更覺愁於我，閑蓋低村作暝陰。

春深獨行馬上有作

日烈風高野草香，百花狼籍柳披猖。連天瑞靄千門遠，夾道新陰九陌長。衆飲不懽逃席酒，獨行無味放游韁。年來與問閑遊者，若箇傷春向路傍。

寄蔣二十四

鳥轉蜂飛日漸長，旅人情味悔思量。禪門澹泊無心地，世事生疎欲面牆。二月雲煙迷柳色，九衢風土帶花香。大知高士禁愁寂〔六〕，試倚欄干莫斷腸。

漢代

漢代金爲屋，吴宫綺作寮。豔詞傳静婉，新曲定嬌嬈。箭響猶殘夢，籤聲報早朝。鮮明臨曉日，迴轉度春宵。半袖籠清鏡，前絲壓翠翹。静多如有待，閑極似無憀。梓澤花猶滿，靈和柳未彫。障昏巫峽雨，屏掩浙江潮。未信潘名岳，應疑史姓蕭。漏因歌暫斷，燈爲雨頻挑。飲酒闌三雅，投壺賽百嬌。鈿蟬新翅重，金鴨舊香焦。水浄疑澄練，霞孤欲建標。別隨秦柱促，愁爲蜀玄么〔七〕。玄晏難瘳痹，臨邛但發痟。聯詩徵弱絮，思友詠甘蕉。王氏憐諸謝，周郎定小喬。黼幃翹綵雉，波扇畫文鰩。荇密妨垂釣，荷欹欲渡橋。不因衣帶水，誰覺路迢迢。

春殘

景爲春時短，愁隨別夜長。暫碁寧號隱，輕醉不成鄉。風雨曾通夕，莓苔有衆芳。落花如便去，樓上即河梁。

小院

小院無人夜，煙斜月轉明。清宵易惆悵，不必有離情。

寄懷

有客傷春復怨離，夕陽亭畔草青時。淚隨紅蠟無由制〔八〕，腸比朱絃恐更危。梅向好風唯是笑，柳因微雨不勝垂。雙溪未去饒歸夢，夜夜孤眠枕獨欹。

玫瑰

麝炷勝清燎，鮫紗覆緑蒙。宮粧臨曉日，錦段落東風。無力春煙裏，多愁暮雨中。不知何事意，深淺兩般紅。

〔一〕惹絆風光　汲本作「絆惹春風」。

〔二〕寄難八　汲本作「上巳日寄韓八」。

〔三〕伯輿　汲本作「與余」，《紀事》同。

〔四〕暗沙　汲本作「短莎」。

〔五〕遠　垂雲本作「去」。

〔六〕大　汲本作「亦」。

〔七〕玄　汲本作「絃」。

〔八〕隨　汲本作「從」。

才調集卷第七古律雜歌詩一百首

李宣古一首

聽蜀道士琴歌

至道不可見，正聲難得聞。忽逢羽客抱緑綺，西别峨嵋峰頂雲。初排□面躡輕響，似擲細珠鳴玉上。忽揮素爪畫七絃，蒼崖劈烈迸碎泉。憤聲高，怨聲咽，屈原叫天兩妃絶。朝雉飛，雙鶴離，屬玉夜啼獨鶖悲。吹我神飛碧霄裏，牽我心靈入秋水。有如驅逐太古來，邪淫辟蕩貞心開。孝爲子，忠爲臣，不獨語言能教人。前弄嘯，後弄嚬，一舒一慘非冬春。從朝至暮聽不足，相將直説瀛洲宿。更深彈罷背孤燈，牕雪蕭蕭打寒竹。人間豈合值仙蹤，此别多應不再逢。抱琴却上瀛洲去，一片白雲千萬峰。

王涣十三首

惆悵詩

八蠶薄絮鴛鴦綺，半夜佳期並枕眠。鐘動紅娘唤歸去，對人匀淚拾金鈿。〔一〕

李夫人病已經秋，漢武看來不舉頭。得所濃華銷歇盡，楚魂湘血一生休。〔二〕
謝家池館花籠月，蕭寺房廊竹颭風。夜半酒醒憑檻立，所思多在别離中。〔三〕
隋師戰艦欲亡陳，國破應難保此身。訣别徐郎淚如雨，鏡鸞分後屬何人。〔四〕
七夕瓊筵隨事陳，蓼花連蔕共傷神。蜀王殿裏三更月，不見驪山私語人。〔五〕
夜寒春病不勝懷，玉瘦花啼萬事乖。薄倖檀郎斷芳信，驚嗟猶夢合歡鞋。〔六〕
鳴咽離聲管吹秋，妾身今日爲君休。齊奴不説平生事，忍看花枝謝玉樓。〔七〕
青絲一路墮雲鬟，金剪刀鳴不忍看。持謝君王寄幽怨，可能從此住人間。〔八〕
陳宫興廢事難期，三閣空餘緑草基。狎客淪亡麗華死，他年江令獨來時。〔九〕
晨肇重來路已迷，碧桃花榭武陵溪。仙山目斷無尋處，流水潺湲日漸西。〔一〇〕
少卿降北子卿還，朔野離觴慘别顔。却到茂陵唯一慟，節毛零落鬢毛斑。〔一一〕
夢裏分明入漢宫，覺來燈背錦屏空。紫臺月落關山曉，腸斷君恩信畫工。〔一二〕

悼亡

春來得病夏來加，深掩粧窗卧碧紗。爲怯暗藏秦女扇，怕驚愁度阿香車。腰肢暗想風欺柳，粉態難忘露洗花。今日青門葬君處，亂蟬衰草夕陽斜。

〔一〕對人匀淚拾金鈿　汲本此句下注云「鶯鶯」。
〔二〕楚魂湘血一生休　汲本此句下注云「李夫人」。
〔三〕鑑鸞分後屬何人　汲本此句下注云「樂昌」。
〔四〕不見驪山私語人　汲本此句下注云「楊妃」。
〔五〕驚嗟猶夢合歡鞋　汲本此句下注云「小玉」。
〔六〕忍看花枝謝玉樓　汲本此句下注云「緑珠」。
〔七〕可能從此住人間　汲本此句下注云「楊妃」。
〔八〕他年江令獨來時　汲本此句下注云「麗華」。
〔九〕流水潺湲日漸西　汲本此句下注云「劉阮」。
〔一〇〕節毛零落鬢毛斑　汲本此句下注云「蘇李」。
〔一一〕腸斷君恩信畫工　汲本此句下注云「明妃」。

岑參四首

苜蓿峰寄家人〔一〕

苜蓿峰邊逢立春，胡蘆河上淚沾巾。閨中占是空相憶〔二〕，不見沙場愁殺人。

玉關寄長安主簿〔三〕

東去長沙萬里餘〔四〕，故人何惜一行書。玉關西望腸堪斷，況復明朝是歲除。

逢入京使

故園東望路漫漫，雙袖龍鍾淚不乾。馬上相逢無紙筆，憑君傳語報平安。

春夢

洞房昨夜春風起，遥憶美人湘江水。枕上片時春夢中，行盡江南數千里。

〔一〕苜蓿峰　汲本「苜」上有「題」字，四部叢刊本岑集同。

〔二〕占　汲本作「只」，集同。

〔三〕主簿　汲本、垂雲本「主」上有「李」字。

〔四〕長沙　汲本、垂雲本均同，集作「長安」，似是。

賈曾一首

有所思〔一〕

洛陽城東桃李花，飛來飛去落誰家。幽閨女兒愛顔色，坐見落花長歎息。今歲花開君不待，明年花開復誰在。故人不共洛陽東，今來空對落花風。年年歲歲花相似，歲歲年年人不同。

〔一〕有所思　此篇誤入，且有頭無尾。全篇爲劉希夷《代悲白頭翁》詩。

許渾二十首

金谷園桃花

花在舞樓空，年年一番紅。淚光停曉露，愁態倚春風。開日妾先死，落時君亦終。東流三兩片，應到夜泉中。

洛陽道中

洛陽多舊跡，一日幾人愁〔一〕。風起禁花晚〔二〕，月明宫樹秋。興亡不可問，自古水東流。

塞下曲

夜戰桑乾雪，秦兵半不歸。朝來有鄉信，猶自寄征衣。

放猿

殷勤解金鎖，别夜雨淒淒。山淺憶巫峽，水寒思建溪。遠尋紅樹宿，深入白雲啼。好覓南歸路，煙蘿莫自迷〔三〕。

郊園秋日寄洛中友人

楚水西來天際流，感時傷别思悠悠。一鐏酒盡青山暮，千里書迴碧樹秋。日落遠波驚宿鴈，風吹輕浪起眠鷗。嵩陽親友誰相念〔四〕，潘岳閒居欲白頭。

春望〔五〕

南樓春一望，雲水共昏昏。野店歸山路，危橋帶郭村。晴煙和柳色，夜雨漲溪痕。下岸誰家住，殘陽半掩門。

潁州從事西湖亭讌餞

西湖清讌不知迴，一曲離歌酒一盃。城帶夕陽聞鼓角，寺臨秋水見樓臺。蘭堂客醉蟬猶噪〔六〕，桂檝人稀鳥自來。獨想征帆去鞏洛，此中霜菊正花開〔七〕。

南遊泊船江驛

漠漠故宫地，月涼雲水幽。鷄鳴荒戍曉，鴈過古城秋。楊柳北歸路，蒹葭南渡舟。去鄉今已遠，更上望京樓。

經段太尉廟

徒想追兵緩翠華，古碑荒廟閉松花。紀生不向滎陽死，可有山河屬漢家。

寓懷

南國浣紗伴，盈盈天下姝。盤金明繡帶，動珮響羅襦。素手怨瑶瑟，清心悲玉壺。春花坐搖落，争忍嫁狂夫。

題潼關西蘭若

東往幾經過〔八〕，前山枕大河。遠帆春水闊，高寺夕陽多。蝶影下紅藥，鳥聲喧緑蘿。故鄉歸未得〔九〕，徒詠採芝歌。

虞元長者永興公之後工書屬文近從軍河中奉使宣歙因贈

吳門風水各萍流，月滿花開嬾獨遊。萬里山川分曉夢，四隣歌管送春愁。昔年顧我長青眼，今日逢君已白頭。莫向罇前悲易水，古來投筆盡封侯。

凌歊臺

宋祖凌高樂未回，三千歌舞宿層臺。湘潭雲盡暮山出〔一〇〕，巴蜀雪消春水來。行殿有基荒薺合，寢園無主野棠開。百年便作萬年計，巖畔古碑空緑苔。

咸陽城東樓〔一一〕

一上高城萬里愁，蒹葭楊柳似汀洲。溪雲初起日沉閣，山雨欲來風滿樓。鳥下緑蕪秦苑夕，蟬鳴黄葉漢宫秋。行人莫問當年事，故國東來渭水流。一作行人莫問前朝事，渭水寒光晝夜流。

姑熟官舍

草生官舍似閒居，雪照南窗滿素書。貧後始知爲吏拙，病來還喜識人踈。青雲豈有窺梁燕，濁水應無避釣魚。不待秋風便歸去，紫陽山下是吾廬。

凌歊臺送韋秀才

雲起高臺日未沉，數村殘照半巖陰。野蠶成繭桑柘盡，溪鳥引雛蒲稗深。帆勢依依投極浦，鐘聲杳杳隔前林。故山迢遞故人去，一夜月明千里心。

南庭夜坐貽開元禪定二道者

暮暮焚香何處宿，西巖一室映疎藤。光陰難駐跡如客，寒暑不驚心是僧。高樹有風聞夜磬，遠山無月見秋燈。身閒境静日爲樂，若問自餘非我能。

秋日早朝

宵衣應待絶更籌，環珮鏘鏘月下樓。井轉轆轤千樹曉，鎖開閶闔萬山秋。龍旗盡列趨金殿，雉扇纔分拜玉旒。虚戴鐵冠無一事，滄江歸去老漁舟。

題勤尊師歷陽山居并序

師即思齊之孫，頃爲故相國蕭公録用。相國致政，尊師亦自邊將入道，因贈是詩。

二十知兵在羽林，中年潛識子房心。蒼鷹出塞胡塵滅一作静，白鶴還鄉楚水深。春坼酒瓶浮藥氣，晚攜棊局帶松陰。雞籠山上雲多處，自斸黄精不可尋。

淮陰阻風寄楚州韋中丞

垂釣京江欲白頭，江魚堪釣却西游。劉伶臺下稻花晚，韓信廟前楓葉秋。淮月未明先倚檻，海雲初起更維舟。河橋有酒無人醉，獨上高城望庾樓。

〔一〕人　汲本作「堪」，《英華》同。
〔二〕禁　汲本作「林」，《英華》同。
〔三〕莫　汲本作「更」。
〔四〕誰相念　汲本作「如相問」。
〔五〕春望　汲本作「南樓春望」。
〔六〕醉　汲本作「散」。
〔七〕正花　汲本作「繞潭」。
〔八〕東　汲本、垂雲本作「來」。
〔九〕鄉　汲本作「山」，《英華》同。
〔一〇〕山　汲本作「煙」。
〔一一〕咸陽城東樓　汲本作「咸陽城西樓晚眺」。

油蔚一首

贈别營妓卿卿時爲淮南幕職，奉使塞北。〔一〕

憐君無那是多情，枕上相看直到明。日照緑牕人去住，鴉啼紅粉淚縱横。愁腸只向金閨斷，白髮應從玉塞生。爲報花時少惆悵，此生終不負卿卿。

〔一〕淮　原作「準」，誤，徑改。

張祜六首

觀杭州柘枝

舞停歌罷鼓連催，軟骨纖蛾暫起來。紅罨畫衫纏腕出，碧排方胯背腰來〔一〕。傍收拍拍金鈴擺，却踏聲聲錦袎摧。看着遍頭香袖摺，粉屏香帕又重隈。

周員外席上觀柘枝

畫鼓拖環錦臂攘，小娥雙换舞衣裳。金絲蹙霧江衫薄，銀蔓垂花紫帶長。鸞影乍迴頭對舉〔二〕，鳳聲初歇翅齊張。一時欻腕招殘拍〔三〕，斜斂輕身拜玉郎。

觀楊瑗柘枝

促疊蠻鼉引柘枝，卷簷虚帽帶交垂。紫羅衫宛蹲身處，紅錦靴柔踏節時。微動翠蛾抛舊態，緩遮檀口唱新詞。看看舞罷輕雲起，却赴襄王夢裏期。

感王將軍柘枝妓殁

寂寞春風舊柘枝，美人休舞曲停吹。鴛鴦鈿帶抛何處，孔雀羅衫付阿誰。畫鼓不聞招節拍，錦靴虚想挫腰肢。今來座上翻如醉，曾見梨園教徹時。

貴家郎

二十便封侯，名居第一流。緑鬟深小院，清管下高樓。醉把金船擲，閒敲玉鐙遊。帶盤紅鼲鼠，袍砑紫犀牛。碧瓦坊牆上，朱橋柳巷頭。眼前長少貴，那信有春愁。

病宫人〔四〕

佳人卧病動經秋，簾幕襤縿不掛鈎。四體强扶藤夾膝，雙鬟慵插玉搔頭。花顔有幸君王問，藥餌無徵待詔愁。惆悵近來銷瘦盡，淚珠時傍枕函流。

〔一〕來　垂雲本作「迴」。

〔二〕對　汲本作「並」，《英華》同。

〔三〕欻　汲本作「折」，《英華》同。

〔四〕病宫人　此篇又見卷九袁不約下。

來鵬二首

宛陵送李明府罷任歸江州

菊花村晚鴈來天，共把離盃向水邊。官滿便尋垂釣侶，家貧已用賣琴錢。浪生盆浦千層雪，雲起爐峰一炷煙。儻見吾鄉舊知己，爲言憔悴過年年〔一〕。

〔一〕年年　汲本作「新年」。

清明日與友人遊玉塘莊

幾宿春山逐陸郎，清明時節好風光。歸穿緑荇船頭滑，醉踏殘花屐齒香。風急嶺雲飄迥野，雨餘田水落方塘。不堪吟罷東回首，滿耳蛙聲正夕陽。

施肩吾四首

夜宴詞〔一〕

蘭缸如晝買不眠，玉堂夜起沉香煙。青娥一行十二仙，欲笑不笑桃花然。碧牕弄嬌粧洗晚，户外不知銀漢轉。被郎嗔罰琉璃盞，酒入四支紅玉軟。

效古詞

姊妹無多兄弟少，舉家鍾愛年最小。有時繞樹山鵲飛，貪看不待畫眉了。

山中得劉秀才京書

自笑家窮客到疎〔二〕，滿庭煙草不能鋤。今朝誰料三千里，忽得劉京一紙書。

望夫詞

手爇寒燈向影頻，回文機上暗生塵。自家夫壻無消息，却恨橋頭賣卜人。

〔一〕夜宴詞　按此篇重收，已見卷四施肩吾下。

〔二〕窮　汲本作「貧」。

劉得仁一首

悲老宫人

白髪宫娃不解悲，滿頭猶自插花枝。曾緣玉貌君王寵，準擬人看似舊時。

高駢四首

步虚詞

青溪道士人不識，上天下地鶴一隻。洞門深鎖碧牕寒，滴露研朱點《周易》。

寫懷二首

漁竿消日酒消愁，一醉忘情萬事休。却恨韓彭興漢室，功成不向五湖遊。
花滿西園月滿池，笙歌摇曳畫船移。如今暗與心相約，不動征旗動酒旗。

風箏

夜静弦聲響碧空，宫商信任往來風。依稀似曲纔堪聽，又被風吹别調中。

李端一首

代棄婦答賈客

玉疊城邊争走馬，銅堤市裏共乘舟。鳴環動珮恩能盡，掩袖低巾淚不流。疇昔將歌邀客醉，如今欲舞對君羞。忍懷賤妾平生好〔一〕，獨上襄陽舊酒樓。

〔一〕平 原作「不」。據汲本、垂雲本改。《樂府》亦作「平」。

趙嘏十一首

長安秋望

雲物淒清拂曙流，漢家宫闕動高秋。殘星幾點鴈横塞，長笛一聲人倚樓。紫豔半開籬菊静，紅衣落盡渚蓮愁。鱸魚正美不歸去，空戴南冠學楚囚。

長安月夜與友生話故山〔一〕

宅邊秋水浸苔磯，日日持竿去不歸。楊柳風多潮未落，蒹葭霜在鴈初飛。重嘶匹馬吟紅葉，却聽疎鐘憶翠微。今夜秦城滿樓月，故人相見一沾衣。

汾上宴别

雲物如故鄉，山川知異路。年來未歸客，馬上春色暮。一罇花下酒，殘日水西樹。不待管絃終，摇鞭背花去。

曲江春望懷江南故人

杜若洲邊人未歸，水寒煙暖想柴扉。故園何處風吹柳，一鴈南來雪滿衣。目極思隨原草遍，浪高書到海門稀。此時愁望情多少，萬里春流遶釣磯。

自遣

晚樹疎蟬起別愁，遠人回首憶滄洲。江連故國無窮恨，日帶殘雲一片秋。久客轉諳時態薄，多情祇共酒淹留。到頭生長煙霞者，須向煙霞老始休。

新月

玉鉤斜傍畫簷生，雲匣初開一寸明。何事最能傷少婦，夜來依約落邊城。

東望

楚江横在草堂前，楊柳洲邊載酒船。兩見梨花歸不得，每逢寒食一潸然。斜陽映閣山當寺，微緑含風樹滿川。同郡故人攀桂盡，把詩吟向泬寥天。

寄歸

三年踏盡化衣塵，祇見長戈不見春。馬過雪街天未曙，客迷關路淚空頻一作鄉遥雲樹淚空頻。桃花塢接啼猿寺，野竹亭通畫鷁津。早晚粗酬身事了〔二〕，水邊歸去一閒人。

寒食新豐别友人〔三〕

一百五日家未歸，新豐雞犬獨依依。滿樓春色傍人醉，半夜雨聲前計非。繚繞溝塍含緑晚，荒涼樹石向川微。東風吹淚對花落，顦顇故交相見稀。

感懷

獨上江樓思眇然，月光如水水如天。同來看月人何在〔四〕，風景依稀似去年〔五〕。

茅山道中

煙樹重重水亂流，馬嘶殘雨晚程秋。門前便是仙山路，目送歸鴻不得遊。

〔一〕山　汲本作「人」，《全唐詩》同。

〔二〕粗　汲本作「相」。

〔三〕豐　原作「曹」，據垂雲本改。

〔四〕在　汲本作「處」。

〔五〕年　原作「人」，據垂雲本改。

朱絳一首

春女怨

獨坐紗牕刺繡遲〔一〕，紫荆花下囀黄鸝。欲知無限傷春意，盡在停針不語時。

〔一〕遲　原作「時」，據汲本改。《紀事》亦作「遲」。

姚倫一首

感秋

試向疎林望，方知節候殊。亂聲千葉下，寒影一巢孤。不蔽秋天鴈，驚飛夜月烏。霜風與春日，幾度遣榮枯。

劉方平二首

秋夜泛舟

林塘夜泛舟，蟲響荻颼颼。萬影皆因月，千聲各爲秋。歲華空復晚，鄉思不堪愁。西北浮雲外，伊山何處流〔一〕。

春怨

紗牕日落漸黄昏，金屋無人見淚痕。寂寞閒庭春欲晚，梨花滿院不開門。

〔一〕山　垂雲本作「川」，《御覽》、《又玄》同。

陳羽一首

長安卧病秋夜言懷

九重門鏁禁城秋，月過南宫漸映樓。紫陌夜深槐露滴，碧空雲盡火星流。風清刻漏傳三殿，甲第歌鍾樂五侯。楚客病來鄉思苦，寂寥燈下不勝愁。

薛能三首

遊嘉州後漢

山屐經過落逕蹤〔一〕，隔溪遥見夕陽春。當時諸葛成何事，衹合終身作卧龍。

老圃堂〔二〕

邵平瓜地接吾廬，穀雨乾時偶自鋤。昨日春風欺不在，就床吹落讀殘書。

銅雀臺

魏帝當時銅雀臺，黄花深映棘叢開。人生富貴須回首，此地豈無歌舞來。

〔一〕落　汲本作「滿」，《全唐詩》同。

〔二〕老圃堂　此篇誤入，實爲曹鄴詩，當爲誤抄《又玄》所致。

李郢一首

江上逢王將軍

虬鬚憔悴羽林郎，曾入甘泉侍武皇。鵰没夜雲知御苑，馬隨春仗識天香。五湖歸去孤舟月，六國平來兩鬚霜。唯有桓伊江上笛，卧吹三弄送殘陽。

薛逢二首

開元後樂

莫奏開元舊樂章，樂中高曲斷人腸。邠王玉笛三更咽，虢國金車十里香。一自犬戎生薊北，便從征戰老汾陽。中原駿馬搜求盡，沙苑年來草又芳。

漢武宫詞

武帝清齋夜築壇，自斟明水醮仙官。殿前童女移香案，庭際金人捧露盤。絳節有時還入夢，碧桃何處更驂鸞。茂陵煙雨埋冠劍，石馬無聲蔓草寒。

崔塗一首

讀庾信集

四朝十帝盡風流，建業長安兩醉遊。唯有一篇楊柳曲，江南江北爲君愁。

項斯一首

蒼梧雲氣

何年化作愁，漠漠便難收。數點山能遠，平鋪水不流〔一〕。濕連湘竹暮，濃蓋舜墳秋。亦有思歸客，看來盡白頭。

〔一〕平　原作「年」，據汲本、垂雲本改。

崔峒一首

江上書懷

骨肉天涯別，江山日落時。淚流襟上血，髮白鏡中絲。胡越書難到，存亡夢豈知。登高迴首罷，形影自相隨。

李宣遠一首

塞下作

秋日并州路，黄榆落故關。孤城吹角罷，數騎射鵰還。帳幕遥臨水，牛羊自下山。征人正垂淚，烽火起雲間。

陶翰二首

古塞下曲

進軍飛狐北，窮寇勢將變。日落沙塵昏，背河更一戰。騂馬黄金勒〔一〕，雕弓白羽箭。射殺左賢王，歸奏未央殿。欲言塞下事，天子不詔見。西出咸陽門，哀哀淚如霰。

新安江林〔二〕

江源南去永，野飯暫維稍。古戍懸漁網，空林露鳥巢。雪晴山脊見，沙淺浪痕交。自笑無謀者，逢人作解嘲。

〔一〕騂　汲本作「駿」，《又玄》、《英華》同。
〔二〕新安江林　此篇誤入，實爲章八元詩，《中興間氣集》已載章名下。此殆誤抄《又玄》所致，《又玄》作「江村」，抄時又誤抄成「江林」。

温憲三首

春鳩

村南微雨新，平緑浄無塵。散睡桑條暖，閒鳴屋脊春。遠聞和曉夢，相應在諸隣。行樂花時節，追飛見亦頻。

郊居

村前村後樹，寓賞有餘情。青麥路初斷，紫花田未耕。雉聲聞不到，山勢望猶横。寂寞春風裏，吟酣信馬行。

杏花

園雪上晴梢，紅明映碧寥。店香風起夜，村白雨休朝。静落猶和蒂，繁開正蔽條。澹然閒賞久，無以破妖嬈[一]。

〔一〕破　原缺，據汲本補，《紀事》亦作「破」。垂雲本作「那」。

李頻六首

湖口送友人

中流欲暮見湘烟，葦岸無窮接楚天。去雁遠衝雲夢雪[一]，離人獨上洞庭船。風波盡日依山轉，星漢通宵向水連。零落梅花過殘臘，故園歸去醉新年。

送友人往太原

離人聊把酒[二]，此路徹邊頭。草白鴈來盡，時清人去遊。汾河流晉地，塞雪滿并州。明日相思起，蕭條上北樓。

寄遠

槐欲成陰分袂時，君期十日復金扉。槐今落葉已將盡，君向遠鄉猶未歸。化石早曾聞節婦，沉湘何必獨靈妃。須知此意同生死，不學他人空寄衣。

鄂州頭陀寺上方

高寺上方無不見，天涯行客思迢迢。西江帆掛東風急，夏口城銜楚塞遥。沙渚漁歸多濕網，桑林蠶後盡空條。感時歎物尋僧語，誰向禪心得寂寥〔三〕。

辭夏口崔尚書

一飯仍難受，淹留已半年。終期身可報，不擬骨空鐫。城晚風高角，江春浪起船。曾同棲止地〔四〕，獨去塞鴻前。

古意

白馬遊何處，青樓日正長。鳳簫抛舊曲，鸞鏡懶新粧。玄鳥空巢語，飛花入户香。雖非竇滔婦，錦字已成章。

〔一〕雪　汲本作「澤」。

〔二〕人　汲本、垂雲本作「亭」，似是。

〔三〕誰　汲本作「惟」，四部叢刊本李集同。

〔四〕曾同　汲本作「同來」，集同。

王駕 一首

古意

夫戍蕭關妾在吴，西風吹妾妾憂夫。一行書信千行淚，寒到君邊衣到無。

于鵠 三首

送客遊塞

若到并州北，誰人不憶家。塞深無去伴，路盡有平沙。磧冷唯逢鴈，天春不見花。莫隨邊將意，垂老事輕車。

江南曲

偶向江邊採白蘋，閒隨女伴賽江神〔一〕。衆中不敢分明語，暗擲金錢卜遠人。

題美人〔二〕

秦女窺人不解羞，攀花趁蝶出牆頭。胸前空帶宜男草，嫁得蕭郎愛遠遊。

〔一〕開　汲本作「還」，《御覽》、《又玄》、《紀事》同。

〔二〕題美人　汲本於題下注云「舊刻韋蘇州集中」。

徐寅一首

初夏戲題

長養薰風拂曉吹，漸開荷芰落薔薇。青蟲也學莊周夢，化作南園蛺蝶飛。

才調集卷第八古律雜歌詩一百首

羅隱十七首

偶懷

白丁攘臂犯長安，翠輦蒼黄路屈盤。丹鳳有懷雲外遠，玉龍無主渡頭寒。静思貴族謀身易，危覺文皇創業難。不將不侯何計是，釣魚船上淚闌干。

桃花

暖觸衣襟漠漠香，間梅遮柳不勝芳。數枝豔拂文君酒，半里紅欹宋玉牆。盡日無人疑怨望，有時經雨乍淒涼。舊山山下還如此，回首東風一斷腸。

中元夜泊淮口〔一〕

本葉迎飈水面平，偶停孤棹已三更。秋涼霧露侵燈下，夜静魚龍逼岸行。欹枕正牽題柱思，隔樓誰轉遶梁聲〔二〕。錦帆天子狂魂魄，應過揚州看月明。

所思〔三〕

西指青雲未有期，東歸滄海一何遲。酒闌夢覺不稱意，花落月明空所思。長恐病侵多事日，可堪貧過少年時。鬬雞走狗五陵道，惆悵輸他輕薄兒。

梅花

吴王醉處十餘里，照野拂衣今正繁。經雨不隨山鳥散，倚風疑共路人言。愁憐粉豔飄歌席，静愛寒香撲酒罇。欲寄所思無好信，爲君惆悵又黄昏。

登夏州城樓

寒城獵獵戍旗風〔四〕，獨倚危欄悵望中。萬里山川唐土地，千年魂魄晉英雄。離心不忍聽邊馬，往事應須問塞鴻。好脱儒冠從校尉，一枝長戟六鈞弓。

曲江春感

江頭日暖花又開，江東行客心悠哉。高陽酒徒半零落，終南山色空崔嵬。聖代也知無棄物，侯門未必用非才。一船明月一竿竹，家在五湖歸去來。

西川與蔡十九同别子超

相歡雖則不多時，相别那能不斂眉。蜀客賦高君解愛，楚宫腰細我還知。百年恩愛無終始，萬里因緣有夢思。腸斷門前舊行處，不堪全屬五陵兒。

春日題禪智寺〔五〕

樹遠連天水接空〔六〕，幾年行樂舊隋宫。花開花謝長如此，人去人來自不同。楚鳳調高何處酒，吴牛蹄健滿車風。思量祇合騰騰醉，煮海平陳盡夢中〔七〕。

綿谷迴寄蔡氏昆仲

一年兩度錦城遊，前值東風後值秋。芳草有情皆礙馬，好雲無處不遮樓。山將别恨和心斷，水帶離聲入夢流。今日不堪迴首望〔八〕，古煙高木隔綿州〔九〕。

憶夏口

漢江渡口蘭爲舟，漢江城下多酒樓〔一〇〕。芳年不得盡一醉，别夢有時還重遊。襟帶可憐吞楚塞，風煙祇好狎江鷗。月明更想曾行處，吹笛橋邊木葉秋。

龍丘東下却寄孫員外

穀江東下幾多程，每泊孤舟即有情。山色已隨游子遠，水紋猶認主人清。恩如海岳何時報，恨似煙花觸處生。百尺風帆兩行淚，不堪迴首望崢嶸。

金陵夜泊

冷煙輕淡傍衰叢〔一二〕，此夕秦淮駐斷蓬。棲雁遠驚沽酒火，亂鴉高避落帆風。地銷王氣波聲急，山帶秋陰樹影空。數代精靈人不見，思量應在月明中。

寄前宣州竇尚書

往年西謁謝玄暉，罇酒留歡醉始歸。曲檻柳濃鶯未老，小園花煖蝶初飛。噴香瑞獸金三尺，舞雪佳人玉一圍。今日亂離尋不得，滿蓑風雨釣漁磯。

牡丹

豔多煙重欲開難，紅蕊當心一抹檀。公子醉歸燈下見，美人朝插鏡中看。當庭始覺春風貴，帶雨方知國色寒。日晚更將何所似，太真無力憑欄干。

柳

灞岸晴來送別頻，相偎相倚不勝春。自家飛絮猶無定，争解垂絲絆得人〔一二〕。

煬帝陵

入郭登橋出郭船，紅樓日日柳年年。君王忍把平陳業，只博雷塘數畝田。

〔一〕中元　「元」原作「夜」，據垂雲本改。

〔二〕樓　原作「樓」，據垂雲本改。

〔三〕所思　汲本作「西上」，下注「或刻所思」。

〔四〕寒　汲本作「凋」，《紀事》同。

〔五〕春日題禪智寺　汲本作「春日獨遊禪智寺」。

〔六〕樹遠　汲本作「遠樹」，《英華》同。

〔七〕盡　汲本作「一」。

〔八〕不堪迴首望　汲本「不堪」作「因君」。《紀事》此五字作「因君試迴首」。

〔九〕古煙高木　汲本作「淡煙喬木」。《紀事》「古」亦作「淡」，是。

〔一〇〕漢江　按首句與此句之「漢江」，汲本俱作「漢陽」。

〔一一〕淡　汲本作「雨」，似是。

〔二〕得　汲本作「路」。

李頎 一首

放歌行答從弟墨卿

小來好文恥學武，世上功名不解取。雖沾寸禄已後時，徒欲出身事明主。柏梁賦詩不及宴，長楸走馬誰相數。斂迹俛眉心自甘，高歌擊節聲半苦。由是蹉跎一老夫，養雞牧豕東城隅。空歌漢代蕭相國，肯事霍家馮子都。徒爾當年聲籍籍，濫作詞林兩京客。故人斗酒安陵橋，黄鳥春風洛陽陌。吾家令弟才不羈，五言破的人共推。興來逸氣如濤湧，千里長江歸海時。别離短景何蕭索，佳句相思能間作。舉頭遥望魯陽山，木葉紛紛向人落。

崔顥 一首

黄鶴樓

昔人已乘白雲去，此地空作黄鶴樓〔一〕。黄鶴一去不復返，白雲千載空悠悠。晴川歷歷漢陽樹，春草萋萋鸚鵡洲。日暮鄉關何處是，煙波江上使人愁。

〔一〕作　汲本、垂雲本作「餘」，《英靈》、《國秀》、《又玄》、《文粹》均同。

于武陵九首

夜與故人别

白日去難駐，故人非舊容。今宵一别後，何處更相逢。過楚水千里，到秦山幾重。話來天未曉，月落滿城鐘。

洛陽道

浮世若浮雲，千迴故復新。旋添青草塚，更有白頭人。歲暮客將老，雲晴山欲春〔一〕。行行車馬客，不盡洛陽塵。

别友人

行子與秋葉，各隨南北風。雖非千里别，還阻一歡同〔二〕。過盡少年日，尚如長路蓬。猶爲布衣客，羞入故關中。

寄北客

窮邊足風慘，何處醉樓臺。家去幾千里，月圓十二迴。寒阡隨日遠，雪路向城開。遊子久無信，年年空雁來。

洛陽晴望

九陌盡風塵，囂囂晝復昏。古今人不斷，南北路長存。葉落上陽樹，草衰金谷園。亂鴉來未已〔三〕，殘日半前軒〔四〕。

東門路

東門車馬路，此路有浮沉。白日不西落，紅塵應更深。從來名利地，皆起是非心。所以青青草，年年生漢陰。

長信愁

簟涼秋夜初，長信恨何如。拂黛月生指，理鬟雲滿梳。一從悲畫扇〔五〕，幾度泣前魚。坐聽南宮樂，清風摇翠裾。

有感〔六〕

青山長寂寞，南望獨高歌。四海故人盡，九原青冢多〔七〕。西沉浮世日，東注逝川波。不使年華駐，此生看幾何。

勸酒〔八〕

勸君金屈卮，滿酌不須辭。花發多風雨，人生足别離。

〔一〕雲　汲本、垂雲本作「雪」，似是。

〔二〕歡　汲本作「宵」。

〔三〕來　汲本作「歸」。

〔四〕殘　汲本作「斜」。

〔五〕晝　原作「盡」，據汲本、垂雲本改。《又玄》亦作「晝」。

〔六〕有感　汲本作「感懷」，《又玄》同。

〔七〕青冢　汲本作「新壠」。

〔八〕勸酒　此篇誤入，實爲武瓘詩，當係誤抄《又玄》所致。

李涉一首

山中

無奈牧童何，放牛喫我竹。隔林呼不應，叫笑如生鹿。欲報田舍翁，更深不歸屋。

戎昱四首

中秋感懷

八月更漏長，愁人起常早。閉門寂無事，滿院生秋草。昨宵北牕夢，夢入荆南道。遠客歸去來，在家貧亦好。

聞笛

入夜思歸切，笛聲寒更哀。愁人不願聽，自到枕前來。風起塞雲斷，夜深關月開。平明獨惆悵，飛盡一庭梅。

客堂秋夕

隔牕螢影滅復流，北風微雨虛堂秋。蟲聲竟夜引鄉淚，蟋蟀何自知人愁。四時不得一日樂，以此方知客遊惡。寂寂江城無所聞，梧桐葉上偏蕭索。

霽雪

風捲殘雲暮雪晴〔一〕，江煙洗盡柳條輕。簷前幾片無人掃〔二〕，又得書牕一夜明。

〔一〕殘　汲本作「寒」，《英華》作「黄」。

〔二〕幾　汲本作「數」，《英華》同。

韓琮六首

春愁

金烏長飛玉兔走，青鬢長青古無有。秦娥十六語如弦，未解貪花惜楊柳。吴魚嶺雁無消息，水誓蘭情别來久〔一〕。勸君年少莫遊春，暖風遲日濃於酒。

暮春滻水送别

緑暗紅稀出鳳城，暮雲樓閣古今情。行人莫聽宮前水，流盡年光是此聲。

駱谷晚望

秦川如畫渭如絲〔二〕，去國還家一望時。公子王孫莫來好，嶺花多是斷腸枝。

公子行

紫袖長衫色，銀蟬半臂花。帶裝盤水玉，鞍繡坐雲霞。别殿承恩澤，飛龍賜渥洼。控羅青裊轡〔三〕，鏤象碧重葩〔四〕。意氣傾歌舞，闌珊走鈿車。袖彰雲縹緲，釵轉鳳攲斜。珠卷迎歸箔，紅籠晃醉紗。唯無難夜日，不得似仙家。

二月二日遊洛源

舊苑新晴草似苔，人還香在踏青迴。今朝此地成惆悵，已後逢春更莫來。

題商山店

商山驛路幾經過，未到仙娥見謝娥。紅錦機頭抛皓腕，緑雲鬟下送横波。佯嗔阿母留賓客，暗爲王孫换綺羅。碧澗門前一條水，豈知平地有天河。

〔一〕晢　原缺，據汲本補。《又玄》亦作「晢」，《文粹》、《紀事》作「盼」。

〔二〕絲　原缺，據汲本、垂雲本補。

〔三〕裊　原作「襄」，據汲本、垂雲本改。《又玄》、《英華》、《樂府》、《紀事》均作「裊」。

〔四〕重　汲本作「熏」。

李德裕一首

長安秋夜

内官傳詔問戎機，載筆金鑾夜始歸。萬户千門皆寂寂，月中清露點朝衣。

高蟾二首

下第後上永崇高侍郎

天上碧桃和露種，日邊紅杏倚雲栽。芙蓉生在秋江上，不向東風怨未開。

金陵晚眺

曾伴浮雲歸晚翠，旋陪落日泛秋聲。世間無限丹青手，一片傷心畫不成。

高適二首

封丘作[一]

我本漁樵孟諸野，一生自是悠悠者。乍事狂歌草澤中，寧堪作吏風塵下。祇言小邑無所爲，公門百事皆有期。拜迎官長心欲破[二]，鞭撻黎庶令人悲。悲來向家問妻子，舉家盡笑今如此。生事應須南畝田，世情付與東流水。夢想舊山安在哉，爲銜君命日遲回。乃知梅福徒爲爾，轉憶陶潛歸去來。

九月九日酬顔少府〔三〕

簷前白日應可惜，籬下黄花爲誰有。行子迎霜未授衣，主人得錢喜沽酒。蘇秦顦顇時多厭，蔡澤恓惶世看醜。縱使登高祇斷腸，不如獨坐空搔首。

〔一〕封丘作　汲本作「封丘縣」。
〔二〕破　汲本作「碎」，《英靈》、《文粹》同。
〔三〕顔　汲本作「顧」，《英靈》同。

朱慶餘一首

惆悵詩〔一〕

夢裏分明入漢宫，覺來燈背錦屏空。紫臺日落關山曉，腸斷君恩信畫工。

〔一〕惆悵詩　此篇誤入，實爲王涣《惆悵詩》之一，卷四已録王涣名下。汲本則無此詩，而於此處録《宫詞》一首：「寂寂花時閉院門，美人相並立瓊軒。含情欲説宫中事，鸚鵡前頭不敢言。」

曹松三首

長安春日書事

浩浩看花晨，六街揚遠塵。塵中一丈日，誰是晏眠人。御柳舞著水，野鶯啼破春。徒云還楚計，猶自惜離秦。

九江暮春書事

楊柳城初鎖，歸愁不記重。春流無舊岸，夜色失諸峰。影動漁邊火，聲遲語後鐘。明朝迴去雁，誰向北郊逢。

古塚

代遠已難問，纍纍次古城。民田侵不盡，客路踏還平。作穴蚍分蟄，依岡鹿遶行。唯應風雨夕，鬼火出林明。

錢起 一首

闕上贈裴舍人

春城紫陌曉陰陰，二月黄鸝飛上林。〔一〕長樂鐘聲花外盡，龍池柳色雨中深。陽和不散窮途恨，霄漢長懸捧日心。獻賦十年猶未遇，羞將白髮對華簪。

〔一〕按汲本此二句互乙，《中興》、《紀事》亦然。

羅鄴九首

牡丹

落盡春紅始見花，花時比屋事豪奢。買栽池館恐無地，看到子孫能幾家。門倚長衢攢綉轂，幄籠輕日護香霞。歌鍾對此争歡賞，誰信流年鬢有華。

巴南旅舍言懷

萬浪千巖首未回，無憀相倚上高臺。家山如畫不歸去，客舍似讎誰遣來。紅淚罷窺連曉燭，碧波休引向風盃。後時若有青雲望，何事偏教羽翼催〔一〕。

下第呈友人

清世誰能便陸沉，相逢休作憶山吟。若教仙桂在平地，更有何人肯苦心。去國漢妃還似玉，亡家石氏豈無金。且安懷抱莫惆悵，瑶瑟調高罇酒深。

登凌歊臺

高臺今古境長閒，因想興亡自慘顔。四海已歸新雨露，六朝空謁舊江山。槎翹獨鳥沙汀畔，風遞連檣雪浪間。好是輪蹄來往便，誰人不向此躋攀。

下第

謾把青春酒一盃，愁襟寧信灑能開〔二〕。江邊依舊空歸去，帝里還同不到來。門掩殘陽唯鳥雀，花飛何處好池臺。此時惆悵便堪老，何用人間歲月催。

東歸

日日唯憂行役遲，東歸可是有家歸。都緣桂玉無門住，不算山川去路非〔三〕。秦樹夢魂春鳥囀〔四〕，吴江釣憶錦鱗肥。桃夭杏豔清明近，惆悵當年意盡違。

僕射陂晚望

離人到此倍堪傷，陂水蘆花似故鄉。身事未知何日了，馬蹄唯覺到秋忙。田園牢落東歸晚，道路辛勤北去長。却羡無愁是沙鳥，雙雙相趁下斜陽。

芳草

廢苑牆南殘雨中，似袍顔色正蒙茸。微香暗惹遊人步，遠緑纔分鬬雉蹤。三楚渡頭長恨見，五侯門外却難逢。年年縱有春風便，馬跡車輪一萬重。

聞子規

蜀魄千年尚怨誰，聲聲啼血向花枝。滿山明月東風夜，正是愁人不寐時。

〔一〕催　原缺，據汲本、垂雲本補。

〔二〕灑　汲本作「酒」。

〔三〕非　汲本作「危」。

〔四〕魂春　汲本作「愁黄」，《英華》同。

章碣一首〔一〕

焚書坑

竹帛煙銷帝業虚，關河空鎖祖龍居。坑灰未冷山東亂，劉項元來不讀書。

〔一〕碣　原作「竭」，誤，逕改。參目録校記。

李益一首

同崔頒登鸛雀樓

鸛雀樓西百尺檣，汀洲雲樹共茫茫。漢家簫鼓空流水，魏國山河半夕陽。事去千年猶恨速，愁來一日即爲長。風煙併是思歸望，遠目非春亦自傷。

王昌齡 三首

長信愁[一]

奉帚平明秋殿開[二]，且將團扇共徘徊。玉顔不及寒鴉色，猶帶昭陽日影來。

採蓮

越女作桂舟，還將桂爲楫。湖上水瀰漫，清江初可涉。摘取芙蓉花，莫摘芙蓉葉。將歸問夫壻，顔色何如妾。

閨怨

閨中少婦不曾愁[三]，春日凝粧上翠樓。忽見陌頭楊柳色，悔教夫壻覓封侯。

〔一〕長信愁　汲本作「長信秋詞」，《又玄》作「長信宫詞」。

〔二〕秋　汲本作「金」，《集異記》、《又玄》、《樂府》同。

〔三〕曾　汲本作「知」。

李嘉祐四首

贈別嚴士元〔一〕

春風倚棹闔閭城，水國春寒陰復晴。細雨濕衣看不見，閒花滿地落無聲。日斜江上孤帆影，草緑湖南萬里情。東道倘逢相識問，青袍今日誤儒生。

起南巴留别褚七少府〔二〕

種田南郭傍春池，萬緒無情把釣絲。緑竹放侵行逕裏，青山常對捲簾時。紛紛花落門空閉，寂寂鶯啼日更遲。從此别君千萬里，白雲流水憶佳期。

送陸灃還吴中六言〔三〕

瓜步寒潮送客，楊花暮雨沾衣。故鄉南望何處，秋水連天獨歸。

送王牧往吉州謁王使君〔四〕

細草緑汀洲，王孫奈薄遊〔五〕。年華初冠帶，文體舊弓裘。野渡花争發，春塘水亂流。使君憐小阮，應念倚門愁。

〔一〕贈别嚴士元　此篇誤入，實爲劉長卿詩，《中興間氣集》已載於劉名下，題作《送嚴士元》。

〔二〕起南巴留别褚七少府　此篇誤入，實爲劉長卿詩。《文苑英華》重見，卷二八七劉長卿下題作《赴南邑留題别褚七少府湖上亭》；卷三一五李嘉祐下題作《赴南中留褚七少府湖上林亭》。

〔三〕送陸澧還吴中　此篇誤入，亦爲劉長卿詩。

〔四〕王使君　「使」原作「史」，據汲本、垂雲本改。《又玄》、《英華》均同。又《中興》、《英華》亦均作「使」。

〔五〕奈　汲本作「耐」，《中興》、《又玄》、《英華》同。

鄭準四首

代寄邊人

君去不來久，悠悠昏又明。片心因卜解〔一〕，殘夢過橋驚。聖澤如垂餌，沙場會息兵。涼風當爲我，一一送砧聲。

題宛陵北樓

雨來風静緑蕪蘚，憑着朱闌思浩然。人語獨耕燒後嶺，鳥飛斜没望中煙。松梢半露藏雲寺，灘勢横流出浦船。若遣謝宣城不死，必應吟盡夕陽川。

雲

片片飛來静又閒，樓頭江上復前山。飄零盡日不歸去，帖破清光萬里天。

寄進士崔魯範

洛陽才子舊交知，别後干戈積詠思。百戰市朝千里夢，三年風月幾篇詩。山高雁斷音書絶，谷背鶯寒變代遲。會待路寧歸得去，酒樓漁浦重相期。

〔一〕片　汲本作「寸」。

祖詠一首

七夕

閨女求天女，更闌意未闌。玉庭開粉席，羅袖捧金盤。向月穿針易，臨風整線難。不知誰得巧，明旦試看看〔一〕。

〔一〕旦　原作「月」，據汲本、垂雲本改，《文苑英華》同。

吉師老四首

題春夢〔一〕

故國歸路賒，春晚在天涯。明月夜來夢，碧山秋到家。開牕聞落葉，遠墅見晴鵶。驚起曉庭際，鶯啼桃杏花。

看蜀女轉昭君變

妖姬未着石榴裙，自道家連錦水濆。檀口解知千載事，清詞堪嘆九秋文。翠眉嚬處楚邊月，畫卷開時塞外雲。説盡綺羅當日恨，昭君傳意向文君。

放猿

放爾千山萬水身，野泉晴樹好爲鄰。啼時莫向瀟湘岸，明月清風有旅人〔二〕。

鴛鴦

江島濛濛煙靄微，緑蕪深處刷毛衣。渡頭驚起一雙去，飛上文君舊錦機。

〔一〕題春夢　汲本、垂雲本此下尚有「秋歸故里」四字。

〔二〕清風　汲本作「孤舟」。

盧弼七首

薄命妾

君恩已斷盡成空，追想嬌歡恨莫窮。長爲蕣花光曉日，誰知團扇送秋風。黄金買賦心徒切，清路飛塵信莫通。閒憑玉欄思舊事，幾回春暮泣殘紅。

聞雁

秋風蕭瑟静埃氛，邊雁迎風響咽群。瀚海應嫌霜下早，湘川偏愛草初薫。蘆洲宿處依沙岸，榆塞飛時度晚雲。何處最添羇客恨，竹牕殘月酒醒聞。

秋夕寓居精舍書事

葉滿苔堦杵滿城，此中多恨恨難平〔一〕。疎簷看織蠨蛸網，暗隙愁聽蟋蟀聲。醉卧欲抛羇客思，夢歸偏動故鄉情。覺來獨步長廊下，半夜西風吹月明。

答李秀才邊庭四時怨〔二〕

春

春風昨夜到榆關，故國煙花想已殘。少婦不知歸不得，朝朝應上望夫山。

夏

盧龍塞外草初肥，雁乳平蕪曉不飛。鄉國近來音信斷，至今猶自著寒衣。

秋

八月霜飛柳變黄〔三〕，蓬根吹斷雁南翔。隴頭流水關山月，泣上龍堆望故鄉。

冬

朔風吹雪透刀瘢，飲馬長城窟更寒。半夜火來知有敵，一時齊保賀蘭山。

〔一〕多恨　汲本作「無限」。

〔二〕答　原作「客」，據垂雲本改。汲本作「和」。

〔三〕變　汲本作「遍」。

竇鞏 一首

寄南遊兄弟

書來不報幾時還，知在三湘五嶺間。獨立衡門秋水闊，寒鴉飛去日銜山。

韓偓五首

小隱

借得茅齋嶽麓西，擬將身世老鋤犁。清晨向市煙含郭，寒夜歸村月照溪。爐爲牕明僧偶坐，松因雪折鳥驚啼。靈椿朝菌由來事，却笑莊生始欲齊。

贈易卜崔江處士

白首窮經通秘義，青山養老度危時。門傳組綬身能退，家學樵漁跡更奇。四海盡聞龜策妙，九霄堪嘆鶴書遲。壺中日月將何用，借與閒人試一窺。

殘春旅舍

旅舍殘春宿雨晴，恍然心地憶咸京。樹頭蜂抱花鬚落，池面魚吹柳絮行。禪伏詩魔歸浄域，酒衝愁陣出奇兵。兩梁免被塵埃污，拂拭朝簪待眼明。

夜深

清江碧草兩悠悠，各自風流一種愁。正是落花寒食雨，夜深無伴倚空樓。

寄鄰莊道侶

聞説經旬不啓關，藥牕誰伴醉開顔。夜來雪壓前村竹，剩見溪南數尺山。

杜荀鶴 八首

春宫怨

早被嬋娟誤，欲粧臨鏡慵。承恩不在貌，教妾若爲容。風暖鳥聲碎，日高花影重。年年越溪女，相憶採芙蓉。

經九華費徵君墓

凡弔先生者，多傷荆棘間。不知三尺墓，高却九華山。天地有何外，子孫無亦閒。當時若徵起，未必得身還。

冬末同友人泛瀟湘

殘臘泛舟何處好，最多吟興是瀟湘。就船買得魚偏美，踏雪歸來酒倍香。猿到夜深啼嶽麓，雁知春近别衡陽。與君剩採江山景，裁取新詩入帝鄉。

山中寄詩友

山深長恨少同人，覽景無時不憶君。庭果自從霜後熟，野猿頻向屋邊聞。琴臨秋水彈明月，酒就東山酌白雲。仙桂箅攀攀合得，平生心力盡於文。

溪興

山雨溪風卷釣絲，瓦甌蓬底獨斟時。醉來睡著無人唤，流下前灘也不知。

馬上行

五里復五里，去時無住時。日將家漸遠，猶恨馬行遲。

春日閒居寄先達

野吟何處最相宜，春景暄和好入詩。高下麥苗新雨後，淺深山色晚晴時。半巖雲脚風牽斷，平野花枝鳥踏垂。倒載干戈是何日，近來麋鹿欲相隨。

旅館遇雨

月華星采坐來收，嶽色江聲暗結愁。半夜燈前十年事，一時隨雨到心頭〔一〕。

〔一〕隨　汲本作「和」。

張喬二首

荊楚道中

前程曾未到，岐路已奚爲〔一〕。返照行人急，荒郊去鳥遲。春宵多旅夢，閏夏遠相期〔二〕。處處牽愁緒，無窮是柳絲。

遊終南山白鶴觀

上徹煉丹峰，求玄意未窮。古壇青草合，往事白雲空。仙境日月外，帝鄉煙霧中。人間足煩暑，欲去戀清風。

〔一〕已奚　汲本作「擬何」，《全唐詩》同。

〔二〕閏夏　汲本作「夏閏」。

崔魯一首〔一〕

暮春對花

病香無力被風欺，多在青苔少在枝。馬上行人莫回首，斷君腸是欲殘時。

〔一〕魯　《紀事》作「櫓」。

才調集卷第九古律雜歌詩一百首

劉商一首

秋夜聽嚴紳巴童唱竹枝歌

巴人遠從荆江客，回首荆山楚雲隔。思歸夜唱竹枝歌，庭槐葉落秋風多。曲中歷歷敍鄉思，鄉思綿綿楚詞古。身騎吴牛不畏虎，手提蓑笠欺風雨。猿啼日暮江岸邊，緑林連山水連天〔一〕。來時十三今十五，一成新衣已再補。鴻雁南飛報隣伍，在家歡樂辭家苦。天晴露白鐘漏遲，淚痕滿面看竹枝。曲終寒竹風裊裊，西方日落東方曉〔二〕。

〔一〕林　汲本作「蕪」，《紀事》同。

〔二〕日　垂雲本作「月」，似是。

長孫佐輔二首

尋山家〔一〕

獨訪山家歇還涉，茅屋斜連隔松葉。主人聞語未開門，繞籬野菜飛黄蝶。

南中客舍對雨送故人歸北

猿聲啾啾雁聲苦，卷簾相對愁不語。幾年客吴君在楚，況送君歸我猶阻。家書作得不忍封，北風吹斷堦前雨。

〔一〕尋山家　此篇《紀事》作羊士諤詩。

朱放二首〔一〕

秣陵送客入京

秣陵春已至，君去學歸鴻。緑水琴聲切，青袍草色同。鳥喧金谷樹，花滿夕陽宫〔二〕。日日相思處，江邊楊柳風。

江上送别

浦邊新見柳摇時，北客相逢衹自悲。惆悵空知思後會，艱難不敢料前期。行看漢月愁征戰，共折江花怨别離。向夕孤城分首處，寂寥横笛爲君吹。

〔一〕放　原作「倣」，誤，徑改。參目録校記。

〔二〕花滿夕陽宫　「滿」，汲本作「落」。「夕」，《全唐詩》作「洛」。

王表二首

清明日登城春望寄大夫使君

春城閒望愛晴天，何處風光不眼前。寒食花開千樹雪，清明日出萬家煙。興來促席唯同舍，醉後狂歌盡少年。聞説鶯啼却惆悵，詩成不見謝臨川。

成德樂

趙女乘春上畫樓，一聲歌發滿城秋。無端更唱關山曲，不是征人亦淚流。

張安石二首

玉女詞

綺薦銀屏空積塵，柳眉桃臉暗銷春。不須更學陽臺女，爲雨爲雲趁惱人。

苦别

向前不信别離苦，而今自到思離處。兩行粉淚紅闌干，一朵芙蕖帶殘露。

張諤一首

還京〔一〕

朱紱臨秦望，皇華赴洛橋。文章南渡越，書奏北歸朝。樹入江雲盡，城銜海月遥。秋風將客思，川上晚蕭蕭。

〔一〕還京　此篇《英華》作韋述詩，題爲《廣陵送别宋員外佐越鄭舍人還京》。按以詩意觀之，則以《英華》爲是，秦望在越州，乃宋之問赴任之地，洛橋即洛陽，時爲武后臨朝之地，正合鄭舍人還京之意。

于濆三首

古宴曲

雉扇合蓬萊，朝車回紫陌。重門集嘶馬，言宴金張宅。燕娥奉卮酒，低鬟若無力。十户手胼胝，鳳凰釵一隻。高樓齊下視，日照羅衣色。笑指負薪人，不信生中國。

思歸引

不耕南畝田，爲愛東堂桂。身同樹上花，一落又經歲。交親日相薄，知己恩潛替。日開十二門，自是無歸計。

苦辛吟

壟上扶犂兒，手種腹長飢。窗下擲梭女，手織身無衣。我願燕趙姝，化爲嫫母姿。一笑不直錢，自然家國肥。

胡曾九首

寒食都門作

二年寒食住京華〔一〕，寓目春風萬萬家。金絡馬銜原上草，玉顔人折路傍花。軒車竟出紅塵外〔二〕，冠蓋争回白日斜。誰念都門兩行淚，故園寥落在長沙。

薄命妾

阿嬌初失漢皇恩，舊賜羅衣亦罷熏。欹枕夜悲金屋雨，卷簾朝泣玉樓雲。宫前葉落鴛鴦瓦，架上塵生翡翠裙。龍騎不巡時漸久，長門空掩緑苔紋。

獨不見

玉關一自有氛埃，年少從軍竟未回。門外塵凝張樂榭，水邊香滅按歌臺。窗殘月夜人何處，簾捲春風燕復來。萬里寂寥音信絶，寸心争忍不成灰。

交河塞下曲

交河冰薄日遲遲，漢將思家感别離。塞北草生蘇武泣，隴西雲起李陵悲。曉侵雉堞烏先覺，春入關山雁獨知。何處疲兵心最苦，夕陽樓上笛聲時。

車遥遥

自從車馬出門朝，便入空房守寂寥。玉枕夜殘魚信絶，金鈿秋盡雁書遥。臉邊楚雨臨風落，頭上春雲向日銷〔三〕。芳草又衰還不至，碧天霜冷轉無憀。

早發潛水驛謁郎中員外

半床秋月一聲雞，萬里行人費馬蹄。青野霧銷凝晉洞，碧山煙散避秦溪。樓臺稍辨烏城外，更漏微聞鶴柱西。已是大仙憐後進，不應來向武陵迷。

贈漁者

不媿人間萬户侯，子孫相斷老扁舟〔四〕。往來南越諳蛟室，生長東吴識蜃樓。自爲釣竿能遣悶，不因萱草解銷憂。羡君獨得逃名趣，身外無機任白頭。

自嶺下泛鷁到清遠峽作

乘舡沉鷁下韶江，絶境方知在嶺南。薜荔雨餘山自黛，蒹葭煙盡島如藍。旦遊蕭帝新松寺，夜宿嫦娥桂潭影。不爲篋中書未獻，便來兹地結茅庵。

題周瑜將軍廟

共説前生國步難，山川龍戰血漫漫。交鋒魏帝旌旆退，委質吴王社稷安〔五〕。庭際雨餘春草長，廟前風起晚花殘〔六〕。功勳碑碣今何在，不得當時一字看。

〔一〕二　原作「一」，據汲本、垂雲本改，《紀事》同。

〔二〕外　汲本作「合」，《紀事》同。

〔三〕春　《唐詩鼓吹》作「秦」，似是，此句「秦雲」可與上句「楚雨」相對成文。

〔四〕斷　汲本作「繼」，《全唐詩》同，似是。

〔五〕質吴　此二字原空缺，據垂雲本補。汲本作「任君」，《全唐詩》同。按上句云「交鋒魏帝」，此句云「委質吴王」，亦正相對。

〔六〕花　原缺，據垂雲本補。汲本作「光」，《全唐詩》同。

李群玉二首

同鄭相並歌姬小飲因以贈獻〔一〕

裙拖八幅湘江水，鬢聳巫山一片雲。風格祇應天上有，歌聲豈合世間聞。胸前瑞雪燈斜照，眼底桃花酒半醺。不是相如憐賦客，肯教容易見文君。

戲贈姬人賦尖字韻〔二〕

骰子巡拋裹手拈，無因得見玉纖纖。但知謔道金釵落，圖向人前露指尖。

〔一〕因以贈獻　汲本無「獻」字。

〔二〕戲贈姬人賦尖字韻　此篇誤入，本爲杜牧、張祜聯句詩，《全唐詩》題作「妓席與杜牧之同詠」。《唐摭言》卷十三云：「張祜客淮南，幕中赴宴，時杜紫微爲支使，南座有屬意之處，索骰子賭酒。牧微吟曰：『骰子逡巡裹手拈，無因得見玉纖纖。』祜應聲曰：『但知報道金釵落，髣髴還應露指尖。』」

顧非熊一首

秋日陝州道中作

孤客秋風裏，驅車出陝西。關河午時路，村落一聲雞。樹勢標秦遠，天形到岳低。誰知我名姓，來往自淒淒一作棲棲〔一〕。

〔一〕淒淒　汲本作「棲棲」，無小注。

袁不約二首

長安夜遊

鳳城連夜九門通，帝女皇妃出漢宮。千乘寶車珠箔捲，萬條銀燭碧紗籠。歌聲緩過青樓月，香靄潛來紫陌風。長樂曉鍾歸騎後，遺簪墮珥滿街中。

病宮人〔一〕

佳人卧病動經秋，簾幕襤縿不掛鈎。四體强扶藤夾膝，雙環慵插玉搔頭。花顔有幸君王問，藥餌無徵待詔愁。惆悵近來銷瘦盡，淚珠時傍枕函流。

〔一〕病宮人　此篇重見，卷七張祜下已有此詩。

吴商浩八首

巫峽聽猿

巴江猿嘯苦，響入客舟中。孤枕破殘夢，三聲隨曉風。連雲波澹澹，和霧雨濛濛。巫峽去家遠，不堪魂斷空。

秋塘曉望

鐘盡疎桐散曙鴉，故山煙樹隔天涯。西風一夜秋塘曉，零落幾多紅藕花。

水樓感事

高柳蟄啼雨後秋，年光空感淚如流。滿湖菱荇東歸晚，閒倚南軒盡日愁。

長安春贈友人

繁華堪泣帝城春，粉堞青樓勢礙雲。花對玉鈎簾外發，歌飄塵土路邊聞。幾多遠客魂空斷，何處王孫酒自醺。各有歸程千萬里，東風時節恨離群。

宿山驛

文戰何堪功未圖，又驅羸馬指天衢。露華凝夜渚蓮盡，月彩滿輪山驛孤。歧路辛勤終日有，鄉關音信隔年無。好同范蠡扁舟興，高掛一帆歸五湖。

塞上即事

身似星流跡似蓬，玉關孤望杳溟濛。寒沙萬里平鋪月，曉角一聲高繞風〔一〕。戰士歿邊魂尚哭，單于獵處燒猶紅〔二〕。分明更想殘宵夢，故國依然到涌東〔三〕。

北邙山

北邙山草又青青，今日銷魂事可明。綠酒醉來春未歇〔四〕，白楊風起柳初晴。岡原旋葬松新長，年代無人闕半平。堪取金爐九還藥，不能隨夢向浮生。

泊舟

身逐煙波魂自驚，木蘭舟上一帆輕。雲中有寺在何處，山底宿時聞磬聲。

〔一〕繞　原缺，據垂雲本補。汲本及《全唐詩》作「捲」。

〔二〕燒　原缺，據垂雲本補。汲本及《全唐詩》作「火」。

〔三〕涌　汲本作「甬」，《全唐詩》同。

〔四〕醉　原缺，據汲本補，《全唐詩》同。

梁鍠一首

代征人妻喜夫還

征夫走馬發漁陽〔一〕，少婦含嬌開洞房。千日廢臺還掛鏡，數年空面再新粧〔二〕。春風喜出今朝户，明月虚眠昨夜床。莫道幽閨音信隔〔三〕，還衣總是舊時香。

〔一〕征　垂雲本作「狂」。

〔二〕空　汲本作「塵」。

〔三〕音信隔　原缺，據汲本補。《全唐詩》作「書信隔」。

賀知章一首

柳枝詞

碧玉裝成一樹高，萬條垂下緑絲縧。不知細葉誰裁出，二月春風是剪刀。

張蠙四首

錢塘夜宴留別郡守

四方騷動一州安，夜列罇罍伴客懽。觱栗調高山閤迥，蝦蟆更促海城寒。屏間佩響藏歌妓，幙外刀光立從官。沉醉不愁歸棹遠，曉帆吹上子陵灘。

長安春望

明時不敢卧烟霞，又見秦城换物華。殘雪未銷雙鳳闕，新春已發五侯家。甘貧祇擬長緘酒，忍病猶期强採花。故國别來桑柘盡，十年兵踐海西槎。

敍懷

月裏路從何處上，江邊身合幾時歸。十年九陌寒風夜，夢掃蘆花絮客衣。

題嘉陵驛

嘉陵路惡石和泥，行到長亭日已西。獨倚欄干正惆悵，海棠花裏鷓鴣啼。

劉象七首

春夜二首

幾處兵戈阻路岐，憶山心切與山違。時難何處披懷抱，日日日斜空醉歸。

一别杜陵歸未期，祇憑魂夢接親知。近來欵睡兼難睡〔一〕，夜夜夜深聞子規。

曉登迎春閣

朱櫛憑欄眺錦城，烟籠萬井二江明。香風滿閣花盈户〔二〕，樹樹樹梢啼曉鶯〔三〕。

早春池亭獨遊三首

春意送殘臈，春晴融小洲。蒲茸纔簇岸，柳顆已遮樓〔四〕。便有盃觴興〔五〕，可攄羈旅愁。鳧鷖亦相狎，盡日戲清流。

清流環緑篠，清景媚虹橋。鶯刷初遷羽，莎拳擬折苗〔六〕。細砂擁暖岸，淑景動和飈。倍憶同袍侣，相懸倒一瓢。

一瓢憧自足，一日興偏多。幽意人先賞，踈叢蝶未過。知音新句苦，窺沼醉顔酡。萬慮從相擬，今朝欲奈何。

白髭

到處逢人求至藥，幾回染了又成絲。素絲易染髭難染，墨翟當時合泣髭〔七〕。

〔一〕款　汲本作「欲」，《全唐詩》同。

〔二〕户　原空缺，據汲本補。

〔三〕梢　原作「稍」，據垂雲本改。

〔四〕類　垂雲本作「頮」，似是。

〔五〕盃觴　原作「悲傷」，據汲本、垂雲本改。

〔六〕拳　原空缺，據汲本、垂雲本補。

〔七〕泣　垂雲本作「笑」。

戴司顔二首

江上雨

非不欲前去，此情非自由。星辰照何處，風雨送涼秋。寒鎖空江夢，聲隨黄葉愁。蕭蕭猶未已，早晚出蘋洲。

塞上

空蹟晝蒼茫，沙腥古戰場。逢春多霰雪，生計在牛羊。冷角吹鄉淚，乾榆落夢床。從來山水客，誰謂到漁陽。

沈彬一首

秋日

秋含砧杵擣斜陽，笛引西風顥氣涼。薜荔惹煙籠蟋蟀，芰荷翻雨潑鴛鴦。當年酒賤何妨醉，今日時難不易狂。腸斷舊遊從一別，潘安惆悵滿頭霜。

李賀一首

七夕

別浦今朝暗，羅帷午夜愁。鵲辭穿線月，花入曝衣樓。天上分金鏡，人間望玉鈎。錢塘蘇小小，更值一年秋。

嚴維一首

秋夜船行

扁舟時屬暝，月上有餘輝。海燕秋還去，漁人夜不歸。中流何寂寂，孤棹也依依。一點前村火，誰家未掩扉。

韓翃一首〔一〕

寒食

春城無處不開花〔二〕，寒食東風御柳斜。日暮漢宫傳蠟燭，青煙散入五侯家。

〔一〕翃　原誤作「翊」，今改正。

〔二〕開　汲本作「飛」，《英華》同。

熊皎一首

早梅

江南近臘時，已亞雪中枝。一夜欲開盡，百花猶未知。人情皆共惜，天意不教遲。莫訝無濃豔，芳筵正好吹。

張喬三首

楊花落〔一〕

北斗南回春物老，紅英落花緑尚早。韶風澹蕩無所依，偏惜垂楊作春好。此時可憐楊柳花，縈盈豔曳滿人家。人家女兒出羅幙，浄掃玉除看花落〔二〕。寶環纖手捧更飛，翠羽輕裙承不着。歷歷瑶琴舞袖陳，飛紅拂黛憐玉人。東園桃李芳已歇，猶有楊花嬌暮春。

送友人歸宜春

落花兼柳絮，無處不紛紛。遠道空歸去，流鶯獨自聞。野橋喧碓水，山郭入樓雲。故里南陵曲〔三〕，秋期更送君。

送進士許棠

離鄉積歲年，歸路遠依然。夜火山頭市，春江樹杪船。干戈愁鬢改，瘴癘喜家全。何處營甘旨，潮濤浸薄田。

〔一〕楊花落　汲本題下注云「一刻楊巨源」。

〔二〕看　汲本作「待」。

〔三〕陵　汲本作「陔」，《又玄》同。

陳陶 一首

寄兵部任畹郎中

常思劍浦别清塵，荳蔲花紅十二春。崑玉已成廊廟器，澗松猶是薜蘿身。雖同橘柚依南土，終仰魁岡近北辰。好向昌時薦遺逸〔一〕，莫教千古弔靈均。

〔一〕昌　汲本作「明」，《紀事》同。

張謂一首

杜侍御送貢物戲贈

銅柱朱崖道路難，伏波橫海舊登壇。越人自貢珊瑚樹，漢使何勞獬豸冠。疲馬山中愁日晚，孤舟江上畏春寒。由來此貨稱難得，多恐君王不忍看。

鄭常一首

寄常逸人〔一〕

羨君無外事，日與世情違。地僻人難到，溪深鳥自飛。儒衣荷葉老，野飯藥苗肥。疇昔江湖意，而今憶共歸。

〔一〕常　汲本作「邢」，《中興》、《英華》、《紀事》同。

崔峒一首

題崇福寺禪師院

僧家競何事〔一〕，掃地與焚香。清磬度山翠，閒雲來竹房。身心塵外遠，歲月坐中長。向晚禪堂閉，無人空夕陽。

〔一〕競何　汲本作「更無」。又「競」，《中興》、《紀事》作「竟」。

李洞一首

喜鸞公自蜀歸

禁院閉生臺，尋師別綠槐〔一〕。寺高猿看講，鐘動鳥知齋。掃石月盈箒，濾泉花滿篩。歸來逢聖節，吟步上堯階。

〔一〕別　汲本作「到」，《英華》同。

李端一首

巫山高

巫山十二重，皆在碧虚中。迴合雲藏日，霏微雨帶風。猿聲寒度水〔一〕，樹色暮連空。愁向高唐去，千秋見楚宫。

〔一〕度水 汲本作「過澗」，《御覽》同。又「度」，《樂府》、《紀事》作「過」。

江爲一首

江行

越信隔年稀，孤舟幾夢歸。月寒花露重，江晚水煙微。峰直帆相望，沙空鳥自飛。何時洞庭上，春雨滿蓑衣。

裴度一首

中書即事

有意效承平，無功益聖明。灰心緣忍事，霜鬢爲論兵。道直身還在，恩深命轉輕。鹽梅非擬議，葵藿是平生。白日長懸照，蒼蠅謾發聲。嵩陽舊田地，終使謝歸耕。

陳上美一首

咸陽有懷

山連河水碧氛氲，瑞氣東移擁聖君。秦苑有花空笑日，漢陵無主自侵雲。古槐堤上鶯千囀，遠渚沙中鷺一群。賴與淵明同把菊，煙郊西望夕陽曛。

姚合七首

遊宜義池亭〔一〕

春入池亭好，風光暖更鮮。尋芳行不困，逐勝坐還遷。細草亂如髮，幽禽鳴似絃。苔文蘚古篆，石色學秋天。花落能漂酒，萍開解避船。暫來還差疾〔二〕，久住合成仙。迸筍揩階起，垂藤壓樹偏。此生應借看，自計買無錢。

遊陽河岸

終日遊山困，今朝始傍河。尋芳愁路盡，逢景畏人多。鳥語催沽酒，魚來似聽歌。醉時眠石上，肢體自婆娑。

窮邊詞二首

將軍作鎮古汧州，水膩山春節氣柔。清夜滿城絲管散，行人不信是邊頭。

又

箭利弓調四鎮兵，蕃人不敢近東行。沿邊千里渾無事，唯見平安火入城。

寄王度〔三〕

顛頽王居士，顛狂不稱時。天公與貧病，時輩復輕欺。茅屋隨年賃，盤飡逐日移。棄嫌官似夢，珍重酒如師。無竹栽蘆看，思山疊石爲。静牕留客話，古寺覓僧棋。瘦馬寒來死，羸童餓得癡。唯應尋阮籍，心事遠相知。

寄王玄伯

夜歸曉出滿衣塵，轉覺才名帶累身。莫覓舊來終日醉，世間杯酒屬閒人。

聞蟬

未秋吟便苦，半咽半隨風。禪客心應亂，愁人耳願聾。雨晴烟樹裹，日晚古城中。遠思應難盡，誰當與我同。

〔一〕宜　汲本作「宣」。四部叢刊本姚集同。

〔二〕還差　汲本作「猶愈」。

〔三〕寄王度　汲本下有「居士」二字，集同。

楊牢 一首〔一〕

贈舍弟

秦雲蜀浪兩堪愁，爾養晨昏我遠憂。千里客心難寄夢，兩行鄉淚爲君流。早驅風雨知龍聖，餓食魚蝦覺虎羞。袖裏鏌鋣光似水，丈夫不合等閒休。

〔一〕牢　原作「宇」，誤，據垂雲本改。

王昌齡 二首

塞上行

秦時明月漢時關，萬里長征人未還。但使龍城飛將在，不教胡馬渡陰山。

少年行

走馬遠相尋，西樓下夕陰。結交期一劍，留意贈千金。高閣歌聲遠，重關柳色深。夜閒須盡醉〔一〕，莫負百年心。

〔一〕閒　汲本作「闌」，似是。

于鵠二首

送唐中丞入道〔一〕

年老功臣乞罷兵，玉階匍匐進雙旌。朱門鴛瓦爲仙觀，白領狐裘出帝城。侍婢休梳宫樣髻，閹童新改道家名。到時漫髮春泉裏，猶夢紅樓簫鼓聲。

送宫人入道

十載吹簫入漢宫，看修水殿種芙蓉。自傷白髮辭金屋，喜戴黄冠向雪峰〔二〕。解語老猨開曉户，引雛飛鶴下高松。定知别後宫中伴，遥聽緱山半夜鍾。

〔一〕送唐中丞入道　汲本題作「送唐大夫讓節歸山」，《英華》作「送唐大夫讓節度使歸山」。

〔二〕喜戴黄冠向雪峰　汲本作「喜着黄衣向玉峰」，《英華》「喜戴黄冠」作「許著黄衣」。

陳羽一首

冬晚送友人使西蕃

驛使向天西，巡羌復入氐。玉關晴有雪，砂磧雨無泥。落淚軍中笛，驚眠塞上雞。逢春鄉思苦，萬里草萋萋。

在〔二〕，王粲登樓興尚賖。高館更容塵外客，仍令歸路奉瑶華。

宿天柱觀〔三〕

石室初投宿，仙翁喜暫容。花原隔水見，洞府過山逢。泉湧階前地，雲生户外峰。中宵自人定，不是欲降龍。

〔一〕掩　汲本作「開」，《又玄》作「閉」。

〔二〕琳　原作「彬」，據汲本、垂雲本改。

〔三〕宿天柱觀　此篇誤入，本爲僧靈一詩，《中興》已載靈一名下，且有評語。

僧惟審 一首

賦得聞黄鳥啼

捲簾清夢後，芳樹隱涼鶯〔一〕。隔葉傳春意，穿花送曉聲。未調雲路翼，空負桂林情。莫盡關關興，羈愁正厭生。

〔一〕隱涼　汲本作「引流」，垂雲本「涼」亦作「流」。

僧滄浩一首

留别嘉興知己

一坐東林寺，從來未下山。不因尋長者，無事到人間。宿雨愁爲客[一]，寒禽散未還。空懷舊山月，童子誦經閒。

〔一〕雨　原作「兩」，據汲本改。《又玄》亦作「雨」。

僧皎然二首

酬崔御史見贈

買得東山後，逢君小隱時。五湖遊未足，柏樹跡如遺[一]。儒服何妨道，禪心不廢詩。一從居士説，長破小乘疑。

尋陸鴻漸不遇

移家雖帶郭，野徑入桑麻。近種籬邊菊，秋來未着花。扣門無犬吠，欲去問西家。報道山中出，歸來每日斜[二]。

〔一〕樹　汲本作「署」。

〔二〕來　汲本作「時」。

僧無本 二首

行次漢上

習家池沼草萋萋，嵐樹光中信馬蹄。漢主廟前湘水碧，一聲風角夕陽低。

馬嵬

長川幾處樹青青，孤驛危樓對翠屏。一自玉皇惆悵後〔一〕，至今來往馬蹄腥。

〔一〕玉　汲本作「上」。

才調集卷第十古律雜歌詩一百首

張夫人二首　户部侍郎吉中孚妻

拜新月

拜新月，拜月出堂前。暗魄初籠桂，虚弓未引絃。拜新月，拜月粧樓上。鸞鏡始安臺，娥眉已相向。拜月不勝情，庭花風露清。月臨人自老，人望月長生。東家阿母亦拜月，一拜一悲聲斷絶。昔年拜月騁容輝，如今拜月雙淚垂。回看衆女拜新月，却憶紅閨年少時。

拾得韋氏花鈿以詩寄贈

今朝粧閣前，拾得舊花鈿。粉污痕猶在，塵侵色尚鮮。曾經纖手裏，帖向翠眉邊。能助千金笑，如何忍棄捐。

劉媛一首

長門怨

雨滴梧桐秋夜長，愁心和雨到昭陽。淚痕不學君恩斷〔一〕，拭却千行更萬行。

〔一〕學　汲本作「與」。

女道士李冶九首〔一〕字季蘭

從蕭叔子聽彈琴賦得三峽流泉歌

妾家本住巫山雲，巫山流泉常自聞。玉琴彈出轉寥敻，真是當時夢裏聽。三峽迢迢幾千里，一時流入幽閨裏。巨石崩崖指下生，飛泉走浪弦中起。切疑憤怒含雷風〔二〕，又似嗚咽流不通。迴湍曲瀨勢將盡，時復滴瀝平沙中。憶昔阮公爲此曲，能使仲容聽不足。一彈既罷復一彈，願作流泉鎮相續。

送閻伯均往江州〔三〕

相招折楊柳，別恨轉依依。萬里西江水，孤舟何處歸。湓城潮不到，夏口信應稀。唯有隨陽雁〔四〕，年年來去飛。

相思怨

人道海水深，不抵相思半。海水尚有涯，相思眇無畔。攜琴上酒樓，樓虛月華滿。彈著相思曲，絃腸一時斷。

感興

朝雲暮雨鎮相隨，去雁來人有返期。玉枕祇知長下淚，銀燈空照不眠時。仰看明月翻含意，俯眄流波欲寄詞。却憶初聞鳳樓曲，教人寂寞復相思。

恩命追入留別廣陵故人

無才多病分龍鍾，不料虛名達九重。仰愧彈冠上華髮，多慙拂鏡理衰容。馳心北闕隨芳草，極目南山望舊峰。桂樹不能留野客，沙鷗出浦謾相逢。

八至

至近至遠東西，至深至淺清谿。至高至明日月，至親至疎夫妻。

送閻二十六赴剡縣

流水閶門外，孤舟日復西。離情遍芳草，無處不淒淒。妾夢經吴苑，君行到剡溪。歸來重相訪，莫學阮郎迷。

寄朱放〔五〕

望遠試登山，山高湖又闊。相思無曉夕，相望經年月。鬱鬱山木春，綿綿野花發。别後無限情，相逢一時說。

得閻伯均書

情來對鏡懶梳頭，暮雨蕭蕭庭樹秋。莫怪闌干垂玉筯，衹緣惆悵對銀鈎。

〔一〕冶　原作「治」，誤，今據汲本改正。

〔二〕切　汲本作「初」，《中興》、《文粹》、《樂府》、《紀事》同，似作「初」是。

〔三〕送閻伯均往江州　汲本作「送韓揆之江西」，《中興》、《英華》同。

〔四〕隨　汲本作「衡」，《中興》、《又玄》、《紀事》同。

〔五〕放　原作「昉」，據汲本改，《中興》亦作「放」。

劉雲二首

有所思

朝亦有所思，暮亦有所思。登樓望君處，靄靄蕭關道。掩淚向浮雲，誰知妾懷抱。玉井蒼苔春院深，桐花落盡無人掃。

婕妤怨

君恩不可見，妾豈如秋扇。秋扇尚有時，妾身永微賤。莫言朝花不復落，嬌容幾奪昭陽殿。

鮑君徽 一首

惜花吟[一]

枝上花，花下人，可憐顏色俱青春。昨日看花花灼灼，今日看花花欲落。不如盡此花下歡，莫待春風總吹却。鶯歌蝶舞韶景長，紅煙煮茗松花香[二]。粧成曲罷恣遊樂，獨把花枝歸洞房。

〔一〕惜花吟　汲本作「惜春花」。

〔二〕紅　原空缺，據汲本補，《又玄》同。

崔仲容 二首

贈所思

所居幸接隣，相見不相親。一似雲間月，何殊鏡裏人。丹成空有恨[一]，腸斷不禁春。願作梁間燕，無由變此身。

贈歌姬

水剪雙眸霧剪衣，當筵一曲媚春暉。瀟湘夜瑟怨猶在，巫峽曉雲愁不晞。皓齒乍分寒玉細，黛眉輕蹙遠山微。渭陽朝雨休重唱，滿眼陽關客未歸。

〔一〕丹成　汲本「成」作「誠」。《又玄》此二字作「目誠」，似是。

張文姬二首　鮑參軍妻

溪上雲

溶溶溪口雲，纔向溪中吐。不復歸溪中，還作溪中雨。

沙上鷺

沙頭一水禽，鼓翼揚清音。祇待高風便，非無雲漢心。

女道士元淳二首

寄洛中諸妹〔一〕

舊國經年別，關河萬里思。題書憑鴈翼〔二〕，望月想蛾眉。白髮愁偏覺，歸心夢獨知。誰堪離亂處，掩淚向南枝。

秦中春望

鳳樓春望好，宮闕一重重。上苑雨中樹，終南霽後峰。落花行處徧，佳氣晚來濃。喜見休明代，霓裳躡道蹤。

〔一〕姝　汲本作「姊」，《又玄》作「娣」。

〔二〕書　汲本作「詩」，《紀事》同。

蔣蘊二首

贈鄭氏妹〔一〕

豔陽灼灼河洛神，珠簾繡户青樓春。能彈箜篌弄纖指，愁殺門前少年子。笑開一面紅粉粧，東園幾樹桃花死。朝理曲，暮理曲，獨坐窗前一片玉。行也嬌，坐也嬌，見則令人魂魄銷。堂前錦褥紅地鑪，綠沉香榼傾屠蘇。解佩時時歇歌管，芙蓉帳裏蘭麝滿。晚起羅衣香不斷，滅燭每嫌秋夜短。

古意

昨夜巫山雲，失却陽臺女。今朝粧閣前〔二〕，獨伴楚王語。

〔一〕贈鄭氏妹　汲本作「贈鄭女郎」。又《紀事》、《又玄》以此詩與下《古意》合爲一首，題作《贈鄭女郎古意》，非是。

〔二〕今朝粧閣前　汲本作「朝來香閣裏」。

崔公遠一首〔一〕

獨夜詞

晴天霜落寒風急，錦帳羅帷羞更入。秦箏不復續斷絃，迴身掩淚挑燈立。

〔一〕遠　原作「逺」，誤，今據汲本改正。

女道士魚玄機九首

隔漢江寄子安六言

江南江北愁望，相思相憶空吟。鴛鴦暖卧沙浦，鸂鶒閒飛橘林。烟裏歌聲隱隱，波頭月色沉沉〔一〕。含情咫尺千里，況聽家家遠砧。

寓言六言

紅桃處處春色，碧柳家家月明。樓上新粧待夜，閨中獨坐含情。芙蓉葉下魚戲，螮蝀天邊雀聲。人世悲歡一夢，如何得作雙成。

江陵愁望寄子安

楓葉千枝復萬枝，江橋掩映暮帆遲。憶君心似西江水，日夜東流無歇時。

寄子安

醉別千巵不浣愁，離腸百結解無由。蕙蘭銷歇歸春圃，楊柳東西絆客舟。聚散已愁雲不定，恩情須學水長流。有花時節難知遇〔二〕，未肯厭厭醉玉樓。

寄李億員外一作寄隣女

羞日障羅袖，愁春懶起粧。易求無價寶，難得有心郎。枕上潛垂淚，花間暗斷腸。自能窺宋玉，何必恨王昌。

送別二首

層城幾夜愜心期，不料仙鄉有別離。睡覺莫言雲去處，殘燈一盞野蛾飛。

水柔逐器知難定[三]，雲出無心肯再歸。惆悵春風楚江暮，鴛鴦一雙失群飛。

迎李近仁員外

今日喜時聞喜鵲，昨宵燈下拜燈花。焚香出户迎潘岳，不羡牽牛織女家。

賦得江邊樹

草色迷荒岸，煙姿入遠樓。葉鋪秋水面，花落釣人頭。根老藏魚窟，枝低繫客舟。蕭蕭風雨夜，驚夢復添愁。

〔一〕波　汲本、垂雲本作「渡」，似是。

〔二〕難知　汲本、垂雲本作「知難」。

〔三〕逐　原作「遂」，據汲本改。《全唐詩》亦作「逐」。

張窈窕二首

寄故人

澹澹春風花落時，不堪愁坐更相思。無金可買長門賦，有恨空吟團扇詩。

春思

門前梅柳爛春輝，閉妾深閨繡舞衣。雙燕不知腸欲斷，啣泥故故傍人飛。

張琰二首

春詞二首

垂柳鳴黄鸝，關關苦求友〔一〕。春情不可耐，愁殺閨中婦。日暮登高樓，誰憐小垂手。

昨日桃花飛，今朝梨花吐。春色能幾時，那堪此愁緒。蕩子遊不歸，春來淚如雨。

〔一〕苦　汲本作「若」，《又玄》、《紀事》同。

趙氏二首

雜言寄杜羔

君從淮海遊，再過蘭杜秋。歸來未須臾，又欲向梁州。梁州秦嶺西，棧道與雲齊。羌蠻萬餘落，矛戟自高低。已念寡儔侶，復慮勞攀躋。丈夫重志氣，兒女空悲啼。臨邛滯遊地，肯顧濁水泥。人生賦命有厚薄，君但遨遊我寂寞。

聞夫杜羔登第

長安此去無多地，鬱鬱葱葱佳氣浮。良人得意正年少，今夜醉眠何處樓。

程長文三首

書情上使君

妾家本住鄱陽曲，一片真心比孤竹。當年二八盛容輝，紅牋草隸恰如飛。盡日閒牕刺繡罷，有時極浦採蓮歸。誰道居貧守都邑，幽閨寂寞無人入。海燕朝歸衾枕寒，山花夜落堦墀溼。强暴之男何所爲，手持白刃向簾帷。一命任從刀下死，千金不受暗中欺。我今匪石情難轉〔一〕，志奪秋霜意不移。血濺羅衣終不恨，瘡粘錦袖亦何辭。縣僚曾未知情緒，即便教人繫囹圄。朱唇滴瀝獨銜冤，玉筯闌干歎非所。十月寒更堪思人，一聞擊柝一傷神。高髻不梳雲已散，蛾眉罷掃月仍新。三尺嚴章難可越，百年心事向誰説。但看洗雪出圓扉，始信白珪無玷缺。

銅雀臺怨

君王去後行人絶，簫竽不響歌喉咽〔二〕。雄劍無威光彩沉，寶琴零落金星滅。玉堦寂寞墜秋露，月照當時歌舞處。當時歌舞人不迴，化爲今日西陵灰。

春閨怨

綺陌香飄柳如線，時光瞬息如流電〔三〕。良人何處事功名，十載相思不相見。

〔一〕今 汲本作「心」，《紀事》同。
〔二〕竽 汲本作「箏」。
〔三〕如 汲本作「驚」。

梁瓊三首

昭君怨

自古無和親〔一〕，貽災到妾身。朔風嘶去馬，漢月出行輪。衣薄狼山雪，粧成虜塞春。迴看父母國，生死畢胡塵。

銅雀臺

歌扇向陵開，齊行奠玉杯。舞時飛燕列，夢裹片雲來。月色空餘恨，松聲暮更哀。誰憐未死妾，掩袂下銅臺。

宿巫山寄遠人

巫山雲，巫山雨，朝雲暮雨無定所。南峰忽暗北峰晴，空裏仙人語笑聲。曾侍荊王枕席處，直至如今如有靈。春風澹澹白雲閒，驚湍流水響千山。一夜此中對明月，憶得此中與君別。感物情懷如舊時，君今渺渺在天涯。曉看襟上淚流處，點點血痕猶在衣。

〔一〕無　汲本作「有」，《英華》同。

廉氏二首

懷遠

隟塵何徹徹〔一〕，朝夕通其輝。人生各有託，君去獨不歸。青林有蟬響，赤日無鳥飛。徘徊東南望，雙淚空沾衣。

〔一〕徹　汲本作「微」，《全唐詩》同。

寄征人

淒淒北風吹鴛被，娟娟西月生蛾眉。誰知獨夜相思處，淚滴寒塘蕙草時。

薛濤三首

送友人

水國蒹葭夜有霜，月寒山色共蒼蒼。誰言千里自今夕，離夢杳如關路長。

題竹郎廟

竹郎廟前多古木，夕陽沉沉山更緑。何處江村有笛聲，聲聲盡是迎郎曲。

柳絮詠〔一〕

二月楊花輕復微，春風摇蕩惹人衣。他家本是無情物，一向南飛又北飛。

〔一〕柳絮詠　汲本無「詠」字，《英華》同。

姚月華二首

古怨二首

春水悠悠春草緑，對此思君淚相續。羞將離恨向東風，理盡秦箏不成曲。
與君形影分胡越，玉枕終年對離别。登臺北望煙雨深，迴身泣向寥天月。

裴羽仙 二首

其夫征匈奴，輕行入，爲利鹿生擒帳下。自爾一往，音信斷絶。

邊將二首

風捲平沙日欲曛，狼煙遥識犬羊群。李陵一戰無歸日，望斷胡天哭塞塵〔一〕。

良人平昔逐蕃渾，力戰輕行出塞門。從此不歸成萬古，空留賤妾怨黄昏。

〔一〕塵　垂雲本作「雲」。

劉瑶 三首

暗別離

槐花結子桐葉焦，單飛越鳥啼青霄。翠軒輾雲輕遥遥，燕脂淚迸紅線條。瑶草歇芳心耿耿，玉佩無聲畫屏冷。朱絃暗斷不見人，風動花枝月中影。青鸞脈脈西飛去，海闊天高不知處。

古雅意曲

梧桐堦下月團團，洞房如水秋夜闌。吴刀剪破機頭錦，茱萸花墜相思枕。緑窗寂寞背燈時，暗數寒更不成寢。

閶閭城懷古

五湖春水接遥天，國破君亡不記年。唯有妖娥曾舞處，古臺寂寞起愁煙。

常浩二首

贈盧夫人

佳人惜顔色，恐逐芳菲歇。日暮出畫堂，下堦拜新月。拜月如有詞，傍人那得知。歸來投玉枕，始覺淚痕垂。

寄遠

年年二月時，十年期别期。春風不知信，軒蓋獨遲遲。今日無端捲珠箔，始見庭花復見落〔一〕。人心一往不復歸，歲月來時未嘗錯。可憐熒熒玉鏡臺，塵飛幕幕幾時開。却念容華非昔好，畫眉猶自待君來。

〔一〕見　汲本作「零」。

葛鴉兒 一首

懷良人

蓬鬢荆釵世所稀，布裙猶是嫁時衣。胡麻好種無人種，正是歸時底不歸〔一〕。

〔一〕底不歸　汲本作「不見歸」，《紀事》同。

薛媛 一首

寫真寄夫南楚材

欲下丹青筆，先拈寶鏡端。已驚顔索寞，漸覺鬢凋殘。淚眼描將易，愁腸寫出難。恐君渾忘却，時展畫圖看。

盼盼 一首

燕子樓

樓上殘燈伴曉霜，獨眠人起合歡床。相思一夜情多少，地角天涯不是長。

崔鶯鶯一首

答張生

待月西廂下，迎風户半開。拂牆花影動，疑是故人來〔一〕。

〔一〕故 汲本作「玉」。

無名氏三十七首

春二首

褭褭東風吹水國，金鴉影暖南山北。蒲抽小劍割湘波，柳拂長眉舞春色。白銅堤下煙蒼蒼，林端細蕊參差香。緑桑枝下見桃葉，迴看青雲空斷腸。

烏足遲遲日宫裏，天門擊鼓龍虵起。風師剪翠换枯條，青帝挼藍染江水。蜂蝶繽紛抱香蕊，錦鱗跳躑紅雲尾。繡衣白馬不歸來，雙成倚檻春心醉。

夏

赤帝旗迎火雲起，南山石裂吴牛死。繡楹夜夜箔蝦鬚，象榻重重簟湘水。彤彤日脚燒冰井，古陌塵飛野煙静。漢帝高堂汗若珠，班姬明月無停影。

秋

月色驅秋下穹昊，梁間燕語辭巢早。古苔凝紫帖瑶堦，露槿啼紅墮江草。越客羈魂掛長道，西風欲揭南山倒。粉蛾恨骨不勝衣，映門楚碧蟬聲老。

冬

蒼茫枯磧陰雲滿，古木號空晝光短。雲擁三峰嶽色低，冰堅九曲河聲斷。浩汗霜風刮天地，温泉火井無生意。澤國龍蛇凍不伸，南山瘦柏銷殘翠。

鷄頭

湖浪參差疊寒玉，水仙曉展鉢盤緑。淡黄根老栗皺圓，染青刺短金罌熟。紫羅小囊光緊蹙，一掬真珠藏蝟腹。叢叢引觜傍蓮洲，滿川恐作天鷄哭。

紅薔薇〔一〕

九天碎霞明澤國，造化功夫潛剪刻。淺碧眉長約細枝，深紅刺短鈎春色。晴日當樓曉香歇，錦帶盤空欲成結。謝豹聲催麥隴秋，春風吹落猩猩血。

斑竹簟

龍鱗滿床波浪濕，血光點點湘娥泣。一片晴霞凍不飛，深沉盡訝蛟人立。百朵排花蜀纈明，珊瑚枕滑葛衣輕。閒窗獨卧曉不起，冷漫羈魂錦江裏〔二〕。

聽琴

六律鏗鏘間宫徵，伶倫寫入梧桐尾。七條瘦玉叩寒星，萬派流泉哭纖指。空山雨脚隨雲起，古木燈青嘯山鬼。田文墮淚曲未終，子規啼血哀猿死。

石榴

蟬嘯秋雲槐葉齊，石榴香老庭枝低。流霞色染紫罌粟，黄蠟紙苞紅瓠犀。玉刻冰壺含露濕，斒斑似帶湘娥泣。蕭娘初嫁嗜甘酸，嚼破水精千萬粒。

秦家行

彗孛飛光照天地，九天瓦裂屯冤氣。鬼哭聲聲怨趙高，宫舟滴盡扶蘇淚。禍起蕭牆不知戢，羽書催築長城急。劍上忠臣血未乾，沛公已向函關入。

小蘇家

雙月謳誣輾秋碧，細風斜掩神仙宅。麥門冬長馬鬣青，茱萸蕊綻蠅頭赤。流蘇斗帳懸高壁，綵鳳盤龍繳香額。堂内月娥横剪波，倚門腸斷蝦鬚隔。

斑竹

濃緑疎莖遶湘水，春風抽出蛟龍尾。色抱霜花粉黛光，枝撑蜀錦紅霞起。交戛敲欹無俗聲，滿林風曳刀槍横。般痕苦雨洗不落，猶帶湘娥淚血腥。嫋娜梢頭掃秋月，影穿林下凝殘雪。我今慚愧子猷心，解愛此君名不滅。

宴李家宅

畫屏深掩瑞雲光，羅綺花飛白玉堂。銀榼酒傾魚尾倒，金鑪香滿鴨心香〔三〕。輕摇緑水青蛾飲，亂觸紅絲皓腕狂。今日恩榮許同聽，不辭沉醉一千觴。

長信宫

細草侵堦亂碧鮮，宫門深鎖緑楊天。珠簾欲捲擡秋水，羅幌微開動冷煙。風引漏聲過枕上，月還花影到窗前。獨挑殘燄魂堪斷，却恨青蛾誤少年。

驪山感懷

武帝尋仙駕海遊，禁門高閉水空流。深宮帶日年年色，翠柏凝煙夜夜愁。鸞鳳影沉歸萬古，歌鐘聲斷夢千秋。晚來惆悵無人會，雲雨能飛傍玉樓。

聽唱鷓鴣〔四〕

金谷歌傳第一流，鷓鴣清怨碧雲愁。夜夜省得曾聞處，萬里月明湘水流。

遊朱坡故少保杜公林亭

杜陵池館洛城東，孤島迴汀路不窮。高岫乍疑三峽近，遠波初似五湖通。梧桐葉暗蕭蕭雨，菱荇花香澹澹風。還有昔時巢燕在，飛來飛去畫堂空。

留贈偃師主人

孤城漏未殘，徒侶拂征鞍。洛北去愁遠，淮南歸夢闌。曉燈迴壁暗，晴雪卷簾寒。更盡主人酒，出門行路難。

長門

悵望黄金屋，恩衰似越逃。花生針眼刺，月送剪腸刀。地近歡娱遠，天低雨露高。時看迴輦處，淚臉濕夭桃。

三五七言詩〔五〕

秋風清，秋月明，落葉聚還散，寒鴉棲復驚。相思相見知何日，此時此夜難爲情。

客有新豐館題怨别之詞因詰傳吏盡得其實偶作四韻嘲之〔六〕

春風白馬紫絲韁，正值蠶眠未採桑。五夜有心隨暮雨，百年無節待秋霜。重尋繡帶朱藤合，更認羅裙碧草長。爲報西遊減離恨，阮郎纔去嫁劉郎。

經漢武泉

芙蓉池苑起清秋，漢武泉聲落御溝。他日江山映蓬鬢，二年楊柳别漁舟。竹間駐馬題詩去，物外何人識醉遊。盡把歸心付紅葉，晚來隨水向東流。

雜詩十首

近寒食雨草萋萋，看麥苗風柳映堤。早是有家歸未得，杜鵑休向耳邊啼。
春光冉冉歸何處〔七〕，更向罇前把一盃。盡日問花花不語，爲誰零落爲誰開。
水紋珍簟思悠悠〔八〕，千里佳期一夕休。從此無心愛良夜，任他明月下西樓。
數日相隨兩不忘，郎心如妾妾如郎。出門便是東西路，把取紅牋各斷腸。
無定河邊暮角聲，赫連臺畔旅人情。函關歸路千餘里，一夕秋風白髮生。
花落長川草色青，暮山重疊雨冥冥。逢春漸覺飄蓬苦，今日分飛一涕零。
洛陽才子隣簫恨，湘水佳人錦瑟愁。今昔兩成惆悵事，臨邛春盡暮江流。
淅江輕浪去悠悠，望海樓吹望海愁。莫怪鄉心隨魄斷，十年爲客在他州。
鸞飛遠樹遊何處，鳳得新巢有去心。紅粉尚留香幕幕，碧雲初斷信沉沉。那堪點污沉泥玉，猶自經營買笑金。從此山頭似人石，丈夫形狀淚痕深。
折釵破鏡兩無緣，魚在深潭月在天。得意紫鸞辭舞鏡，墮松青鳥斷銜牋。金瓶永覆難收水，玉軫長抛不續絃。若到蘼蕪山下過，空將狂淚滴黃泉。

天竺國胡僧水精念珠

天竺胡僧踏雲立，紅精素貫鮫人泣。細影疑隨爛火銷，圓光恐滴袈裟濕。夜梵西天千佛聲，指輪次第驅寒星。若非葉下滴秋露，則是井底圓春冰。淒清妙麗應難並，眼界真如意珠静。碧蓮花下獨提攜，堅潔何如幻泡影。

白雪歌

皇穹何處飛瓊屑，散下人間作春雪。五花馬踏白雲衢，七香車碾瑶墀月。蘇嵒乳洞擁山家，澗藤古粟盤銀虵。寒郊複疊鋪柳絮，古磧爛熳吹蘆花。流泉不下孤汀咽，斷臂老猿聲欲絶。烏咏冰潭玉鏡開〔九〕，風敲簷溜水晶折。拂户初疑粉蝶飛，看山又訝白鷗歸。孫康凍死讀書闈，火井不煖温泉微。

琵琶

粉胸繡臆誰家女，香撥星星共春語。七盤嶺上走鸞鈴，十二峰頭弄雲雨。千悲萬恨四五絃，絃中甲馬聲駢闐。山僧撲破琉璃鉢，壯士擊析珊瑚鞭。珊瑚鞭折聲交戛，玉盤傾瀉真珠滑。海神驅趁夜濤回，江娥蹙踏春冰裂。滿坐紅粧盡淚垂，望鄉之客不勝悲。曲終調絶忽飛去，洞庭月落孤雲歸。

傷哉行〔一〇〕

兔走烏飛不相見，人事依稀速如電。王母夭桃一度開，玉樓紅粉千回變。車馳馬走咸陽道，石家舊宅空荒草。秋雨無情不惜花，芙蓉一一驚□倒。勸君莫謾栽荆棘，秦皇虚費驅山力。英風一去更無言，白骨沉埋暮山碧。

〔一〕紅薔薇　此篇爲莊南傑詩。
〔二〕漫　汲本、垂雲本作「浸」。
〔三〕滿鴨　「滿」，垂雲本作「灰」。「鴨」，汲本作「爇」。
〔四〕聽唱鷓鴣　此篇爲許渾詩。
〔五〕三五七言詩　此篇爲李白詩。
〔六〕客有新豐館題怨別之詞　此篇爲李白詩。
〔七〕春光冉冉歸何處　此篇爲嚴惲詩。
〔八〕水紋珍簟思悠悠　此篇爲李益詩。
〔九〕咏　汲本、垂雲本作「啄」。
〔一〇〕傷哉行　此篇爲莊南傑詩。